Justi Ferdinand

Geschichte des Alten Persiens

Justi Ferdinand

Geschichte des Alten Persiens

ISBN/EAN: 9783337294991

Hergestellt in Europa, USA, Kanada, Australien, Japan

Cover: Foto ©Andreas Hilbeck / pixelio.de

Weitere Bücher finden Sie auf **www.hansebooks.com**

Geschichte

des

alten Persiens

von

Dr. Ferdinand Justi,
Professor an der Universität Marburg.

— - · ·

Mit Illustrationen und Karten.

Berlin,
G. Grote'sche Verlagsbuchhandlung.
1879.

Vorwort.

Die Geschichte des alten Persiens, welche der Verfasser zu dem großen von der Grote'schen Verlagsbuchhandlung unternommenen Geschichtswerke beigesteuert hat, versucht es, einem größeren Leserkreise die Schicksale eines höchst begabten, einst mächtigen, in der Folge durch vielfaches Unglück, Krieg, Zerstörung, Seuchen, Despotismus heimgesuchten und daher heute tiefgesunkenen Volkes zu erzählen. Der Verfasser war darauf bedacht, allen gelehrten Apparat fern zu halten, welcher vielleicht durch die Fremdartigkeit der Gegenstände und Schrifttypen einem oder dem andern Leser imponirt, jedenfalls aber den Genuß einer ruhigen Lectüre (wenn überhaupt ein solcher bewirkt werden dürfte) unterbrochen und beeinträchtigt haben würde. Ohnehin darf die Ausstaffirung mit gelehrten Noten nur bei Fachgenossen auf Theilnahme rechnen, ja auch für diese bleibt die ausführliche Bezugnahme auf die Quellen der Erzählung überflüssig, weil sie selbst sehr bald bemerken, wo die Steine für das Gebäude gebrochen sind Es darf daher hier nur erwähnt werden, daß der Verfasser vermöge seiner Eigenschaft als Sprachforscher im Stande war, die Quellen für die persische Geschichte in den Ursprachen zu lesen, also sich nicht von zweiter Hand bedienen zu lassen hatte. Auch darf der Leser versichert sein, daß der Verfasser ihm bisweilen in einem anspruchlosen Sätzchen Dinge vorführt, deren endliche Feststellung erst nach Verbrauch vieler Druckerschwärze und Stiftung ewiger Feindschaft zwischen den Gelehrten, welche der Eifer für die Wahrheit oft rücksichtslos macht, gelungen ist.

Der Verfasser hat für die ältesten Zeiten die Resultate der Keilschriftforschung verwerthet, über deren Wichtigkeit und Zuverlässigkeit er sich ein Urtheil zutrauen zu dürfen glaubt; für manche Perioden der persischen Geschichte, namentlich für solche, die anderweitig nicht beschrieben sind, auch die einheimische Ueberlieferung, mit welcher man nothwendig den Versuch einer

Verwerthung für die wirkliche, nicht nur sagenhafte, Geschichte machen muß;
wir besitzen ja bereits Werke, welche die einheimischen (persischen) Quellen zu
Wort haben kommen lassen, allein sie leiden an dem Fehler, die Orientalen
auf Kosten der Griechen zu erheben, während das richtige Verfahren dieses
zu sein scheint (abgesehen von der überall nothwendigen kritischen Betrachtungs=
weise), in zweifelhaften Fällen der abendländischen Ueberlieferung den Vorzug
zu geben, die morgenländische da wo jene fehlt, und zwar mit großer Zurück=
haltung eintreten zu lassen.   Wie sehr aber selbst die abendländischen Ge=
schichtschreiber (z. B. Herodot) von sagenhaften Quellen abhängig sind, ist
allgemein bekannt und besonders von Max Duncker mit glücklichem Scharfsinn
und für Jedermann verständlich geschildert worden. Der Verfasser hat besonders
für die Geschichte des baktrischen Reiches und für die Schilderung der Zoro=
astrischen Religion aus einheimischen Quellen geschöpft und namentlich erstere
in einer neuen Weise zu beleuchten versucht, welche vielleicht nicht den Beifall
aller Fachkenner finden wird, aber doch wegen der Beschränkung auf all=
gemeine Züge und Hervorhebung nur weniger Einzelheiten als historisch be=
glaubigter Thatsachen die Zuverlässigkeit der Darstellung nicht beeinträchtigt
und vielleicht auf Gedanken bringt, welche das Verhältniß der im Avesta
und Königsbuch (diese sind die Hauptquellen für jene dunkle Periode) ent=
haltnen Sagen zur wirklichen Geschichte näher zu bestimmen vermögen.

Außer den griechischen, für spätere Zeiten auch römischen Quellen, welche
so werthvoll sind, daß wir ohne sie überhaupt auf eine treue Darstellung
der persischen Geschichte bis zum Schluß der Partherherrschaft und theilweise
noch späterer Zeiten verzichten müßten, durfte der Verfasser auch neuerdings
erschienene Einzeldarstellungen benutzen.   Die Werke deutscher und aus=
ländischer Geschichtsforscher sind dem Leser bekannt; meist führen dieselben
die allgemeine einschließlich der persischen Geschichte bis auf Alexander den
Großen hinab; doch haben wir in jüngster Zeit auch für die Geschichte der
Parther zwei fast gleichzeitig erschienene Werke, ein deutsches und ein englisches,
beide mit eigenthümlichen Vorzügen ausgestattet; auch die Sasaniden sind,
wenn auch weniger gut, behandelt worden; wir werden aber erst vollständig über
die merkwürdige Geschichte der letztern belehrt werden, wenn das große ara=
bische Originalwerk des Geschichtschreibers Tabari (eines gebornen Persers),
dessen Herausgabe jetzt mehrere ausgezeichnete Orientalisten vorbereiten, ge=
druckt sein wird. Weniger umfangreiche Perioden sind kritisch bearbeitet,
Schriftsteller auf ihre Zuverlässigkeit hin angesehen, ja selbst der Verlauf
einzelner Schlachten ist mit kritischer Betrachtung der Nachrichten verschiedner
Schriftsteller, bisweilen nach Untersuchung des Schlachtfeldes an Ort und
Stelle, festgestellt, die Linie eines Rückzuges mit Erwägung aller Angaben
und Erörterung der Benutzbarkeit der Wege ermittelt worden.

Wenn der Verfasser bestrebt war, den Leser mit mancherlei zu ver=
schonen, was einem Specialforscher, einem Archäologen, einem Philologen
von Wichtigkeit sein kann, so hat er in Einem Punkte geglaubt ihm einiges
zumuthen zu dürfen, nämlich betreffs der orientalischen Eigennamen.*) Ab=
gesehen davon, daß ihre Anführung in vielen Fällen unumgänglich ist, so
kann auch nicht geleugnet werden, daß es doch auch für einen weitern Leser=
kreis zum wenigsten merkwürdig ist, wenn durch die Sorgfalt der alten Ge=
schichtschreiber und durch die Genauigkeit der in den einheimischen Inschriften
aufbewahrten Nachrichten möglich geworden ist, noch heute die viele Jahr=
hunderte alten Namen von Beamten und Fürsten, von Frauen und Hof=
dienern zu wissen; die Keilinschriften des Darius nennen uns die Namen,
ja geben uns in einem sie begleitenden Relief sogar die Bilder der Rebellen,
welche seine Herrschaft zu stürzen trachteten, und der Feldherrn, welche neben,
ihrem Könige die Schlachten lenkten; Herodot führt die Heerführer und Offi=
ciere der großen Armee des Xerxes namentlich auf, und gibt im Verlauf
seiner Erzählung von vielen derselben an, wo sie gefallen sind oder was sie
in der Folge gethan und erlebt haben; die einheimischen Annalisten wissen
uns ebenso die Kriegshauptleute und Helden zu nennen, welche namentlich in
dem letzten ungeheuern Kampfe des sinkenden Reiches gegen die moslemischen
Araber ihre Namen des Andenkens der Nachwelt würdig gemacht haben.

Besonderes Augenmerk hat der Verfasser auf die Stellung der Perser
in der Culturentwicklung gerichtet und hat deshalb versucht, ihre und andrer
im Bereich der persischen Herrschaft wohnender Nationen Religion und Sitte
zu schildern, und die Kunstwerke, welche sie hinterlassen haben, vorzuführen.
Er hat zur Erläuterung seiner Worte sich auch des Bildes bedienen dürfen
und hat nach den Originalen in den Werken der Reisenden Zeichnungen mit
der Feder angefertigt, welche vortrefflich in Holz geschnitten dem Leser nichts
vorführen, was durch die vermittelnde Hand eines mit der persischen Archi=
tektur und Ornamentik nicht vertrauten Künstlers ungenau oder mißverstanden
gebildet wäre. Etwas Zuthaten an Himmel, Beleuchtung und Staffage wird
der Leser dem Bestreben, die Skizzen der Reisenden in Bilder zu verwan=
deln, zu Gut halten. Auch die Landkarten sind nach Angabe des Verfassers
und mit genauer Berücksichtigung der im Text genannten Namen angefertigt,
und auch sie bergen ein sehr eingehendes, oft mit trocknen und daher dem
geneigten Leser vorenthaltnen Notizen operirendes Studium, welches durch
neue Entdeckungen und die immer bedeutender werdenden Zuflüsse von
Material aus dem Orient sehr ausgedehnt und merkwürdig ist.

---

*) Man lese Seite 3, Zeile 33 das (statt der), S. 16, Z. 5 des Sohnes (statt der
Sohn) und S. 33, Z. 2 Tammischa.

Jeder Schriftsteller ist für das, was den Gegenstand seiner Arbeiten ausmacht, eingenommen, zuweilen begeistert; wie sollte er auch bei dem Leser Theilnahme erwecken, wo er selbst unbetheiligt bleibt? Der Verfasser hat sich gehütet, ein Panegyriker der Perser zu werden; ob ihm dies überall gelungen ist, mögen die Kenner entscheiden; gewiß ist, daß viele Leser sich aus den jetzigen traurigen Zuständen des persischen Reiches ein ungünstiges Urtheil über das Land und seine Bewohner gebildet haben, und für sie würde eine stärkere Erhöhung der Lichter in dem Gemälde die Wirkung haben, eine gerechtere Mittelstellung in der Beurtheilung eines Volkes einzunehmen, welches selbst von seinen Feinden einst hochgeachtet wurde und dessen Fürsten als Herrscheribeale aufgestellt worden sind.

Marburg, den 20. October 1878.

Ferdinand Justi.

Geschichte des alten Persiens.

Geschichte der Perser.

Die Perser gehören derselben Völkerfamilie an wie die Inder, Griechen, Italier, Slaven, Germanen und Kelten; als sie aus ihrem Ursitz in das iranische Land gelangten, fanden sie eine ältere Bevölkerung vor, deren Spuren man vielfach in der Geschichte verfolgen kann. Sie wurde von den arischen Einwandrern Diwe (Dämonen oder Riesen) genannt und, soweit sie nicht in der Masse der Sieger aufging, durch den Racenkampf vertilgt. Die Iranier erscheinen nach den Schilderungen der Alten und in den Schriften, welche sie selbst hinterlassen haben, als ein Volk von auffallender Schönheit und Körpergröße und mit einem ausgebildeten Gefühl für Ehre und Sittlichkeit. Neben den egoistischen Berechnungen und gemeinen Uebervortheilungen, welche uns die Bibel aus der Patriarchenzeit überliefert, und zwar in Schriften, die aus der Zeit der ausgebildeten ebräischen Religion stammen, tritt die Superiorität der Iranier in besto günstigeres Licht, je tiefer ihre Religion unter der mosaischen steht. Die heutigen Perser sind durch jahrhundertelangen Despotismus und Abgang der ehemaligen durch Menschenhand geförderten natürlichen Reichthümer ihres Landes eine verkommene Gesellschaft; die Tugend der alten Perser muß man bei den Parsi in Indien suchen, die sich dem Islam nicht gebeugt haben.

Aelteste Erinnerungen und Herrschaft der Meder.

Die Geschichte der Perser beginnt mit dem von ihnen herbeigeführten Untergang des medischen Reiches. Die Perser, bisher Medien unterworfen, entwanden dem Könige dieses Landes das Scepter und fügten seinem Reiche noch weitere große Ländergebiete hinzu, so daß die uralten Culturreiche des Morgenlandes Einem Könige der Könige unterworfen waren. Medien nahm immer den ersten Rang nächst der Landschaft Persis, der Heimath des Kyros, ein, und die Geschichte des persischen Weltreiches knüpft durch die medische an die assyrische an.

Die medische Geschichte beginnt schon früh. Einen großen Theil des assyrischen und später des persischen Reiches hatten seit uralter Zeit, und ehe die Perser und Semiten ihre nachmaligen Gebiete eingenommen hatten, scythische Völker im Besitz, deren Sprache mit denjenigen der Uralo-

Justi, Persien.   1

Finnen und Türken entfernte Verwandtschaft hatte. In spätern Zeiten war
ihr Gebiet auf jenen weiten Landstrich beschränkt, der zwischen den Gebieten
der beiden anderen Völker sich hinzog, also namentlich auf Medien und
Susiana. Der Name Medien ist scythisch und bedeutet „Land". Berosos,
ein babylonischer Priester, welcher um 330 v. Chr. geboren war, berichtet
in seinen fragmentarisch von verschiedenen griechischen Schriftstellern über=
lieferten babylonischen Geschichten, daß nach der großen Fluth acht medische
Könige, deren erster Zoroastres hieß, 224 Jahre lang über Babylonien ge=
herrscht hätten. Man nimmt an, daß in diesen Medern, deren Herrschaft
gegen die Mitte des dritten Jahrtausends begonnen haben muß, ein arischer
Stamm zu sehen sei, der aus dem Innern von Iran erobernd vorgedrungen,
aber nach zwei Jahrhunderten von einer einheimischen Dynastie wieder ver=
jagt worden sei. Wenn demnach diese Eroberung von kurzer Dauer war,
so gelang es den iranischen Stämmen weiter im Osten, sich dauernd neben
der scythischen Bevölkerung festzusetzen, ja dieselbe auf immer zu unterjochen
oder auszurotten; nur in Medien dauerten die Kämpfe um die Oberherr=
schaft lange Zeit. Die Wichtigkeit des scythischen Elements in der Bevölke=
rung ist noch unter den Achämeniden derart, daß diese Fürsten ihre persi=
schen Inschriften nicht bloß mit einer babylonischen, sondern auch mit einer
scythischen Uebersetzung versehen haben.

Herodot nennt als medische Geschlechter (Bevölkerungsclassen) die Busae,
Paretaceni, Struchates, Arizanti, Budii und Magi, d. i. die Anto=
chthonen, die Nomaden, die Hirten, die arischen Beherrscher, die Inhaber des
Bodens und die Priester.

Die assyrischen Eroberungszüge in Medien hatten nur zeitweise Erfolge
und gereichten dem arischen Element der Bevölkerung insofern zur Stärkung,
als die Scythen in ihren arischen Beherrschern die Vorkämpfer für ihre
Selbständigkeit gegenüber den Assyrern zu sehen sich gewöhnten. In sehr alte
Zeit wird ein medischer König Pharnos versetzt, welcher von den Assyrern
besiegt und gekreuzigt worden sein soll, eine Nachricht welche vielleicht aus
der Volksüberlieferung geschöpft ist. Die Assyrer hätten dann eine Heer=
straße von Assyrien über den Zagros nach Medien angelegt. Diese Straße
wurde von Xenophon überschritten, als er am Fuß der Karduchenberge her=
zog, und sie wurde vielfach in den Kriegen der Perser mit Byzanz benutzt,
sie ist noch vorhanden und durch eine Reihe von Denkmalen bezeichnet. Sie
zog von Niniveh nach Arbela und stieg dann direct über die Berge nord=
östlich in die atropatenischen Ebenen. Auf der Höhe des Zagrospasses, zwischen
Rowandiz*) und Uschnei, in der Nähe von Sidek, steht auf einem Sockel
ein 6 Fuß hoher Pfeiler von dunkelblauem Stein, welchen die Kurden
Keli schin nennen; auf seiner breiten Ostseite steht eine medische Keil=
inschrift von 41 Zeilen; fünf Stunden von ihm, über Sidek, steht ein zweiter

---

*) Man spreche das z der orientalischen Namen wie weiches s aus.

Keli schin. Bei Sirgan in der Nähe von Uschnei wendet sich die Straße nach Ost und Südost und geht über Sihna nach Elbatana. Da die Straße im Winter durch Schnee verschüttet ist, so bedient man sich noch einer anderen, welche von Arbela aus über die Naftabrunnen von Kerkuk (Mennis) über Soleimania und durch die Ebene von Schahrizur, sodann über einen Zagrospaß bei Kirrind in das Thal von Kermanschah mündet, welches vom Alwand bei Hamadan (Elbatana) ausgeht. Auch diese Straße ist durch zahlreiche Ruinenstätten aller Zeiten bezeichnet: Butchauch oder der Götzentempel ist ein Ort mit alten Sculpturen; bei Schahrizur lag zur Zeit der arabischen Eroberung die alte Stadt Nimra, deren Name die Erinnerung an die in assyrischen Inschriften oft genannten Namiri bewahrt hat; in der Ebene Hurin liegen die Ruinen einer anscheinend babylonischen Stadt; nahe dabei in der Schlucht von Scheichan ist ein babylonisches Felsbildwerk mit Keilinschriften; alsdann geht die Straße an einem marmornen Thorbogen Tak i Girrah vorbei, der wahrscheinlich eine Zollstätte war. Die Ebene von Kermanschah ist angefüllt mit Ruinen, meist sasanischer Zeit, zum Theil in griechischem Stil erbaut; am Berge Behistan befinden sich noch später zu erwähnende Sculpturen; die Palastbauten, von welchen die Alten berichten, scheinen durch das Schloß des Chosro

Tak i Girrah.

Parvez verdrängt zu sein, der an den untern Fels des Berges angelehnt war.

Die Meder werden oft in den assyrischen Inschriften genannt, auch die Namen zahlreicher Städte sind in ihnen aufbewahrt, deren Lage jedoch, wie sich denken läßt, schwer zu bestimmen ist. Der Assyrer Tiglatpileser (ungefähr 1130—1080) berichtet zuerst von einem Feldzug in Armenien und Medien; Salmanassar (Mitte des 9. Jahrh.) hat mit Medern zu kämpfen, welche ihre Unabhängigkeit behaupteten; unter Bin-nirari (809—780) werden die Meder nebst einer Reihe von ostwärts wohnenden Völkern angeblich unterworfen. In den Inschriften des zweiten Tiglatpileser (744 —726) erscheinen die Sagartier in der Gegend von Sultania. Wie wenig Erfolg die Versuche einer Unterwerfung der Meder hatten, beweist

1*

der Umstand, daß Sargon (721—704) Festungen anlegte, um Assyrien vor den Medern zu schützen, sowie eine Inschrift des Esarhaddon (680—669), worin dieser König sagt, keiner seiner Vorgänger habe jenes Volk unterjocht.

Wir ersehen aus den assyrischen Inschriften, daß Medien in zahlreiche Fürstenthümer zerfiel, und die Art, wie Herodot die Wirksamkeit des Dejokes vor seiner Thronbesteigung schildert, zeigt, daß die Fürsten ihre Macht mit den angesehenen Männern der Volksversammlung theilten. Wir finden eine solche von der Aristokratie beschränkte Fürstengewalt schon in sehr alter Zeit, bei freier lebenden Stämmen noch heute hergebracht. Das Avesta, die heilige Schrift der Zoroastrier, lehrt uns diese Verfassung noch zur Zeit der Achämeniden kennen; es nennt den Herrn des Hauses, des Stammes, des Gaus und des Landes (der Provinz), welche unbeschadet des Rechtes des Königs der Könige ihre Angelegenheiten selbst erledigen. Das auf medischem Boden wohnende Volk der Kurden hat noch heute seine alte Stammverfassung erhalten; es zer= fällt in Stämme, Geschlechter und Familien, die sich zu Volksversammlungen vereinigen und über gemeinsame Angelegenheiten berathen. So zerfällt der Stamm der Mikrikurden in 20 Zweige, die Bilbas in drei Abtheilungen, deren erste 12, die zweite 5, die dritte 8 Unterabtheilungen zählt, die Tuschik in etwa 20 Zweige, an deren Spitze Häuptlinge (Beg) stehen. Ein solcher Zweig oder kleinerer Stamm vermag bisweilen einige tausend bewaffnete Männer auf die Beine zu bringen. Unter den mit den Kurden verwandten Bachtiaris im südlichen Medien, nach Ispahan hin, heißt ein großer Stamm Haftleng; dieser zerfällt in 5 kleinere Stämme, und einer der letzten zählt 15 Abtheilungen mit zusammen 4000 Familien. Die Bande, welche die Mitglieder des Stammes an den Häuptling binden, sind sehr fest; Cl. J. Rich kannte einen Kurden, der seinem Fürsten nicht nur freiwillig in die Gefangen= schaft nach Bagdad folgte, sondern sich auch bei dessen Tod selbst das Leben nahm. Während die Kurden und Bachtiari unter einer Feudalaristokratie stehen, haben ihre Brüder, die Luren (nordwestlich von den Bachtiari bis zum obern Kercha) keine Häuptlinge, sondern eine conföderative Republik. Sehr genau kennen wir die Stammverfassung der Afghanen im östlichen Iran, der Paropamisaden der Alten. Das Familienhaupt ist verantwortlich für die Familie; zehn solcher Hausherren stehen unter einem Spir oder Weißbart, zehn oder zwölf Spir wieder unter einem Kandibaser oder Haupt einer Abtheilung; verschiedene von diesen unter dem Malik oder Muschir, und diese wählen aus den ältesten Familien ein Oberhaupt. Eine un= bestimmte Zahl solcher Abtheilungen bildet ein Chail, welches ein Chan beherrscht; diesem zur Seite steht ein Rath der Abtheilungshäupter, und alle innern Angelegenheiten werden vom Chan, jedoch unter Vorbehalt der Billigung von Seiten des Rathes, erledigt. Es giebt Afghanenstämme im Osten ihres Gebietes, welche keinen Chan wählen, also die Einheit des Stammes aufgelöst haben; jedoch vereinigen sich bisweilen einige Abtheilungen des Chails zu einer Gundi oder Waffenbrüderschaft.

Bei den alten Persern nennt Herodot zehn Stämme, unter welchen die Pasargaden die Hegemonie führten; innerhalb dieses Stammes war das vornehmste Geschlecht das der Achämeniden, aus welchem die Fürsten der Persis gewählt werden, deren Bestätigung jedoch dem König der Könige, also zur Zeit des medischen Reiches dem Könige von Medien vorbehalten war.

Denken wir uns diesen politischen Zustand im alten Medien, so werden wir die Geschichte von der Thronbesteigung des Dejokes, welche uns Herodot erzählt, als den Verhältnissen genau entsprechend erkennen. Dejokes,*) Sohn des Phraortes, gelangte durch seine Gerechtigkeit zu großem Ansehen bei seinem eignen und andern Stämmen. Es gelang ihm, die übrigen medischen Fürstenthümer in Abhängigkeit zu bringen, was keine großen Schwierigkeiten gehabt zu haben scheint, da die Meder die Nothwendigkeit einer starken und großen Herrschaft Assyrien gegenüber erkennen mußten. Als er demnach die höchste Gewalt oder königliche Würde erlangt hatte, ließ er alsbald eine feste Stadt bauen und umgab sich nach dem Vorbild der assyrischen Könige mit Hofstaat und Leibgarden, auch führte er die Sitte ein, daß niemand ohne seine Erlaubniß vor sein Angesicht trat, denn es gehört zum Nimbus der asiatischen Könige, welche wie die ägyptischen als Götter galten, sich dem profanen Auge zu entziehen. Den Verkehr mit dem König vermittelten besondere Beamte des Hofes, welche die Anliegen des Volkes schriftlich überreichen mußten, und zur Handhabung der Polizei dienten in allen Theilen des Reiches Späher, wie später zur Zeit der Achämeniden.

Der Stamm, dessen Fürst Dejokes ursprünglich war — der König Sargon nennt sein Fürstenthum Bit Dajauku — wohnte ohne Zweifel da, wo er seine Königsstadt Ekbatana anlegte. Diese liegt in einer großen Ebene am Fuße des Alwand (Orontes). Wenn man von Teheran kommt, erblickt man nach Uebersteigung der letzten Paßhöhe eine mächtige Felswand, welche von dem massenhaften Gebirgsstock des Alwand, und deren nördliche Spitze von einem zweiten tief im Hintergrund liegenden Gebirge überragt wird. Vom Fuß des Alwand senken sich sanfte Abhänge in die reichlich bewässerte Ebene, und an diesen Abhängen baut sich die Stadt, von Baumgruppen umkränzt, terrassenförmig auf. Im südöstlichen Theile der Stadt liegt auf einem regelmäßigen von Menschenhand aufgeschütteten Hügel der Ark (Burg), der heute ein Gebetsort ist und an der Stelle der medischen Königsburg steht. Ein Thurm ist der letzte Rest älterer Bauwerke; außerdem hat sich ein marmorner Löwe und

Löwe zu Ekbatana.

ein Säulensockel gefunden, der genau den persepolitanischen gleicht und beweist, daß die Achämeniden, wahrscheinlich Darius I., der Holzburg des Dejokes

---

*) Dieser Name ist wahrscheinlich ein Titel, während Kyaxares der Eigenname ist.

einen Steinpalast hinzugefügt haben. Der Geograph Jakut sah zu Anfang
des 13. Jahrh. noch ein mächtiges Gewölbe. Auch in den Schluchten des
Alwand sind Denkmale zwar nicht des medischen, wohl aber des persischen
Alterthums; Darius und Xerxes haben an einer Porphyrwand mitten in
wilder von Gebirgswassern durchrauschter Felsöde Inschriften eingraben lassen;
nicht weit davon liegt auf steiler Höhe eine viereckige Plattform, eine alte
Feuerstätte, zu welcher die Perser noch heute wallfahrten.

Die Mauern der Königsburg bestanden aus sieben concentrischen Ringen,
deren Zinnen weiß, schwarz, scharlachroth, blau, orangegelb gefärbt waren;
die beiden innersten Ringe hatten mit Silber= und Goldblechen belegte Brust=
wehren. Der Holzpalast war wie auch der Tempel der Anahita mit eben
solchem Metallschmuck versehen. Diese Beschreibung der Königsburg ist archi=
tektonisch von Wichtigkeit. Auch die sieben Stufen des Thurmes (Ziggurat)
von Babel, des „Tempels der sieben Lichter der Erde" waren farbig, und
in den Ruinen von Chorsabad hat sich ein Thurm gefunden, dessen vier noch
erhaltene Stufen von unten nach oben schwarz, weiß, roth (statt orange),
blau gefärbt waren. Die Farben pflegte man auf dreierlei Weise herzu=
stellen; man überzog die Wand mit Stucco und bemalte diesen; oder die
Farbe wurde den Backsteinen aufgestrichen und im Ofen in sie eingebrannt;
oder endlich man verwendete kleine bunte Thonkegel in der Art, daß man
sie mit der Spitze nach innen in den Cementbrei wagrecht einbettete, so daß
die bunte Grundfläche des Kegels außen sichtbar war; von der Verkleidung
der Wände mit Erz, Silber und Gold hat man vielfache Nachrichten. Ferner
zeigen die Mauern von Ekbatana, daß hier wie in Babylonien die sieben
Planeten, denen die Mauern geweiht und mit deren heiligen Farben sie
geschmückt waren, als Götter verehrt wurden. Stellt man bei Herodot die
beiden ersten Farben um und vertauscht auch die dritte Farbe mit der fünften,
so ergiebt sich in umgekehrter Ordnung, also vom innersten Mauerringe an=
gefangen, die Reihe: golden, silbern, scharlachroth, blau, orangegelb, weiß,
schwarz; setzt man statt der Farben die Planeten, denen sie geweiht sind, so
erhält man dieselbe Reihenfolge, in welcher die Wochentage nach den Planeten
genannt sind: Sonne, Mond, Mars, Mercur, Jupiter, Venus, Saturn. Der
Gestirncultus, die höchste Stufe des Fetischdienstes, war von den Scythen
Mediens wie von den ihnen verwandten Sumir*) in Mesopotamien aus=
gebreitet worden, und ist in der babylonischen Religion von großer Wichtigkeit;
auch die persische Religion weist Verehrung der Sterne auf und schreibt ihre
Erfindung dem Tachmuraf zu, der theilweise eine Personification der
scythischen Bildung zu sein scheint. Die Planeten nannten die Chaldäer von
Babel Geburtssterne und hielten den Einfluß von zweien für wohlthätig,
von zweien für übel, von den übrigen für schwankend zwischen beiden. Auf
unzähligen babylonischen und persischen Siegelsteinen sind bald einzelne Sterne,

---

*) Einige Gelehrte nennen dies Volk Allab.

7

bald Sonne und Mond, bald die sieben Planeten (einschließlich der beiden letztern) abgebildet.

Dejotes hinterließ ein großes Reich seinem Sohne Phraortes, der die Macht seines Vaters dazu gebrauchte, Medien zu vergrößern; er unterwarf zunächst Persien, dessen Fürsten die Stämme ihres Landes bereits zur Zeit des Dejotes vereinigt hatten. Esarhaddon (680—669) berichtet die Gefangennahme zweier persischer Fürsten, Sitirparna und Iparna. Phraortes bezwang den Achämenes und machte ihn zum Vasall; ebenso erging es den Fürsten der übrigen Iran, bis Baktriana und Sogdiana hinauf. Dann wandte sich Phraortes gegen Armenien, welches bereits vielfach von den Assyrern bekriegt worden war. Armenien, dieses Alpenland mit grasreichen Weiden, herrlichen Seen, mächtigen Strömen und erhabenen Berggipfeln, in welches die heilige Ueberlieferung das Paradies verlegt, ist von Hochebenen von West nach Ost durchzogen, auf denen sich lange Gebirgsketten und isolirte Gipfel erheben. Die hauptsächlichste, das Land in zwei Hälften theilende, erstreckt sich vom Berge von Ararat (Masis) bis zur Vereinigung der beiden Euphratquellflüsse; die höchsten Gipfel erheben sich in der Nachbarschaft von Eriwan: der große und kleine Ararat und der Alagis. Der Nordrand des Hochlandes fällt in das Thal der Kura hinab, deren nördliche Zuflüsse vom Kaukasus kommen, während der Aras (Araxes), der sich kurz vor der Mündung mit der Kura vereinigt, vom Bingölbag südlich von Erzerum (Karin, Theodosiopolis) durch einen großen Theil des Hochlandes fließt und erst später in die Ebene von Karabag (Sinnil und Parnes) eintritt. Zwischen beiden Strömen liegt der Alpensee Gelachuni (Sewanga). Nicht weit vom Araxes entspringen auch die beiden Quellflüsse des Euphrat, die nach ihrer Vereinigung den Südrand des Hochlandes, die Fortsetzung des kleinasiatischen Tauros, durchbrechen. Auf diesem Südrand entspringen auch die beiden Arme des Tigris, der westliche nicht weit von den Durchbrüchen des Euphrat entfernt, der östliche auf der südlich vom Wan-See gelegenen Abdachung. Ein bedeutender Fluß ist auch der Tschorroch (Akampsis), der durch das Land der Chalyber und Saspiren fließt und ins schwarze Meer fällt. Die zahlreichen Gewässer Armeniens nähren sämmtlich diese großen Flüsse, abgesehen von denen, welche sich in die Alpenseen ergießen. Zwischen dem Südrand und den Hochebenen von Airarat (dem Land der Alarodier) liegen die Ketten, welche die Fortsetzung des Elburs oder des Nordbrandes von Iran bilden, nördlich vom Urmia-See (bei den Alten Kapauta, d. i. der blaue) vorbeiziehen und den See von Wan (Thospitis) mit hohen Schneekuppen umgeben.

Die Straßen, welche Armenien mit dem Verkehr der alten Welt in Verbindung brachten, sind einmal die große Heerstraße von Susa nach Sardes, welche eine Strecke weit durch das südliche Land lief; ferner die Straße von Melitene über Daslusa, Eriza (Erzingan), Erzerum nach dem Mittelpunkt Armeniens, wo am oberen Araxes die alten Hauptstädte liegen,

Erovandaschat (am Einfluß des Achurean), Walarschapat (in der Nähe des Patriarchensitzes Etschmiadzin), Dovin, Artarata (heute Ardascher) und Armavir, und weiter nördlich, zwischen den Felsenufern des Achurean, Ani, im Mittelalter Residenz der bagratidischen Könige, weiter stromabwärts Naruana, in dessen Nähe die Straße aus Atropatene über den Strom setzt. Von diesen Städten aus geht die Straße über hohe Pässe nach Tiflis und der alten georgischen Königsstadt Mёzchetha. Von hier steigt sie über die Berge in das Thal des Phasis (Rion) und geht durch Kolchis, über Kutais, den alten Sitz der imerethitischen Könige, den Geburtsort der Medea, an das schwarze Meer, und nordwärts durch die Pforte der Alanen über den Kaukasus. Die 10000 Griechen unter Xenophon gingen bereits bei Sapphe nordwärts durch das Gebiet der Karduchen (Kurden) über den Kentrites (Bohtan-tschai, östlicher Tigris), von wo die Wege nach dem Wan-See und Manavazkert abzweigen, über den Teleboas (den Fluß von Musch), kamen dann in das Thal des Phasis, d. h. des Arares im Wan Baseau (Phasiane), und nach Uebersteigung der Gebirge in das obere Tschorrochthal und endlich an die Küste von Trapezunt.

Armenien war in ältester Zeit bis etwa zum 7. Jahrh. von einem Volke bewohnt, welches man für verwandt mit den Georgiern im Kaukasus halten muß. Es hat zahlreiche Denkmale mit Keilinschriften, namentlich in Wan, hinterlassen, woraus wir die Namen einer Reihe von Königen kennen lernen. Diese alte Bevölkerung Armeniens nennt Herodot Alarodii, was eine Gräcisirung von Urartu (in den assyrischen) oder Urastu (in den achämenischen Inschriften) ist; der Name lebt noch jetzt fort im Namen der Landschaft Airarat. Im 9. Jahrh. übte das Königreich Urastu eine Oberherrschaft über die andern Fürstenthümer Armeniens aus, von welchen Musasir (im Norden des Sees von Wan), Mildisch (in der Gegend von Maku), Milidba (Melitene) und Wan genannt werden. Nicht allein damals, sondern auch später zerfiel Armenien in kleinere Bezirke, welche die natürliche

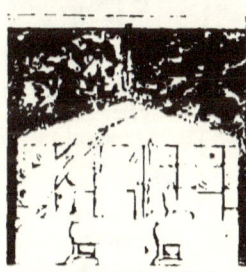

Beschaffenheit des Landes, abgesperrte Thäler, welche den Verkehr erschweren, und nur am Arares eine bedeutendere Ebene, zu einem einheitlichen Reiche zu verbinden sehr schwer machte; ein armenisches Königreich, welches das ganze Land beherrschte, hat daher immer nur zeitweise bestanden, wozu noch kam, daß große Nachbarreiche immer ein Interesse daran fanden, das strategisch wichtige Land, durch welches die großen Straßen von Nord nach Süd und von West nach Ost liefen, in ihren Besitz zu bringen.

Tempel des Haldia in Musasir.   Wir lernen aus den Inschriften (alarodischen und assyrischen) den Hauptgott der Alarodier, Haldia, kennen, dessen vornehmster Tempel in Musasir stand, und welcher mit dem Himmels- und Sonnengott eine

Götterdreiheit bildete, also wohl der Mondgott war. Eine Abbildung des Tempels ist auf einem Relief in Chorsabad erhalten.

Herodot nennt außer den in Armenien wohnenden Kolchern und Saspiren noch das Volk der Matiener, welches in Atropatene und in andern Gegenden wohnte, und gerade da, wo wir heutzutage Kurden antreffen. Diese Matiener waren iranischer Abkunft. Die Armenier versetzt Herodot in die westlichen Striche des Landes am obern Euphrat bis in die Nähe von Phrygien; nach der Ueberlieferung der Alten kamen sie aus Phrygien, und bildeten einen Theil jener Völkermasse, welche von der Balkanhalbinsel nach Kleinasien herüberwanderte. Zur Zeit der letzten assyrischen Könige muß die Einwanderung der Armenier begonnen haben; die Alarodier wurden theils nach dem Norden gedrängt, theils unterworfen. Daher findet sich schon in den Inschriften des Sargon (721—704) hin und wieder ein Name arisch-armenischer Herkunft, wie der Name des Gottes Bagamaschtuv oder des Königs Bagabati von Milbisch, und vollends heißt in den Inschriften der persischen Könige das Volk nicht mehr Urartu (dieser Name findet sich nur noch in der babylonischen und scythischen Uebersetzung des persischen Textes), sondern Armina. Die Armenier selbst nannten sich Haik (die Herren), weil sie ähnlich wie die iranischen Meder die alte Bevölkerung bemeisterten. Was wir nun aus jener Zeit vor der Einwanderung der Haik Sicheres wissen, verdanken wir den assyrischen Inschriften. Die Assyrien zunächst gelegenen Theile des südlichen Armeniens waren schon früh von den Königen jenes Reiches unterworfen, wie das sehr oft genannte Land Nairi, welches am oberen Tigris zu suchen ist. Bereits der älteste König, von welchem wir ausführliche annalistische Nachrichten besitzen, Tiglatpileser I., rühmt sich den Königen von Nairi einen Tribut von 1200 Pferden und 2000 Ochsen auferlegt zu haben; er drang in das Fürstenthum Milbisch, wo er wegen der Bergschluchten seine Wagen zurücklassen mußte und nach Verbrennung mehrerer Orte angeblich einen Tribut erhob. Wie wenig solche Siege fruchteten, sieht man daran, daß spätere Könige beständig ihre Waffen gegen die Nairi ergreifen mußten. Nicht weit von der Quelle des Subeneh-Su, nahe dem Dorfe Karkar, hat man das Bild des Tiglatpileser entdeckt, welches mit einer Inschrift versehen ist und dessen Errichtung am Supnat eine Inschrift

Tiglatpileser.

in Kala Schergat berichtet. Assur-nasir-habal (882—857) erhob gleichfalls Tribut in den südarmenischen Gegenden, griff aber das mächtigste Land, Urartu, noch nicht an. Schon damals müssen diese Landstriche reich bevölkert gewesen sein, wie aus der Zahl der Städte hervorgeht, deren 250 von

Assur-nasir-habal erobert wurden. Der Nachfolger desselben, Salmanassar (857—829), drang weiter vor und kam in Krieg mit Arumi von
Urartu (der in den alarodischen Inschriften von Wan Arame heißt), dessen
Hauptfeste Subaniga er nebst vielen Städten zerstörte, wie er auch die Hauptstadt Arnie am Wasser Turnat eroberte. Die Hälfte der Regierungsjahre
Salmanassars V. (780—770) war mit Krieg gegen Armenien erfüllt,
und unter Tiglatpileser II. (744—726) erhalten wir ausführliche Schilderungen der Kriege gegen Sardu von Urartu. Dieser verband sich mit einem
Fürsten von Chummut am Tigris, wurde aber geschlagen, auf der Flucht in
der Stadt Thurus (nahe dem See von Wan) gefangen und bat um Gnade.
Der König errichtete sein Bild mitten in der Stadt, dann wurden viele Armenier nach Assyrien deportirt und in Armenien eine Stadt angelegt, welche
Leute aus dem Gebirg zu bewohnen gezwungen wurden. Besonders häufig
ist Armenien während Sargons Regierung (721—704) genannt. Ursa
von Urartu (der Hratscheai der armenischen Ueberlieferung) verband sich mit
Bagabati von Mildisch, mit den Fürsten von Karalla, Sagartien und Wan,
und Sargon benutzte die Entthronung des Aza von Wan, um als Rächer
dieses legitimen Fürsten aufzutreten. Er fing den Bagabati, der geschunden
wurde, und setzte Azas Bruder Ullussun auf den Thron von Wan. Der
neue Herrscher aber schlug sich sogleich auf die Seite seiner armenischen
Vettern und erkannte Ursas Oberhoheit an. Sargon kam mit einem Heere
'wie eine Wolke von Heuschrecken', zerstörte die Hauptstadt der Nairi, Izirti,
nöthigte dem König dieses Landes in dessen Festung Chubuskia einen Tribut
ab, und die Leute der verbündeten Fürsten wurden deportirt, während Ullussun
auf dem Thron bleiben durfte gegen Verdoppelung des Tributs. Nun be-
kriegte Ursa den Ullussun und nahm ihm 22 feste Orte. Ullussun selbst
conspirirte mit Dajaukn, dem Gouverneur von Wan, dessen Sohn er als
Geisel entführte. Sargon eroberte die 22 Orte dem assyrischen Reiche zurück
(er betrachtet also das Land des Ullussun als abhängig von Assyrien), Ursana von Musasir, gleichfalls Verbündeter des Ursa, entsloh 'wie ein Vogel'
in die Berge, und Sargon erbeutete in Musasir die Götter Haldia und
Bagamaschtuv, die Schatzkammer des Ursana, 682 Maulthiere, 125 Schafe,
gewebte und leinene Stoffe, drei Minen Gold, und nahm 8160 Menschen
gefangen. Der flüchtige Fürst durchbohrte sich mit dem Dolch. Ursa war
noch weiterhin auf die Stärkung seiner Macht gegenüber Assyrien bedacht:
er zog den Mita, König der Moscher, und Chulli, König der Tibarener
(Tabal), deren Gebiete sich in assyrischer Zeit weit nach Süden erstreckt haben
müssen, in ein Bündniß, aber (wenn wir Sargon glauben) beide wurden
besiegt und ein assyrischer Statthalter eingesetzt; auch in Milidda mußte
Sargon einen Aufstand niederschlagen und war darauf bedacht, seine Eroberungen durch Anlegung von Festungen zu schützen. Ursa war unbesiegt, und
es hat kein Assyrer wieder einen Fuß in sein Land gesetzt. Sargons Nachfolger, Sanherib und Esarhaddon, waren anderweit beschäftigt, es wird

nur ein Krieg gegen die Minyi (am Urmiasee gegen den Zagros hin) er=
wähnt. Die Armenier haben jetzt ihre Kräfte zusammengefaßt, und wenn
wir der armenischen Ueberlieferung Glauben schenken dürfen, hat sich der
König Baroir mit einem medischen Fürsten Arbakes (80 Jahre vor Dejokes)
gegen die Assyrer verbündet. Phraortes, vielleicht erst dessen Nachfolger
Kyaxares, hat Armenien dem medischen Reiche erobert, so daß von nun
an die Geschicke dieses Landes mit denen des medisch=persischen Reiches ver=
knüpft sind.

Phraortes glaubte sich als Beherrscher eines großen Landes stark
genug, die immer noch drohende Macht der Assyrer zu brechen; noch aber
war deren kriegerische Tüchtigkeit nicht verloren gegangen: Phraortes wurde
in einer großen Schlacht geschlagen und getödtet (635).

Er hinterließ seinem Sohne Kyaxares (Huwachsatara) als Vermächtniß
die Rache an Niniveh, und die ersten Jahre gingen hin mit den umsichtigsten
Vorbereitungen zur Ausführung derselben. Er versuchte die Tüchtigkeit der
Armee in einem Kriege gegen die Parther und nach der Unterwerfung dieses
streitbaren Volkes knüpfte er mit Nabopalassar von Babel Verhandlungen
über einen Bund gegen Assyrien an. Dieser Chaldäer Nabopalassar war
assyrischer Statthalter, denn Babylonien war nach langen Kämpfen für seine
Selbständigkeit von Assyrien abhängig geworden. Die Tochter des Kyaxares
wurde zur Besiegelung des Bundes mit Nebukadnezar, dem Sohne Nabo=
palassars, verlobt. Aber ehe noch der entscheidende Angriff auf Niniveh er=
folgen konnte, hatte Kyaxares einen verheerenden Einfall der Scythen zu
bewältigen, welche über den Kaukasus gekommen waren. Kyaxares erkannte,
daß die Stärke dieser mit Bogen und Streitäxten bewehrten Reiter in dem
unbedingten Vertrauen auf ihre Heerführer wurzelte; Madyas und die vor=
nehmsten Männer wurden von Kyaxares und den medischen Großen bei einem
Gelage, als der Wein ihre Sinne berauscht hatte, erwürgt, und alsbald
wurden die der Führung beraubten zügellosen Scharen, die noch in Medien
hausten, umgebracht, verjagt oder zu Sklaven gemacht. Jetzt schlug die Stunde
Ninivehs. Chaldäer und Meder umzingelten nach mehreren ungünstigen
Schlachten die Stadt, und als ihnen der Tigris dadurch, daß seine Fluthen
ein Stück der Mauer umgerissen hatten, beistand, drangen sie in die Stadt
ein und zerstörten sie so, daß sie nicht wieder aufgebaut wurde (625).

Die Scythen gaben den Vorwand zu noch einer andern Eroberung.
Ein Theil derselben, von Kyaxares vertrieben, fand bei Alyattes von Ly=
dien Aufnahme, und die Verweigerung ihrer Auslieferung führte den Aus=
bruch eines Krieges herbei oder wurde doch der Anlaß, die Absicht auf Er=
oberung Lydiens ins Werk zu setzen.

Das lydische Reich hatte seinen Mittelpunkt im Thale des Hermos,
wo an einem Nebenfluß die Hauptstadt Sardes lag. Die ältesten Herrscher
sind sagenhaft, unter ihnen finden sich Namen, welche einzelne lydische Stämme
personificiren, wie Lydos, Tyrrhenos; der letztere Stamm entsendete an=

geblich in Folge einer Hungersnoth eine Kolonie über das Meer, welche bis
nach Italien gelangte, wo sie den Adel Etruriens bildete, der die italische
Urbevölkerung beherrschte und asiatische Sitten und Religionsanschauungen
verbreitete. Auf diese ältesten Fürsten folgte die von Agron (b. i. Flüchtling), vielleicht einem Bruder des assyrischen Königs, begründete Dynastie.
Auch die Landschaft Troas stand unter dem Einfluß Assyriens, welches ein
Heer unter Anführung des Kuschiten Memnon dem durch die Achäer be- ·
drohten Könige von Ilion zu Hülfe schickte. Es wohnte in jener vom Ska-
mandros, Simois, Thymbrios und Granikos durchflossenen und von Berg-
und Hügelketten des Ida durchzogenen Landschaft bereits in vorhistorischer
Zeit eine Bevölkerung, deren Beziehungen mit den östlichen Ländern, namentlich mit Syrien, aus den in Troja gefundenen Alterthümern ein merkwürdiges
Licht empfangen haben. Die musikalischen Instrumente von Stein und Elfenbein scheinen thrakischen Stämmen anzugehören; den Thrakern schrieben die
Hellenen die Erfindung der Dichtkunst und des Gesanges zu; und das Elfenbein ist vielleicht aus Mesopotamien eingeführt, wo nach den Angaben ägyptischer und assyrischer Inschriften im 12. Jahrhundert Elephanten hausten;
das häufig gefundene Kupfer nebst Bronze deutet auf Handelsverbindungen
mit der Insel Kypros, auch das uralte trojanische Alphabet verbürgt uns
Beziehungen der Troas mit dieser Insel und Syrien, welche älter als die
Seefahrten der Sidonier und Tyrier sind. Nach der Zerstörung von Ilion
besetzten im 12. Jahrhundert Aeolier aus dem Peloponnes, wo sie durch die
Ausbreitung der dorischen Stämme verdrängt wurden, die Troas und erbauten eine neue Stadt über den Trümmern der alten.

Der letzte König jener lydischen Dynastie, Kandaules, wurde auf Anstiften seiner Frau von Gyges umgebracht, der die Dynastie der Mer-
mnaden stiftete (687). Gyges mußte die Oberhoheit des assyrischen Reiches
anerkennen. In den Annalen des Assurbanipal (669—626) heißt es: „Guggu,
König von Lubdi, eines entfernten Landes auf der andern Seite des Meeres,
von welchem die Könige, meine Vorfahren, nichts wußten, erfuhr die Größe
meines Königreichs in einem Traum, welchen Assur, der Gott, der mich er-
schaffen, ihm geschickt hatte. Er ordnete Gesandte ab, welche mir dies be-
richteten. Als er das Joch meiner Herrschaft angenommen hatte, unterwarf
er der Macht des Assur und der Istar, der Gottheiten, meiner Herren, das
Volk der Gimirri (Kimmerier oder Scythen), welche sein Land verwüstet
und meine Vorfahren nicht anerkannt hatten. Zwei ihrer Häuptlinge sendete
er mir mit eisernen Ketten und Fesseln von Erz beladen. Obwohl die Gesandten um meine Freundschaft gebeten hatten, nahm er doch sein Wort
zurück und verband sich mit dem Könige von Musuri (Psamtik von Aegypten),
um meine Herrschaft abzuschütteln. Assur aber erhörte mein Gebet, und er
wurde von den Gimirri, welche sein Land (aufs neue) verheerten, getödtet,
und sein Sohn Ardis bestieg (652) den Thron, der sich mir unterwarf".
Hierauf richtete Lydien seine Kräfte auf die Eroberung Kleinasiens. Die

griechischen Städte an der Küste wurden unterworfen unter Sadyattes und
Alyattes; dann fiel Phrygien, das alte Culturland im Herzen Kleinasiens diesseits des Halys, dessen Reichthum den griechischen Sagen von
Midas ihre Entstehung gab, und von dessen eigenthümlicher alter Bildung
die noch vorhandenen Königsgräber Zeugniß ablegen; sodann folgte Kappadokien, das Grenzland nach dem medischen Reiche hin. Nur die südlichen
Küstenländer, Lykien, Pisidien, Kilikien, bewahrten ihre Unabhängigkeit.

Grab des Midas.

　Kyaxares marschirte gegen Lydien, aber die Tapferkeit des Feindes ver-
eitelte den Erfolg. Inzwischen starb Kyaxares (595) und sein junger Sohn
Astyages setzte den Krieg fort. Nach langen Kämpfen vermittelten der
König von Babel, welcher ein Interesse haben mußte, das auch für ihn
drohende Reich der Meder nicht zu mächtig werden zu lassen, und der Syen-

nesis von Kilikien einen Frieden, den man bei Gelegenheit einer Sonnen= finsterniß (am 28. Mai 585), als der Aberglaube der Soldaten hierin einen Wink der Götter zu erkennen glaubte, schloß und durch die Verheirathung der Aryenis, der Tochter des Alyattes, mit Astyages sanctionirte.

Während der Herrschaft des Astyages vergrößerten die Könige von Lydien ihre Macht durch weitere Eroberungen, Babylonien befestigte seine Grenzen nach Norden und strebte alle Völker semitischer Abkunft zu einem großen Staat zu verbinden. Astyages, anfangs ein kraftvoller Fürst, schwelgte im Reich= thum der aus Assyrien entführten Schätze. Herrscher, welche den Mangel eigner Thatkraft selbst empfinden, glauben die durch Bloßstellung ihrer Laster erschütterte Autorität ihren Untergebenen gegenüber durch Grausamkeit auf= recht erhalten zu können; einige Zeit hält der Schrecken eine Empörung zurück; wenn aber ein thatkräftiger Mann die mit der Mißregierung Unzu= friedenen, zu denen meist in erster Reihe die nächste Umgebung des Königs gehört, an sich zu fesseln versteht, so fällt ihm die Herrschaft leicht zu, da man in ihm den Befreier aus drückenden Verhältnissen begrüßt. Astyages wird als ein wollüstiger und grausamer Herrscher geschildert, und die Un= zufriedenheit der Meder mußte den jungen Kyros, den Sohn des Vasallen= fürsten der Persis, in seiner Absicht bestärken, die Oberherrschaft über die Völker des medischen Reiches auf sein Haus zu übertragen. Astyages hatte seine Tochter Amytis einem vornehmen Meder, Spitamas, zur Frau und mit ihr die Ansprüche auf die Nachfolge im Königreich gegeben, ein Vorzug, welcher gewiß den Neid manches ebenso angesehenen und ehrgeizigen Meders erregt hat. Harpagos, einer der vornehmsten Großen, in dessen Herz die Grausamkeit des Königs den Stachel des Grimms gelegt hatte, trat mit Kyros in Verbindung und versprach ihm einen leichten Sieg über den Tyrannen, dessen Sturz ihm selbst Genugthuung geben sollte.

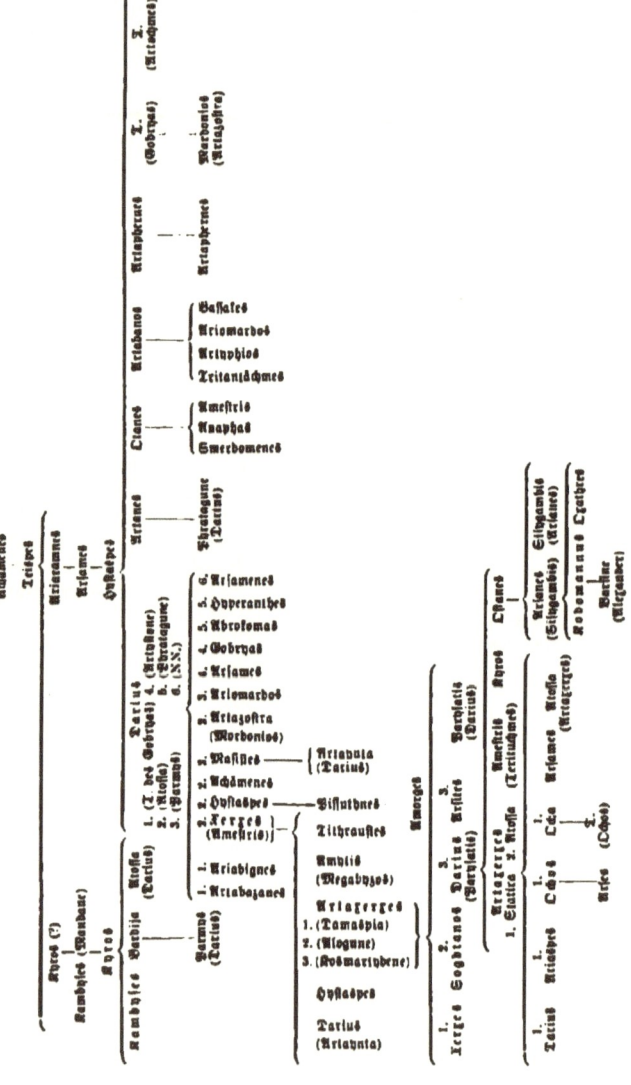

Stammtafel der Achämeniden.

Herrschaft der Achämeniden.

Kyros 559—529.

Kyros (Kurus) war der Sohn des Kambyses; als dessen Vater wird von Herodot ein älterer Kyros genannt; dieser war der Sohn des Teispes (Tschaispis), der Sohn des Achämenes (Hachamaniš). Die Mutter des Kyros war nach der medischen Ueberlieferung, welche Herodot wiedergiebt, sowie nach Xenophons Zeugniß, Mandane, die Tochter des Astyages. Es ist bekannt, was Herodot von der Kindheit des Kyros erzählt; es ist aber auch einleuchtend, daß diese Erzählung von der beabsichtigten Ermordung des Enkels ungeschichtlich sein muß, weil Astyages, wenn er keine männlichen Erben hatte (was nach dem Zeugniß der armenischen Berichte und des Xenophon, der ihm einen Sohn Khaxares auf dem Thron folgen ließ, nicht einmal der Fall gewesen sein soll), den Thron naturgemäß dem Sohne seiner Tochter hinterlassen mußte. Man darf annehmen, daß die Meder, als sie von den Persern besiegt waren, ihrem Stolz dadurch Genüge thaten, daß sie den Sieger mit ihrem eignen Königshause als blutsverwandt, als Meder von Mutters Seite ausgaben, etwa wie die persische Sage Alexander zum Sohne des Darius und einer Tochter Philipps macht.

Eine Menge kleiner Häuptlinge hatte die verschiedenen Stämme der Persis beherrscht, bis Achämenes, Fürst der Pasargaden, alle zu einem kleinen Reiche vereinigte, welches sich im Vasallenverhältniß zu Medien befand. Oft wurden die Söhne der Vasallen, die künftigen Fürsten, als Geiseln für die Aufrechthaltung des beiderseitigen Verhältnisses an den Hof des Großkönigs gezogen, und dies war wohl auch mit Kyros der Fall, der seine Jugend in Ekbatana zubrachte.

Die Landschaft Persis ist zum großen Theil eine rauhe Berggegend; der Küstenstrich hat tropisches Klima und ist dürr und sandig; dagegen haben die Thäler und Ebenen Flüsse und Seen, welche der Fleiß der alten Bewohner durch zahlreiche Wasserleitungen für die Cultivirung nutzbar gemacht hat, und einige, wie die Ebene von Schiraz, gehören zu den anmuthigsten und fruchtbarsten Irans. Die Abgeschlossenheit der Landschaft, welche von den Nachbarprovinzen durch schwer passirbare Gebirgsketten getrennt ist, hat ihre Bewohner lange auf primitiver Stufe der Cultur erhalten; die republikanische Verfassung mit ihrer Menge kleiner Gemeinden und Gaue nährte das Interesse des Einzelnen an den öffentlichen Angelegenheiten. Die nächsten Nachfolger des Kyros haben an dieser Verfassung nicht gerüttelt; Kyros legte seine Absicht, Medien zu erobern, dem versammelten Volke vor, und Darius verhandelte mit einem Rathe der Großen über den Feldzug gegen Hellas. Die Arbeit, welche der zum Theil rauhe Boden verlangte, hat dieses Volk gestählt, und das einfache Leben, welchem großer Reichthum und Luxus fremd war, hat es für die Aufgabe vorbereitet, mit Ausdauer und Tapferkeit die Eroberung Asiens zu vollführen.

Die orographische Beschaffenheit der Persis wird hauptsächlich durch

ben Zusammenstoß zweier Gebirgssysteme bedingt. Das östliche Gebirgs=
land Irans sendet mehrere Bergketten in der Richtung nach Osten aus,
zwischen welchen Gedrosien (Belutschistan) liegt, und welche in der Persis
mit dem südöstlichen Theile des Zagrossystems sich verbinden, so daß viele
von Bergen umschlossene Thäler und Ebenen entstehen. Die Straße, welche
von Bender Abbas oder Gomrun, einer 1622 vom Schah Abbas zum
Seehafen erhobenen Stadt, eine Strecke westwärts von der alten Stadt
Harmozia, in das innere Land führt, geht über Tarum (Tarava), Forg
(Paraga), Darabgird und Selbistan (ehemals große Städte, jetzt elende
aus Lehmhütten bestehende Orte) am Salzsee Machluja vorbei nach Schiraz;
man kann auch über Lar und Fasa nach Selbistan reisen, sowie über Lar,
Djarun*) und Firuzabad nach Schiraz. Der letztere Weg muß sich ehe=
mals von Lar nach der Küste fortgesetzt haben, denn am Fuße des Tschar=
ral=Berges, westwärts vom Cap Bostana, lag Siraf, im Mittelalter
eine reiche Stadt von der Größe von Schiraz, bis die benachbarte Insel
Keisch im 14. Jahrhundert den Handel an sich zog. Der am meisten von
Europäern betretene Weg geht von dem Seehafen Abuschehr nach Schiraz
und Persepolis, und ist wegen der Städte, welche er berührt, sowie durch
mehrere furchtbare Gebirgspässe, über fünf Parallelketten, merkwürdig. Die
Stadt Kazerun blühte zur Zeit der Sasaniden, und das benachbarte Thal
von Schapur ist von Ruinen und Sculpturen dieser Fürsten bedeckt. Von
Schiraz gelangt man über eine nicht beträchtliche Höhe in die sogenannte
hohle Persis, wo Istachr und das von Darius erbaute Schloß von Perse=
polis liegt. Die Gewässer dieses fruchtbaren, wenn auch theilweise ver=
ödeten Thales sind der Murgab, der nach seinem Eintritt in die Ebene
Pulwar genannt wird (der Medos der Alten), und der Kum=Firuz
(Araxes oder Kyros der Alten), welcher sich bei der Brücke Puli=chan in
den erstern ergießt. Der vereinigte Fluß heißt Bend=emir und ergießt
sich in den See von Neiriz. Von Persepolis führt eine Straße nordwärts
nach Aspabana (Ispahan) und Elbatana einer=, Raga andrerseits; noch
ehe man Jezdichast, das alte Tabae, erreicht, zweigt ein Weg nach Felat
ab, der noch heute bis in die Ebene von Mal=Amir und ostwärts bis
Kumische zu verfolgen ist; vor Mal=Amir, wo er von den Bergen herabsteigt,
ist das Pflaster des Weges 8—9 Fuß breit. Daß diese Straße unter den Achäme=
niden bestand, zeigt der Umstand, daß unter den Nachfolgern Alexanders eine ge=
pflasterte Straße hier genannt wird. Sie heißt jetzt die Straße der Atabegen,
weil diese Fürsten sie im Mittelalter (12—14. Jahrhundert) ausbessern ließen.
Eine im Alterthum berühmte Stadt war Taoke, später Tawadj, am
rechten Ufer des Granis (später Chubban, heute Abi=Chischt). Der Grenz=
fluß der Persis gegen Susiana war der Oroatis, im Mittelalter Thab

---

*) Das dj der orientalischen Namen spreche man wie d mit einem sanften sch,
etwa wie das j im engl. join, aus.

genannt; in dessen oberem Laufe ging die Straße bei Argan über die Brücke
Jekan; die Ruinen der von Kobad, Sohn des Firuz, erbauten Stadt und
der Brücke sind noch vorhanden. Von Argan konnte man auch direct nach
Persepolis gelangen, ohne über Kazerun zu gehen. Nämlich von Schabbevan,
einem durch seine Schönheit berühmten Thale, oder von dem benachbarten
Fahlijan, wo die Straße nach Kazerun abzweigt, geht auch ein Gebirgsweg
über die durch Alexanders Sieg berühmten persischen Pforten, heute Kalah
Sefid, und man gelangt auf ihm unmittelbar in das Thal des Araxes.

Herodot nennt zehn Stämme der Persis: Pasargaden, Maraphier,
Maspier; die vornehmsten seien die Pasargaden, und das vornehmste Geschlecht derselben die Achämeniden. Andere, wie die eben genannten
landbauenden (seßhaften) Stämme seien die Panthialäer, Derusiäer,
Germanier, sowie die nomadischen Daer, Marder, Dropiker, Sagartier. Wahrscheinlich bildeten nun die drei ersten Stämme den kriegerischen
Adel, die drei folgenden die neben ihnen wohnenden Landbauer; die Heerführer der Perser sind Pasargaden, Maraphier, niemals aber Panthialäer,
Derusiäer und Germanier; so wohnen noch heute die landbauenden Kurden
oder Guren neben den kriegerischen Kurden, welche sich die Stämme nennen,
und auch die Scythen zerfielen in königliche, aderbauende und nomadische.
Die Pasargaden wohnten im Osten der Persis, wo auch die Germanier (heute
Kerman) zu suchen sind. Die Maraphier mögen im Norden gewohnt haben,
wohin Ptolemäos die Stadt Marrhasion setzt; da ferner die aderbauenden
Panthialäer vom Meere benannt zu sein scheinen, so müssen die noch übrigen
Derusiäer zu den Maraphiern, die Maspier zu den Panthialäern gehört haben.
Die Namen der nomadischen Stämme bei Herodot tauchen auch an andern
Stellen Irans auf, was eben in ihrem Wanderleben seinen Grund hat.

Kyros, Vasall des Astyages, gewann die Perser durch die Schilderung
ihrer damaligen untergeordneten Stellung im Gegensatz zu den Vortheilen,
welche ihnen die Unterwerfung Mediens bringen würde, für seine ehrgeizigen
Pläne. Gleich beim Beginn lachte ihm das Glück, indem er den König von
Armenien zu seinem Verbündeten machte. Dieser König war Tigran I.,
Sohn des Erovant, der siebente Nachfolger der Hratschea (Ursa), der beste
König, wie ihn der Geschichtschreiber Mose von Chorene nennt; man sang
Lieder von ihm mit Begleitung auf dem Bambir (einem mit dem Plektron
geschlagenen Saiteninstrument). Astyages fürchtete, sein Vasall Tigran werde
sich unabhängig machen; er suchte ihn durch seine zweite Gemahlin, Tigra-
nuhi, die Schwester Tigrans, unter dem Schein der Freundschaft an den
Hof zu locken, um ihn zu ermorden. Die Frau entdeckte den Plan ihrem
Bruder, dessen Waffen sich nun mit den persischen vereinigten. Die armenische Ueberlieferung läßt zum Ruhm ihres Helden den Astyages von Tigrans Lanze durchbohrt werden.

Wen die Götter verderben wollen, den schlagen sie mit Blindheit. Astyages
betraute den Harpagos, den geheimen Freund des Kyres, mit dem Ober-

befehl. Der größere Theil der Armee ging auf sein Anstiften zu den Persern
über; gleichwohl schlugen sich die übrigen Meder so tapfer, daß mehrere
Schlachten stattfanden. An der Stelle, wo Kyros die Meder besiegte und
Astyages gefangen nahm, wurde von ihm eine Stadt erbaut, welche er nach
seinem Stamme Pasargaba nannte. Die persischen Frauen, welche mit in
die Schlacht gezogen waren, hatten durch Anfeuerung des Muthes ihrer
Männer viel zum Erfolg beigetragen, und es blieb daher lange Zeit Sitte,
daß, wenn der König in Pasargaba residirte, er jeder persischen Frau, die
vor ihm erschien, 20 Drachmen Gold überreichte. Astyages starb nach einiger
Zeit; seine erste Frau, die lybische Aryenis, wurde nach der armenischen
Ueberlieferung (welche sie Anuisch nennt) nebst ihren Söhnen und Töchtern nach
Golthen (östlich von Nachitschewan) geführt; alte Lieder der Golthener erzählten
diese Geschichten, indem sie die Nachkommen des Astyages als Drachensöhne feierten;
noch im 2. Jahrhundert unserer Zeitrechnung wird hier ein Drachentempel
erwähnt (Astyages bedeutet Drache). Tigran von Armenien blieb als Vasall im Besitz seines Reiches. Die übrigen Länder Irans fielen dem Kyros,
den man als Erben der medischen Krone betrachtete, zumal er die Tochter
des Astyages, Amytis, nach Hinrichtung des präsumtiven Thronfolgers,
ihres Mannes, in sein Harem genommen hatte, von selbst zu oder wurden
wenigstens nach kurzem Kampfe bezwungen, wie die Baktrer, die Saken
jenseits Baktrien, die mit ihren Weibern in die Schlacht zogen; ihr König,
Amorges, wurde gefangen, worauf sein Weib, Sparethra, durch einen
Sieg die Auslieferung ihres Gatten bewirkte; Amorges wurde ein Verbündeter des Kyros. Kyros hat wohl auch bereits Chorasmien (Huvaraz-
mija) seinem Reiche einverleibt, welches wenigstens in den Inschriften des
Darius als Satrapie erscheint; vielleicht darf man die beim Al-Biruni (geb.
970, schrieb 1029) aufbewahrte Notiz hierauf beziehen, daß Kai Chosru
(von welchem der Kyros der Sage Züge entlehnt hat und mit dem er unschwer verwechselt werden konnte) das Land erobert und daselbst die Dynastie der Schahija gegründet habe; einer dieser Herrscher, Afrig, soll im
Jahre 305 nach Chr. die Burg von Kath, der alten Hauptstadt am rechten
Ufer des Oxus, erbaut haben. Die heutige Oase Chiwa ist ein äußerst
fruchtbares Land, da sie von einem Netz von Canälen aus dem Oxus nach
allen Richtungen durchschnitten ist; in älterer Zeit und noch im Mittelalter
war ein großer Theil der jetzigen Wüste zwischen Chiwa und dem Aral
ein bevölkertes Land mit großen Städten. Die bereits vor einem Jahr-
tausend erfolgte Austrocknung des südlichen Arms des Oxus, welcher in den
Balkan-Busen des Kaspischen Meeres (der bei Krasnowodsk ins Land ein-
schneidet) strömte, muß die Veröbung dieser jetzt von Turkmenen durch-
streiften Ebene veranlaßt haben; aber auch weiter südlich sind Spuren von
hoher Cultur gefunden worden, denn man hat in neuerer Zeit die Ruinen
einer Reihe von Festungen entdeckt, welche vom Kaspischen Meer über den
Brunnen Bogbaili (38° 25′ Breite) bis nach dem Einfluß des Zumbar in

2*

den Atrek liegen; etwa fünf und eine halbe geogr. Meile von jenem Brunnen und neun und eine halbe von der Zumbarmündung entfernt, erheben sich die großartigen Ruinen der Stadt Mestorjan, von einem Canalsystem von neun Meilen im Umkreis umgeben. Die Festungen waren zum Schutz eines Bewässerungscanals erbaut, der sich auf einem 7 Fuß hohen Wall befindet und 14 Fuß breit ist; er wurde durch das Wasser des Atrek gespeist, welches man durch hydraulische Anlagen in ihm heraufpumpte. Die Ruinen von Mestorjan sowie diejenigen der Netropolis Meschedi (1½ Stunden entfernt) stammen erst aus den Zeiten des Islam; jedoch bestand schon zur Zeit der Achämeniden hier zwischen Hyrkanien und der Chiwa-Oase cultivirtes Land, und die in der Mitte des 15. Jahrhunderts zerstörte Stadt Mestorjan (Meschedi Misrian) war der alte Hauptort von Dahistan.

Die Provinz Susiana scheint dem Kyros ohne weiteres zugefallen zu sein, denn nach der Eroberung des einst mächtigen Landes durch Assurbanipal kam es an Assyrien und mit dessen Untergang an das medische Reich; nach einer Nachricht, welche indessen nicht zuverlässig ist, wäre Susiana erst durch die Besiegung des Königs von Babylonien, dessen Verbündeter der König von Susiana, Abradates, gewesen, an die Perser gekommen, d. h. der susische Vasallenfürst hätte sich auf die Seite der Chaldäer geschlagen. Susiana, eine von den Achämeniden (welche im Frühling in Susa residirten) wie auch von den Sasaniden sehr bevorzugte Provinz, hat eine reiche geschichtliche Vergangenheit; die Könige von Elam waren häufig in die Kämpfe der mesopotamischen Reiche verwickelt, und die assyrischen Inschriften, namentlich des Assurbanipal, enthalten eine Menge von Nachrichten über dieses Land, welches noch heute von Ruinen aus der alt-susischen, der achämenischen und sasanischen Zeit bedeckt ist. Wir kennen aus den alt-susischen Inschriften von Susa, Mal-Amir und andern Orten Namen von Göttern und alten Königen, und ersehen aus ihnen, daß die Bevölkerung in mehrere nahe verwandte Stämme zerfiel, welche Mundarten der alten susischen oder medo-elamitischen Sprache redeten. Einige Armenien benachbarte Völker, Iberer, Albaner, Tibarener, Chalyber, Makronen, mußten den Kyros gleichfalls als Großkönig anerkennen, und seine Herrschaft reichte demnach bis an die lydische Grenze.

In Lydien war auf Alyattes im Jahre 561 sein Sohn Krösos gefolgt, welcher die Eroberungen seiner Vorgänger fortsetzte. Aber auch hier war dem Kyros insofern das Glück günstig, als Krösos, dem es allerdings gelang, die letzten der griechischen Städte zu unterwerfen, ein abergläubischer und unentschlossener Mann war, wozu vielleicht das Unglück in seiner Familie — ein Sohn verunglückte auf der Jagd, ein andrer war taubstumm — beitrug; es kam dazu, daß die Lyder bereits durch übergroßen Reichthum und Luxus (das Land hat Gold in Flüssen und Schachten, die Industrie kostbarer Webereien und ein ausgedehnter Handel, der u. a. auch zu der Prägung der ältesten Münzen der Welt Anlaß gab, brachte den Lydern die

Mittel zu allen Arten des Genusses und der Ueppigkeit, selbst die Religion
verdarb mit ihrem sehr eifrig betriebenen Cultus der asiatischen Aphrodite
die gute Sitte) weichliche Genußmenschen geworden waren, welche trotz ihrer
vorzüglichen Reiterei und Kriegswagen den abgehärteten und siegesgewissen
Kriegern des Kyros auf die Dauer keinen Widerstand leisten konnten. Wie
groß der Reichthum Lydiens war, erhellt u. a. aus den Weihgeschenken,
welche Krösos in verschiedene Tempel des weissagenden Apollon stiftete. Diese
Stiftungen sind nicht etwa märchenhafte Uebertreibungen, erfunden, um den
lydischen Reichthum zu schildern, sondern sie sind, wie weniges aus jener Zeit, beglaubigt, da die Geschichtschreiber die Gegenstände selbst sehen konnten und gesehen
haben. Die meisten Silbergeräthe, welche sich zu Herodots Zeit in Delphi befanden,
rührten von Gyges her, den die delphische Priesterschaft durch einen Orakel-
spruch zu Gunsten seiner Usurpation sich verpflichtet hatte; außerdem hatte
bereits Gyges außerordentlich viele goldene Gefäße geschenkt, namentlich sechs
Mischkrüge, welche in der von Kypselos gestifteten „korinthischen Schatzkammer"
standen und den Werth von 30 Talenten hatten. Krösos ließ eine große
Anzahl Goldgeräthe auf einem heiligen Scheiterhaufen des lydischen Herakles
(Sandou) einschmelzen und das hierdurch geweihte Gold aufs neue zu Geschenken verarbeiten: er ließ 117 Ziegel gießen, die größeren 6, die kleineren
3 Spannen lang, und eine Spanne dick; vier unter ihnen waren von reinem
Golde, 2½ Talent von Gewicht; die übrigen bestanden aus einer Mischung
von Gold und Silber im Gewicht von 2 Talenten; sodann ließ er einen Löwen
von Gold anfertigen, im Gewicht von 10 Talenten. Als der Tempel von Delphi
abbrannte (548), stürzte dieser Löwe von den Ziegeln herab und wurde in den
korinthischen Schatz verbracht, nachdem er 3½ Talent durch die Feuersgluth eingebüßt hatte. Ferner schickte Krösos nach Delphi einen silbernen und einen
goldenen Kessel, welche links und rechts vom Portal aufgestellt waren; bei dem
Brand wurde der goldene in den klazomenischen Schatz gebracht; er wog 8½ Talent
12 Minen; der silberne, ein Werk des Theodoros von Samos, faßte 600 Am-
phoren und wurde in der Ecke des Vorhofs aufgestellt. Ferner sandte er 4 silberne
Fässer (im korinthischen Schatz), sowie ein goldenes und silbernes Weihwasser-
becken; auf das goldene hatte ein Delphier den Namen der Lakedämonier gravirt,
um glauben zu machen, diese hätten es gestiftet; ferner viele andere Weih-
geschenke, runde Trankopfergefäße von Silber, sodann das 3 Ellen hohe goldene
Bild einer Frau, endlich das Halsband und den Gürtel seiner Gemahlin. In
den Tempel des Amphiaraos stiftete er einen massiven goldenen Schild und eine
eben solche Lanze; diese Gegenstände sah Herodot im Tempel des ismenischen
Apollon zu Theben. Endlich beschenkte Krösos jeden Bürger von Delphi
mit zwei Goldstücken (Stateren, ein Stater galt etwas mehr als eine Guinee).
Die Lakedämonier, welche Gold für ein Standbild des Apollon in Thornax
einzukaufen nach Sardes kamen, erhielten das von ihnen gewünschte zum
Geschenk. Noch andere griechische Orte hatten Geschenke des Krösos aufzuweisen: in Theben befand sich im Apollotempel ein goldener Dreifuß, in

Ephesos waren die goldenen Kühe (die Thiere der Artemis) und die meisten Säulen, im Tempel der Athene pronaia in Delphi ein großer goldener Schild von Krösos gestiftet. Die Geschenke für den Apollon von Branchidae bei Milet waren von gleichem Gewicht und Beschaffenheit wie die in Delphi.

Kyros ließ die Stimmung der noch nicht lange von den Lydern unter: worfenen Jonier ausforschen, um sie vielleicht auf seine Seite zu ziehen, was aber nicht glückte. Krösos sah die persischen Heere seinem Reiche immer näher rücken und faßte den tapfern Entschluß, anzugreifen. Er wurde dazu ermuthigt durch ein delphisches Orakel, welches ihm den Sieg über die Perser verhieß: „Krösos wird den Halys überschreitend ein großes Reich zerstören". Er ging über diesen Grenzfluß und kam in das Gebiet von Pteria. Die Ruinen der festen Hauptstadt dieses Theiles von Kappadokien, des Haupt: stützpunktes der medischen Grenze, sind bei Bogaz=köi (etwa 5 Stunden von Juzgat in nordwestlicher Richtung entfernt) noch vorhanden, und der Um: stand, daß keine Trümmer späterer Bauwerke vorhanden sind, läßt mit Wahr: scheinlichkeit vermuthen, daß die Lyder sie nach Zerstörung der Stadt ebenso gelassen haben, wie wir sie jetzt sehen, abgesehen von der weitern Aufzehrung durch Naturvorgänge während eines Zeitraums von fast dritthalb Jahrtau: senden. Die Mauern eines Palastes ragen nur wenige Fuß über der Erde empor; sowohl die Anordnung der etwa 30 Männlichkeiten wie auch das Mauerwerk, dessen einzelne 5—7 Meter lange Blöcke bisweilen ähnlich wie in Persepolis wie Holzwerk ineinandergreifen, statt an einander gelegt zu sein, sowie die Spuren von Treppenanlagen hinter dem Palast verrathen assyrischen Stil. Die Lyder scheinen sich mit der Zerstörung des auf der Mauer errichteten Backsteinbaues begnügt zu haben. Benachbarte Felsgruppen waren durch Castelle befestigt, worunter namentlich die Burg mit Thor und unterirdischen Gängen bemerkbar ist. In der Nähe befinden sich in einer mehrere Säle oder Gemächer bildenden Felsmasse die berühmten Sculpturen von Jazili=kaja, eine Procession von fast 70 männlichen und weiblichen Figuren in der Tracht der kimmerischen Scythen (die Frauen tragen einen thurmkronenartigen Kopfputz, die Männer hohe Spitzhüte und kurze Gewänder), die von der kappadokischen Landesgöttin durch Ueberreichung eines eigenthüm: lichen Symbols bewirkte Weihe des Königs der Kimmerier, welche zu den Zeiten der letzten assyrischen Könige jene Lande besetzt hielten. Jenes Symbol in der Hand der verleihenden Göttin und des empfangenden göttlich dar: gestellten Königs hat man für die Alraunwurzel gehalten; andere antike Reliefs, z. B. die ähnliche assyrische Darstellung bei Malatija, zeigen statt desselben einen Ring oder Ring und Stab der königlichen Gewalt.

In der Nähe von Pteria wurde eine Schlacht geschlagen, welche unent: schieden blieb, als die Nacht hereinbrach. Krösos beging nun einen großen Fehler. Er schloß, Kyros, der am folgenden Tage nicht wieder angriff, werde nach einer Schlacht, welche, obwohl unentschieden, doch insofern zu Gunsten der Lyder ausgefallen war, als diese in der Minderzahl gefochten hatten, sich bedenken, sogleich weiter zu marschiren, zumal der Winter herannahte; er glaubte also erst im Frühling ein Vorrücken der Perser erwarten zu dürfen und entbot nach seiner Rückkehr nach Sardes seine Bundesgenossen, die Aegypter, Babylonier und Lakedämonier, ihm zu Hülfe zu kommen. Kaum war er jedoch in Sardes angelangt, als auch die Perser ihm auf dem Fuße folgten. Auf der großen Hermosebene vor Sardes stauden die Schlachtlinien sich gegenüber. Der lydischen Reiterei fühlte sich Kyros nicht gewachsen; er gebrauchte daher die List, einen Theil seiner Soldaten auf die Kameele, welche die Bagage trugen, zu setzen. Das Roß erträgt nicht die Witterung des Kameels, und so wurde die lydische Reiterei in Verwirrung gebracht; die tapfern Reiter saßen ab und stritten zu Fuß mit den Persern; endlich, als bereits Viele gefallen waren, warfen sie sich nach Sardes, welches nun von Kyros belagert wurde.

Die Ebene von Sardes wird vom Hermos durchflossen, welcher vom Dindymos kommt, wo ein Heiligthum der dindymenischen Mutter lag; er floß im Alterthum bei Phokäa ins Meer, heute mündet er bei Smyrna. Kurz vor Sardes nimmt er den Fluß von Philadelphia auf; ein kleines Wasser, der Paktolos, der bis in die Zeit des Augustus Gold führte, floß über den Markt vou Sardes. Jenseits des Hermos liegt der künstliche gygäische See; am Südufer desselben stand ein Tempel des lydischen Zeus, und um den See erheben sich die Grabhügel der Könige, unter denen besonders der des Alyattes mit seiner flachen Wölbung riesige Dimensionen hat. Dieser Grabhügel ruht zum Theil auf geebnetem Felsgrund; nur an der Südseite, wo der Fels erst steil, dann allmählich abfällt, wurde eine geneigt aufsteigende Untermauerung nöthig, welche die Höhe des Felsgrundes erreichte. Auch die Grabkammer lehnt sich an den Felsen, und ihre Decke liegt in gleicher Linie mit der Höhe der Mauer und des Felsgrundes. Der Gipfel des flachen Grabhügels erhebt sich 228 Fuß über die Ebene, 142 Fuß über die Basis der Mauer. Sein Durchmesser an der letztern beträgt 1124 Fuß, etwa 63 Fuß mehr, als Herodot angiebt, und zwar deshalb, weil der Umfang am Boden durch Abschwemmung des Erdreichs von obenher sich ausgedehnt hat. Herodot erwähnt als Bekrönung des Hügels fünf Steinzeichen; diese waren so angeordnet wie die Pyramiden auf dem Grab der Horatier und Curiatier bei Albano, nämlich das größte stand in der Mitte der vier kleineren. Es liegt noch heute umgestürzt und halb in die Erde versunken auf der Höhe des Hügels und hat die Form einer Kugel von fast 8 Fuß im Durchmesser mit niedriger Basis. In der Nähe hat man eine der übrigen Kugeln entdeckt, welche viermal kleiner als die große ist und von oben eine Strecke weit herabgerollt war. Die Zeichen haben eine Unterlage von festem Mauerwerk, der Hügel selbst besteht aus rother und schwarzer Thonerde, fettem Lehm und weißem Sand. Die Grabkammer liegt 160 Fuß südwestlich vom Mittelpunkt des Hügels, und auf ihrer Decke faud man eine Schicht von Kohlen, welche man als Reste der Todtenopfer betrachtet, die vor Aufschüttung des Hügels dargebracht worden sind. Die Kammer, über 11 Fuß lang

fast 8 Fuß breit und 7 Fuß hoch, von Marmorblöcken erbaut, die theilweise
mit bleiernen Schwalbenschwänzen verbunden und nach innen polirt sind, ist
leer, denn die Grabräuber, von welchen ein ganzes Netz von Schachten und
Stollen in den Hügel getrieben worden ist, haben längst die Schätze fort=
genommen, welche der todte Alyattes mit ins Grab genommen hatte. Ein
unter der Decke herlaufender Fries ist rauh behauen, zum Zeichen, daß er
ursprünglich eine Bekleidung, wahrscheinlich von Goldblechen, getragen hat.
Die Thür, nach Sardes gerichtet, wird von eingefügten Marmorplatten ge=
bildet, welche nach innen und außen rauh gelassen sind. Zu der Thür führt
ein Gang, der auf beiden Seiten mit Marmorblöcken ausgesetzt ist und der
nach einer gewissen Strecke sich im Innern des Erdhügels verliert. Vor=
treffliche, auf der Drehscheibe gearbeitete Thongefäße, Henkelschalen, Alabaster=
flaschen (wie sie die Leidtragenden an den Eingängen der Gräber nach voll=
brachtem Trankopfer deponirten) und einige feingebildete Wirbel=, Hand= und
andere Knochen, die ohne Zweifel dem Alyattes angehört haben, fand man
bei der Untersuchung der Kammer. In andern Grabhügeln dieser sardischen
Nekropole haben sich steinerne Ruhebetten für den Todten gefunden, etru=
rischen gleichend, lange vertiefte Steine, an der Kopf= und Fußseite auf Stein=
platten ruhend, deren schmale Vorderflächen mit grün und roth bemalten
Palmetten und andern Ornamenten verziert sind; und das in Stein imitirte
Kissen für Haupt und Füße ist mit Voluten geschmückt.

Die einzige Ruine der Stadt Sardes ist ein ionischer Tempel aus make=
donischer Zeit, von welchem im vorigen Jahrhundert noch sechs Säulen und
ein Stück Cella aus dem Boden ragten, während heute nur noch zwei auf=
recht stehen. Die Burg erhob sich auf einem jähen Fels des Tmolos über
der Stadt. Kyros lag zwei Wochen vor der Stadt, ohne etwas auszurichten.
Ein Perser, Hyröades, aus dem Stamme der bergbewohnenden Marder,
entdeckte durch einen Zufall einen sonst nicht erkennbaren Aufstieg zur Burg;
er erkletterte mit entschlossenen Kameraden die Mauer, die Burg fiel und
mit ihr die Stadt und die Herrschaft des Krösos (547). Die Perser plün=
derten die Stadt und Krösos wurde gefangen genommen. Krösos hat die
Züge eines tragischen Helden, selbst wenn man Vieles von der Erzählung
Herodots, der ihn offenbar zu einem solchen zu stempeln beabsichtigt hat, für
unhistorisch hält; es ist, als ob der Fluch, der auf seinem Ahnherrn, dem
Mörder des Kandaules, lastete, nach langer Zeit auf das schuldlose Haupt
des Enkels fallen sollte. Trotz aller Frömmigkeit und ängstlicher Vorsicht,
vor jeder Handlung die Orakel der Götter zu befragen, um einem Unglück
auszuweichen, nahte dem Krösos das Schicksal, um ihn vom Throne des
Glücks und der Macht herabzustoßen; erst als er das Aeußerste zu thun sich
entschlossen hatte: sich selbst mit seinen Schätzen den Göttern als Brandopfer
darzubringen, und als bereits die Flammen am Scheiterhaufen emporzüngelten,
schienen die Himmlischen besänftigt und löschten mit einem plötzlichen Regen
den Brand. Kyros war ein ebenso großer Feldherr und Staatsmann, als

ein großer Mensch; er zeigt bei seinen unerhörten Erfolgen niemals Ueber=
hebung, und keinen Zug von Grausamkeit hat die Geschichte von ihm ver=
zeichnet. Die Schicksale des Krösos waren ihm gewiß nicht unbekannt ge=
blieben — nach Herodot hat sie ihm Krösos selbst geschildert —, und die
Schonung seines Lebens war von Seiten des Kyros ein Act der Klugheit
und zugleich der Menschlichkeit; vor ihm war es Sitte, die Besiegten zu
martern und umzubringen; Kyros trat zu Krösos in das Verhältniß eines
Freundes, dessen Rathschläge er oft mit Erfolg ausführte.

Der Sturz des lydischen Reiches muß einen außerordentlichen Eindruck
hervorgerufen haben. Lydien stand auf der Höhe des Glücks und der. Macht;
seine Krieger hatten die griechischen Städte, die Märkte des Welthandels, die
Pflanzstätten der Künste und Wissenschaften, sowie fast ganz Kleinasien unter=
worfen, und nun lag es zertrümmert durch ein fernes Volk, welches soeben
erst von seinem großen Führer aus halber Barbarei emporgezogen worden
war. Selbst der Glaube an die Götter mußte durch die Ereignisse erschüttert
werden, welche gegen die Weissagungen über den Krösos, diesen gerade durch
Frömmigkeit merkwürdigen Fürsten, hereingebrochen waren.

Nach Lydien kam die Reihe an die Griechenstädte der anatolischen Küste.
Die mächtigste derselben, Milet, trennte Kyros durch die Maßnahme von
den übrigen, daß er sie in dem Verhältnisse bleiben ließ, worin sie zu Krösos
gestanden hatte: er begnügte sich, ihren Tribut anzunehmen. Die übrigen
Städte rüsteten sich zur Abwehr, baten auch die Lacedämonier um Beistand;
diese aber schickten nur ein Kriegsschiff an die Küste, um Jonien und die
Perser zu überwachen, zugleich kam ein Gesandter nach Sardes, um Kyros
zu erklären, sie würden nicht erlauben, daß er die griechischen Städte unter=
werfe. Der Sieger von Ekbatana und Sardes fragte einen Perser, wieviel
Spartaner es denn gäbe, und sagte dem Gesandten, er habe nie vor Männern
Angst gefühlt, welche mitten in der Stadt einen Ort dafür bestimmt hätten,
an ihm zusammenzukommen und sich durch falsche Schwüre gegenseitig zu
hintergehen (die Perser achteten die Kaufleute gering); wenn er gesund bleibe,
sollten sie nicht von den Joniern, sondern von sich selbst Geschichten erzählen.
Darauf setzte Kyros den Tabalos zum Statthalter von Sardes ein, beauf=
tragte den Paktyas, einen Lyder, die Beute nach Persien zu schaffen und
kehrte mit Krösos nach Ekbatana zurück. Paktyas stiftete eine Empörung
in Lydien an und belagerte den Tabalos in der Burg von Sardes. Beim
Herannahen des medischen Generals Mazares floh er nach Kyme, dessen
Bewohner ihn aber aus Angst vor den Persern nach Chios schafften, und
von hier aus wurde er den Persern ausgeliefert. Mazares starb bald, nach=
dem er Priene erobert hatte. Die weitere Unterwerfung Kleinasiens leitete
Harpagos. Er begann mit richtigem Blick der mächtigsten Stadt nächst
Milet: Phokäa wurde mit dem Belagerungswall umgeben und die Sturm=
böcke wurden aufgefahren. Die Phokäer aber entflohen nach Chios, und segel=
ten, von dessen Bewohnern, welche Concurrenz fürchteten, abgewiesen, nach

Alalia in Corsica und Massilia in Gallien. Ebenso erkauften die Be=
wohner von Teos ihre Freiheit durch Verzicht auf ihre Heimath und ließen
sich in Abdera nieder. Die andern Städte wurden erobert, sogar die Inseln
an der Küste außer Samos, welches erst unter Polykrates zur Zeit des
Kambyses die persische Hoheit anerkannte, unterwarfen sich. Karien unter=
lag nach kurzem Widerstand. In Lykien hatte es Harpagos mit sehr tapfern
Männern zu thun; die Bewohner der Hauptstadt Xanthos sowie die von
Kannos in Karien verbrannten ihre Stadt mit ihren Weibern und Kindern,
und starben sämmtlich den Heldentod. Harpagos erhielt die erbliche Satrapen=
würde von Lykien, und der Name seines Enkels Harpagos erscheint in einer
großen lykischen Inschrift, die jedoch noch nicht entziffert ist.

Die Landschaft Lykien bestand im Alterthum aus zwei Königreichen;
der König der Termilen wohnte in Arna oder Xanthos am Sirbe, der=
jenige der Troer in Tlos; seit dem 7. Jahrh. siedelten sich viele Griechen
an der Küste an. Schon längst vorher gab es auch phönikische Einwanderer,
welche Solymer genannt werden, wahrscheinlich weil die meisten derselben
auf dem Gebirge Solyma (d. h. phönik. Treppe, Klimax) wohnten; sie sprachen
noch zu Xerxes' Zeit phönikisch. Das Land war von bedeutenden Städten
angefüllt, deren Ruinen, meist aus Grabmonumenten bestehend, zum Theil
eine eigenthümliche lykische Architektur zeigen, zum Theil mit den ausgesuch=
testen griechischen Sculpturwerken geschmückt sind. Herodot beschreibt die alte
Tracht der lykischen Krieger: Röcke von Ziegenwolle und Mützen mit einem
Federkranz, Bogen, Wurfspeere und Säbel, auf den Denkmälern ist ihre
Tracht griechisch geworden. Die Grabmäler, welche für Lykien charakteristisch
sind, stehen theils frei: auf einem Unterbau erhebt sich ein sarkophag=
ähnliches hohes Gebäude, von einem Deckel oder Dach geschlossen, dessen
Schmalseiten einen Spitzbogen bilden. An den beiden langen Seiten des
Daches bemerkt man je zwei vorspringende Zieraten, den Handhaben des
Sarges entsprechend, meist als Löwenköpfe behandelt, die Seiten des Sarges
(der offenbar ein in Stein nachgebildeter Holzbehälter ist) zeigen sehr voll=
endete Sculpturen und Inschriften in lykischem Alphabet; zum andern Theil
sind es Felsgräber, welche sich in Fenstern öffnen, die wiederum dem Holz=
bau nachgeahmt sind; auch die Holzbalken der Decke sind in Stein nach=
gebildet. Zuweilen sind auch die freistehenden Gräber nicht aufgebaut, son=
dern durch Entfernung des Gesteins ringsum aus dem Felsen herausgearbeitet.
Ueber den Felsgrüften erhebt sich wohl auch auf einigen Stufen ein Thurm;
das berühmte Harpyienmonument von Xanthos ist ein solcher Thurm,
dessen oberer Theil auf seinen vier Seiten von vorzüglich gearbeiteten Mar=
morbildwerken in alterthümlichem Stil geschmückt ist. Auf der Westseite befindet
sich die Oeffnung des Grabes, und über ihr ist eine Kuh abgebildet, das Thier
der ägyptischen Hathor-Isis, das die Naturkraft symbolisirende Gegenbild
der Pforte des Hades. Die Darstellungen beziehen sich auf das Schicksal
der Seele nach dem Tode, und die lykischen Todesgenien, die Harpyien, sind

Felsgrab in Myra.

Marmorgrab in Xanthos.

als Vögel mit Frauenköpfen und Armen dargeſtellt, welche die Seele in Geſtalt
eines Kindes emportragen. Sie reichen ihm die Bruſt mit der Nahrung für
das neue Leben im Jenſeits. In der Nähe dieſes Denkmals ſtand der (jetzt
im Britiſh Muſeum aufbewahrte) Obelisk mit Inſchriften von mehr als
250 Zeilen; zu Ende ſtehen griechiſche

Hexameter, deren erſter dem Epigramm
des Simonides auf die Schlacht am
Eurymedon (466) entnommen iſt, und
dann folgt zum Schluß eine lykiſche Para-
phraſe dieſer Verſe. Es giebt noch eine
dritte Art Gräber, welche gleichfalls aus
dem Felſen gearbeitet, aber in ioniſchem
Stil behandelt ſind. Sie beſtehen aus
der Grabkammer und einem Felsporticus,
der ſich mit zwei Anten oder Eckpfeilern
und einer oder zwei ioniſchen Säulen
öffnet. Die blinde Thür des Grabes iſt
einer hölzernen mit Nägeln beſchlagenen
Pforte nachgebildet, und am Boden befand ſich der wirkliche Eingang, der überall
von Grabräubern ausgebrochen iſt und
wahrſcheinlich aus einer auf Zapfen
gehenden Steinthüre beſtand. — Die
Lykier haben vor der perſiſchen Erobe-

Harpyie.

rung Münzen geprägt, alsdann wurde ihnen das Recht dazu genommen,
unter Xerxes war das Land in dem Grabe ſelbſtändig, daß es wieder Geld
prägte, und die letzten Münzen ſtammen aus der Zeit der Liga der 33
lykiſchen Städte, vom Jahre 168 vor bis 50 nach Chr., als Lykien vom
römiſchen Senat für frei erklärt worden war. Von einer Eroberung Kilikiens ſchweigen die Berichte; es iſt möglich, daß der Syennefis in dem
Verhältniß zu Kyros blieb, in welchem er zu den letzten aſſyriſchen und
wahrſcheinlich mediſchen
Königen geſtanden hatte,
d. h. dem eines nahezu
ſouveränen Fürſten; doch
wird Kilikien in den ſpä-
teren Tributliſten ebenſo
wie andere Provinzen

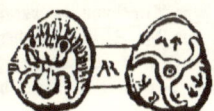

Münze von Erekle (Herakleia).   Münze von Myra (röm. Zeit).

aufgeführt. Die Kilikier werden bereits im 9. Jahrh. auf aſſyriſchen Denkmälern
genannt; ſie waren nach ihrer Abſtammung nahe verwandt mit den Phönikiern,
was die ethnographiſche Sage dadurch andeutet, daß ſie Kilix (den Repräſen-
tanten des Landes) zum Sohn des Agenor (des Baal) macht. Sie behaupteten
gegen die Lyder ihre Unabhängigkeit und nahmen auch im perſiſchen Reich

eine bevorzugte Stellung ein. Von Kappadocien führte ein schmaler Paß, die kilikischen Pforten, heute Kulek Bogaz, nach Kilikien; er besteht aus einem schmalen Pfad, der bald auf glattem Fels am Rand von Abgründen läuft, bald so steil abfällt, daß man nicht hinabreiten könnte, wenn man nicht eine Art Treppe von Baumstämmen hergestellt hätte. Von dem Paß kommt der Kybnos, der bei Tarsos, wo er schiffbar wird, vorbei ins Meer fließt. Die Ebene an der östlichen Küste, wo die bedeutendsten Flüsse, der Saros (Seihan) und Pyramos (Dscihan) fließen, ist fruchtbar, im Gegensatz zu dem westlichen Theile des Landes, dem sogenannten rauhen Kilikien, wo der Kalykadnos (Gök Su oder Selevke Tschai, d. h. Fluß von Seleukia) den Tauros durchbricht. Der Charakter der Orte an den Küsten ist eigenthümlich: eine feste Burg und ringsum einige Häuser. Hier brachten von jeher Seeräuber ihre Beute in Sicherheit und leisteten der Landesregierung Widerstand. Nach Syrien gelangte man zunächst durch die syrischen Pforten, eine schmale Landenge zwischen der See und dem Gebirge nördlich von Issos, sowie durch den Paß über den Amanos in der Eintiefung zwischen dem in spitzem Winkel auf den Tauros stoßenden Amanos (Beilan-dag) und Rhosos, der in das Vorgebirge Ras al chanzir ausläuft, bei der Stadt Beilan (südlich von Iskenderun). Die älteste Ansiedelung scheint am Pyramos stattgefunden zu haben, der in Kataonien entspringt und den Tauros durchbricht. Ostwärts von Tarsos liegt eine rechtwinklige, 84 Meter lange, 46 Meter breite, nach Osten offene Umfassungsmauer von 7 Meter Höhe und fast gleicher Dicke, in deren Innerem sich zwei würfelförmige Massen erheben; parallel mit der schmalen Seite steht eine von der übrigen Anlage getrennte riesige Mauer; nur ihr aus Trümmergestein in sehr festem Mörtel bestehender Kern ist vorhanden, während die Bruchsteinbekleidung abgerissen ist. Man fand bei einer Ausgrabung den Finger einer Kolossalstatue von guter römischer Arbeit, sowie Marmorfragmente, welche keinen Schluß auf das Alter derselben ermöglichten. Die Bestimmung des Bauwerkes, welches sehr alt ist, bleibt verborgen; im Alterthum sagte man, es sei das Grab des Sardanapal, d. h. man hielt es für assyrisch. Im übrigen bietet Tarsos wider Erwarten wenig archäologische Ausbeute, da es oft durch Naturereignisse zu leiden hatte; der Alluvialboden hat sich seit dem Alterthum so vergrößert, daß Säulen bis zum Knauf im Sand stehen, und die Stelle des ehemaligen Hafens und der Arsenale, Anchiale und Rhegma, weit von der jetzigen Küste entfernt liegt. Im übrigen Kilikien findet man meist nur römische, byzantinische und Ruinen aus der Zeit der Kreuzfahrer.

Während Harpagos die griechischen Freistaaten und die Küstenländer dem persischen Reiche unterwarf, zwang Kyros die Völker Irans, sein Königthum anzuerkennen. Es ist zweifelhaft, ob bereits Medien seine Macht bis zum Randgebirge des Industhales ausgedehnt hat; Arachosien (Harauvati), das Gebiet des Etymandros (Haitumand, d. i. der überbrückte), das Land der Zarangen (Sistan) und Gedrosien wird erst Kyros unterworfen

haben. Kyros muß seine Züge noch viel weiter ausgedehnt haben: die
Festung Kyropolis am Jaxartes, das heutige Chodjend, wurde von ihm
angelegt, und im Bergland zwischen Kabul und Indus zerstörte er die Stadt
Kapisa (heute Kaffchau nördlich von Kabul).

Leider besitzen wir über jene fernen Länder nicht streng historische Nach=
richten aus der Zeit vor den Achämeniden. Da die älteste Geschichte der
Völker auf mündlicher Ueberlieferung beruht, so ist sie lückenhaft und bei dem
Mangel einer festen Chronologie, die sehr oft durch ein künstliches astro=
nomisches System willkürlich bestimmt wird, unzuverlässig in den Angaben über
die Zeitdauer und in der Reihenfolge der Thatsachen. Bei begabten Nationen
bemächtigt sich der epische Gesang dieser Ueberlieferung und die Dichter
drängen Thatsachen und Personen in den Vordergrund, welche vielleicht nur
wenig in den Gang der Ereignisse eingegriffen, aber von irgend einer ge=
müthlichen Seite her ihre Neigung gewonnen haben; sie legen sich die That=
sachen, deren treibende Ursachen ihnen nicht bekannt sind, nach eigener An=
schauung zurecht und suchen diese auch durch neu erdichtete Erlebnisse der
Helden zu unterstützen. Wir wissen, daß Herobot für die ältesten Zeiträume
der medisch=persischen Geschichte die Sagen der Meder und Perser benutzt
hat; daß er in seinen Erzählungen gleichwohl der Wirklichkeit sehr nahe
kommt, hat seinen Grund darin, daß die Perser einen lebendigen Sinn für
treue Aufbewahrung geschichtlicher Ereignisse hatten, und daß der griechische
Geschichtschreiber durch keinen langen Zeitraum von den älteren Herrschern
getrennt war. Wir besitzen nun zwei wichtige Werke über die Geschichte der
östlichen Länder Irans, das Avesta, die heiligen Schriften der Zoroastrier,
und das Königsbuch, welches der berühmte Firdusi († 1020 n. Chr.) be=
arbeitet hat, und aus dessen Quellen auch verschiedene prosaische Geschichts=
werke geschöpft wurden. Das Avesta gewährt als Religionsbuch keine zu=
sammenhängende Geschichte, aber aus der Uebereinstimmung seiner fragmen=
tarischen Angaben mit den betreffenden Stellen des Königsbuchs geht hervor,
daß auch jenes große epische Gedicht in seinen Grundzügen als geschicht=
liche Quelle betrachtet werden muß, zumal die Perser, wie schon angedeutet,
ein verständiges Volk waren, welches der Kenntniß seiner Vergangenheit
großen Werth beilegte. Wir kennen genug epische Gedichte verschiedener
Völker, deren Zuverlässigkeit wir nach wirklichen historischen Nachrichten be=
urtheilen können; wir kennen im allgemeinen den geschichtlichen Gehalt der
homerischen Gedichte, noch mehr das Verhältniß unsrer deutschen Heldensage
zu den wirklichen Vorkommnissen bei Franken, Burgunden, Gothen und
Hunnen; wir wissen, daß die epische Sage aus dichterischen Beweggründen
Helden zusammenbringt, welche in Wirklichkeit durch weite Zeiträume ge=
trennt waren, daß epische Dichter ihre Ideen vom Schicksal einflechten und
damit zwar den wirklichen Verhältnissen oft Zwang anthun, aber auch ein
wahres Gedicht schufen, welches ohne jene Ideen nur eine gereimte Chronik
bleiben müßte. Die Helden, welche der Dichter zu Trägern seiner Ideen

macht, treten weit in den Vordergrund, während sie vielleicht in Wirklichkeit
nur neben vielen andern die Geschicke entscheiden halfen. Dazu kommt, daß
bei größeren Nationen einzelne Stämme ihre Fürsten und Helden verherr=
lichten, und daß diese durch ihre Beliebtheit andere aus dem Gedächtniß ver=
drängten, wodurch solche Stammfürsten mit der weiteren Ausbildung der
Sage als Beherrscher der ganzen Nation erscheinen; der Dichter würde zu=
dem oft die Einheit seines Werkes schädigen, wenn er den Gang der Er=
eignisse durch synchronistische Darstellungen unterbräche.

Wie bei den meisten Völkern ist auch bei den Persern der älteste Zeit=
raum der Geschichte unbekannt und daher mit Gebilden der Phantasie aus=
gefüllt; man versetzt den ältesten König auf den Berg Hara berezati, den
Alburs oder das Randgebirge Irans am Südufer des kaspischen Meeres.
Dieses Gebirge wird als ein heiliger Berg betrachtet, und wenn man wie
es scheint mit Recht die Einwanderung des arischen Stammes von West oder
Nordwest her stattfinden läßt, so dürfte man hier eine sehr alte geschichtliche
Reminiscenz erkennen; auch mehrere folgende Könige, welche die Ueber=
lieferung in naiver Weise zu Beherrschern von ganz Iran macht, sind in jene
nördlichen Striche dieses Landes zu versetzen, und erst später finden wir
Baktrien als Sitz der Herrschaft.

Die erste Gestalt, welche in der iranischen Sage aus der Umhüllung
von Schöpfungs= und andern Mythen als eine geschichtliche hervortritt, ist
Hauschjanga (Huscheng), welcher über die Diws (Dämonen) herrscht, d. h.
über die nicht=arische Bevölkerung Irans, welche später von den Ariern unter=
worfen wurde; überall werden untergegangene oder auch noch existirende,
aber von der herrschenden Race unterjochte Völker zu Riesen, Zwergen,
Dämonen, auch wohl Affen (wie in Indien) gemacht; wenn von Hauschjanga
erzählt wird, er habe das Feuer erfunden und zuerst Metalle aus der Erde
gegraben und zu Werkzeugen namentlich des Ackerbaus, den er gleichfalls
aufbrachte, verarbeitet, so erkennt man hier unschwer die Fertigkeiten, wodurch
sich die ältesten scythischen und finnischen Völker Mittel= und Nordasiens,
die Chalyber, Tibarener (Tubal), Abchasen u. a. ausgezeichnet haben. Nach
dem Avesta opfert dieser König am Fuße des Albursgipfels Taira, der als
eiserner Berg bezeichnet wird, und er fleht um Sieg über die Diws von
Mazenderan und Varena (bei Sari), was uns demnach in diese Länder als
älteste Sitze einer iranischen Herrschaft führt. Hier giebt es auch noch heute
viele Metallgruben und die Bevölkerung mancher Dörfer besteht zum großen
Theil aus Schmieden.

War Hauschjanga ein Fürst der Diws, so hat einer seiner Nachfolger,
Tachmuraf (Tachma urupa) dieselben gebändigt, nach der Sprache der
Mythen dürfen wir also vermuthen, daß der iranische Stamm, der Erbe der
Fertigkeiten früherer Geschlechter, diese gänzlich unterjocht hat. Tachmuraf
lehrte, die Felle der Thiere für Kleider zu benutzen, zähmte die Hausthiere
und brachte das Jagen mit Leoparden und Falken auf; er ließ aber auch

durch die unterjochten Diws seinem Volke die Schreibkunst lehren, und wir
wissen, daß auch diese Kunst eine Erfindung der ältesten scythischen Bevölkerung
Westasiens gewesen ist. Nicht minder bezeichnend ist, daß Tachmuraf zuerst
große Bauwerke aufführte, und die Sage schreibt ihm, natürlich irrig, die
Errichtung mehrerer sehr alter Städte und Schlösser zu. Wir wissen gleichfalls, daß die alte scythische Bevölkerung im Errichten mächtiger Bauten
geschickt war. Endlich soll er den Götzendienst der Gestirne eingeführt haben,
eine Erinnerung an den Sterndienst der Scythen, in deren Schrift das
Zeichen für Gott ein Stern war. Schließlich wurde der König durch Ahriman, den Fürsten der Diws, getödtet.

Es folgte ihm Jima (Djemschid), welcher machtvoll und glänzend gebot,
auch den Umfang des Landes vergrößerte (nach dem Ausdrucke des Avesta
die Erde auseinander gehen ließ, um die Menge der Menschen und Thiere
zu fassen). Er ist in der Sage ähnlich wie Salomo vergöttert worden, und
die Erinnerung an seine Herrschaft hat aus dieser ein tausendjähriges Reich
des Friedens und Glücks gemacht; seinen Herrschersitz, den das Avesta ähnlich
wie Babel beschreibt, mit dem Palast, mit Wasseranlagen, Brücken, Feuer-
stätten, verwandelte die Sage in ein Eden, von dessen Bezirke die Uebel des
Ahriman Krankheit, Tod, Dürre, Hitze, Neid und Lüge fern blieben. Zugleich haben sich in die Sage von Jima mythische Bestandtheile gemischt,
wodurch er sich theils mit dem König des Elysiums, theils vermöge der
Identificirung seines Königssitzes mit dem Paradies mit dem ersten Menschen
der semitischen (babylonisch-ebräischen) Mythe berührt; die Priesterlegende, auch
hier durch babylonische Berichte vom Sündenfall beeinflußt, läßt ihn zuletzt
vom Hochmuth ergriffen werden und alsdann die Strafe folgen, welche darin
besteht, daß ihn Azi-bahaka (Dahak, Zohak), ein Mann aus arabischem
(semitischem) Stamme, der Herrschaft und des Lebens beraubt. Das Avesta
versetzt den Dahak nach Bawri (Babel), womit deutlich genug auf das
babylonisch-assyrische Reich und seine Suprematie über die iranischen Stämme
hingewiesen ist. Die Tyrannei, welche die namentlich den Assyrern unterworfenen Völker zu erdulden hatten, ist in mythischer Weise zu einem Drachen
verkörpert (Azi-bahaka bedeutet Drache), der drei Köpfe hat, oder wie die
rationalistische spätere Sage erzählt, zu einem Menschen, dem zwei Schlangen
aus den Schultern gewachsen sind, welche er mit Menschenhirn füttern muß.
Zu der Personification der assyrischen Fremdherrschaft als Schlange scheint
zugleich der Schlangendienst der medischen Scythen Veranlassung gegeben zu
haben, mit welchen die Iranier um den Besitz des Landes gestritten haben,
bis sie sich wirklich als Herren desselben ansehen durften. Als die Grausamkeiten den Gipfel erreicht haben, bricht eine Empörung aus; es ist ein
Schmied, welcher sein Schurzfell an eine Stange bindet und sich an die
Spitze seiner Landsleute stellt. Daß dieser Schmied eine historische Person
ist, geht u. a. daraus hervor, daß sein ledernes Banner zu allen Zeiten die
Reichsfahne war, welche erst in der Schlacht bei Kadesia (636 n. Chr.) von

den Arabern erobert wurde. Auf einer primitiven Culturstufe ist der Ver=
fertiger todbringender Waffen nicht geringer geachtet als die Helden selbst,
welche diese Waffen gebrauchen, ja der Schmied ist bei metallarbeitenden
Nationen oft von einem religiösen Nimbus umgeben, weil anfänglich alle
außergewöhnliche Fertigkeit mit der Voraussetzung magischer Geheimnisse ver=
knüpft wird; man erinnert sich hierbei sogleich der Kabiren, der deutschen
Zwerge u. dgl. Bei den Oseten im Kaukasus wohnt ein Schmied, ein Sohn
der Sonne, neben dem heiligen Georg, Elias, Muhamed als Heiliger im
Himmel, und bei den Aegyptern tödten Horus und seine Gefährten in der
Gestalt von Schmieden die Krokodile und Nilpferde. Es findet sich noch ein
den Nachstellungen des Dahaka entgangener Nachkomme des Jima in der
Person des Feridun (Thraitauna), und dieser zieht im Verein mit Kawe
dem Schmied und dem Heer der Iranier gegen den Tyrannen (in Wirklichkeit
wohl gegen einen assyrischen Feldherrn). Man weiß, wie oft die Assyrer in
der Richtung nach dem Kaspischen Meere hin Feldzüge gegen die kriegerischen
Bergvölker unternommen haben. Nach dem Avesta wurde Dahaka bei Kuirinta
besiegt, und diese Localität versetzt eine spätere Schrift der Zoroastrier an
den Spet=rot (heute Kyzyl Uzen), in dessen Stromgebiet, an einem Neben=
flusse, eine Dahakasburg gelegen ist. Er wird überwunden, gefesselt, und in
der Heimath des Feridun, in dem „Dorf der Schmiede“, am Berg Demavend
angeschmiedet; es mischen sich auch hier wie bei allen großen Ereignissen
Sagen und Mythen in die Ueberlieferung, und es heißt, Dahaka lebe in
seinen Ketten bis zum jüngsten Tag und bewirke (wie der nordische gefesselte
Loki) durch das Rütteln an der Fessel die Erdbeben, welche von jenem
Vulkan ausgehen. Die Sage sieht in Feridun einen König von ganz Iran,
aber er war gewiß nur der Fürst jener Kaspischen Länder, wo seine von
Firdusi genannte Residenz Tamischa (eine Tagereise westlich von Asterabad)
lag und wo noch heute die Sagen von ihm lebendig und an bestimmte Locali=
täten geknüpft sind. So befinden sich in Sari die Ueberreste des Thurms
Selmi=Tur, welchen angeblich Feridun auf dem Grab seiner Söhne Selm
und Tur erbauen ließ; der Reisende Gmelin fand in Sari noch 7 Thürme,
welche die Namen Feridun, Iredj, Selm, Tur, Schachisi, Guschtasp und
Lohrasp führten; die vier ersten waren noch erhalten, die andern schon halb
verfallen; natürlich rührten die Thürme nicht von jenen alten Helden her,
sondern wurden, jedenfalls auf Anregung durch Firdusis Königsbuch, nach
ihnen benannt, zum Zeichen, daß die Sagen von ihnen hier fortlebten. Noch
frühere Reisende beschreiben den Thurm Selmi=Tur als ein rundes Gebäude
von 30 Fuß Durchmesser und 100 Klaftern Höhe; es waren an ihm zwei
kufische Inschriften angebracht, welche sich angeblich auf den König Chusam
ed-daula (im 12. Jahrh.) bezogen. Nach einer Nachricht steht die Moschee
von Sari auf der Stelle des alten Feuertempels, und unter der Pforte der=
selben soll Feridun begraben liegen. Der tabaristanische Geschichtschreiber
Zehir ed-din erklärt, daß Feridun in Kubjur geherrscht habe; dies ist ein

Ort im Bezirk gleichen Namens westlich von Amol; dagegen habe er seine
Tage in Tammisa beschlossen, welches, verschieden von dem schon genannten,
auf der Grenze von Gilan und Mazenderan lag; ein anderer Wohnort des
Feridun war Warete (3 Farsangen ostsüdöstlich von Sari), und dies scheint
das Warena des Avesta zu sein, wo Thraitauna soll geboren sein.

Wahrscheinlich hatten verschiedene iranische Stämme Ueberlieferungen
über ihre Befreiung vom assyrischen Joch, und die medische haben wir bereits kennen gelernt. Feridun, der Retter seines Volkes aus der Zwing-
herrschaft, wird von der Sage als König der bekannten Erde überhaupt betrachtet, und die Beziehungen des Abendlandes und der ostwärts gelegenen
asiatischen Länder zu Iran stellt sie dar unter dem Bilde dreier Söhne des
Feridun, unter welche dieser die Erde vertheilt hat. Zugleich muß der feindliche Charakter, den diese Beziehungen meist gehabt haben, in der persönlichen
Feindschaft der drei Brüder seinen Grund gehabt haben. Während nun vom
Westen wenig die Rede ist, treten die Kämpfe gegen die im Nordosten
hausenden Völker Turans desto mehr in den Vordergrund. Der Geschichtsforscher ist berechtigt, aus diesen Verhältnissen die Vermuthung zu schöpfen,
daß der Schwerpunkt des Reiches, dessen Könige und Helden uns Avesta und
Königsbuch vorführen, im Nordosten an den Grenzen Irans, in Baktrien gelegen war, denn ohne diese Annahme würde das Schweigen der Sage über
die Kämpfe Irans mit den westlich anstoßenden Reichen nicht zu erklären
sein. Ob sich die Herrschaft des Feridun von Tabaristan über Chorasan
und Baktrien ausgebreitet hat, oder ob die Sage dieselbe künstlich mit der
Geschichte des baktrischen Reiches verknüpft hat, ist schwierig zu beurtheilen;
das letztere ist wahrscheinlich, weil man anderweitige Nachrichten besitzt, welche
für ein sehr hohes Alter des baktrischen Reiches sprechen, und die Herrschaft
des Feridun, so sehr die Sage ihr Gebiet ausdehnt, nicht weiter gereicht
haben wird, als später die Macht der Gilan-schahe und Ispeh-bede von
Gilan und Tabaristan, welche dort noch lange nach der Eroberung Irans
durch die Araber ihre Unabhängigkeit behauptet haben.

Eine Hauptsorge der persischen Herrscher ist heute und war von Alters
her die Gefährdung der nordöstlichen Grenzgebiete durch die Einfälle der
räuberischen Stämme Turans; bald sind es einzelne Banden gewesen, bald
auch ganze Völker, welche jenen Provinzen Verderben gebracht oder sie vom
Reich losgerissen haben. Die Sage erzählt, daß Feriduns jüngster Sohn
Iredj (älter: Arju, offenbar eine Personification der Iranier) von seinen
Brüdern ermordet worden sei, weil sie sein besseres Erbe beneidet. Den
Nachkommen des Getödteten erwuchs dadurch die Pflicht der Blutrache, und
es erfolgen lange Kämpfe, in welchen das Kriegsglück hin und her schwankt,
aber endlich doch sich zu Gunsten Irans wendet. Indem die Sage die Geschichte Baktriens an die ältesten Sagen Tabaristans anknüpft, erzählt sie,
daß ein Nachfolger des Tur, des Mörders des Iredj, bis an die Hauptstadt Tabaristans, Amol, vorgedrungen sei und ganz Chorasan in seiner Ge-

walt gehabt habe, daß aber Minotschehr ihn hinter den Oxus zurückgedrängt
habe. Dieser Sieg wurde noch zur Zeit des Islam am Tage Aban des
Monats Aban (10. Tag des 8. Monats) durch ein Fest gefeiert. Der Oxus
bildete die Grenze Irans und Turans, und wir befinden uns demnach auf
dem Boden Baktriens. Einen mächtigen Verbündeten hatte der König von
Baktrien an dem Fürsten von Zabul (Gazna) und Sistan, des Landes im
Stromgebiet des Hilmend und des Hamun-Sees. Dieser Fürst nahm unter
den Würdenträgern des Reiches den ersten Rang ein, etwa wie der sogenannte
Kronaufsetzer bei den Parthern. Seine und seiner Nachfolger große Macht
hat die Sage nach ihrer Gewohnheit als persönliche Leibesstärke dargestellt,
und namentlich einer dieser Pehlewane, Rustam der elephantenleibige, erscheint wie ein iranischer Herakles, dessen bloßes Erscheinen den Feind in
Schrecken versetzt. Die Dynastie der baktrischen Könige, welche mit Kobad
(Kavata) beginnt, nennt das Avesta die der Kavi, die neuern Geschichtschreiber die kajanische; indessen sind die Namen der Könige und die Schilderungen der Kämpfe mit Turan fast das einzige Geschichtliche, was uns über
sie berichtet wird, während besonders im Königsbuch vielerlei erzählt wird,
was, wie wir noch sehen werden, als Reminiscenz aus der Geschichte der
Achämeniden angesehen werden muß, so daß man zuweilen versucht ist, in
den Kavikönigen die Nachkommen des Kyros und Darius wiederzuerkennen.
Das Königsbuch versetzt u. a. die Residenz nach Istachr (Persepolis), und
auch manche Begebenheiten nach dem Westen Irans, z. B. ist der Schauplatz des Gottesurtheils, wodurch Sijawusch seine Unschuld erhärtet, die
Stadt Aberkuh auf dem Weg von der Persis nach Jezd; erst Lohrasp soll
in Balch (Baktra) residirt haben; diese Thatsachen dürften daraus zu erklären sein, daß Istachr in der Zeit kurz vor der arabischen Eroberung
wirklich den Rang einer Königsstadt einnahm, und daß in die Geschichten
der kajanischen Könige viele Erzählungen verflochten sind, deren Helden west-
persische und medische Fürsten und Häuptlinge sind, während seit Lohrasp,
mit welchem die Verbindung der Heldensage mit der Priesterlegende beginnt, die
Residenz nicht von Balch wegversetzt werden konnte, indem die Tradition von
Zoroasters Leben in dieser Stadt zu bestimmt fortlebte. Es ist nun merkwürdig
zu beobachten, daß die Sagen der ältern Kajanier trotz der Verlegung ihrer
Residenz in die Persis wenig Kenntniß von dem verrathen, was hier vor-
gegangen ist, und daß im Gegentheil die Berichte von den letzten Kajaniern,
die doch nach dem Königsbuch in Balch wohnen, nicht nur achämenische und
alexandrinische, sondern sogar byzantinische Erzählungen in die Ueberlieferung
einführen.

Die Sage verräth in der Erzählung von der Regierung des Kai Kaus
(Kava Usa), des Nachfolgers des Kobad, daß ihr Schauplatz wirklich nicht
mehr Tabaristan ist. Kai Kaus unternahm einen Feldzug nach Mazenderan, das üppige Tiefland am Südufer des Kaspischen Meeres, welches
durch das Gebirgsland Tabaristan von Iran getrennt ist. Da wir gesehen

haben, daß Feridun und seine Nachkommen hier gebieten, so ist damit an=
gedeutet, daß das baktrische Reich den Versuch machte, sein Gebiet nach dieser
Seite auszudehnen. Mazenderan ist ein höchst fruchtbares, mit tropischen
Gewächsen ausgestattetes Küstenland, die herrlichsten Gärten wechseln mit
Hainen von Oelbäumen, Granaten, Cypressen, Orangen, Citronen; die Maul=
beere ermöglicht den Seidenbau, Cedern und Nußbäume beschatten die lieb=
lichen Thäler und liefern das trefflichste Bauholz; aber was der Vegetation
günstig, ist oft dem Menschen verderblich; Sumpfdickichte machen oft große
Strecken unwegsam und erzeugen Fieber und dienen Tigern zum Aufenthalt,
das Gebirgsland ist unwegsam, von Wölfen und Schakalen bevölkert, und
fast nur ein oder zwei Flußthäler bilden einen Eingang von Iran in diesen
Küstenstrich, während außerdem nur furchtbare Felspässe, unter ihnen die be=
rühmten kaspischen Pforten, welche östlich von Eiwani Keif liegen, die Ueber=
schreitung des Gebirges ermöglichen. Die Sage verkörpert diese den Menschen
überhaupt und einem feindlichen Heere insbesondere verderblichen Eigenschaften
des Landes zu Dämonen; Kai Kaus wird besiegt und gefangen, und erst
Rustam gelingt es, ihn zu befreien und den König des Landes zu züchtigen.
Die Fahrt des Rustam über den Felspaß und seine sieben Abenteuer, welche
er mit seinem Roß Rekſch besteht, bilden eine berühmte Episode des Fir=
dusi'schen Königsbuches, und noch heute weiß man sämmtliche Oertlichkeiten jener
Abenteuer zu bezeichnen. Dem Kai Kaus wird sodann ein Heereszug nach dem
fernen Westen zugeschrieben, welcher offenbar eine Reminiscenz der Eroberung
Aegyptens durch Kambyses ist, wie er denn auch durch seinen ungünstigen
Ausgang an das Unglück der persischen Armee auf dem Zug gegen die Amons=
oase erinnert. Während dieses Feldzuges waren die Turanier unter Afra=
siab (Frangrasja) in Baktrien eingefallen und bis Marw vorgedrungen,
wo sie jedoch in einer großen Schlacht von Rustam besiegt wurden. Auch der
Mythus spielt hier in die Geschichte hinein: Kai Kaus, von seiner Macht
aufgebläht, läßt sich von Adlern gen Himmel tragen, stürzt aber bei Amol
in Mazenderan herab, wodurch er von seinem Hochmuth für immer geheilt
ist. Hier taucht der alte Mythus von Nimrod und seinem Thurm, von den
himmelstürmenden Giganten in persischer Umbildung auf. Kai Kaus über=
warf sich mit seinem Sohne Sijawuſch (Sjavarſchan), welchen die Ver=
leumdung in den Verdacht brachte, mit einem Weibe seines Vaters ein Liebes=
verhältniß zu unterhalten. Obwohl er seine Unschuld durch ein Gottesurtheil
bewies, wurde er in die Verbannung geschickt und begab sich nach Turan.
Er wurde, da zwischen beiden Reichen Friede geschlossen war, hoch geehrt
und erbaute sich mitten in Turan einen im Avesta und im Königsbuch als
ein Paradies geschilderten Palast und vermählte sich mit der Tochter des
Königs. Seine allgemeine Beliebtheit erregte indessen den Haß des Bruders
des Königs und er fiel durch Meuchelmord. Ein Söhnchen, Kai Choſru
(Kava Huſrava) entging den Verfolgungen und wurde von einem iranischen
Helden unter großen Gefahren aus Turan geflüchtet; Choſru folgte seinem
3*

Großvater auf dem Thron, den er durch unvergleichliche Herrschergaben zierte. Die Kindheit des Chosru, sein verborgenes Leben bei einem Hirten und die Verfolgungen seitens des Afrasiab gleichen sehr der Geschichte des Kyros bei Herodot, und aller Wahrscheinlichkeit nach hat der von diesem Geschichtschreiber aufbewahrte medische Bericht Züge aus dem Leben Chosrus auf den persischen Prinzen übertragen. Anfangs lächelt das Glück dem Könige von Turan, jedoch wird er endlich entscheidend besiegt, sein Land und die Residenz erobert, und Afrasiab irrt als Flüchtling umher. Die Erstürmung des Palastes scheint im Avesta dem Feldherrn des Kai Kaus und des Kai Chosru, Tusa, zugeschrieben zu werden; dieser fleht zu Anahita, sie möge ihm vergönnen, daß er die reisigen Hunu an dem Palast von Kanga besiege. Nach längerer Zeit entdeckt man den Aufenthalt des Flüchtigen in einer Höhle bei Berda (in Arran), er wird gefangen und getödtet. Iran und Turan schließen Frieden, hier wird der Sohn des Afrasiab König, Chosru verzichtet zu Gunsten eines Urenkels des Kobad, Lohrasp (Arvadaspa), und begiebt sich in das Gebirge, wo er mit wenigen Getreuen den Augen der Uebrigen entrückt wird, indem ihn ein Schneesturm nach dem Geheiß der Gottheit begräbt. Man zeigt noch im Lande der Bachtiari den Gebirgspaß, wo dies stattfand. Die Ueberlieferung gewährt uns für die Regierungszeit des Lohrasp insofern einen chronologischen Anhaltspunkt, als sie berichtet, dieser König habe seinem Vasallen Roham, Sohn des Gotarz, dessen Sitz in Ispahan gewesen zu sein scheint, die Unterwerfung Chaldäas, Syriens und Kleinasiens anbefohlen, und dessen Siege hätten ihm den Namen Bachtnajr (Glück des Sieges) eingetragen. Die Erzählung ist historisch ohne Werth, da jedoch mit diesem Namen Nebukadnezar gemeint ist, so dürfen wir annehmen, daß Lohrasp mit diesem großen Fürsten zu gleicher Zeit gelebt hat, eine Annahme, welche mit der sichern Chronologie harmoniren dürfte, wenn wir annehmen, daß nach Lohrasp nur noch ein König von Baktra vor der Eroberung dieses Landes durch Kyros geherrscht hat, und daß Nebukadnezar nur 24 Jahre vor der Eroberung Babels gestorben ist. Auf Lohrasp folgte sein Sohn Gustasp (Vistaspa), der berühmte Herrscher, unter welchem der Prophet Zoroaster (Zarathustra) aufgetreten ist. Die Ueberlieferung hat vielfach diesen Vistaspa mit dem ersten Darius, dem Sohne des Hystaspes vermengt, und es ist bekannt, daß manche Forscher beide Fürsten geradezu identificirt haben. Hierzu schienen einige Thatsachen zu berechtigen, z. B. nennt das Avesta die Gattin des Vistaspa Hutaoja, und nach Herodot und Aeschylos hieß die des Darius Atossa, und der Name des Prexaspes, der beim Regierungsantritt des Darius starb, könnte mit dem des Vaters Zarathustras, Porushaspa, identisch sein. Gleichwohl ist diese Hypothese nicht zu vertheidigen, weil die Gründe für dieselbe gegen die Anzahl und Stärke der Gegengründe fast verschwinden. Für die Art, wie die Sage sich historischer Thatsachen bemächtigt, um sie ohne allen wirklichen Zusammenhang zu benutzen, ist es merkwürdig, daß Gustasp von einem Helden Rums (des byzantinischen Reiches; Firdusi führt die Helden im Costüm seiner Zeit auf), Heischui, nach Rum geführt wird, der aus dem Hegesistratos entstanden zu sein scheint, welcher den Mardonios beim Herodot begleitet. In Rum erlegt Gustasp ein Ungeheuer, halb Wolf halb Drache, in Jaselun; dies scheint Pholis zu sein, wo die Perser (nach Herodot unter Xerxes, nach Ktesias, der Vieles aus der persischen Sage entlehnte, unter Darius) den Tempel des Apollon, des Töbters der Wölfe, plünderten; ebenso töbtet er einen Drachen in Selila, b. i. in Sicilien, wo Hiero und Gelo den Persern günstig gesinnt waren. Der Kaiser von Rum gedenkt dann Iran zu unterwerfen und sendet den Kalus nach Susa; dies ist der Kallias des Herodot, der als Gesandter Athens zu Artaxerxes I. ging.

Ueber den Umfang des Reiches Vistaspas können wir uns durch ein geographisches Fragment des Gesetzbuches (Wendidad) unterrichten. Hier sind, abgesehen von dem mythischen Ariana vaidjo, dem Stammland der Arier, dem späteren Arran im Norden und Nordosten Armeniens, fünfzehn Orte aufgezählt, welche Gott aufs beste geschaffen hat, wo aber Ahriman in der Folge seine Uebel ausbreitete, nämlich Sugda (Sogdiana), Marw, Baktra, Nisaja (zwischen den beiden vorigen), Haraiva (Herat), Vaikereta (Kabul), Urwa (wahrscheinlich zwischen den beiden vorigen, da wo Meidan und Andekau liegen), Vehrkana (Hyrkanien), Harachwati (Arachosien), Haitumand (das Gebiet des unteren Hilmend), Raga, Tschachra (die Gegend von Gazna), Varena (bei Sari), Hapta-Hindu (das Indusgebiet). Zuletzt wird noch das Stromgebiet der Rangha genannt, womit anscheinend der Jaxartes, nach Ansicht der alten Pehlewiübersetzung aber der Tigris gemeint ist. Weder bis zu dem einen noch bis zu dem anderen Strome kann sich das baktrische Reich erstreckt haben, sondern wie das erste der aufgezählten Länder, Ariana vaidjo, scheint Rangha vom Verfasser hinzugesetzt zu sein, weil dieser Fluß in den damaligen geographischen Anschauungen als äußerste Grenze der bekannten Länder eine gewisse Wichtigkeit hatte.

Der Enkel des Afrasiab, Ardjasp (Aredjabaspa) entzündete aufs neue die Flamme des Krieges; anfangs von Gustasp besiegt, namentlich durch die Tapferkeit seines Sohnes Isfendiar (Spentobata), gelang es in der Folge den Turaniern, in das Reich einzubrechen, die Hauptstadt Baktra zu erstürmen und unter vielen anderen auch den Propheten Zarathustra im Tempel des Feuers zu ermorden. Die Rache bleibt nicht aus, Isfendiar überzieht Ardjasp mit Krieg, besiegt und töbtet ihn. Hier bricht die Ueberlieferung ab, um sogleich auf Ardeschir dirazdest (d. i. Artaxerxes I. Langhand) überzuspringen, und in diese Lücke müssen wir ohne Zweifel die Eroberung Baktriens durch Kyros einschieben, worauf auch die ganz widersinnige Bemerkung der Sage hindeutet, daß Ardeschir den Nebukadnezar besiegt und den Kyros zum Statthalter von Babel eingesetzt habe. Es ist noch zu erwähnen, daß die Ueberlieferung eine Verfeindung des königlichen Hauses mit den Fürsten von Segestan erwähnt; sie erzählt, daß der Teufel das Gemüth des Rustam verfinstert habe, so daß er sich zur Religion des Zarathustra nicht bekennen wollte. Gustasp, voll Glaubenseifer, nöthigte seinen Sohn Jsfendiar, den Rustam zur Annahme zu zwingen und im Weigerungsfalle ihn gefangen nach Baltra zu führen. Der Kampf beider Recken ist von Firdusi in heldenhafter Großartigkeit beschrieben worden. Wir dürfen diesen Zug der Sage wohl dahin deuten, daß das Fürstenhaus von Segestan, bei den Griechen Ariaspen genannt, den Kyros als Großkönig anerkannte und dadurch in Feindschaft mit seinem bisherigen Lehnsherrn gerieth; nach Strabo und Diodor seien die Fürsten der Ariaspen an der Grenze Gedrosiens dem Kyros auf einem seiner Züge im östlichen Jran mit einer riesigen Proviantcolonne zu Hülfe gekommen, worauf sie den Titel Orosangen (d. i. altiranisch huwerezjanga, auf griechisch Evergetae, die Wohlthäter) erhalten hätten.

Eine Reihe von Jahren war das Heer des Kyros von Sieg zu Sieg gezogen; die „Lanze des persischen Mannes" reichte vom Judus bis zu den blauen Wogen des ägeischen Meeres. Die Hauptstadt Asiens war aber nicht Ekbatana, nicht Sardes oder Susa, sondern Babel, jenes thurmhohe Mauerviereck, welches eine ganze Provinz mit Hauptstadt, Vorstädten, Gärten und Feldern umspannte. Hier lag die Straße des Welthandels, hier war durch menschlichen Fleiß das fruchtbarste Land geschaffen, hier war der Mittelpunkt des Reichthums, des Wissens, des verfeinerten Lebensgenusses. Wer Babel in Händen hatte, gebot damit zugleich über die weiten Länder der Semiten bis an den Bach von Aegypten. Babel war die stärkste Festung Asiens; nicht nur daß die Stadt selbst mit doppelter Ringmauer und hundert ehernen Thoren verwahrt war und keine Aushungerung zu fürchten hatte, weil kein Heer groß genug war es zu umzingeln und weil es genügende Ländereien für die Nahrung der Bewohner besaß, — es war auch ein großer Theil Mesopotamiens durch sorgfältig angelegte Canalbauten zu einem durchschnittenen Terrain umgewandelt, auf welchem sich ein Feind den größten Gefahren aussetzte; endlich war die ganze Ebene an ihrer schmalsten Stelle durch eine vom Euphrat zum Tigris laufende Riesenmauer, deren Trümmer noch heute unter dem Namen Sabb Nimrud (Nimrodswall) vorhanden sind, abgeschlossen, welche die vortreffliche Vertheidigungslinie gegen einen von Nordwesten kommenden Feind darbot.

Kyros schreckte vor der Aufgabe, diese Festung einzunehmen, nicht zurück. Es gab von Jran aus zwei Wege nach Babel; der eine ging über Susa, und hatte schon in alter Zeit die Heere von Elam gegen die Chaldäer geführt. Susiana bildete bereits einen Theil des persischen Reiches, allein dieser Weg hatte den Nachtheil, daß er über viele Gewässer, den Tigris, den großen Euphrat-Tigris-Canal von el-Wafet und große Sumpfstrecken ging; im Falle einer Niederlage war die Verfolgung durch die Babylonier verderblich werden. Der andere Weg führte von Ekbatana über den Zagros an den Gyndes (Dijala) und brachte an der Mündung dieses Flusses nicht weit von Bagdad in die nächste Nähe von Babel. Bei einem unglücklichen Ausgang war das persische Heer sogleich wieder auf eigenem Gebiet und konnte die Verfolger leicht von einem Uebergang über den Tigris zurückhalten. Diesen zweiten Weg wählte Kyros. Um seine Soldaten im Manövriren auf canali= sirtem Terrain zu üben, ließ er sie den ganzen Sommer über am Dijala Wasserbauten und Canäle herstellen, deren Spuren noch heute sichtbar sind. Im folgenden Frühjahr (538) erschien Kyros in Babylonien. „Der Herr Zebaoth rüstet ein Heer zum Streit, aus fernen Landen nahen sie von des Himmels Enden; denn sieh, ich rufe gegen sie die Meder, die nichts nach Silber fragen und forschen nicht nach Golde!" Eine siegreiche Schlacht trieb den babylonischen König Nabunahid mit seinem Heere in die Stadt zurück, und die Perser lagerten vor Babel. Jetzt gedachte Kyros die am Gyndes ge= sammelten Erfahrungen zu verwerthen: er ließ oberhalb Babels die Schleusen des Euphrat gegenüber Sippara aufziehen, der nun sein Wasser in die Sümpfe von Kesil und Nedjef ergoß und selbst so seicht wurde, daß die Soldaten im Bett des Stromes vorrücken konnten. Der Euphrat trat an der nordwestlichen Ecke des Mauerquadrats in die Stadt, und die Perser kamen bei Nacht in dem Augenblick an, als die Bewohner ein Fest feierten und im Vertrauen auf ihre Mauern sich wenig um den Feind kümmerten. Noch jetzt wäre es möglich gewesen, die Perser zu verderben, wenn man die Thore verschlossen hätte, durch welche die Straßen auf den Strom mündeten; die Perser hätten alsdann nicht die Uferbrüstung ersteigen können und sie wären wie Fische in der Reuse zu fangen gewesen. Der König von Babel befand sich bei den Chaldäern in Borsippa; er wartete weitere Ereignisse nicht ab, son= dern ergab sich dem Kyros als Gefangener und beschloß in Kirman sein Leben. Wie Kyros vorausgesehen hatte, fiel ihm das ganze babylonische Reich mit der Hauptstadt in die Hände.

Die Bibel berichtet, daß Kyros, welchen die in Babylonien im Exil lebenden Juden als Gesalbten des Herrn begrüßten, ihren Bitten willfahrt und ihnen bereits im ersten Jahre seiner Herrschaft (über Babel) — in der That wurde Babel 538 erobert, das Edict aber 536 erlassen — die Er= laubniß zur Rückkehr nach Kanaan gegeben habe. Er wurde hierzu wohl durch die Erwägung bewogen, daß er an den Juden, einem durch viel Trangsal von Seiten der Assyrer und Chaldäer gegen diese erbitterten Volke, das seine Unabhängigkeit mit der größten Zähigkeit gegen die Uebermacht vertheidigt hatte, einen verlässigen Verbündeten haben werde, welcher gegen ein etwaiges Wiederaufleben der babylonischen Macht sich aufs äußerste auf= lehnen, und auch gegen Aegypten, welches wiederholt Versuche gemacht hatte, sich in Asien festzusetzen, ein wirksames Bollwerk sein werde. Das Edict des Kyros gestattete die Wiederaufrichtung des Tempels, in welchem auch die heiligen Gefäße, von Nebukadnezar als Trophäen nach Babel entführt, wieder ihren Platz finden sollten. Einer der schönsten Psalmen leiht der Freude der Zurückkehrenden ergreifende Worte: „Als uns zurück nach Zion führt' Jehovah, da war es uns, als ob wir träumten; da ward voll Lachens unser Mund, und voll Frohlockens unsere Zunge. Da ließ es bei den

Heiden: „Jehovah thut an ihnen Großes!"   Ja, Großes thut an uns Jehovah!
Deß sind wir hocherfreut. Laß, Ew'ger, unsere Weggeführten wiederkehren,
wie Wasserbäch' in's Mittagsland! Die unter Thränen säen, mit Freuden
ärnten sie! Mit Weinen geht der Samenträger aus, frohlockend kehret er
zurück, trägt seine Garben heim." Großartig im Ausdruck ihres Hasses gegen
die Zwingherren feiern jüdische Dichter den Fall der Chaldäer: „Wie ruht
der Dränger nun, wie feiert jetzt der Golderpresser! Zerbrochen hat der
Herr der Wütheriche Stab, das Scepter der Tyrannen, das Völker schlug
im Grimm mit Streichen ohne Zahl, und wüthend herrschte über Nationen,
verfolgend ohne Widerstand. Nun ruht und rastet alle Welt, es tönen laute
Jubel. Die Fichten freu'n sich über dich, die Cedern Libanons frohlocken:
‚seitdem du liegst, klimmt Niemand mehr herauf, um uns zu fällen!' Hinab-
gestürzt zur Todtenwelt ist nun dein Stolz, dahin der Vollklang deiner
Harfen; dein Lager unter dir ist Moder, und Würmer wurden deine Decke.
Wer dich erblickte, sah bedeutungsvoll dich an und sprach: ‚ist das der Mann,
vor dem die Welt erbebte? der Königreiche zittern ließ? der die bewohnte
Welt zur Wüste machte, der ihre Städte legt' in Schutt und den Gefangenen
das Kerkerthor nicht öffnete?' ‚Ja, gegen sie erheb' ich mich,' spricht Gott,
der Weltbeherrscher, ‚ich tilge das Gedächtniß Babels und Sohn und Enkel,
spricht Jehovah! Zum Igelsitz und Wassersumpfe mach' ich es, versenk' es
in den tiefsten Grund,' so spricht der Himmelsheere Gott."

Der Tempelbau wurde unter Kambyses' Herrschaft unterbrochen, weil
die Bewohner von Samaria, welche von den Juden von der Betheiligung
am Bau ausgeschlossen waren, den Verdacht zu erregen wußten, daß man
die Mauern von Jerusalem aufrichten wolle, um sich vom Reich loszusagen.
Erst als eine große Zahl Juden aus Babylonien unter Zorobabel und Josua
in ihre Heimath zog, wurden die Arbeiten wieder aufgenommen und am
dritten Tage des Monats Adar (Februar=März) 516 vollendet. Aus Dankbarkeit gegen den persischen König wurde dessen Residenz Susa an der Pforte
der östlichen Umfassungsmauer in Relief abgebildet.

Kyros, obwohl persönlich ein einfacher Mann und der prunklosen Lebensweise der alten Perser treu geblieben, wußte doch, daß die Herrscherwürde
sich mit äußerem Glanz umgeben müsse, um in den Augen der Menge das
nöthige Ansehen zu behalten; im Orient, wo man im Alterthum in dem
König eine Gottheit erblickte, blieb demselben nur zwischen zwei Mitteln die
Wahl, um seine erhabene Stellung dauernd in Erinnerung zu bringen, unnah-
bare Majestät in der Umgebung eines weitläufigen glänzenden Hofstaats,
oder das handgreiflichere Mittel, durch Grausamkeit Schrecken und Furcht
um seine Person zu verbreiten; das Ansehen des Kaisers Julian sank, wie
der Kirchenhistoriker Sokrates berichtet, in hohem Grade, als er die Eunuchen,
Köche, Friseure u. dgl. aus dem Palast entfernte; eine Popularität, wie sie
seit Josephs und Friedrichs Zeiten Fürsten und ihre Völker verbindet, ist
im Morgenlande unbekannt. Das halb göttliche Ansehen des Königs der

Perser gipfelte in dem Glauben, er sei von einem himmlischen Glanz um=
flossen, einem Symbol der Gnade Gottes, welche jedoch nur auf Personen
von königlichem Blute sich niederließ. Im Schahnameh oder Königsbuch des
Firdusi wird erzählt, daß man die königliche Würde auf einen Großen des
Reiches zu übertragen beabsichtigte, aber wieder davon absah, „denn (läßt
Firdusi sagen), obwohl der Held vom Glück begünstigt ist und einen erleuch=
teten Geist hat, so muß doch die Wahl auf einen Mann von königlicher
Geburt fallen, welcher im Besitz der Erinnerung an die Vergangenheit ist.
Es ist mit dem Heer wie mit einem Schiff, und der Thron des Königs ist
für dasselbe Wind und Segel. Jeder Fürst ohne Bewußtsein von seiner
Stellung ist unwürdig des Stuhles der Macht; wir müssen einen König
haben, dessen Stern sieghaft ist, auf welchem die Gnade Gottes ruht, und
dessen Worte von Weisheit leuchten." Kyros umgab sich mit dem Hofstaat
der medischen Könige, er vertauschte selbst die altväterische persische Tracht,
den ledernen Rock und Beinkleider, mit dem langen faltigen Gewande der
Meder, und namentlich bei öffentlichen Handlungen entfaltete sich um ihn die
ganze Pracht des Beherrschers eines Weltreiches. Wenn Kyros zum Opfer
oder zur Anbetung schritt, so wurde ein Spalier gebildet und Geißelträger
hielten Unberufene vom Eintritt in dasselbe ab; zu den Seiten des Thores
waren 2000, in der Richtung vom Thore her 4000 Leibgarden aufgestellt,
wie man dies an den Pforten und Treppen zu Persepolis abgebildet sieht.
Berittene mußten absteigen, wenn der König nahte, und die Hände in der
Verlängerung des Aermels, welche eine Art Handschuh bildete, verstecken.
Die Perser standen rechter Hand, die übrigen Großen links, ebenso waren
beiderseits die Wagen aufgestellt. Wenn das Palastthor sich geöffnet hatte,
erschienen zuerst je vier Stiere des Ahuramazda und der andern Götter,
welchen geopfert werden sollte, sodann die dem Sonnengott geheiligten Rosse
und der mit vier weißen Pferden bespannte Wagen des Ahuramazda, des
Sonnengottes, und sodann ein dritter Wagen, dessen Rosse mit purpurnen
Decken geschmückt waren. Alsdann trugen mehrere Männer das heilige Feuer
auf einem großen Gefäß. Erst dann kam der König mit seinem Wagenlenker
gefahren, mit der Tiara gekrönt, um welche eine Binde oder Diadem geschlungen
war, in einem meerpurpurnen Rock mit breitem weißen Streif vom Hals
bis zum Saum und von einem Gürtel umspannt, und in scharlachrothen Bein=
kleidern, von den Schultern wallte der Purpurmantel herab. Die 4000 Leib=
garden traten sodann vor den Wagen, die andern 2000 hinter denselben,
und nebenher ritten 300 Stabträger mit Wurfspeeren. Der aus etwa
200 Rossen bestehende Marstall des Kyros folgte mit goldgeschmücktem Geschirr
und gestreiften Schabracken; sodann kamen 2000 Lanzenträger, 10,000 Reiter
in Reihen zu 100 aufreitend, unter Anführung des Chrysantas, ebenso
viele unter Anführung des Hystaspes und eine dritte ebenso große Schaar
unter Datamas, eine vierte unter Gadatas; den Zug beschlossen medische
armenische, hyrkanische, kadusische und scythische Reiter, sowie die Wagen=

kämpfer unter Anführung des Artabates. Die Anordnung des Zuges ist eine andere als zur Zeit des letzten Darius. Es geht nämlich hier das Feuer mit einer großen Begleitung von Magiern voran, und die Götter= wagen nebst einem Sonnenroß folgen. Im Uebrigen ist die Reihenfolge ziemlich dieselbe geblieben. Den Darius begleiteten seine Frauen ins Feld; diese befanden sich hinter dem übrigen Zug, die Mutter und die Königin fuhren jede auf ihrem Wagen, ihr weibliches Gefolge saß zu Pferd, die Kinder mit den Erziehern und andern zum Harem gehörigen Dienern befanden sich in Harmamaxen, bedeckten geräumigen Sänften, welche von Maulthieren getragen wurden, und welche man heute Tachtirawan nennt. Nach den Frauen und Kindern kam der königliche Schatz oder die Kriegskasse, und der Zug wurde von einer Bedeckung von Schützen geschlossen.

Niemals begab sich der König zu Fuß aus dem Bezirk des Palastes, sondern immer zu Wagen oder zu Roß, und wenn er zu Fuß von einem Gebäude in ein anderes ging, wurden lydische Teppiche über die Steinplatten gespreitet. Die Reliefe von Persepolis zeigen wiederholt den König auf dem Thron. Er trägt einen niedrigen cylindrischen Hut mit etwas vortreten= dem obern Rand, Ohrgehänge und um den Hals eine goldene Kette, und das medische Faltengewand; in der rechten Hand hält er einen langen Stab, in der linken eine Blume. Der Stab wurde vom König gesenkt, wenn er die Erlaubniß zu einer Audienz ertheilte; wer ohne Erlaubniß vor das Angesicht des Königs trat, wurde hingerichtet. Die in safrangelbe Schuhe gehüllten Füße ruhen auf einem Schemel, denn der Thron ist hochsitzig, mit einem Teppich und Polster belegt. Die gerade aufsteigende Lehne reicht bis an den Kopf des Königs und die Füße des Stuhles bestehen aus übereinanderliegenden Wulsten, welche von Löwenpranken getragen werden, die ihrerseits auf einem Wulst über einem glockenförmigen Glied ruhen. Diese gedrehte Arbeit, Holz mit Metall überzogen, erinnert u. a. an die Ornamentirung des sieben= armigen Leuchters am Titusbogen. Der Thron steht auf einer Estrade, deren vier Beine ähnlich wie die des Thrones behandelt sind; die Seiten zeigen mehrere Reihen von stützenden Menschen übereinander in der Tracht der Völker des Reiches. Ueber der Estrade erhebt sich der das Ganze über= schattende Baldachin, mit gestickten Löwen und Stieren, in der Mitte das Symbol der Gottheit, der Sonnendiscus mit Flügeln; oben und unten läuft ein Band von Rosetten her und zu unterst hängen Franzen herab, wahr= scheinlich alles in Goldstickerei auf Purpurgrund.

Im Palastbezirk hielt sich eine große Menge von Menschen auf; außer den gelegentlich anwesenden Großen, unter welchen die sogenannten Ver= wandten dem König am nächsten standen, befanden sich Beamte und Mit= glieder des Adels vor den Gemächern des Königs, seiner Befehle gewärtig. Audienz Begehrende wurden von einem Pförtner oder Thürsteher ein= geführt, nachdem ihr schriftliches Gesuch durch sogenannte Botschafter vor= gelegt worden war. Diese letzteren waren vornehme Männer, man darf

also vermuthen, daß der König nicht selten ihr Urtheil über die Zulassung
des Petenten anhörte; zuweilen wurde die Audienz nicht gestattet und der
königliche Bescheid durch eben diese Botschafter mitgetheilt. Mit der Ein=
führung in die ·Gegenwart des Königs war der Chiliarch oder Kanzler
betraut; er trat einen Stab in der Hand den fremden Gesandten voran,
wie man auf persepolitanischen Steinbildern dargestellt findet und wie es
noch heute nicht nur bei den Persern, sondern auch bei türkischen Paschas
Sitte ist. Man kennt mehrere dieser an Rang dem Könige zunächst stehen=
den Civilbeamten mit Namen, und Xenophon berichtet in seinem Kyrosromane,
daß unter Astyages dessen Mundschenk das Amt des Einführers zur Audienz
bekleidet habe. In der nächsten Umgebung des Königs befindet sich der Schirm=
träger und der Diener mit dem Fliegenwedel; man findet beide an den Portalen
von Persepolis dargestellt hinter dem ins Freie tretenden König; der Schirm=
träger fehlt selbstverständlich, wenn der König im Innern des Palastes
sitzend abgebildet ist; in diesem Falle bemerkt man auf den Reliefen noch
einen Diener mit einem Tuch in der einen, mit einem Salbenfläschchen in
der andern Hand; er hatte das Geschäft, die Geruchsnerven des Königs von
Zeit zu Zeit zu erquicken; auch war ein Diener gegenwärtig, welcher die
vor dem König stehenden metallenen Räuchergefäße, eine Art von Feuer=
altären, mit aromatischen Pulvern zu bestreuen hatte, die er in einem Körb=
chen bei sich führt. Neben dem Thron steht der Bogenträger und Pfeil=
bewahrer des Königs, denen sich die übrigen fünf Reichsfürsten anschließen.
Die höchste kriegerische Würde besaß der Kronaufsetzer, der später bei den
Parthern aus der königlichen Nebenlinie der Suren gewählt wurde, eine
Art von Feldmarschall oder Connétable des Reiches. Von sonstigen hohen
Beamten werden in älterer und späterer Zeit genannt der Großvezier, der
Finanzminister, der Minister des Innern, der Archimobed oder das
Haupt der Priesterschaft, der als Abzeichen einen langen Stab und ein
weißes Gewand trug; der geheime Sekretär, das Haupt der Schreiber
und Vorleser, welche die Edicte in den verschiedenen Sprachen des Reiches
verfaßten und die Duplit im Reichsarchiv niederlegten, sowie die Reichs=
annalen aufzeichneten, welche man in Ekbatana aufbewahrte; der Truchseß,
Mundschenk, der Intendant der Kornspeicher, der Kammerherr, der
Director der Rechnungskammer, der Kellermeister, der Jägermeister
oder Oberfalconier, der Befehlshaber der Leibgarde, der auf einem
Relief in Persepolis mit einer Streitaxt erscheint, der Oberstallmeister;
zur Zeit der Sasaniden gab es auch einen Minister der öffentlichen
Arbeiten. Ein ganzes Heer von Hofbeamten, die Kämmerer des Frauen=
hauses, die Kammerdiener des Königs, die Verkündiger der Stunden, Be=
sorger der Gäste, Marställer, Aufseher der Hunde u. dgl., erfüllte die Räume
der Hofburg. In der Nähe des Königs befand sich auch der Leibarzt, der
in älterer Zeit meist ein Ausländer war, ein Aegypter oder Grieche, denn
die Heilkunde stand in Persien noch in ihren Anfängen, als sie im Westen

bereits sehr ausgebildet war.   Der Unterhalt dieses zahlreichen Hofstaats —
der letzte Sasanide soll 4000 Personen um sich gehabt haben — verursachte
enormen Aufwand von Geld; man kann annehmen, daß die tägliche Speisung
des Königshofes 40 Talente oder über 160,000 Mark kostete.   Aristoteles
sagt von der Pracht des persischen Hofes: „Die Pracht des Kambyses, Xerxes
und Darius erreichte den Gipfelpunkt der Majestät und Erhabenheit.   Der
König bewohnte in Susa oder Elbatana, wo sein Thron aufgeschlagen war,
unsichtbar für profane Blicke, eine bewunderungswerthe Königsburg, von
einer Ringmauer abgeschlossen, von Gold, Elektron (Mischung von Gold und
Silber) und Elfenbein schimmernd, mit vielen Thorhallen und Atrien zwischen
fortlaufenden Rennbahnen, mit Erzthüren und hohen Mauern verwahrt.
Vor diesen hielten sich die ersten und geachtetsten Männer auf, um die Person
des Königs die Leibgarden und Diener, die Schildwachen der Palastmauern,
die Thürsteher und die „Augen und Ohren", vermittelst deren der König,
den man Herr und Gott nennt, alles sieht und hört.   Außerdem hielten sich
hier auf die Aufseher der Staatseinkünfte, Kriegshauptleute, Hundeführer,
die Einnehmer der Geschenke und noch andere Beamte."   Die königliche Burg
enthielt außer den in ihr aufgehäuften Reichthümern, dem Mobiliar, den
Prachtrüstungen und kostbaren Stoffen auch Kunstwerke; so waren im Alterthum berühmt eine Platane und ein Weinstock von Gold; der letztere
hatte Trauben von Smaragden und indischen Karfunkeln; sie waren ein
Werk des Theodoros von Samos und ein Geschenk des Pythios, eines reichen
Mannes aus Bithynien, an Darius; beide Kunstwerke waren im Schlaf-
gemach des Königs aufgestellt.

Der letzte Zug des Kyros war nach Herodot gegen die Massageten
(die Vorfahren der Alanen) gerichtet, welche die Nordostgrenze des Reiches
beunruhigten, tapfere Nomaden, die wie ihre Nachbarn, die Derbikker, die
Greise, welche ihre Wanderungen beschwerlich machten, schlachteten und mit
Lammfleisch kochten und aßen, Bogen, Axt und Lanze führend, Anbeter der
Sonne, welcher sie Rosse opferten. Kyros ging über den Jaxartes und vernichtete einen großen Theil des feindlichen Heeres dadurch, daß er unter
dem Scheine des Rückzugs sein Lager verließ und nach einiger Zeit zurück-
kehrte, als die Massageten von dem zurückgelassenen Wein betrunken keiner
Gegenwehr fähig waren.   Eine Schlacht fiel ungünstig für die Perser aus.
Nach Ktesias, welcher als Arzt des Artaxerxes II. Gelegenheit hatte, die
mündlichen Ueberlieferungen über alte, oft vom Schleier der Sage umhüllte
Geschichten zu hören, wäre der Feldzug gegen die Derbikker in der Nähe
Indiens gerichtet gewesen; nach beiden Berichten wurde Kyros in der Schlacht
verwundet und starb einige Tage nachher.   Xenophon erwähnt nichts von
diesem Feldzug und läßt Kyros, nachdem er durch einen Traum auf sein
Ende vorbereitet worden, in der Persis sterben.   Er wurde in einem Marmorgrab beigesetzt.   Das Grab des Kyros ist bis heute erhalten und liegt in
der Ebene von Murgab nördlich von Persepolis.   In neuerer Zeit hat man,

wie schon früher, bestritten, daß Pasargada hier gelegen habe, namentlich aus drei allerdings nicht leicht wiegenden Gründen: erstens sei Alexander auf seinem Wege aus Indien zuerst nach Pasargada, dann nach Persepolis gekommen; ersteres müsse also östlich von letzterem liegen. Dieser Grund fällt

Grab des Kyros.

dadurch, daß die Straße aus Gedrosien über das heutige Kerman und von da nördlich vom Bachtegan=See erst in das Thal des Murgab führte, ehe sie Persepolis erreichte, wie man aus den Itinerarien der mittelalterlichen Geographen ersieht; zweitens setzt Plinius (nach Onesikritos, einem Flotten= befehlshaber und Biographen Alexanders) Pasargada etwa an die Stelle des heutigen Fasa (persisch Besa), indem er sagt, Pasargada (er nennt es Passagardae oder Frassargiba, daher auch bei Solinus Fidasarcida) erreiche man auf dem Flusse Sitiogagus (heute Sitaregan) in sieben Tagen, und auch die Ortsbestimmung des Ptolemäos versetzt die Stadt weit südöstlich von Persepolis. Der von diesen Angaben entnommene Einwurf ist schwer zu entkräften; möglich daß hier der ursprüngliche Sitz der Pasargaden gemeint war, der in der östlichen Persis lag. Drittens, so bemerkt J. Oppert, zeige das Grab von Murgab in der Construction seines Daches, welches zwei Giebelseiten hat, daß es das Grab einer weiblichen Todten sei, wie denn auch die Tradition in ihm das Grab der Mutter Salomos finde. Gerade das Grab aber scheint am lautesten für die Identität von Murgab und Pasargada zu sprechen, denn die Beschreibungen des Kyrosgrabes, welche die Geschichtschreiber Alexanders geben, sind fast vollständig zutreffend für

jenes Grabgebäude in Murgab. Auch die übrigen Ruinen der Ebene tragen
mehrfach den Namen des Kyros in Keilschrift. Das Grab ist 36 Fuß hoch und
besteht aus einem Sockel von sieben mächtigen Stufen weißen Marmors,
und einem Haus von 21 Fuß Länge und 17½ Fuß Breite und Höhe. Die
5 Fuß dicken Mauern umschließen eine aus riesigen Blöcken bestehende Kammer
von 10½ Fuß Länge und 7 Fuß Breite und Höhe. Eine nur 4 Fuß hohe Pforte
führt in den Raum, wo das Sterbliche des großen Königs in einem über-
goldeten Sarg beigesetzt war. Neben dem Sarg stand ein Stuhl auf goldenen
Füßen, und die Wände waren mit babylonischen Teppichen behängt. Auf
einem Tisch befanden sich Prachtgeräthe, persische Schwerter, Halsketten,
Ohrringe und Kleider, Bogen, Schild und Schwert des Königs. Eine Colonnade von Säulen, welche heute den Bau umgiebt, scheint erst später von
alten Gebäuden entnommen und hier aufgestellt zu sein, ebenso wie eine
kleine Treppe vor der untersten Stufe zu einem benachbarten Feueraltar
gehört hat. Das Grab erinnert lebhaft an die babylonischen Stufentempel
oder Ziggurat, nach deren Muster es angelegt war. In der Nähe des Grabes
liegt eine künstliche Plattform, mit den spärlichen Trümmern eines Palastes:
einer 36 Fuß hohen glatten Säule ohne Knauf, deren Gefährtinnen bis
auf die Sockel zerstört sind; acht Pfeilerbasen und drei Thorpfosten, von
denen die letztern die gleichlautende Inschrift in persischer, scythischer und
babylonischer Keilschrift tragen: „Ich Kurus der König, der Achämenide,"
ohne Zweifel die erhabenste aller persischen Inschriften. Nahe
dabei stehen zwölf Sockel, welche mit denen des Heräons
von Samos die größte Aehnlichkeit haben, so daß schon aus
diesem Umstand hervorgeht, daß Kyros seine Bauten durch
griechische Architek-
ten ausführen ließ.
Es ist nur zu be-
merken, daß die
Sockeln von Pasar-

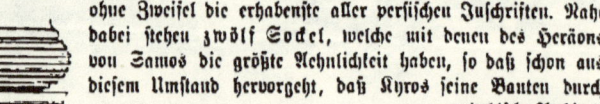

Säulensockel von Pasargada und Samos.

gaba älter sind als die von Samos, denn die letztern stammen von der
Erneuerung des Heräons in ionischem Stil, und selbst der alte dorische
Tempel wurde erst von Polykrates erbaut. Vor diesen Sockeln steht der
Pfeiler mit dem Reliefbild eines geflügelten Genius mit obiger Inschrift. Dieses Relief ist die Nachbildung assyrischer Sculpturen; es unterscheidet sich von diesen nur dadurch, daß es den Kopfschmuck und die Widder-
hörner des ägyptischen Kneph oder Amun trägt. Außer einem 42 Fuß
hohen quadratischen Feuerthurm, dessen Nachbildung man vor den Königs-
grüften bei Nakschi Rustam wiederfindet, steht am meisten nordwärts eine
300 Fuß lange und fast 40 Fuß hohe Terrasse, welche mit mächtigen Marmorquadern in sogenannter Rustica, wie die Tempelterrasse zu Jerusalem,
bekleidet ist. Das Volk nennt sie den Thron des Salomo. Diese Ruinen
sind die einzigen Bauwerke, welche die Zeit noch nicht völlig vernichtet hat;

wir besitzen von Kyros nur noch einen Backstein aus Senkereh in Chaldäa, der uns bezeugt, daß er sich um die Erhaltung des dortigen Tempels bemüht hat: „Kuras, Erbauer des Bit-Saggal und des Bit-Sibba, Sohn des Kambuzija, der Herrscher, ich.“

Kyros verdiente das Lob und die Bewunderung, welche ihm nicht nur seine eigene Nation die ihn Vater nannte, sondern auch Fremde gezollt haben. Er hat seine Perser aus halbwilder Beschränktheit in ihren heimathlichen Thälern herausgezogen, ihren Ehrgeiz geweckt, ihre tüchtigen Anlagen entwickelt und ihren kriegerischen Geist belebt; allen seinen Volksgenossen überlegen an politischem Urtheil, Wissen und Feldherrngabe, war er nicht nur der Beherrscher, sondern auch der Erzieher der Perser, und gerade diese letzte Eigenschaft legt in das Herz der Nation das Gefühl der Ehrfurcht und Liebe gegen den Für-

Basrelief von Murgab.

sten. Ein glänzender Eroberer, ist er doch frei von Menschenverachtung und Grausamkeit; er hörte und belohnte jeden guten Rathschlag, aber mit vornehmer Nichtachtung begegnete er dem Dünkel und der Anmaßung, das Unglück des Feindes erregte sein Mitleid, da er es als eine Schickung der Gottheit betrachtete.

Kambyses (Kambuzija) 529—522.

Kyros hinterließ zwei Söhne, Kambyses (Kambuzija) und Smerdis (Bardija), von denen der erstere, sobald er den Thron bestiegen hatte, den Entschluß faßte, auch Aegypten zu unterwerfen, die einzige noch übrige Groß= macht, welche schon längst durch ihr Bündniß mit Lydien gezeigt hatte, daß sie das Emporkommen der persischen Macht zu hindern strebte. Ehe Kambyses den Feldzug antrat, der mit großer Umsicht eingeleitet wurde, ließ er, um während seiner vermuthlich längern Abwesenheit einer Empörung oder Usurpation seines Bruders zuvorzukommen, diesen umbringen. Nur zwei Magier wußten um den Mord, und das Verhängniß wollte, daß diese zwei Menschen die Mittel einer Usurpation gerade in diesem geheim gehaltenen Mord fanden.

Der Pharao Psamnit hatte soeben nach Amasis' Tode die Regierung angetreten. Für den Zug durch die Wüste stellte der König der Palästina und Aegypten benachbarten Araber Kameele zum Transport des Gepäcks und der Mundvorräthe; es geschah dies durch Vermittlung des Phanes von Halikarnassos, der unter Amasis die griechischen Söldner befehligt hatte, wegen einer erlittenen Kränkung aber zu den Persern übergegangen war. Die erste persische Kriegsflotte, bestehend aus phönikischen und griechischen Fahrzeugen, denen sich auch die der kyprischen Fürsten, ehemaligen Ver= bündeten des Amasis, anschlossen, segelte längs der Küste nach Aegypten, um Memphis von der Benutzung des Nils abzusperren. Der Pharao rückte den Persern entgegen bis zum pelusischen Nilarm, wo er nach schwerem Kampf besiegt und nach Memphis zurückgeworfen wurde. Kambyses ordnete einen Herold ab, um durch ihn Verhandlungen anzubieten; die Aegypter begingen die Unvorsichtigkeit, gegen das Recht der Völker den Gesandten umzubringen sammt der Bemannung des Schiffes, welches ihn den Nil heraufbrachte, was die Perser in solchen Zorn versetzte, daß sie nach Er= stürmung der weißen Burg von Memphis je zehn Aegypter für den Gesandten und seine Begleitung, auch den Sohn des Pharao hinrichteten. Psamnit selbst, der Anfangs von Kambyses schonend behandelt wurde und wie es scheint als Vasall das Land regieren sollte, machte sich (wahrscheinlich nach der Rückkehr des Kambyses von dem sogleich zu erwähnenden Feldzug nach Aethiopien) der Anstiftung einer Revolte verdächtig und wurde zum Tod durch Trinken von Stierblut verurtheilt. So war der König der Perser Herr des Pharaonenreiches geworden, nachdem dieses mehrere Jahrtausende bestanden hatte, des ältesten Culturlandes, in welchem fast alles, was mensch= liche Bildung ausmacht, religiöse Ideen, Wissenschaft, Gewerbe und Künste, entsprungen war. Wenn schon vor dieser Eroberung Aegypten vermöge des Weltverkehrs den größten Einfluß auf die Beschäftigungen und Gedanken der Nationen geübt, die Producte seines Gewerbfleißes nach allen Ländern ausgeführt, die Regeln der Architektur und andrer Künste mitgetheilt hatte, so wurden diese Beziehungen des Nillandes mit Asien noch inniger, seit es seine Blicke nach der Residenz der Achämeniden richten mußte.

Kambyses verfuhr auf kluge Art mit den Aegyptern. Er suchte ihnen den Uebergang in die neuen Verhältnisse leicht zu machen und begegnete mit Achtung ihren religiösen Einrichtungen, deren Ausübung er mit einer Connivenz beschützte, wie sie im Orient selten ist. Er unterzog sich den kirchlichen Gebräuchen, zu welchen die Pharaonen verpflichtet waren. Wir besitzen ein ägyptische Inschrift, deren Inhalt die Märchen von Kambyses' Wüthen (Märchen, welche ohne Zweifel von den Aegyptern erfunden sind) Lügen strafen. Uza-hor-penres, ein ägyptischer Priester, der die höchsten Würden unter Kambyses und Darius bekleidete, und dessen Statue mit der Inschrift versehen im Vatican aufbewahrt wird, berichtet nicht allein, daß auf Befehl des Kambyses der Tempel der Neith in Sais, welcher von den Soldaten besetzt war, gereinigt und dem Gottesdienst zurückgegeben wurde, daß auch alle Feste gefeiert werden sollten, sondern auch daß der neue persische Pharao wie seine ägyptischen Vorgänger in die Mysterien der Neith eingeweiht worden sei (wie auch Herodot bemerkt), und die heilige Spende an Osiris, den Herrn der Ewigkeit, in der innern Tempelkammer gebracht habe.

Die Besiegung Aegyptens reizte zu weiteren Eroberungen; es konnte nunmehr keine Macht der Erde sich mit der persischen messen. Drei Heere wurden ausgerüstet, um Meroe und Abyssinien, die Oase des Amun in der Sahara und den Freistaat Karthago unter persische Herrschaft zu bringen. Karthago wurde dadurch gerettet, daß die Phönikier, welche mit Kriegsschiffen die Eroberung ausführen sollten, ihre Mitwirkung verweigerten, weil Karthago eine ihrer Pflanzstädte war, und daß Kambyses klug genug war, sich die Freundschaft jener Seefahrer nicht zu verscherzen. Von Theben aus rückte ein Heer gegen die Amun-Oase; wäre die Tapferkeit der Soldaten das einzige Erforderniß gewesen, so würde Kambyses seine Absicht erreicht haben; aber der Feind hatte die Wüste und die Elemente zu Verbündeten: das Heer erreichte die von Herodot „Insel der Seligen" genannte Oase (Charigeh), wurde aber auf dem weitern Wege, vielleicht zwischen Dachileh und Farafra, durch einen Sandsturm verschüttet. Kambyses wagte es, von der Straße im Nilthale abzugehen, um das von Hierasykaminos (Korosko) nach Napata (Abu Hamed) einen nach Osten offnen Bogen beschreibende Stromthal durch einen kürzeren Weg abzuschneiden; dieser Weg ist für eine größere Karawane nur spärlich mit Wasserbrunnen versehen, und inmitten des Sandes und der Hitze muß, wie auch berichtet wird, das Heer große Drangsale ausgestanden haben; jedoch erreichte es Meroe und unterwarf sogar südlich von dieser Stadt einige Negerstämme, welche alle drei Jahre Tribut an Gold, Elfenbein, Ebenholz und Knaben abliefern mußten. Auf dem Rückzug wurde das Heer zwischen Premnis und Pselchis von Sandwirbeln zum Theil verschüttet. Unglücklicherweise feierte man bei des Königs

Rückkunft in Memphis ein Fest, dessen Veranlassung den Kambyses Schaden=
freude über seine Verluste zu sein däuchte. Im Jähzorn stieß er dem heiligen
Stier Apis das Schwert in den Schenkel, so daß er bald verendete. Schon
vorher, auf dem Zug nach Meroe, hatte ihn der Zorn zu einem Verbrechen
hingerissen. Er hatte zwei seiner Schwestern im Harem, von denen die
eine, Atossa, später des Darius Gemahlin wurde; die andere begleitete
ihn nach Meroe. Eines Tages war ein Kampf zwischen einem Löwenwelf
und einem jungen Hunde; als dieser unterlag, kam ihm ein zweiter Hund,
sein Bruder, nachdem er seine Kette zerrissen, zu Hülfe, und der Löwe wurde
besiegt. Kambyses, der seine Schwester weinen sah, fragte nach der Ver=
anlassung ihrer Thränen, und sie erwiderte, als sie den Hund seinem Bruder
habe zu Hülfe eilen sehen, habe sie an ihren Bruder Smerdis gedacht, der
ohne Bluträcher bleiben müsse. Kambyses tödtete sie auf der Stelle durch
einen Fußtritt und brachte sich selbst um die schönsten Vaterhoffnnngen. Nach
und nach gewannen die Erinnerung an das Unglück seines Heeres, die Ge=
wissensbisse über den Mord des Bruders und der Schwester und die Sorge,
daß mit ihm der Stamm des Kyros erlöschen werde, ihre Herrschaft über
sein Gemüth, und zuletzt gelangte auch die Nachricht nach Aegypten, daß
die Revolte, welcher er durch die Ermordung seines Bruders zuvorkommen
wollte, dennoch ausgebrochen sei. Oropastes der Magier, welchem Kam=
byses die Verwaltung der königlichen Besitzungen in Medien anvertraut hatte,
benutzte die lange Abwesenheit des Herrschers, um das Reich in die Hände
seiner Landsleute, der Meder, zurückzubringen. Sein Bruder Gaumata,
welcher große Aehnlichkeit mit Bardija hatte, wurde von ihm für diesen
selbst ausgegeben und in Pisijauvada am Berge Arakadris auf den
Thron gehoben, zugleich die Perser aufgefordert, diesen angeblichen Bardija,
Sohn des Kyros, anzuerkennen. Auf die Kunde hiervon eilte Kambyses
nach Persien, hörte aber schon in Hamath in Syrien, daß die Rebellion
geglückt sei, und in Verzweiflung über das selbstverschuldete Verderben brachte
er sich selbst ums Leben (522).

Darius I. 521—485.

Nach Kambyses' Tod schien die Herrschaft des Magiers Gaumata,
der für den Bruder des Kambyses galt, unanfechtbar zu sein, zumal auch
der Vollzieher des Mordes, Prexaspes, aus Furcht seine That leugnete;
jedoch erwedte es bei den Großen Verdacht, daß sich der König durchaus
den Blicken des Hofes entzog. Otanes (Outana), Satrap von Kappadokien,
erfuhr durch seine Tochter Phaidime, welche sich in Gaumatas Harem be=
fand, daß derselbe keineswegs der Sohn des Kyros sei, und auch Prexaspes,
von Gewissensbissen geplagt, bekannte laut seine That und stürzte sich von
einem Thurm herab. Darius (Tarajavus), der als nächster Verwandter
des Kambyses das Recht der Nachfolge hatte, drang mit sechs abligen Persern,

Windafrana (Intaphernes), Sohn des Wajaspara, Utana (Otanes), Sohn des Thuchra, Gaubaruwa (Gobryas), Sohn des Mardunija (Mardonios), Widarna (Hydarnes), Sohn des Bagabigna, Bagabuchja (Megabyzos), Sohn des Tabuhja, Ardumanis, Sohn des Wahuka (Ochos), in das Schloß Sikathauwati in der Gegend Nisaja in Medien (vielleicht in der Nähe von Kermanschah), wo sich der Magier aufhielt; Gaumata wurde nach persönlichem Kampf mit Gobryas von Darius erstochen (10. April 521). An verschiedenen Orten tödteten die Perser viele Magier, ja man setzte ein Fest ein zum Andenken an diese That, welche nach Verdrängung der Meder die persische Herrschaft unwiderruflich befestigt hatte. Darius übertrug seinen Ge= fährten die höchsten Aemter im Staat, nur Intaphernes, der durch seine An= maßung der Würde des Königthums zu nahe zu treten wagte, wurde umgebracht.

Gleich zu Anfang seiner Regierung hatte Darius mit Empörungen zu kämpfen, welche an allen Enden des Reiches ausgebrochen waren. Bereits unter Kambyses, welcher lange Zeit in weiter Ferne abwesend war, sowie unter der kurzen Herrschaft des Magiers waren Unordnungen eingerissen, wie die Inschrift am Berg Behistan sagt: „Als Kambuzija nach Mudraja (Aegypten) gezogen war, wurde das Volk aufrührerisch, darauf nahm die Lüge zu in den Provinzen, sowohl in Persien als in Medien als auch in den übrigen Provinzen." Zu allen Zeiten haben Vasallen, welche sich wegen der großen Entfernung vom Hofe für sicher hielten, versucht, sich unabhängig zu machen; Regierungswechsel sind aber immer mit Unruhen verbunden. Bei Darius' Regierungsantritt kam hinzu, daß das Reich noch viel zu jung war, um consolidirt zu sein, Armenien, Medien, Babylonien, noch vor kurzem in bedeutender Selbständigkeit, wollten sich nicht daran gewöhnen, dem früher wenig beachteten Fürsten der Persis zu gehorchen. Darius mußte daher einen großen Theil des Reiches neu erobern, was nicht weniger als sechs Jahre in Anspruch nahm. Den Verlauf dieser Kämpfe, worin die Perser nicht selten in äußerster Bedrängniß waren, hat uns Darius selbst in einer großen, in persischer, medo=scythischer und babylonischer Sprache verfaßten Inschrift am Berge Behistan (Bisutun) erzählt. Dieser 1500 Fuß hohe Fels fällt wie eine Wand in das Thal; die ganze Gegend ist reich an Trümmern besonders der sasanischen Zeit; Darius ließ eine große Stelle 300 Fuß über dem Thal für die Inschriften und die Sculptur poliren; die letztere stellt ihn selbst dar, wie er den Fuß auf den gestürzten Gaumata setzt; hinter ihm steht Gobryas der Lanzenträger und Aspathines (Aspa= tschana) der Bogen= und Köcherträger; hinter Gaumata stehen, die Hände auf den Rücken gefesselt und an den Hälsen mit einem Strick aneinander gebunden, die neun Rebellen, mit welchen Darius und seine Feldherrn neun= zehn Schlachten geschlagen haben. Ueber der Darstellung schwebt das Symbol der Gottheit. Die Namen der abgebildeten Rebellen sind folgende: Athrina, Nabitabira, Frawartis, Martija, Tschithratachma, Wahjazdata, Aracha, Fraba und Sakunta.

4*

Die Inschrift erzählt, daß sich sogleich nach der Beseitigung des Gau=
mata ein Mann Namens Athrina zum König von Susiana aufgeworfen

Relief am Berge Behistun.

habe: „Es war ein Mann Namens Athrina, ein Sohn Upadarmas, der lehnte
sich auf in Hudja, er sagte so zu den Leuten: ich bin König in Hudja;
darauf waren die Bewohner von Hudja aufrührerisch, sie gingen zu jenem

Athrina über, er war König in Hubja." Zu gleicher Zeit empörte sich
Nabitabira (Nabintabel), Sohn des Ainira, in Babel und gab sich für
Nebukabnezar (Nabukudratschara), Sohn des Nabunida, aus. Athrina
wurde durch ein persisches Heer geschlagen, gefangen und von Darius getödtet. Sodann zog der König nach Babylonien, erzwang den Uebergang
über den Tigris, welchen Nabitabira auf Schiffen vertheidigte, und verfolgte
die Babylonier bis nach Zazana am Euphrat, wo er Anfangs December
521 eine Schlacht lieferte. Der Feind wurde in den Strom getrieben, die
Reiterei flüchtete mit dem Rebellen nach Babel. Die Stadt wurde belagert,
nach einem Jahr und sieben Monaten eingenommen, und Nabitabira getödtet (September 519). Während Darius vor Babel lag, wurde ihm der
Abfall Persiens, Susianas, Mediens, Assyriens, Armeniens, Parthiens, Mar-
gianas, der Sattagyden und der Scythen gemeldet. Besonders gefährlich
war der medisch-armenische Aufstand. In Medien gab sich Frawartis
(Phraortes) für Chsathrita aus der Familie des Huwachsatara (Kyaxares)
aus. Der persische General Widarua (Hydarnes) wurde mit einem Heer
von Babel aus gegen die Aufständischen geschickt und lieferte ihnen Ende des
Jahres 521 eine Schlacht bei Marus in Medien (wahrscheinlich das spätere
Marg, 10 Farsangen von Holwan entfernt in der Ebene von Kermanschah),
die aber so zweifelhaften Erfolg hatte, daß die Perser sich in Kampada
(heute Tschamabatan, eine Ebene zwischen Kirrind und Kongaver) verschanzen
und eine Verstärkung unter Darius erwarten mußten. In Susiana erhob
sich Martija, Sohn des Tschitschichris aus Anganala (vielleicht das spätere
Djannabjan bei Kazerun), und gab sich für Imanis, König von Susiana,
aus; er wurde indessen bald von den Susianern selbst ergriffen und umgebracht. Gegen die Armenier, welche nach Tigrans Tode mit den Medern
gemeinsame Sache machten, rückte Dabarsis, der selbst von armenischer Abkunft war; er wurde aber wie es scheint (die Inschrift läßt dies vermuthen)
geschlagen bei Zuza in Armenien; nicht besser ging es ihm kaum zwei Wochen
später bei Tigra, sowie nach anderthalb Monaten bei Uhjama in Armenien,
wo er sich verschanzte, um gleichfalls Verstärkungen abzuwarten. Darius
sendete einen zweiten Feldherrn, Waumisa (Omisos), gegen die Armenier,
der bei Atschitu in Assyrien, bis wohin also die Armenier vorgedrungen
waren, den Feind zurückwarf (December 520), sodaß die zweite Schlacht
wieder auf armenischem Boden, in der Landschaft Autijara (Tijari in
Kurdistan) geschlagen wurde (Ende April 519). Hier blieb das Heer stehen,
um den König zu erwarten. Dieser hatte im September dieses Jahres
Babel eingenommen und eine Abtheilung der nun disponibeln Truppen unter
Artawardija nach der Persis abgesendet und rückte mit dem übrigen Heer
selbst aus gegen die Meder, um nach deren Besiegung seinen beiden Generalen am Tigris und in Kurdistan die Hand zu reichen. Er lieferte dem
Meder Frawartis eine Schlacht bei Kundurus (Kundur bei Kazwin),
Ende September; der Rebell wurde geschlagen, er entkam aber nach Raga;

hier wurde er eingeholt und, nachdem man ihm Nase, Ohren und Zunge abgeschnitten, in der Hauptstadt Mediens, Hangmatana (Ekbatana) gekreuzigt. Hiermit hatte auch der Aufstand der Armenier ein Ende, welche keinen eignen Prätendenten zum Führer hatten. Mit dem medisch-armenischen Aufstand in Verbindung stand derjenige der Sagartier unter Tschithratachma, der sich für einen Nachkommen der medischen Könige ausgab. Er wurde von dem medischen General Tachmaspada besiegt, gefangen und in Arbela ans Kreuz geschlagen. Auch die Parther und Hyrkanier waren mit in den medischen Aufstand gezogen worden. Der Vater des Königs, Wistaspa, schlug sich bei Wispauzatis in Parthien mit den Rebellen (Februar 518), aber erst mit einer Verstärkung, welche er von Raga aus erhielt, errang er bei Patigrabana (im Juli) einen entscheidenden Sieg. Zu dem medischen Reiche hatten noch einige östliche Länder gehört, in welche sich jetzt der medische Aufstand gleichfalls verzweigte: Fraba suchte Margiana (Margus) sowie das angrenzende Baktrien abtrünnig zu machen. Der Perser Dabarsis, Satrap von Baktrien, besiegte jedoch den Aufrührer im November 518. Hiemit hatte dieser gefährliche und über fast das ganze alte medische Reich verbreitete Aufstand ein Ende. Medien wurde fortan als die vornehmste Provinz nächst der Persis betrachtet. Artawardija war, wie bemerkt, mit der Bewältigung der Rebellion in der Persis beauftragt worden. In Tarawa (Tarom), dem Hauptort der Jutija, hatte sich Wahjazdata für Bardija, Sohn des Kyros, erklärt, und suchte auch Arachosien auf seine Seite zu bringen, weshalb er ein Heer zur Vertreibung des dortigen Satrapen Wiwana abrücken ließ. Der Rebell begegnete dem königlichen Heere bei Racha in der Persis, April 517. Hier geschlagen, wurde Wahjazdata quer durch die Persis nach Pisijahuwada (wahrscheinlich die Burg Dizi Nipischt bei Persepolis) verfolgt, eine zweite Schlacht wurde am Berge Paraga (zwischen Forg und Tarabgird) geliefert (Juli 517); der Rebell wurde gefangen und in Huvadaibaja (vielleicht das Schloß Chuwaban im Distrikt von Fasa) gekreuzigt. In Arachosien kam es erst im December zu einer Schlacht bei Kapisakanis (wahrscheinlich an der südwestlichen Grenze der Provinz), deren Erfolg dem königlichen Heere möglich machte, weiter vorzubringen und nach drei Monaten in Gandutava eine zweite Schlacht zu liefern, nach welcher der fliehende Anführer der Rebellen in der Feste Arsada ergriffen und sammt seinen Gesellen getödtet wurde (Februar 516).

In demselben Jahre, wo die Generale des Darius den Aufstand in Persis und Arachosien niederwarfen, erschien der König in Aegypten. Nach des Kambyses Herrschaft war hier große Unordnung eingerissen. Der Aegypter Uza-hor-penres, dem wir schon unter Kambyses begegnet sind, sagt in der Inschrift seiner Stele, daß er im Auftrag des Darius die Namen aller Götter, ihre Tempel, ihre Opfer und die Feier ihrer Feste hergestellt habe. Es wurden alte Beamte aus der Zeit des Amasis wieder angestellt, wie der Baumeister Rachnum-het, welcher wahrscheinlich den von Darius befohlenen

Tempelbau in der Oase Chargeh leitete. Dieser fast völlig erhaltene Tempel in
Hib, der Hauptstadt der Oase, besteht aus dem Heiligthum, an dessen Außenwand
Darius dem Amon von Theben, dem Herrn von Hib, Opfergaben darbringt, aus
drei ostwärts vorliegenden Sälen und drei Pylonenpaaren, deren beide äußere
durch Widderalleen verbunden sind, während das dritte innere Paar den Eingang in die Tempelhallen bildet, von welchen ein Theil durch einen spätern
Vorbau des Nechtharheb I. eingenommen wird. An der Südwand des mit-
telsten Sales ist eine Inschrift eingegraben, welche ein Hymnus mit pan-
theistischer Religionsanschauung ist: „Der da ist als Ra (Sonnengott) das
Sein an sich selbst, dessen Gebeine wie Silber, dessen Haut wie Gold, dessen
Haupthaar wie Saphir, dessen Hörner wie eitel Smaragd, — das ist der
gütige Gott, der sich selber erschuf in seiner Gestalt und sich erzeugte, ohne
herauszutreten aus dem Mutterleibe.... Dieser herrliche Gott war von An-
beginn an; nach seinem Ermessen ward die Welt. Er ist Ptah (das Ur-
feuer und der Urgrund aller Dinge), der größte der Götter; er wird zum
Greise und verjüngt sich zum Kinde im kreisenden Laufe der ewigen Zeit....
Du bist der Himmel, die Tiefe bist du, du bist das Wasser, die Luft bist
du, und Alles was weilet inmitten von ihnen.“ Am Schluß der Inschrift
(welche Brugsch übersetzt hat) findet sich eine Fürbitte für den Pharao Darius;
dieser Name bezieht sich indessen an dieser Stelle nicht auf den Begründer
des Tempels, sondern auf Darius II., von welchem der Schmuck des Mittel-
sales herrührt: „Laß glücklich sein deinen Sohn, der da sitzet auf deinem
Throne! verjünge seinen Körper auf der Oberwelt! mach ihn ähnlich dir, laß
als König ihn herrschen in deinen Würden! Und wie deine Gestalt ist, Wohl-
that spendend, wenn du dich erhebst als Ra: so ist das Wirken deines guten
Sohnes nach diesem Wunsche. Dazu spende ihm Kraft in seinen Armen.
Der König von Ober- und Unter-Aegypten, der Sohn des Ra, Darius, er
lebe ewig! Er huldigt als Priester den vier Paaren der Elemente des Amon-
Ra, des Herrn des Tempels von Hesta in Theben, des Herrn von Hibis,
des Starkarmigen. Der Sohn des Ra, Darius, er lebe ewig! der Freund
des Horus, des Sohnes der Isis, des Sohnes des Osiris. O Amon, schirm
und schütze ihn, den Sohn des Ra, Darius, er lebe ewig!“

Darius setzte bei seiner Ankunft (Winter 517) eine Belohnung aus für
die Auffindung eines neuen Apis, dessen Vorgänger gestorben war. Dies
gewann dem Darius die Sympathien der Aegypter. Der neue Apis lebte
bis zum 31. Jahre des Darius. Die weise Regierung des Perserkönigs verschaffte ihm im Rechtscodex der Aegypter eine Stelle unter den sechs großen
Gesetzgebern.

Während der letzten Rebellionen brach ein neuer, allerdings nicht sehr
gefährlicher Aufstand in Babylonien aus; der Armenier Aracha, ein Sohn
des Haldita, erklärte sich in Dubala (Debleh unweit Hillah) für Nebukadnezar, Sohn des Nabonid. Das persische Heer unter Windafra nahm
Babel ein, der Aufrührer wurde sammt seinen vornehmsten Anhängern ge-

tödtet (Januar 516). Noch nach acht Jahren (508) zuckte zum letzten Male
die Flamme des Aufruhrs in Susiana; sie wurde aber alsbald erstickt durch
Gobryas; und in eben diesem Jahre befand sich Darius im Lande der Scythen
in Europa, wie wir noch ausführlicher erfahren werden; ein scythischer Anführer, Sakunka, ist auf dem Relief des Berges Behistan abgebildet.

Eine Empörung hat Darius in der großen Inschrift nicht erwähnt, wohl
weil sie nicht durch ehrenhafte Gewalt der Waffen, sondern durch einen Mord
beschwichtigt wurde. Der Satrap von Lydien Orötes suchte sich unabhängig zu machen. Er hatte schon unter Kambyses' Herrschaft den Polykrates von Samos nach Magnesia gelockt und ihn hier kreuzigen lassen,
hatte jedoch damit seinen Zweck, Samos in seine Gewalt zu bringen, nicht
erreicht, indem der Bruder des Polykrates, Syloson, durch Soldaten des
Darius in Samos zum Herrn eingesetzt wurde, wodurch Samos vom König
der Könige abhängig wurde (516). Unklug war es von Orötes, durch Ermordung des Mitrobates, Befehlshabers der persischen Truppen in Das-
kylion, nebst dessen Sohn Kranaspes eine Schuld auf sich zu laden, welche
vermöge der Sitte der Blutrache nicht ungebüßt bleiben konnte, sowie, daß
er einen königlichen Boten, der nicht liebsame Befehle überbrachte, tödten ließ.
Darius, der seine Truppen nicht entbehren konnte, überzeugte sich, daß die
Soldaten des Satrapen wegen dessen Verbrechen leicht veranlaßt werden
könnten, die Sache desselben zu verlassen, und auf eine briefliche Aufforde-
rung des Königs wurde Orötes durch seine eigene Leibwache erdolcht.

Nach der Beruhigung der Provinzen schritt Darius zum innern Ausbau
des Reiches. Hier liegen seine Hauptverdienste, hier hat er gezeigt, daß er
nicht bloß ein kriegerischer Despot, sondern daß er der erste asiatische Fürst
war, der einen Staatshaushalt, ein geregeltes System der Verwaltung eingeführt hat, welches in seinen Grundlagen noch heute fortdauert. Es ist nicht
Zufall, daß der erste Staatsmann Asiens ein Perser ist. Die Herrscher der
älteren Reiche, Assyriens, Chaldäas, waren unumschränkte Despoten, Götter
der Erde, von welchen alle regierende, richterliche und ausführende Gewalt
ausfloß; war ihre Regierung gut, so hatte dies seinen Grund in den persönlichen Eigenschaften des Herrschers; war dieser ein Tyrann, so gab es keine
gesetzlichen Mittel, seinen Ausschreitungen vorzubeugen. Die Perser, wie die
ihnen stammverwandten Hellenen und Germanen, besaßen einen starken Schutz
ihrer Freiheiten in den Instituten ihrer Stammeseintheilung und der mit ihr
verbundenen Verfassung, welche den Willen des Königs durch den der Versammlung des Volkes oder der Häuptlinge beschränkte.

Die Aufstände im Beginn seiner Regierung hatten dem Darius gezeigt,
wie leicht eine Ländermasse, in welcher Nationalitäten und Interessen so sehr
verschieden geartet sind, in ihre Bestandtheile auseinanderfallen kann; nur
eine regelmäßige sich über alle Theile erstreckende Verwaltung durch einen
ergebenen Beamtenstand, dessen Maßnahmen vom König und von seinen
Räthen an die Hand gegeben werden sollten und deren Erfolg durch Macht-

mittel des Staats verbürgt war, konnte das ungeheure Reich zusammen=
halten. Darius, durch seine dahin zielenden Einrichtungen der zweite Schöpfer
des Reichs, theilte dieses in Bezirke (Satrapien), welche von einem höchsten
Beamten verwaltet wurden, dem aber zur Wahrung der königlichen Autorität
andere Beamte zur Seite standen, deren Befugnisse ein Gegengewicht gegen
die Macht des Satrapen bildeten. Diese Satrapen, sowie die übrigen
hohen Beamten hatten von früher Jugend eine sorgfältige Erziehung und
Ausbildung unter den Augen des Königs genossen. Von der Vortrefflich=
keit der Schulen für die Kinder vornehmer Familien, aus denen die zukünf=
tigen Offiziere, Beamten, Richter hervorgingen, berichten verschiedene grie=
chische Schriftsteller in den Ausdrücken höchster Bewunderung. Es wurden
zum Unterhalt jener Beamten und der stehenden Heeresmacht Geldmittel noth=
wendig, welche durch eine regelmäßige Grundsteuer aufgebracht wurden. Diese
wurde nach Vermessung der Culturflächen jeder Provinz nach Farsangen und
nach Taxirung der Fruchtbarkeit des Bodens festgesetzt, während bisher die
patriarchalische Sitte bestand, dem königlichen Hof einen jährlichen Tribut zu
senden, der sich der Berechnung seines Werthes entzog. Allein die Land=
schaft Persis als Heimath des Königshauses war von Steuern frei, doch war
sie verpflichtet, nach alter Sitte dem König Geschenke zu bringen, wenn er
das Land durchreiste. In der Einrichtung der Satrapien zeigt Darius eine
nicht genug zu bewundernde Mäßigung: er ließ den unterworfenen Ländern
wirklich ihre berechtigten Eigenthümlichkeiten; die Rechtsinstitute und locale
Verwaltung wurden so wenig wie die Sprache, Sitte und Religion angetastet,
aber über alle dem stand die Autorität des Staats.

Die Zahl der Satrapien wechselte unter Darius und seinen Nachfolgern.
Die Keilinschriften des Darius liefern drei Listen, von denen die beiden ersten
fast identisch sind, indem in der ersten nur die vier letzten Satrapien fehlen.
Es werden in ihnen folgende Satrapien genannt (außer Persis): Medien,
Susiana, Parthien, Aria (das Gebiet von Herat), Baktrien, Sogdiana, Choras=
mien, Zarankien, Arachosien, die Sattagyden, die Gandaren, Indien, die
Haumawarga=Saken (Scythae amyrgii), die Tigrachauda= (Spitzhüte tragenden)
Scythen, Babylonien, Assyrien, Arabien, Aegypten, Armenien, Kappadokien,
Lydien, die Jonier des Festlandes, die Scythen jenseits des Meeres (in Ruß=
land), die Skudra (Thraker), die Jonier mit Diademen (auf den Inseln),
die Punt (Somali), Kusch (Abyssinier), die Matschija (Maschanasch in Libyen,
westwärts von Kyrene) und Karthago, wozu die eine Inschrift noch die
Sagarten und Maka (in Mekran) fügt. Es sind dies (30) 32 Namen von
Ländern und Völkern, von denen die zuletzt angeführten sich gewiß nicht viel
um den König der Könige gekümmert haben, wie aus etwas späterer Zeit
von Xenophon in der That berichtet wird, daß die Stämme der 19. Satrapie,
Chalyber, Taochen, Chaldäer, Makronen, Scythen, Kolcher, Mosynöken, Tiba=
rener, den König gar nicht als ihren Gebieter betrachteten und nur für schweres
Geld Heerfolge leisteten, daß ebenso mehrere Völker Kleinasiens thatsächlich

unabhängig waren. In der älteren Inschrift am Bisutun sind nur 23 Länder aufgezählt; es fehlen Indien, Skudra, Punt, Kusch, Matschija und Karthago; die Scythen werden nur einmal ohne Zusatz genannt, die Jonier mit Diademen heißen hier „die über Meer wohnenden", wahrscheinlich die Griechen von Samos, Imbros, Lemnos; dann erscheinen hier auch die Maka, welche in der ersten Inschrift wahrscheinlich zur Persis gerechnet sind. Diese Aufzählung scheint diejenigen Satrapien zu nennen, welche wirklich persischen Beamten unterstanden, während in den beiden anderen Listen auch die in entfernterem Tributverhältnisse stehenden aufgeführt werden. In jeder Satrapie standen Truppen und neben deren Befehlshaber war der Satrap Civilgouverneur, und hatte die Eintreibung der Steuern, die Justizverwaltung, die Oberaufsicht über die Satrapie zu besorgen; er konnte durch einen Ferman des Königs sofort aus dem Amt entfernt oder bestraft werden.

　　Herodot hat uns die Steuerliste, offenbar nach amtlichen Quellen aus der Zeit Artaxerxes I., aufbewahrt. Nach diesem wichtigen Document steuerten 1) die asiatischen Griechen mit Karien, Lykien und Pamphylien jährlich 400 Silbertalente, 2) Lydien, Mysien, Lasonier, Kabalier und Hygenner 500, 3) die Küste am Hellespont, Phrygien, die asiatischen Thraken, Bithynier, Paphlagonen, Mariandyner, Syrer (in Kappadokien) 360, 4) Kilikien 360, 5) Phönikien, Syrien, Palästina, Kypros 350; zu dieser Satrapie gehörten die steuerfreien Araber in der syrischen Wüste und an der Grenze von Aegypten; 6) Aegypten, Libyen und Kyrenaika 700 Talente, 7) Sattagyden, Gandaren, Dadiken und Aparyten (pers. Pouruta) 170, 8) Susiana 300, 9) Babylonien und Assyrien 1000, 10) Medien mit den Parikaniern (s. Nr. 17) und Orthokorybantiern 450, 11) Kaspier, Pausen, Pantimather und Dariten 200, 12) Baktrien 360, 13) Armenien 400, 14) Sagarten, Sarangen, Thamanäer, Utier (in Kirman und Sistan), Mykier (Maka) und Inselbewohner 600, 15) Saken (Scythen) und Kaspier 250, 16) Parthien, Chorasmien, Sogdiana und Aria 300, 17) Parikanier (s. Nr. 10) und die Aethiopen Gedrosiens (Brahui) 400, 18) die Matiener, Saspiren und Alarodier 200, 19) die Moscher, Tibarener, Makronen, Mosynöken und Maren 300, 20) Indien 360 Talente Goldstaub. Uebrigens gab es noch besondere Auflagen für einzelne Provinzen, welche diesen empfindlicher sein mußten als die regelmäßige Staatssteuer: Aegypten mußte für die 120,000 persischen Soldaten, welche auf seinem Gebiet standen, 700 Talente Getreide liefern, Medien 100,000 Schafe, 4000 Mäuler und 3000 Rosse, Kappadokien die halbe Zahl dieser Thierarten; Kilikien stellte jeden Tag ein weißes Roß und 140 Talente für den Unterhalt der Reiterei; Babylonien 500 verschnittene Knaben; Armenien mußte 20,000 Hengstfüllen beschaffen. In Aegypten gehörten die Fischereien im Fajum der Krone. Außerdem waren noch verschiedene Dinge mit Steuern belastet, wie Bergwerke, Wälder, die Benutzung des Flußwassers für Fischfang und zur Bewässerung; es wurde bei der Eröffnung einer Schleuse eine Abgabe erhoben.

Zusammen betrugen diese Steuern nach Herodots Rechnung 14560 eubö=
ische Talente, was einer Summe von über 660 Million Reichsmark, oder
mit Berechnung des damaligen Geldwerthes etwa dem Achtfachen dieser Summe
gleich kam, und doch entfiel nach einer ungefähren Schätzung des Verhältnisses
dieser Summe und der Bevölkerungszahl kaum 1 Thaler auf den Kopf.

Unter den Satrapien wurden einige von Satrapen allein regiert, so daß
also Civil= und Militärverwaltung in Einer Hand lagen, nämlich Lydien,
Kilikien, Aegypten, Susiana, Babylonien, Medien, Baktrien, Sagartien, Scy=
thien, Parthien; es war dies deshalb eingerichtet, weil es nicht geeignet schien,
die Macht des Satrapen zu sehr vom Centrum des Reiches abhängig zu
machen und ihn bei feindseligen Bewegungen der Provinz an raschem Handeln
zu hindern.   Damit war zugleich gegeben, daß nur durchaus zuverlässige
Männer, die mit dem königlichen Hause in naher Beziehung standen, diesen
Satrapien vorgesetzt wurden.   Der geringste Verdacht konnte die Absetzung
und Bestrafung des Satrapen herbeiführen.   Uebrigens bestand diese Ein=
richtung, als Alexander nach Asien kam, bereits in allen Provinzen.   In
Armenien und Pontus war die Satrapie erblich, d. h. die Fürsten des
Landes waren Vasallen des Großkönigs; Armenien besaß diese Vergünstigung
wegen der Verdienste, welche Tigran beim Sturz des Astyages sich erworben
hatte, und in Pontus herrschte eine achämenische Seitenlinie. Die griechischen
Städte hatten ihre griechischen Tyrannen, die phönitischen Städte, Karien und
Indien eigene Könige, Lykien wurde von den Nachkommen des Harpagos
beherrscht, Kilikien vom Syennesis, die Juden vom Hohenpriester, aber überall
stand ein Satrap zur Seite, um von allen Vorgängen Act zu nehmen. Ueberall
hatten jene Fürsten eigene Heere, aber der Satrap hielt eine Anzahl Festun=
gen mit persischen Truppen besetzt; überall wurden Münzen geprägt, und das
Bild des Großkönigs zeigen nur die Münzen der Satrapien, welche direct
von königlichen Beamten verwaltet wurden. Der Satrap entfaltete gewöhn=
lich eine fürstliche Pracht, mit welcher bei den meisten Menschen die Vor=
stellung von großer Gewalt verbunden ist.   Der Satrap bewohnte einen
Palast mit Parkanlagen, umgab sich mit Leibwachen und hielt sich ein Harem
und Hofpersonal. Er hatte die Befugniß, außer den Staatssteuern auch zum
Unterhalt seiner Hofhaltung Beiträge von den Provinzialen zu erheben, was
oft zu Ausschreitungen geführt hat, obwohl hier die Furcht vor Absetzung,
ja Hinrichtung heilsam wirkte.

Neben den Satrapen stand, wie bemerkt, in der Regel die Militärmacht.
Das Heer wurde beim Ausbruch des Krieges durch eine allgemeine Aus=
hebung auf die Beine gebracht, aber durch das ganze Reich vertheilt lagen
stehende Garnisonen iranischer Truppen (Meder, Perser und Hyrkanier), auf
deren Ergebenheit man bei etwaigen Unruhen in den nicht=iranischen Ländern
sicher rechnen konnte. Diese Garnisonen lagen in den Citadellen der großen
Hauptstädte, Babel, Sardes, Memphis u. s. w.

Ein weiterer Beamter, der Schreiber oder Sekretär, führte eine Art

Aufsicht über Satrapen und Militärgouverneur; er hatte schriftliche Berichte über den Zustand der Provinz an den König zu erstatten. Diese drei Beamten hielten sich gegenseitig im Schach: der Offizier hatte kein Geld ohne den Satrapen, der Satrap ohne den erstern keine Soldaten, der Schreiber hatte überhaupt nichts, womit er eine Empörung hätte ins Werk setzen können. Es kam hinzu, daß in unbestimmten Zeitpunkten unerwartet ein Mann aus der Umgebung des Königs erschien und sich persönlich über den Zustand der Satrapie unterrichtete.

Neben diesen Beamten gab es Stadtpräfecten, zuweilen war sogar ein Präfect der Stadt neben dem Befehlshaber der Burg (Argapet) angestellt, also ein Verwaltungsbeamter neben dem Platzcommandanten. So übertrug Alexander dem Archelaos die Verwaltung der Stadt Susa, dem Xenophilos den Befehl über die Besatzung der Burg; in Babel commandirte Agathon die 700 Makedonier und 300 Söldner der Citadelle, während Menätas und Apolloboros die Stadt und ihr Gebiet verwalteten. Die Verwaltung bestand in der Beaufsichtigung der ackerbauenden und gewerbtreibenden Bevölkerung, der Thätigkeit und des Benehmens der großen Menge sowie in der Eintreibung der Steuer; der militärische Befehlshaber hatte Handel und Wandel vor Störungen durch Aufruhr und durch räuberische Einfälle in Schutz zu nehmen. In den großen Hauptstädten der Satrapien lagen diese Aemter natürlich in den Händen des Satrapen und des militärischen Gouverneurs der Provinz. In jeder Satrapie gab es einen Provinzialschatz oder Aerar (perf. Gaza), dem ein eigner Schatzmeister vorstand; so wird z. B. ein babylonischer Schatzmeister Bagophanes genannt, und für den Wiederaufbau des Tempels in Jerusalem bestimmte Darius Summen aus dem königlichen Schatz, der durch die Steuern Samariens aufgebracht worden war.

Um die Verwaltung des Reiches leichter zu handhaben, wurde von Darius ein Postdienst reitender Boten (Angari oder Astandä) eingeführt, welche nach jeder zurückgelegten Tagesreise eine Station mit gesattelten Pferden (heute Tschaparchaneh genannt) vorfanden, so daß ein königlicher Ferman in kurzer Zeit nach allen Seiten des Reiches gelangen konnte. Die Hauptstraße und Postlinie, von der nach allen Richtungen gleichsam Seitenwege ausgingen, war die Königsstraße, welche zum Theil bereits in vorperfischer Zeit bestand; sie hatte 111 Posthäuser und ging von Susa über Arbela, Niniveh und Sapphe (syrisch Gozarta de Zabba, heute Djezira, die Insel) nach Nisibin, von wo später eine Seitenstraße nach Tigranokerta (Tell Ujabh) führte, die mit der Hauptstraße bei Berzawe am Tigris wieder zusammentraf; hier setzte sie sich über den Strom, und in der Nähe von Amida (Diarbekir) ging sie über den Tigris zurück, umging den Göldjik in der Nähe der Tigrisquellen südlich von Arsamosata (Charput) und setzte bei Melitene (Malatija) über den Euphrat. Von hier zog sie nach Komana, und wo sie die Grenze Kilikiens berührte, war ein doppeltes Thorgebäude; der Uebergang über den Halys war durch befestigte

Thore geschützt; sobann ging sie nach Ankyra, Pessinus, Synnaba, Sardes.

Dieses System der Verwaltung war jedenfalls vortrefflich, es setzte aber einen energischen Fürsten voraus, in dessen Hand die Fäden, welche es in Bewegung setzten, zusammenliefen; war diese Hand träg oder schwach, so war es den Satrapen leicht, sich zu unabhängigen Fürsten aufzuschwingen, sobald sie mit den Militärgouverneuren gemeinsame Sache machten, namentlich aber, wenn sie selbst die Truppen befehligten.

Ueber die Rechtspflege zur Zeit der Achämeniden haben wir reichliche Nachrichten. Die höchste richterliche Gewalt lag beim Könige, welcher in der sogenannten Pforte des Palastes öffentlich Recht sprach. Es ist die Beschreibung des Gerichtszeltes aufbewahrt worden, dessen sich Alexander bei Baktrern, Hyrkaniern und Indern bediente, und welches jedenfalls in seiner Ausstattung der Pforte zu Persepolis glich. Dies Zelt war so groß, daß man 100 Tische in ihm aufstellen konnte. Es ruhte auf 50 vergoldeten Säulen, auch die Decke war mit Gold ornamentirt; im Innern waren 50 Leibgarden in purpurnen und gelben Gewändern aufgestellt, außerdem Schützen in feuerrothen, himmelblauen und scharlachrothen Anzügen. Vor diesen standen 50 der größten Makedonier mit silbernen Schilden. In der Mitte des Zeltes thronte, von Trabanten umgeben, Alexander. Der übrige Raum in und vor dem Zelte war mit Elephanten, makedonischen Soldaten und ausgewählten Männern des persischen Reiches besetzt. Es wird sehr gerühmt, daß die persischen Könige mit großem Bedacht ihre Urtheile abgaben. Jeder Perser konnte Klage erheben; der Verklagte wurde zunächst verhaftet und sein Verbrechen mit seinen früheren Verdiensten zusammengehalten; wenn die letzteren für groß genug befunden wurden, das erstere aufzuwiegen, so erfolgte Begnadigung; das einmal gefällte Todesurtheil durfte der König nicht widerrufen, und der Verurtheilte wurde alsbald von den Henkern am Gürtel gepackt und zur Hinrichtung abgeführt. Neben dem Könige fungirte ein königliches Gericht, dessen sieben Mitglieder den Herrscher auf Reisen und Feldzügen begleitet zu haben scheinen. Das Buch Esther hat uns die Namen von sieben Richtern unter Ahasveros (Xerxes) aufbewahrt: Charschna, Scheihar, Admatha, Tarschisch, Meres, Marsna und Memuchan. Es werden wiederholt Züge der Unbestechlichkeit der Richter überliefert; Kambyses ließ den Sisamnes, weil er Geld angenommen, hinrichten und mit seiner Haut den Stuhl überziehen, auf welchem er dessen Sohn als Nachfolger des Vaters bei Gericht zu sitzen zwang. Darius ließ einen Richter aus dem gleichen Grunde kreuzigen. In späterer Zeit war die Corruption häufig, so daß Xenophon berichtet, man habe die Knaben, welche früherhin zum Erlernen der Rechtspflege bei den Verhandlungen zugegen sein sollten, nicht mehr zugelassen, weil sie beobachten könnten, daß die Partei, welche das meiste Geld gebe, den Prozeß gewinne. Dieses Gericht und der König verhängten nicht nur Strafen, sondern verliehen auch Beloh=

nungen für ausgezeichnete Thaten; wie noch heute, so war es auch im Alterthum Sitte, verdiente Männer mit einem kostbaren Kleide zu beehren; auch
galt die Erlaubniß zum Tragen von goldenen Halsketten, Armbändern und
goldenen Säbeln, das Anlegen goldenen Geschirres an das Roß als Gnaden-
beweis des Königs; auch Werke der Goldschmiedekunst zum Zierat des Hauses,
wie ein goldenes Schiff, eine goldene Mühle u. dgl. werden als Geschenke
genannt; selbst ein reicher Kindersegen brachte dem glücklichen Vater einen
Preis ein, und als Alexander nach der Persis kam, beschenkte er nicht nur
nach der Gewohnheit der Achämeniden jede Frau mit einem Goldstück — die
Frauen hatten einst die wankenden Reihen der Perser in der Schlacht gegen
Astyages wieder zum Stehen gebracht —, sondern er gab noch jeder Frau,
welche ein Kind erwartete, ein zweites Goldstück obendrein.

Die Strafen der Verbrecher sind im Orient stets grausam gewesen,
da man nicht zu dem Grundsatz vorgeschritten ist, ein für die Gesellschaft
schädliches Subject einfach unschädlich zu machen, also ihm die Möglichkeit
zu weiteren Verbrechen zu nehmen und seine Besserung zu versuchen und nur
im schlimmsten Falle es mit dem Tode zu bestrafen. Die Strafen bei den
Persern sind zum großen Theil schon bei den Assyrern nachzuweisen, welche
mit großer Naivetät die grausamsten Proceduren auf ihren Reliefen abgebildet
haben. Bei angesehenen Personen war die Hinrichtung durch Abschlagen des
Kopfes mit dem Schwert oder Beil üblich; qualvoller war die Abschneidung
des Kopfes mittelst eines Rasirmessers. Häufig wurde dem Geköpften noch
die Hand abgehauen und beide abgeschnittene Theile an den Galgen geheftet.
So geschah es bei Kyros dem jüngern und bei Crassus nach der Schlacht
bei Carrhae. Staatsverbrecher und Rebellen wurden gekreuzigt, es kam auch
vor, daß man zuerst den Kopf abschlug und den Körper ans Kreuz schlug,
wie dies dem Histiäos von Milet widerfuhr. Andere Strafen waren die
Tödtung durch Trinken von Stierblut, das Erdrosseln, das Braten in glühender
Asche, das Schinden bei lebendigem Leib und Ausstellen der Haut an öffentlichem Ort, lebendig Begraben, meist mit Steinigung des aus der Erde
hervorstehenden Kopfes verbunden, Zertrümmerung des Kopfes zwischen zwei
Steinplatten (für Giftmischerei), Zersägung, Aufspießung. Eine raffinirt
grausame Hinrichtung, die Strafe der Krippen oder Mulden, beschreibt
Plutarch: Der Verurtheilte wurde zwischen zwei Mulden eingepreßt, so daß
nur Kopf, Hände und Füße frei blieben. Das Gesicht wird so gedreht, daß
die Sonnenstrahlen in die Augen fallen; alsdann wird er genöthigt zu essen
und im Weigerungsfalle mit Nadeln in die Augen gestochen, zugleich wird
ihm das Gesicht mit Honig bestrichen, worauf sich dasselbe mit Insecten
bedeckt; aus den zwischen den Mulden bleibenden Excrementen entstehen
Würmer, welche den Körper zernagen, und der Unglückliche wird zuweilen erst
nach Wochen durch den Tod erlöst. Häufige Strafen bestehen im Blenden mit
Hülfe glühender Nadeln oder siedenden Oelaufgusses, im Abschneiden von Nase,
Ohren, Händen, Füßen, Augenlidern und Lippen. Artaxerxes II. strafte einen

Ueberläufer damit, daß dieser einen ganzen Tag lang auf öffentlichem Platz eine Buhlerin nackt am Hals tragen mußte, einem andern ließ er die Zunge dreimal mit einem Pfriem durchbohren. Um diesen schauerlichen Codex zu vervollständigen, sei es gestattet, auch aus späterer Zeit einiges anzuführen. Der christliche Feldherr der Armenier ließ dem gefangenen General der Perser einen glühenden Bratspießbogen nach Art einer Krone aufs Haupt drücken: „Da du Armenien beherrschen wolltest, so kröne ich dich Kraft meines Amtes als Kronaufsetzer." Eine ganze Serie von ausgesuchten Martern soll nach dem Bericht der Armenier der heilige Gregor durch den König Tiribates ausgehalten haben; wenn auch niemand diesen frommen Lügen Glauben schenkt, so ist doch anzunehmen, daß die einzelnen Peinigungen wirklich hie und da vorgekommen sind. Agathangelos (im 4. Jahrh.) erzählt, man habe dem Gregor einen Kappzaum in den Mund gelegt, Salz auf den Rücken gestreut und ihn mit einem Strick um die Brust am Palast aufgehängt. Dann wurde er an den Füßen aufgehängt und unter ihm trockener Mist angezündet und mit Prügeln auf ihn geschlagen. Sodann wurden Hölzer an die Beine geschraubt, so daß das Blut unter den Nägeln hervorbrach; eiserne Spitzen wurden in die Füße getrieben und er wurde gezwungen hin- und herzulaufen. Dann legte man ihn auf die Erde, den Kopf in einem Schraubstock, ein Rohr in den Nasenlöchern und er wurde genöthigt, eine Mischung von Salz, Salpeter und Essig einzuziehen; er wurde darauf in einen Sack mit Asche gesteckt, so daß er zwar athmen konnte, aber so daß ihm die Aschenpartikelchen ins Gehirn stiegen. Nochmals hing man ihn an den mit Stricken gefesselten Füßen auf und goß ihm durch einen Trichter Wasser in den After. Seine Seiten wurden mit eisernen Haken gezwickt und er wurde nackt auf in den Boden befestigte eiserne Spitzen geworfen. Darauf wurden ihm Eisenringe um die Knie gelegt und auf diese so lange gehämmert, bis die Knie zerbrachen; nachdem man ihn mit Blei übergossen hatte, warf man ihn an Händen und Füßen gefesselt in das Verließ von Ardaschab. Das Christenthum hat diese wilden Sitten nicht gemildert: die christlichen Armenier zerstören die Feuertempel, braten die Priester, schinden andere Perser und hängen die ausgestopfte Haut an die Mauern; ein Unglücklicher wird nackt mit unter die Knie gebundenen Händen aufs Eis des Euphrat gesetzt, wo er am andern Tage mit dem durch die Nase ausgetretenen Gehirn todt gefunden wurde. Alles dies wird von christlichen Schriftstellern berichtet. Den Schluß möge ein Bericht des Malers Flandin bilden, welcher bei der Execution einer Anzahl Verbrecher Augenzeuge war, die bei einem Versuch des obersten Geistlichen in Ispahan, sich vom Schah zu emancipiren, die Stadt gebrandschatzt und Leute mißhandelt hatten. Einige dieser Subjecte wurden auf die Bajonette einer Soldatenabtheilung geschleudert und durchbohrt; andere wurden geblendet, der Zähne und der Nägel beraubt; andere grub man den Kopf nach unten bis zur Hälfte des Körpers lebendig in die Erde; die in die Höhe stehenden Beine wurden mit Stricken verbunden, was die

Perser ein „Rebengeländer" nennen. Ein Rädelsführer bekam Nase und Zunge abgeschnitten und wurde mit seinen eigenen Zähnen beschlagen, dann band man ihn mit einem Strohsack um den Hals wie einen Esel an eine Krippe, wo er nach drei Tagen starb. Weiber baten mit vor Wuth thränenden Augen um die Gunst, ihre Rache durch Abschneiden der Hände und Köpfe nehmen zu dürfen.

Die Sprache der Kanzleien konnte nicht die persische allein sein; die nicht-iranischen Nationen durften nicht Grund haben, von den Gesetzen keine Kenntniß zu nehmen, und deshalb war für die semitischen Länder, Syrien, Mesopotamien, Palästina, einen Theil Kleinasiens das Aramäische oder Syrische, für Aegypten die einheimische Schrift und Sprache im Gebrauch, für die scythische Bevölkerung Mediens und Susianas die in den Keilinschriften enthaltene scythische Sprache, für die Griechen das Griechische. Die Inschriften der Achämeniden sind fast alle in dreifachem Text (persisch, scythisch, babylonisch) verfaßt. Die Keilschrift ist eine Erfindung der scythischen Bevölkerung Mesopotamiens, der Sumir; aus ihrem Schriftsystem entstand das babylonisch-assyrische, und aus diesem das persische, dessen Urheber ohne Zweifel Kyros selbst oder ein Gelehrter aus seiner Umgebung gewesen ist. Der Hauptunterschied der assyrischen und persischen Schrift besteht darin, daß erstere eine Sylbenschrift, letztere eine Buchstabenschrift ist, welche nur noch Spuren von Sylbenschrift zeigt. Der persische Name Gottes Aura-mazba wird assyrisch a-hu-ru-ma-az-ba geschrieben, also jede Sylbe mit einem Zeichen; im Persischen haben viele Consonanten zwei oder drei Figuren, je nachdem sie vor a, einem Consonanten, oder vor i oder vor u stehen, was eben auf ehemalige Sylbenschrift zurückweist. Die Keilschrift ist noch spät für öffentliche Documente gebraucht worden, wie wir denn solche Inschriften aus der Zeit der Seleuciden und Parther besitzen. Andererseits bediente man sich bereits zur Zeit der Achämeniden einer Cursivschrift, welche aber erst in späterer Zeit auch auf Denkmälern erscheint.

Ein weiteres Verdienst des Darius ist die Einführung einer Reichsmünze, welche mit der Einbringung der Grundsteuer in Zusammenhang stand. In Kleinasien curfirte bereits gemünztes Geld, dessen Erfindung man den Lydern verdankt, das aber vermöge der verschiedenen Münzsysteme unbequem für den Handel sein mußte; im übrigen Vorderasien hatte man noch mit Gewichtsangaben versehene Metallstücke, in den östlichen Provinzen bestand vielfach noch Tauschhandel mit Naturalien. Darius ließ eine für das ganze Reich geltende Münze schlagen, und zwar von Silber und Gold; der Werth des letztern wurde auf das 13½fache des Silbers von gleichem Gewicht festgesetzt. Die Goldmünzen oder Dareiken wogen 8,40 Gramm, enthielten 124 Gran reines Gold und hatten demnach etwa den Werth von 21 Mark, und 3000 Dareiken bildeten das persische oder euböische Talent. Der Avers der Dareiken zeigt den König mit Bogen und Lanze, der Revers das sogenannte Quadratum incusum oder andere Devisen. Die

Silbermünzen hatten 224—230 Gran, und kamen etwa 2 Mark gleich. Die Devisen waren wie bei den Goldmünzen. Für die syrischen Länder ließ Darius noch eine andere Silbermünze prägen, welche den König im Wagen zeigt, wie er über einen erlegten Löwen hinfährt, auf der Rückseite eine Stadt mit Mauerthürmen oder einen Dreiruderer. Uebrigens wurde in

Persische Münzen.

jeder Provinz, theils von den Vasallenfürsten oder Städten, theils von den Satrapen Silbergeld eigener Währung geprägt, jedoch galt diese Münze nicht als Reichsmünze und wurde, wenn die Steuer mit ihr gezahlt wurde als Rohmetall abgewogen und vor der Deponirung in den Schatz eingeschmolzen und in Reichsmünze umgeprägt.

Man darf aus den Bemühungen des Darius für eine einheitliche Münze auch schließen, daß der Handel des großen Reiches gleichfalls ein Gegenstand seiner Fürsorge war. Er ließ, als er die indische Satrapie dem Reiche hinzugefügt hatte, eine Flotte unter Skylax von Karyanda von Peukelaotis (Puschtalavati) aus den Indus hinabfahren; sodann umsegelte sie Arabien und ankerte im Busen von Suez; wenn wir hiermit die Vollendung des Canals aus dem Nil ins rothe Meer, welchen Ramses II. vom Nil bei Velbes (Pharbätos) bis zu den Krokodilseen führte, wo die Arbeiten sistirt wurden, weil man bemerkt hatte, daß einzelne Stellen tiefer als der Meeresspiegel lagen; und welchen Neko bis zu den Bitterseen fortsetzte, in Zusammenhang bringen, so darf nicht bezweifelt werden, daß Darius den großen Gedanken hatte, Indien mit dem Mittelmeere durch eine Wasserstraße zu verbinden. An drei Stellen des Canals hat man Trümmer von Granitdenkmalen des Darius mit Hieroglyphen und Keilschrift gefunden, bei Schaluf el terraba, am Krokodilsee (östlich) und unweit des Südrandes der Bitterseen. Eine dieser

Darius

Stelen zeigt das Porträt des Darius. Noch unter Ptolemäos II. Philadelphos (260 vor Chr.) wurde der Canal wieder ausgebaggert, nachdem er längere Zeit während politischer Wirren vernachlässigt worden war. In der

Zeit der Ptolemäer legte man neben diesem Nilcanal noch einen zweiten aus dem rothen Meere gespeisten Canal an, welcher die Kriegsschiffe bis nach den Bitterseen hinaufführte; es wurde hier Arsinoe als Binnenhafen angelegt, und da wo er sich mit dem Meere vereinigte, befand sich eine Schleuse (Klysma), um welche ein Ort entstand, der von ihr den Namen führte (arabisch Kolzum, Snez).

Persien als eine Mittelstation des westöstlichen Handels ist von vielen Straßen durchkreuzt; die Hauptstraße lernten wir bereits als Postlinie zwischen Susa und Sardes kennen; ebenso haben wir bereits die alten Wege von Assyrien nach Medien durchwandert. Jene Königsstraße wurde bei Holwan von einem Handelswege durchkreuzt, dessen Stationen uns aus der Zeit der Parther überliefert worden sind. Er kam aus Syrien, ging beim Zeugma (heute Biredjik) über den Euphrat, wandte sich bei Harran, dem uralten Handelsort für Arabien, dessen Name in der ältesten Sprache Chaldäas „Straße" bedeutet, südwärts nach Nikephorion oder Kallinikos (Rakka), von wo er dem Euphrat folgte bis jenseits des Einflusses des Nahr Malka; von da ging er quer durch die Ebene nach Seleukia. Alsdann erstieg die Straße am Dijala die Berge und trat in das Thal von Kermanschah ein, ging über Ekbatana nach Raga (Rai), einem Stapelplatz, der noch im 9. Jahrh. u. Chr. für den Handel zwischen Hochasien und China und zwischen dem Westen die größte Bedeutung hatte; ferner nach Kumisch, Djordjan, Nesa im Atrekthal, nach Marw, von da südlich nach Herat, Farrah, Palalul und Arachosien. Von Marw gingen die Wege nach dem Lande der Serer (China). Der eine setzte bei Attok über den Indus und führte über Benares (Waranasi) nach Tibet, der andere ging von Baktra an den Oxos, den Surchab hinauf durch Karategin und führte über den steinernen Thurm (wohl an der Grenze von Karategin und der Alai-steppe), Kaschgar und Jarkand nach der Hauptstadt der Serer, Chotan. Die Waaren, welche zur See von Indien kamen, Zucker, Gewürze, Baum-wolle, wurden früherhin zu Wasser bis Ahwaz gebracht, welches ein Emporium für den indischen Handel bildete; sie gingen von da theils zu Wasser, theils wegen der Klippen im Fluß zu Land nach Susa und Schuchter, von da nach Jspahan, Sawa, Kazwin und Sultania, wo im Mittelalter der große Markt Mittelpersiens war. Von Susa ging, wie sich von selbst ver-steht, auch eine große Straße nach Ekbatana, und zwar den Choaspes (Kerchah) hinauf bis zur Mündung des Kaschgau-rud oder des Wassers von Chorremabad; hier ging ein directer, aber wegen der Berge schwieriger Weg über die aus einem einzigen Bogen bestehende Brücke von Djaidar, welche Sapor I. erbaute, und über jene Stadt und Burugird, und ein längerer, jedoch bequemerer durch die Landschaft Mesabatike (Mahsabadan). Am südlichen Ende dieser Ebene liegt Seimarra oder Schahri Chusrau (Stadt des Chosro Parvez) mit ausgedehnten sasanischen Ruinen; im Nordwesten der Ebene liegt Sirwan, von eben solchen Ruinen umgeben,

die deshalb nicht ohne Wichtigkeit sind, weil sie am vollständigsten die Bauart einer Stadt aus dieser Periode veranschaulichen. Die Gebäude bestehen
aus massiven Steinmauern, mit einem sehr festen Cement verbunden, der
von der Erde der benachbarten Hügel bereitet ist; fast überall findet man
einen Grundbau von unterirdischen Rundbogengewölben, über denen sich ein
um den viereckigen Hof laufender gewölbter Gang erhebt, eine Anordnung,
welche die Araber nachgeahmt haben, sodaß Häuser in Sevilla genau diesen
iranischen gleichen. Der Gang enthält die nach dem Hof offnen Zimmer;
bisweilen besteht der Oberbau aus einem Labyrinth von untereinander verbundenen gewölbten Gängen, so daß die innersten Zimmer ganz dunkel gewesen sein müssen, wenn sie nicht Oberlicht gehabt haben. Einigemal erhebt
sich noch ein zweites gewölbtes Stockwerk über dem andern, so daß man
also keine Balken zur Anwendung brachte. Die Ornamentation der Wände
besteht aus Blumen und geometrischen Mustern, die in den Bewurf eingepreßt sind. Ein mächtiger Ruinenhaufe heißt Palast des Anoschirwan.
In einiger Entfernung von hier bricht der Kirrind mit großem Getöse aus
einer furchtbaren Schlucht, Tanli Baba Girijja, wo er großartige Wasser-
fälle bildet. Die Straße geht dann weiter über Zarna, mit vielen Ruinen
aus sasanischer Zeit und Ziegeltrümmern aus dem höchsten Alterthum, und
sodann schließt sie sich an die Straße von Kermanschah nach Elbatana an.
Andererseits gingen die indischen Waaren vom persischen Meerbusen den
Euphrat hinauf über Palmyra nach Syrien. Ein Weg von Babel direct
durch ·die Wüste nach Damascus, welchen Kambyses eingeschlagen hatte,
wurde in der Folge verlassen, weil er durch das Vordringen arabischer
Stämme unsicher gemacht wurde. Die Palmyrener wußten die an der Straße
wohnenden Araber zu gewinnen, so daß ihre Häuptlinge eine Ehre darin
suchten, die Karawanen von dem Mündungsgebiet des Schatt al arab nach
Palmyra sicher zu geleiten.

Die persische Ueberlieferung (bereits durch eine Notiz des Ammianus
Marcellinus, der selbst im Orient war und 390 n. Chr. starb, beglaubigt)
verlegt unter die Herrschaft des Darius auch die große religiöse Reform,
mit welcher der Name Zoroaster (Zarathustra) verknüpft ist. Wir sahen
schon bei der Erzählung der Geschichte Baktriens, daß Zarathustra nicht lange
vor der Herrschaft der Achämeniden gelebt haben muß. Griechische Schriftsteller, und gerade solche, welche Zeitgenossen dieser Dynastie waren oder bald
nachher lebten, setzen den Zoroaster weit früher, zum Theil mehrere Jahrhunderte vor ihrer Zeit; z. B. hält sich Ktesias, der lange Jahre am Hof
Artaxerxes II. lebte, für 800 Jahre jünger wie Zoroaster. Jedoch werden
diese Angaben, auf den ersten Blick so wohl beglaubigt, doch einmal dadurch,
daß sie durchaus nicht untereinander übereinstimmen, sodann auch dadurch
an Beweiskraft verlieren, daß es eine gewöhnliche Erscheinung in der
Religionsgeschichte ist, den Stifter einer Lehre durch Einreihung in eine
heilige Chronologie, welche sich nicht an geschichtliche Vorkommnisse bindet, so

weit als möglich ins Alterthum zurückzuschieben, die Offenbarung, welche ihm geworden, in eine Urzeit zu verlegen, in welcher die Gottheiten mit beglück= teren Sterblichen verkehrten; ist ja doch das Leben Zarathustras, wie es die Schriften der Parsi beschreiben, von den Fäden der Legende so sehr um= sponnen, daß man nur wenig historische Thatsachen festzuhalten vermag. Die gewichtigsten morgenländischen Schriftsteller verlegen die Geburt des Zoroaster nach Gezn (arab. Schiz), dem heutigen Tachti Suleiman in Atropatene, wo noch die Ruinen eines mächtigen Feuertempels stehen und ein See sich be= findet, dessen Wasser im Bundehesch, der Kosmographie der Parsi, für heilig gilt. Gewiß ist und besonders aus inneren Gründen zu erweisen, daß die Schriften, welche den Namen Avesta führen, nicht früher als in der Zeit der Dynastie des Darius entstanden, vielleicht in den späteren Zeiten der= selben in Ein Corpus gebracht und noch weit später zu ihrem dermaligen Umfang vermehrt worden sind. Darius sagt in der Inschrift am Berge Bisutun: „Die Herrschaft, welche von unserem Stamme hinweggenommen war, stellte ich wieder her, ich brachte sie wieder an ihren Ort, wie es früher ge= wesen, so machte ich es. Die Tempel, welche Gaumata der Magier zer= stört hatte, habe ich hergestellt, des verkehrenden Volkes (des Volkes in Handel und Wandel) Besitzungen und Wohnungen, welche Gaumata der Magier genommen hatte, habe ich für die Familien (hergestellt, ihnen zurück= gegeben), ich habe das Volk an seinen Ort gestellt (von der Anarchie befreit), Persien, Medien und andere Länder; wie es früher war, so habe ich das Hinweggebrachte zurückgebracht." Wenn diese Stelle der Inschrift richtig übersetzt ist (die Ausdrücke „des verkehrenden" bis „Familien" sind nicht sicher zu erklären, und leider ist die scythische und babylonische Uebersetzung gerade an dieser Stelle beschädigt), so deutet Darius hier an, daß er einer religiösen, socialen und politischen Anarchie ein Ende gemacht habe. Wie kam es nun, daß ein Magier, ein Priester, Tempel (dieses Wort wird in der babylonischen Uebersetzung durch „Haus der Götter" wiedergegeben) zer= stört, die ein weltlicher Herrscher herstellt? Es muß sich um eine Differenz in dem Glauben der Perser und der medischen Magier handeln, und es ist wahrscheinlich, daß eben die Zoroastrische Religion, wie sie im Avesta offenbart ist, an die Stelle des alten medischen Magismus trat. Möglich daß Darius der Ausbreitung der bereits längere Zeit bestehenden Religion, die bis dahin auf die östlichen Länder beschränkt war, Vorschub geleistet hat, um die bis= her herrschende medische der Magier zu verdrängen, weil mit der Anerkennung der letzteren zugleich dem medischen Einfluß auch in der Politik eine große Gewalt gelassen worden wäre. Im Avesta findet man mehrfach eine feind= selige Stellung der Zoroastrischen Priester oder Athrava (Feuerpriester) gegen „falsche Athravas", in denen man die Magier erkennen darf. Die Magier sind die alten medoscythischen Priester, die schon durch ihre Namen zeigen, daß sie nicht iranischer Abkunft sind, denn „Magier" stammt aus dem sume= rischen (akkadischen) Wort imga (ehrwürdig).

Mit der Einführung der Zoroastrischen Religion war indessen keineswegs der Glaube der Perser und überhaupt der Bewohner der westlichen Länder durchaus zoroastrisch geworden; die Inschriften der Achämeniden nennen die Gottheit wie das Avesta Auramazda, und dieser Name stammt nicht aus der iranischen Naturreligion, sondern ist wie Jahve der Ebräer eine dogmatische Benennung (er bedeutet „der allweise Herr"), und er ist somit allein schon Beweis genug für die Einführung der Zoroastrischen Religion in Persis. Aber es zeigt die Religion der Perser viele Elemente, welche in Widerspruch mit der Lehre des Avesta stehen. Der Perser scheute sich nicht, den Zoroastrischen Auramazda, ein Gebild der Dogmatik, abzubilden, und zwar in der-

Ahuramazda.

selben allegorischen Weise, wie die Assyrer nach dem Vorgang der Aegypter ihren Gott Assur abgebildet haben. Die Sasaniden haben den Ahuramazda offenbar nach griechischem Muster in menschlicher Gestalt abgebildet. Die Namen der Monate, deren wir neun aus den Inschriften kennen, sind nicht nach Zoroastrischen Gottheiten genannt, wie die des Avesta, und in alter Zeit, wo auch diese bürgerlichen oder wissenschaftlichen Dinge zur Religion gehörten, ist es undenkbar, daß Monatsnamen bei zwei Völkern mit ganz gleicher Religion verschieden lauten sollten.

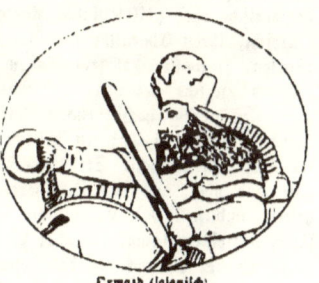

Ormazd (alanisch).

Wir haben streng genommen drei Religionen zu unterscheiden, welche in Iran Geltung hatten, den alten medischen Magismus, die Zoroastrische Lehre und die verwandte Religion der alten Perser. Die Zoroastrische Lehre hat zuerst im östlichen Iran ihre vollständige Anerkennung und Aus-

bildung erhalten, und ist in den westlichen Ländern mit fremden Elementen
versetzt worden. Das ächt iranische Wesen hat immer in Ostiran seinen
Hauptsitz gehabt, während der Westen babylonischem und griechischem Ein=
fluß offen stand. Das Verständniß des Avesta bietet noch so viele Schwierig=
keiten, daß eine Kritik über seine Bestandtheile noch verfrüht sein möchte;
es gibt in ihm Theile, deren Inhalt ein so primitives Culturleben voraus=
setzt, wie es in Westiran längst nicht mehr bestehen konnte; andererseits sind
z. B. in dem Gesetzbuch (Wendidad) Dogmen, religiöse Vorschriften und sogar
einzelne Wörter zu entdecken, welche einen Einfluß mesopotamischer Religion,
Gebräuche und Sprache unabweislich darthun.

Was nun den medischen Magismus, der sich in der Folge mit dem
persischen Dualismus verband, betrifft, so bestand er in der Vergötterung der
Elemente, und dieser Animismus ging auch in die Zoroastrische Lehre über,
ja er scheint beim niederen Volk vorzugsweise die Form der Religion ge=
blieben zu sein. Besonders Feuer und Wasser galten als große Götter.
Ebenso gehört der Sterndienst, der allerdings im Avesta sehr untergeordnet
ist, der scythischen und babylonischen Religion an. Vor allen Dingen aber
war die Zauberei für den Magismus wie für die Religionen mit Spiritis=
mus und Fetischdienst überhaupt charakteristisch. Die Zauberei entsteht durch
das Bestreben, die schädlichen Wirkungen der Geister (diese Religionen er=
heben sich selten zu dem Begriff einer Gottheit) zu beseitigen, oder, auf
einer ausgebildeten Stufe der Religion, dieselben zu versöhnen, was mittelst
Amuletten, Zaubersprüchen, Aussprechen geheimer Namen der Gottheit u. dgl.
geschah. Das Avesta wendet sich häufig mit großem Nachdruck gegen die
Zauberei als ein ahrimanisches Uebel.

Der Zoroastrische Glaube ist ein Product der iranischen nationalen
Eigenthümlichkeit und der Beschaffenheit des Landes und seiner Verhältnisse,
jedoch ist die aus diesen beiden Elementen hervorgegangene Religion durch
das Selbstbewußtsein des Subjects hindurchgegangen und hat dadurch eine
dogmatische oder philosophische Ausprägung erhalten, die indessen keineswegs
hinreicht, ihren Charakter als Naturreligion abzustreifen, oder mit anderen
Worten, Zoroaster hat sein System auf den Grundlagen der alten Natur=
religion, welche bei den Westiraniern noch mehr vorherrscht, aufgebaut.
Bei allen geistig hochstehenden Völkern tritt eine Zeit ein, in welcher die
Naturgottheiten zu Trägern geistiger Eigenschaften fortgebildet werden, das
im Menschen erwachte Selbstbewußtsein setzt die Regungen des Gemüthes,
gute und böse, aus dem Ich heraus und bildet gute und feindliche Gott=
heiten, und stellt den Kampf im Innern der Brust zwischen beiden Gegen=
sätzen als einen Kampf göttlicher Wesen außerhalb des Ichs dar. An diesem
Zeitpunkt der Entwicklung des religiösen Bewußtseins steht Zoroaster, eine
religiös tief erregte Natur, dessen sich der Volksgeist als Organ für das=
jenige bediente oder wie es in der Sprache der Religion heißt, welchem die
Gottheit offenbarte, was zum neuen Glauben werden sollte.

Den Mittelpunkt der iranischen Naturreligion muß der Gegensatz des Lichts und der Finsterniß gebildet haben. Dies dürfen wir daraus schließen, daß es sich auch im Zoroastrischen System noch ebenso verhält. Eigenthümlich iſt nun, daß dieſe beiden ausschließlich als die Ausgangspunkte aller Erscheinungen der Welt und des Geistes gefaßt werden; die zeugende Naturkraft, welche in den semitischen Religionen als Gegensatz zur vernichtenden so sehr hervortritt, iſt erſt später durch den Cultus der Anahita aus Mesopotamien eingeführt worden; in dem unverfälschten iranischen System ist nur das Licht die Quelle alles ſinnlichen Wohles und ſittlich Guten, die Finsterniß der Urſprung des Uebels in materieller und geiſtiger Hinſicht. Die Nacht lähmt durch den Schlaf (in der Zoroaſtriſchen Religion als Wirkung eines böſen Dämons aufgefaßt) alle Thätigkeit des Menschen und ſendet in die Hürden der patriarchaliſchen Niederlaſſungen die Thiere der Wüſte, Schakal und Wolf, den Räuber und die Geſpenſter, und erſt wenn das glorreiche Licht des Mithra und nach ihm die Sonne über die Berge ſteigt, iſt das Betreiben des Ackerbaus, das Anpflanzen der Bäume, das Bewässern der Felder möglich, wodurch der Macht der Dämonen (Diws) Abbruch geschieht, wodurch die Wüſte, welche überall in Iran in die fruchtbaren Landstreden hineinragt, eingeengt wird. Noch heutzutage erhält der, welcher ein waſſerloſes Grundſtück bewäſſert, daſſelbe als Erbe für fünf Generationen. In allen Religionen geſtaltet ſich die Bemühung um das leibliche Wohl, um die Förderung einer behaglichen Exiſtenz, welche die Erziehung von Nachkommenſchaft und die Beſchaffung eines reichlicheren Lebensunterhalts ermöglicht, unwillkürlich zur religiöſen Pflicht; die Reinhaltung des Leibes, welche die Geſundheit erhält, wird zur religiöſen Waſchung, das Vermeiden ungeſunder Speiſen beſchränkt die Anzahl der zum Opfer geeigneten Thiere. Wenn die Wüſte mit ihren Stürmen die Wege verweht, ſo daß bei Nacht nur die klaren Sterne der Karawane den Weg zeigen, wenn durch die Gluth des Sandes ſich Dünſte erheben, welche die Sonne in einen dichten Schleier verhüllen, ſo ſind dies die Wirkungen der böſen Geiſter, welche dort hauſen, ja der Sturm ſelbſt iſt der Diw, welcher gegen die von Gott geſchaffenen Bäume ankämpft. Der Gegensatz zwischen Wüſte und Fruchtland wiederholt ſich überall in Iran; zahlreiche Flüſſe, welche weite Landſchaften mit ihrem ſegnenden Gewäſſer durchſtrömen, verrinnen plötzlich im Sand, das fruchtbare Land grenzt oft unmittelbar an dürre Streden, und der Vernachläſſigung der Waſſeranlagen folgt alsbald ein Vorrücken des Sandmeeres. Was nun aber der Nacht ihre Schrecken wenigſtens zum Theil benimmt, was die wilden Thiere zurückſchreckt, das Abbild des himmliſchen Lichts iſt das Feuer. Die Flamme auf dem Herd iſt der Mittelpunkt des Hauſes, der Niederlaſſung, von welcher die aderbauende Thätigkeit ausgeht; ihr Erlöſchen bedeutet zugleich das Verlaſſen der Wohnſtätte und die Beſitznahme ihrer Stelle durch die böſen Geiſter der Veröbung und Unfruchtbarkeit. Das Feuer, auch bei den den Iraniern ſtammverwandten Völkern eine hochverehrte Gottheit, bildete in der iraniſchen

Naturreligion den Mittelpunkt der religiösen Verehrung, und hat diese be=
vorzugte Stellung auch im Zoroastrischen System bewahrt. Das letztere hat
nun den Anschauungen von Licht und Finsterniß eine geistige Form gegeben;
jenes wird zum Urquell alles sittlich Guten, diese zur Trägerin alles dessen,
was die Macht des Bösen förbert. Der Uebergang von jener natürlichen
Anschauung zu dieser geistigen ist die Vorstellung von Rein und Unrein,
zwei Begriffen, welche im Avesta die ganze Sittenlehre beherrschen und nicht
etwa bloß Bilder, sondern die ächt iranische Anschauung sind, wonach das
geistig oder sittlich Reine ohne das Körperliche nicht zu denken ist, wie denn
geistliche Vergehen durch körperliche Waschungen zu sühnen vorgeschrieben
wird. Wie nun die politische Gemeinschaft ein Oberhaupt besitzt, welches
ihre zerstreuten Kräfte sammelt und gegen feindliche Mächte organisirt, so
hat Zoroaster auch an die Spitze der Lichtwelt als Herrn derselben den
Ahuramazda (Ormazd) gestellt, dem als Haupt der feindlichen Welt An=
gromanju (Ahriman) gegenüber steht. Die Worte des Plutarch in seinem
Buch über Isis und Osiris könnte man auch auf den persischen Dualismus
anwenden, wenn man für Osiris Ahuramazda, für Typhon Angromanju setzt:
„Das Entstehen und Bestehen dieser Welt ist aus zwei entgegengesetzten, aber
nicht gleich starken Mächten gemischt, aber die Obergewalt bleibt bei der
bessern. Die schlechtere ganz zu vernichten ist unmöglich; sie ist zu eng mit
dem Körper und der Seele des All verwachsen, und kämpft gegen die bessere
immer einen hartnäckigen Kampf. In der Seele entsprechen Vernunft und
Verstand als Führer und Herren alles Guten dem Osiris; in der Erde, dem
Winde, dem Wasser, dem Himmel und in den Sternen ist das Geordnete,
Feststehende und Gesunde, welches in den Jahreszeiten, Luftmischungen und
Umläufen zur Erscheinung kommt, ein Ausfluß des Osiris und sein sichtbares
Bild; Typhon aber ist in der Seele das Leidenschaftliche, Titanische, Unver=
nünftige und Rohe, im Körperlichen sind das Fremdartige und Krankhafte, die
Störungen durch Mißwachs und Unwetter, durch Sonnen= und Mondfinster=
nisse gleichsam die Eingriffe und Entfesselungen des Typhon."
       Außer jenen beiden ersten und hauptsächlichsten constituirenden Ele=
menten Licht und Finsterniß haben die alten Iranier mehrere Naturwesen
göttlich verehrt, und auch diese Verehrung, wie sie auch die Grundlage des
Magismus bildete, dauerte im Zoroastrischen Glauben fort, mit dem Unter=
schied, daß diese Wesen im Heer des Ahuramazda dienen, daß sie als Ge=
schöpfe Gottes angesehen werden, welche er zur Beschränkung der Einflüsse
seines Gegners geschaffen hat, während sie in der Naturreligion selbständige
Geister waren. Das Naturwesen, welches am meisten die wohlthuende Wir=
kung des Lichts zeigt, ist die Sonne, welche bei einigen Völkern den Mittelpunkt
der Religion bildet, wie sich denn aus der Empfindung von den Leben brin=
genden Kraft des Sonnenlichtes ein Dankgefühl entwickelt, welches mit sittlichen
Vorstellungen von Reinheit und Klarheit verbunden am leichtesten in gött=
liche Verehrung und ächte Religion übergeht; im Abendland vermittelte der

asiatische Sonnendienst das ausgehende Heidenthum mit dem Christenthum.
Die Verehrung der Sonne nimmt auch bei den Persern eine hohe Stellung
ein und in den letzten Zeiten der zoroastrischen Religion, unter den Sasaniden, beginnt die Sonne mit Ormazd identificirt oder wenigstens ebenso
sehr wie dieser in den Vordergrund gerückt zu werden, und so ist es nicht
zu verwundern, daß die Sonnenverehrung die zoroastrische Religion über-
dauert, wie in der Secte der Paulicianer oder Arevordik, die bis ins 12. Jahrhundert in Mesopotamien und Armenien ausgebreitet war, oder in der Secte
der Schemsije in Marbin, welche nur äußerlich jakobitische Christen sind.
Ueberhaupt gehen religiöse Ideen niemals durch das Aufkommen einer neuen
Religion zu Grunde; sie werden in eine erneute Hülle gekleidet in den Zusammenhang des Systems eingefügt oder dauern, verbannt aus dem Kreise
rechtgläubiger Anschauungen, als Aberglaube fort, der aber häufig stärker ist,
als der Glaube.

Neben der Sonne erscheint naturgemäß der Mond, der oft geschwister-
lich mit ihr verbunden ist, auch wohl in Gegensatz gegen sie tritt; mit seinem
milden, Thau bringenden Lichte ist er dem Pflanzenwuchse und der Fort-
pflanzung der Thiere günstig, während die Sonne neben ihrer heilsamen
Wirkung auch durch ihre Gluth verderbliche Dürre über die Erde bringt.
Sein Cultus war in Persien nicht hervortretend, seine berühmtesten Tempel
standen vielmehr in Mesopotamien, Kappadokien, Iberien, doch gewann er an
Wichtigkeit in der letzten Epoche der zoroastrischen Religion, unter den Sasaniden, die sich Brüder des Mondes nannten und einen Halbmond am Diadem
trugen. In Armavir stellte Valarsakes, der erste arsacidische König von Armenien, die Bilder des Sonnen- und Mondgottes sowie die Bilder seiner
Ahnen auf.

Wir haben schon gesehen, daß das Feuer das Abbild des himmlischen
Lichtes ist, welches in dem Dunkel der Nacht eine ähnliche Wirkung ausübt
wie die Sonne bei Tag. Es verscheucht die Diws und erfreut die Götter.
Es gibt nach der Lehre des Avesta verschiedene Feuer, das Blitzfeuer, das
Feuer im menschlichen Körper (das den Verdauungsprozeß bewirkt), in den
Pflanzen, in den Bergen; das Feuer vor Ahuramazda (ähnlich der „Herrlichkeit des Herrn" in der Bibel), das Feuer welches als Nimbus um die Gestalt der Könige fließt. Da das Feuer für den täglichen Gebrauch oft der
Gefahr ausgesetzt war, verunreinigt zu werden, z. B. durch Uebertreten des siedenden Wassers im Topfe, oder ganz zu verlöschen, wodurch also seine wohl-
thätige Wirkung aufhörte, so haben die Iranier aller Orten ewige oder
heilige Feuer eingerichtet; es wurde dies ewige Feuer in Feuerhäusern
oder Tempeln (Ateschgah) mit einem Thurm (Kach) von Priestern (Athrava)
unterhalten; es brannte in einem durchaus finstern Raum, den kein Sonnen-
strahl treffen durfte, auf einer Unterlage von Asche in einem metallnen Gefäß, das auf einem Stein stand; es durfte nur mit ganz trockenem, am liebsten
wohlriechendem Holze genährt werden; nur mit Blasbälgen wurde es angefacht,

weil das Blasen mit dem Munde es verunreinigt haben würde; die ihm ge-
brachten Opfer bestanden in Einstreuen von Wohlgerüchen und Recitation von
Gebeten. Die verschiedenen ewigen Feuer sollten alle von einem einzigen
bastammen, welches durch einen Blitz entstanden war. Nach einigen Autori-

Feueraltar, Feuergefäß, tragbarer Feueraltar.

täten befand sich dieses Feuer in Schiz in Atropatene, wohin wie wir sahen
Zarathustras Geburt verlegt wird. Die Perserkönige haben tragbare Feueraltäre auf ihren Reisen und Feldzügen mitgenommen. Die iranische Religion
trifft im Feuercultus nicht allein mit der magischen, sondern mit vielen anderen, semitischen, ägyptischen, indischen, griechischen, römischen, selbst der
aztekischen zusammen, und die außerordentliche Verehrung dieses Elementes
ist nicht zum geringen Theil wohl dem Umstand zuzuschreiben, daß auch schon
in vorzoroastrischer Zeit der Feuercultus sehr in den Vordergrund trat. Firdusi,
Schahrastani und andere orientalische Gelehrte bezeichnen ihn ausdrücklich als
vorzoroastrisch. Wir besitzen Denkmäler aus dem Palast des Sanherib in
Niniveh und des Sargon in Chorsabad (in einer Abbildung der medischen
Stadt Bagaja), auf welchen Abbildungen von Feueraltären erscheinen, die
genau den altpersischen und den Gefäßen gleichen, auf welchen noch heute über
der Aschenunterlage das heilige Feuer der indischen Parsi glimmt. In den
assyrischen und aberbeidjanischen Gegenden quellen an vielen Orten Steinöl
und Naftabrunnen, deren brennende Gase schon frühzeitig durch das Uner-
klärliche ihrer Erscheinung die Vorstellung einer unmittelbaren göttlichen Einwirkung veranlaßten. War nun das Feuer durch den Gebrauch im Hause
verunreinigt, so wurde es nach dem dritten Tage zu dem Mutterherd, zu dem
ewigen Feuer, von welchem es auch entnommen wurde, zurückgebracht, wo es
durch die Verbindung mit jenem wieder rein wird. Das Feuer der Mutter-
herde (Aderan) wurde seinerseits alle Jahre an das noch heiligere Feuer
Behram gebracht, welches sich in jeder Provinz befindet, und die Asche beider
Feuer diente nach einer bestimmten Zeit als Dünger der Ländereien. Die
größte Versündigung gegen das Feuer besteht darin, daß man Todtes mit
ihm in Berührung bringt, und derjenige erwirbt sich ein großes Verdienst,
welcher ein Feuer, das Todtes brennt, reinigt. So fragt Zarathustra den
Ahuramazda: „Schöpfer! wenn die Mazdaverehrer zu Fuß gehend, laufend,

reitend oder fahrend zu einem Feuer kommen, an welchem Todtes brennt, wo man Todtes kocht oder zubereitet, wie sollen sich die Mazdaverehrer verhalten? Darauf entgegnete Ahuramazda: man soll auf dieses Todtes brennende Feuer schlagen, man soll darauf schlagen, man soll das angehäufte Holz forttragen, man soll das Gerüst wegtragen; man zünde von dem noch übrigen Feuer Holz an und zwar von solchen Pflanzen, welche Feuersamen enthalten (zum Brennen geeignet sind), oder wenn die aus dem Feuer gezogenen Holzbündel bereits von solchen Pflanzen genommen waren, so trage man sie auseinander und lasse sie auseinandergehen, damit es möglichst schnell ausbrennt. Das erste Bündel soll man auf die Erde (in Löcher) niederlegen, eine Vitasti (Spanne) weg vom Feuer, an welchem das Todte gebrannt hat; man trage es fort und lasse es fortgehen, damit es möglichst schnell ausbrennt. Das zweite, dritte, vierte, fünfte, sechste, siebente, achte, neunte Bündel lege man auf die Erde nieder, eine weitere Vitasti weg vom Feuer, an welchem das Todte gebrannt hat. Wenn man in Reinheit Holz herzuträgt, o Zarathustra, Urvasni (Sandel), Vohugauna (Benzoin), Vohukereta (Aloe), Habhanaipata (Granatholz) oder irgend eine andere der wohlriechenden Holzarten (so wird das letzte Bündel wieder rein und darf zum Feuerort zurückgetragen werden). Nach welcher Seite der Wind den Geruch des Feuers verbreitet, von da kommt als ein Tödter von tausend (ahrimanischen Dingen) zurück das Feuer des Ahuramazda, (als ein Tödter) für die unsichtbaren Divs, die aus der Finsterniß kommen, für die Bösen, noch einmal so stark (als Tödter) der Zauberer und bösen Feen. Schöpfer! wer ein Feuer, an welchem Todtes gebrannt hat, an den Reinigungsort (an den Feuertempel) bringt, was wird der Lohn dieses Mannes sein, wenn Körper und Seele sich getrennt haben werden? Darauf entgegnete Ahuramazda: gleich als ob er in der sichtbaren Welt 10,000 Feuerbrände (vom häuslichen Gebrauch) an den Reinigungsort gebracht hätte. Schöpfer! wer ein Feuer, welches unreine Flüssigkeiten gebrannt hat, wer ein Feuer vom trocknen Mist (dem häufigen Heizungsmaterial) hinweg, vom Töpferofen hinweg, vom Glasofen hinweg, von der Erzschmelze hinweg, von der Gold-, Silber- und Eisenschmelze hinweg, von der Stahlwerkstätte, vom Backofen hinweg, vom Herde hinweg, von der Waschanstalt, vom Hirtenfeuer, vom Waidmannsfeuer, vom häuslichen Feuer hinweg an den Reinigungsort bringt, was wird der Lohn eines solchen Mannes sein, wenn Leib und Seele sich getrennt haben werden? Darauf erwiderte Ahuramazda: als ob er in der sichtbaren Welt tausend, 500, 400 Feuerbrände an den Reinigungsort gebracht hätte; wie viel einzelne Gräser es giebt, so viel Feuerbrände an den Reinigungsort gebracht hätte; wie viel einzelne Pflanzen es giebt, so viel Feuerbrände an den Reinigungsort gebracht hätte; 100, 90, 80, 70, 60, 50, 40, 30, 20, 10 Feuerbrände an den Reinigungsort gebracht hätte."

Da das Feuer bei Sonnenschein seinen Glanz verliert, so ist es verboten, es der Sonne auszusetzen. Die im Freien stehenden Feueraltäre, deren man einige in Pasargada (würfelförmige Steinbauten mit hinaufführenden Treppen) sowie auf den Bergen über Persepolis findet, sind daher gewiß Nachts benutzt worden, und das Feuer wird man bei Tagesanbruch in das Innere eines Tempels übergeführt haben. Die Kapelle, wo das heilige Feuer brennt, liegt in den Feuertempeln der indischen Parsi derart, daß sie erst durch mehrere Vorräume erreicht wird, um das durch die Thüren einfallende Tageslicht gänzlich fern zu halten. Auch ist das Dach derart eingerichtet, daß kein Licht durch den Rauchfang eindringt. In der Mitte der Kapelle steht ein flacher quadratischer Stein und auf diesem das Metall= gefäß, welches bis an den Rand mit Asche ausgefüllt ist, und auf ihm brennt das Feuer. Zwei Priestern ist die Unterhaltung desselben anvertraut; sie bedienen sich einer Feuerzange und zweier Löffel, um Wohlgerüche aus= zustreuen; ihre Hände müssen mit Handschuhen versehen, ihr Mund mit einem Tuche verhängt sein, damit weder die bloße Hand, noch der Athem mit dem Feuer in Berührung tritt. Das Brennholz wird in zwei Wand= nischen aufbewahrt. In einem andern Theil des Gebäudes befindet sich der Raum, wo die Liturgie gelesen wird, wieder in einem andern ein Brunnen für die heiligen Waschungen, und den Hintergrund des Ganzen bildet ein Garten mit Bäumen. Der Bundehesch, eine zoroastrische Schrift aus dem 14. Jahrhundert, die aber auf alten Quellen beruht, nennt namentlich drei berühmte Feuer, welche die Schutzfeuer der drei ursprünglichen Stände der Priester, Krieger und Landleute gewesen seien; das eine dieser Feuer habe Jima auf dem Lichtberge in Chorasmien (Chwarizm) angesiedelt, von wo es später durch König Gustasp nach Kabul gebracht worden sei; der gelehrte Schahrastani läßt es nicht nach Kabul, sondern nach Darabgird in der Persis versetzt werden. Das Feuer Guschasp wurde von Kai Chosru auf dem Berge Asnawand angesiedelt; man erzählte, bei der Zerstörung eines Götzen= tempels im See von Urmia habe dieses Feuer auf der Mähne von Chosrus Roß gesessen und habe den Schauplatz der Heldenthat erleuchtet. Da dieses Feuer Guschasp der Schutzgenius der Krieger war, so pflegten die Könige die kostbarsten Stücke der Kriegsbeute in seinen Tempel zu stiften; so wurden unter Bahram Gor (417—438) die erbeuteten Perlen und Steine des Chakan der Türken sammt der gefangenen Gattin desselben in den Tempel gebracht, die letztere höchst wahrscheinlich als Tempeldienerin. Dies heilige Feuer in Gezn (Schiz), der wahrscheinlichen Geburtsstätte Zarathustras, wurde seit der Wiederherstellung des Tempels durch Ardeschir I. (226—240) Aderekisch genannt. Dieser Name bedeutet Blitz und Donner, und mehrere antike Schriftsteller behaupten, dies Feuer sei vom Himmel gefallen. Die Burg von Schiz heißt heute Tachti Suleiman (Salomons Thron), und liegt auf einem etwa 180 Fuß hohen Kegelberg, dessen oberer 1330 Schritt im Umfang haltender Rand von einer mit 37 Bastionen verstärkten Mauer bekrönt ist; die 12 Fuß breite Mauer besteht aus unbehauenen Steinblöcken in Cement gebettet, und ist außen verkleidet mit sorgfältig zusammengefügten kleinen behauenen Steinen, welche mit übereck und perpendiculär gestellten

abwechseln. Der Thorbogen im Südost ist 12 Fuß hoch und hat 10 Fuß
Spannung. Beim Eintritt in die Burg bemerkt man zuerst den azurblauen
heiligen See, welchen der Bundehesch Asvast nennt und an welchem man
die Erscheinung bewundert, daß er stets sein Niveau behält, mag man noch
so viel Wasser aus ihm ableiten; er muß demnach durch communicirende
Röhren mit großen Wasserbassins im nahen Gebirge zusammenhangen. Man
hat nach der Zerstörung der Stadt Schiz zwei Abzüge gemacht, und die
Stellen derselben sind durch das Wasser mit einer Kalkkruste überzogen,
welche das Ansehen eines erhärteten Lavastromes haben. Diese Abzüge
fließen nach der Schneeschmelze sehr stark, der See aber bleibt stets gleich
hoch. Die noch vorhandenen Gebäude gehören zu einem Palast des Mon-
golenfürsten Abekai Chan, nur der im Norden gelegene quadratische Tempel
ist aus der Zeit der Sasaniden erhalten, die ihn jedenfalls an der Stelle
eines älteren aufführten. Er ist noch so wohl erhalten, daß man sofort
den von Firdusi beschriebenen Tempel des Aber Gnschasp wieder erkennt.
Er ist von Backsteinen erbaut, und diese sind so fest in Cement eingebettet,
daß an einigen Stellen, wo die tragenden Bogen zerstört sind, dennoch die
darüber liegende Mauer hängen geblieben ist. Die äußere Mauer ist 15
Fuß dick, und ein hoher gewölbter Gang umgiebt die Feuerkammer, welche
auf jeder Seite eine gewölbte Pforte hat. Auch die Mauer dieser 10 Schritt
breiten und langen Kammer ist 15 Fuß dick und ist von einer Kuppel
bedeckt. Einem dritten Feuer wurde von König Gustasp auf dem Berge
Raiwand ein Tempel erbaut, der nicht weit von Nischapur, in der Nähe
von Sabzewar liegt. In Armenien ist die Stadt Malu, an einem Zufluß
des Aras, östlich von Bajazib, der Sitz eines der vornehmsten Feuerpriester
gewesen. Nach Mose von Chorene richtete Arbeschir I. den Feuerdienst des
Ormazb in Bagavan ein, einem Ort am Achurean, nicht weit von Ani;
nach dem Tode des Apostels der Armenier, Gregors des Erleuchters, des
einzig übrig gebliebenen Sohnes des von Anak ermordeten Königs Chosro,
fielen die Armenier zum Theil ins Heidenthum zurück; die beiden Satrapen
Schawasp und Went errichteten in Dovin (arabisch Dabil) am Aras einen
Tempel des Ormazb und ein Haus für die Anbetung des Feuers; Went
machte seinen Sohn Schirni zum Oberpriester und gab ihm ein heiliges
Buch in persischer Sprache. Wardan, der Feldherr der Armenier, ließ im
Krieg mit den Persern den Went im Feuerhaus verbrennen und den Schawasp mit dem Schwert tödten; Schirni wurde vor dem Bilde des Ormazb
ergriffen. An der Stelle des Tempels erhob sich eine Kirche des heiligen
Gregor. Sogar bis nach Iberien breitete sich durch persische Eroberung
der Feuerdienst aus; Ende des vierten Jahrhunderts fingen die Perser den
König Mirdat, eroberten Iberien und errichteten in Mezchetha am Kur
einen Feuertempel, der indessen von Mirdats Nachfolger wieder zerstört
wurde. Doch dauerten die Einfälle der Perser noch bis in die Mitte des
6. Jahrhunderts fort, und viele Georgier, namentlich der niederen Stände,

bekannten sich zum Feuerdienst; wir besitzen Münzen des Wachtang (Ende
des 5. Jahrhunderts), welche den sasanischen Münztypus mit dem Feueraltar auf dem Revers zeigen. Baku, der äußerste Punkt der Feueranbetung,
kannten die Alten unter dem Namen der sabäischen Altäre. Die Halbinsel
Apscheron, auf welcher Baku liegt, enthält, wie die ganze Provinz, zahlreiche
Schlammvulkane und Gas- und Naftaquellen, welche theils schwarze, zähe
Nafta, theils gelbes Oel (weiße Nafta) enthalten. Aus dem letztern gewinnt
man, durch Behandlung mit Schwefelsäure und durch Destillation, Steinöl.
Ueber dem Lehmboden der Gegend liegt Kalkstein, aus dessen zahlreichen
Spalten Gas ausströmt, welches angezündet in hohen bläulichen Flammen
brennt. Die Hauptquellen dieses Gases liegen nördlich von der Stadt, im
Ateschgah oder Tempel des heiligen Feuers. Indem man die zahlreichen
Risse vermauerte, hat man nur vier derselben offen gelassen, und die aus
ihnen hervorbringenden Flammen züngeln über die vier Thürme des Heilig-
thums hinaus. Man kann sich denken, daß dieser Ort, der zuweilen Nachts
ganz von Flammen umgeben scheint, von den Zoroastriern recht eigentlich
als eine heilige Stätte betrachtet wurde, wo das Feuer der Sohn des Ahuramazda sich offenbarte.

Das älteste Feuer soll nach den persischen Geschichtschreibern in Rai
(Raga) gebrannt haben, was man deshalb für wahrscheinlich halten darf,
weil in jener Gegend, dem Reiche des Feridun und seiner Nachfolger, eine
der ältesten Niederlassungen der Arier auf dem Gebiete der medischen Scythen
lag. Bei seiner Flucht vor den Arabern nahm es König Jezdegerd mit nach
Marw und errichtete ihm hier einen Tempel mit Parkanlagen. In der Persis
wird oft genannt der Feuertempel von Gur (Firuzabad), welcher an einem
See lag und Karban oder Barin hieß; noch im 10. Jahrh. wurden hier
Pehlewibücher der Feueranbeter aufbewahrt. Die Ruinen dieser von Ardeschir I. errichteten Feuerstätte sind noch vorhanden; Narses, ein Feldherr
Varahrans V. (Bahram Gor), soll hier vier Feuertempel mit Gärten voll
Cypressen, Oelbäumen und Palmen erbaut haben. Außerdem gab es berühmte
Feuertempel in Schapur (den Schapur Chaschin und den Thurm des Kans),
in und bei Kazerun (den Gasta und Keladhen), in Churra (in der Landschaft Schapur), ein Feuerhaus aus achämenischer Zeit, worin die Magier
auf die Ausbreitung des Glaubens vereidigt wurden; in Schiraz (den Kar-
nian und ein Feuerhaus des Hormuz) und in dem benachbarten Dorfe Bar-
gan den Tempel Masuban. Ein Feuertempel Kuschid auf der Grenze der
Persis und des Gebietes von Ispahan soll von Kai Chosru erbaut sein, der
hier einen Drachen erlegte; nach der Ueberlieferung der Parsen war Chosru
Anoschirwan der Erbauer. In Segestan und Chorasan werden mehrere berühmte Feuerhäuser genannt, ebenso in verschiedenen Städten Baktriens und
Sogdianas, namentlich in Balch (Baktra), wo Firdusi den Nusch-adar nennt,
in welchem Zarathustra ermordet wurde, sowie das Naubehar, was indessen
ohne Zweifel nicht ein Feuertempel, sondern ein buddhistisches Kloster war,

also erst in der Zeit nach Alexander dem Großen erbaut worden sein kann, als der indische Glaube hier durch die Beziehungen des baktrischen Reiches zu Indien Eingang fand. Ja noch am oberen Jazartes erwähnen die persischen Geographen des Mittelalters Feueranbeter, wie denn noch heute dortselbst iranische Bestandtheile der Bevölkerung zu erkennen sind.

Zu den Lichtwesen sind neben Mond, Sonne und deren irdischem Abbild, dem Feuer, auch die Sterne zu stellen, deren Cultus aus dem Magismus aufgenommen wurde. Der Sternhimmel wird im Avesta mit dem Gewand verglichen, womit Ahuramadza sich schmückt. Der vornehmste Stern ist der Sirius oder Hundsstern (Tistria), welcher dadurch sehr wohlthätig wirkt, daß er den Dämon der Dürre besiegt und den fruchtbaren Gewitterregen über das Land bringt, so daß das Gespenst des Hungers und der Mißernte keine Macht gewinnt. An den Sterncultus schließt sich oft der auf einer primitiven Stufe der Naturreligion stehende Ahnencultus an. Dieser beruht auf der Furcht vor Traumerscheinungen; bei fast allen Völkern, welchen die Ursachen der Träume unbekannt bleiben mußten, bildete sich der Glaube an Gespenster aus; eine Menge von diesen bestand aus den Verstorbenen, mit denen sich die Gedanken der Hinterbliebenen noch lange beschäftigten; da die Todtengespenster noch ein Interesse an ihrem irdischen Besitz hatten, so gab man den Todten ihre liebsten Habseligkeiten mit ins Grab, indem man dadurch einer Belästigung durch quälende Träume von ihrer Seite vorbeugen zu können glaubte. Diese Furcht ging später in Verehrung der Todten über. Es wird ihnen ein Raum der Wohnung geweiht, wo man zu gewissen Zeiten Gebete für ihre Seelen ausspricht oder ihnen Speisen vorsetzt; bei den Chinesen ist dieser Cult fast das einzige religiöse Element, was sich bei diesem mit einem Minimum religiöser Anlage ausgestatteten Volke erhalten hat. Kyros opferte den medischen und assyrischen Heroen. Bei den Zoroastriern kommen in den letzten zehn Tagen des Jahres die Seelen der Verstorbenen in die festlich geschmückten Häuser ihrer Angehörigen, und man opfert ihnen Blumen, Speisen und Wein. Die Zoroastrische Lehre hat ihre eigene Theorie über die Seelen ausgebildet. Die unsterblichen Geister der Menschen sind von Ormazd geschaffen und verbinden sich ihrer Zeit mit menschlichen Körpern, um den Kampf gegen das Böse zu unterstützen. Diese sogenannten Fravaschi (Feruer) gehörten nicht nur Menschen, sondern auch andern Wesen an, wie dem Wasser, der Erde, den Pflanzen, dem Feuer, und man denkt sie hier bald als in diesen Wesen befindlich und sie beseelend, bald als außerhalb derselben stehend und über ihnen wachend. In ihrer weiteren Ausbildung wurden die Fravaschis das geistige Vorbild, der Typus der Geschöpfe, die Idee in dem Gedanken des Schöpfers; die Sinnenwelt war ein Abbild der geistigen, sie fand in ihnen ihr eigentliches Wesen oder ihre unvergängliche Wahrheit; und es war leicht, dieses Urbild von der Seele des Menschen abzutrennen und es als einen Schutzgeist des Menschen aufzufassen. Bei den Parthern scheint neben der

Anbetung der Sonne der Ahnencultus eine Hauptform der Götterverehrung
gewesen zu sein. Im Ganzen erscheinen die Parther, deren Bestreben haupt=
sächlich auf die Erweiterung und Organisation des Reiches, auf die Beschäf=
tigung mit Jagd und auf militärische Ausbildung gerichtet war, als buld=
sam und wenig religiös beanlagt; sie zollten den Ahnen, deren Bilder an
einem heiligen Orte des Hauses standen, große Verehrung, und die parthi=
schen Fürsten ließen Königsbilder in Tempeln aufstellen.

Weiterhin erscheint das Wasser als göttliches Wesen, was nach den oben
angedeuteten Verhältnissen des iranischen Bodens sehr natürlich erscheint. Im
Zoroastrischen Glauben tritt seine Verehrung nicht so sehr hervor wie die des
Feuers; es gab auch ein ahrimanisches Wasser, nämlich das Salzwasser des
Oceans, gerade wie die Gluthhitze der ahrimanische Gegensatz des Feuers, der
Samum derjenige des wohlthätigen Windes ist. Auch das Wasser ist, wie
das Feuer, durch den täglichen Gebrauch, durch Waschen und Kochen, der
Vermureinigung ausgesetzt, und der Schöpfer hat daher die Einrichtung ge=
troffen, daß durch den Kreislauf des Wassers alle Unreinigkeit im Ocean ab=
gesetzt wird, worauf das geläuterte Wasser als Dunst emporsteigt und als
fruchtbarer Regen die Flüsse bildet und die Aecker befruchtet. Es heißt im
Jascht (Opfergebet) der Anahit: „Preise sie, o reiner Zarathustra, die Ard=
visura, die reine, die vollfließende, heilende, den Diws abgeneigte, dem Ge=
setze (der Religion) des Ahura zugethane, die preiswürdige für die Körperwelt,
die verehrungswürdige für die Körperwelt, die reine für die das Leben, das
Vieh, die Welt, den Reichthum, das Land Fördernden; welche 1000 Wasser=
becken, 1000 Wasserleitungen hat; jedes dieser Wasserbecken, jede dieser Wasser=
leitungen ist 40 Tagreisen lang für einen wohlberittenen Mann. An jeder
Wasserleitung steht ein wohlgebautes Haus mit 100 Fenstern, ein hohes, mit
1000 Säulen, schön gebaut mit 10,000 Pfosten, ein festes. In jedem Hause,
dem hundertsitzigen, schönen, ist gebreitet ein wohlriechender Teppich mit schönen
Borten. Es eilt herzu Ardvisura Anahita in einer Stärke von 1000 Männern.
An Größe der Majestät vermag sie so viel als alle die Gewässer, die auf der
Erde fließen, sie die kräftig strömende." Diese Stelle erläutert eine andere
in den „goldnen Wiesen" des Masudi († 956), in welcher es heißt, in einem
grünen Meere glänze über vier Säulen von grünem, rothem, blauem und
gelbem Edelstein eine goldene Kuppel, und das Wasser, welches von diesen
Säulen herabträufele, fließe unvermischt durch das Meer und bilde den Nil,
den Seihan und Dscheihan (Jaxartes und Oxus) und den Frat. Man dachte
sich demnach den Ursprung des Wassers in unterseeischen Palästen, in welchen
die Göttin des Wassers wohnt und die Hervorströmung der Flüsse und Quellen
veranlaßt. In der Geschichte von Ilirma und Chuseima (in den Erzählungen
der 1001 Nacht) sitzen zwei Engel, der eine in Gestalt eines Löwen, der
andere in der eines Stieres, vor einer Pforte, Wache haltend und Gott
preisend. Die Pforte, welche nur der Engel Gabriel öffnen kann, führt zu
einem von Rubingebirgen umschlossenen Meere, der Quelle aller Wasser auf

Erben; aus ihm schöpfen Engel die Gewässer der Welt bis zum Aufer=
stehungstage.

Eine weitere altiranische Gottheit ist die Erde selbst, die Mutter, aus
deren fruchtbarem Schoß Pflanzen und Nahrung für Mensch und Thier hervor=
gehen; sowie die Luft, der stärkende Wind, welcher die Dünste vertreibt und
die versengende Hitze mildert.

Nicht bloß Naturwesen wie die genannten, auch Fetische sind aus einer
älteren Periode des iranischen Glaubens in die Zoroastrische Religion über=
gegangen. Fetische sind Dinge oder Wesen, welche der Mensch mit einem
göttlichen Gedanken beseelt und denen er Opfer und Gelübbe verspricht, wenn
sie seine Wünsche erfüllen; zuweilen hängt sich der Verehrungstrieb dauernd
an gewisse Gegenstände, wie es bei der Verehrung von Steinen, Bäumen,
Seen, gewissen Thieren der Fall ist; der Fetisch ist eine Art Geisel oder
Pfand, welches die Gottheit verpflichtet ist auszulösen; er wird mißhandelt,
wenn das Gewünschte nicht bescheert wird. Wenn die Verehrung des Fetisch
sich nicht mehr auf Ein Exemplar oder Ein Individuum beschränkt, sondern
sich auf die ganze Gattung, wozu derselbe gehört, ausdehnt, so nennt man
dies Totemismus, eine höhere Stufe des religiösen Denkens, die aus der Ge=
neralisirung gewonnen ist. Ein einzelner Eichbaum kann ein Fetisch werden,
die Eiche als Species göttlich verehrt, ist Totem. Hierher gehört vor allen
eine jasminartige Pflanze, deren Saft ausgepreßt und bei der religiösen
Feier vom Priester getrunken wird, wobei flache Brote, ähnlich der Hostie,
gereicht werden. Zugleich ist die Pflanze ein Gott, im Zoroastrischen System
ein guter Genius oder eine Art vorzoroastrischer Prophet, der von Gott Offen=
barungen erhielt und noch bei Firdusi als heiliger Einsiedler erscheint; die
Uebereinstimmung des Namens dieses Fetisches, Haoma (Hom), mit dem
indischen Soma, welcher gleichfalls Pflanze und Gott ist, weist auf das hohe
Alter dieses Cultus hin, und in der That begegnet man bei verschiedenen
Völkern solchen Wesen, die halb Gott, halb Pflanze sind, wie der deutsche
Alraun. Merkwürdig ist, daß der Haumatrank auch bei den Scythen bereitet
wurde; die Amyrgii heißen in den Keilinschriften Saka haumavarga, die
Haumablätter=Saken. Der Soma versetzt den Judra in einen Rausch, und
durch die Kraft, welche er dadurch gewinnt, vermag er die feindlichen Dä=
monen zu erschlagen; dem Haoma wird auch ein günstiger Einfluß auf die
Fruchtbarkeit zugeschrieben, und es heißt, daß die Verehrer (Auspresser) des
Haoma Kinder bekommen, welche berühmte Männer werden; von den Aerzten
wurde er gegen Gliederschmerzen und Krankheiten des Harns und Blutflusses,
gegen Fieber und Verschleimung angewendet. Die irdische Pflanze hat im
Himmel ihr Urbild, welches statt der gelben weiße Blüthen treibt, und der
Genuß dieses weißen Haoma bringt die Unsterblichkeit. Dem Haoma wird
beim Schlachten eines Thieres Kinnbaden, Zunge und linkes Auge geweiht;
weil das Tödten eines reinen Thieres sündhaft ist, so wird, da der Mensch
einmal unter dem Zwange des Hungers, eines Geschenks der bösen Dämonen,

steht, durch diese Weihe das Sündhafte des Schlachtens aufgehoben und zugleich die Lebenskraft des Thieres für die gute Schöpfung erhalten. Hauma
ist also eine Art von Baum des Lebens, worin die Lebenskraft der Natur
concentrirt ist, wie der ägyptische Perseabaum; und gleichwie auf assyrischen
Denkmälern der Lebensbaum häufig abgebildet steht, hat auch die persische
Kunst den Hauma an den Friesen der Felsgrüfte als Symbol des Lebens,
welches über dem Grab erblüht, ornamental verwendet.

Die persischen Könige legten überall, wo sie längere Zeit sich aufhielten,
einen Garten und Park (Paradies) an, wo alles, was das Land Schönes
und Nützliches hervorbrachte, eingepflanzt wurde; Jagdthiere, wie Löwen,
Eber, Bären erfüllten die von Wasser durchrauschten Dickichte, und an den
Rastorten der Jäger waren Thürme angelegt. Den Park des Perserkönigs
in Sidon zerstörten die aufständigen Phönikier unter Ochos; in Keläna
(Apamea in Phrygien) hatte Kyros der Jüngere einen Park mit wilden
Thieren, auf welche er zu Roß Jagd zu machen pflegte. Auch in Sardes
war ein Park, worin sich dieser Prinz der Baumzucht eifrig widmete, und
den er mit Stolz dem Spartaner Lysandros zeigte, so daß dieser, als er die
kunstvoll im Quincunx angepflanzten, d. h. in diagonaler Richtung unter
rechten Winkeln stehenden Bäume gesehen und den Duft der Blüthen ein-
gesogen hatte, bekannte, Kyros sei ein seliger Mann, da sich persönliche
Tüchtigkeit und irdische Glücksgüter bei ihm vereinigten. Auch in Babel
bestand noch zur Zeit der Parther ein Wildpark hinter dem Palast. Die
Armenier haben gewisse Baumgattungen göttlich verehrt; der älteste heilige
Hain Armeniens soll von Aramaneak, dem Sohne des Stammheros Haik,
gepflanzt worden sein; er lag am Araxes unsern der Stadt Armavir. Die
Bäume dieses Haines nennt Mose von Chorene Sos (eine Art Silberpappel).
Die Priester legten das Säuseln der Blätter in Orakeln aus.

Die bisher aufgeführten Wesen haben im Zoroastrismus eine wesentlich
andere Stellung als in der Naturreligion; sie haben ihre Eigenschaft als
Götter abgelegt und nur noch ihren kosmischen Wirkungskreis behalten; sie
sind Geschöpfe und Diener des Höchsten, der die Fessel seiner Angehörigkeit
an die Natur zerbrochen und die Herrschaft über sie als Schöpfer und Regent
angetreten hat. Auf dieser Stufe der Religion beginnt auch die Speculation
über die Entstehung des Uebels, welches von der guten Gottheit nicht ausgehen kann; Zarathustra, welcher den Gegensatz von Licht und Dunkel auf
das geistige Gebiet übertrug und ihn verschärfte, gelangte zu einem Dualismus, der in dieser Religion sehr consequent ausgebildet worden ist, ja später,
in der Zeit der Seleukiden und Sasaniden auf die Spitze getrieben wurde.
Die spätere Speculation gab sich mit der Annahme eines obersten bösen
Wesens (Ahriman) nicht zufrieden, weil wiederum dessen Entstehung eine Erklärung heischte und weil mit der Annahme einer unabhängigen Entstehung
des Teufels der Satz umgestoßen wird, daß Gott der alleinige Grund alles
Daseins sei. Schon Aristoteles und sein Schüler Eudemos berichten, daß die

Magier ein Urwesen, ein erstes erzeugendes, unerschaffenes intelligibeles All
annahmen, dessen Ausflüsse der gute und der böse Geist seien; eine Ansicht,
welche wir aus Documenten der Sasanidenzeit kennen lernen, führte die Zeit
als dieses Urwesen auf, wahrscheinlich auf eine Stelle des Avesta gestützt,
welche sagt, Gott und Ahriman die beiden Geister seien in der anfangslosen
Zeit entstanden. Diese Zeit ist daher ein höchstes in sich beruhendes gött=
liches Wesen, und der in die Welt übergehende Gott ist ein zweiter. Dieses
höchste indifferente Wesen mußte nun die Emanation des Bösen dadurch
herbeiführen, daß es ohne Einwirkung eines bösen Antriebes eine Handlung
beging, aus welcher das Böse entstand. Die ewige Zeit, sagt die spätere,
bereits durch babylonische und neuplatonische Ideen beeinflußte Lehre, opferte
und sagte, ich will opfern, ob mir vielleicht gelingt, ein Wesen hervorzu=
bringen, welches die Schöpfung bewirken kann; sie habe dann Gott durch die
Wirkung des Opfers, aber daneben den Teufel durch die Wirkung des Wortes
„vielleicht", des Zweifels, geboren. Man hat sich wohl zur Unterstützung
dieser Idee auf eine Strophe des Avesta (in der Gatha ahunavaiti) berufen,
wo es heißt: „Jene beiden uranfänglichen Geister, die Zwillinge, stellen sich
dar in Gedanken, Worten und Werken als diese Zweiheit, das Gute und
das Böse". In Wahrheit ist der Gegensatz des Lichtes mit dem Licht selbst
gegeben, das Dunkel folgt aus dem Licht, nicht aus einer Intention Gottes,
sondern zufällig wie der Schatten einem Gegenstand. Der Rathschluß Gottes
war, die in den Sterblichen liegende Kraft des Guten im Kampf mit dem
Bösen zu stählen, und nur insoweit unterstützt die Gottheit diesen Kampf,
daß sie in der Fülle der Zeit einen Propheten wie eben den Zarathustra
sendet, welcher den Streitern des Lichtes solchen Vorschub leistet, daß der
endliche Sieg zur Gewißheit wird. So mildert die Religion den Gegensatz
des Dualismus; das religiöse Gefühl verlangt, daß das Wesen, von welchem
es seine Befriedigung erwartet, einen höheren Rang einnehme, als dasjenige,
welches ihm nur Angst und Schrecken verursacht. Weshalb nun der Gegen=
satz des Guten und Bösen fortbesteht, während doch die Superiorität des
erstern nicht bezweifelt wird, ist eine Frage, welche bei dem factischen Vor=
handensein des Bösen, bei den fortdauernden, die sittliche Thätigkeit hemmen=
den Regungen des Herzens nicht aufgeworfen wird. Der Widerstreit der
beiden Urwesen zieht sich durch die ganze Schöpfung, welche gleichsam in zwei
Heerlager getheilt ist. Anfangs gelang es Gott, den Ahriman für längere
Zeit in das ihm angestammte Dunkel zurückzuschleudern, dann aber, als er
sich aus der Betäubung des Sturzes aufgerüttelt hatte, begann er in die
Welt einzudringen und seine Opposition geltend zu machen. Er gewann in
den Planeten seine Kämpfer gegen die wohlthätigen Fixsterne, er bewirkte
durch sein Hervorbrechen aus der Erde die Erhebung der Berge, er erfüllte
das Wasser und die Erde mit schädlichen Thieren, schuf Rinde und Dornen
an die Pflanzen, vermischte selbst das reine Feuer mit Rauch und brachte
das Heer der Krankheiten über den Leib des Menschen. Wenn die Alten

6*

mehrfach berichten, daß Perser dem Gott der Unterwelt (dem Hades) geopfert hätten, so muß man hierin einen Zug des medischen Magismus sehen.
Nach Herodot sollte Amestris, das Weib des Xerxes, in ihrem Alter sieben
Paare Knaben und Mädchen, Kinder vornehmer Perser, lebendig begraben
haben, als Dankopfer für den Gott, der unter der Erde wohnend gedacht
wird. Wenn man hierauf nicht Gewicht legen will, weil die Geschichte, wenn
wirklich geschehen, nichts mit der Religion zu schaffen haben, sondern nur eine
Aeußerung der Grausamkeit jener berüchtigten Vettel sein dürfte, so wird
doch die Richtigkeit der Notiz in der dem Plutarch zugeschriebenen Schrift
über Osiris und Isis nicht anzufechten sein, wonach die Magier das Kraut
Omomi (Haoma) in einem Mörser zerstampften, indem sie den Hades und
die Finsterniß anriefen; sodann werde dasselbe mit Wolfsblut vermischt an
einen von der Sonne nicht beschienenen Ort geworfen. Dieses Opfer an den
Bösen hat den Zweck, seinen Zorn abzuwenden; man bittet nicht Gott um
Wohlthaten, weil er auch ohne menschliche Bitte nur wohlthun kann, sondern
man dient dem Teufel, wie man einem Tyrannen schmeichelt, um Ausbrüche
seiner Grausamkeit zu verhindern. Bei den scythischen Völkern von den mesopotamischen Sumir an bis auf die Lappländer mit ihren Wahrsagerpauken
ist diese Anschauung verbreitet gewesen, und sie steht zugleich in Verbindung
mit der von ihnen ausgebildeten Zauberei, gegen welche sich das Avesta
häufig wendet. Bei den kurdischen Jezidi, welche in Sindjar und in der
Umgegend von Zacho in Assyrien wohnen, hat sich diese Anbetung des bösen
Princips als Nachklang uralter medischer Religionsanschauung bis auf unsre
Tage erhalten, ja selbst das alte Symbol, die Schlange, findet sich an dem
Tempel zu Scheich Adi in Assyrien. Diese sogenannten Teufelsanbeter werden natürlich von den Moslem bitter gehaßt, und der Kurdenhäuptling von
Rowandiz hat im Anfang der vierziger Jahre einen großen Theil der Jezidis
niedermetzeln und erschießen lassen. Die Jezidis erkennen ein oberstes Wesen
an, verehren es aber nicht; sie scheuen im höchsten Grade die Erwähnung des
Teufels (des Namens Satan) oder solcher Dinge, welche mit ihm in Beziehung
stehn. Wenn sie von ihm reden, so gebrauchen sie die Ehrfurchtstitel Scheich
mazen (der große Häuptling) Melek Taus (Engel Pfau). Das Götzenbild desselben ist ein Hahn oder Pfau auf einem Leuchter. Sie meinen, der Satan sei
das Haupt der Engel, daß er gegenwärtig für seine Rebellion gegen Gott Strafe
leide, aber dereinst wieder in seine Stellung eingesetzt werden solle; man muß ihn
ehren und versöhnen, da er nach seiner Rehabilitation Gutes spenden kann. Im
übrigen ist die Jezidireligion eine merkwürdige Mischung altchristlicher, mu-
hammedanischer und andrer Elemente; sie hat auch einen Heiligencultus; Kügel-
chen vom Staub des Heiligengrabes dienen als Amulete, und wenn die Priester
mit brennender Lampe vom Grab kommen, fahren die ihnen begegnenden Jezidi
mit der rechten Hand durch die Flamme, reiben mit der so geläuterten Hand
ihre Augenbrauen und berühren mit ihr die Lippen; sie küssen sogar die ruß-
gen Steine, worauf die Lampen gestanden haben, offenbar ein Rest alten Feuer-

cultus. Auch die Armenier hatten einen Cultus des bösen Princips; noch im
Anfang des 4. Jahrh. beteten sie zwei schwarze Schlangen, Jucarnationen der
Tiws, an und opferten ihnen unbefleckte Jünglinge und Jungfrauen; durch
den Anblick des Blutes, der Altäre, des Feuers und der Wasserquelle erfreut
bewirkten die Tiws Visionen mit Lichterscheinungen, Lärm und Tanz.

Der Kampf gegen das Böse wird, wenn die Culturzustände complicirter
werden, selbst schwieriger, es giebt eine Menge von Vorfällen und Lebens=
lagen, deren Behandlung die Erfüllung gewisser religiöser Pflichten verlangt,
und die Priester, welche auf ihre Einwirkung auf das Leben der einzelnen,
auf die Macht über die Gemüther bedacht sind, bilden ein Sittengesetz aus,
dessen Erfüllung, je schwieriger sie fällt, um so dringender ihre Vermittlung
fordert. Das Avesta enthält ein Gesetzbuch, den Wendidad, welches haupt=
sächlich die Pflichten der Mazdajasna oder Verehrer des Ormazd, aufs
genaueste einschärft, daneben auch ursprünglich selbständige Legenden auf=
genommen hat. Diese Gesetze sind zuweilen in einer für uns befremdlichen
Weise detaillirt, so daß der Vorwurf der Absurdität bisweilen nicht ganz
ungerechtfertigt erscheint. Das dritte Capitel des Wendidad beginnt: „Schöpfer
der beförperten Welten, reiner! was ist zum ersten der Erde am angenehmsten?
Darauf erwiderte Ahuramazda: wenn ein reiner Mensch einhergeht, o reiner
Zarathustra, Opferholz in der Hand, das heilige Zweigbündel (Barsom) in
der Hand, die Tasse und den Mörser (für den Hauma) in der Hand, in
Uebereinstimmung mit dem Gesetz diese Worte sprechend: 'den Mithra mit
weiten Triften will ich anrufen und den Ramachwastra (den Genius, welcher
den Speisen Geschmack gibt)'. Schöpfer! was ist zum zweiten der Erde am
angenehmsten? Darauf erwiderte Ahuramazda: wenn ein reiner Mann sich
eine Wohnung erbaut, versehen mit Feuer, mit Vieh, mit Frau, Kindern
und Herden, und in dieser Wohnung Ueberfluß ist an Vieh, Reinheit, Futter,
Hunden, Frauen, Jünglingen, Feuer und allem was zum guten Leben gehört.
Schöpfer! was ist zum dritten der Erde am angenehmsten? Darauf erwiderte
Ahuramazda: wenn in großer Menge durch Anbau hervorgebracht werden
Getreide, Futter und Frucht tragende Pflanzen; wenn man trocknes Land
bewässert oder allzu feuchtem Lande Wasser entzieht. Schöpfer! was ist zum
vierten der Erde am angenehmsten? Darauf erwiderte Ahuramazda: wenn
in großer Menge Vieh und Zugthiere geboren werden. Schöpfer! was ist zum
fünften der Erde am angenehmsten? Darauf erwiderte Ahuramazda: wenn
Vieh und Zugthiere in großer Menge Urin lassen. Schöpfer! was ist zum
ersten der Erde am unangenehmsten? Darauf erwiderte Ahuramazda: wenn
am Rücken des Arezura (auf dem Berg Demawend, wo die Pforten der
Hölle liegen), o reiner Zarathustra, die Tiws mit den weiblichen Dämonen
aus der Höhle zusammenkommen. Schöpfer! was ist zum zweiten der Erde
am unangenehmsten? Darauf erwiderte Ahuramazda: wenn man todte Hunde
und Menschen in großer Anzahl in sie verscharrt. Schöpfer! was ist zum
dritten der Erde am unangenehmsten? Darauf erwiderte Ahuramazda: wenn

man in großer Anzahl Dachmas (Leichenthürme) aufrichtet, wo man todte
Menschen beisetzt. Schöpfer! was ist zum vierten der Erde am unangenehmsten?
Darauf erwiderte Ahuramazda: wenn in großer Anzahl Höhlen ahrimanischer
Thiere vorhanden sind. Schöpfer! was ist zum fünften der Erde am unangenehmsten? Darauf erwiderte Ahuramazda: wenn man, o reiner Zarathustra, eines reinen Mannes Weib oder Knaben als Beute hinwegführt auf
staubigem, trockenem Wege, und sie erheben ihre weinende Stimme."

Ein Capitel bespricht einen casuistischen Fall, eine unbewußte Sünde:
„Ein Mann stirbt in den Gründen der Thäler; herbei fliegt ein Vogel von
den Höhen der Berge, hin zu den Gründen der Thäler, hin zu dem Körper
des todten Menschen und frißt von ihm; dann fliegt der Vogel wieder auf,
von den Gründen der Thäler zu den Höhen der Berge, hin zu einem Baume
fliegt er von hartem oder weichem Holz; er hat nun diesen Baum bespieen,
bekothet oder (mit Resten des Fleisches) beworfen. Ein Mann kommt von
den Gründen der Thäler hin zu den Höhen der Berge, er geht zu dem Baume,
wo der Vogel saß, Brennholz suchend für das Feuer; er schlägt den Baum
um, zerschneidet ihn, spaltet ihn, er läßt ihn anbrennen im Feuer dem Sohn
des Ahuramazda; was ist dafür die Strafe? Darauf erwiderte Ahuramazda:
kein Stück todtes Fleisch, das von Hunden, Vögeln, Wölfen, Winden oder
Fliegen fortgetragen wird, verunreinigt einen Menschen; würden solche Stücke
todten Fleisches, welche von Hunden, Vögeln, Wölfen, Winden oder Fliegen
fortgetragen werden, die Menschen verunreinigen, so würde bald meine ganze
bekörperte Welt den Wunsch nach Reinheit verlieren, im Zustand fortwähren-
der Versündigung und ein Gefäß schwerer Sünde sein, wegen der Menge der
Leichname, die auf der Erde gestorben sind."

Eine sorgfältige Behandlung erfordert die Geburt eines todten Kindes,
denn der Leib der Mutter wird als durch Todtes verunreinigt betrachtet:
„Schöpfer! wenn in der mazdajasnischen Wohnung eine Frau guter Hoffnung
wird, einen Monat, zwei Monate, drei, vier, fünf, sechs, sieben, acht, neun
und zehn Monate, und dann niederkommt mit einem todten Kind, wie sollen
die Mazdajasnas sich verhalten? Darauf erwiderte Ahuramazda: sie sollen
sie bringen an den Platz, welcher in der mazdajasnischen Wohnung der reinste
und trockenste ist, wo am wenigsten vorüberwandeln Vieh und Zugthiere, das
Feuer des Ahuramazda (Sohn), das heilige Zweigbündel und der reine Mann.
Schöpfer! wie weit vom Feuer, wie weit vom Wasser, wie weit von dem
heiligen Zweigbündel, wie weit von den reinen Menschen? Darauf erwiderte
Ahuramazda: dreißig Schritte vom Feuer, vom Wasser, vom heiligen Zweigbündel, drei Schritte von den reinen Menschen. Dann sollen die Mazda-
jasnas auf der Erde eine Umfriedigung machen, und dahin Speisen und
Kleider bringen. Schöpfer! was für Speise soll die Frau zuerst essen?
Darauf erwiderte Ahuramazda: Asche mit Urin einer Kuh, drei Tropfen oder
sechs oder neun. Sie besprengt damit die Dachmas (Leichenstätten), welche im
Mutterleibe sich befinden; sie genieße dann die heiße Milch von Pferden,

Kühen, Schafen und Ziegen, große und kleine Früchte, gekochtes Fleisch ohne Wasser, reines Getreide ohne Wasser, Wein ohne Wasser. Schöpfer! wie lange soll man warten, wie lange ist zu warten, bis sie Fleisch, Getreide und Wein genießen darf? Darauf erwiderte Ahuramazda: drei Nächte soll man warten, drei Nächte ist zu warten, bis sie Fleisch, Getreide und Wein genießen darf; nach drei Nächten wasche die Frau ihren Leib und ihre Kleidungsstücke mit Urin einer Kuh und Wasser an den neun Löchern (Steinen, welche am Reinigungsort über Löchern liegen); dann ist sie gereinigt."

Ueber die Ausübung der Heilkunde sagt das Gesetzbuch: „Schöpfer! wenn die Mazdajasnas sich zu Aerzten ausbilden wollen, an wem sollen sie sich zuerst versuchen, an den Daivajasnas (Ungläubigen) oder den Mazdajasnas? Darauf erwiderte Ahuramazda: an den Daivajasnas sollen sie sich früher versuchen als an den Mazdajasnas. Wenn einer zum ersten Male an einem Daivajasna schneidet, und dieser stirbt, wenn er zum zweiten Male an einem Daivajasna schneidet, und dieser stirbt, wenn er zum dritten Male an einem Daivajasna schneidet, und dieser stirbt, so ist er unfähig zur Heilkunde für immerdar; nicht sollen die Mazdajasnas weitere Versuche zum Erlernen der Heilkunde machen, nicht soll einer an Mazdajasnas schneiden und sie schneidend verwunden; wenn sie (gleichwohl) nachher an Mazdajasnas Versuche zur Erlernung der Heilkunde machen und an Mazdajasnas schneiden und sie schneidend verwunden, so sollen sie die Wunde des Verwundeten büßen mit der Strafe des Baodhovarsta (der wissentlich begangenen Sünde). Wenn einer zum ersten Male an einem Daivajasna schneidet, und dieser kommt davon, wenn er zum zweiten Male an einem Daivajasna schneidet, und dieser kommt davon, wenn er zum dritten Male an einem Daivajasna schneidet, und dieser kommt davon, so ist er fähig für immerdar; nach Belieben soll er an den Mazdajasnas Versuche ärztlicher Behandlung machen, nach Belieben schneide er an Mazdajasnas, nach Belieben heile er durch Schneiden. Einen Priester heile er für ein frommes Gebet, den Hausherrn für den Preis eines kleinen Zugthieres, den Herrn des Geschlechtes für den Preis eines mittleren Zugthieres, den Herrn des Stammes für den Preis eines vorzüglichen Zugthieres, den Herrn der Provinz heile er für den Preis eines vierspännigen Wagens; wenn er zum ersten Mal die Frau des Hauses heilt, so ist eine Eselin sein Lohn, wenn er die Frau des Herrn des Geschlechtes heilt, so ist eine Kuh sein Lohn, wenn er die Frau des Herrn des Stammes heilt, so ist eine Stute sein Lohn', wenn er die Frau des Herrn der Provinz heilt, so ist eine Kameelin sein Lohn; einen Knaben aus dem Geschlechte heile er für den Preis eines großen Zugthieres, ein großes Zugthier heile er für den Preis eines mittleren Zugthieres, ein mittleres Zugthier heile er für den Preis eines kleinen Zugthieres, ein kleines Zugthier heile er für den Preis eines Stücks Kleinvieh, ein Stück Kleinvieh um den Preis von Futter. Wenn viele Aerzte concurriren, o reiner Zarathustra, Messerärzte (Chirurgen), Kräuterärzte und Wortärzte (welche durch Recitation des Avesta heilen), so

möge man zu dem gehen, welcher mit dem heiligen Worte heilt, denn der
mit dem heiligen Worte heilende ist der Aerzte bester Arzt, weil er zum
Wachsthum des reinen Menschen heilt (auch die Seele gesund macht)."

Ein Capitel enthält eine genaue Beschreibung der Reinigungsceremonie
für Menschen, welche mit etwas Todtem in Berührung gekommen sind; es
wird dabei bezweckt, das Leichengespenst, die Fliege, von dem Verunreinigten
wegzubannen, der an einem ganz trockenen, pflanzenlosen Ort stehen muß und
noch durch gezogene Furchen symbolisch von der übrigen Welt abgeschlossen
wird. Mehrere Capitel befassen sich mit der Behandlung der Hunde und
einiger zum Hundegeschlecht gehöriger Thiere; so wird u. A. der Igel, den
der Unverstand als schädliches Thier auffaßt, als ein so nützliches (heiliges)
Thier bezeichnet, daß der, welcher ihn tödtet, seine Seligkeit gefährdet.

Eine sehr umständliche Behandlung wird einem Sterbefall zu Theil.
Da man die Ansicht hegt, daß der Tod ein Sieg des Bösen über die gute
Schöpfung ist, so wird durch einen Leichnam Alles, was mit ihm in Berührung kommt, befleckt; folgerichtig schloß man dagegen, daß die Tödtung
eines Bösen, also namentlich die Erlegung wilder Thiere — die Tödtung
andersgläubiger Menschen hat die Zoroastrische Religion nicht geboten — verdienstlich sei und keine Befleckung verursache. In der Fliege, welche sich nach
dem Geruch todten Fleisches zieht, sah man das Leichengespenst, einen weiblichen Dämon, der im Namen Ahrimans von der Leiche Besitz nimmt; durch
sorgfältige Recitation von Gebeten wird die Fliege verscheucht, und der Leichnam den Geiern, den Vögeln des Ahuramazda, vorgesetzt. Herodot erzählt,
daß Darius durch ein Thor von Babel nicht gefahren sei, weil über dem
Thor die Leiche der Königin Nitokris in einem von ihr selbst errichteten
Grabmal gelegen habe. Es kam darauf an, die Befleckung durch einen Leichnam möglichst aufzuheben, namentlich von der heiligen Erde fernzuhalten.
Entfernt von menschlichen Wohnungen, an einem trockenen pflanzenleeren Ort,
wird ein rundes, thurmähnliches Gebäude errichtet, dessen Name Dachma
auf eine uralte Feuerbestattung der alten Iranier hinweist (die Wurzel dieses
Wortes bedeutet brennen). Es wird mit einer Schnur umwickelt, welche andeutet, daß das Gebäude in der Luft schweben soll; auf diesem Thurm sind
Vertiefungen eingerichtet, die man mit harziger Substanz ausfüttert, weil diese
die Feuchtigkeit nicht in das Innere eindringen läßt, und in welche die Leichen
gelegt werden, um den Geiern und reißenden Thieren als Aßung zu dienen.
Der Weg, über welchen die Leiche getragen wurde, gewinnt dadurch seine
Reinheit wieder, daß man einen gelben oder weißen Hund mit zwei Flecken
über den Augen einherführt; der Hund, nächst dem Vieh das wichtigste und
darum heilige Thier eines Hirtenhaushaltes, vertreibt die Dämonen, d. h. die
Vögel und Insecten, welche einen Leichnam gewittert haben. Der Hund
übernimmt auch in andern Religionen die Rolle eines Begleiters der Todten,
weil man den Wind, der die Schatten der Abgeschiedenen auf seinen Fittichen
ins Jenseits entführt, in der mythologischen Bildersprache als Hund bezeichnet;

auch der ägyptische Mumiengott Anubis hat ein hundartiges Thier, den Schakal, oder wird mit einem Schakalkopf abgebildet, ja der Schakal oder Hund hält die sitzende Mumie zwischen den Vorderpranken. Die Armenier kennen eine Art Genien, welche von Hunden abstammen und welche eine Leiche durch Belecken ins Leben zurückbringen können. Auch der griechische Hermeias ist ursprünglich ein Windgott und führt die Seele zum Hades. Die Aussetzung der Todten, welche das Avesta vorschreibt, war keineswegs überall in Iran gebräuchlich; in Arachosien wurden die Leichen begraben, in Tschachra (Ghazna) verbrannt; in der Persis war von alten Zeiten her die ursprünglich hamitische Beisetzung der in Wachs oder Mumie gebetteten Leiche in Felsgrüften oder steinernen Grabgebäuden in Uebung. Die Parther hatten eine mit der persischen insofern ähnliche Sitte der Bestattung, als auch sie Särge in Anwendung brachten, welche ganz eigenthümlicher Art sind und an die Mumientisten erinnern. Die Leiche wurde in den außen grün, innen blau glasirten irdenen Sarg hineingeschoben und sodann der ovale Deckel mit feinem Cement befestigt; am untern Ende haben diese Särge eine Oeffnung für das Entweichen der Gase. Solche irdene Särge hat man in großer Menge in Warka (dem alten Erech in Chaldäa) entdeckt, wo sie theils in Gewölben,

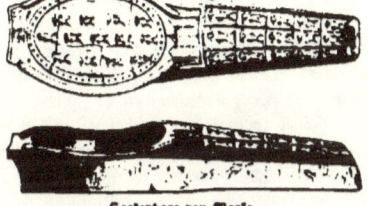

Sarkophage von Warka.

theils frei auf der Erde stehen, und zwar viele übereinander, nur durch eine Lage Sand getrennt. Zuweilen hat man Goldplättchen am Gesicht befestigt oder die Seiten des Kopfes mit Goldborten verziert; in den Gewölben finden sich Schmucksachen, irdene Lampen, Trinkgefäße. Auf der Spitze eines Sarges fand der Engländer Loftus sieben verschieden gefärbte Glasgefäße, knöcherne Dolche, eine verglaste Terracottalampe, Vogelknochen, Reste eines Blumenstraußes, einen Korb mit zwei Stücken Kohl oder schwarzer Augenschminke. Auch Hausgötter von gebranntem Thon und die Statue eines liegenden parthischen Kriegers fand Loftus. Die Entdeckung dieser parthischen Gräber lehrt einmal, daß die babylonischen Todtenstädte auch zur Zeit der Parther ihre Heiligkeit bewahrten, wie denn noch heute bemittelte Perser ihre Todten nach Kerbela, westlich von Babel, transportiren; ferner aber, daß die Parther sich in der Bestattungsweise nach dem Vorgang der Babylonier richteten, denn auch diese haben ihre Leichen in Thongefäßen beigesetzt, welche allerdings von anderer Gestalt als die parthischen sind; in ihrer Heimath haben jedoch die Parther ihre Todten nach Zoroastrischem Ritus auf Dachmas ausgesetzt, später auch nach griechischer Sitte verbrannt; endlich, daß auch die Parther eine Art von Fortexistenz des Leibes nach dem Tod glaubten; denn die Lampen sollten dem Verstorbenen den Weg ins Jenseits erhellen, die mitgegebenen Speisen und Getränke seine Nahrung bilden. Es ist der alte Glaube der hamitischen Völker, dem hier die Iranier gleichfalls huldigen, daß der Verstorbene schattenhaft fortexistire und daß die Auferstehung oder wenigstens das Gelangen in ein seliges Jenseits von der Erhaltung des Leich= nams abhängig sei. Bei den roheren Stämmen Irans giebt es noch andere Arten, Todte aus dem Wege zu räumen; die Derbiker schlachteten nach Strabos Bericht Greise, welche das 70. Jahr zurückgelegt hatten, und die nächsten Verwandten aßen deren Fleisch; zu alten Weibern hatten sie keinen Appetit, denn diese wurden aufgehängt und dann begraben; auch wer vor dem 70. Jahre starb, wurde nicht verspeist, sondern bestattet. Auch die Massageten hielten es für ein Glück, zugleich mit Hammelfleisch zerhackt aufgegessen zu werden, und Firdusi nennt den Kafur von Bidab (nördlich von Sogd) einen Menschenfresser. Daß wirklich Cannibalismus hie und da in Schwung war, scheint auch das Avesta zu bestätigen, denn es heißt im Vendidad: „Schöpfer! können die Menschen rein werden, o reiner Ahuramazda, welche von der Leiche eines Hundes oder eines gestorbenen Menschen gegessen haben? Darauf erwiderte Ahuramazda: sie können nicht wieder rein werden, o reiner Zarathustra; diese Menschen soll man lebendig begraben (?) und ihnen das Herz ausschneiden (?), diese Menschen soll man blenden (?); auf ihre Nägel springt das Leichengespenst, und sie sind fürderhin unrein immer und ewig." Die Kaspier hatten die Zoroastrische Sitte, die Todten aus= zusetzen, jedoch hungerten sie Greise von 70 Jahren vorher zu Tode. Gewiß gab das nomadische Leben Veranlassung zu dieser unmenschlichen Sitte, die wegen ihrer Schwachheit das Fortschreiten des Wanderstammes hemmenden Menschen zu beseitigen; daß man sie noch obendrein aß, wird aus dem meisten= theils mit der Menschenfresserei in Verbindung stehenden religiösen Wahne zusammenhängen, daß man mit dem Fleisch und Blut auch die Seele und die moralischen Eigenschaften des Todten in sich aufnehme. Nach dem Be= richt eines arabischen Reisenden des 12. Jahrhunderts übergaben die Ku= bâtschi bei Derbend den Todten Männern in unterirdischen Häusern; diese zerschnitten die Glieder, reinigten die Gebeine vom Fleisch und überlieferten das letztere den Raben zum Fraß; sie stellten sich mit Bogen dabei, um andere Vögel abzuwehren; ist der Leichnam ein weiblicher, so besorgen Frauen in den unterirdischen Häusern das Geschäft und überliefern das Fleisch den Geiern, indem sie dabeistehn und andere Vögel mit Messern abwehren.

Ueber das Schicksal der Seele nach dem Tode lehrt das Avesta (auch die muhammedanische Lehre stimmt damit überein), daß dieselbe drei Nächte lang in der Nähe des Kopfes sich aufhält, wie das ägyptische Ba in Gestalt eines Vogels mit Menschenhaupt über der Mumie schwebt. Sie betet, und die Thaten, welche sie vermittelst des leblosen Körpers verrichtet hat, erscheinen ihr, und verursachen ihr Angst, wenn sie böse, aber frohe Hoff= nung, wenn sie fromm gewesen sind. Alsdann naht sie sich der Scheidungs= brücke zwischen Zeit und Ewigkeit, welche scharf wie ein Schwert ist, über

welche die gottlose Seele in den Abgrund gleitet, die fromme aber, nachdem
sie von den Richtern des Jenseits würdig befunden ist, leicht hinschwebend
an den Ort der Seligkeit gelangt. Da man Gewißheit über den Spruch
der Richter zu erlangen wünschte, so befragte man ein Orakel, dessen Vorkommen zwar im Alterthum nicht bezeugt ist, welches aber die Kennzeichen
Zoroastrischer Herkunft an sich trägt. Ein Reisender des 17. Jahrhunderts
erzählt, daß man in Gebrabad (d. i. Wohnsitz von Zoroastriern), einer
Vorstadt von Ispahan, den Todten im Leichenschmuck an der Mauer des
Begräbnißplatzes mittelst einer unter das Kinn angelegten gabelförmigen
Stange aufrichtet und dann beobachtet, ob ein Rabe oder ein Raubvogel
zuerst nach dem rechten oder nach dem linken Auge picke; im erstern Falle
wird angenommen, daß die Seele ins Paradies gelangt, im andern, daß
sie verdammt sei; der Körper wird demgemäß entweder mit Pomp bestattet
oder mit dem Kopf voran in die Grube geschleudert. Auch der Leib ist
nicht auf ewig der Vernichtung anheimgefallen; wie Gott das Saamenkorn
hervorkommen und wachsen läßt, so wird er auch die Bestandtheile des Leibes
von den Geistern der Erde, des Wassers, der Pflanzen und des Feuers
zurückfordern und die Leiber werden da auferstehen, wo ihre Seele einst
von ihnen gegangen ist. Ein Prophet aus dem Stamme des Zarathustra,
ein Heiland, den eine Jungfrau auf übernatürliche Weise gebiert, wird
erstehen und die Auferstehung bewirken helfen. Ein zweites Gericht ergeht
dann auch über die Leiber, aber wenn die der Gottlosen für ihre Sünden
eine kurze Zeit, die ihnen allerdings lang wie die Ewigkeit erscheint, gestraft
worden sind, wird Gott alle Leiber mit ihren Seelen vereinigen; alles was
auf Erden gelebt hat, erhebt seine Stimme zu einem Lobgesang, und Gott
selbst wird als Priester mit einem Opfer die Herstellung einer heiligen Welt
besiegeln, in welcher keine Hölle und kein Tod sein wird.

In der Religionsgeschichte bemerkt man oft eine rückläufige Bewegung
der Vorstellungen von der Gottheit. Es giebt eine Periode, wo durch die
Bemühungen der Gottesgelehrten der Begriff der Gottheit sehr geläutert
erscheint, wo die Ueberreste des ältern Polytheismus durch Umbildung der
Götter in Heroen oder in Attribute des alleinigen Gottes beseitigt werden;
wenn dieser Höhepunkt erreicht ist, so verkörpern sich nach und nach wieder
die abstracten Eigenschaften oder Thätigkeiten der Gottheit zu Heiligen, zu
Engeln, zu Göttern, und es bevölkern wieder Gestalten der Mythologie den
Himmel, der bis dahin in erhabener Leere nur von dem Hauch des All-
mächtigen erfüllt war. Das Volk, dem die ausgebildetere Lehre der persischen
Priester so gut fremd war, wie den christlichen Völkern die theologische
Dogmatik, ja in noch höherem Grade, da man Religionsunterricht nicht
kannte, wendet seine Verehrung von der in ihrer Unendlichkeit unfaßbaren
Gottheit ab und den mehr untergeordneten Geistern zu, so daß dem Außen-
stehenden gerade solche Götter, wie der persische Mithra, die Anahita, die
Sonne als die größten des Pantheons erscheinen. Die ältesten Theile des

Avesta, die Gathas oder Lieder, bekunden eine sehr vorgerückte religiöse Anschauung; Ahuramazda, in ewigem Licht thronend, durch das heilige Wort, den Erstling alles Geschaffenen, die Welt ins Dasein rufend, hat keine andern Götter neben sich; die religiöse Sprache indeß, noch intuitiv, nicht abstract, spricht anthropomorphisch von seinen Eigenschaften und Thätigkeiten als von Söhnen, Töchtern oder Dienern, und hier knüpft die weitere, dem alten Polytheismus wieder Raum gebende Entwicklung an, um die höchste Gottheit mit wesensgleichen, wenn auch untergeordneten Gestalten der Mythologie zu umgeben. So stehen um Ahuramazda die sechs obersten Engel oder Amschaspand, und diesen folgen die als Jzed (Jazata) bezeichneten Genien (den hebräischen Elohim entsprechend) des Feuers, Wassers, Windes, die Sonne, der Siriusstern, der Srauscha oder die Verkörperung des heiligen Wortes, noch bei Firdusi der Ueberbringer göttlicher Botschaften, Raschnu, der Genius der Wahrheit, welcher mit Srauscha und Mithra die Seelen der Todten richtet, die gute Reinheit, die Aufrichtigkeit, Werethragna der Genius des Sieges. Der letztere muß bei einem kriegerischen Volke, wie die Perser, große Verehrung genossen haben. Im Avesta ist ihm ein längeres Opfergebet gewidmet; er wird darin als Stier, Roß, Kameel, Eber, fünfzehnjähriger Jüngling, heiliger Vogel, Widder, Bock und gerüsteter Mann dargestellt. Im Schahnameh vollzieht Rustam einen Zauber mit einer Feder des Vogels Simurg, um den Sieg über Jsfendiar zu erhalten, und auf diese Art Federzauber ist bereits in jenem Opfergebet angespielt. Tacitus erzählt, daß Gotarzes († 51 nach Chr.) am Berge Sanbulos (heute Sunbulah südlich von Holwan) den Gottheiten des Ortes geopfert habe. Die Priester rüsteten zu bestimmten von Herkules angedeuteten Zeitpunkten neben dem Tempel Jagdrosse mit Pfeiltöchern aus; die Rosse liefen dann durch den Wald und kehrten mit leeren Köchern zurück; nach des Gottes Andeutungen fanden die Priester das von ihm mit den Pfeilen erlegte Wildbret im Walde zerstreut. Dieser von den Parthern angebetete Jagdgott war wohl Werethragna, bei den Armeniern Wahagn, oder sein assyrischer Vorfahr Adar-Samban, und die babylonischen Ziegelsteine, welche man an jener Stelle findet, deuten auf ein hohes Alter dieses Cultus.

Ein Jzed ist auch Mithra, das Licht, welches schon vor Aufgang der Sonne die Welt aufhellt, welches bis in die entferntesten Winkel der Erde leuchtet und das verborgene Böse ans Licht bringt. Mithra, der wie Helios alles sieht und hört, ist der Genius der Verträge und Schwüre, er wird zum Beaufsichtiger und Herrscher der Welt. Mithra heißt der Vermittler, er vermittelt das geschaffene Licht mit dem ewigen Licht des Ormazd, den Verkehr der Menschen mit der Gottheit. Wie nun Mithra als Lichtgott der Sonne nahe steht, so wird er später mit dieser selbst identificirt; auf den indoscythischen Münzen (aus den beiden Jahrhunderten vor und nach Chr. Geb.) erscheint er bereits mit dem aus der griechischen Bildnerei entlehnten Nimbus der Sonne, und vollends unter den Sasaniden sehen wir

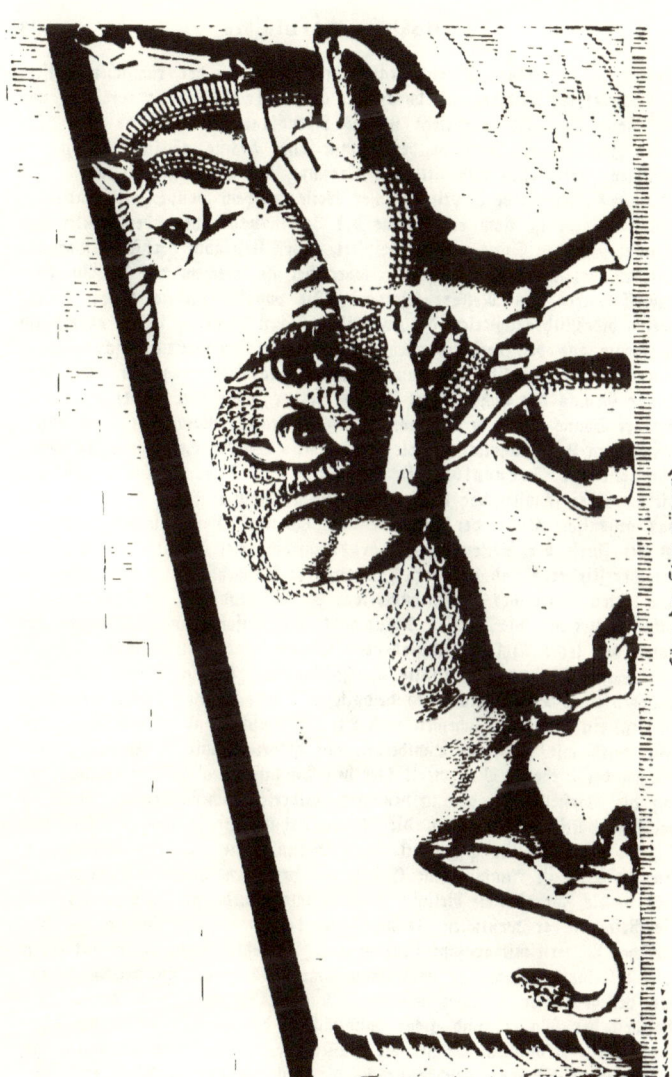

Löwe den Stier würgend.

ihn mit einem großen Strahlenkranz abgebildet. In der römischen Kaiser=
zeit scheint der Mithradienst durch eine chaldäische Umbildung verändert und
mit ägyptischen Ideen versetzt in das Abendland gedrungen zu sein. In
jener Zeit glaubte man in der Sonne eine höchste göttliche Macht der
geistigen, natürlichen und sittlichen Ordnung der Dinge zu erblicken. Der
römische Kaiser wurde in orientalischer Weise mit dem Sonnengott identificirt,
und es wurde in Rom ein Cultus des Sol invictus, des über Winter und
Dunkel siegenden Sonnengottes, gestiftet, dessen Fest nach persischem Vorgang
auf den kürzesten Tag, den 25. December, fiel, an welchem auch die Phönikier
das Erwachen des Melkart feierten. Die populäre Form dieses Cultus
waren die Mithramysterien, die zwar altpersischen Ursprung haben, aber durch
Elemente aus den verschiedensten Religionen des römischen Reiches, durch
Ascetik und Symbolik einen ganz besondern Charakter annahmen. Als sieg=
hafter Genius des Lichts tödtet Mithra in der Höhle (der Welt) den Stier,
die der Sonne und dem Licht widerstrebende irdische Natur mit ihrer frucht=
bringenden Kraft, ähnlich wie die Siegesgöttin der Griechen den Stier tödtet,
oder wie der Sonnenlöwe in Persepolis den Stier erwürgt; und mit
diesem Stier schmilzt der Urstier des Avesta zusammen, mit dessen Sterben
das organische Leben der Pflanzen und Thierwelt sich entfaltete. Mithra
ist der Fürst der Seelen, welche er durch die zwei Umläufe am Himmel,
den der Firsterne und den der Planeten, zur Unsterblichkeit führt. Noch in
den letzten Zeiten des Heidenthums war der Mithradienst, der bereits christ=
liche Mysterien, wie Taufe, Abendmahl und Auferstehung sich angeeignet
hatte, das letzte Asyl des absterbenden Glaubens der antiken Welt.

Schon Mithra, eine uralte arische Gottheit, hat im Avesta ganz das
Ansehen eines Bewohners eines heidnischen Olymps; seine Erscheinung, weit
entfernt ein abstracter Schemen nach Art der Amschaspand in den Gathas zu
sein, wird wie die eines Lichthelden auf goldenem mit Rossen bespannten
Wagen beschrieben. Man merkt hier den Einfluß der assyrischen Götterbilder
auf die Vorstellungen der ursprünglich bilderfeindlichen Perser. Vollends
bei der Göttin Anahita ist die Menschenähnlichkeit so handgreiflich, daß
sogleich die Vermuthung auftritt, diese Göttin könne nicht echt persisch sein.
In der That ist Anahita eine Gestalt des persischen Pantheons, welche erst
spät in die Zoroastrische Religion aufgenommen wurde, als diese bereits auch
die Religion der westlichen Iranier geworden war. Sie ist die von den
syrischen Völkern mit ausschweifendem Cultus verehrte Naturgöttin, mit deren
Dienst Tempel und Bilder nach Iran kamen, wo vorher nur Kammern für
das heilige Feuer errichtet wurden. Anahita ist nach dem Avesta eine
Gottheit des Wassers, und zwar hauptsächlich der Genius der himmlischen
Wasserquelle Ardvisura, welcher die Wasser der Erde entströmen. Durch das
heilbringende Wasser, welches sie in die Flüssigkeiten der Welt entsendet,
befördert sie die Fruchtbarkeit nicht nur der Erde, sondern auch der Menschen,
oder wie das Avesta sich ausdrückt, sie reinigt die Frucht und gibt gesunde

Milch. Den Dienst der Anahita versahen nicht die zoroastischen Feuerpriester, sondern den Persern ursprünglich fremde Priesterinnen und Tempeldienerinnen. Das Opfergebet der Anahita gibt eine Beschreibung der Göttin, welche zweifellos den Tempelbildern entlehnt ist: sie trägt einen golddurchwirkten Schleier, in der Hand hält sie ein Bündel Zweige (wie die ägyptische Ken Lotosstengel), sie trägt Ohrgehänge, Halsgeschmeide und Diadem; die Mitte

Anahita.

ihres Leibes ist gegürtet unter den starken Brüsten; ihre Kleider sind von Fellen der am höchsten geachteten Wasserthiere, der Biber, verfertigt, ihr Wagen ist mit weißen Zugthieren (wahrscheinlich Kühen) bespannt. Ihr Cultus bestand in einem großartigen Tempel- und Bilderdienst, wobei Hierodulen und Orgien, Kennzeichen semitischer Religion, eine Rolle spielten; doch haben die Perser den Priesterinnen der Anahita ein reines Leben zur Pflicht gemacht. Herodot kennt ihren Cultus bereits im persischen Reich als einen aus der Fremde eingeführten; er bestand demnach schon in Medien und Armenien; nach Berosos wurde er erst von Artaxerxes II. (404—361) eingeführt; namentlich in Armenien wurde die Göttin eifrig verehrt, wo eine ganze Landschaft wegen der Menge ihrer Tempel von ihr den Namen Anaitis hatte. Eine Inschrift des Artaxerxes II. in Susa berichtet, daß dieser König in einem Tempel, der von Darius erbaut und von seinem Großvater Artaxerxes I. erweitert worden sei, die Bilder der Anahita und des Mithra aufgestellt habe. Es ist dies ohne Zweifel die Nachricht von der ersten Einführung und königlichen Sanctionirung ihres Cultus in Iran. Wir besitzen von mehreren Anahitatempeln in Iran theils Nachrichten, theils auch noch vorhandene Ruinen; Artaxerxes errichtete der Anahita außer in Susa auch in Ekbatana und Baktra Tempel. Den erstern, in welchem Aspasia, die Geliebte des jüngern Kyros, als Priesterin angestellt war, beschreibt Polybios und berichtet, daß Antiochos den kostbaren Schmuck dieses Tempels an Gold und Silber geraubt und zu Geld gemacht habe. Ein anderer Tempel in Elymais, d. h. nach Rawlinsons Vermuthung die Ruine im Thale von Beitawend, reizte die Habgier des Antiochos Epiphanes; er wurde aber von den Eingebornen zurückgehalten und wurde für den beabsichtigten Tempelraub von der Gottheit mit Wahnsinn bestraft und starb zu Tabae. Der Tempel von Konkobar ist noch heute als großartige Ruine vorhanden. Er steht auf einer Terrasse, die 640 Fuß lang und 544 Fuß breit ist; er war von einer Säulengallerie von 44 Fuß Breite umgeben; es stehen nur noch 7 Säulen an der nordwestlichen Ecke; der Tempel war ein Dipteros zu 10 Säulen an den Schmalseiten, und mit einem Porticus von 4 Säulenreihen. Der Stil ist griechisch-persisch; der Zahnschnitt des Architravs ist derselbe wie an den Grüften zu Persepolis. Der Tempel scheint dem großen Tempel zu Palmyra nachgebildet zu sein.

Wir sahen schon, daß die Zoroastrische Religion auch in Armenien sich ausbreitete, allerdings nicht schon unter Darius oder den Achämeniden, sondern erst unter den Parthern, welche hier eine arsacidische Dynastie stifteten. Die Anahit war schon früh von Syrien und Kleinasien aus eingewandert. Wir haben aber Nachrichten von einer Reihe göttlicher Wesen, welche nicht persisch, sondern echt armenisch waren, jedoch nicht aus der alten alarodischen Religion stammten, über die wir früher einiges erfahren haben. Neben der Anahit hatten die Armenier noch die Sterngöttin Astlik, welche der assyrischen Istar und der griechischen Aphrodite entspricht, sowie die Nane, welche die Schriftsteller mit der Athene vergleichen, bisweilen auch nur als eine Form der Astlik auffassen, wie auch die Nanaea in Babylonien und Susiana mit der Anahita identificirt worden zu sein scheint. Assyrisch sind die Götter Barscham, ein Kriegsgott, und Tir, der als Gott der Orakel und Priesterweisheit dem babylonischen Nebo und griechischen Hermes gleicht. Das Licht offenbarte sich in zwei Formen, Aregaku (Auge der Sonne), der in unmittelbarer Beziehung zu Areb, dem Sonnengott stand, und dem Lusin (Mond), welche vereinigt in einem großen Tempel in Armavir verehrt wurden. Der Gott Amanor (neues Jahr) war der Beschützer der Früchte und wurde in Bagavan in der Provinz Ararat verehrt, wo auch ein berühmter Tempel des ewigen Feuers stand. Unter Valarsat (150 vor Chr.) kamen mit einer indischen Kolonie zwei indische Götter nach Armenien, welche in Taron kupferne Bilder hatten und die Götterbrüder genannt wurden. Ihr Cultus bestand bis zum Beginn des 4. Jahrh. Nicht lange nachher (114 vor Chr.) kamen auch griechische Gottheiten sammt griechischen Priestern aus Kleinasien nach der Residenz der Könige.

Außer den großen Göttern werden noch Dämonen oder Geister namhaft gemacht, die Parik, Juschkaparik, Vai, Hambaru, Aralez und Katsch; von den erstern weiß man nicht mehr als die Namen, die beiden letzten sind deutlicher; die Aralez sind die Hundsgötter, welche wir bereits erwähnt haben, die Katsch oder Tapfern sind eine Art von guten Geistern, welche im Gegensatz zu den Diws stehn. Unter den Halbgöttern nimmt der armenische Herakles Wahagn (persisch Werethragna) den ersten Rang ein; er war nach der Sage ein Sohn Tigrans I., des Verbündeten des Kyros. Man sang zum Bambir Lieder auf ihn, von denen Mose von Chorene einige Verse aufbewahrt hat: „Himmel und Erde waren in Geburtswehen, das purpurne Meer war im Kreißen, das Meer gebar ein kleines rothes Rohr, aus dem Stengel des Rohres stieg ein Rauch auf, aus dem Stengel des Rohres brach eine Flamme aus, aus der Flamme erhob sich ein Kind, das Kind hatte feuriges Haar, einen Bart von Feuer, und seine Augen waren zwei Sonnen." Dieser vergötterte Heros hatte seinen Haupttempel in Aschtischat am Euphrat in der Provinz Taron. Das Heiligthum war angefüllt von Gold, Silber und Weihgeschenken, und die Könige pflegten hier zu opfern.

Nachdem Darius eine Reihe von Jahren dem Reich den Genuß des Friedens gegönnt hatte, füllte er die letzte Zeit seiner Regierung (von 508 an) mit kriegerischen Unternehmungen aus, theils um auf dem Wege, auf welchem seine Vorfahren Lorbeeren erworben hatten, fortzuschreiten, theils, weil er bedachte, daß für eine Nation wie die Perser der Krieg und die Eroberung zur Erhaltung der Spannkraft und zur Fernhaltung von Erschlaffung im Genuß der erstrittnen Reichthümer nothwendig seien. Die Blicke des Darius richteten sich nach den westlichen und östlichen Grenzen, nach Indien und Europa. In Indien hatte bereits Kyros die Gandarer südlich vom Kabulfluß unterworfen, Darius machte auch die der Stadt Kaspapyros (Torbela) benachbarten hoch im Gebirge wohnenden Daraba tributpflichtig, welche nördlich von den Indusquellen auf der wüsten Hochfläche von Nari Chorsum das von den Murmelthieren ausgescharrte Gold holten; ferner die Paktyer im Industhal, die Vorfahren der Pachtu oder Afghanen.

Am andern Ende des Reiches, in Kyrenaika, einer von dorischen Kolonisten besetzten Landschaft, welche bereits dem Kambyses Geschenke übersandt hatte, wurde der König Arkesilaos in Folge von Unruhen verjagt, durch eine Flotte von Samos aber zurückgeführt; die Hinrichtung und Verbannung, welche er über die Aufrührer verhängte, kostete ihn selbst das Leben, und seine Mutter Pheretime veranlaßte den Satrapen von Aegypten, Aryandes, unter dem Vorgeben, ihr Sohn sei wegen Begünstigung der Perser gefallen, sie mit einer Armee zu unterstützen. Die Perser nahmen die Stadt ein, die Feinde des Arkesilaos wurden umgebracht und die Bewohner nach Baktrien deportirt. Das Land unterwarf sich den Persern, und auch Karthago, dessen Mutterland Phönikien dem Darius bereits gehorchte, übersendete zur Abwehr eines Angriffs Tribut, den es eine Reihe von Jahren entrichtete. Jener Aryandes wurde später der Rebellion verdächtig, indem er ohne Erlaubniß des Königs Silbermünzen mit seinem Namen prägen ließ, was als Streben nach Souveränetät galt und mit dem Tode bestraft wurde.

In Europa war die Bezwingung der Scythen geplant. Wenn wir uns erinnern, daß Darius durch ein sidonisches Schiff unter der Führung des Demokedes von Kroton (des Leibarztes des Polykrates, der bei dessen unglücklichem Ende in die Hände der Perser gefallen und durch die Heilung einer Fußverrenkung des Darius und eines Brustgeschwürs der Atossa zu großen Ehren gelangt war) die griechischen Küsten erforschen ließ, daß er später wirklich Griechenland angriff, so liegt die Vermuthung nahe, daß der Feldzug gegen die Scythen nur eine Vorbereitung für den gegen das griechische Festland war. Zunächst mußte man Thrakien in der Gewalt haben, weil dieses Land das Verbindungsglied Asiens und Griechenlands war; um aber Thrakien für die Perser frei zu halten, war eine Besiegung und dauernde Fernhaltung der Scythen nothwendig, welche von jeher durch ihre Einbrüche gefährlich waren. Mit der Besiegung der Völker an der Nordküste des

schwarzen Meeres fielen zugleich die griechischen Kolonien daselbst in die
Hände der Perser, woburch es möglich wurde, den Griechen die Zufuhr von
Getreide aus den russischen Ebenen abzuschneiden, sowie die Handelswege zu
beherrschen, die von da in das innere Asien führten.

Unter dem Namen Scythen (Sata) begriff man alle die nomadischen
Völker nördlich vom schwarzen Meer, vom Kaukasus und in Turkistan; viele
derselben sind sogenannter turanischer Abkunft, d. h. Türken und Finnen;
viele aber, namentlich im europäischen Rußland, waren nahe verwandt mit
den Jraniern, wie u. a. die zahlreichen Eigennamen ihrer Fürsten beweisen,
welche oft ganz persisch sind. Die Religion dieser Scythen ist eine alte arische
Naturreligion; sie verehrten das heilige Feuer (Tabiti), die Erde (Apia),
den Sonnengott Oitosyros, den Himmelsgott Papaios, die Aphrodite Artim-
pasa und den Meergott Thamimasabas. Sie opferten ihnen, aber Tempel
errichteten sie nur dem Kriegsgott, und zwar bestand ein solcher aus Holz-
scheiten, die einen Haufen von 3 Stadien Länge und Breite bildeten; auf
diesem Haufen war eine Terrasse angebracht mit einer geneigten Seite zum
Ersteigen, und oben auf der Terrasse war der Gott in Gestalt eines Schwertes aufgepflanzt, wie dies bei den Alanen und den deutschen Quaden der
Fall war. Das Schwert erhielt Opfer von Schafen und Rossen, sowie von
Kriegsgefangenen, deren Blut in einem Gefäß aufgefangen und an das Schwert
gespritzt wurde. Die Sitten der Scythen waren wild; wer nach der Schlacht
nicht den Kopf eines Feindes dem König vorlegen konnte, hatte keinen An-
theil an der Beute; sie tranken das Blut des ersten von ihnen erlegten
Menschen; sie skalpirten den getödteten und verzierten mit der geglätteten
Kopfhaut die Zügel des Rosses; viele hatten Röcke und Pferdedecken aus
Menschenhäuten und überzogen ihre Köcher mit Häuten menschlicher Hände;
die Schädel schweiften sie in Silber und tranken daraus, und erzählten beim
Gelage die Geschichte des Feindes, der diesen Schädel bei Lebzeiten getragen
hatte. Jhre Eide bekräftigten sie durch einen Trunk Wein, in welchen sie
ihr eignes Blut hatten träufeln lassen und nachdem sie Schwert, Pfeile, Axt
und Spieß in die Mischung eingetaucht hatten. Die Leichen der Könige
wurden mit Wohlgerüchen ausgefüllt und auf ein Gerüst von Zweigen gelegt;
ringsum stellten sie 50 ausgestopfte Rosse auf und setzten auf jedes einen er-
drosselten Jüngling, indem sie Roß und Reiter mit Stangen zum Stehen brachten.

Im Innern des Scythenlandes wohnten seßhafte Stämme wie die slavischen
Budini in der Gegend von Woronetz, die in Holzstädten lebten, und welchen
Herodot blonde Haare und blaue Augen beilegt, und die vielleicht keltischen
Neuren im Flußgebiet des oberen Bug (Hypanis) und Dniepr (Borysthenes);
weiter nach Süden die aderbauenden Scythen, welche eigentlich Slaven waren,
aber von den Scythen als Leibeigene zur Bestellung des Landes gebraucht
wurden. Die Kimmerier, welche schon früher erwähnt worden sind,
wohnten an der Nordküste des schwarzen Meeres, wo sie bereits in der
Odyssee erwähnt werden; sie setzten nach Kleinasien über und haben längere

Zeit in Kappadokien geherrscht. Der vornehmste Stamm der Scythen, welcher die übrigen unter seiner Hegemonie vereinigte, waren die königlichen Scythen oder Skoloten zwischen dem Nordufer des Asow'schen Meeres und dem Dniepr, in dessen oberem Gebiete Gerrhos (an den Stromschnellen des Flusses) die Gräber der Könige lagen. Jenseits des Don (Tanais) dehnte sich nördlich vom Kaukasus das Gebiet der mit den Scythen verwandten Sauromaten aus, deren Weiber in der Schlacht mit kämpften, und welche sich später (um 100 v. Chr.) westwärts in das Gebiet der Scythen verzogen, so daß die Römer das Scythenland überhaupt Sarmatia nannten; mit ihnen verwandt waren die in römischer Zeit bekannt werdenden Völker der Alanen (in der Gegend von Wladikawkas), Rogolanen (am unteren Dniepr und Bug) und Jazygen (zwischen dem unteren Dniestr und Bug). Auf dem taurischen Chersones wohnten die mit den Kimmeriern verwandten Taurier, die aber in der Ebene mit Scythen vermischt lebten und sich nur in den Bergen rein erhielten, und welche die schiffbrüchigen Fremden der Artemis opferten; ebenso vermischt mit griechischen Kolonisten war der Stamm der Kalipiden oder Karpiden über Olbia, die Alazonen, welche an der Mündung des Dniepr seßhaft waren und mit den Griechen Handel trieben. Weiter westlich und südlich begannen thrakische Stämme wie die Geten an der unteren Donau, die Agathyrsen in Siebenbürgen. Zur Zeit des Darius waren die scythischen Küsten bereits von zahlreichen griechischen, meist jonischen Pflanzstädten besetzt: Olbia (seit 650), Pantikapeion (heute Kertsch, seit 600), Chersonesos oder Herakleia, seit Augustus Sebastopolis genannt; letztere Stadt wurde von Dorern aus Megara angelegt. Die weiter nordöstlich wohnenden Aorsen (später Avaren genannt) in der Gegend des Bolschoi-Sees, Thyssageten an der mittleren Wolga, Jyrken (nördlich von ihnen), die Schwarzmäntel (Mordwinen), Menschenfresser und die weit im Osten wohnenden Issedonen in Kaschgar scheinen sämmtlich finnischer Abkunft, nur die letzten, welche das Goldgebirge, den Altai, bewohnten und welche das Fleisch ihrer verstorbenen Väter mit Rindfleisch vermischt aßen, dürften Türken sein; mongolischer Abkunft waren die Argippäer am südlichen Ural, deren Schilderung bei Herodot an die Kalmüken und Baschkiren erinnert; aus ihnen gingen die Priester oder Schamanen hervor; bis in ihr Gebiet reisten die griechischen Kaufleute von Pantikapeion, um das Gold zu holen, welches weiter nördlich die einäugigen Arimaspen, ein türkisches Reitervolk, welches seinen Namen (Besitzer gezähmter Rosse) von iranischen Scythen erhielt, gewannen. Die nomadischen Scythenstämme lebten im Alterthum wie heute, ohne Landbau, auf ihren Wagen oder Arabas die Steppen durchziehend.

Bevor Darius den Feldzug antrat, ließ er Ariaramnes, Satrapen von Kappadokien, mit einer Flotte von 30 Schiffen nach der scythischen Küste segeln, um einige Scythen zu fangen. Ariaramnes fing den Bruder eines Häuptlings, von dem man die besten Erkundigungen einziehen konnte. Darius

brach nun mit 700,000 Mann von Susa auf, und eine Flotte von 600
Schiffen mußten die Jonier ausrüsten. Bei Chalkedon am Bosporus ließ
er zwei Pfeiler anrichten, auf welchen die Namen der am Zug theilnehmen=
den Völker in assyrischer (d. h. in Keilschrift) und griechischer Schrift ein=
gemeißelt waren. Die Schiffbrücke, über welche das Heer nach Thrakien
ging, reichte vom heutigen Anaboli Hissari nach Rumili Hissari (etwa
1½ deutsche Meilen von Konstantinopel), und war von Mandrokles von Samos
erbaut. Mehrere thrakische Stämme unterwarfen sich, die Geten, welche
sich vertheidigten, wurden besiegt und als Sklaven verkauft. Die Donau
wurde dicht am Beginn des Deltas auf einer gleichfalls von Joniern ge=
schlagenen Schiffbrücke überschritten, zu deren Bewachung die Flotte unter
Histiäos von Milet vor Anker ging. Die Scythen beschlossen, die Perser
durch Zurückweichen auf das Gebiet anderer Völker zu locken, welche da=
durch gleichfalls in den Kampf gezogen werden sollten. Sie führten diesen
Plan meisterhaft aus, zerstörten während des Zurückweichens die Felder,
verschütteten die Brunnen und lockten den Darius in das innere Land. Um
ihre Bewegungen leichter auszuführen, ließen sie die fahrende Habe sammt
Weibern und Kindern auf den Karren oder Araba in einer nordöstlichen
Richtung in Sicherheit bringen. Der Weg, welchen die Sloloten oder
löniglichen Scythen einschlugen, lag in der Richtung nach Norden; Darius
scheint am Pruth hinauf bis in die Nähe des oberen Dniestr vorgedrungen
zu sein; obschon er wiederholt den Feind zu einer Schlacht zu nöthigen
suchte, stellte sich dieser ihm nicht, sondern beschäftigte die Perser durch
flüchtige Reiterangriffe und brachte es dahin, daß Darius aus Besorgniß
vor Mangel an Lebensmitteln sich zum Rückzug entschloß. Als dies aus=
geführt wurde, brachen die Scythen mit aller Macht auf die Perser los,
so daß diesen nichts übrig blieb, als das schwere Gepäck und die Kranken
und Wunden dem Feind preizugeben und in Eilmärschen nach der Donau
zu ziehen. Der Fehler, welchen Darius beging, war, daß er sich auf die
Verfolgung der Scythen einließ und nicht vielmehr, wie gewiß anfangs be=
absichtigt war, erobernd längs der Küste zog. In diesem Falle hätte er die
geflüchteten Familien und die Habe des Feindes einholen und diesen zur
Vertheidigung herbeinöthigen können. Er würde zugleich in Verbindung mit
der Flotte haben bleiben können, welche die Zufuhr vermittelte. Als Darius
an die Donau kam, stand zum Glück die Brücke noch, denn die Griechen
waren auf Bitten der Scythen zwar geneigt, dieselbe abzubrechen, allein
Histiäos hatte mehr Interesse daran, daß seine und seiner Mittyrannen kleine
Herrschaften unter Protection des Königs bestehen blieben, als daran, daß die
nach Abbruch der Brücke möglich gewordene Vernichtung der Perser durch
die nachrückenden Scythen den Griechen die Freiheit und demokratische Ver=
fassung wiederbrachte. Patriotischer scheinen die Städte an der Propontis
gedacht zu haben; die Chalkedonier versuchten die Bosporusbrücke zu zer=
stören und mehrere Städte scheinen sich auf die Kunde von dem Mißgeschick

7*

des persischen Heeres für unabhängig erklärt zu haben. Man darf dies
daraus schließen, daß Darius Chalkedon und Abydos niederbrennen ließ, und
daß Megabazos Perinth, Byzanz, Antandros, Lamponion und ganz Thrakien
bis zum Strymon eroberte, auch Amyntas von Makedonien durch eine
Armee unter seinem Sohne Bubares zur Unterwerfung zwang. So war
Thrakien und der Uebergang von Asien nach Hellas in den Händen der
Perser, und es war wenigstens eine mit dem Scythenzuge verbundene Absicht erreicht worden. Den Befehl über jene höchst wichtigen Städte und
Küsten erhielt Otanes, der auch Lemnos und Imbros eroberte, und Darius
begab sich in das innere Asien zurück.

Die letzte Unternehmung des Königs war ein Feldzug gegen Griechenland. Er schien fürs erste dessen Ausführung vertagt zu haben, indem er
sich vor der Hand damit begnügte, durch die Eroberung von Thrakien einen
festen Angriffspunkt gegen jenes Land gewonnen zu haben. Da wurde die
Wiederaufnahme des Planes durch die Griechen selbst herbeigeführt. Die
ionischen Städte wurden von kleinen Tyrannen beherrscht, und die Perser
unterstützten diese, theils weil sie die Tyrannis als die für die damalige
politische Bildungsstufe der Hellenen geeignete Regierungsform ansehen mochten,
theils weil sie durch Vermittelung der Tyrannen am bequemsten der Ionier
Herr bleiben konnten. Die Tyrannen, durch den persischen Rückhalt sicher,
erlaubten sich Eingriffe in die Freiheit der Städte, und diese erblickten in
ihnen Helfershelfer ihrer Unterdrücker. Zugleich hatte ihnen die Ueberlegung,
daß die griechische Flotte von 600 Funfzigruderern dem Heer des Darius
eine wichtige Unterstützung gewährt hatte, ein bisher nicht zum Bewußtsein
gekommenes Machtgefühl erregt. Eine persönliche Differenz zwischen Arista-
goras, Tyrann zu Milet, und dem Perser Megabates gab Veranlassung
zu einem allgemeinen Aufstand der ionischen und äolischen Städte. Die
Ionier, von Athen und Eretria mit Schiffen unterstützt, griffen Sardes
an. Der Satrap Artaphernes vermochte nur die Burg zu halten. Die
Stadt wurde geplündert und in der Verwirrung brach Feuer aus und zerstörte die leichten Holzhäuser, aus denen die Stadt bestand. Die Ionier
zogen zurück, wurden aber von den inmittelst zusammengezogenen persischen
Truppen der Provinz überholt und gänzlich geschlagen. Gleichwohl brachte
die Eroberung von Sardes alle Griechen in Aufregung. Die Scythen waren
sogleich mit einem Raubzug in Thrakien bei der Hand, Kypros rebellirte,
die Karer sagten sich von Persien los, die Griechen am Hellespont schüttelten
ihr Joch ab. Hätten die Athener diese Bewegung unterstützt, oder hätte
sich ein fähiger Mann an ihre Spitze gestellt, so wären die Perser zum wenigsten
in die größte Bedrängniß gerathen, während in Wirklichkeit bei großer Umsicht und Energie auf Seiten der persischen Generale ein Staat nach dem
andern wieder unterworfen wurde. Der Herd der Verschwörung, Milet,
wurde, nachdem die ihm zu Hülfe gekommene ionische Flotte bei Lade besiegt worden war, belagert, eingenommen, und seine Bewohner an den per-

sischen Golf deportirt; die schönsten Mädchen der ionischen Küste wanderten
in die persischen Harems, die Knaben wurden verstümmelt und als Sklaven
verkauft; die Städte am Hellespont wurden verbrannt, und die Macht des
Königs war fester begründet als zuvor. Jetzt glaubte Darius seinen lange
gehegten Plan, das europäische Griechenland zu unterwerfen, ausführen zu
müssen. Athen war der mächtigste Staat des Festlandes, und es hatte durch
seine Unterstützung mit Eretria im Bunde möglich gemacht, daß Sardes
verwüstet worden war. Mardonios, Sohn des Gobryas, ein Eidam und
Neffe des Königs, wurde an die Spitze einer Armee gestellt (492). Bevor
er den Boden von Thratien betrat, erklärte er die sämmtlichen griechischen
Tyrannen in Asien für abgesetzt und die Städte für frei. Diese kluge Maßregel gewann das bewegliche Volk für den König und zugleich gab die
demokratische Verfassung den unruhigen Elementen Gelegenheit, innerhalb
ihrer Mauern Politik zu treiben und das Interesse an der gemeinsamen
Sache der Hellenen außer Augen zu lassen. Die persische Flotte unterwarf
Thasos, das Landheer Makedonien, welches bisher ein Vasallenstaat war,
jetzt aber Tribut und Heerfolge leisten mußte. Bald aber kam Unglück über
die Perser. Ein furchtbarer Sturm zerschellte die Flotte am Athos, und
das Landheer wurde von den Brygen zwischen Strymon und Agios überfallen, und obwohl die Brygen bald darauf zur Unterwerfung gezwungen
wurden, so fühlte Mardonios sich doch zu weiterem Vorrücken nicht mehr
stark genug und zog nach Asien zurück. Zwei Jahre später segelte eine neue
persische Flotte unter Datis direct über das ägeische Meer und eroberte
Eretria, welches grausam bestraft wurde. Athen wurde durch Miltiades
gerettet, der gegen die Uebermacht einen glänzenden Sieg bei Marathon er-
focht (29 Sept. 490). Die Perser hatten parischen Marmor für die Errichtung eines Siegesdenkmals mitgebracht; die Athener verwendeten denselben
zu Bildsäulen der Nemesis von Rhamnus. Darius befahl neue Rüstungen.
Noch während derselben brach in Aegypten ein Aufstand aus, und über
diesen Ereignissen ereilte der Tod den großen König (485).

Darius, ein tapferer, wohl überlegender Feldherr, der erste Staatsmann
in Asien, hat auch den Künsten des Friedens seine Fürsorge zugewandt und
der Nachwelt die großartigsten Monumente der Kunst hinterlassen.

Die Felsengebirge, welche den Pulvar zu beiden Seiten begleiten, treten
bei Istachr nach Ost und West zurück, und es breitet sich die Ebene Mer-
dascht, westlich von der Schneekette von Arbelan umschlossen, nach dem See
von Neiriz aus. Nahe an der östlichen Ecke des Gebirges springt am Berge
Rachmed eine Felsplatte vor, welche Darius zur Erbauung seiner Residenz
ausersehen hat. Ihre Fläche war nicht horizontal und ist deshalb vor der
Anlegung der Gebäude in drei Flächen bearbeitet worden, deren eine immer
höher als die andere liegt. Die Seiten der Terrasse wurden gleichfalls re-
gulirt und mit einer gewaltigen Mauer in sogenannter kyklopischer Stein-
arbeit bekleidet. Die Marmorblöcke erreichen zuweilen eine Länge von 50 Fuß

und sind vorzüglich aneinandergefügt. An der südlichen Wand hat Darius vier Tafeln mit Inschriften, gleichsam die Baunrkunde eingelassen, zwei in persischer, eine in assyrischer und eine in medoscythischer Sprache, und zwar sind die letztern nicht wie gewöhnlich Uebersetzungen der persischen. Die erste persische Inschrift lautet: „Der große Auramazda, welcher der größte der Götter ist, hat den Darajavus zum Könige gemacht, er hat ihm das Reich verliehen, durch die Gnade des Auramazda ist Darajavus König. Es spricht Darajavus der König: dieses Land Parsa, welches mir Auramazda verlieh, welches schön, reich an Rossen und wohlbevölkert ist, fürchtet sich durch die Gnade des Auramazda und durch die meine, des Königs Darajavus, vor keinem Feinde. Es spricht Darajavus der König: Auramazda möge mir bei= stehen sammt den Stammesgöttern, und dieses Land möge Auramazda schützen vor feindlichen Kriegsheeren, vor Mißwachs und Lüge. Ein Feind möge in dieses Land nicht kommen, nicht feindliche Heere, nicht Mißwachs, nicht Lüge. Um diese Gunst bitte ich Auramazda sammt den Stammesgöttern, dies möge mir Auramazda gewähren sammt den Stammesgöttern." Die zweite persische Inschrift beginnt: „Ich bin Darajavus der Großkönig, der König der Könige, der König dieser zahlreichen Länder, der Sohn des Vistaspa, der Achäme= nide." Alsdann werden die Länder aufgezählt, die wir bereits früher kennen gelernt haben, und die Inschrift schließt: „Es spricht Darajavus der König: wenn du so denkst: „vor keinem Feinde möchte ich zittern", so schütze dieses Parsa=volk; denn wenn das Parsavolk geschützt ist, so wird das Glück für lange Zeit unversehrt bleiben; es möge, o Herr, zu diesem Hause kommen." Die scythische Inschrift übersetzt den Eingang der zweiten persischen und fährt dann fort: „Darius der König spricht: diese großen Paläste sind auf dieser Stätte erbaut, auf welcher vorher kein Palast errichtet worden war. Ich habe sie durch die Gnade des Auramazda erbaut, und Auramazda sammt allen Göttern hat mit Wohlgefallen die von mir erbauten Paläste gesehen; ich habe sie erbaut zum Zeichen seines Wohlgefallens an mir." Die assyrische Inschrift enthält eine Paraphrase der beiden persischen.

Nahe ihrer Nordwestecke ersteigt man die Terrasse auf einer in die Mauer einspringenden Doppeltreppe von ansehnlich schönen Verhältnissen; jede Treppenflucht ist 22 Fuß breit und so flach, daß 10 Reiter neben ein= ander hinaufreiten können. Auch sie besteht aus so großen Blöcken, daß zuweilen mehrere Stufen von einem einzigen Stein gebildet sind, wie denn überhaupt alle Marmorquadern dieser Ruinen von riesiger Größe sind (die kleinsten sind 8 Fuß hoch), dabei haben sie eine so vollendete Politur, daß sie noch jetzt die Gegenstände im Spiegel reflectiren, wo sie nicht durch Menschen= hand zerstört oder mit Namen von reisenden Laffen beschmitzt sind. Nach Ersteigung der Treppe befindet man sich auf der am niedrigsten liegenden Fläche der Terrasse. Gleich vorn liegt eine von Xerxes erbaute quadratische Thorhalle (in der Inschrift duvarthi genannt), von welcher das westliche und östliche Thor, mit einem Paar von Stieren und einem solchen von

Perſepolis.

Sphingen geschmückt, noch aufrecht stehen, während von dem südlichen Thore nur die Fundamente sichtbar geblieben sind; zwei von den vier Säulen, welche einst das Holzdach trugen, stehen noch aufrecht, sie sind am Torus

Thorhalle des Xerxes.

13 Fuß dick und mit 39 Canneluren geschmückt. Der Boden der Halle ist mit riesenhaften Platten polirten Marmors belegt. Die Stiere an den Pforten entstammen der babylonisch-assyrischen Kunst und sind die heiligen Thiere des Adar-Samban, ja es sind selbst Götter oder Genien. Auf einem assyrischen Amulet hat man den Namen dieses Stiergottes, Kirub (b. i. Cherub) gelesen, und vor dem Namen steht ein Zeichen, welches stets andeutet, daß der Name eines Gottes folgt. Die Ebräer, welche ihre Cherubim als Wächter vor das Paradies und auf die Bundeslade, die Wohnung Gottes, gelagert haben, wie die mesopotamischen und persischen vor den Palastthoren stehen, haben die Vorstellung sammt dem Namen entlehnt und ihrer Religion gemäß umgestaltet. Die Arbeit an den persepolitanischen Stieren und Sphingen ist von vollendeter Meisterschaft. Die Stellung der Thiere ist von größter Energie, und das krause Haar auf der Brust, am Rücken und in den Weichen ist mit überlegnem Geschick gemeißelt. Die Größe der Thiere (fast 20 Fuß) vermehrt noch den Eindruck von imposanter Kraft.

Wenn man über die Stelle des südlichen Thores geschritten ist, erblickt man eine zweite Treppe, welche auf die nächst höhere Fläche des Felsens führt. Diese Treppe ist so angeordnet, daß vier Fluchten, jede mit 31 flachen, 16 Fuß breiten Stufen an den beiden Enden und in der Mitte liegen. Die ganze Anlage ist von Sculpturen bedeckt; die vier Winkel, welche durch den Aufstieg der Treppen gebildet werden, zeigen einen Löwen, der einen Stier erwürgt. In dem übrigen Raum der Mitteltreppe sind Palastwachen abgebildet. An der innern Wange der Treppen stehen über jeder Stufe Palastwachen in medischer Tracht, an den gegenüberliegenden Wangen dagegen Cypressenbäume, und über den letztern zieht sich ein Fries von Rosetten hin. Diese ganze Vertheilung des Schmuckes wiederholt sich mit wenig Abweichungen an allen übrigen Palasttreppen. Diese Xerxestreppe zeigt dagegen noch einen besondern Schmuck, der ihre ganze 212 Fuß breite Ausdehnung einnimmt; nämlich die Wand, soweit sie nicht von der vordern Treppe verdeckt wird, ist in drei Horizontalstreifen getheilt; links von der Vordertreppe erscheinen medische und persische Männer in Procession, und rechts Repräsentanten der dem Xerxes gehorchenden Völker mit den Producten ihrer Länder; leider sind die Völker nicht benannt, und man kann nur Vermuthungen in dieser Beziehung aufstellen. Die Figuren sind vollkommener als die assyrischen; die outrirte Markirung der Muskeln ist verschwunden, auch die der assyrischen und ägyptischen Reliefsculptur eigenthümliche Gewohnheit, den Oberkörper en face, die Beine und das Haupt im Profil darzustellen, ist nicht beibehalten, auch die Einführung des Faltenwurfes ist ein großer Fortschritt; der Fehler, welcher sogleich in die Augen springt, ist das Verhältniß der Köpfe, welche zu groß sind, so daß die menschliche Gestalt zu klein erscheint. Die Gruppe des Löwen und Stieres ist vorzüglich gearbeitet. Von drei Tafeln für Inschriften, welche neben den Löwengruppen der hintern Treppe und in der Mitte der vordern angebracht sind, ist nur die westlichste beschrieben: „Ein großer Gott ist Auramazda, welcher diese Erde schuf, welcher jenen Himmel schuf, welcher den Menschen schuf, welcher Annehmlichkeiten für den Menschen schuf, welcher den Chšajarša zum König machte, zum alleinigen König Vieler, zum alleinigen Gebieter Vieler. Ich bin Chšajarša der Großkönig, der König der Könige, der König der Länder der reichbevölkerten, der König dieser großen Erde, auch in weite Ferne hin, Sohn des Königs Darajavuš, der Achämenide (Hachamanišja). Es spricht Chšajarša der Großkönig: dies was ich hier gemacht und das was ich außerdem gemacht habe, das habe ich alles durch die Gnade des Auramazda gemacht; Auramazda sammt den Göttern möge schützen mich und mein Reich und das was ich gemacht habe."

Palastwache.

Auch das Gebäude, welches über dieser prachtvollen Treppe liegt, ist von dem Sohn des Darius errichtet. Es war eine große Halle mit 36 Marmor= säulen von 67 Fuß Höhe. Der Sockel dieser Säulen besteht aus zwei qua= dratischen Plinthen, von denen der obere kleiner als der untere und durch einen attischen Torus mit dem Schaft vermittelt ist. Aus dem mit 36 Canneluren dorischer Art versehenen Schaft entspringt oben ein Glied, wel= ches aus einem umgedrehten Kelch und einem darüber liegenden durch eine Perlenschnur vermittelten aufrechten Kelch besteht. Ueber diesem Glied er= heben sich auf reichem Saum von übergeschlagenen Blättern senkrecht Doppel= voluten auf allen vier Seiten, und auf ihnen zwei Vordertheile von Stieren, zwischen welchen einst die Dachbalken lagerten. Auf der nördlichen, westlichen und südlichen Seite liegen in einem Abstand von 70 Fuß Säulengänge von je sechs Paar Säulen. Die Säulen dieser Colonnaden haben einen glocken= förmigen, mit Lotosblättern ornamentirten Sockel, den ein attischer Wulst mit dem Schaft vermittelt. Der Knauf des nördlichen Säulenganges gleicht dem der Mittelhalle, der des westlichen besteht nur aus den beiden Halb= stieren, welche unmittelbar über dem Schaft liegen, während in der öst= lichen Halle halbe Greife oder Löwen mit Hörnern die Balken tragen. Zwischen der nördlichen Vorhalle und dem mittleren Hexastyl befinden sich Spuren von massiven Thorwegen, während sonst überall keine Mauerreste vorhanden sind. Man hat daher angenommen, daß der Mittelsaal von Backstein= mauern umgeben war, die leichter als die großen Marmorblöcke der Zer= störung anheimfielen. Die Colonnaden waren nach Nord, Ost und West offen. Das Dach war wahrscheinlich von Cedernbalken construirt, an welchen Vor= richtungen zum Aufhängen von Teppichen angebracht waren, wie dies das Buch Esther bei der Beschreibung der Halle in Susa erwähnt. Wenige der 72 Säulen stehen noch aufrecht; die meisten sind gewaltsam umgestürzt.

Ein weiteres südwärts gelegenes Gebäude ist der Palast des Darius, bestehend aus einer großen Mittelhalle mit acht Seitengemächern, einem Hinter= gebäude und einer von zwei Räumen flankirten offenen Vorhalle. Die Säulen= sockel, welche allein erhalten sind, haben höchst wahrscheinlich Holzsäulen ge= tragen. Die Mittelhalle hat nach den beiden mittleren Seitenzimmern Thüren, und zu beiden Seiten derselben Nischen in Fensterform; nach hinten öffnen sich zwei Pforten, wieder mit drei Nischen zu beiden Seiten und in der Mitte; nach der Vorhalle öffnen sich außer der großen Thür vier Fenster; im Innern der nördlichen Thür ist das Bild des Königs mit dem Schirm= träger und Fliegenwedler, sowie über demselben eine Inschrift gemeißelt; hier trat der König in das offene Hintergebäude, welches wahrscheinlich als Garten benutzt wurde. Diese dreisprachige Inschrift lautet: „Darajavus der Groß= könig, König der Könige, König der Länder, Sohn des Vistaspa, hat diesen Palast errichtet." Sämmtliche Fenster und Nischen tragen am oberen Sturz eine persische und auf beiden Pfosten eine gleichlautende medische und baby= lonische Inschrift: „Steinpfosten errichtet im Hause des Königs Darajavus."

Auf der Westseite hat Artaxerxes III. Ochos eine Treppe angelegt und das
hinterste der Seitengemächer in eine Durchgangshalle umgeschaffen. Die In=
schrift (nur in persischer Sprache) lautet: „Ein großer Gott ist Auramazda,
der diese Erde schuf, der jenen Himmel schuf, der den Menschen schuf, der
die Annehmlichkeit für den Menschen schuf, der mich Artachsatra zum König
machte, zum alleinigen König Vieler, zum alleinigen Gebieter Vieler. Es
spricht Artachsatra der Großkönig, der König der Könige, König der Länder,
König dieser Erde: Ich bin der Sohn des Königs Artachsatra, Artachsatra
ist des Königs Tarajavus Sohn, Tarajavus des Königs Artachsatra Sohn,
Artachsatra des Königs Chsajarsa Sohn, Chsajarsa des Königs Tarajavus Sohn,
Tarajavus des Vistaspa Sohn, Vistaspa Sohn des Arsama, ein Achämenide.
Es spricht Artachsatra der König: diese Treppenanlage von Stein habe ich
für mich gemacht. Es spricht Artachsatra der König: Auramazda und der
Gott Mithra möge mich schützen und mein Land und was ich gemacht habe.“

Dieser Dariuspalast, dessen größter Theil aus riesigen Marmorquadern
besteht, befindet sich auf der höchsten Stelle der Terrasse und hat daher im
Süden eine große Treppe, deren Vorderwand in der Mitte eine Inschrift,
zu beiden Seiten derselben je neun Palastgarden, sodann wieder beiderseits
Inschriften und in den Ecken den Kampf des Löwen und Stieres zeigt. Die
Inschriften sind erst von Xerxes eingegraben worden. Nur wenig niedriger
liegt der Palast des Xerxes, der sehr zerstört ist; er bestand aus einer Halle
von 36 Säulen, einer Vorhalle mit 12 Säulen und aus je 4 Gemächern zu
beiden Seiten. Auch hier erhöhen Treppenanlagen an vier Stellen den
malerischen Eindruck der Ruine; die Wände sind mit Sculpturen geschmückt.
Da man sich denken muß, daß da wo Figuren abgebildet sind, zur Zeit der
Achämeniden die lebendigen Vorbilder derselben sich befanden, daß also da,
wo wir Palastwachen abgebildet sehen, auch wirklich Wachen aufgestellt waren,
daß da, wo tributbringende Gesandte mit ihrem Gefolge in Stein gehauen
sind, sich wirklich jene Processionen zu bestimmten Zeiten bewegten, so darf
man schließen, daß hier im Palast des Xerxes in Zimmer auf der Südost=
ecke die Bilder der Diener, welche Schüsseln mit Speisen und einen Wein=
schlauch tragen oder einen zum Schlachten bestimmten Steinbock führen, ver=
rathen, daß sie einst die Wände des Speisesaales geschmückt haben. Die
Thorpfosten zeigen das Bild des Königs mit der Inschrift: „Chsajarsa der
Großkönig, König der Könige, des Königs Tarajavus Sohn, der Achämenide.“

Sehr wenig erhalten ist von der westlich an diesen Palast sich anschließen=
den Wohnung des Ochos. Nördlich vom Xerxespalast, östlich von dem des
Darius liegt ein großer Schutthügel; östlich von diesem ein Thorgebäude,
dessen Pfosten den König auf dem Thron, sowie vom Schirmträger und Fliegen=
wedler begleitet zeigen. Auch eine Strecke weit östlich vom Xerxespalast liegt
eine Ruine, von welcher mehrere Pforten, Nischen und Eckpfosten aufrecht stehen.

Am weitesten nach Osten, auf demselben Niveau wie die Xerxespforte
vor der großen Mauertreppe, und ziemlich in der Mitte der ganzen Anlage

Palaß des Xerxes.

liegt die von Darius errichtete sogenannte Hundertsäulenhalle. Man hat durch
Nachgrabungen festgestellt, daß die Decke dieser von über 10 Fuß dicken
Marmormauern umschlossenen quadratischen Halle einst von 100 Säulenschäften
getragen wurde. Jede Seite ist 227 Fuß lang und hat zwei Eingänge und
im Innern neun Nischen; die Nordseite hat nur in den beiden innersten
Ecken je eine Nische, und Fenster statt der übrigen sieben. Diese 7 Fenster
nebst den beiden Eingängen öffnen sich in eine Vorhalle, deren Seitenmauern
da sich anlehnen, wo im Innern die Nischen sich befinden. Die Seitenmauern
sind beiderseits von Thüren durchbrochen, an welchen Doryphoren abgebildet
sind. Der vordere Theil der Mauern ist mit geflügelten Stieren geschmückt.
Auch von diesem Gebäude stehen nur noch die Nischen und Thürverkleidun=
gen, während die Füllmauern, wahrscheinlich von hinfälligerem Material,
verschwunden sind. Die inneren Flächen der Eingänge sind sämmtlich mit
reichen Sculpturen geschmückt, welche den Darius umgeben von Hofleuten auf
dem Thron zeigen, von vier Reihen unterworfener Völker getragen. An den
westlichen Thoren sowie an dem nach Norden gelegenen östlichen Thore ist
der König abgebildet, wie er als guter Genius ein ahrimanisches Thier tödtet:
den Löwen, das Sinnbild der Gluthitze, den Stier, in diesem Zusammen=
hange das Symbol des Terrestrischen im Gegensatz zum Himmlischen, sowie
ein Ungeheuer des Ahriman, einen Tiw mit Wolfsrachen, Adlernacken
und Flügeln, Vorderpranken des Löwen und Hinterfüßen eines Geiers und
einem knöchernen Schwanz, eine Darstellung, welche aus Assyrien herstammt
und welche lebhaft an Albrecht Dürers Abbildungen des Teufels erinnert;
es ist der Kampf des guten Gottes, im König sichtbar erscheinend, gegen das
Böse, das Chaos, den Versucher, von dem altchaldäische Legenden erzählen
und der durch die Apokalypse des Johannes auch in der christlichen Mytho=
logie Eingang gefunden hat.

Die Ruinen von Persepolis, von welchen die Brandstiftung Alexanders
und die zerstörende Gewalt der Natur und der Menschen während 24 Jahr=
hunderten noch soviel übrig gelassen haben, daß wir die Erbauer der ehe=
mals glänzenden Paläste bestimmen, ja noch viele unschätzbare Kenntnisse
von der Kunstthätigkeit der alten Perser, ihrer religiösen Bildersprache, ihrer
äußern Erscheinung aus der Betrachtung dieser grausam zertrümmerten Mar=
morwände gewinnen können, haben bei verschiedenen Reisenden, welche das
Glück hatten, sie zu sehen, durchgehends die größte Bewunderung erweckt.
Die ersten von ihnen, französische, portugiesische und italienische Mönche und
Missionäre, brachten bereits im 16. Jahrhundert die Kunde von prachtvollen
Ruinen nach Europa. Der italienische Architekt Sebastian Serlio versuchte
nach diesen Berichten einen Plan und Anriß der Ruinen anzufertigen, der
freilich von der Wirklichkeit unendlich weit entfernt ist. Wie mangelhaft
überhaupt damals die Vorstellungen von dem Schauplatz einer der ruhmvollsten
Perioden morgenländischer Geschichte waren, zeigen u. a. die Worte einer
1619 in Paris erschienenen Weltgeschichte: „Die Hauptstadt des Königreichs

Persien hieß Susa. Sie war durchkreuzt von dem großen Flusse Choaspes; dessen und keines andern Flusses Wasser pflegte der König zu trinken, wo er auch sich aufhielt. Eine Parasange von Susa lag ein Dorf, welches par excellence Persepolis hieß, und darin lag ein der Pallas, der Göttin der Waffen, geweihter Tempel, welcher Pasargadä hieß und worin die Herrscher der Perser gekrönt wurden." Der spanische Mönch Antonio von Gouëa spricht zuerst von den Inschriften in keilförmigen Zeichen, und Pietro della Valle hat die erste Abbildung von Keilschrift nach Europa gebracht. Mandelslo, welcher 1638 die Ruinen besuchte, sagt, sie seien ohne Zweifel die Ruinen eines der prachtvollsten Gebäude, welche je errichtet worden; ob die Architektur von ionischer, dorischer oder korinthischer Ordnung sei, lasse sich schwer entscheiden, weil die Zerstörung zu groß sei; doch finde ein Maler hier noch Beschäftigung für ein halbes Jahr; ein Jammer sei es, daß noch Niemand eine Abbildung in Kupfer gestochen habe, schon darum, weil die umwohnenden Barbaren täglich an den Ruinen zerstörten und das Material zur Erbauung ihrer Häuser fortschleppten. Fryer, welcher 1677 Persepolis besuchte, sah auf der Höhe der Terrasse „die Portale und Säulen, deren Häupter von der alles verzehrenden Zeit zerstört sind; ihre Schäfte sind korinthisch, ihre Sockel und Knäufe von dorischer Ordnung, soviel man wenigstens aus den Resten entnehmen kann. Indem ich das Bereich der Halle des Kambyses betrat, bemerkte ich an den Thoren zwei Gestalten in Furcht erregender Größe und Ungewöhnlichkeit, ganz in Rüstung gekleidet [er hielt offenbar die stilisirten Krollenhaare an einzelnen Theilen der Thiere für Panzerschuppen], welche den unberufen Eintretenden zu verscheuchen scheinen; sie glichen Löwen, ihre riesigen Schwingen aber stempelten sie zu Greisen, deren Bau und Hintertheile die der größten Elephanten übertreffen". Achtzehn Säulen der großen Xerxeshalle sah er noch aufrecht stehen; „nichts ist mehr werth untersucht zu werden, als die schön eingemeißelten Schriftzeichen, welche die Namen der Erbauer offenbaren würden, wenn sie ebenso verständlich wären als sie wohl erhalten sind; aber sie bleiben wie die Schrift Mene tekel an der Wand unverstanden, bis ein prophetischer Ausleger sie erklären wird". Chardin, dessen Reisewerk mit zahlreichen aber sehr mangelhaften Kupfern 1711 zu Amsterdam herauskam, bekennt, daß er nichts gesehen habe, was diesen Ruinen an Größe und Pracht gleichkäme. Sir William Ouseley, welcher 1811 die Ruinen besuchte, äußert sich über den Eindruck derselben: „nicht nur jugendliche Wanderer mit lebhafter Einbildungskraft, sondern auch nüchterne Beurtheiler fühlen sich bei der Annäherung an diese ehrwürdigen Denkmale von dem Genius morgenländischer Romantik begeistert, und ihre Sprache scheint kaum die Worte zu besitzen, um ihr Erstaunen und ihre Bewunderung eines solchen Werkes auszudrücken". Sir Robert Ker-Porter, dessen vorzügliches Reisewerk 1821 in London erschien, sagt von der großen Treppe, welche auf die Terrasse führt: „Dieser Aufgang ist so staunenswerth und von so prachtvollen Verhältnissen, daß er für den

Der König tödtet das ahrimanische Thier.

Anblick der ausgedehnten und großen Denkmale, zu denen er führt, vollständig vorbereitet. Die Verhältnisse der Thiere an der Pforte des Xerxes
sind bewunderungswürdig, die Großheit der Formen harmonirt vollkommen
mit dem riesenhaften Maßstab, in welchem die ganze Umgebung angelegt
ist". „Jemehr man die Gruppe des Löwen und des Stieres an den Treppen
betrachtet, desto mehr überzeugt man sich, daß der Bildhauer ein Meister
seiner Kunst war. Die Art, wie die Gruppe in den dreieckigen Raum
gepaßt ist, verräth eine außerordentliche Geschicklichkeit, das Feuer, die Schönheit und Treue, womit diese Thiere gemeißelt sind, wird man kaum für
möglich halten, so lange man sie nicht selbst gesehen hat; kein griechischer
oder römischer Künstler könnte mehr Kenntniß der natürlichen Verhältnisse
oder mehr Wissenschaft von der Anatomie der Glieder bekunden, gewiß durch
die Erfahrungen, welche der Bildhauer sich so oft er wollte beim Zerlegen
der Opferthiere oder durch Beobachtung auf der Jagd aneignen konnte."
„Nichts ist ergreifender, als bei der Besteigung der Plattform, auf welcher
die Halle des Xerxes stand, diese weiten und prachtvollen Ruinen so nieder-
gestürzt, verstümmelt und schweigsam liegen zu sehen. Die Säulen sind
vollkommen schön, ich betrachtete sie mit Bewunderung und Entzücken. Neben
der Eleganz ihrer Form und der ausgesuchten Arbeit der einzelnen Theile,
empfand ich niemals so wie hier den Eindruck einer vollkommnen Symmetrie,
welche auch die vollkommne Schönheit in sich begreift." Brugsch schildert
den ersten Anblick der Ruinen folgendermaßen: „Endlich erschien hinter einem
Felsenvorsprung, der bis dahin den Anblick der Ruinenstätte unsern Blicken
neidisch versteckt hatte, Persepolis, und mit lautem Zurufen wiesen unsere
persischen Begleiter mit der Hand nach „Djemschids Thron". Da lag mit
einem Mal in brennendem Glanze der persischen Sonne das Bild vergangner
Größe in seinen steinernen Ueberresten hehr und majestätisch vor uns, unver-
geßlich in seinem Gesammteindruck, inmitten der schweigenden todten Felsen.
Was sich zunächst erkennen ließ, war eine Terrasse von ziemlicher Ausdehnung, die sich vom hellen Boden der Ebene in dunklen Rändern abhob,
oben auf der Plattform zu luftiger Höhe aufsteigend. Die schlanken Säulen,
Portale, Thore und Mauern des alten Königspalastes tauchten in lautiger
Schärfe aus den Schatten der dahinter liegenden dunkelen Felsen hervor,
der höher und höher ansteigend dem ganzen Bilde ein unendlich malerisches
Relief verlieh. Ich sah in Persepolis nicht zum ersten Male eine zusammenhängende Ruine des Alterthums. Aegypten und ein längerer Aufenthalt in
diesem Lande der Vorzeit hatten mich an den erhebenden Anblick gewöhnt.
Und dennoch muß ich gestehen, daß Persepolis und seine Reste einen tiefen Eindruck
in mir hervorriefen, ganz verschieden von dem, welchen ich beim Anblick altägyp-
tischer Denkmäler zu empfinden pflegte. Während es hier die körperliche Masse ist,
welche den Eindruck des Grandiosen hervorruft, wirkt die persepolitanische Ruine
grade in entgegengesetzter Richtung durch das schlanke, luftige, fast möchte man
sagen zierliche Element ihrer Formen und Umrisse. Sie gemahnt in mancher

Beziehung an eine griechische Verwandtschaft, die vielleicht thatsächlich be-
gründeter ist, als sie auf den ersten Anblick erscheinen möchte."

Am Berg hinter der Terrasse von Persepolis befinden sich drei königliche Felsgrüfte, welche wie die sogleich zu beschreibenden in Natschi Rustam

Natschi Rustam.

beschaffen sind. Die Felsen dieses Namens liegen da, wo das Gebirge sich
umwendet. Drei liegen neben einander, eines befindet sich an einem Felsen,
dessen Richtung auf der der übrigen senkrecht steht. Das mittlere ist das
einzige mit Inschriften versehene, das Grab des Darius. Es zeigt dasselbe,
wie alle übrigen, eine kreuzförmige Vertiefung. Der mittlere (breitere) Theil
ist die in Relief übertragene Façade des Dariuspalastes; darüber steht ein
doppeltes, von menschlichen Figuren getragenes Stockwerk, auf welchem der
König dem Feueraltar gegenüber vor Ormazd anbetet. Seine Seele ist gleichsam auf das Dach des Palastes getreten, um von da in die himmlische Wohnung hinaufzuschweben. Der unterste Theil ist glatt; er bedeutet den Weg
zum Grabpalast. Die Inschriften befinden sich hinter dem König und an der
Palastfaçade. Das Innere des Grabes besteht aus einem langen, schmalen
Gang, von welchem aus drei oblonge Kammern ausgehen, mit je drei oblongen
Gruben, welche mit Steindeckeln verschlossen waren. Hinter Persepolis zeigt
ein Grab zuerst eine flach gewölbte Steinkammer, deren oberer Theil sich nach
einem tiefen Receß öffnet, der gleich vorn die Gruft enthält. Die Steinkammer ist als flaches Tonnengewölbe behandelt, dessen Axe auf der des eigentlichen Grabes senkrecht steht, eine Anordnung, welche man bereits in den aus

dem 20. Jahrhundert stammenden Grüften von Beni Hassan in Aegypten findet.
Bei Sar puli Zohab, wo einst Holwan lag, einer von Ruinen und Sculpturen
verschiedener Zeiten angefüllten Stätte, findet man ein altpersisches Felsgrab,
welches noch mehr als die persepolitanischen an die ägyptischen Felsgrüfte,
namentlich an das zweite Grab von Beni Hassan erinnert; es liegt in einiger
Entfernung von den übrigen Ruinen in einer Felsschlucht. Der Fels ist bis
zu einer Höhe von 70 Fuß geglättet, und sodann öffnet er sich als 6 Fuß
tiefer, 8 Fuß hoher und 30 Fuß breiter, von zwei aus dem Felsen aus-
gesparten Säulen getragener Porticus; die Sockel dieser Säulen bestehen aus
zwei quadratischen Plinthen wie die der Xerxeshalle; der Schaft ist gleichfalls
vierseitig, jedoch bis auf einen Stumpf an der Basis und an der Decke gewaltsam zerstört. Die gewölbte Kammer hat an der linken Wand eine zwei
Fuß hohe Bank für den Sarg, und an der Hinterwand befinden sich drei
halbrunde Nischen, und eben solche zu beiden Seiten des Eingangs. Unter
dem Grab an der Stirn des Felsens befindet sich eine unvollendete Sculptur-
tafel, auf welcher ein Priester mit spitzer Mütze abgebildet ist, die rechte Hand
erhebend, in der linken die Rolle des Avesta haltend. Ganz ähnlich ist ein
Grab bei Sihna in Medien, nur besteht die Kammer aus zwei Räumen, in deren
einen man durch eine Oeffnung hinabsteigt. Der obere Raum hat zu beiden
Seiten oblonge Aushöhlungen, welche zur Aufnahme der Leichen dienten. Reicher
entwickelt ist die Kammer in Fachrata (zwischen Werhemetabad und Soudj
bulak); aus der Vorhalle führt eine Stufe in einen Raum, der von zwei
Pfeilern mit runden Sockeln und Knäufen getragen wird, alles aus dem Fels
gearbeitet. Weitere zwei Stufen führen in einen ebenfalls durch zwei Pfeiler
gestützten Raum, mit drei Leichenbehältern, zwei kleinen und einem sehr großen,
wahrscheinlich für einen Fürsten und seine beiden Kinder bestimmt. Auch bei
Kifri und Ahwaz, bei Ask am Demavend liegen zahlreiche Felsgrüfte. Selbst
bis nach Kleinasien hinein, wo sonst eine von der persischen verschiedene Grab-
architektur herrscht, findet man Felsgrüfte nach Art der persepolitanischen; sie
liegen bei Amasia am Iris und haben wahrscheinlich die Gebeine persischer
Satrapen umschlossen. Während hier das persische Grab weit über die Grenze
Persiens gewandert ist, findet man umgekehrt auswärtige Grabtypen nach
Persien gedrungen. Das Kyrosgrab ist, wie wir schon gesehen haben, babylonischen Gebänden nachgebildet, es findet sich u. A. ein ganz ähnliches Grab
auf Stufen in Kyrene aus weit späterer Zeit. Das Grab mit dem cylindrischen, oben abgerundeten Thurm, welches man häufig in Syrien und Phönikien findet, muß nach einer Notiz bei Mose von Chorene unter den armenischen Arsakiden gebräuchlich gewesen sein, und noch das sogenannte Grab
der Esther in Hamadan erinnert an diese Grabthürme; in Palmyra und
Zenobia (Zelibi) am Euphrat sind die Grabthürme vierseitig, ja das syrisch-
tarische Hochgrab, welches aus einer würfelförmigen Kammer, einer darauf
stehenden Säulenhalle und einer Stufenpyramide als Bekrönung besteht, ist
nicht nur für das südwestliche Kleinasien, sondern auch für Palästina (in

Jerusalem das sogenannte Grab des Zacharias und des Absalom) und weiterhin für Sicilien (Grab des Theron) und Tunis (Grab in Dugga) maß-
gebend geworden, ja das Pathanengrab in Schepri bei Gwalior ist nichts als
der ins Arabische umgebildete Typus des Mansoleums von Halikarnassos und
des Löwengrabes von Knidos. Die ägyptische Pyramide findet man nicht in
Persien; sie drang zwar bis Griechenland, jedoch in Asien nicht weiter vor,
als bis nach Syrien, wo wir einem Pyramidengrab bei Fakkra zwischen
Beirut und Baalbek begegnen; jedoch fand in Kleinasien das Urbild der
Pyramide, der runde Tumulus, seine Ausbildung, kam von da nach Etrurien,
Sardinien, und erhielt seine höchste Vollendung in den Rundbauten der Römer.

Von der Stadt Persepolis, Istachr genannt, welche eine außerordentlich feste Lage an der Thalenge und am Ausgange ins Thal hatte, ist nur
wenig vorhanden; außer den Trümmern eines Palastes (des sogenannten
Harem des Djemschid), dessen Säulen in Stücken umherliegen — nur eine
steht noch aufrecht — findet man hier noch die Ruinen eines riesigen Thor-
weges, bestehend aus einem Seitenthor, einer mittleren, durch eine Säule und
zwei Anten getheilten Durchfahrt und einem Thorgebäude.

Eine Halle ganz ähnlich derjenigen des Xerxes in Persepolis steht auch
in Susa. Die Burg von Susa besteht heute aus drei Hügeln; der höchste
und kleinste liegt im Westen, der umfangreichste im Süden und Osten. Es
ist eine ungeheure Masse von Backsteinen, Schutt, Thonwaaren, Terracotten
(worunter Statuetten der Anahita) und dergleichen. Diese Trümmer sind
zum großen Theil älter als die Zeit des Perserreiches, sie gehören der Burg
der alten susischen Könige an, welche, ähnlich wie die assyrischen Paläste, von
Zinnenmauern und Thürmen umschlossen war. In einer Inschrift des Assurbanipal wird ein Thurm genannt, der aus Marmor errichtet und oben über
dem Holzwerk mit glänzendem Erz bekleidet war. Der nördliche Hügel trägt
die auf sechs mal sechs Säulen ruhende Halle des Darius mit je einer
Vorhalle im Westen und Osten; die südliche ist noch nicht entdeckt worden.

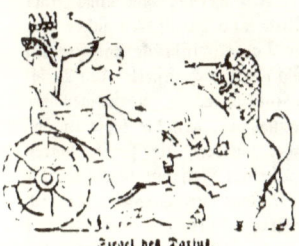

Darius scheint auch in Elbatana
auf der alten medischen Königsburg einen
Palast erbaut zu haben; hier hat man
wenigstens einen glockenförmigen, mit Lotosblättern verzierten Säulenfußgefunden,
der genau den persepolitanischen gleicht.
Der Hügel war nach Polybios Beschreibung (2. Jahrhundert vor Chr.) eine
künstliche Terrasse, und der königliche
Palast war ein Holzbau mit Säulen-
colonnaden, dessen Cedern- und Cy-

Siegel des Darius.

pressenbalken mit Gold- und Silberblechen überzogen waren.

Wir besitzen endlich auch ein Privatdenkmal des Darius, nämlich sein
Siegel, mit den Worten in drei Sprachen „ich Darajavus der König".

Xerxes (Chsajarsa). 485—465.

Darius hatte von seiner ersten Frau, einer Tochter des Gobryas, zwei Söhne; der ältere, Artabazanes, scheint von ihm zuerst zum Nachfolger ernannt zu sein; später jedoch gewann es Atossa, die Tochter des Kyros, über ihn, daß sein und ihr ältester Sohn, Xerxes, dereinst den Thron besteigen sollte, weil er durch seine Mutter von Kyros stammte und weil er der erste Sohn war, welcher dem Darius während seines Königthums geboren worden war.

Xerxes unterbrückte den unter seinem Vater ausgebrochenen Aufstand in Aegypten. Aus der Zeit des Xerxes sind mehrfache Inschriften in Aegypten auf uns gekommen, namentlich befindet sich auf dem Wege von Koptos (Kust, unterhalb Theben) nach der Seeküste von Kosseir eine Reihe von Bildern mit Anbetenden der Gottheit von Koptos, des Chem. Diese Inschriften des Atanhi, eines persischen Saris (Eunuchen) und Gouverneurs (Nepa) von Koptos, Sohnes des Artames und der Kanzan, erwähnen das 6. Jahr des Kambyses, das 36. des Darius und das 12. des Xerxes; in letzterem Jahre wurde die Inschrift verfertigt. Eine andere ist aus dem 2. des Xerxes, wahrscheinlich dem Jahre der Wiederunterwerfung Aegyptens. Ein andrer persischer Saris, Arurresch, nennt das 5. und 16. Jahr des Artaxerxes.

Babel, dessen Bewohner den persischen Satrapen Zopyros ermordet hatten, wurde durch dessen Sohn, Megabyzos, erobert und geplündert, wobei der große Tempel des Bel, welcher heute Babil heißt, zerstört wurde.

Das Wichtigste, was Xerxes unternommen hat, ist der Krieg gegen Griechenland, den bereits sein Vater ohne Erfolg begonnen hatte. . Es wurden die umfassendsten Rüstungen veranstaltet, eine große Kriegsflotte wurde seefertig gemacht, und für das Landheer wurden zwei Schiffbrücken über den Hellespont geschlagen, weil ein Ueberführen der Armee auf Schiffen zu lange aufgehalten haben und weil bei einer Lagerung von etwa einer Million Menschen mit den entsprechenden Reit= und Zugthieren sicher eine Epidemie ausgebrochen sein würde. Von der Doppelschiffbrücke hat Herodot eine ausführliche Beschreibung hinterlassen. Da dieser Schriftsteller den Architekten der Bosporusbrücke des Darius ausdrücklich nennt, denjenigen der Hellespontbrücken jedoch nicht, so darf man annehmen, daß die letzteren von persischen oder asiatischen Künstlern ausgeführt wurden; die Perser waren sehr geübt im Brückenbau und schon die Zoroastrische Religion bezeichnet die Ueberbrückung von Flüssen, wie überhaupt die Anlage von Straßen, wodurch der Verkehr und mit diesem der Wohlstand befördert wird, als verdienstliches Werk. Bereits Kyros überbrückte den Jaxartes. Für die Herstellung der beiden Brücken wurden Fünfzigruderer und Trieren, und zwar nach dem Schwarzen Meer hin 360, nach dem Hellespont hin 314 verankert. Die Schiffe lagen schräg gegen das (von West nach Ost sich ausdehnende) Meer

und in der Richtung der Strömung in der Meerenge, und auf ihnen lagen
die ausgespannten Taue. Die Anker wurden bei der oberen Brücke auf
der Seite der Propontis ausgeworfen, weil hier die Winde aus derselben
wehten, bei der untern aber nach dem ägeischen Meere hin, wegen der Süd-
und Südostwinde. Zugleich ließ man an drei Stellen einen Raum (zwischen
den übrigens dicht aneinander liegenden Schiffen), um den Verkehr kleiner
Fahrzeuge nach dem Meere und zurück frei zu halten. Hierauf wurden die
Taue mit Hülfe von hölzernen Schiffswinden an den Ufern über die Schiffe
gespannt, und zwar wurde jede Brücke von 6 Tauen getragen, von denen
je 2 von weißem Flachs, 4 von Papyrus geflochten waren (nach dem Bericht
eines andern Schriftstellers lagen die Taue über den Vorder- und Hinter-
enden der Schiffe); die Flachstaue waren schwerer als die andern. Hierauf
wurden Balken von der Breite der Brücke gesägt, über die Taue gelegt
und dann oben aneinander befestigt. Ueber die Balken kamen Bretter zu
liegen, und sodann wurde Erde aufgefahren und glatt geebnet. Zuletzt
wurde eine Brüstung auf beiden Seiten angebracht, welche die Lastthiere
und Kriegspferde verhinderte, ins Wasser zu sehen und scheu zu werden.
Es dauerte sieben Tage, bis der Uebergang über die Brücke bewerkstelligt
war. Um ferner die Brücke, welche das Landheer begleiten sollte, nicht den
Stürmen an den gefährlichen Felsen des Athos auszusetzen, wurde dieses
Vorgebirge durch einen Canal bei Sane vom Festland abgetrennt; die Herstellung desselben war nicht schwierig, weil der sandige Boden an der höchsten
Stelle kaum 50 Fuß über dem Meere liegt. Dieser Canal des Xerxes ist
noch heute sichtbar und man könnte ihn mit geringer Mühe wieder fahrbar
machen. Die Flotte bestand nach dem Zeugniß des Aeschylos und Ktesias
aus 1000 Schiffen und 207 Schnellseglern, nach dem des Herodot aus
1200 Kriegsschiffen und 1800 andern Fahrzeugen; alle andern Schriftsteller
wiederholen die Zahl Herodots. Mit den Kriegsschiffen sind Triremen gemeint, welche einen Mast mit großem Segel, drei Reihen von Rudersitzen
übereinander und ein Verdeck hatten; die Trireme konnte 30 Seesoldaten
aufnehmen, während etwa 200 Ruderknechte, Matrosen und Schiffsoffiziere
nothwendig waren. Jedes Kriegsschiff hatte einen Schnabel an dem mit
Bildern heiliger Thiere oder Götter verzierten Vordertheil, bald über, bald
unter dem Wasser, und dieser war bestimmt, das feindliche Schiff an der
Seite zu durchlöchern und zum Sinken zu bringen. Neben den Kriegsschiffen
hatten die Perser Langschiffe mit 15 oder 25 Rudersitzen auf jeder Seite
(Triakonteren und Pentekonteren), leichte Boote (Kerkuren) und Lastschiffe.
300 Schiffe waren nach Herodot von Phönikien und Syrien, 200 von
Aegypten, 150 von Kypros, 100 von Kilikien, 30 von Pamphylien, 50 von
Lykien, 30 von den asiatischen Dorern, 70 von Karien, 100 von den Joniern,
17 von den Inselgriechen, 60 von den Aeoliern, 100 von den Joniern und
Dorern am Hellespont gestellt und bemannt worden, jedoch bestanden die
Combattanten aus Persern, Medern und Saken. Die schnellsten Schiffe

waren die phönikischen, unter ihnen wieder die schnellsten die sidonischen, außerdem zeichneten sich 5 Schiffe mit Bemannung von Halikarnassos und von den Inseln Kos, Nisyros und Kalybna aus, indem diese unter dem Befehl der Artemisia, der Tochter des Lygdamis standen, die für ihren minderjährigen Sohn regierte. Die Flottenbefehlshaber waren Phönikier, Kilikier, Lykier, Kyprier und Karier, die Admiralität aber bestand aus Persern, nämlich Ariabignes, Sohn des Darius und der Tochter des Gobryas, der den Oberbefehl über die ionischen und karischen Schiffe führte, Achämenes, Bruder des Königs, für die ägyptische Flotte; die übrigen Admirale waren Prexaspes, Sohn des Aspathines, und Megabazos, Sohn des Megabates.

Xerxes zog von Susa ab und ließ die in den westlichen Theilen des Reiches zusammengezogenen Truppen nach und nach zu seiner Armee stoßen. Von Kritalla am Halys, wo die Armee vollzählig geworden war, wurden die Winterquartiere in Lydien bezogen. Die Zahl der Soldaten mag sich auf eine Million belaufen haben. Herodot hat uns im 7. Buch seiner Geschichte eine äußerst werthvolle Beschreibung der verschiedenen Truppen, welche nach Nationen und Stämmen eingetheilt waren, hinterlassen, und indem wir dem Leser dieselbe kurz vorführen, ergreifen wir die Gelegenheit, mit Benutzung noch anderer Schriftsteller des Alterthums eine Beschreibung der militärischen Einrichtungen zu versuchen. Die Errichtung des persischen Lagers begann mit der Aushebung eines Grabens und Aufwerfung eines mit Böschungen versehenen Walles von der gewonnenen Erde; er wurde mit Balken und Palissaden bewehrt. Hinter dem Walle fuhr man die Gepäckwagen auf, welche einen zweiten Wall bildeten. Rings auf dem Walle vertheilt stehen die Wachtposten. Den Mittelpunkt des Lagers bildet das königliche Zelt, welches einen Vorraum und mehrere Gemächer enthält, alles mit kostbaren Teppichen bedeckt und mit Silber- und Goldgeräth ausgestattet; Xerxes überließ sein Zelt nach der Schlacht bei Salamis dem Mardonios, und nach der Schlacht von Platää wurde es von den Spartanern erbeutet, und zur Erinnerung an die Siege über die Perser wurde nach seinem Muster das Odeon in Athen angelegt. Rings um das königliche Zelt waren die Zelte der Leibgarden sowie die Küchen und Bäckereien, die Marställe und Verschläge der Thiere aufgestellt. Die Zelte der Soldaten lagen nach den Abtheilungen der Armee angeordnet, mit den Offizierzelten an der Spitze, die durch Fähnlein kenntlich waren. Jedes Corps kannte genau seinen stets an derselben Stelle liegenden Platz. Die Wagenkämpfer und die Reiterei bildeten den nächsten Kreis um das königliche Zelt mit dessen Zubehör, denn das Anschirren der Wagen und das Satteln der Rosse erforderte diese sichere Stellung und eine genügende Zeit, ehe man einen plötzlich einbrechenden Feind empfangen konnte. Die leichte Infanterie lagerte links und rechts von der Reiterei, die Schützen vorn und hinten. Einen weiteren Kreis bildete das schwere Fußvolk, welches mit seinen großen Schilden den Feind wenigstens so lange aufhalten konnte, bis

8*

die Reiterei beritten war. Jeder Soldat wußte, was er beim Abbruch des Lagers zu thun hatte und mußte das betreffende Stück für die Abholung durch die Gepäckwagen bereit halten, und die Führer der letztern waren über die Orte genau instruirt, wo sie sämmtlich zu gleicher Zeit aufzuladen hatten. Auch die Adjutanten des Königs kannten genau die Zelte sämmtlicher Heer= führer, sodaß sie die Befehle ohne Aufenthalt zu bestellen vermochten. Kameele und Maulthiere trugen oder zogen die Belagerungsmaschinen, Sturmleitern, Sturmböcke und Sturmdächer, Wurfscheiben von Stahl, Gefäße mit Nafta, welche durch Wurfmaschinen gegen die Holzthore und Häuser der belagerten Städte geschleudert wurden und dieselben mit ihrem Inhalt tränkten, worauf die Brandlegung mittelst glühender Pfeile erfolgte.

Die Armee des Xerxes wurde von sechs Generalen geführt, Mardonios, Sohn des Gobryas und einer Schwester des Darius, Tritantächmes (Tschi= thrantachma), Sohn des Artabanos (Artavana), des Bruders des Darius und später Satrap von Babylonien, Smerdomenes (Martumana?), Sohn des ·Otanes (Hutana) des Bruders des Darius, Masistes (Mathista), Bruder des Königs, Gergis, Sohn des Arizos, und Megabyzos (Bagabuchsa), Sohn des Zopyros.

Die vornehmste Truppe bildeten die Wagenkämpfer, indische, libysche, lydische (diese besonders gefürchtet und so geschickt, daß sie mit 4 und 6 Rossen fuhren) und persische. Die Kriegswagen, welche in älteren Zeiten bei Assyrern und Aegyptern (seit den Hyksos) die größte Rolle spielten, wurden unter den Persern nach und nach durch die Reiterei verdrängt, und nach der Zeit Alexanders verschwinden sie aus dem Heere; noch einmal taucht bei Firdusi eine Erinnerung an dieselben auf.

Die persische Infanterie unter Führung des Otanes, Schwähers des Xerxes, trägt die Tiara, eine vorn überhängende Mütze, einen Schuppen= panzer von Erz und darüber den Waffenrock, und Beinkleider von Leder. Die hohen Schilde oder Gerrhen sind aus Zweigen geflochten, die Bogen be= finden sich in einem Futteral, welches auch die mit Federn geschmückten Rohr= pfeile enthält. Außer dem Speer führen die Perser das kurze Schwert, dessen Scheide auf der rechten Seite in einem Gehäng ruht und durch eine Fessel am rechten Knie befestigt ist, so daß man beim Zücken desselben die Scheide nicht zu halten braucht; statt dieses kurzen, breiten und zweischneidigen Schwertes (Akinakes) tragen sie auch die Kopis oder den krummen Säbel, und neben dem langen Speer auch einen kurzen Wurfspieß. Wie die Perser sind auch die Hyrkanier unter Megapanos gerüstet. Die Meder unter Tigranes, einem Achämeniden, trugen cylindrische Hüte aus schmalen Verticalstreifen, ihre Kleider oder Sarapen hatten weit herabfallende Aermel und waren an beiden Seiten mit Spangen aufgenommen; ihre Bogen hingen über der Schulter, ebenso ihre Pfeilköcher; ihre rothen Schilde waren elliptisch, mit halbrunden Einbiegungen an den langen Seiten. Ebenso gerüstet erschienen unter Mar= dontes die Krieger von den Inseln des persischen Golfs. Die Susianer unter

Anaphas, Sohn des Otanes, ſind wie die Perſer gerüſtet, tragen aber ſtatt
der Tiara den Turban, ſowie linnene Panzer, wie die Aegypter, Phönikier
und Etrusker und manche Helden vor Troja. Die Aſſyrer unter Otaspes,
Sohn des Artachäos, trugen Erz= und Eiſenhelme mit Kämmen, ihre runden
Schilde waren bauchig, und ſie trugen Dolche, Lanzen und Keulen mit Eiſen=
ſpitzen. Die Baktrer trugen den mediſchen Hut, kurze Lanzen und Bogen,
die Scythen zeichneten ſich aus durch einen hohen ſpitzen Hut von Filz, ihre
Waffen ſind Bogen, Dolch und zweiſchneidige Streitagt (Sagaris). Beide
Völkerſchaften commandirte Hyſtapſes, ein Sohn des Darius und Stiefbruder
des Königs. Wie die Baktrer ſind auch die Krieger aus Choraſan unter
Siſamnes, Sohn des Hydarnes, gerüſtet; ebenſo die Parther, Choraſmier (aus
den Gegenden zwiſchen dem Atrek und Chiwa) unter Artabazos, Sohn des
Pharnakes; die Sogdianer (aus Samarkand) unter Azanes, Sohn des Ar=
täos; die Gandaren und Dadiker aus dem Industhale unter Artyphios, Sohn
des Artabanos. Die Inder unter Pharnazathres, Sohn des Artabates, trugen
baumwollne Röcke und waren mit Bogen und Rohrpfeilen mit Eiſenſpitzen
bewaffnet; die ſchwarzen Inder oder Aethiopen (dravidiſche Völker) trugen
einen Kopfputz aus Pferdeſcalpen mit Ohren und Mähnen. Die Kaspier von
den Bergen Gilans und Mazenderans unter Ariomardos, Bruder des Arty=
phios, trugen Bogen und Schwerter; die Sarangen aus Siſtan unter Pheren=
dates, Sohn des Megabazos, erſchienen in glänzend gefärbten Gewändern und
bis aus Knie reichenden Stiefeln, mit mediſchen Bogen und Lanzen. Die
Paktyer (Afghanen) unter Artyntes, Sohn des Ithamatres, waren mit Bogen
und Dolchen bewaffnet und mit Mänteln von Fellen bekleidet. Ebenſo ge=
rüſtet waren die Stämme der öſtlichen Perſis und Mekrans, die Jutier und
Myker unter Arſamenes, einem Stiefbruder des Königs, und die Parikanier
aus Balutſchiſtan unter Siromitres, Sohn des Oeobazos. Die Araber, welche
ſammt den Nubiern von Arſames, Sohn des Darius und Satrap von Aegypten,
geführt wurden, waren in lange faltige Mäntel gehüllt und führten Bogen,
auch die Nubier, in Löwen= und Leopardenfellen auf der tätowirten Haut,
erſchienen mit 7 Fuß langen Bogen von Palmblattrippen nebſt Rohrpfeilen
mit Feuerſteinſpitzen, Speeren mit Antilopenhörnern und Keulen. Die Libyer
unter Maſſages, Sohn des Oarizos, trugen Lederkleider und waren mit Wurf=
ſpießen bewaffnet. Die kleinaſiatiſchen Völker von der Nordküſte und aus
dem innern Land unter Dotos, Sohn des Megaſibros und unter Gobryas,
Sohn des Darius und der Artyſtone, ſowie Phrygier und Armenier unter
Artochmes, einem Schwager des Königs, trugen geflochtene Lederhelme, ſchmale
Schilde, kurze Speere, Wurfſpieße und Dolche, ihre Füße waren mit hohen
Stiefeln bekleidet. Die Myſier mit eigenthümlichen Helmen, Wurfſpießen und
kleinen Schilden, und die griechiſch gerüſteten Lydier führte Artaphernes, ein
Vetter des Königs; die thrakiſchen Bithynier unter Baſſakes, Sohn des Arta=
banos, hatten Fuchsbälge über den Kopf gezogen und trugen bunte Mäntel,
Stiefel von Rehleder, und waren mit Wurfſpießen, Tartſchen und Meſſern

bewehrt. Unter Babres, Sohn des Hyſtanes, ſtanden die Chalyber, mit kleinen
Schilden von Ochſenleder, mit zwei Wolfsſpießen; ehernen Helmen mit Ohren
und Hörnern von Stieren verziert, mit rothen Bändern um die Beine; ſie
wie auch die Moſynöken trugen linnene Panzer von dickem Stoff, wie dem-
jenigen, in welchem man bei den Griechen die Bettpolſter wegräumte; die
Kabalier, die nördlichen Nachbarn der Lykier, und die Kilikier hatten Helme
und Tartſchen von Leder, wollene Waffenröcke, ſowie zwei Wurfſpieße und
ägyptiſche Schwerter, die Milyer aus dem Innern Lykiens kurze Speere, Bogen
von Kirſchholz und Ledermützen; die nördlichen Stämme, Moſcher und Tibarener unter Arionardos, Sohn des Darius und der Parmys, Makronen und
Moſynöken unter Artayktes, Sohn des Cheraſmis, trugen Holzhelme, kleine
Schilde und Speere mit langen Spitzen; unter Pharandates, Sohn des
Teaspes, ſtanden die Maren mit geflochtenen Helmen, Lederſchilden und Wurfſpießen, und die Kolcher mit Holzhelmen, Schilden und Häuten, Schwertern
und kurzen Speeren; Saſpiren und Alarodier unter Führung des Maſiſtes,
Sohn des Siromitras, waren ebenſo gerüſtet.

Zur Infanterie gehörten die wenig geachteten aus Sagarten und roheren
Hülfsvölkern beſtehenden Schleuderer, welche unter die einzelnen Truppen-
theile vertheilt oder als Plänkler benutzt wurden.

Die Reiterei wurde commandirt von den Medern Armamithras und
Tithäos, Söhnen des Datis, und Pharnuches, der beim Aufbruch von Sardes
vom Roß ſtürzte und an der Schwindſucht ſtarb. Die perſiſche Reiterei war
ganz in Eiſen und Erz gekleidet; die Panzerſchuppen der Offiziere waren
vergoldet, die Röcke über den Harniſchen von Purpur; die runden Schilde
waren klein und mit Erz beſchlagen, auch das Roß trug Stirnplatten und
Bug- und Rückenpanzer, der Stirnbüſchel war durch einen Ring zuſammen-
gefaßt und ſtand garbenförmig in die Höhe. Das Riemenwerk war mit
metallenen Roſetten beſetzt, und Quaſten hingen von Hals und Rücken herab.
Auch die Hufe ſind mit Hufeiſen bewehrt. Am prachtvollſten gerüſtet war
die Schaar der 10,000 Unſterblichen unter Führung des Hydarnes, des
Sohnes des Hydarnes; ihre Röcke waren mit Steinen beſetzt und mit Gold
geſtickt, um den Hals trugen ſie wie die römiſchen Ritter goldene Ketten.
1000 von dieſen bildeten die Leibwache des Königs. Neben der perſiſchen
Reiterei erſchienen die berittenen Sagarten mit Laſſos von Riemen, welche
ſie über den Kopf der Feinde warfen, worauf ſie dieſe an ſich heranzerrten
und mit den Dolchen umbrachten. Außerdem ſtellten noch Armenier, Meder,
Euſianer, Inder, Baktrer, Kaſpier, Kaſpiren (aus dem hohen Nordoſten von
Iran) und Parikanier Reiterei, in derſelben Rüſtung wie ihre Fußtruppen,
und endlich ritten die Araber auf Dromedaren. Das Land, welches die meiſten
Pferde züchtete, war Medien, und namentlich auf den Ebenen von Chawa,
Aliſchtar, Churu, Silachur, Feridun wurden die ſogenannten niſäiſchen Roſſe
auf der Weide gehalten. Dieſe Race iſt die turkomaniſche und iſt groß, ſtark
und ausdauernd; eine andere im heutigen Iran vorkommende iſt das Laſt-

pferd oder der Klepper (Jabu); die arabische Race wurde erst von Nadir
Schah († 1747) eingeführt; eine Kreuzung der turkomanischen und arabischen
Race sind die Badpai oder Windfüße, welche man in jedem Marstall reicher
Leute findet. Die arabischen Pferde haben flache Stirn und gerade Gesichtslinie, sie stammen aus Centralasien und wurden von den Ariern auf ihren
Wanderungen mitgeführt; zu ihnen gehören nicht nur die griechischen Rosse, wie
sie die Sculpturen des Parthenon zeigen, sondern auch die englischen Vollblut-
pferde, und die Bezeichnung arabisch bezieht sich nicht auf ihre Heimath, sondern auf die Vervollkommnung, welche ihnen bei den Arabern geworden ist,
die sie erst später kennen lernten. Die turanische Race, wozu die nisäischen
Pferde der Achämeniden und die ägyptischen der 18. Dynastie gehörten, haben
eine gewölbte Stirn und schroffe Gesichtslinie. Die persischen Rosse wurden
sorgfältig für den Kriegsdienst abgerichtet, an das Getöse der Waffen nicht
allein, sondern auch an den Anblick gefallener Krieger dadurch gewöhnt, daß
man ihnen Puppen in den Weg legte. Uebrigens gab es im Elburz, dem
Gebirge von Gilan und Mazenderan, ein Volk, welches noch zur Zeit der
Abbasiden sich der Stiere als Reitthiere bediente, da es die Pferde erst sehr
spät kennen lernte.

Die einzelnen Heeresabtheilungen hatten Feldzeichen und Standarten,
Stäbe mit klafternden Adlern von Gold und Fahnen (Drafscha), auf welchen
Wappenthiere und sonstige heraldische Gegenstände gemalt und gestickt waren:
Elephanten, Löwen, Drachen, Rosse, Wölfe, Eber, Mond, Sonne (man sehe
Firdusis Heldensagen, übersetzt von A. F. von Schack, S. 339). Die Karier
sollen zuerst Schildbeviseu getragen haben. Die Signale wurden mit Trom-
peten und Heerpauken gegeben.

Das ganze Heer marschirte in drei Heersäulen; die erste bestand aus
dem Gepäck und der Hälfte der nicht-persischen Truppen; die zweite hatte den
König in ihrer Mitte; vor ihm her gingen 10 heilige Rosse und ein heiliger
Wagen, von acht weißen Pferden gezogen. Der König war umgeben von
12,000 Persern zu Fuß und 12,000 zu Pferd, der Elite des ganzen Heeres.
Von Sardes wälzte sich die ungeheure Masse den Hermos hinab und schwenkte
nahe an dessen Mündung nach Norden ab, um von Abydos aus, wo Xerxes
eine Heerschau hielt, über den Hellespout zu gehen. Der König goß ein
Trankopfer ins Meer, und opferte ihm den hiebei verwendeten goldenen Becher
nebst einer goldenen Schale und einem Schwert. Die Soldaten bestreuten
die Brücken mit Myrten und räucherten, worauf die Unsterblichen mit Kränzen
geschmückt den Uebergang eröffneten. Am zweiten Tage ging der König mit
dem heiligen Wagen über die Brücke. Das Gepäck bediente sich der zweiten
Brücke. In Europa fand der Marsch der drei Heersäulen keine Beunruhi-
gung; im Gegentheil erklärten die Staaten des nördlichen Griechenlands ihre
Unterwerfung. Der Zugang von Thessalien nach Phokis, Böotien und Attika
ist ein schmaler Saum zwischen dem Meer und dem Berge Kallidromos, von
einem Flüßchen, dem Spercheios durchschnitten, und damals durch ein Thor

gesperrt. Diesen Paß von Thermopylä hatten etwa 9000 Griechen, Spar=
taner, Phokier, Lokrer, Thespier und Thebaner besetzt, und diese Mannschaft
war ausreichend, um die Vertheidigung gegen noch so große Heeresmassen
mit Erfolg auszuführen. Xerxes ließ medische, susische und scythische Truppen
angreifen, aber diese sowenig wie die Garde der Unsterblichen richteten etwas
aus. Erst am dritten Tage erreichte die Hellenen das Schicksal, welches vor=
auszusehen war. Die Perser hatten den Vortheil, stets frische Truppen zur
Action zu bringen, dagegen den Nachtheil, daß die Griechen, besonders die
Spartaner, bessere Soldaten und sich bewußt waren, daß das Geschick ihres
Vaterlandes auf der Spitze ihrer Waffen stand. Unter den gefallenen Per=
sern befanden sich zwei Brüder des Königs, Abrokomes und Hyperanthes,
Söhne des Darius und seiner Nichte Phratagune, deren Leichen man mit
den Waffen in der Hand auffand. Um den Körper des Spartanerkönigs
Leonidas entspann sich ein wüthender Kampf, der erst endete, als Hydarnes,
mit einem Zug Perser auf einem Bergpfad von Trachis über den Kallidromos
herabstieg und den Hellenen in den Rücken fiel. Von allen Seiten bedrängt,
wehrten sie sich mit den Waffen, zuletzt mit Händen und Zähnen, bis der
letzte Mann gefallen war.

Das Land lag jetzt den Persern offen. Athen mit der Akropolis wurde
zerstört; die persische Flotte, welche durch einen heftigen Sturm an der Küste
von Magnesia etwa 400 Schiffe, und 15 in einem Treffen am Artemision
(dem Nordcap von Euböa) eingebüßt hatte, lieferte der griechischen mehrere
Treffen, in denen sich besonders die Aegypter auszeichneten; obwohl der Er=
folg im Ganzen für die Griechen günstig war, so glaubten sie doch sich in
die inneren Gewässer zurückziehen zu müssen; die persische Flotte segelte nach
Sunion und ankerte vor Athen. Die überlegene Seetaktik der Griechen er=
rang bei Salamis über die feindliche Flotte einen glänzenden Sieg, der auf
Xerxes, welcher selbst dem Kampf vom Gestade aus zusah, einen solchen Ein=
druck machte, daß er ein weiteres Vorrücken in Griechenland aufgab und den
Rückzug antrat. Zugleich wurde die persische Flotte, welche ein paar hundert
Fahrzeuge eingebüßt hatte, nach dem Hellespont abgeordnet, um die Brücken
zu vertheidigen. Dieser Rückzug des Xerxes wurde durch die Ueberlegung
veranlaßt, daß man Griechenland, dessen Hauptstärke die Seemacht bildete,
ohne Flotte nicht erobern konnte, und die Ueberlegenheit der Griechen zur
See hatte die Schlacht von Salamis sattsam vor Augen geführt. Mardonios
blieb mit 200,000 Mann in Thessalien, um im nächsten Jahre den Krieg
wieder aufzunehmen. Der Rückzug wurde von verschiedenen Unglücksfällen
betroffen: das Heer wurde durch Mangel an Proviant und Typhus
decimirt, die Hellespontbrücken hatte ein Sturm zerstört und die Ueberschiffung
war selbst mit großer Gefahr verbunden. Noch von Sestos aus ließ der
König 40,000 Mann unter Artabazos nach Thessalien abrücken, so daß hier
300,000 Perser die Winterquartiere bezogen. Mardonios begann sogleich im
Frühjahr die Feindseligkeiten; er besetzte Athen nochmals und gab von diesem

Erfolg dem Xerxes durch Feuerzeichen, wie sie bei den Griechen üblich waren, Nachricht, wahrscheinlich längs der Küste nach dem Athos und über Lemnos nach Asien. Die Peloponnesier waren im Begriff, die vaterländische Sache zu verlassen, als der tapfere Pausanias von Sparta durch sein energisches Auftreten einen Umschwung bewirkte. Ein ansehnliches Heer, freilich nur ein Drittel der persischen Streitmacht, rückte dem Mardonios nach, welcher sich in eine vorzügliche Stellung am Asopos in Böotien, mit der festen Stadt Theben im Rücken, zurückgezogen hatte. Die Feindseligkeiten dauerten mehrere Tage. Das erste Gefecht hatte die persische Reiterei unter Masistios. Dieser General ritt ein nisäisches Roß, welches mit einem goldenen Gebiß und herrlichem Geschirr aufgezäumt war. Die Hellenen wurden so sehr bedrängt, daß sie von den Persern Weiber gescholten wurden und daß sie um Verstärkung baten. 300 Athener stießen zu ihnen. Die persischen Reiter griffen in Schwadronen an, als das Roß des Masistios, der voranritt, von einem Pfeil in die Flanke getroffen sich bäumte und den Reiter absetzte. Sogleich liefen Athener herbei und hieben auf den Gefallenen los. Er trug unter seinem Scharlachkleid einen Harnisch von goldenen Schuppen, welcher den Schlägen Widerstand leistete, bis ein Athener ihn durch einen Stich in die Augenhöhle umbrachte. Die persischen Reiter trieben die Athener zwar zurück, als sie aber den Tod ihres Anführers bemerkten, ergriffen sie die Flucht. Die Griechen führten den todten Masistios auf einem Wagen durch ihre Reihen und bewunderten die Größe und Schönheit des Gefallenen. Sein goldener Harnisch wurde nebst einem Schwert des Mardonios im Tempel der Athene Polias zu Athen aufgehängt. Mardonios stellte jetzt sein Heer auf. Reiterei besetzte die Uebergänge des Kithäron in die Ebene von Plataä, um etwaigen Zuzug abzuwehren. Sie hob auch eine Proviantcolonne von 500 Lastthieren auf. Die persische Cavalerie beunruhigte die Griechen, während beide Armeen sich gegenüberstanden und flößte ihnen eine solche Furcht ein, daß sie sich dicht vor Plataä zurückzogen und erst nach elf Tagen den Kampf wagten. Die Opferschau auf beiden Seiten hatte, wie man sagte, ungünstige Aspecten für die Angreifer gezeigt. Die Perser sahen während des ganzen Verlaufs des Kriegs gegen die Hellenen Landsleute der letzteren in ihren Schlachtreihen, und persisches Gold hatte oft mehr vermocht als persische Waffen. Artabazos rieth dem Mardonios, den Krieg dadurch zu beendigen, daß man das viele Gold und Silber, sowie andere Kostbarkeiten im persischen Lager den Griechen, besonders einflußreichen Männern sende, wodurch eine Schlacht vermieden und Griechenland durch Verrath an die Perser kommen würde. Mardonios bestand auf einer Schlacht. Er ließ die Reiterei vorgehen, welche den Griechen den Zugang zum Asopos abschnitt und eine Quelle verschüttete, sodaß sie Nachts auf eine Art von Insel, welche durch zwei Arme eines Flüßchens gebildet wurde, flüchteten. Mardonios ging dann selbst über den Asopos, der nur von Spartanern und Tegeaten besetzt war. Die anderen Generale folgten sogleich und im Wahne, schon als Sieger die Flüchtigen zu verfolgen, eilten sie in völliger Unordnung vorwärts. Pausanias ließ die Athener, welche ein Hügel den Persern verdeckte, zu Hülfe rufen; jedoch wurden die Athener von den persischen Griechen aufgehalten. Die Perser bildeten mit ihren in die Erde befestigten Gerrhen, großen von Weiden geflochtenen und zuweilen mit Leder überzogenen Schilden einen Wall, hinter welchem sie auf die Griechen schossen. Die letzteren rückten vor, warfen den Schildwall nieder und es entspann sich ein hartnäckiger Kampf. Die Perser faßten die griechischen Speere und zerbrachen sie mit der Hand, „denn, sagt Herodot, in Stärke und kriegerischem Geist waren die Perser nicht im geringsten den Griechen nach= stehend"; was den letzteren Vortheil gewährte, war, daß die Perser keine Rüstungen trugen, während die anderen schwer geharnischt waren, auch stand ihrer Tapferkeit keine Umsicht und Kenntniß militärischer Taktik zur Seite. Als nun Mardonios selbst getödtet wurde, wichen ihre Reihen und in wilder Flucht stürzten sie sammt den übrigen Asiaten, welche noch gar nicht gefochten hatten, ins Lager zurück, während nur die Reiterei soviel Haltung zeigte, daß sie den Rückzug vor der Verfolgung schützte. Das Lager wurde rasch in Stand gesetzt; man vertheidigte die Verschanzungen tapfer und erfolgreich. Aber die Griechen erkletterten die Mauern und ergossen sich ins Lager. Die Tegeaten, zuerst im Lager, plünderten das Zelt des Mardonios, wo sie u. A. eine Krippe von Bronze fanden, welche sie in den Tempel der Athene Alea stifteten (22. Sept. 479). Die Beute war außerordentlich; in den Zelten Massen von Gold= und Silbergeräth, übergoldete Ruhelager, goldene Schalen, Becher und andere Trinkgefäße. Pausanias beauftragte die Heloten, alle Schätze zu sammeln; diese befolgten den Befehl aber nur in Bezug auf die Dinge, welche sie nicht bei Seite schaffen konnten, die übrigen verkauften sie an die Aegineten, welche das Gold wie schlechtes Erz bezahlten und dadurch den Grund ihres Reichthums legten. Den Erschlagenen nahmen die Spar= taner unzählige Armringe, Ketten, Schwerter mit goldenen Ornamenten, ge= stickte Prachtkleider ab; noch lange Zeit nachher förderte man auf dem Schlacht= felde Kisten mit Gold und Kostbarkeiten zu Tage. Es wird auch erzählt, daß Pausanias von den gefangenen Köchen des Mardonios eine persische Mahlzeit habe anrichten lassen. Als er die von Gold funkelnden Divans mit den prachtvollen persischen Teppichen und das schimmernde Tischgeräth mit den ausgesuchtesten Speisen bemerkte, soll er gesagt haben: Seht, wie groß die Thorheit dieses persischen Feldherrn war, der eine solch' üppige Tafel verließ, um uns die unsrige wegzunehmen.

Mehr noch als die Zurückdrängung der Perser hatte dieser Sieg den Erfolg, daß er die Zuversicht der Hellenen im Kampfe mit den Barbaren befestigte und den Gedanken erweckte, den Spieß umzudrehen und dem Feind ins eigene Haus zu brechen. Thrakien und Makedonien hatten leicht ihre Unabhängigkeit wieder gewonnen, nur Byzanz blieb noch zwei Jahre, Eïon (an der Mündung des Strymon) drei Jahre, und das wichtige Doriskos, welches ein englischer Geschichtschreiber mit dem Calais zur Zeit Heinrichs VI.

verglich, blieb als ein Zeichen vergangener, als ein Hoffnungsanker künftiger
Eroberung noch bis zur Mitte des Jahrhunderts in persischem Besitz. Die
Hellenen befreiten ihre Brüder auf den Inseln der anatolischen Küste und
besiegten die Perser an dem Vorgebirge Mykale, an demselben Tage, wo bei
Plattää gestritten wurde. Gleichwohl blieben noch sämmtliche Küsten Klein=
asiens in persischem Besitz; einige Jahre später wiederholten die Griechen
einen Angriff an der Südküste, wo sie die persischen Besatzungen der grie=
chischen Städte Kariens und Lykiens vertrieben und am Ausfluß des Eury=
medon (Köprü=Su) eine phönikische Kriegsflotte und ein persisches Landheer
in die Flucht schlugen (466). Dieser von den Griechen errungene Erfolg
verschaffte Athen den Besitz des Mittelmeeres, der erst wieder im Jahr 449
zum Theil an die Perser verloren ging.

Während also am Westende des Reichs die Vorboten künftiger größerer
Unglücksfälle sich bemerklich machten, traten auch im Mittelpunkt desselben
Anzeichen hervor, daß das persische Reich den Höhepunkt seiner Macht über=
schritten hatte. Xerxes, bei Gelegenheit nicht ohne hochherzige Regungen,
überließ sich leicht augenblicklichen Eindrücken und der Leitung anderer, welche
seinen Leidenschaften schmeichelten; es begann am Hofe das Spiel der Ränke
unter Höflingen und Weibern, womit in der Regel der Verfall orientalischer
Reiche anhebt, und es werden Vorfälle erzählt, wie sie an den sittenlosesten
Höfen vorzukommen pflegen. Bezeichnend für diese Zustände ist eine von
Herodot erzählte Geschichte: Xerxes verliebte sich während seines Aufenthaltes
in Sardes in das Weib seines Bruders Masistes, als aber seine Anträge
zurückgewiesen wurden, betrieb er die Verlobung seines Sohnes Darius mit
Artaynta, der Tochter des Masistes, weil er hierdurch seinem Ziele eher sich
nähern zu können hoffte. Als nun Artaynta in den Palast zu Susa eintrat,
verdrängte sie durch ihre Reize die Leidenschaft für ihre Mutter bei Xerxes,
und dieser erfreute sich ihrer vollen Gunst. Nun hatte Amestris, die Königin,
ihrem Gemahl ein prachtvolles von ihr selbst gewobenes Kleid verehrt.
Eines Tages besuchte er in diesem Kleid die Artaynta und als er diese voll
Zärtlichkeit fand, versprach er ihr die Erfüllung eines Wunsches; Artaynta
ließ sich das Versprechen eidlich bekräftigen und verlangte dann das Kleid.
Xerxes, der den Zorn der Amestris fürchtete, beschwor sie, ihren Wunsch
zurückzunehmen, er versprach ihr Gold und Städte, aber vergebens; Artaynta
nahm das Kleid und trug es häufig. Amestris hatte bald das ganze Ver=
hältniß durchschaut und ersuchte mit scheinbarer Unbefangenheit den König
an seinem Geburtstage, an welchem er der Sitte gemäß keine Bitte ab=
schlagen durfte, ihr das Weib des Masistes, die Mutter der Artaynta zu
schenken. Xerxes errieth sogleich die Absicht seines Weibes, mußte aber die
Bitte gewähren, schon um der Zudringlichkeit ihrer fortwährenden Bitten
enthoben zu sein; jedoch rieth und befahl er dem Masistes, sich von Susa
zu entfernen oder wenigstens sich seines Weibes zu entäußern, wofür er eine
Tochter des Königs zur Frau erhalten sollte. Masistes aber im Bewußtsein

seiner Unschuld weigerte sich entschieden, das eine oder andere zu thun. Mittlerweile ließ Amestris das unglückliche Weib durch Leibgarden verhaften, ihr die Nase, Ohren, Lippen und Brüste abschneiden und die Zunge aus= reißen, worauf sie wieder entlassen wurde. Ihr Gatte beschloß sich dadurch zu rächen, daß er mit seinen Söhnen einen Aufruhr unter den Baktrern und Saken anzettelte. Er wurde jedoch auf dem Wege eingeholt und sammt seinen Söhnen und seinem Anhang umgebracht.

Xerxes fiel als Opfer einer Hofverschwörung; er wurde von dem Hyr= kanier Artabanos, dem Anführer der Leibwache, und dem Kämmerling Mithri= dates ermordet.

Wir besitzen von Xerxes Architekturdenkmale, welche die Kunst in der= selben Blüthe zeigen wie unter seinem Vater und welche wir bereits bei der Betrachtung des Palastes von Persepolis erwähnt haben. Die Felsgrüfte bei Persepolis sind außer dem Dariusgrab nicht mit Inschriften versehen; das Grab des Xerxes dürfte das dritte in der Reihe von Naksch Rustam sein. Auch die Inschrift im Gebirge Alwand bei Elbatana haben wir bereits kennen gelernt. Eine andere Inschrift des Xerxes findet sich in Van, 60 Fuß über der Ebene an dem hier senkrecht aufsteigenden Burgfelsen; nach dem üblichen Eingang besagt die Inschrift: „Es spricht Chšajarša der König: Darajavus, welcher mein Vater war, hat durch die Gnade des Auramazda viel Schönes gemacht und befohlen, diese Stelle zu behauen, doch hat er keine Inschrift eingraben lassen; ich befahl, die Inschrift einzugraben. Aura= mazda sammt den Göttern möge schützen mich, mein Reich und was ich gemacht habe." Wir besitzen auch eine Alabastervase, welche seinen Namen in Keil= schrift und Hieroglyphen zeigt.

Unter Xerxes erreichte die Pracht des königlichen Hoflagers ihren Höhe= punkt. Die Kostbarkeit des königlichen Schmuckes wird von den Griechen auf 12,000 Talente geschätzt, und diese enorme Summe wird man nicht übertrieben finden, wenn man liest, was Sir Robert Ker Porter von dem Schah und der Pracht seines Ornats erzählt: „Der Schah erschien wie ein Strahl von Juwelen, der im völligen Sinne das Auge blendete; die ein= zelnen Kleidungsstücke waren folgende: eine hohe dreifache Tiara bedeckte sein Haupt, ganz von dicht gesetzten Diamanten, Perlen, Rubinen und Smaragden derart geschmückt, daß ein überaus schönes Farbenspiel des brechenden Lichtes entstand. Mehrere schwarze Federn, wie von Reihern, wechselten mit den glänzenden Diamantsträußen dieses wahrhaft kaiserlichen Diadems, deren Spitzen birnförmige Perlen von außergewöhnlicher Größe zierten. Sein Gewand war von Goldgewebe, zum großen Theil von einem ähnlichen Edel= stein= und Perlenschmuck bedeckt, und um den Hals hing eine Doppelkette von Perlen, vielleicht den größten in der Welt. Nichts aber kam den breiten Armbändern gleich, sowie dem Gürtel, welche im Sonnenlicht wie ein Feuer strahlten. Das rechte Armband nannte man den Berg des Lichtes (Kohi Nur), das linke das Meer des Lichtes (Darjai Nur); diese so benannten

Diamanten hatte die Raubgier des Nadir Schah in den persischen Kronschatz gebracht, als er Muhammed Schah, den elften Kaiser der mongolischen Dynastie, aus Delhi vertrieben und seine Besitzungen an Persien gebracht hatte."

Das eheliche Leben des Schahs war im Alterthum wie heutzutage. Das Klima und die körperlichen Verhältnisse der orientalischen Frauen haben überall im Orient Polygamie veranlaßt; jedoch ist die Monogamie deshalb weit überwiegend, weil nur wohlhabende oder reiche Männer die Kosten zu tragen vermögen, welche der Unterhalt eines Frauenhauses verursacht. „Die Reize der Frauen dauern selten über 8 oder 10 Jahre, selten auch besitzen sie gemüthliche Eigenschaften, welche den Mann bezaubern könnten; die noch eben glänzende oder scherzende Schönheit, voll von Lächeln und schmachtenden Blicken, wird dürr, welk, triefäugig, in jeder Hinsicht ein häßliches Weib. Der kurze Sommer ihrer Blüthe beginnt schon mit dem 11. oder 12. Jahre und endet bald nach dem zwanzigsten; jedes folgende Jahr bringt eine neue Runzel, bis das ehemalige „Licht des Harems" ganz in Schatten gestellt ist. Obwohl ein solches Weib noch voller romantischer Erzählungen ist, worin Liebe das Hauptthema ausmacht, und welche von allen mit gieriger Auf= merksamkeit gehört werden, so bezweifle ich doch, daß noch ein Rest solchen Gefühles in ihr selbst sich finde. Körperliche Schönheit mag eine heftige vorübergehende Leidenschaft erwecken, ja gerade je weniger gemüthliche An= ziehungskraft sie besitzt, um so mächtiger wird ihre Gewalt sein, jedoch müssen Vorzüge des Herzens hinzukommen, um diese augenblicklichen Erregungen in jene zarten Empfindungen sich verwandeln zu lassen, welche dauerhaft die theuersten Bande unseres Lebens weben. Daher folgen keine zärtlichen Er= innerungen dem Ueberdruß an jenen einst liebenswerthen Wesen; eine folgt der andern in der Gunst ihres Herrn, ohne daß dieser vorher und nachher sich viel um sie kümmert, gerade wie er aus seinem Fenster die Blüthe und dann die Entblätterung der Rose gleichgültig betrachtet." Ein wohlbesetztes Harem, wie des Schahs, besteht aus Frauen, Kebsen und Sklavinnen; die Kinder aller dieser gelten als legitim, jedoch hat eine unter den Frauen, die Königin, die Mutter des Thronerben, den höchsten Rang, und im Alter= thum waren die übrigen Frauen genöthigt, vor ihr anzubeten; sie trug ein Diadem und ein Purpurkleid als Abzeichen ihrer Würde und bezog die Ein= künfte gewisser Städte zur Bestreitung ihres Aufwandes. Das Harem wird außer von den Sklavinnen auch von Kämmerern oder Eunuchen unter einem Oberkämmerer bedient, wie dies bereits in Assyrien der Fall war, und das Harem der Residenz war den Blicken der Männer durchaus verschlossen. Das Buch Esther berichtet wohl übertrieben, daß die neu erworbenen Mit= glieder des Frauenhauses ein Jahr lang warten mußten, bis sie der Gnade des königlichen Besuches gewürdigt wurden; diese Zeit war der Pflege ihres Körpers gewidmet, der mit Salben und Myrtenöl bearbeitet, mit Aromen besprengt und mit Schminken bemalt wurde. Die Frau spielt in der Welt= geschichte eine weit größere Rolle, als man gewöhnlich glaubt, und das

Frauenhaus der spätern Achämeniden war nicht nur der Schauplatz von
Liebesintriguen und eifersüchtigen Zankes, sondern auch der Ausgangspunkt
politischer Actionen, sogar mancher Verbrechen.

Die Tafel des Königs war sprüchwörtlich durch die Pracht des Tisch=
geräthes und die Vorzüglichkeit der Gerüchte. Täglich wurde eine Unmasse
von Vieh, Wildbret und Geflügel geschlachtet und geopfert (das Tödten eines
lebenden Wesens wurde durch die Weihung eines Körpertheiles an die Gott=
heit gesühnt), denn nicht nur der König und seine Umgebung oder seine
Frauen, sondern auch die Leibgarden und Hofbeamten wurden auf Kosten
des Königs verpflegt. Die persischen Gourmands sind schon früh auf die
Erfindung des Desserts gekommen, welches nach Befriedigung des Hungers
den eigentlichen feinschmeckerischen Genuß bildet, Obst, Confituren, in Eis
gekühlte Sorbete u. dgl. Die Griechen erzählen allerlei Anecdoten, um die
Erhabenheit der persischen Tafel über der griechischen zu verdeutlichen, und
wonach sich jene zu dieser etwa verhalten mag wie ein Diner bei den Frères
Provençaux zum Mittagessen im Hôtel eines deutschen Städtchens. Der
König von Persien belohnte neue culinarische Erfindungen gleich den Ver=
diensten auf anderen, uns wichtiger dünkenden Gebieten, und es kamen die
Naturalien für den königlichen Tisch von denjenigen Orten, wo dieselben in
bester Qualität zu haben waren; sein Trinkwasser, auch wenn er reiste, war
stets aus dem Choaspes (Kercha in Susiana), der Waizen für die Brote
kam aus Aegypten und aus Assos (an der mysischen Küste), der Wein aus
Chalybon (Aleppo). Ein Schriftsteller hat uns einen Küchenzettel aufbewahrt,
welchen Alexander auf einer ehernen Säule in Persepolis eingravirt ge=
funden haben soll; hier werden uns Braten und Gemüse, Brei und Saucen,
Würzen und Oele genau mitgetheilt. Wie noch heute, waren den Persern
auch in alter Zeit Messer, Gabel und Löffel unbekannt, indem man flüssiges
aus Schalen trank, dagegen die vorher tranchirten festen Speisen und Pilavs
mit großer Grazie mittelst der Finger und mit Hülfe von dünnen Brotscheiben
zum Munde führte, ohne daß ein Finger die Lippen berührte. Vor und
nach der Tafel wurden Waschbecken gereicht, um die Hände zu reinigen.
Auch fehlte es nicht an musikalischem Wohllaut bei der persischen Tafel; es
wird von Annaros, Satrapen von Babylonien erzählt, daß 150 weibliche
Musikanten zum Saitenspiel sangen, während er speiste. —

Artaxerxes I. (Artachschatra). 465—425.

Der Sohn des Xerxes, Artaxerxes Longimanus, ein milder aber schwacher,
von seiner Mutter und seiner Schwester Amytis, beide Frauenzimmer von
frivoler Natur, geleiteter Mann, bestieg den Thron über die Leiche seines
Bruders Darius hin: der Mörder Artabanos bürdete diesem die Schuld der
Ermordung seines Vaters auf, und Artaxerxes ließ den Darius tödten.
Artabanos ging nun damit um, den Artaxerxes aus dem Weg zu räumen, um

selbst die Zügel der Regierung in die Hand zu nehmen. Megabyzos, Sohn des Zopyros und Gatte der Amytis, trennte sich von dieser, weil ihre Sitten ihm Verachtung einflößten. Da er hierdurch mit der königlichen Familie in Zerwürfniß kam, so glaubte Artabanos an ihm einen Genossen seiner Pläne zu finden; Megabyzos jedoch verrieth das Complot dem König und Artabanos wurde sammt seinen Spießgesellen hingerichtet, der eigentliche Mörder des Xerxes, Mithridates, wurde zum Tod durch die „Krippen" verurtheilt, eine furchtbare Todesart, die wir bei Gelegenheit der Rechtspflege unter Darius kennen gelernt haben. Die Absicht, für ihren Vater Blutrache zu nehmen, kostete noch den Söhnen Artabans das Leben.

Bei Antritt der Regierung zeigten sich wie gewöhnlich Unruhen. Baktrien unter des Königs Bruder Hystaspes wurde nach zwei Schlachten zum Gehorsam gebracht. Inaros, Sohn des Psamtik, ein Fürst von Libyen, zettelte einen Aufruhr gegen den ägyptischen Satrapen Achämenes an; in der Schlacht bei Papremis in Delta wurden die Perser geschlagen und Inaros erlegte den Satrapen. Die Perser waren auf Memphis zurückgeworfen, als eine athenische Flotte den Nil hinaufsegelte und die persischen Schiffe in die Flucht jagte, sodaß man zur Belagerung der weißen Burg in Memphis schreiten konnte, welche über ein Jahr von den Persern vertheidigt wurde. Megabyzos, damals Satrap von Syrien, rückte mit einer großen Armee heran, Artabazos, Satrap von Kilikien, segelte mit phönikischen Schiffen, deren Herstellung ein Jahr in Anspruch nahm, den Nil herauf, und die vereinigte Armee beider Feldherrn schlug die Aegypter und entsetzte die Burg in Memphis. Die Athener wurden auf Prosopitis, einer von zwei Nilarmen gebildeten Insel, umzingelt, ein Flußarm trocken gelegt, und nur wenig entkamen nach Kyrene. Inaros, obwohl Megabyzos ihm das Leben versprochen hatte, wurde gekreuzigt (455). Athen, der geschworene Feind der Perser, ruhte indessen nicht, sondern rüstete eine Flotte aus, um Kypros, den wichtigsten Stützpunkt der Seerüstungen der Perser, diesen zu entreißen. Obwohl nun die Athener die Belagerung von Kition aufheben mußten, gelang es doch nach einem Sieg über das phönikische und kilikische Geschwader auf der Insel zu landen und alsdann ein persisches Heer in Phönikien zu besiegen. Glänzende Erfolge hatte also keine Partei aufzuweisen, und man stellte die Feindseligkeiten ein; die persischen Flotten wagten nicht, der Rhede von Phaselis in Lykien in Sicht zu kommen, sondern hielten sich in den Gewässern von Kilikien und Pamphylien; die persischen Tributlisten wurden zwar fortgeführt, allein es gelang den Satrapen nicht, den Tribut der ionischen Städte einzutreiben, ja aus dem Umstand, daß der Satrap von Lydien noch später im Jahre 412 keine Schiffe auf ionischen Rheden bauen durfte, geht hervor, daß die anatolische Küste thatsächlich frei war. Man hatte von der anderen Seite den Gedanken an Eroberungen auf persischem Gebiet aufgegeben, da die Freiheit der griechischen Gewässer für die Handel treibenden Staaten genügte und ihnen ein weit wichtigerer

Gewinn sein mußte, als ferne Eroberungen, welche man nicht zu halten vermocht hätte.

Bedenklich war ein Aufstand des Satrapen Megabyzos, desselben, welcher dem König zweimal das Leben gerettet hatte, einmal bei dem Mordanschlag des Artabanos, das andere Mal auf der Jagd, als er einen Löwen erschoß, welcher auf Artazerxes ansprang; er war erbittert über die von Amestris betriebene Hinrichtung des Inaros, dem er die Sicherheit des Lebens verbürgt hatte. Der Aufstand verlief für den Satrapen so glücklich, daß Artazerxes genöthigt war, mit ihm förmliche Friedensunterhandlungen zu pflegen. Es ist merkwürdig, daß der König sich hier nicht des sonst nicht ungewöhnlichen Radicalmittels, des Dolches oder Giftes, bedient hat, um einer Verhandlung, welche die königliche Majestät geradezu untergrub, zuvorzukommen. Hier und da zuckte noch eine Flamme der Rebellion, in Samos, Kaunos, Lykien, doch lief alles glücklich ab, und Artazerxes hatte noch die Genugthuung, daß sein Hauptfeind, Athen, unschädlich wurde durch den Ausbruch des peloponnesischen Krieges. Das Hauptverdienst des Artazerxes war, daß er die Finanzen, welche durch die Kriege des Xerxes erschöpft waren, in Stand brachte, die Ordnung im Reich überall herstellte und viele Mißbräuche abstellte. Von Kunstdenkmalen, welche Artazerxes hinterlassen hätte, ist nichts bekannt geworden. Nur eine Vase von aschgrauem Porphyr (in S. Marco zu Venedig) trägt die Worte „Ardachschasda der Großkönig" in persischer, medischer und babylonischer Keilschrift und in Hieroglyphen.

Xerxes II., Sogdianos, Darius II. 425—404.

Auf die lange Regierung des Artazerxes folgte die nur 45 Tage dauernde seines einzigen rechtmäßigen Erben von der Damaspia, Xerxes. Er wurde von seinem Halbbruder, dem Sohne der Babylonierin Alogune, Sogdianos, nach einem Festmahl umgebracht. Dieser Mensch fügte sogleich beim Antritt der Regierung einen zweiten Mord hinzu; er haßte den Bagorazos, einen treuen Diener des Artazerxes. Bagorazos war beauftragt, die Leiche des Artazerxes und seiner Gemahlin Damaspia, welche an demselben Tage wie ihr Gatte gestorben war, von Susa in die Königsgruft bei Persepolis überzuführen. Nach Erledigung dieses Auftrags kehrte er an den Hof zurück. Sogdianos beschuldigte ihn, die Leiche seines Vaters ohne Erlaubniß verlassen zu haben und ließ ihn steinigen. Durch beide Verbrechen machte er sich alsbald verhaßt, und er selbst fühlte sich sehr unsicher, namentlich seinen Halbbrüdern gegenüber. Er befahl einem derselben, Ochos, Sohn der Babylonierin Kosmartydene, der Satrap von Hyrkanien war, sofort am Hof sich zu stellen; dieser zögerte, erschien aber dann mit einem Heer, und mehrere persische Große gingen zu ihm über. Sogdianos wurde verhaftet und in glühender Asche erstickt. Ochos nannte sich als König Darius, die Griechen nannten ihn Nothos (Bastard).

Das Reich, für schwache Hände schwer zu regieren, wurde der Schau=
platz von Rebellionen, deren man mit ehrlicher Gewalt nicht Herr wurde.
Ein rechter Bruder des Darius, Arsites, rebellirte mit Hülfe griechischer
Söldner und des Sohnes des Magabyzos, Artyphios; man entwaffnete jedoch
ihre Truppen und fing den Artyphios. Parysatis, Halbschwester und Ge=
mahlin des Königs, rieth ihn scheinbar zu begnadigen, bis man auch den
Arsites in der Gewalt habe. Als dies geschehen war, wurden beide in
glühende Asche geworfen. Ebenso erging es dem rebellischen Satrapen von
Lydien Pissuthnes; er war von dem schlauen Tissaphernes isolirt worden,
indem dieser das Haupt der athenischen Söldner durch Geld bewogen hatte,
die Sache des Satrapen zu verlassen. Daß dem Ueberläufer noch die Ein=
künfte einiger Städte verliehen wurden, zeigt, in welchem Grade das Gefühl
für Ehre abgenommen hatte. Ein Sohn des hingerichteten Satrapen, Amor=
ges, behauptete sich bis 412 in Jasos in Karien (an der Küste, westlich
von Mylasa), ohne daß ihm die Perser etwas anhaben konnten, bis er von
den Peloponnesiern gefangen und dem Tissaphernes ausgeliefert wurde. Das
Verhältniß Persiens zu Griechenland war für ersteres günstig zu nennen.
Der peloponnesische Krieg hatte Hellenen gegen Hellenen geführt, die Städte
der kleinasiatischen Küste mußten dem Satrapen Tissaphernes von Lydien und
Pharnabazos, Satrapen der Länder am Hellespont, zwei geriebenen Poli=
tikern, Steuern zahlen, und persische Schlauheit, von goldnen Spenden unter=
stützt, fristete das Reich, indem man die Griechen durch Schürung innerer
Zwiste und Vereitelung zu starker Präponderanz auf Seiten Eines Staates
von einer Concentrirung ihrer Kräfte gegen Asien ablenkte. In der letzten
Zeit des Darius ging Aegypten verloren, wo der Thron der Pharaonen wieder
aufgerichtet wurde. Seine Regierung brachte die königliche Gewalt sehr um
ihr Ansehen. Hofbeamte und Weiber bestimmten oft die Entschlüsse des Königs;
die Satrapen vereinigten die militärische mit ihrer administrativen Macht und
vererbten ihre Würde auf ihre Söhne; was früher mit Waffen, wurde jetzt
mit Geld und Verrath ausgerichtet. Darius starb in Babel 404.

Artaxerxes II. (Mnemon) 404—361.

Unter den Söhnen des Darius war Arsakes (als König Artaxerxes)
der ältere, Kyros aber der thatkräftigere, fähigere und großartiger angelegte.
Er war von Darius zum Generalstatthalter von Kleinasien ernannt worden,
begünstigte entgegen der Politik der Satrapen Sparta, dessen Beistand ihm
bei seinen Plänen erwünscht war, und hatte in den Händeln der Griechen
seine Hand vielfach im Spiele. Parysatis wünschte ihn zum Nachfolger ihres
Gatten, dieser aber ernannte den andern zum Erben des Thrones. Als der
neue König im Tempel zu Pasargada die Weihe nach alter Sitte erhielt,
indem er das Kleid Kyros des Großen anlegte, welches dieser vor seiner
Thronbesteigung getragen hatte, und die altväterische Kost trockner Feigen,

Terebinthenblätter und eines Gemisches von Essig und Milch zu sich nahm, verbreitete sich plötzlich das Gerücht, Kyros beabsichtige ihn in eben diesem Moment umzubringen; er war nämlich von seinem Vater, kurz vor dessen Tode an den Hof gerufen worden, um sich wegen der Hinrichtung zweier Perser zu verantworten. Er wurde verhaftet und nur durch die Vermittelung seiner Mutter vor der Hinrichtung geschützt; er ging aber nach Kleinasien mit dem Vorsatz zurück, das Reich seines Vaters für sich zu erobern, ein Vorsatz, dessen Ausführung ganz von seiner persönlichen Tüchtigkeit abhing, da er weder die Bevölkerung einer Provinz, welcher er die Freiheit zurückgeben wollte, noch auch die Perser auf seiner Seite hatte, welche mit der milden Regierung seines Bruders ganz zufrieden waren.

Als Artaxerxes soeben den Thron bestiegen hatte, endigte eine Mordgeschichte, welche schon unter seinem Vater begonnen hatte und ein trauriges Licht auf die königliche Familie wirft. Die Königin Statira, Tochter des Hydarnes, eines Nachkommen des Gefährten des Darius I., hatte einen Bruder Terituchmes, welcher Amestris, die Tochter des Darius II. und Schwester des Königs, zur Frau hatte. Eine andere Schwester des Terituchmes, Roxane, war ebenso schön wie Statira und daneben geübt im Schießen und Speerwerfen. Ihr Bruder faßte eine Neigung zu ihr und um sie zu besitzen, gedachte er seine Frau Amestris aus dem Wege zu räumen. Der König bekam von diesem Vorhaben Kunde und ließ seinen Schwager durch dessen Freund Udiastes ermorden. Dessen Sohn Mitradates aber war dem Terituchmes sehr ergeben gewesen, empörte sich gegen seinen Vater, der die Satrapie des Ermordeten erhalten hatte, und bemächtigte sich einer Stadt Zaris, um sie dem Sohne des Terituchmes zu überliefern. Darius II. schlug die Rebellion nieder. Parysatis, nicht zufrieden damit, daß der Schimpf ihrer Tochter durch den Tod des Terituchmes gesühnt war, verfolgte ihre Rache so weit, daß sie seine Mutter, seine beiden Brüder und zwei seiner Schwestern lebendig begraben und Roxane in Stücke hauen ließ. Statira entging nur dadurch dem allgemeinen Morden, daß Artaxerxes sich seiner Mutter zu Füßen warf und um ihr Leben bat. Als sie jetzt Königin war, ließ sie dem Udiastes die Zunge ausreißen und zu Tode martern, während seine Satrapie seinem Sohne Mitradates übertragen wurde.

Dem Kyros kam es nun darauf an, die Vorbereitungen für sein Unternehmen geheim zu halten, und dies gelang ihm vollständig. Tissaphernes, der ihn überwachte, bemerkte nicht, als Kyros in der Auslegung ihrer beiderseitigen Instructionen Anlaß zu Streitigkeiten mit ihm fand, daß die Rüstungen des Kyros nicht für diese betrieben wurden; vertraute griechische Offiziere mußten Truppen für ihn sammeln, welche einstweilen in kleinen Fehden verwendet wurden, endlich gab er vor, die Pisidier im Tauros zu züchtigen, und erst als er gegen deren Land hin mit einer Armee griechischer Söldner abzog, gingen dem Tissaphernes die Augen auf, und konnte er die drohende Gefahr dem König anzeigen. Bei seiner Residenz Keläuä in Phrygien, wo sein Urgroßvater einen Palast erbaut hatte, concentrirte Kyros seine Truppen, welche aus fast 100,000 Persern und 13,000 griechischen Söldnern bestanden, und rückte in Eilmärschen nach Asien. Zu Kanstrupedion brachte ihm die Gattin des Syennesis von Kilikien eine Unterstützung in Geld und versicherte ihn der Theilnahme ihres Gatten. Der Marsch ging durch Kilikien und die syrischen Pässe nach Barbalissos am Euphrat; bei Thapsakos ging das Heer über diesen Strom und gelangte bis in das babylonische Gebiet. Der persische Feldherr Abrokomas war dem Kyros ausgewichen, wahrscheinlich verrätherischer Weise, da man nicht erklären konnte, warum er nicht die äußerst schwierigen Pässe beim Uebergang von Kilikien nach Syrien vertheidigt hätte. Artaxerxes rückte von Babel aus seinem Bruder entgegen; zuerst bemerkte man Reiterei, welche die Saatfelder verwüsten mußte, um den Proviant abzuschneiden; aber noch nichts von einer Armee; auch ein Canal, offenbar zur Vertheidigung frisch angelegt, war unbewacht und selbst noch nicht bis zum Euphrat fortgeführt, so daß Kyros zwischen beiden Wassern hindurchmarschiren konnte. Das Heer des Kyros gab das Vorrücken in Schlachtlinie auf. Plötzlich erscheint ein Reiter und meldet den Anmarsch des königlichen Heeres. Ein paar Stunden dauerte die Aufstellung der Armee des Kyros. Auf dem rechten Flügel, der sich an den Euphrat lehnte, ritten 1000 paphlagonische Reiter; an sie schlossen sich 2500 leicht bewaffnete Griechen und die schwere griechische Phalanx von 12,000 Mann unter Klearchos, Proxenos und Menon an. Sodann folgte lydische und phrygische Infanterie und endlich auf dem linken Flügel 1000 Reiter. Die Asiaten commandirte Ariäos. Kyros selbst ritt in der Mitte der Armee, von 600 Garden zu Pferd umgeben. Vor der Front fuhren 20 Sichelwagen. Die königliche Schlachtlinie hatte eine bedeutend größere Ausdehnung als die des Kyros. Den Hellenen gegenüber, auf dem linken Flügel ritten unter Tissaphernes die Panzerreiter, dann kam leichte Infanterie, ägyptische Schwerbewaffnete, neue Reiterschaaren und wiederum leichte Truppen, sämmtlich nach Nationen geordnet. Im Centrum stand Gobryas, und hier befand sich auch der König inmitten seiner 6000 Garden zu Pferde unter Artagerses, und 50,000 auserlesene Streiter. Den rechten Flügel führte Arbakes. 150 Sichelwagen, deren Deichsel und Räder mit Sichelmessern bewehrt waren, fuhren in weiten Abständen vor der Schlachtlinie. Kyros befahl dem Klearchos, seine Griechen auf das Centrum des Feindes zu dirigiren, allein Klearchos fürchtete seine Flanke, welche vom Euphrat Schutz hatte, dem Tissaphernes bloßzustellen und gab dem Befehl keine Folge. Die Sichelwagen der Perser erfüllten in dieser Schlacht bei Kunaxa schlecht ihre Bestimmung; als die Griechen unter Gesang vorstürmten, sprangen die Perser von den Wagen und flohen, die Rosse drehten um und zerschnitten die Fliehenden, während die vorwärts rennenden keinen Schaden anrichteten, indem die Griechen durch Oeffnung der Glieder ihnen freien Durchgang ließen. Der linke Flügel der Perser wurde völlig geschlagen.

Die Reihe der griechischen leichten Truppen wurde von Reiterei durchbrochen und diese ritt in das feindliche Lager. Kyros bemerkte jetzt, daß der rechte Flügel der Perser, der weit über seine Schlachtlinie hinausragte, eine Um= gehung bewerkstelligte, und um diese zu verhindern, macht er selbst mit seinen Reitern einen kühnen Angriff gegen das Centrum; er erlegt den Artagerses durch einen Lanzenstich durch den Hals. Ariäos trifft den König, ohne ihn jedoch zu verwunden, dagegen bringt der Wurfspieß des Kyros dem Artaxerxes in die Brust, so daß er vom Rosse sinkt und aus der Schlacht getragen werden muß. Beim weiteren Vorstürmen des Kyros fällt ihm die Tiara vom Haupte und ein junger Perser Mithrabates trifft ihn an die Schläfe. Er fällt, sein Roß mit blutigem Sattel rennt davon, die Reiterei des Königs stürmt voran und läßt den Gefallenen mit nur wenigen Eunuchen hinter sich liegen. Inzwischen war die Umgehung gelungen und Ariäos bis zum Rastort der vorigen Nacht zurückgeworfen. Tissaphernes, der den Be= fehl des Centrums übernommen hat, gelangt ins Lager des Kyros. Alsdann begibt man sich auf die Verfolgung der weit vorgerückten Griechen, welche aber nochmals siegen, indem sie den Feind zum Weichen nöthigen. Die Eunuchen schleppen den verwundeten Kyros mühsam voran, als einige karische Troßknechte des Artaxerxes vorbeikommen, deren einer den Prinzen in die Kniekehle trifft, so daß er stürzt, die verwundete Schläfe an einen Stein stößt und den Geist aufgibt. Es ist bereits Nacht geworden, und der König, der den Tod seines Bruders erfahren hat, begibt sich mit Fackeln zu der Leiche, und läßt ihr die rechte Hand und das Haupt abschlagen. Die Schlacht von Kunaxa (3. Sept. 401) war somit zu Gunsten des Arta= xerxes entschieden, obwohl er im ganzen den kürzeren gezogen hatte. Großes Feldherrntalent hatten aber selbst die Griechen nicht gezeigt, indem sie die Verfolgung viel zu weit trieben, während sie den Persern, welche gegen Kyros standen, hätten in die Seite fallen können, und diesem Fehler war nicht zum geringsten der Sieg des Königs zuzuschreiben. Die Schlacht hatte letzterem den Nutzen gebracht, daß sie ihn von einem gefährlichen Präten= denten befreite; aber sie hatte zugleich die Schwäche der Militärmacht, auf welcher doch das Reich hauptsächlich beruhte, offenbart; die Griechen hatten trotz ihrer bedeutenden Minderzahl gesiegt, ja die abziehenden hatte man nicht einmal energisch verfolgt, sondern nur beobachtet und ihnen hie und da Leute getödtet, so daß sie, ohne ernstlich behelligt zu werden, vom Euphrat nach Trapezunt marschiren konnten, da es doch für eine geschickt geleitete Truppe leicht gewesen wäre, die des Landes Unkundigen zu überfallen und zu vernichten. Dieser Rückzug der 10,000 Griechen, einer der merkwürdigsten in der Kriegsgeschichte, nahm nicht die Richtung, in welcher Kyros nach Babylonien gezogen war, sondern er ging von Kunaxa über die medische Mauer an den Tigris, der bei Sittake (Scheriat el beidha) auf einer Brücke von 37 Schiffen überschritten wurde, und nach dem Physkos (Adhem), an dessen Mündung die große Stadt Opis lag. Von da ging der Marsch in

einiger Entfernung vom Tigris bis an diesen Strom selbst, wo jen=
seits Känä lag, etwas südlich von Kalah Schergat, etwa das heutige
Machul kalat. Um über den großen Zab zu setzen, wurde eine Stelle
stromaufwärts ausgesucht und man wandte sich dann über Larissa (Nim=
rud), Mespila (bei Niniveh) und die Enge bei Jinik in das Land der Kar=
duchen, und durch Armenien weiter in das Gebiet der Chalyber, Taochen
und Phasianen, bis der griechische Boden und das Meer bei Trapezunt
erreicht wurde.

Den Griechen wurden durch den Aufenthalt einer beträchtlichen Zahl
ihrer Landsleute im Reiche des Großkönigs vielerlei Dinge bekannt, welche
man aus der Ferne nicht bemerkte, welche aber die Vorstellung von der un=
überwindlichen, einheitlichen, von Einem festen Mittelpunkt aus nach klugen
Maximen gehandhabten Macht in vielen Stücken zu berichtigen im Stande
waren. Sparta, welches den Kyros unterstützt hatte, machte hieraus kein
Hehl, ja begann zum Schutz der griechischen Städte in Asien Krieg gegen
die Satrapen von Phrygien und Lydien, von denen der eine dem Brand in
des Nachbars Haus zusah, sogar dafür zahlte, daß man ihn in Ruhe ließ
und den andern mit Krieg überzog. Der lydische Satrap Tissaphernes, der
die Tüchtigkeit der griechischen Soldaten kannte, zeigte in den Verwickelungen
mit den Griechen das größte Talent für die Anwendung schlauer Politik;
schließlich traf ihn das gewöhnliche Schicksal morgenländischer Staatsmänner;
man machte ihn für den unglücklichen Ausgang eines Gefechtes bei Sardes
verantwortlich und sein Kopf fiel. Leider brachten wieder innere Zwiste die
Fortschritte der Spartaner zum Stillstand, und man hatte das traurige
Schauspiel, nicht nur persisches Geld in die Taschen der Feinde Spartas
fließen, sondern sogar persische Schiffe im Bund mit athenischen am Pelo=
ponnes ankern zu sehen. Das Ende dieser Vorgänge kam dem König zu
Gute: das geschickte Benehmen der Satrapen und der Particularismus der
Griechen ermöglichte ihm, einen Frieden förmlich zu dictiren, der jene auf
das asiatische Festland durchaus verzichten hieß und durch die Lostrennung
der Inseln und Städte Griechenlands von ihren Mutterstädten eine Menge
kleiner Republiken schuf, welche der König der Perser für frei erklärte, die
wirksamste Maßregel, um die Macht seines Feindes aufs äußerste zu zer=
stückeln (Friede des Antalkidas 387). In Susa lag also trotz der griechi=
schen Siege der Schwerpunkt eines ganz neuen Staatensystems. Obwohl
Sparta zwar nicht durch den Wortlaut der Friedensbedingungen, aber durch
deren Anwendung auf die Verhältnisse ein Uebergewicht über die andern
griechischen Staaten gesichert war, so war es dennoch zum Clienten Persiens
herabgesunken; Artaxerxes war der wirkliche Beherrscher der griechischen Po=
litik. Diese Herrschaft war zudem nicht etwa eine wohlwollende, wie unter
Kyros dem Jüngern, sondern es wurden Zwingburgen in den Städten er=
baut und die Steuerschraube wurde angezogen; die persische Flotte herrschte
wieder auf der See, und was das wichtigste für Persien, das schlimmste für

die Hellenen war, die Perser waren jetzt hinlänglich in Stand gesetzt, einen
großartigen Aufstand zu unterdrücken, der von Euagoras von Salamis auf
Kypros ausging, einem höchst talentvollen Manne, dessen eifrigstes Bestreben
war, die asiatischen Elemente auf dieser Insel durch hellenisches Wesen zu
verdrängen. Kypros war für den Beherrscher des Meeres von größter
Wichtigkeit; blieb sein Besitz durch die Herrschaft von 10 kleinen Fürsten-
thümern zersplittert, so war es leicht, die persische Oberhoheit aufrecht zu
erhalten; dies würde sich aber geändert haben, wenn Euagoras eine griechische Herrschaft über ganz Kypros zu Stande gebracht hätte. Euagoras
hatte Athen, Syrakus und den Aloris von Aegypten in sein Interesse gezogen, und einige benachbarte Städte des asiatischen Festlandes in Aufruhr
gebracht. Zunächst brach ein Krieg auf der Insel aus; persische Truppen unter
Führung des karischen Fürsten Hekatomnos und des lydischen Satrapen Auto-
phrabates hinderten den Euagoras nicht, seine Herrschaft über die Insel auszudehnen. Hierauf eroberte er Tyros, zog Kilikien mit in den Aufstand, und
die gefährlichen Dimensionen desselben halfen den Frieden des Antalkidas
beschleunigen, so daß Tiribazos, von den Streitigkeiten mit den Hellenen befreit, mit vollem Nachdruck seine Maßregeln zur Unterdrückung der Rebellion
nehmen konnte. Mit 300 Kriegsschiffen segelte er gegen Kypros, und obwohl Euagoras anfangs Glück zur See hatte, gelang es doch den Persern,
Salamis einzuschließen. Der durch mehrere Jahre mit Erfolg geführte Kampf
brachte dem Euagoras indessen einen günstigen Frieden ein, der ihn nur zur
Erlegung eines jährlichen Tributs verpflichtete. Die Streitigkeiten der griechischen Cantone, die durch kleinliche Rücksichten den großen Plan des Euagoras
vereiteln halfen und die Gelegenheit zur definitiven Befreiung der Hellenen
aus elender Selbstsucht vorübergehen ließen, suchten wiederholt ihre Schlichtung durch einen schiedsrichterlichen Spruch des persischen Königs; Sparta,
Theben und Athen ordneten zur Einholung eines solchen Gesandte an den
Hof ab; der thebanische schämte sich nicht, die Unterstützung der Perser von
Seiten der Thebaner bei Plataä zu seinen Gunsten in Erinnerung zu bringen;
ein Zeichen der Zeit, wie dringend eine oberste Autorität gesucht wurde,
welche auch kein Menschenalter mehr auf sich warten ließ.

Kleine aber tapfere Bergvölker können, von der Natur der Gegend
unterstützt, einer Armee gefährlich werden, welche wohl in Stande ist, eine
ebenbürtige Truppenmacht zu überwinden. Die Kadusier im heutigen Tailem,
dem gebirgigen Theile des kaspischen Küstenlandes, dessen Niederungen die
Gilek (Gelae) bewohnen, versagten dem Artaxerxes den Gehorsam. Die große
unbeholfene Armee des Königs vermochte nichts in den schwer zugänglichen
Bergen auszurichten. Die Kadusier lauerten den Proviantsendungen auf, und
die Perser geriethen in große Noth. Wieder war es Tiribazos, der diesmal
mit einer List aus der Klemme half; er begab sich in das Lager des einen
Fürsten und ordnete seinen Sohn in das Lager des andern ab, und jedem
der beiden Fürsten wurde vorgestellt, daß der andere geheim mit dem Könige

um Frieden verhandle, worauf beide ihre Unterwerfung anzeigten, weil jeder fürchtete, ohne den andern nichts ausrichten zu können.

Artaxerxes wurde alt, und trotz seiner Erfolge in der äußeren Politik wurde auch das Reich gebrechlich. Für den Zustand der vom Hof entfernteren Satrapien ist die Geschichte von Datames charakteristisch. Dieser fähige Feldherr, dem König durchaus ergeben, wurde ohne jeden Grund gekränkt und auf die Seite ehrgeiziger Satrapen getrieben, welche ihre Souveränetätsgelüste zu befriedigen suchten. Datames folgte seinem Vater in der Satrapenwürde von Leukosyrien (Kappadokien im Osten des Halys) und bekämpfte den Thyos von Paphlagonien, der dem König den Gehorsam versagt hatte. Er besiegte ihn nicht nur, sondern fing ihn auch und führte ihn, phantastisch aufgeputzt, wie einen gefangenen Bären dem König vor. Dieser, entzückt über den Erfolg des Datames, ordnete ihn dem Pharnabazos und Tithraustes bei, welche Aegypten angreifen sollten, ja, bald darauf erhielt er nach Abberufung des erstern den Oberbefehl; ehe er jedoch auf seinen neuen Posten eilen konnte, erhielt er Befehl, den Satrapen Aspis von Kataonien (zwischen Kappadokien und Kilikien) zum Gehorsam zurückzubringen. Dieser wurde trotz seiner vortheilhaften Stellung in den Bergen des Tauros besiegt und persönlich von Datames gefangen und dem Könige übersendet. Der König hatte alsbald seinen Befehl bereut und sandte einen Eilboten, um ihn rückgängig zu machen; um so größer war die Bewunderung für Datames, der die Angelegenheit bereits erledigt hatte. Jetzt war Datames so hoch gestiegen, daß er der Hofgesellschaft unangenehm wurde; sein Sturz wurde also betrieben, und man hoffte auf einen kleinen Mißerfolg in Aegypten, um ihn zu vernichten. Datames, von dem Complott unterrichtet, ging nicht nach Aegypten, beschloß die ihm schlecht belohnten Dienste des Königs zu verlassen und bemächtigte sich alsbald Paphlagoniens und Pisidiens. Er verlor im Kampf gegen letzteres seinen einen Sohn, der andere beging die Nichtswürdigkeit, seinen Vater als Rebell beim König zu denunciren. Eine Armee unter Autophradates, dem lydischen Satrapen, welcher bereits gegen Euagoras ohne Erfolg gekämpft hatte, wurde von der etwa zwanzigmal geringeren Schaar des Datames so in die Enge getrieben, daß sie um Frieden bat. Männer von großem Geist und energischem Willen werden oft gehaßt, besonders von solchen, welche sich von ihrer Ueberlegenheit beengt fühlen. Artaxerxes haßte den Datames, und trotzdem daß dieser mit großer Klugheit allen Fallen, mit denen man seinem Leben nachstellte, entging, fiel er doch endlich durch Meuchelmord. Uebrigens blieb die erwähnte Expedition gegen Aegypten, die anfänglich glücklich verlief, ohne Erfolg, besonders deshalb, weil Pharnabazos zu einem Schritte die Erlaubniß des mißtrauischen Königs einholen mußte. Sodann drohte ganz Kleinasien nebst Syrien sammt den Satrapen und dem karischen Vasallenkönig Mausolos sich vom Reich abzulösen, doch that hier nochmals persisches Gold seine Wirkung, und Tachos von Aegypten, der hierbei erfolgreiche Anstrengungen

machte, wurde durch die Wirren, welche nach seinem Weggang von Aegypten
zwei Thronprätendenten verursachten, zurückgerufen, und Persien erfuhr noch=
mals durch die Zwistigkeiten seiner Gegner das Verbleiben der westlichen
Länder beim Reiche. Meist unterstützt das Glück den Tapfern; hier hat es
auch einmal den Schwachen begünstigt: die gefährlichsten Combinationen
lösten sich immer wieder zu Gunsten des Königs auf; aber wenn auch das
wankende Staatsgebäude immer wieder durch Stützen aufrecht erhalten wurde,
so mußte es doch durch den ersten gewaltigen Sturm, vor welchem weder
die wirklichen Schützen noch die Schützen der Goldbariken Stand hielten, zu=
sammenbrechen. Artaxerxes, welcher nach sechsundvierzigjähriger Regierung
im Alter von 94 Jahren starb, war zwar klug und wohlwollend, aber ohne
Energie. Er erlebte viel häusliches Unglück, das er bei größerer Thatkraft
hätte verhindern können. Parysatis, eine wahre Furie, erlaubte sich unter
seinen Augen die größten Grausamkeiten; sie hatte ihren Willen nicht durch=
gesetzt, ihren Sohn Kyros auf den Thron zu bringen, und ließ zur Rache
die Perser, welche an seiner Tödtung bei Kunaxa betheiligt gewesen waren,
auf grausame Art ums Leben bringen. Artaxerxes legte sich selbst den
Ruhm bei, den Kyros erlegt zu haben, und belohnte den Mithrabates (der
in Wirklichkeit den Kyros in die Schläfe getroffen hatte) dafür, daß er den
Sattel des Kyros gebracht, den karischen Soldaten (der die unmittelbare
Veranlassung des Todes des Kyros war) dafür, daß er den Tod des Prinzen
sogleich gemeldet hatte. Mithrabates verstand den ihm gegebenen Wink,
verzichtete auf den Ruhm seiner Heldenthat und zog sich zurück, der Karier
aber, der in seiner Dummheit den wahren Sachverhalt geltend machte,
wurde auf Anstiften der Parysatis 10 Tage lang gefoltert, dann der Augen
beraubt und durch Eingießen glühenden Erzes in die Ohren getödtet. Auch
Mithrabates kam nachträglich noch ums Leben; auf die Stichelreden eines
Eunuchen bei Gelegenheit eines Bankets rühmte er sich, angetrunken wie er
war, den Kyros getödtet zu haben. Der Eunuche denuncirte die Aeußerung
der Parysatis, und diese dem König, der sehr wild wurde. Mithrabates
wurde zu der Strafe der Mulden oder Krippen verurtheilt. Endlich wurde
der Eunuche, welcher dem Kyros Kopf und Hand abgeschnitten hatte, lebendig
geschunden, quer über drei zwei Fuß von einander stehende Kreuze geheftet
und daneben wurde seine Haut über einen Pfahl gezogen. Auch die Sta=
tira räumte Parysatis durch Gift aus dem Wege, weil sie ihren eigenen
Einfluß beim König durch sie bedroht sah. Der König untersuchte diesmal
die Sache genau und Parysatis wurde nach Babel verbannt, während die
Giftmischerin hingerichtet wurde. Der Schimmer der Königskrone stiftete
Brudermord: nach dem Gesetz sollte der älteste Prinz, Darius, seinem Vater
nachfolgen, aber der jüngste, Ochos, ein lebhafter, heftiger Mann, hatte
eine Partei am Hofe für sich und versprach der Atossa, seiner Schwester,
welche sich im Harem des Artaxerxes befand, sie zu heirathen, wenn sie ihm
behülflich sein würde. Artaxerxes ernannte Darius zum Nachfolger, und

indem dieser von dem Rechte Gebrauch machte, sich vom König eine Bitte gewähren zu lassen, bat er um die Hand der Aspasia aus Phokäa, der Ge-
liebten des Kyros, die sich damals im Harem seines Vaters befand. Artaxerxes mußte die Bitte gewähren, nahm aber Aspasia bald wieder, um sie
als Priesterin des Tempels der Anahit in Ekbatana anzustellen. Darius,
voll Ingrimm, brütete Rache, und von einem Perser, den Artaxerxes gleichfalls in Heirathsangelegenheiten erbittert hatte, aufgestachelt, beschloß er,
seinen Vater umzubringen. Die Sache wurde entdeckt, und der unnatürliche
Sohn hingerichtet. Jetzt hatte Ochos nur noch den Ariaspes und Arsames, einen nicht legitimen Sohn seines Vaters, zu fürchten, jenen weil er
sanft und bei den Persern beliebt, diesen weil er klug war und vom König
bevorzugt wurde. Ochos ließ dem Ariaspes täglich einflüstern, Artaxerxes
trachte ihm nach dem Leben, um seinem Liebling die Krone zu vererben,
so daß er sich aus Verzweiflung selbst das Leben nahm. Arsames, auf
welchen Artaxerxes alle Liebe concentrirte, wurde umgebracht; der Gram um
diesen Verlust soll dem König den Todesstoß gegeben haben. Wie konnte
ein Fürst Asien regieren, der die scheußlichsten Verbrechen in seiner Familie
zu schwach war zu ahnden. Die Uneinigkeit der Feinde bewahrte das Reich
vor dem Schicksal, welches dasselbe einige 20 Jahre nach Artaxerxes Tod
ereilte.

Der Name des Artaxerxes ist auch auf Denkmäler der Kunst geschrieben:
an vier Säulen des Dariuspalastes in Susa ist in drei Sprachen die Inschrift eingegraben, welche erzählt, daß dieser Palast Apadana heiße und von
Darius I. erbaut worden sei; ein Feuer habe ihn unter Artaxerxes I. zerstört, und er selbst habe ihn hergestellt durch die Gnade des Auramazda,
der Anahita und des Mithra.

Artaxerxes III. (Ochos) 361—336.

Der nichtswürdige Ochos (pers. Vahuka) bestieg den Thron des Kyros
mit mordbefleckten Händen, und die Angst vor Vergeltung ließ ihn nicht
ruhen, bis auch die übrigen Familienglieder umgebracht waren; seine Schwester
Ocha, deren Tochter er im Harem hatte (nach dem zarathustrischen Gesetz
war die Heirath unter den nächsten Verwandten erlaubt, wie dies auch in
Aegypten und Karien der Fall war), ließ er lebendig begraben, einen seiner
Oheime ließ er mit seiner ganzen Familie, Kindern und Enkeln, an Einem
Tage in einem Hofe erschießen. In Kleinasien nahmen die Empörungen zu;
Artabazos besiegte ein persisches Heer mit Hülfe der Athener, und als diese
durch Drohungen des Ochos eingeschüchtert, sich zurückzogen, wurde er von
den Thebanern unterstützt, die aber gleichfalls für ein Geldgeschenk von 300
Talenten wieder unschädlich gemacht wurden; endlich wurde Artabazos besiegt
und floh zu Philipp von Makedonien. Aegypten, das bereits längere Zeit
unabhängig war, brachte auch Phönikien und Kypros in Aufruhr gegen die

Perser, die persischen Satrapen waren nicht im Stande, den Aufstand nieder=
zuschlagen. Ochos sammelte ein ungeheures Heer in Babylonien und befahl
den Satrapen von Syrien und Kilikien, vorläufig die Feindseligkeiten zu er=
öffnen. Sie wurden indessen von Tennes, König von Sidon, zurückgeschla=
gen; dagegen gelang es dem Satrapen von Karien, die Stadt Salamis auf
Kypros einzuschließen. Ochos rückte nun heran, auch von 10,000 gefürchteten
griechischen Söldnern unterstützt. Dem Tennes sank der Muth und er erbot
sich, dem Ochos die Stadt Sidon auszuliefern, wenn er für seine Person
Sicherheit verbürgt erhielte. Nachdem dies stipulirt war, ging Tennes, an=
geblich um einer Landesversammlung der Phönikier beizuwohnen, mit 100
angesehenen Bürgern dem Ochos entgegen, der diese sofort verhaften und als
Anstifter des Aufruhrs hinrichten ließ. Aegyptische Söldner überlieferten die
Stadt und die verrathnen Sidonier zündeten in der Verzweiflung die Stadt
an und tödteten sich selbst mit ihren Angehörigen, sodaß nach Diodors Be=
richt 40,000 Menschen das Leben verloren. Ochos zog noch Geld aus den
Ruinen: er verkaufte sie an Leute, welche unter dem Schutt geschmolzenes
Gold und Silber zu finden hofften. Der Verräther, welcher von einem
Tyrannen Vortheil zu erlangen hofft, macht sich meist bei diesem verächtlich,
und da auch das Bewußtsein eine Verpflichtung zu haben oder Dank zu
schulden unbequem ist, so wird er gelegentlich aus der Welt geschafft; dies
war auch mit Tennes der Fall. Die griechischen Söldner, welche der König
von Aegypten Sidon zu Hülfe geschickt hatte, zogen mit Ochos gegen Aegyp=
ten; seine Armee, die in drei Divisionen getheilt war, wurde von drei
griechischen und drei persischen Generalen geführt, nemlich die erste von La=
krates an der Spitze thebanischer Söldner, und Rosakes, Satrapen von Jo=
nien und Lydien, die zweite von Nikostratos mit argivischen Truppen und
Aristazanes, die dritte (ursprünglich von Aegypten nach Sidon geschickte) von
Mentor von Rhodos und dem Eunuchen Bagoas; die ägyptische Armee be=
stand zum fünften Theil aus Griechen, zum andern aus Aegyptern und andern
Afrikanern. Eine Abtheilung der persischen Armee ging in dem sirbonischen
Sumpf zu Grunde; dieser lag zwischen dem Berg Kasios und Damiata, und
war auf allen Seiten von Flugsandhügeln umgeben, welche oft durch Stürme
in den Sumpf geweht wurden und mit diesem eine grundlose Lache bildeten,
so daß ganze Heere hier untersinken konnten, wenn sie die Beschaffenheit des
Sumpfes nicht kannten. Ochos rückte gegen Pelusion, welches die Aegypter
gut befestigt hatten. Leider war Nektanebus (Nechtharheb) kein großer Feld=
herr; die griechischen Generale des Ochos brachten ihn durch Manöoriren
aus seiner Stellung und er zog sich ängstlich nach Memphis zurück, ja das
Anrücken des Feindes genügte, ihn auch von hier nach Aethiopien zu ver=
treiben. Ochos ließ die ägyptischen Festungen schleifen, Tempel plündern,
heilige Bücher fortschleppen und nur gegen schweres Geld zurückerstatten,
zahlte den Sold an die griechischen Söldner und kehrte triumphirend nach
Persien zurück. Diese Wiedereroberung des Pharaonenreichs verschaffte Per=

sien großes Ansehen; doch erkannte man zugleich, daß griechische Truppen die Entscheidung herbeigeführt hatten, daß die Perser nicht durch Kriegs= tüchtigkeit wie ehemals, sondern deshalb gesiegt hatten, weil sie das meiste Geld hatten, um Söldner zu bezahlen.

Die letzten Jahre des Ochos zeigen eine kraftvolle Herrschaft und pünkt= liche Verwaltung; er war klug genug, einige ausgezeichnete Männer ohne Mißtrauen die wichtigsten Aemter bekleiden zu lassen, was an morgenländi= schen Höfen nicht immer der Fall ist.

Dem politischen Verstande des Ochos macht es alle Ehre, daß er eine Gefahr für das persische Reich in dem aufstrebenden Reiche Philipps von Makedonien fürchtete und deshalb durch Unterstützung der griechischen Klein= staaten den Fortschritten desselben entgegentrat. Diese Politik wurde indessen nicht länger verfolgt, weil Ochos' Herrschaft ein Ende nahm. Der Kämmerer Bagoas, der durch seine Aemter den größten Einfluß auf die Regierung hatte, fürchtete eine Wendung in der Gunst des „grausamsten Menschen, der je gelebt", und vergiftete ihn (338); er setzte den jüngsten Sohn desselben, Arses, auf den Thron und die übrigen brachte er um, ein Schicksal, was mehrfach diejenigen traf, welche das Unglück hatten, Brüder des Königs zu sein. Da nun Arses Miene machte, den Bagoas nicht regieren zu lassen, wurde auch er mit seinen Kindern umgebracht und ein Freund des Eunuchen, Kodomannos, Sohn des Arsanes (des Sohnes des Ostanes, eines Bruders Artaxerxes II.) und seiner Schwester und Frau Sisygambis auf den Thron gebracht. In demselben Jahre wurde auch Philipp ermordet und Alexan= dros trat an die Spitze der Makedonier.

Darius Kodomannus 336—330.

Darius war ein schöner starker Mann, er war eine Zeit lang Astandes oder Courier, der die Depeschen des Königs in die Provinzen überbrachte, gewesen; später hatte er sich tapfer gezeigt in einem Kampf mit den Kadu= siern, welche auch unter Ochos rebellirten, und war zum Satrapen von Ar= menien ernannt worden. Man darf diesen Fürsten nicht herabsetzen, wenn er sich einem Alexander nicht gewachsen zeigte, denn unter andern Verhält= nissen würde er ein vortrefflicher Regent geworden sein. Der Untergang des letzten asiatischen Weltreiches sollte tragisch sein; darum mußte das Ver= hängniß nicht den Schuldigen, etwa den Wütherich Ochos treffen, sondern denjenigen, welcher ausersehen war, nach ihm den wankenden Thron zu be= steigen. Bagoas, der zu regieren hoffte, hatte sich in Kodomannus getäuscht; er bereitete ihm einen Giftbecher, da aber der König von seiner Absicht unter= richtet wurde, nöthigte er ihn, selbst das Gift zu trinken.

Sobald Alexander durch sein Vorgehen in Griechenland gefährlich er= schien, wurden großartige Maßregeln zur Vertheidigung des Reiches angeordnet; die Spartaner wurden durch Geld unterstützt, eine Flotte wurde ausgerüstet,

und die Satrapen in Kleinasien erhielten Befehl, eine mächtige Armee zu-
sammenzuziehen. Der Anführer der Griechen in persischem Sold, Memnon
von Rhodos, erzielte sogleich einige Erfolge über makedonische Feldherrn.
Der Fehler, welcher das Unglück über Persien brachte, war nun, daß die
Satrapen, offenbar weil sie kein großes Gewicht auf das Herannahen der
Makedonier legten, ihre Instructionen lässig befolgten; die Flotte war seefertig, aber weder sie noch Landtruppen waren zur Stelle, als Alexander
35,000 auserlesene Streiter, vollkommen disciplinirt und gegen die Unbill
einer Kriegsfahrt abgehärtet, über den Hellespont führte. Der Feind war
im Land, eine Schlacht unvermeidlich. Der Rath, zurückzuweichen und durch
Verwüstung des Landes dem Feinde die Nahrung abzuschneiden, sowie eine
Landung der Flotte in Griechenland zu bewerkstelligen, wurde verworfen, und
etwa 40,000 Mann wurden am Granikos aufgestellt, um die Festung Dastyleion
in Bithynien zu vertheidigen. Die eine Hälfte dieser Truppen waren griechische
Söldner, die andere auserlesene medische, baktrische, hyrkanische und paphlagonische Reiterei, welche vorn längs des Wassers hielt. Der rechte Flügel
der Makedonier wurde in den Fluß zurückgetrieben, avancirte aber durch das
persönliche Eingreifen Alexanders, der zwei persische Anführer eigenhändig
erlegte, selbst aber leicht verwundet wurde. Alexander brachte besonders durch
eine neue Anordnung des Heeres die Perser in Verwirrung; er stellte leichte
Infanterie zwischen schwere Cavallerie, und auch die den Persern bisher un-
bekannte Waffe der überaus langen Lanzen von Kornellkirschholz brachte den Makedoniern Vortheil. Als die Cavallerie geschlagen war, rückte die makedonische
Phalanx (bekanntlich eine tiefe Aufstellung von Infanterie, mit über den Köpfen
gehaltenen Schilden und vorgestreckten Lanzen) gegen die griechischen Söldner,
während zugleich die Reiterei auf die Flanken einhieb; nur wenig kamen mit
dem Leben davon. Die Schlacht war für die Perser sehr mörderisch gewesen,
acht Generale waren in der Schlacht getödtet, einer entfloh und brachte sich
aus Verzweiflung selbst ums Leben; was das schlimmste war, die Perser
hatten keine Armee mehr im Felde. Alexander hatte nur einige feste Orte
einzunehmen, um ungehindert nach den syrischen Pässen zu marschiren. Der
Weg, welchen die Makedonier einschlugen, ging längs der anatolischen Küste
her; die Hauptstadt von Karien, Halikarnassos, wurde nach kurzem Widerstand erobert, und der Vasall des Darius, Orontobates, Eidam des Pixo-
baros, abgesetzt. Der letztere hatte nach dem Tode seines Vorgängers und
Bruders Idrieus dessen Frau und Nachfolgerin, Ada, vertrieben, und diese
Fürstin behauptete sich in der Festung Alinda, welche sie dann dem Alexander
überlieferte. Sie wurde von Alexander restituirt. Alexander wendete sich
von Lykien aus, in dessen östlichen Theilen die Winterquartiere genommen
wurden, nordwärts über Sagalassos und Kelänä nach Gordion und Ankyra.
Der Winter befreite ihn von seinem fähigsten Feind, dem Rhodier Memnon,
dessen Feldherrntalent das der übrigen persischen Heerführer weit überragte,
und welcher vortreffliche Rathschläge, allerdings ohne daß sie befolgt wurden,

gegeben hatte. Mit seinem Tod verlor auch die Absicht, den Krieg durch
eine Landung nach Griechenland hinüberzuspielen und dadurch Alexander zur
Rückkehr zu zwingen, ihren Vertheidiger, und Alexander durfte unbesorgt in
Asien vorgehn. Nachdem er die kilikischen Pässe unbehelligt überstiegen hatte
und einige Zeit durch Krankheit in Tarsos zurückgehalten worden war, mar=
schirte er durch die Pässe des Amanos nach Myriandros (dicht bei dem spätern
Alexandria). Darius hatte ihn in der Ebene von Sochoi (in der Nähe des
Sees von Antiochien) erwartet, als er aber ausblieb, beschloß er ihn zu um=
gehen und kam in eine für ihn sehr ungünstige Stellung bei Issos, welche
ihm wegen des schmalen Terrains zwischen der See und steilen Gebirgs=
abhängen keine Entfaltung seiner ungeheuren Heeresmacht, namentlich keine vor=
theilhafte Verwendung der Reiterei, der tüchtigsten Truppe der Perser, er=
laubte. Es kam, wie man vorhersehen konnte. Die persische Cavallerie unter
Nabarzanes, welche an der See stand, ritt über den Fluß und lieferte der
griechischen Reiterei ein Gefecht, welches unentschieden blieb; der rechte make=
donische Flügel war in Gefahr umgangen zu werden, als Alexander mit aller
Energie mitten in die persische Linie eindrang; es kam hier zu einem so
dichten Handgemenge, daß die Soldaten kaum noch Raum hatten, zu Hieben
auszuholen; sie bearbeiteten sich Brust an Brust mit Dolchen, an Zurück=
weichen war nicht zu denken und nur die Tödtung des Gegners verschaffte
etwas Spielraum; die Verwundeten vermochten nicht, aus der Reihe zu treten,
weil vorn die Feinde, hinten die Kameraden drängten. Alexander focht wie
ein gemeiner Soldat, seine Absicht war, den Darius zu fangen oder zu er=
legen. Dieser stand weit sichtbar auf seinem Kriegswagen; sein Bruder
Oxathres bemerkte Alexanders Absicht und warf die Reiterei vor den könig=
lichen Wagen; der Prinz war ein sehr starker Mann und prachtvoll gerüstet,
nur wenige kamen ihm an Muth und Edelsinn nahe. Da brausten Alexander
an der Spitze, die makedonischen Reiter heran und warfen die Perser, unter
ihnen die vornehmsten Anführer, vor den Augen des Königs nieder; Alexander
wurde am rechten Schenkel gestreift, die Rosse am Wagen des Darius wurden
wild, so daß der König auf ein Handpferd sich rettete. Dieser Moment der
Schlacht ist in dem berühmten Mosaikbild in der Casa del Fauno zu Pom=
peji verewigt. Die Flucht des Königs riß auch sein Heer fort. Die Make=
donier machten eine ungeheure Beute, an geprägtem Gold 2600 Talente (fast
12,250,000 Mark), 500 Talente verarbeitetes Silber, und der Weg der
Flucht der Perser war bestreut mit den kostbarsten Dingen, Kleidern und
Geräthen, so daß die Makedonier nicht Hände genug hatten, aufzulesen (No=
vember 333). Die Mutter, Frau und Schwester des Königs, ein Söhnchen
und zwei Töchter mit der Dienerschaft wurden gefangen; der sonstige Hof=
staat, besonders das Harem des Königs und die Frauen der Soldaten waren
in Damaskus untergebracht, wo sie später von Parmenio zugleich mit noch
30,000 Menschen und 700 Saumthieren angehalten wurden; nach einer Nach=
richt soll er 329 Tänzerinnen, 46 Kranzflechter, etwa 300 Küchenbeamte,

100 Menschen, welche die Milchspeisen, Sorbete und Weine besorgten, 40 Fri=
seure oder Salbenkünstler vorgefunden haben. Nach den höchsten Schätzungen
verhielt sich der beiderseitige Verlust wie 1 zu 100, wie denn überhaupt in
den Schlachten Alexanders die Zahl
der Kampfunfähigen auf make=
donischer Seite sehr gering war.

Indem Alexander genöthigt
war, die westlichen Provinzen des
Reiches, Syrien, Phönikien, Ae=
gypten zu unterwerfen, ehe er
weiter ostwärts rücken konnte, ließ
er dem Darius reichlich Zeit, sich
für einen letzten entscheidenden
Zusammenstoß zu rüsten; es war
auch für das Auge eines Laien
leicht zu erkennen, daß das Terrain
bei Issos für die persische Armee
und ihre Kampfweise so schlecht
als möglich gewählt war; konnte
man auf einer großen Ebene die
volle Gewalt einer numerischen
Uebermacht gegen die Makedonier
anwenden, so war die Hoffnung

Darius Kodomannus in der Schlacht bei Jsos.

auf einen Sieg berechtigt, ja für einen Perser untrüglich. Darius, bevor er in
diesen letzten Kampf eintrat, versuchte von Babel aus einen Frieden zu Stand zu
bringen; er verlangte gegen enormes Lösegeld die Auslieferung der gefangenen
Mitglieder der königlichen Familie und war bereit, die Provinzen westlich
vom Euphrat abzutreten. Alexander konnte in keinen Frieden willigen, wenn
er nicht überhaupt seine Absicht, Asien zu erobern, aufgeben wollte. Darius
erhielt eine wegwerfende Antwort. Jetzt wurde ein Heer gesammelt, in welchem
alle Völker des Reiches vertreten waren und welches sich nach den Schätzungen
der alten Geschichtschreiber auf eine Million Streiter belief. Es wurden
200 Kriegswagen mit Sichelmessern zugerüstet, die Lanzen wurden von
gleicher Länge wie die makedonischen angefertigt, die Inder führten ihre
Elephanten mit Thürmen für die Streiter mit. Da Darius vermuthete, daß
Alexander ihn angreifen werde, wo immer er sein Heer aufstellen möchte,
wählte er mit richtigem Blick die assyrische Ebene, wo es keinen Baumwuchs
gab und wo nur ganz leichte Erhebungen des Bodens kein Hinderniß für
Reiter und Wagen bildeten. Alexander hatte Syrien, Phönikien, wo Tyros
erst nach siebenmonatlicher tapferer Vertheidigung, Gaza nach zweimonatlicher
Belagerung durch Sturm genommen wurde, Aegypten durcheilt und marschirte
zurück über den Euphrat bei Thapsakos und erreichte den Tigris oberhalb
Niniveh. Auch über diesen Strom war der Uebergang frei. Darius war

von Babel heraufgezogen und ging über den großen Zab an der Stelle, wo
heute die unterste der drei Furthen über diesen Fluß sich befindet; auf dem
westlichen Ufer bemerkt man an dieser Stelle einen Ruinenhügel, welcher
wahrscheinlich das alte Gaugamela ist; das Heer wurde 4 Stunden weiter
am Bumodos, der nicht weit von der Furth in den Zab fällt, aufgestellt,
im Osten des heutigen Keremlis; Alexander hielt in der Gegend des heutigen
Ba Zuwija, etwa 3 Stunden westlich von Keremlis, und rückte behufs
Recognoscirung der persischen Stellung bis zu einer Terrainwelle vor, wo
jetzt das Dorf Börtela liegt (in der Mitte zwischen Ba Zuwija und Keremlis).
Das persische Heer (Fußvolk und Reiterei gemischt) bildete zwei Flügel und
ein Centrum, in welchem die persischen Garden, die mardischen Bogenschützen,
die griechischen Söldner, die Elephanten und der König sich anstellten. Vor
der Schlachtlinie hielten die Wagenkämpfer und Cavallerie, und hinter ihr
bildeten Babylonier, Uxier und Völker von den persischen Küsten eine zweite
Schlachtlinie. Alexander stellte sein Heer, das etwa den 20. Theil des
persischen betrug, nach eintägiger Rast in drei Linien auf; die vorderste
bildeten leichte Truppen zu Fuß und Roß, welche den Kampf gegen die
Sichelwagen übernehmen sollten; die Hauptlinie bestand aus der Phalanx,
auf den Flügeln schwere Reiterei; die letzte Linie bestand aus leichter Reiterei,
welche das Heer gegen eine Umgehung von Seiten der persischen Reiter
schützen sollte. Alexander commandirte den rechten, Parmenio den linken
Flügel. Spione und persische Ueberläufer hatten ihn genau über die Dis-
positionen der Perser unterrichtet, er bekam sogar Kunde, daß die Perser
Wolfsgruben für die Reiterei gelegt hatten. Sogleich die erste Bewegung der
Makedonier brachte die Perser in Verwirrung: Alexander marschirte nicht
gerade aus, sondern nach rechts, und engagirte den linken Flügel der Perser,
den ein heftiges Gefecht vom Centrum lostrennte; der Angriff der Sichelwagen mußte dadurch früher, als es geplant war, erfolgen und scheiterte
gänzlich daran, daß die makedonischen leichten Truppen die Wagenlenker und
Rosse erschossen, ehe sie noch in ihre Reihen einbrachen, wodurch ein ver-
derbliches Gewirre entstand; die mit den Wagen durchgehenden Rosse rannten
vorwärts, die Makedonier öffneten die Glieder und fingen die Thiere hinter
der Schlachtreihe auf. Alexander brach nun in die Lücke zwischen dem
persischen linken Flügel und dem Centrum ein, und es entspann sich ein
Kampf in nächster Nähe des Darius, dessen Wagenlenker von einem Speer
durchbohrt wurde. Man glaubte, es sei der König selbst. Sofort begann
die Flucht, auch der König, einen Augenblick völlig dem Feinde bloßgestellt,
eilte zurück, zunächst südwärts, um die Furth wieder zu gewinnen und sodann
das Thal des Schemamlik hinauf nach Arbela. Auch der rechte Flügel
der Perser, anfangs mit Glück gegen Parmenio kämpfend, wurde endlich geschlagen, nachdem Alexander mit einem Theil seiner Truppen die Verfolgung
des Königs aufgegeben hatte und dem Parmenio zu Hülfe geeilt war. Eine
ungeheuere Zahl Perser war gefallen; eine noch größere gefangen; die Armee

war total geschlagen und zerstreut (2. October 331). Auch bei dieser Gelegenheit wieder unermeßliche Beute in Arbela, das königliche Geräth und
die Kriegskasse, 3000 Talente (14,130,000 Mark), kostbare Kleider, welche
den Offizieren des Heeres angehörten und dort einstweilen niedergelegt waren.
Ein Beutestück nahm Alexander selbst an sich: das kostbare Schmuckkästchen
des Darius schien ihm würdig genug, die Gedichte des ambrosischen Homeros
aufzubewahren; die Handschrift, welche er mit Kallisthenes und Anaxarchos
las und mit Bemerkungen versah, wurde unter dem Namen der „Ausgabe
aus dem Kästchen" berühmt.

Asien war erobert, und Alexander verfolgte zunächst nicht den flüchtigen
König, von dem er nichts mehr zu fürchten hatte, sondern zog von Arbela
nach Babel, welches ihm nicht nur willig geöffnet wurde, sondern ihm auch
einen festlichen Empfang bereitete: der persische General Mazäos ging dem
Sieger mit seiner Familie entgegen, das Volk stand auf den Mauern, um
den neuen König zu sehen, und eilte ihm vor die Thore entgegen. Der
Schatzmeister und Befehlshaber der Burg Bagophanes ließ den Weg mit
Blumen und Kränzen bestreuen und zu beiden Seiten silberne Altäre aufstellen, auf welchen Weihrauch und alle Arten Wohlgerüche angezündet waren;
dann wurden Geschenke gebracht, Herden von Vieh und Pferden, Löwen,
Panther in Käfigen; Magier sangen heilige Hymnen, Chaldäer musicirten
auf Blasinstrumenten, und den Festzug beschlossen babylonische Reiter in
prachtvollem Aufputz. Alexander, umgeben von Kriegern, fuhr zu Wagen in
die Stadt und betrat die Burg des Nebukadnezar.

Alexander 331—323.

Von Babel brach Alexander nach Iran auf. In Susa fand er unsäg-
liche Reichthümer, über 40,000 Talente Gold und Silber, 9000 Talente ge-
prägtes Gold (Dariken), 5000 Talente hermionischer Purpurstoffe, kostbare
Kunstwerke, welche Xerxes aus Griechenland entführt hatte, u. A. das von
Praxiteles geschaffene Bild der Tyrannenmörder Harmodios und Aristogeiton.
Das nächste Ziel war Persepolis. Die Könige von Persien mußten sich
den Durchzug durch die Berge der Uxier, welche zwischen Susa und Persepolis liegen, namentlich durch die Hauptstadt, da wo Mal Amir rings von
Bergen umschlossen und nur an einer Stelle durch ein Felsthor zugänglich
liegt, und durch die persischen Pforten bei dem heutigen Kalah Sesid (dem
weißen Schloß) durch eine Steuer erkaufen, da es ihnen nicht gelungen war,
die Felsennester dieser Gebirgsmenschen zu bezwingen. Die Makedonier über-
rumpelten einige derselben und die Uxier ergriffen die Flucht. Die persischen
Pforten, von den Satrapen besetzt, waren nicht zu nehmen, aber Alexander umging sie und vernichtete die Perser durch einen Angriff im Rücken. Das große
Ziel war erreicht; der Mittel- und Ausgangspunkt des persischen Reiches, die
Stadt Stachra mit der Palastterrasse von Persepolis, wo sich die Marmor-

gebäude des Darius und Xerxes mit ihren Schatzkammern erhoben, wurde
die Residenz eines fremden Königs. Man sagte, die von Kyros' Zeiten her
hier aufgehäuften Reichthümer hätten 120,000 Talente Silber (über 565 Mil=
lionen Mark) betragen, wozu noch 6000 Talente kamen, die in Pasargada
lagen. Der Winter wurde hier zugebracht, und nach so viel Anstrengungen
der Märsche, Belagerungen und Schlachten gönnte Alexander seinen Make=
doniern eine gründliche Ruhe. Man kostete die bisher unbekannten Freuden
der persischen Tafel nebst Zubehör in reichlichem Maße. Der Palast wurde
angezündet und die Stadt Stachra (Istachr) der Plünderung preisgegeben.

Darius verweilte inzwischen in der alten Reichshauptstadt der Meder,
Ekbatana. Als Alexander im Frühjahr 330 zu seiner Verfolgung aufbrach,
entschloß sich der tapfere Mann zu einer letzten Schlacht. Während der Vor=
bereitungen zu derselben bemächtigten sich Barsaëntes, Satrap von Arachosien,
und Bessos, Satrap von Baktrien, des Darius, um ihn dem Alexander aus=
zuliefern, oder, wenn sie den Makedoniern entkommen würden, ihn umzu=
bringen und auf eigene Hand den Krieg fortzusetzen. Darius wurde auf
einem bedeckten Wagen fortgeführt. Alexander zog in Eilmärschen hinter den
Persern her und erreichte sie in Parthien. 1000 Reiter unter Nabarzanes
hatten die Flucht ergriffen, Bessos und Barsaëntes enteilten gleichfalls, nach=
dem sie ihren König ermordet hatten. Alexander ließ die Leiche nach der
Persis führen, wo sie in einer der Felsgrüfte der Achämeniden beigesetzt
wurde. Bessos wurde von einem seiner Vertrauten ergriffen und gefesselt
dem Alexander überliefert. Dieser überließ ihn dem Bruder des Ermordeten,
Oxathres, zur Bestrafung, und man fesselte ihn an Bäume, welche man mit
Stricken zusammengebogen hatte; als die Stricke gelöst waren, schnellten die
Bäume von einander und rissen den Körper in Stücke.

Alexander war jetzt König des persischen Reiches; da er die kluge Politik
befolgte, den Völkern ihre Verfassung und Eigenthümlichkeiten unverkümmert
zu lassen, so war es leicht, auch noch die übrigen Provinzen zur Unter=
werfung zu bringen. Fragen wir nach den Gründen, weshalb das persische
Reich, von so vielen kriegstüchtigen Völkern bewohnt und von Armeen be=
schützt, welche schon durch ihre ungeheure numerische Uebermacht jedes feind=
liche Heer erdrücken zu können schienen, so jähen Falles zusammenbrach), so
müssen wir vor Allem bedenken, daß selbst das größte Heer, wenn es aus
Kriegern mit verschiedenen Sitten, Sprachen, Ausrüstung besteht, welche noch
dazu keinen Grund hatten, für die Person des Königs, oder auch nur für
den herrschenden persischen Stamm, besondere Anhänglichkeit zu haben —
reicht doch im Orient der Patriotismus, wenn er überhaupt vorkommt, nicht
weiter als das Gebiet des eigenen Stammes — nichts ausrichtet gegen eine
disciplinirte Mannschaft, welche einem einzigen Willen gehorcht und zum
Theil auch sich der Ziele und Zwecke ihrer Märsche und Kämpfe wohl be=
wußt ist. Das erste entscheidende Treffen zerriß schon das Band, welches
die einzelnen Provinzen und deren Statthalter unter sich und mit dem König

verknüpfte; denn wenn sie diesem fürderhin treu blieben, so mußten sie vom
Sieger das Schlimmste erwarten, während es ihnen andererseits gleichgültig
sein konnte, wem sie ihren Tribut erlegen mußten.

Alexander drang bis in den äußersten Nordosten des Reiches, nach der
Stadt Kyropolis vor. Nachdem er wieder abgezogen, empörte sich Sogdiana,
es wurde aber nochmals eingenommen und verwüstet und am nördlichsten
Endpunkt dieser Expedition wurde Alexandria (heute Uzkend oder Abarkand)
gegründet. Den Winter 329—328 residirte Alexander in der Stadt Baktra.
Im folgenden Frühling erstürmte Alexander zwei Felsburgen, eine in Baktrien,
den Fels des Sisimithres genannt, auf welcher Oxyartes seine Tochter Roxane
verwahrte, die Alexanders Gemahlin wurde, die andere in Sogdiana, Fels
des Arimazos genannt. Man hat diese letztere Burg in Kurghantippa am
Wachsch oder Surchab (in Choll), die andere im Schloß Badegis in den
Défileen von Chulum gesucht. Im Jahr 327 wurde die Hochzeit mit Roxane
als Fest der Vereinigung des Morgen= und Abendlandes mit großer Pracht
in Baktra gefeiert. Noch in demselben Jahre brach Alexander nach Indien
auf, und zwar zog er durch das Kabulthal nach der Felsburg Aornos auf
einem Kegelberg, der für uneinnehmbar galt. Dieser Fels heißt heute Hügel
von Ranigarh und beherrscht den Uebergang über den Indus vom Kabul=
strom und oberen Indus her, sechzehn englische Meilen nördlich von Ohind.
Alexander ließ die Schlünde, welche den Berg von den anderen trennten,
durch Baumstämme ausfüllen, aber obwohl die Makedonier tapfer kämpften,
wurden sie doch von der Besatzung mit großen Verlusten zurückgeworfen. Erst
nach mehreren Tagen, als die Inder, im Glauben, der Feind habe sich zurück=
gezogen, nach beendigtem Siegesmahle die Festung verließen, gelang es, sie
in Besitz zu nehmen, so daß Alexander weniger die Menschen, als vielmehr
die natürliche Beschaffenheit des Ortes überwunden hatte. Er marschirte
hierauf nach der Stadt Taxila (dem heutigen Manikjala, einem durch reiche
antiquarische Funde buddhistischer Alterthümer, indoscythischer und baktrischer
Münzen berühmten Ort) und im folgenden Frühjahr in das Gebiet des Poros.
Der Uebergang über den Hydaspes (Behat oder Djailam) wurde bei einem
Gewittersturm bewirkt, während man durch List die Wachsamkeit des gegen=
über stehenden indischen Fürsten irre geleitet hatte. Eine große Schlacht, in
welcher viele Elephanten mitkämpften — Poros saß auf dem größten der=
selben —, blieb durch die persönliche Tapferkeit des letzteren längere Zeit
unentschieden, schließlich wurde Poros gefangen, gewann aber durch seine
Weisheit und sein königliches Benehmen die Freundschaft des Siegers. Die
Makedonier gelangten noch bis zum Hyphasis (Vipasa oder Satledj), wo
eine Meuterei die Rückkehr rathsam machte; während derselben wurden noch
die Maller besiegt und ihre Stadt Malasthana (Multan) erobert, wobei
Alexander bei ungestümem Vordringen gefährlich verwundet wurde. Noch
wurde das Delta des Indus besucht, und von da ging der Rückmarsch durch
Gedrosien nach der Persis, während Nearchos mit der Flotte den Seeweg

durch den persischen Golf einschlug. Der Rückzug war mit großen Schwierigkeiten verbunden da er zum großen Theil durch Wüsten ging.

Alexander genoß nicht lange die Früchte seiner Siegeslaufbahn; schon
7 Jahre nach Darius' Tode erkrankte er an einem Wechselfieber, welches er
sich bei der Besichtigung von Wasserbauten in den Sümpfen des Euphrat
bei Lamlun zugezogen hatte, und starb zu Babel im Palast el Kasr des
Nebukadnezar (11. Juni 323). Seine Leiche wurde von Aegyptern und
Chaldäern einbalsamirt und zuerst in Memphis, dann in Alexandria beigesetzt.

Alexander hatte einen Sohn mit Barsine, einer Tochter des Darius,
den man aber bei Seite schob; man ernannte den Bruder Alexanders, Aridäos, zum Großkönig. Das Reich gerieth aber in große Verwirrung, indem
sich einerseits einheimische Fürsten und Völker von der Herrschaft der Makedonier frei machten, wie Atropates ein Reich in Medien stiftete, Arboates
das armenische Reich herstellte, welches allerdings bald von den Seleukiden
unterworfen wurde; Kadusier, Chorasmier u. a. erklärten sich für unabhängig,
andrerseits machten sich Generale des Alexander zu Fürsten der Provinzen,
ohne Aridäos zu berücksichtigen. Diese Generale oder Diadochen (Nachfolger)
stritten sich nun das Reich ihres ehemaligen Feldherrn, und es kam nach
einer Schlacht bei Ipsos in Phrygien (Sommer 301) zur Constituirung
von vier Reichen, Syrien, Kleinasien, Aegypten und Makedonien.
Syrien umfaßte außer den südwestasiatischen Provinzen auch die iranischen
Länder. Kleinasien, welches Lysimachos zufiel, wurde alsbald wieder zer-
stückelt, indem sich die selbständigen Königreiche Bithynien, Kappadokien
und Pontus bildeten. Nach Lysimachos' Tod traten wiederum Verände-
rungen ein, im Ganzen aber ist das damals entstandene pergamenische
Reich unter Eumenes I. als die Fortsetzung des lysimachischen zu betrachten.
In Aegypten herrschten die Ptolemäer, in Makedonien Kassandros. Der
Gründer des syrischen Reiches war Seleukos Nikator welcher bei der
ersten Theilung sogleich nach Alexanders Tod übergangen worden war, und
erst nach dem Tode des Perdikkas, bei einer neuen Theilung die Satrapie
von Babylonien erhielt (312, mit welchem Jahre die seleukidische Zeitrechnung
beginnt); nach der Schlacht von Ipsos wurde er allseitig als Monarch der
asiatischen Länder anerkannt; er hatte, anders wie Alexander, die Absicht,
das Griechenthum in Asien allein zur Geltung zu bringen, zog daher viele
Griechen in den Orient und gründete (nach Appians Schätzung) 35 griechische Städte. Die Verlegung der Residenz nach Antiochien in Syrien hing
mit Seleukos' Bevorzugung des griechischen Wesens zusammen, hatte auch
wohl den Grund, die benachbarten Reiche der Nachfolger Alexanders besser
im Auge zu behalten, sie begünstigte aber den Abfall asiatischer Provinzen,
welche bei der weiten Entfernung vom Sitz des Königs freies Spiel zu
haben glaubten. Die beste Politik wäre ohne Zweifel gewesen, sich auf das
innere Asien zu beschränken und, ohne den geheimen Wünschen nach einer

Herstellung der Weltherrschaft Alexanders nachzuhängen, sich von den Verwicklungen der vorderasiatischen Reiche fern zu halten.

Seleukos und seine beiden Nachfolger, Antiochos Soter (281—261)
und Antiochos Theos (261—146) verwickelten sich in Streitigkeiten mit
Aegypten unter den Ptolemäern und mit den kleinasiatischen Fürsten. Zunächst ging alles noch gut, selbst die entferntesten asiatischen Provinzen zahlten
ihren Tribut und stellten ihren Heerbann; allein die Untüchtigkeit des Antiochos Theos zur Regierung, seine zügellose Hofhaltung konnten nicht ohne
Wirkung bleiben. Der erste, welcher sich die Umstände zu Nutze machte, war
der Satrap von Baktrien, Diodotos, der ohne daß Antiochos einen Versuch zur Vereitelung machte, sich zum souveränen König von Baktrien auf-
warf und ein Reich stiftete, welches in der Culturgeschichte eine nicht un-
wichtige Stelle einnehmen sollte, indem es griechische Bildung in jenem fernen
Nordosten Irans ausbreitete und durch seine Beziehungen zu Indien auch
dieses Land der abendländischen Cultur öffnete.

— ..

Herrschaft der Parther.

Anderer Art war die Loslösung Parthiens vom seleukidischen Reiche.
Diese ging nicht von einem griechischen Satrapen, sondern von einem einheimischen Fürsten aus, der sich nicht damit begnügte, seine Provinz selbst-
ständig zu beherrschen, sondern der die patriotische Idee zu verwirklichen strebte,
die Fremden vom Boden Irans zu vertreiben und die Monarchie der Achämeniden herzustellen. Es vertrug sich sehr wohl mit diesen Absichten, daß
die parthischen Fürsten den Werth hellenischer Bildung nicht verkannten und
zu ihrem eignen Nutzen verwertheten. Es gab zahlreiche griechische Städte
im Gebiet des späteren parthischen Reiches, welche eine selbstständige Muni-
cipalität hatten und dem König nur Tribut zahlten. Nur bei inneren Streitigkeiten ließ der König seine Militärmacht einschreiten. Die wichtigste dieser
Städte war Seleukia am Tigris in der Nähe von Bagdad, welches in der
fruchtbarsten Gegend Asiens lag, große Festungsmauern hatte und zur Zeit
seiner Blüthe (im 1. Jahrhundert nach Chr.) über ¹/₂ Million Bewohner zählte;
es wurde von 300 vom Volk gewählten Rathsherren regiert. Die Bevorzugung der griechischen Städte von Seiten der parthischen Könige, welche
offenbar von der Achtung der überlegenen Bildung ihrer Bewohner einge-
geben war, ist politisch nicht selten nachtheilig gewesen, indem die griechischen
Städte immer Elemente enthielten, welche im Fall eines Krieges mit den
Seleukiden und Römern gewöhnlich für diese Partei nahmen.

149

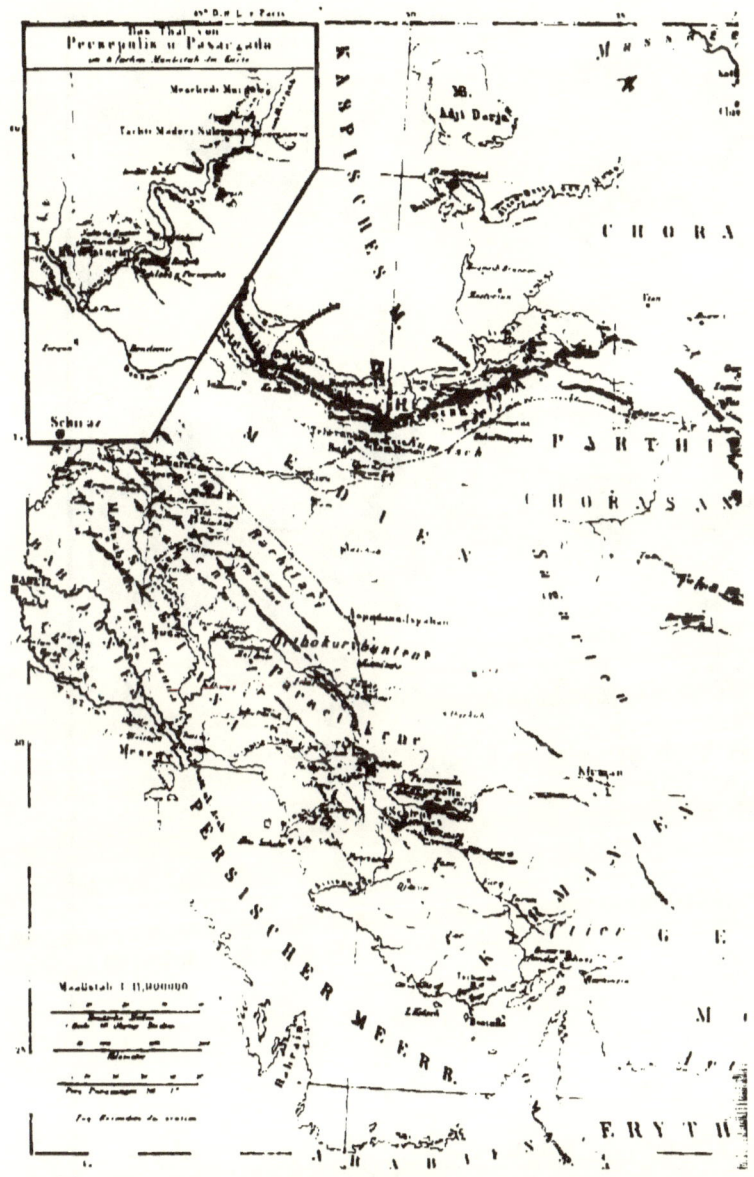

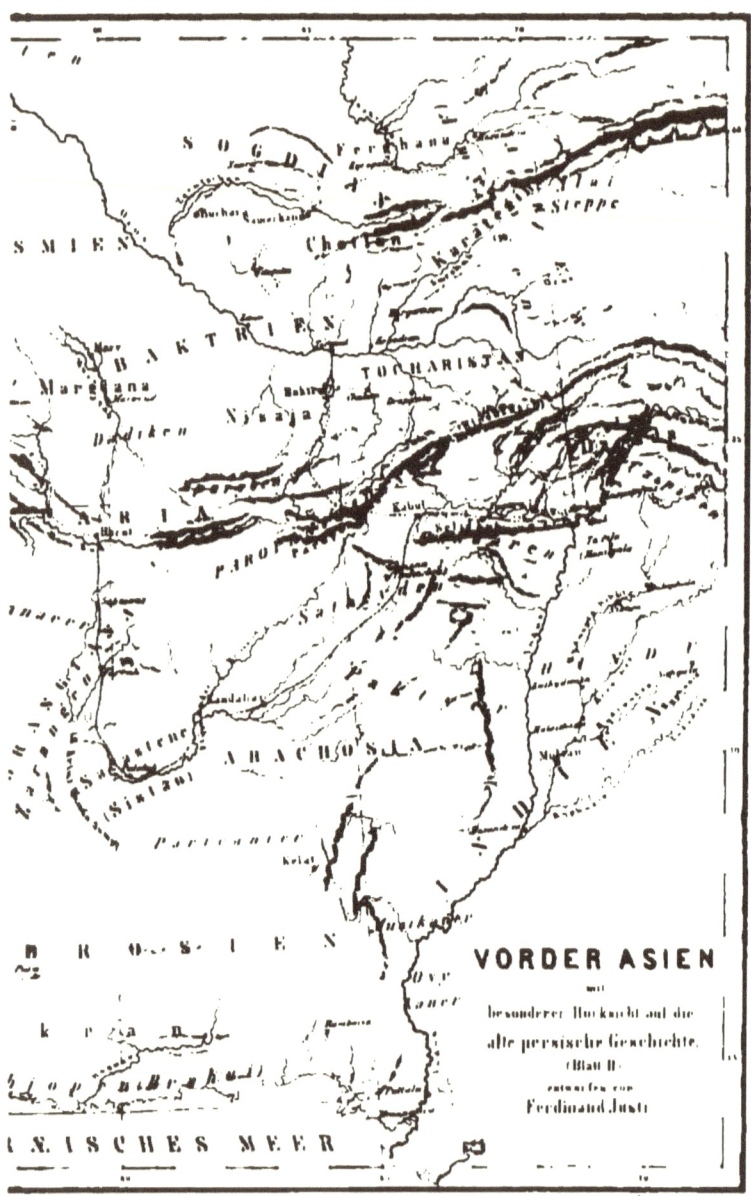

VORDER ASIEN

mit

besonderer Rücksicht auf die

alte persische Geschichte.

(Blatt II)

entworfen von

Ferdinand Justi

Stammtafel der Arsakiden.

1. Linie.

```
Arsakes          Tiridates
                 Artaban I.
                 Priapatius

Phraates I.  Mithridates I.  Artaban II.  Mnaskires  Balarsakes (von Armenien)
Phraates II.  Sanatroikes  Mithridates II.              Arsakes
        Phraates III.                                   Arsakes
                                                        Ardaikes
Mithridates III.  Orodes                    Tigran        Arsham
        Palorus  Phraates IV                Tigran Artavazd  Abgar L.
Vonones I. Seraspadanes Rhodaspes Gew Phraates Phraatakes   Sanatruk
    Meherdates  Tiridates        Votarzes                    Ardaikes
                                                   Artavazd  Tiran  Tigran
                                                             Balarsch
                                                             Chosroes.
```

2. Linie.

```
        Artaban III.
Arsakes  Orodes  Artaban  Bardanes
            Vonones II.
    Palorus  Tiridates  Bologases I.
    Bardanes  Bologases (?) Artaban (?)
        Palorus  Chosroes
    Exedares  Parthamasiris
Parthamaspates.
```

3. Linie.

```
        Bologases II.
        Bologases III.
        Bologases IV.
    Bologases V.  Artaban
            Artavazd L.
```

Arsakes I. 250—248.

Arsakes tödtete den seleukidischen Satrapen von Parthien und erklärte sich zum König dieses Landes. Antiochos Theos machte keinen Versuch, die entfernte Provinz zur Botmäßigkeit zurückzuführen. Arsakes hatte die zwei Jahre seiner Herrschaft mit der Niederkämpfung von Unruhen zu thun, welche naturgemäß mit der Erhebung einer Dynastie verbunden sind.

Arsakes I.

Arsakes II. Tiridates 248—214.

Tiridates, Bruder des Arsakes, befestigte die Herrschaft während seiner mehr als dreißigjährigen Regierung, und die Parther selbst scheinen ihn als denjenigen bezeichnet zu haben, welcher am Anfang der parthischen Dynastie stand. Der Seleukide Seleukos Kallinikos (246—226) wurde vom König von Aegypten, Ptolemäos Euergetes, Sohn des Philadelphos, der die Monarchie Alexanders herzustellen strebte, mit Krieg überzogen, und wirklich brachte er Asien bis nahe an die Grenzen von Parthien und Baktrien zur Unterwerfung. Die in Frage gestellte Existenz der beiden letzteren Staaten wurde glücklicherweise dadurch gerettet, daß in Aegypten selbst ein Aufstand ausbrach), der den Sieger zur sofortigen Umkehr nöthigte. Die bei dieser Gelegenheit zu Tage gekommene Schwäche des syrischen Reiches gab aber dem Tiridates den Muth, seine Waffen über Parthien hinauszutragen und das benachbarte Hyrkanien zu unterwerfen. Sollte das parthische Reich nicht auf Kosten des syrischen weiter um sich greifen, so mußte jetzt von Seiten des letzteren ein energischer Schritt geschehen. Seleukos wußte den König von Baktrien in ein Bündniß gegen Parthien zu ziehen, und Tiridates, von zwei Seiten bedroht, ergriff die Flucht, kam aber, als Diodotos alsbald starb, mit einer durch scythische Hülfstruppen verstärkten Streitmacht zurück, wußte den Sohn des Diodotos auf seine Seite zu ziehen und schlug die syrische Armee gänzlich, ein Ereigniß, welches im Hinblick auf das Mißverhältniß der beider-seitigen Streitkräfte — hier die numerische Uebermacht; die makedonische Kriegführung und Taktik, dort die primitive Kampfweise asiatischer Reiter-völker — wunderbar erscheinen müßte, wenn man nicht den Werth des Be-wußtseins in Anschlag brächte, für die eigene Freiheit zu kämpfen und sein Vaterland gegen einen Fremden zu vertheidigen. Neue Wirren banden auch dem Seleukos die Hände, so daß Tiridates unbehelligt zur Befestigung seines Landes durch Anlegung von Festungen beitragen und eine neue Residenz neben dem älteren Hekatompylos (wahrscheinlich südwestlich von Damghan gelegen) erbauen konnte. Sie lag zwischen Parthien und Margiana, in einer berg- und waldreichen Gegend mit großen Jagdgebieten, welche die Alten Zapaortenon nennen, und hieß Dara (wahrscheinlich) in der Nähe von Tus). Doch kam die Stadt nicht zur Blüthe, und Hekatompylos behauptete unter den folgenden Königen den ersten Rang unter den Städten des Reiches.

Arsakes III. Artaban I. 214—196.

Der Sohn des Tiridates, Artaban, benutzte die Kämpfe des Antio-chos III. (223—186), des Sohnes des Kallinikos und Nachfolgers seines Bruders Seleukos Keraunos, mit einem rebellischen Satrapen, um das Reich über Medien bis zum Zagrosgebirge auszudehnen. Diesmal lächelte indessen das Glück nicht wie früher. Antiochos rückte mit einer großen Armee nach Medien, plünderte Ekbatana, und obwohl die Parther versuchten, die Brunnen der Wüste, welche Medien von Parthien trennt, zu verschütten, nahm er Hekatompylos ein; die Parther zogen sich nach Hyrkanien zurück, wohin Antio-chos gleichfalls nachfolgte; schließlich kam ein Friede zu Stande, welcher die Selbständigkeit von Parthien anerkannte; dasselbe Resultat hatte ein Angriff des Antiochos auf das baktrische Reich: Euthydemos, welcher im Jahr 225 eine Vereinigung der baktrischen Provinzen, welche vorher von mehreren Königen regiert wurden, zu Stand gebracht zu haben scheint, blieb König. Dieser günstige Erfolg für beide auf Kosten des syrischen emporgekommene Königreiche war doch wohl dadurch verursacht, daß schließlich die syrischen

Truppen ins Gedränge kamen. Von jetzt an war die syrische Herrschaft in Baktrien und Parthien für immer abgethan, um so mehr als die Seleukiden durch vielfache Verwickelungen an den Westen des Reiches gefesselt waren; Antiochos' III. Tochter war mit Ptolemäos V. verheirathet, und dieser beanspruchte den Besitz von Kölesyrien und Palästina, welche seinem Vater entrissen worden waren, als Mitgift, und während der Kämpfe über diese Ansprüche brach der makkabäische Aufstand in Judäa aus, der ein halbes Jahrhundert lang an der Macht der Seleukiden rüttelte. Die erschöpften Finanzen suchte Antiochos IV. Epiphanes (175—164) durch einen förmlichen Raubzug gegen die Tempel in Elymais, welche von den Makedoniern verschont waren, zu bereichern. Die Bevölkerung schlug den Räuber zurück und sah in dem bald darauf zu Tabä erfolgten Tod desselben ein Strafgericht Gottes gegen den Tempelschänder. Sein Sohn war noch ein Kind, und nach 2 Jahren (162) eroberte sich Demetrios Soter, der als Geisel für den Gehorsam seines Vaters Seleukos Philopator (187—175) nach Rom geführt worden und von hier heimlich auf einem karthagischen Schiff entkommen war, die Herrschaft.

Arsakes IV. Priapatios 196—181.

Während Priapatios (Phraapatios, Phriapatios) herrschte, erweiterte Euthydemos und dann sein Sohn Demetrios das baktrische Reich nach Süden und Südosten; hier in Indien, im Pendjab, hatte man die makedonische Eroberung zum Theil wieder rückgängig gemacht. Bereits Seleukos Nikator war genöthigt, mit dem indischen König Tschandragupta, der von Palibothra (Pâtaliputra, heute Patna) aus ein großes Reich, auch von Alexander eroberte Landstriche, beherrschte, einen Frieden zu schließen, der ihn auf das Indusland verzichten ließ. Das baktrische Reich ging darauf aus, die Inder wieder zu verdrängen und dem griechischen Einfluß wieder weitere Gebiete zu eröffnen, und es glückte auch, die baktrischen Waffen bis an den Behat (Hydaspes) zu tragen, wo die Stadt Euthydemia gegründet wurde. Die Geschichtsforschung hat sich noch keine sichere Ansicht über die Vorgänge in Baktrien bilden können; die Quellen spärliche Berichte der Griechen und zahlreiche, mit den Namen der Fürsten beschriebene Münzen, überlassen vieles unserer Vermuthung. Es scheint, daß öfter gleichzeitige Fürsten in verschiedenen Theilen des Reiches herrschten, die einen im Norden, in Baktrien, Sogdiana, bis nach dem Herirud, die andern mehr nach Afghanistan und Indien hin; Euthydemos hatte alle Länder vereinigt, sein Sohn Demetrios aber, den seine Eroberungen weit nach Südosten führten, scheint dem Eukratidas die Gewalt über Baktrien selbst überlassen zu haben; nach des erstern Tod war es wieder der letztere, der seine Autorität über das ganze Bereich ausdehnte. Während ihn jedoch Eroberungen im Süden, in Arachosien, Drangiana und Indien in Anspruch nahmen, war der nördliche Theil

des Reiches den Steppenvölkern ausgesetzt, welche nicht säumten, das Land
zu verwüsten und sich in ihm festzusetzen. Die Ausbreitung der baktrischen
Macht erforderte von Seiten der Parther die größte Wachsamkeit.

Arsakes V. Phraates I. 181—174.

Erst Phraates glaubte die Hände frei genug zu haben, um die Marder
zu bekriegen. Die Syrer, welche bereits 197 in Berührung mit Rom gekommen waren, blieben unthätig; die Unterwerfung jenes Bergvolkes war
nicht wichtig genug, um einen Krieg anzufangen, aber die Parther, hierdurch
sicher gemacht, richteten ihre Waffen gegen eine Gegend, in welcher die
Schlüssel zum östlichen Iran lagen: Phraates brachte die kaspischen Pforten,
den heutigen Sirdara=Paß, in seine Gewalt und siedelte die Marder in
Charax (heute Eiwani Keif) an, welches zwischen dem Paß und Raga
(Rai) lag. Hierdurch wurde es den Parthern möglich, jede von Westen
kommende Armee mit leichter Mühe von ihrem Lande abzuwehren.

Arsakes VI. Mithridates I. 174—136.

Nach der Bestimmung des Phraates folgte ihm sein Bruder Mithridates, ein Mann „von großem und königlichem Geiste" (Justin), unter
welchem das parthische Reich zu großem Ruhm emporstieg. Mithridates
benutzte zuerst die Beschäftigung Baktriens mit seinen Eroberungen, um,
ohne ernstlich verhindert zu werden, Parthien auf Kosten desselben auszu-

dehnen. Sodann rückte er, während der unmündige Antiochos
Eupator König war (164—162) und zwei Regenten um den
Vorzug stritten, in Medien ein, wo er nach hartem Kampf
siegte und Bakasis sein Vasall wurde. Sodann wurde
Elymais erobert, wo ein Vasallenkönig der Seleukiden wahr-

Mithridates I.

scheinlich so gut wie souverän herrschte. Auf Elymais folgte,
vielleicht sogleich, vielleicht einige Jahre später, Babylonien und die Persis. Selbst auf Armenien erstreckte sich bereits der Einfluß der Parther;
denn hier wurde die syrische Herrschaft gleichfalls aufgehoben und ein arsa-
tidischer König Balarsates, der Bruder des Mithridates, auf den Thron
gesetzt. Als weiser Fürst begnügte sich Mithridates mit diesen Erfolgen,
die ihn vom Mittelpunkt des syrischen Reiches noch fern genug hielten. In
Elymais (Susiana) sowohl als in Persis herrschte fortan ein einheimischer
König, welcher den Parthern Tribut zahlte; es war überhaupt Brauch der
Parther, die Fürsten bei ihrer Herrschaft zu belassen und die Lehnsherrlichkeit
auszuüben; mehrere Provinzen wurden von Vicekönigen regiert, welche Vi-
taxa hießen. Mithridates richtete dagegen seine Waffen gegen Baktrien, wo
Eukratidas von seinem Sohne Heliokles ermordet worden war. Der baktrische König sah sich bald besiegt und um den größeren Theil seiner Länder
gebracht; er war auf Kabulistan und das Stromgebiet des Indus beschränkt.

Mithridates beherrschte somit fast ganz Iran und bedrohte das syrische Reich. Hier fanden fortwährend Thronstreitigkeiten statt, welche erst spät einen Versuch zur Zurückdrängung der Parther ermöglichten. Demetrios Nikator (147—144) wurde von den mit dem neu auferlegten parthischen Joch unzufriedenen Babyloniern, Elymäern, Persern unterstützt, auch Baktrien mit seiner zahlreichen griechischen Bevölkerung hoffte in einer neuen Verwicklung seinen alten Umfang wieder zu gewinnen. Aber obwohl anfangs siegreich, wurde Demetrios geschlagen, gefangen und zur Warnung, die parthische Macht nicht gering zu schätzen, in verschiedenen Städten im Triumphzug aufgeführt, später aber in Hyrkanien als königlicher Gefangener mit gebührenden Ehren behandelt. Bald darauf erkrankte Mithridates und starb.

Arsakes VII. Phraates II. 136—127.

Der gefangene syrische König mußte sich lange gedulden, ehe ein Versuch zu seiner Befreiung gemacht wurde. Sein Bruder Antiochos VII. Sidetes (137—128) hatte zuerst Kämpfe mit einem Prätendenten und sodann mit den Juden, welchen für ihre Unterstützung während derselben Autonomie zugesichert war; als er jedoch hiermit zu Ende gekommen war, rückte er mit einer ungeheuren Macht gegen die Parther. Die parthische Armee bestand der Hauptsache nach aus Parthern, indem einige Vasallen die Heerfolge verweigerten und ein Corps von zu Hülfe gerufenen Scythen zu spät eintraf. Antiochos war glücklich; er schlug den parthischen Feldherrn Indates am Lykos (Zab) in Assyrien, und die Niederlage hatte sogleich den Abfall verschiedener Fürsten zur Folge. Phraates gab jetzt seinen Gefangenen frei, in der Hoffnung, seine Ankunft in Syrien werde Verwicklungen herbeiführen und den Antiochos aus dem Felde zurückrufen. Der letztere blieb jedoch auf dem Kriegsschauplatz und vertheilte seine Truppen in verschiedene Städte in die Winterquartiere. Die Last, welche ihnen die anspruchsvollen Soldaten auferlegten, fanden die Städte bald unerträglich, und Phraates benutzte diesen Umstand, um mit ihnen einen Tag zu verabreden, an welchem man die syrischen Gäste verjagen wollte, während ein parthisches Heer die Vereinigung der verschiedenen Abtheilungen verhinderte. Der Plan gelang vollständig, Phraates zwang den Antiochos zur Schlacht und schlug ihn aufs Haupt. Antiochos selbst kam um, sein Sohn Seleukos wurde nebst einer Nichte, der Tochter des Demetrios, welche nachher das Weib des Siegers wurde, gefangen. Dieser Sieg hatte die Folge, daß nie wieder ein syrisches Heer das parthische Reich heimsuchte. Syrien trat zudem selbst in Kampf um die Selbsterhaltung ein; Judäa machte sich für immer frei, Kilikien ging in der Folge verloren, und die phönikischen Seestädte gewannen ihre Autonomie wieder, Aegypter, Araber und Römer setzten den durch innere Zwiste machtlosen Königen heftig zu, bis endlich die Römer im Jahr 65 Syrien zur Provinz machten.

Die scythischen Truppen, welche Phraates zu Hülfe gerufen, ließen sich nicht herbei, unverrichteter Sache zurückzugehen; sie verlangten entweder in eine Schlacht geführt zu werden oder ihren Sold zu erhalten, welcher für einen Feldzug gebührte. Phraates zog zu ihrer Vertreibung herbei, wurde aber geschlagen und getödtet, worauf die Scythen nach gehöriger Plünderung wieder abzogen.

Zu dieser Zeit taucht im alten Chaldäa ein Reich auf, welches eine Zeit lang unabhängig vom parthischen war. Phraates hatte vor seinem Feldzug gegen die Scythen einen Unterkönig Himeros in Babel (wo er residirte) zurückgelassen, der als grausamer Mensch geschildert wird. Dieser gerieth in Krieg mit dem König von Mesene. Schon Alexander hatte zwischen dem Tigris und den susianischen Gewässern Alexandria angelegt, auf einer künstlichen Terrasse. Antiochus III. dehnte letztere aus, und der Ort wurde Antiochia genannt. Spasines, ein arabischer Fürst, machte sich in den Wirren nach Sidetes' Tod unabhängig und legte weitere Wälle und Teiche an, und die Stadt hieß Charax Spasinu (Teich des Sp.). Nachdem die arabischen Fürsten einige Zeit über Charakene und das benachbarte Mesene (mit der angeblich von Artaxerxes I. gegründeten Stadt Forat Maisan) geherrscht hatten, kamen sie unter die Oberhoheit Phraates II. Die Alten nennen elf Könige, von mehreren hat man Münzen; im ganzen bestand das kleine Reich 518 Jahre, als es 389 durch die Perser annectirt wurde. Fast zu derseben Zeit, im Jahre 137 gründete Orhoi bar Chevje das Reich von Edessa (Urha) oder das osrhoenische Reich, dem wir mehrfach begegnen werden und welches erst 641 von den Arabern vernichtet wurde.

Arsakes VIII. Artaban II. 127—124.

Hatte nun Parthien keine Gefahr von Westen her zu fürchten, so erstand ihm auf der entgegengesetzten Seite ein furchtbarer Feind, der das baktrische Reich in noch größeres Unglück als Parthien stürzte. Im inneren Hochasien entstand dadurch eine große Völkerbewegung, daß die Hiongnu das Volk der Inätschi (weißen Hunnen) nach dem Westen drängten; die letzteren vertrieben die Su im Tianschan, welche sich am Jaxartes in Fergana festsetzten; die Inätschi selbst wurden wiederum zum Weiterziehen genöthigt und ließen sich in der Oxusebene nieder; diese wurden also nördliche Nachbarn der Parther, jene der Baktrer. Die bedrängte sakische oder scythische Bevölkerung war genöthigt südwärts zu fliehen, und so sehen wir, daß das baktrische Reich fortwährend Gebiete im Norden verlor und Parthien bedroht wurde. Die Saken gründeten in Indien ein großes Reich, welches später von Vikramaditja erobert wurde. Bald darauf rückten die Inätschi nach und beherrschten unter Kanischka ein Reich in Indien, das indessen durch die rohe Art des Regierungssystems wieder zerfiel.

Artaban stand jetzt den nordischen Reitern gegenüber als Vertheidiger

nicht nur seines Reiches und Vaterlandes, sondern als Retter der asiatischen
Cultur. Ohne Säumen führte er sein Heer gegen die Tocharen, einen
Stamm, der auf dem Boden des baktrischen Reiches sich niedergelassen hatte;
er fiel wie sein Vorgänger in der Schlacht, und sein Tod hatte wie gewöhnlich eine Niederlage des Heeres zur Folge.

Arsakes IX. Mithridates II. 124—87.

Mithridates siegte in mehreren Schlachten, so daß der Sturm vom
parthischen Reiche abgewendet wurde und sich nach Süden und Osten wen-
dete. Die Saken zogen theils an den See, in welchen sich der Hilmend
(Etymandros) ergießt, und gaben der dortigen Gegend den Namen Sakastan
(Sedjestan, Sistan), theils in das Kabul- und Indusland, welches den Namen
Indoscythien erhielt.

Mithridates wendete nach der Befreiung seines Landes von der Gefahr
der scythischen Invasion seine Waffen gegen Westen, wo das Reich an
Armenien grenzte. Hier war auf Valarsakes dessen Sohn Arsakes (Ar-
schag) und Enkel Arbasches gefolgt; die Parther scheinen diesen Fürsten
daran erinnert zu haben, daß er eigentlich ihr Vasall sei, und machten wohl
aus dem Grunde ihre Ansprüche auf die Oberherrlichkeit geltend, weil sie
das Land als eine Vormauer gegen die Römer betrachteten, mit welchen
bei der Tendenz nach Ausdehnung der Grenzen ein Zusammenstoß kaum
noch zu vermeiden war. Die Römer hatten durch die Erbschaft des perga-
menischen Reiches, welche sie mit Unterstützung des Königs Mithridates
von Pontus gegen den Protest eines Halbbruders des Erblassers angetreten
hatten, festen Fuß in Asien gefaßt. Das Verhältniß zu den Königen von
Pontus führte beide große Reiche näher zusammen. Dieses Küstenland von
Kappadokien war anfänglich von Satrapen verwaltet, welche sich von Pharnakes, einem Großen des achämenischen Stammes, ableiteten und in der
alten Stadt Gaziura residirten. In den Kriegswirren, welche die Diadochen
wegen der Ländervertheilung herbeiführten, hatte der Satrap Mithridates
gegen Antigonos, der über einen großen Theil Kleinasiens herrschte, die
Partei eines seiner Feinde ergriffen und wurde von ihm umgebracht; als
aber Antigonos bald daraus starb (in der Schlacht bei Ipsos 301), wurde
der Sohn des Umgebrachten, Mithridates II., Satrap und erklärte sich bald
für unabhängig. Einer seiner Nachfolger, Pharnakes, wurde durch die
Römer an der Eroberung Bithyniens verhindert, und sein Sohn Mithridates V. (157—123) stellte sich den Römern zur Verfügung, wofür er
Großphrygien erhielt. Sein Sohn ist der große Mithridates, der ener-
gische Feind der Römer, der im 13. Jahre auf den Thron kam und 23
Sprachen redete. Er vermehrte das Reich Pontus durch die Länder am
Nordufer des schwarzen Meeres, die Krim und Kolchis, welche ihm im Jahre
110 von Perisades abgetreten wurden. Er ging auf die Eroberung Kappado-

liens aus, wobei er von dem armenischen König Tigran, Sohn des Ardasches, unterstützt wurde. Die Römer beschlossen, diesen Plan zu durch-

kreuzen, und Sulla setzte den vertriebenen kappadoki-
schen König Ariobarzanes wieder ein, trieb auch den
Tigran nach Armenien zurück. Dieser sah sich zwischen
zwei Feinde gestellt: auf der einen Seite die Römer,
auf der andern der Parther Mithridates; er hatte diesem
nämlich ein Territorium abtreten müssen, das er nachher
wieder an sich riß. Die Annäherung der beiden Großmächte war zunächst eine freundschaftliche. In der Folge

Tigran.

wiederholte Tigran seine Angriffe und entriß den Parthern Gordyene (das
obere Mesopotamien), welches unter einem parthischen Vasallen stand. Das
pontische Reich war übrigens von Rom abhängig, welches dort Fürsten
ab- und einsetzte.

Arsakes X. Mnaskiras 87—77.

Nach Mithridates, der ohne Erben gestorben zu sein scheint, bestieg ein
Sohn Phraates' I., ein Greis von 90 Jahren, den Thron. Seine naturgemäß kurze Herrschaft war von einem Zwist mit seinem Vetter Sanatroiles
erfüllt, welcher dem Tigran freie Hand ließ, seine Macht über Adiabene,
Atropatene (wo seit Alexander die Nachfolger des Atropates herrschten), Kilikien, Syrien und Kleinarmenien oder Sophene (wo ein König Artanes
herrschte) auszudehnen. Er erbaute eine prachtvolle Stadt mit Mauern von
70 Fuß Höhe umgeben, welche er nach sich selbst Tigranokerta nannte und
in welcher er Kappadoken, Kilikier und Assyrer sich anzusiedeln zwang. Diese
Stadt lag südlich vom heutigen Hisn Keif, und ihre Stätte wird Tel Bejabh
(weißer Hügel) genannt; sie hatte nur kurze Dauer, da sie im Jahre 69
von Lucullus erobert und zerstört, dann wieder aufgebaut wurde, aber bald
aufhörte zu existiren.

Arsakes XI. Sanatroikes 77—68.

Sanatroiles, Bruder Phraates' II., gleichfalls ein hochbetagter Greis,
machte seinen Sohn Phraates zum Mitregenten, das erste Beispiel eines
solchen Verfahrens in der persischen Geschichte. Während seiner Regierung
war der große Kampf der Römer und des Mithridates von Pontus ausgebrochen (im ersten mithridatischen Krieg, 88—84), in welchen auch Tigran
verwickelt war. Beide Parteien bemühten sich um die Unterstützung der Parther,
Sanatroiles aber lehnte noch eine directe Betheiligung ab und gab nur hin-
haltende Versprechungen.

Arsakes XII. Phraates III. 68—60.

Phraates trat im Jahre 66 aus der abwartenden Stellung heraus und unterstützte dadurch die Römer, daß er dem Tigran, Sohn des Tigran, der wegen einer Empörung aus Armenien verbannt war, gegen seinen Vater Hülfe brachte. Das parthische Heer gelangte bis Artaxata (südlich von Eriwan); der junge Tigran wurde indessen von seinem Vater in die Flucht geschlagen, und der letztere mußte sich dann dem Pompejus unterwerfen, von welchem inzwischen Mithridates von Pontus im dritten mithridatischen Kriege (74—66) auf seine Besitzungen in der Krim beschränkt worden war, nachdem auch Lucullus siegreich gegen ihn gefochten hatte. Wie viele Kostbarkeiten durch solche Siege in Asien als Beutestücke nach Rom gelangten, zeigt u. a. eine von Plinius aufbewahrte Liste der Kunstwerke, welche Pompejus nach den glücklichen Kriegen gegen die Seeräuber, in Kleinasien und gegen Mithridates in den Acten seines dritten Triumphes verzeichnen ließ. Die erste Gemmensammlung oder Daktyliothek in Rom besaß Scaurus, der Sohn des Scaurus, dessen Wittwe den Sulla heirathete. Diese Sammlung wurde bei weitem übertroffen von derjenigen, welche Pompejus aus der mithridatischen Beute aufs Capitol stiftete. Das Gemmensammeln wurde jetzt zur Liebhaberei, und Cäsar stiftete sechs Daktyliotheken in den Tempel der Venus Genitrix; Marcellus, Sohn der Octavia, eine solche in den Tempel des Apollo auf dem Palatin. Pompejus führte in seinem Triumph die silberne Bildsäule des Pharnakes von Pontus auf, silberne und goldene Wagen des Mithridates, ein Würfelspielbret von zwei Gemmen, welches 3 Fuß breit, 4 Fuß lang, mit einem massiven goldenen Bilde der Luna; ferner drei Triclinien oder Bankettlager (wahrscheinlich mit Gold staffirt, denn solche von Holz, selbst von Cedern, wurden nicht mehr hoch geschätzt), neun Prunktische mit Gefäßen von Gold und Edelsteinen, drei goldene Bilder der Minerva, des Mars und Apollo, drei und dreißig Perlenkronen, einen goldenen Berg mit Hirschen, Löwen und allerlei Früchten, umgeben von einem goldenen Weinstock, eine musivische Grotte von Perlen, mit einer Sonnenuhr auf der Spitze; auch kamen bei dieser Gelegenheit die höher aus Gold geschätzten aus Murrha (einer Art bunt gesleckten und geädertem Flußspath aus Kerman) gearbeiteten Gefäße zuerst nach Rom, deren Besitz in der Folge der Gegenstand des Ehrgeizes bei Kaisern und reichen Leuten wurde.

Phraates hatte von Pompejus die Restitution der an Armenien verlorenen Provinzen verlangt, und er erhielt auch Adiabene zurück, nicht aber Gordyene, welches Pompejus dem jungen Tigran zugedacht hatte, aber dem Ariobarzanes von Kappadolien verlieh. Da es nun über diese Provinz zwischen Phraates und dem ältern Tigran zum Streit kam, überlieferte Pompejus dieselbe dem Tigran, was ihm die Parther entfremdete. In der Folge kam es zwischen Parthien und Armenien zu gutem Einverständniß. Phraates wurde von seinen Söhnen Mithridates und Orodes ermordet.

Arsakes XIII. Mithridates III. 60—56.

Mithridates nahm sogleich die Streitigkeiten über Gordyene wieder auf, das dem parthischen Reiche zurückgegeben wurde. Die grausame Regierung dieses Königs veranlaßte seine Absetzung durch den Adel, welcher seinen von ihm verbannten Bruder Orodes auf den Thron erhob.

Arsakes XIV. Orodes 56—37.

Der abgesetzte Mithridates reizte zuerst den syrischen Proconsul Ga=
binius zum Krieg gegen die Parther, als dieser aber von Ptolemäos Auletes
zur Schlichtung eines Bürgerkrieges in Aegypten eingeladen wurde, zettelte

Orodes.

er auf eigene Faust eine Verschwörung in Babel an,
die aber vereitelt wurde, und er überlieferte sich seinem
Bruder, der ihn hinrichten ließ. Mit dem Antritt
des syrischen Proconsulats durch Crassus trat Rom
in directe Feindseligkeit gegen die Parther, denn dieser
brütete über ausgedehnten Eroberungsplänen in Asien.
Orodes zog den König von Edessa und Alchau=
donius, Fürsten der arabischen Rhambäer, von dem
Bündnisse mit den Römern ab und auf seine Seite;
die Besitzungen beider Fürsten lagen auf Crassus' Weg gegen die Parther.
Crassus begann mit einer Recognoscirung im obern Mesopotamien, wo
die griechischen Städte ihm zufielen und der parthische Satrap, der nur
geringe Streitkräfte besaß, in einem Gefecht bei Ichnä (am Belik, etwa
17 englische Meilen nördlich von Rakka oder Nikephorion) geschlagen
wurde. Die Stadt Zenodotion blieb den Parthern treu, überrumpelte die
römische Besatzung, wurde aber von Crassus genommen und geplündert. Den
Winter über fröhnte er seiner Gier nach Gold. Er beraubte den Tempel
der Derketo in Hierapolis (Bambyke) seiner Gold= und Silbergefäße; aus
dem Tempel zu Jerusalem entführte er 8000 Talente Gold, auch einen Gold=
barren von 7 Centnern Gewicht. Das Zeichen zum Kampf war gegeben, und
die Parther trieben jetzt selbst den Crassus zum Entschluß, namentlich durch
Belästigung der mit römischen Besatzungen belegten Städte Mesopotamiens.
Sodann beschlossen die Parther, und zwar unter Anführung des Königs, mit
der Infanterie in Armenien einzurücken, um den verdächtigen Artavazd,
der mittlerweile dem Tigran gefolgt war, von einer Unterstützung der Römer
abzuhalten. Die Armee gegen die Römer, welche ganz aus Reiterei bestand,
führte Suren, der noch junge Generalfeldmarschall des Reiches, der mit
seiner hohen Stellung ausgezeichnete persönliche Eigenschaften vereinigte. Von
nicht geringer Wichtigkeit war, daß Abgar von Edessa noch als Freund der
Römer galt, während er in der That ihr Verräther war, denn er benutzte
die Erlaubniß, mit leichter Reiterei auszuschwärmen, zur Unterrichtung der

Parther über die Pläne des Crassus; zuletzt ging er zu den Parthern über. Crassus ging beim Zeugma (Biredjik) über den Euphrat, zog eine Strecke an dessen linkem Ufer aufwärts und rückte dann gegen den Belichus vor, so daß er sich zwischen Carrhä (Harran) und Jchnä befand. Die schwere Reiterei der Parther war durchaus mit Ringpanzern gewappnet, der Helm von Stahl hatte ein Visir, welches das Gesicht bedeckte, auch das Roß trug Panzer, und es half die Wucht der Lanze verstärken, indem diese letztere mit einer Kette am Harnisch des Rosses hing, so daß der Reiter dem Stoß nur die Richtung zu geben brauchte, und zuweilen zwei Feinde mit einem Stoß durchbohrt wurden.

Die Schlacht bei Carrhä ist nicht allein geschichtlich von großem Interesse, weil in ihr Europa und Asien um den Vorrang stritten, sondern auch militärisch, weil die von den Römern ausgebildete Kriegskunst sich gegenüber der parthischen Kampfweise als ohnmächtig erwies. Die Römer bildeten ein Viereck; in der Mitte waren die leichten Truppen aufgestellt, vorn und auf beiden Seiten von Reiterei

Persischer Panzerreiter

unterstützt. Die Parther erschienen erst in geringer Anzahl, indem sich die Hauptmacht in einer verdeckten Stellung befand; erst als die Römer in Sturmschritt herankeilten, ertönten die Heerpauken, und die seidenen Standarten wehten inmitten eines von Metallrüstungen strahlenden Reiterheeres; die Parther überschütteten aus großer Entfernung die Römer mit Pfeilregen; die leichte Cavallerie hatte nämlich keine andere Waffe, als Bogen und Pfeilköcher; die Pfeile, welche durch Schild und Harnisch drangen und sich mit Widerhaken ins Fleisch hingen, waren unerschöpflich, weil die Lastthiere ganze Wälder dieser Geschosse trugen, und die Reiter, die beständig in Bewegung blieben, ihre ausgeleerten Köcher sogleich wieder füllen konnten. Vergebens warteten die Römer auf den Zeitpunkt, wo die Pfeile verbraucht sein würden. Alle Versuche zum Ausschwärmen wurden verhindert, auch die geschlossenen Reihen der Legionen vermochten nicht sich den Feinde zu nähern. Crassus, der hier sein Ende sah, ließ seinen Sohn Publius mit gallischer Reiterei und einer Legion Fußvolk einen plötzlichen Angriff ausführen. Die Parther schienen von einer Panik erfaßt und zogen sich zurück. Als der stürmische Jüngling weit genug vorwärts gekommen war, machte die parthische Reiterei Halt, die leichte umzingelte den ganzen Heerhaufen, der

in Staub gehüllt weder sehen noch rufen konnte, und trotz verzweifelter Gegen=
wehr wurde derselbe, abgesehn von ein paar Hundert Gefangnen, bis auf den
letzten Mann niedergemacht. Publius und seine Offiziere gaben sich selbst
den Tod. Sein Haupt wurde von den Parthern auf eine Lanze gesteckt.
Die übrige Armee des Crassus wurde unter beständigem Pfeilregen von Seiten
der leichten Cavallerie von dem eisernen Wall der Panzerreiter angegriffen,
niedergeritten, mit den Lanzen gespießt und auseinander gesprengt. Die Nacht
machte dem Morden ein Ende, außer den Todten bedeckten 4000 schwer ver=
wundete Römer die Wahlstatt. Da die Parther bei Nacht die Feindselig=
keiten einzustellen pflegten, bewirkten die Römer mit Zurücklassung des Lagers
unter unsäglichen Trangsalen durch die Mitschleppung Verwundeter ihren
Rückzug nach Carrhä. Diese Stadt war besetzigt, und die parthische Reiterei
hätte natürlich eine Belagerung nicht ausführen können; allein man war
zu einer Vertheidigung nicht im Stand, und so beschlossen die römischen
Heerführer den Rückzug über den Euphrat. Eine Abtheilung entkam glücklich;
die des Crassus wurde aber bei Tagesaubruch von den Parthern eingeholt,
und es entspann sich ein Kampf, Octavius, der in der Nähe marschirte, eilte
dem Crassus zu Hülfe. Suren beabsichtigte, den Crassus lebendig zu fangen,
und glaubte dies am besten durch List zu erreichen. Er ließ seine Truppen
sich zurückziehen und ritt mit einigen Offizieren als Parlamentär zu den
Römern. Crassus entschloß sich ungern, entgegenzukommen, weil er Verrath
fürchtete, begab sich aber doch auf das Drängen der verzweifelten Soldaten
mit Octavius und andern Heerführern zu Suren. Letzterer verlangte einen
schriftlichen Friedensvertrag, und um die nöthigen Utensilien zu holen, nöthigten
die Parther den Crassus und seine Begleiter, parthische Rosse zu besteigen.
Kaum war Crassus beritten, als die Parther ihn entführten; Octavius tödtete
sogleich einen mit Crassus beschäftigten Parther, aber er wurde von hinten
erschlagen. In dem dann folgenden Handgemenge kam Crassus um. Die
römische Armee ergab sich; Versuche zur Flucht wurden von den Arabern
vereitelt. 10,000 Gefangene wurden nach Margiana deportirt, die Hälfte
des Heeres war umgekommen, nach einem Berichte elf Legionen, nach andern
sogar 80,000 Mann. Die Nachricht von Crassus' Niederlage kam nebst
seinem abgeschnittnen Kopf nach Armenien, wo Orodes den Artavazd zu einem
Frieden genöthigt und seinen Sohn Pakorus mit der armenischen Königs=
tochter verlobt hatte. Es wurden gerade vor den beiden griechisch gebildeten
Fürsten die Bacchä des Euripides aufgeführt, als der Schauspieler, welcher
die Agave vorstellte, statt des Hauptes des Penthens das des Crassus auf
den Thyrsos steckte und die Worte sprach (Vers 1170—72): „Vom Gebirge
bringen wir einen Schößling, frisch geschnitten, nach dem Palast, einen herr=
lichen Fang". Sodann goß man Gold in des geizigen Crassus Mund.
    Suren hatte mit seinem glänzenden Sieg den König überstrahlt, und
dies ist im Orient immer gefährlich. Ein großer Erfolg nimmt die leicht
bewegliche Bevölkerung rasch ein, und wenn der Bewunderte Ehrgeiz besitzt,

so ist es ihm nicht schwer, den Despoten zu stürzen. Orodes befreite sich von der Furcht vor einem solchen Vorkommnisse durch Ermordung Surens. Ein Jahr später schickte Orodes seinen ritterlichen Sohn und Thronerben Pakorus nach Syrien, um hier die Römer zu vertreiben. Die Bundes= genossenschaft der Parther mit Armenien versetzte die römischen Statthalter in Besorgniß; denn wenn Artavazd zu gleicher Zeit in Kleinasien eingefallen wäre, so würde die Sicherheit der asiatischen Provinzen sehr fraglich geworden sein. Allein die Parther errangen keinen Erfolg, und Pakorus wurde von seinem Vater zurückgerufen, besonders deshalb, weil seine Absicht, sich auf den Thron zu schwingen, bekannt geworden war. Später wurde Pakorus aufs neue an die Spitze einer Armee gestellt, diesmal begleitet von La= bienus, der als Gesandter von Cassius und Brutus an den parthischen Hof kam und hier blieb, als die Mörder Cäsars bei Philippi aus dem Weg geräumt waren. Die Gelegenheit war günstig; Antonius war in Alexan= dria von Kleopatra gefesselt, welche mit seiner Hülfe das Reich Alexanders des Großen herzustellen und mit dem römischen Reiche zu verbinden hoffte, Octavian war in Etrurien beschäftigt. Die Römer hatten durch ihre Er= pressungen und Ungerechtigkeiten ganz Syrien erbittert; die Soldaten wurden nicht selten zu förmlichen Raubzügen verwendet, wie gerade jetzt im Jahre 41 Antonius den glücklicherweise mißlungenen Versuch gemacht hatte, Pal= myra zu plündern, jene Palmenstadt Thadmor in der Wüste, deren pracht= volle antike Trümmer die ganze Oase bedecken, den uralten Handelsmarkt, an welchem die großen Karawanenstraßen von Tyros und Damaskos, von Arados und Emesa, von Thapsakos, Circesium, Babel und Teredon am persischen Golf zusammenliefen; hier waren die kostbarsten Waaren aus Arabien und Indien, Gold, Edelsteine, Seidengewebe aufgehäuft, und die Stadt stand unter parthischem Schutz. Die Palmyrener erhielten Kunde von dem beabsichtigten Raubzug, und die römischen Soldaten fanden leere Häuser und hatten nichts anderes erreicht, als daß sie den Parthern, bei welchen die Palmyrener sich beklagten, neuen Anlaß zu Feindseligkeiten gaben. Die Parther schlugen die Römer und nahmen Apamea und Antiochia. Pa= korus unterwarf Syrien und Phönikien (außer Tyros), setzte den jüdischen Hohenpriester Hyrcanus ab, und Antigonus, der letzte Makkabäer, nahm gegen Zahlung von 1000 Talenten den Thron als parthischer Satrap ein (39). Er wurde später von Herodes, Sohn des Idumäer's Antipater (der schon unter Hyrcanus als dessen Günstling thatsächlich geherrscht hatte), mit Hülfe der Römer gestürzt und umgebracht, worauf Herodes bis 4 vor Chr. sich be= hauptete. Labienus richtete die parthische Herrschaft im ganzen südlichen Kleinasien bis nach Karien hin auf (40). Die Freude dauerte indeß nicht lange. Die Römer hatten die parthische Kampfweise kennen gelernt und richteten ihre Taktik danach ein. Antonius sandte den Ventidius nach Kleinasien, der den Labienus zurücktrieb, fing und hinrichtete. Die Parther besetzten die syrischen Pässe, sie erlitten aber durch Ventidius eine Niederlage, so daß

Pakorus sich zurückzog und Syrien den Römern überließ. Ein neuer Feld=
zug im Frühjahr 38 wurde sogleich nach dem Uebergang über den Euphrat
durch Ventidius entschieden: Pakorus fiel in der Schlacht bei der Burg
Gindarus, und die Parther flohen zurück (am 9. Juni, genau 14 Jahre
nach der Schlacht von Carrhä). Es war, wie Justin bemerkt, die größte
Niederlage, welche die Parther je erlitten hatten. Orodes hatte man kurz
vorher berichten können, Syrien sei verwüstet und Kleinasien von seinen
Truppen besetzt; er war voll stolzer Freude über diese Triumphe seines
Sohnes über die Römer, und die plötzliche Kunde von dem Unglücke des
Heeres und dem Tod des Sohnes versetzte ihn in einen Kummer, der in
eine Art von Wahnsinn ausartete. Viele Tage brachte er zu ohne Nah=
rung, ohne einen Laut von sich zu geben, so daß er die Sprache verloren
zu haben schien. Erst nach längerer Zeit machte sich sein Schmerz in der
Sprache wieder Luft, aber man hörte nichts andres als den Namen Pakorus.
Den Pakorus glaubte er vor sich zu sehn, den Pakorus zu hören, mit ihm
zu reden, bisweilen aber bewiesen Thränen den Schmerz über das Andenken
seines Todes. Nach einer sehr langen Trauer kam über den bejammerns=
werthen Greis ein neuer Kummer, welchen er nemlich von seinen dreißig
Söhnen an Pakorus' Stelle als Nachfolger ernennen sollte. Eine jede seiner
zahlreichen Frauen arbeitete zum Besten ihrer Kinder und belagerte das Ohr
des betagten Königs. Doch das Verhängniß Parthiens, dessen Thron nun=
mehr fast nur von Vater= und Brudermördern eingenommen wurde, wollte
es, daß Orodes zu Gunsten seines nunmehr ältesten Sohnes Phraates ab=
dankte, eines abscheulichen Bösewichts (September 37).

Arsakes XV. Phraates IV. 37—2.

Phraates, ein nicht legitimer Sohn, fürchtete die Ansprüche seiner le=
gitimen Halbbrüder und ließ sie sämmtlich umbringen, auch ermordete er
seinen Vater, als dieser seinen Abscheu vor der That aussprach. Bald
wüthete er auch gegen den Adel. Monäses, ein Mann von sehr hoher
Stellung, floh zu Antonius und machte diesem den Antrag, den blutdürstigen
Bastard zu stürzen, worauf er die Krone aus der Hand der Römer nehmen
wollte. Auch Artavazd wurde gewonnen. Phraates, der im übrigen ein
kluger Mann und ein Fürst von seltnem Talent war, bekam Wind und ließ
Monäses unter dem Versprechen der Begnadigung zurückrufen. Aber An=
tonius, der wohl schon länger mit dem Plan umgegangen war, die Siege
des Ventidius fortzusetzen, ließ die Gelegenheit nicht vorbeigehn. Er rückte
mit einem großen Heere nach Armenien, und Artavazd rieth ihm, zunächst
den parthischen Vasallen von Atropatene, der ebenfalls Artavazd hieß, an=
zugreifen. Dieser Fürst selbst war dem Phraates zu Hülfe gezogen und so
konnte Antonius seine Hauptstadt, Phraaspa, ohne Widerstand erreichen
und belagern. Artavazd von Atropatene kam mit Phraates, schlug den

General des Antonius, Oppius Statianus, gänzlich, worauf auch der arme=
nische Artavazd die römische Sache verließ. Antonius wurde fortwährend
von den Medern und Parthern beunruhigt, gerieth in große Noth und zog
sich mit bedeutenden Verlusten zurück, ohne die Stadt genommen zu haben.
Zudem mußte er die beschwerlichere Straße einschlagen, da die bequeme Heer=
straße von den Parthern besetzt war; am dritten Tage erschienen die letztern
und reducirten durch beständige Angriffe die Armee so sehr, daß Antonius
kaum zwei Drittel über den Araxes zurückbrachte. Hiermit war indessen der
Krieg noch nicht beendigt. Der Fürst von Atropatene überwarf sich mit
Phraates und knüpfte mit Antonius Unterhandlungen an. Antonius erschien
plötzlich (Frühjahr 34) in Armenien, brachte den wankelmüthigen Artavazd
durch List in seine Gewalt und besiegte auch seinen Sohn Arbasches, der
zu den Parthern floh. Artavazd von Atropatene verlobte seine Tochter Jotapa
mit Alexander, Sohn des Antonius und der Kleopatra, und mit Beute
beladen kehrte Antonius mit seinem in goldene Fesseln geschlagnen Gefangnen
(den er später umbrachte) nach Alexandria zurück. Als der Krieg des An=
tonius mit Octavian ausbrach, rückte Phraates mit Arbasches in Atropatene
ein, schlug den Artavazd, und Arbasches eroberte wieder Armenien; die rö=
mische Besatzung wurde umgebracht, und es kam alles wieder auf den vorigen
Stand zurück: Armenien verbündet mit Parthien, Atropatene im Vasallen=
verhältniß. Die Grausamkeit des Phraates rief im folgenden Jahre eine
Empörung hervor; er mußte flüchtig werden, und Tiridates, das Haupt
der Rebellen, wurde auf den Thron gesetzt. Phraates kehrte nach drei Jahren
mit scythischer Hülfe zurück, und Tiridates nahm auf seiner Flucht den
jüngsten Sohn des Phraates mit sich und lieferte ihn dem Octavian aus,
den er um Hülfe gegen Phraates anrief. Octavian konnte sich in keinen
Krieg einlassen, sendete auch den Sohn nach einiger Zeit zurück, sein Wunsch
aber, die römischen Adler, welche bei Carrhä erobert worden waren, zurück
zu erhalten, wurde erst nach zwanzig Jahren erfüllt. So war endlich Ruhe her=
gestellt, und beide Großmächte schienen zu begreifen, daß es unklug sei, die
Grenzen vorschieben zu wollen.

Phraates schickte seine vier Söhne in der Erinnerung an sein zeitweiliges
Exil und aus Furcht vor der Erhebung eines derselben auf den Thron, nach
Rom, wo sie, an Augustus empfohlen, fürstlich lebten. Man vermuthet, daß
Musa, eine ihm von Augustus geschenkte Italienerin, von welcher er einen
Sohn Phraatakes hatte, ihre Hände im Spiel hatte, um in Abwesenheit
der rechtmäßigen Söhne ihrem eigenen die Herrschaft zuzuwenden. Phraates
schätzte seinen Sohn sehr, was diesen nicht hinderte, mit seiner Mutter Musa
den alten König, ehe dieser Bestimmungen über die Nachfolge treffen würde,
durch Gift aus dem Wege zu räumen; ein gerechtes Ende für einen Vater=
und Brudermörder.

Gegen das Ende von Phraates' Regierung stiftete der Zankapfel zwischen
Rom und Parthien, Armenien, von neuem Unfrieden. Als Arbasches ge=

tödtet war (20), hatte Augustus dessen Bruder Tigran succediren lassen.
Dieser starb im Jahre 6, und die Armenier. setzten auf eigene Faust seinen
Sohn auf den Thron. Augustus strafte dieses eigenmächtige Verfahren durch
Abziehung des Sohnes und nöthigte den Armeniern einen Artavazd auf.
Erbittert über diese Anmaßung, vertrieben die Armenier den letzteren und
setzten einen neuen König ein, indem sie zugleich die Parther zu Hülfe riefen,
welche, von jeher bestrebt, Armenien unter ihren Einfluß zu stellen, willig
ihre Hand boten, obwohl sie ungern mit Rom brachen.

Arsakes XVI. Phraatakes 2 vor — 4 nach Chr.

Als Augustus bemerkte, daß Phraatakes (Phraates V.) die armenische
Sache unterstützte, ließ er ihn das Uebergewicht Roms fühlen. Er hatte
die Auslieferung seiner Halbbrüder, die ja in Rom lebten, verlangt, gewiß
nicht um ihnen Beweise brüderlicher Liebe zu geben, er war aber abgewiesen
worden, ja Augustus hatte ihm befohlen, Armenien zu verlassen und den
Königstitel abzulegen. Der Parther schickte als Antwort einen hochfahrenden
Brief, worin er sich König der Könige, den Augustus aber nur Caesar
nannte. Der letztere hatte zur Beilegung der armenischen Wirren seinen
Enkel Gajus abgeordnet, und als Phraatakes merkte, daß mit den Römern
nicht zu scherzen war, ließ er sich herbei, mit Gajus auf einer Insel des
Euphrat als auf neutralem Grenzgebiet zusammenzukommen und zu versprechen,
sich gänzlich seiner Ansprüche auf Armenien zu entschlagen. Die Römer
schalteten daher in Armenien nach ihrem Gutdünken. Der zuletzt eingesetzte
König (Tigran IV.) war inzwischen in einer Fehde umgekommen, und
Ariobarzanes, ein Meder von einnehmender Persönlichkeit, von Gajus eingesetzt worden, nach dessen baldigem Tod die Königin Erato, die Schwester
und Gattin des letzten Tigran, die Herrschaft fortzusetzen strebte. Sie wurde
beseitigt, und das Land war einige Zeit ohne feste Regierung. Uebrigens
wurde Gajus bei der Belagerung der armenischen Festung Artageira verwundet und starb im nächsten Jahre. Auch Phraatakes verlor in Parthien
den Thron: es brachen Unruhen aus, weil man den Sohn der italienischen
Sklavin als der Krone unwürdig betrachtete. Er wurde gestürzt und getödtet. Wir besitzen eine Münze, auf deren Avers Musa mit einer reich
mit Perlen verzierten Krone abgebildet ist; die Legende lautet: „(Münze)
der himmlischen Göttin Musa, der Königin"; auf dem Revers ist Phraatakes
mit der Stirnbinde zu sehen; zu beiden Seiten des Kopfes schwebt eine
Victoria.

Arsakes XVII. Orodes II. 4.

Auch der neugewählte König Orodes (dessen Verwandtschaftsverhältniß
mit der Dynastie unbekannt ist) machte sich alsbald verhaßt und wurde gleichfalls getödtet. Man ließ den ältesten Sohn des Phraates, Vonones, ein-

laden, von Rom zurückzukehren. Zwei seiner Brüder waren in Rom gestorben, der jüngste lebte noch bis zum Jahre 35, wo er im Begriff, gegen Artaban seine Ansprüche auf den Thron geltend zu machen, starb.

Arsakes XVIII. Vonones I. 4—12.

Vonones hatte römische Sitten angenommen, vermied die lärmenden Gastereien und die Jagdvergnügen, und war von griechischen Freunden umgeben. Seine Sitte und Herablassung bringen im Orient einen Fürsten, ja überhaupt Höherstehende um alle Achtung bei den Untergebenen. Die Parther hielten den Vonones für einen Feigling und von der heimischen Sitte Abtrünnigen, und luden deshalb einen Arsakiden Namens Artaban, der in weiblicher Linie dem königlichen Hause entstammte und in Atropatene herrschte, ein, ihr König zu werden. Zuerst siegte Vonones, sodann aber wurde er geschlagen und entfloh nach Armenien, wo er auf den gerade erledigten Thron gehoben wurde. Artaban bedrohte ihn jedoch und Rom wagte nicht, ihn zu unterstützen, sodaß er nach Syrien fliehen mußte.

Arsakes XIX. Artaban III. 12—42.

Artaban wünschte einen seiner Söhne auf den armenischen Thron zu bringen. Germanicus, welchen der Kaiser Tiberius als bevollmächtigten Gesandten zur Schlichtung dieser Streitigkeit nach Armenien abordnete, durfte weder den Vonones zurückführen, weil er dadurch einer mächtigen Partei in Armenien vor den Kopf gestoßen hätte, welche ihn nicht anerkannt hatte, noch durfte er Artabans Willen durchsetzen, weil dies als nachgiebige Schwäche angesehen worden wäre. Er krönte deshalb den in Armenien lebenden Sohn des Königs Polemo von Pontus, Zeno, der den Königsnamen Ardasches (Artaxios) annahm (18). Dem Germanicus, welcher auch Kappadozien und Kommagene am Euphrat zu römischen Provinzen erhob, ließ Artaban seine freundschaftlichen Gesinnungen gegen Rom aussprechen und erreichte, daß Vonones weiter von der parthischen Grenze entfernt wurde. Von Pompejopolis (Soli), das ihm als Aufenthalt angewiesen wurde, entfloh er, wurde aber eingeholt und getödtet (19).

Die Regierungskunst des Artaban scheint nicht von großer Bedeutung gewesen zu sein; da mehrfach das Beispiel der Absetzung des Königs gegeben war, so wagte der König selbst im Innern des Reiches nicht immer den eigenmächtigen Handlungen der Satrapen zu begegnen, um diese nicht gegen sich aufzubringen. So konnte in einem von Parthien entfernten Theile des Reiches, in Babylonien, eine Geschichte vorkommen, welche Josephus berichtet, und welche, wenn man selbst manches als unwahrscheinlich abzieht, doch noch laut genug für die Unordnung der parthischen Zustände spricht. Diese ergötzliche Geschichte erzählt von zwei jüdischen Brüdern,

Asinäus und Aniläus, welche einst von ihrem Meister, einem Leinweber, gezüchtigt wurden und deshalb sein Haus verließen, indem sie zugleich alle in demselben befindlichen Waffen mit sich führten. Sie plünderten ein Magazin und organisirten mit einer Anzahl junger Männer in der Nähe der Stadt eine Räuberbande, welche von dem umwohnenden Hirtenvolk Abgaben erpreßte. Der Satrap von Babylonien schickte Truppen aus, sie zu überfallen, aber die Brüder kamen ihnen zuvor und die Staatsgewalt mußte sich mit Verlust von Menschenleben zurückziehen. Der König, der seinen Beamten die Niederlage gönnte, ließ die beiden Juden vor sich kommen und vertraute ihnen die Verwaltung von Babylonien an. So vergingen fünfzehn Jahre. Aniläus tödtete einen Parther, um dessen Frau zu besitzen, und letztere brachte Götzenbilder mit ins Haus, was den Mitgliedern der jüdischen Räuberbande Aergerniß gab. Bei den Semiten steht mit der Religion oder Beobachtung gottesdienstlicher Gebräuche nicht immer Religiosität in Verbindung. Man nöthigte den Asinäus, seinem Bruder die Beseitigung des Aergernisses anzurathen, und die saubere Gattin, welche jetzt für sich selbst fürchtete, vergiftete ihren Schwager. Die Frechheit des überlebenden Bruders ging so weit, daß er einen Raubzug auf die Güter des Mithrabates, eines Eidams des Königs, vollführte, ja als der Beraubte auszog, um den Räuber zu strafen, wurde er von diesem Nachts überfallen, gefangen und nackt auf einem Esel umhergeführt. Die Frau des Beschimpften reizte ihn zur Rache: Mithrabates überwand die Räuberbande, welche entfloh, bis die Babylonier sich ermannten, sie in ihrem Versteck überfielen und sammt ihrem Hauptmann umbrachten. Diese Vorgänge erbitterten die Bevölkerung so sehr gegen die Juden, daß die letzteren nach Seleucia auswanderten, wo nach einigen Jahren der Haß gegen sie so gewachsen war, daß ihrer 50,000 umgebracht wurden.

Als Ardasches (Zeno) starb (34), beeilte sich Artaban, seinen Sohn Arsakes zu dessen Nachfolger zu machen. Schon im folgenden Jahre kam er aber in große Noth. Nachdem nämlich der jüngste Sohn des Phraates IV., Phraates, gerade in dem Moment gestorben war, als er auf Anregung des Tiberius seine Ansprüche auf den Thron geltend machen wollte, erschien ein neuer Prätendent in Tiridates, Sohn des Seraspadanes, des Bruders des Vonones, und da Artaban feindliche Gesinnungen gegen Rom gezeigt hatte, veranlaßte man den Pharasmanes von Georgien, in Armenien einzufallen und den Arsakes umbringen zu lassen. Orodes, der andere Sohn des Artaban, wurde geschlagen, und Mithridates, der Bruder des Königs von Georgien, nahm den Thron ein. Artaban selbst hatte keinen Erfolg in Armenien, die Römer bedrohten Mesopotamien, und als er hier zur Vertheidigung herbeieilte, bewirkte die Unzufriedenheit der parthischen Großen, die noch durch römisches Geld bestärkt wurde, seine gänzliche Isolirung und Flucht nach Hyrkanien, worauf Tiridates in Ktesiphon einzog und gekrönt wurde. Seine Herrschaft war aber von kurzer Dauer; durch die Wahl eines Ministers hatte er vornehme Parther gekränkt, seine römischen Sitten und seine Unentschlossenheit entfremdeten ihm alsbald seine Umgebung, und Artaban kehrte aus seinem Exil zurück und schloß Frieden mit Rom (37). Einige Jahre nachher (40) brach aufs neue eine Revolte aus, die ihren Grund in der Unzufriedenheit der Großen mit seinem harten Regiment hatte. Artaban floh zu Izates von Adiabene und wurde abgesetzt; der neue Regent aber dankte alsbald wieder zu Gunsten des vertriebenen und durch Vermittelung des Izates ab, und Artaban regierte noch zwei Jahre.

Arsakes XX. Bardanes, Arsakes XXI. Gotarzes, Arsakes XXII. Meherdate's 42—51.

Gotarzes war ein Sohn des Gew (wahrscheinlich eines Sohnes Phraates IV.) und von Artaban adoptirt worden. Artaban hatte hierdurch den Uebergang der Herrschaft von dem Mannsstamm auf die weibliche Linie sanctioniren und die Nachkommen der Könige durch einen Act der Milde auf seine Seite ziehen wollen. Gotarzes beabsichtigte die Herrschaft an die ältere Linie zurückzubringen und ließ den Sohn Artabans, Artaban, samt Weib und Sohn umbringen, denn dieser konnte ihm als Prätendent gefährlich werden. Ein Bruder desselben, Bardanes (Bardanes), blieb aber am Leben. Durch diese Bluthat, sowie durch andere Grausamkeiten machte Gotarzes sich so verhaßt, daß die Parther den Bardanes auf den Thron beriefen. Die älteste Münze des Bardanes trägt die Jahreszahl 42, so daß also noch kein Jahr nach Artabans III. Tod vergangen war. Bardanes überraschte durch Eilmärsche den unvorbereiteten Gotarzes und die Provinzen fielen ihm zu; nur Seleukia, welches sich 7 Jahre vorher für einen griechischen Freistaat erklärt hatte, verweigerte seine Anerkennung. Während er die gut befestigte Stadt belagerte, erschien Gotarzes an der Spitze eines dahischen und hyrkanischen Heeres, und Bardanes war genöthigt, die Belagerung aufzugeben. Jedoch kam es zu einer Verständigung, und Gotarzes, der den andern für tüchtiger zum Herrscher erklärte, zog sich (wahrscheinlich als Satrap) nach Hyrkanien zurück, worauf Seleukia dem Bardanes die Thore öffnete. Gotarzes bereute bald sein Verhalten, und es kam wieder zum Kampf, worin Gotarzes besiegt wurde. Hierauf bezieht sich (wie dies vor kurzem J. Ols= hausen ermittelt hat) eine am Fuß des Berges Bisutun angebrachte Tafel, auf welcher man noch trotz der argen Zerstörung des Steins fünf Männer und eine Victoria, welche einen Reiter krönt, erkennt; in der sehr verstümmelten Inschrift in griechischer Sprache ist deutlich der Name Gotarzes Geopothros (Sohn des Gew) und der ihm von Bardanes zuerkannte Titel „Satrap der Satrapen" zu erkennen. Das Werk ist roh gearbeitet und gibt keinen hohen Begriff von parthischer Kunstübung, eine Beobachtung, welche man auch an einer andern parthischen Sculptur in Ser Pul-i Zohab, dem alten Holwan, machen kann. Bardanes kehrte stolz auf seinen Erfolg zurück und machte sich so sehr durch Härte verhaßt, daß ihn die Großen auf der Jagd um=

brachten (46). Man schwankte nun zwischen Gotarzes und Meherbates, der mit seinem Vater Vonones nach Rom gekommen war. Gotarzes erlangte die Krone, aber die Parther ersuchten den Kaiser Claudius, ihnen den Meherbates zu senden (49), denn Gotarzes wüthe gegen seine Verwandten und Brüder und suche seine Feigheit durch Grausamkeit zu verbergen. Meherbates wurde von Cassius, dem Statthalter Syriens, an den Euphrat geführt, wo parthische Adlige und Abgar von Edessa erschienen. Dieser Abgar, ein geheimer Freund des Gotarzes, hielt den jungen Fürsten erst einige Tage mit Festlichkeiten in Edessa auf und rieth sodann, statt direct auf Ktesiphon zu marschiren, den angeblich sicherern aber weitern Weg über Niniveh am linken Tigrisufer einzuschlagen. Hierdurch gewann Gotarzes Zeit, seine Kräfte zu sammeln. Der Prätendent wurde geschlagen und von einem treulosen Clienten seines Vaters ausgeliefert, worauf Gotarzes ihm die Ohren abschneiden ließ, wodurch er nach persischer Anschauung für immer der Königswürde verloren ging. Bald darauf (51) starb Gotarzes kinderlos, und die Herrschaft blieb bei der weiblichen Linie der Arsaliden.

Arsakes XXIII. Vonones II. 51.

Vonones war seit 46, wo die Dynastie des Atropates erlosch, Fürst von Atropatene, und vielleicht ein Sohn des Varbanes, oder (nach A. von Gutschmid) des Phraatakes. Er regierte nur ein paar Monate.

Arsakes XXIV. Volagases I. 51—78.

Die beiden älteren Söhne des Vonones verzichteten auf die Erbfolge; der ältere, Pakorus, bekam in Medien (Atropatene), der jüngere, Tiridates, nach vielfachen Kämpfen mit Rom in Armenien die Herrschaft. Hier war Mithridates, der inzwischen einmal von den Römern abgesetzt und wieder eingeführt worden war, von dem Sohn des Pharasmanes, Rhadamistus, gestürzt und umgebracht. Die Unzufriedenheit der Armenier mit dem Usurpator verlockte den Volagases, das Land für seinen Bruder zu erobern. Der erste Zug verunglückte durch den Ausbruch einer Seuche im parthischen Heer. Durch andere Angelegenheiten verhindert, nahm Volagases den Kampf erst 54 wieder auf, und es gelang ihm, seinem Bruder die Krone Armeniens in Artaxata aufs Haupt zu setzen. Rom machte Anstalten, die Gründung einer neuen parthischen Dynastie in Armenien rückgängig zu machen, allein es kam nur zur Stellung von Geiseln von Seiten der Parther und Zurückziehung der parthischen Truppen.

Volagases lag drei Jahre lang in Kampf mit seinem Sohn Varbanes, von welchem man Münzen besitzt; wahrscheinlich wurde der letztere im Jahr 58 hingerichtet. Wenn Volagases sich begnügt hätte, seinen Bruder in factischem Besitz Armeniens zu wissen, so hätte er nicht die Thorheit begangen, den Römern gegenüber ausdrücklich seine Oberherrlichkeit über Armenien zu betonen; jetzt traten die Römer energisch auf, und Corbulo vertrieb, allerdings erst nach Verlauf von zwei Jahren, den Tiridates und setzte Tigranes, einen kappadokischen Prinzen auf den Thron, indem zugleich das unruhige Land um verschiedene Provinzen, welche römische Bundesgenossen erhielten, vermindert und die Hauptstadt Artaxata zerstört wurde. Von Tiridates und den Parthern gedrängt, beschloß Volagases Armenien wieder unter seinen Einfluß zurückzubringen. Er besiegte die Römer unter Pätus bei Arsamosata (Charput), und Tiridates wurde wieder eingesetzt, jedoch wurde zwischen Corbulo und dem König stipulirt, daß Tiridat die Krone aus Neros Hand empfangen sollte. Wirklich begab sich Tiridates im Jahre 66 auf die Reise nach Rom, und Dio Cassius hat uns eine Beschreibung derselben hinterlassen. Der Fürst war in Begleitung seiner eignen und der Kinder des Volagases, Pakorus und Monobazus und sein Zug glich einem Triumphzuge. Tiridates war ein Mann, der sich durch blühende Jugend und Bildung und seiner hohen Geburt gemäße Denkart zu seinem Vortheil auszeichnete. Das Gefolge seines Hofes und der sonstige Apparat war würdig eines Königs; es folgten ihm außer 3000 parthischen Reitern auch zahlreiche Römer. Ueberall hatten ihn die Städte in schönem Schmuck und die Provinzen mit lautem Jubel empfangen, ihm alle Bedürfnisse unentgeltlich gewährt, so daß die Staats= casse seine Unterhaltung täglich auf 200,000 Denare (über 160,000 Mark) und zwar 9 Monate hindurch (denn so lange war er unterwegs) berechnen konnte. Den ganzen Weg bis an die Grenze von Italien machte er zu Pferd, und neben ihm ritt seine Gemahlin, mit einem goldnen Helm das Haupt verhüllt, um der Sitte ihres Landes treu zu bleiben. In Italien bediente er sich der ihm von Nero zugesandten Wagen, und kam über Picenum bei ihm in Neapel an. Sein Schwert wollte er bei der ersten Erscheinung vor Nero, wie man verlangte, nicht ablegen, doch wurde es mit Haken an der Scheide befestigt, und er gab mit gebeugtem Knie und kreuz= weise über die Brust gelegten Händen dem Nero den Namen eines Gebieters. Nero fand Geschmack an dem Manne, suchte ihm den Aufenthalt in Italien so angenehm als möglich zu machen, und ließ ihm zu Ehren in Puteoli Lustgefechte veranstalten. Dio erzählt, Tiridates habe, um dem Leiter der Gefechte ein Compliment zu machen, seinen Speer in die Arena geschleudert und zwei Stiere zu Tod getroffen. Nachher nahm ihn Nero mit nach Rom, um ihm das Diadem zu reichen. Alle Häuser waren erleuchtet und mit Blumenkränzen geschmückt, überall waren die Straßen, vor allem aber das Forum von Menschen angefüllt. Hier stand das Volk in weißen Togas, mit Lorbeerkränzen, ringsum Soldaten in prachtvoller Rüstung und mit glänzenden Fahnen. Auf den Gebäuden am Forum war kein Dachziegel zu sehen vor der Menge der oben stehenden Zuschauer. Die ganze Nacht über wurden Anstalten für den kommenden Tag getroffen, und mit Anbruch desselben er= schien Nero auf dem Forum, im Triumphkleid, von Senat und Leibwachen umgeben, bestieg den Thron und ließ sich auf dem Prachtsessel nieder. Dann

erschien Tiridates mit seinem Gefolge, ging durch das Spalier der Soldaten,
und alle verbeugten sich vor dem Throne des Nero. Bei diesem Anblick
schrie das Volk laut auf, und Tiridates kam darüber so sehr aus der Fassung,
daß er einige Minuten sprachlos dastand, als wäre es um sein Leben ge=
schehen. Als aber die Herolde Ruhe geboten, wurde er beherzter, mußte
freilich seinem hohen Bewußtsein Gewalt anthun und sich in Zeit und Lage
fügen. Er sprach: „Ich, entsprossen aus dem Stamme des Arsak, Bruder
zweier Könige, des Vologases und Pakorus, erkenne dich, Nero, als meinen
Gebieter an und lege mich dir als Diener zu Füßen. Ich kam hierher, um
vor dir als meinem Schutzgott die Knie ebenso ehrerbietig zu beugen wie vor
meinem Gotte Mithra. Meines Lebens und meines Glückes Faden nehme
ich an, wie deine Hand ihn mir spinnt, denn du bist die Gottheit, von welcher
mein Schicksal, mein Glück abhängt." Nero erwiderte: „Ich hoffe, es soll dich
nicht gereuen, hieher gekommen zu sein, um die Vortheile einer persönlichen
Bekanntschaft mit mir zu suchen. Was dir dein Vater nicht hinterließ, was
deine Brüder dir zwar gaben, aber dir nicht erhalten konnten, das gebe ich
dir, ich will dich hiermit zum Könige von Armenien ernannt haben, um dich
und deine Brüder zu überzeugen, daß es in meiner Gewalt steht, Kronen zu
nehmen und Kronen zu verschenken." Sodann befahl er ihm, auf der vor
dem Thron angebrachten Erhöhung von einigen Stufen näher zu kommen.
Tiridates ließ sich zu seinen Füßen nieder; Nero legte ihm das Diadem um,
und das Volk jubelte von neuem laut auf. Auf eine Verordnung des Senats
wurden feierliche Theaterspiele aufgeführt. Nicht nur das Theater und die
vordere Bühne, auch der ganze Umfang war inwendig mit Goldblechen be=
legt, und alle Schauspieler mit Gold geschmückt, weshalb man diesen Tag
nachher den goldnen nannte. Die über das Theater gespannte Decke zur
Abhaltung der Sonnenstrahlen war von Purpur, in der Mitte derselben
war in einem Kreis von Sternen Nero als Wettfahrer gestickt. Auf das
herrliche Schauspiel folgte ein verschwenderisches Banket. Dann erschien Nero
öffentlich als Harfenspieler und Wettfahrer in grünem Gewand und helm=
förmigen Hut, wie ihn die Wettfahrer trugen. Tiridates fand dies ernie=
drigend, lobte aber den Corbulo, der nur den einen Fehler hätte, daß er
von einem Mann wie Nero sich Befehle geben lasse. Er machte auch bei
Nero selbst kein Geheimniß aus diesem Urtheil, Nero hielt aber die Worte:
'Du hast an Corbulo einen sehr gutmüthigen Diener' für eine Schmeichelei
und überhäufte den Tiridates mit Geschenken, deren Werth auf 50 Million
Tenare berechnet wird; auch erhielt er Erlaubniß, die Stadt Artaxata wieder
aufzubauen, zu welchem Zweck er Handwerker aus Rom mitnahm; er nannte
die Stadt, um Nero zu schmeicheln, Neronia. — Trotz dieser mit großem
Pomp inscenirten Belehnung des Tiridates durch den römischen Kaiser stand
doch Armenien nicht unter römischer, sondern unter parthischer Herrschaft,
denn schon der Nachfolger Tiridats, Exedares, Sohn Pakorus II., bestieg
den Thron ohne römische Investitur (100). In die Regierungszeit des

Volagases fällt die berühmte Zerstörung Jerusalems durch Titus, zu welcher der Partherkönig dem Sieger mit Ueberreichung einer goldnen Krone Glück wünschte.

Es ist nicht sicher, ob Volagases bis 78 regiert hat, oder ob von 62 an ein anderer König herrschte; die römischen Geschichtschreiber nennen nur Volagases und sodann Pakorus, dessen älteste Münze das Datum 78 trägt; die Münzen scheinen vom Jahr 62 an ein von dem des Volgases verschiedenes Porträt zu zeigen, so daß man als Nachfolger einen Volagases II. oder einen Artaban IV. angenommen hat.

Eine Verstimmung trat dadurch zwischen Rom und dem Partherreich ein, daß die Römer das unter parthischer Hoheit stehende Königreich Commagene, dessen Hauptstadt Samosata eine bequeme Euphratfurth beherrschte und also eine Art Thor zwischen Rom und Iran bildete, annectirten, sowie dadurch daß Vespasian auf die Bitte des Volagases, ihm eine Streitmacht gegen die Alanen, welche von den kaspischen Pforten aus Medien und Armenien verheerten, zu Hülfe zu senden, nicht einging.

Arsakes XXV. Pakorus 78—108.

Von Pakorus, dem Sohn, vielleicht Enkel des Volagases, ist nichts Hervorragendes zu berichten; die Verstimmung seines Vorgängers vererbte sich auf ihn, und er war ein Freund des großen Feindes der Römer, des Decebalus von Dacien; man besitzt Münzen mit einer aramäischen Legende von einem König Mithridates aus den Jahren 107—113, und hat deshalb vermuthet daß dies ein Gegenkönig war, der im Westen des Reiches herrschte; auch nennt ein römischer Schriftsteller einen König Artaban im Jahr 79, also gleich nach Pakorus' Thronbesteigung. Bei Trajans Feldzug fand man das Partherreich durch innere Zwiste sehr geschwächt.

Arsakes XXVI. Chosroes 108—130.

Unter dem Bruder des Pakorus, Chosroes, ging der Verfall weiter. Dem Trajan entging nicht, daß unter solchen Umständen ein Triumph über die Asiaten nicht schwer sein werde. Er nahm die Verhältnisse Armeniens zum Vorwand eines Krieges. Exedares, welcher hier, wie bemerkt, dem Tiridat gefolgt war, hatte sich die Gunst der Römer verscherzt, und Chosroes, um die Veranlassung zu einem Bruch aus dem Weg zu schaffen, erklärte sich bereit, den Bruder des Exedares, Parthamasiris, von Trajan die Krone empfangen zu sehen. Aber Trajan galt es nicht um den Einfluß in Armenien, sondern er gedachte die römische Macht viel weiter über das Partherreich auszudehnen. Als er in Antiochia angekommen war, stellte sich der parthische Vasallenkönig von Edessa zur Verfügung, und Parthamasiris erklärte sich bereit, die Krone aus der Hand des Imperators zu empfangen. Trajan

kam von Kappadokien über Satala (Sabag) nach Armenien und schlug sein
Lager in Elegeia (Ilidja westlich von Erzerum) auf. Hier erschien Parthamasiris, um die Investitur zu empfangen, er wurde aber von Trajan nicht
nur höhnisch abgewiesen, sondern bei seiner Entfernung aus dem Lager ergriffen und getödtet. Ein am Triumphbogen des Constantinus zu Rom be-
findliches Relief, welches vom Trajansbogen dahin versetzt worden ist, stellt
diese Begebenheit in dem Augenblicke dar, wie Parthamasiris dem Trajan
die Krone zu Füßen legt. Der Kopf des Arsakiden ist ganz in der Rundung ausgearbeitet und zeigt sehr schöne Züge mit reichem Kopf- und
Barthaar. Armenien wurde römische Provinz, und die benachbarten
Fürsten wurden in das römische Bündniß gezogen. Nachdem auch Abgar
von Edessa sich schimpflich unterworfen hatte, begannen die Operationen im
obern Mesopotamien; die Eroberung von Batnä, Nisibin, Singara, Gordyene
brachten dem Trajan den Titel Parthicus von Seiten des Senats ein (115).
Während des Winters wurde in Nisibin eine Flotte von zerlegbaren Schiffen
gebaut, welche die Truppen über den Tigris bringen sollte, um gegen
Adiabene zu rücken. Der Satrap dieser Provinz wich zurück, Niniveh,
Arbela, Adenysträ fielen in die Hände der Römer. Trajan ging sodann
über den Tigris zurück und zog gegen das unter einem arabischen Fürsten
stehende Hatra, eine dem Sonnengott heilige feste Stadt, deren Ruinen heute
al Hadhr heißen. Diese Ruinen sind schon anderthalb Jahrtausende alt,
denn im Jahr 363 war die Stadt längst verlassen. Die erhaltenen Ueberreste stammen wahrscheinlich aus der letzten Zeit der Parther. Die Stadt
ist deshalb merkwürdig, weil sie wie das alte Bagdad kreisrund angelegt
ist. Die Mauer ist 10 Fuß dick und durch Bastionen verstärkt; um dieselbe läuft ein tiefer Graben mit einem Wall auf der Außenseite. Vier
Thore führten in die Stadt, das Hauptthor im Osten. Die eingeschlossene
Kreisfläche wird durch einen Graben in eine östliche und eine größere westliche Hälfte getheilt. In der letzteren befindet sich außer vielen Schutthügeln
die von einer fast quadratischen Mauer umgebene Ruine des Palastes, welcher
aus einer Reihe von tiefen und nicht breiten Zimmern mit Tonnengewölben
und einigen Nebengemächern besteht. Das Licht kommt nur durch die rund-
bogigen Eingänge. Die inneren Wände der drei großen Räume sind durch
Pilaster gegliedert, und die Thürbogen mit zierlichen Friesen und Köpfen
geschmückt. Aus dem ersten größeren Raum gelangt man in den Tempel, der
außerdem noch von außen auf der Westseite einen Eingang hat; vermittelst
dieser beiden Eingänge gelangt man in einen gewölbten Gang, der den
Tempel auf den vier Seiten umgibt, und die innere Pforte liegt dem Eingang aus dem Palast gegenüber. Hier über der innern Pforte befindet sich
ein gut gearbeiteter Fries mit Akanthosblättern und Emblemen des Sonnen-
dienstes. Der Tempel ist durchaus ohne Fenster, wenn die Pforte geschlossen
ist, ganz finster. Vor dem Palast findet man mehrere ausgefütterte Wasser-
behälter mit enger Mündung, und jenseits des Canales liegen massive Grab-

mäler mit mehreren Kammern. Wenn man sich erinnert, wie genau die
alten Völker ihre Städte und Tempel nach geheiligten Vorschriften orientirten
und abmaßen, so ist für Hatra von Wichtigkeit, daß Ainsworth den Umfang
der runden Mauer auf ungefähr 5460 Yards (in Schritten gemessen), d. h.
auf eine Farsange bestimmt hat; die Farsange ist der 8000. Theil eines
Meridians, was, die Abplattung zu ¹⁄₃₀₅ in Betracht gezogen 5468,668 Yards
sein würde. Die Seiten des Quadrats, welches der Palast bildet, sind
340 oder 341 Yards lang, d. i. viermal ¹⁄₄ oder ¹⁄₁₆ des Umfangs der Mauer.

Zu Hatra.

Hatra scheint dem Trajan widerstanden zu haben; indem er die Stadt
umging zog er weiter über den Euphrat, wahrscheinlich vermittelst einer zweiten Flottille, nach Hit, der Stadt mit den berühmten Asphaltbrunnen, und
nach Babel. Die Euphratschiffe wurden auf Rollen landeinwärts auf den
Tigris geschafft (die erste Flotte konnte wegen der Dämme im Tigrisbett,
die theilweise schon von den Assyrern angelegt waren nicht über Tekrit hinaus-
segeln) und Ktesiphon angegriffen. Diese Stadt, vom König verlassen, öffnete
die Thore, wie es bereits Seleukia gethan hatte. Die Römer fingen eine
Tochter des Königs und raubten den goldenen Thron. Der König Attambil
von Mesene erkannte Trajans Oberhoheit an. Dieser glaubte bereits das
Ende des Partherreichs gekommen, als plötzlich Nachrichten von Empörungen
in allen mesopotamischen Städten einliefen. Trajan mußte eilends den Rückzug antreten, und seine Generale erhielten Befehl, die empörten Städte zum
Gehorsam zu bringen. Dies gelang auch: Seleukia wurde verbrannt, Nisibis
zurückerobert, Edessa angezündet; eine römische Schaar sowie ein ganzes Heer
mit seinem Legaten wurden indessen von den erbitterten Parthern vernichtet.
Trajan beschloß in seiner Noth, die Aufständischen dadurch zu besänftigen,

daß er ihnen einen einheimischen Fürsten in der Person des Parthamaspa=
tes, Sohnes des Exedares, gab. Sein Rückzug war noch von vielen Calami=
täten begleitet, besonders merkwürdig war der nochmalige Versuch einer Er=
oberung von Hatra, welches, trotzdem daß die römischen Widder eine Bresche
in die Mauer gelegt hatten, doch so tapfer vertheidigt wurde, daß Trajan,
auch von Hagel und Donnerwettern, welche auf dieser großen Ebene in furcht=
barer Gewalt zu toben pflegen und oft fußtiefe Ueberschwemmung verursachen,
belästigt, schimpflich abziehen mußte. Man sagte, bei der Erbauung der Stadt
sei ein Zauber über die Mauern gesprochen worden, der sie uneinnehmbar
machte. Im Frühjahr 116 erschien Chosroes in Ktesiphon und vertrieb den
Parthamaspates. Trajan, welchen der Pfeil eines Hatreners zwar verfehlt
hatte, war aber von dem Schutzgott der mesopotamischen Festung getroffen
worden: er brachte den Keim zu einer Unterleibsentzündung von Hatra mit
und starb am 8. August 117 in Selinus in Kilikien. Sein Nachfolger Hadrian
gab die eroberten Provinzen wieder auf; es war wieder alles auf dem vorigen
Stand; eine Zusammenkunft Hadrians mit Chosroes (122) sicherte auf längere
Zeit das friedliche Verhältniß beider Reiche.

Arsakes XXVII. Volagases II. 130—148.

Volagases scheint nicht der Sohn des Chosroes, sondern ein Gegenkönig
zu sein, der bereits im Jahre 78, wo Pakorus König wurde, Münzen ge=
prägt hat. Er scheint dann vertrieben worden zu sein, denn seine Münzen
zeigen erst wieder das Jahr 119. Nach Chosroes' Tode trat er in un=
bestrittenen Besitz des Königthums.

Arsakes XXVIII. Volagases III. 148—190.

Man berichtet, daß Antoninus Pius brieflich den Volagases, Sohn des
vorigen, von Kriegsgedanken abgebracht habe; im Jahre 161 jedoch brach er
in Armenien ein, setzte den von Rom eingesetzten König Soaemus ab und
den Tigran, einen Sproß des alten parthischen Hauses, ein. Der römische
Präfect von Kappadokien eilte herbei, wurde aber von den Parthern in die
Stadt Elegeia zurückgeworfen, welche nach ein paar Tagen erstürmt wurde,
worauf die Römer sämmtlich über die Klinge springen mußten. Nach Mose
von Chorene nannte man Volagases seitdem Peroz (den siegreichen). Auch
der Proconsul von Syrien ward geschlagen und die Parther rückten bis
Palästina vor. Jetzt erschien ein auserlesenes Heer unter Lucius Verus,
und dem römischen Feldherrn gelang es nach längerer Zeit (163), sowohl
die Parther bei Europus (südlich vom Zeugma am Euphrat) zu schlagen und
über den Euphrat zu treiben, als auch nach Eroberung und Zerstörung von
Artaxata den vertriebenen Soaemus wieder in Armenien einzuführen. Als=
dann rückten die Römer in Mesopotamien ein, schlugen die Parther bei Sura

und eroberten und zerstörten nochmals Seleukia; ebenso fiel Ktesiphon und
wurde geplündert, auch der königliche Palast wurde zerstört; sogar ein Theil
von Medien wurde besetzt. Die Parther waren besiegt, das westliche Meso=
potamien vom Reich abgetrennt, aber ein furchtbarer Verbündeter stieg aus
einer Tempelkammer in Seleukia auf, in welche er durch einen Zauber der
Chaldäer gebannt war, — die Pest. Fast das ganze Heer starb, und die
Seuche wurde nach Vorderasien und nach Italien verschleppt, wo sie eine
ungeheure Zahl von Menschenleben tödtete; auch den Parthern war die Lust
vergangen, mit Rom anzubinden.

Arsakes XXIX. Vologases IV. 190—209.

In dem Streit zwischen Pescennius Niger und Severus ergriff Bar=
semius von Hatra mit Erlaubniß des Vologases die Partei des Ersteren
und sandte ihm Hülfstruppen (193), zugleich benutzten die Bewohner Meso=
potamiens die Gelegenheit, sich des römischen Joches zu entledigen; sie über=
fielen die römischen Besatzungen und belagerten Nisibin. Inzwischen hatte
Severus seinen Widersacher aus dem Weg geräumt und sah sich genöthigt,
die mesopotamische Empörung niederzuschlagen, wodurch er zugleich das par=
thische Reich angriff; er brachte jene Länder, sowie Abiabene unter römische
Herrschaft und Nisibin wurde zur Metropole und römischen Kolonie erhoben
(195). Vologases erschien nicht auf dem Kriegstheater, als bis Severus
nach Rom zurückgekehrt war. Nochmals brachen parthische Heere in Syrien
ein, und Severus war genöthigt, nochmals nach Asien zu ziehen. Armenien
und das Reich von Edessa unterwarfen sich alsbald, und Severus rückte den
Euphrat hinab vor Ktesiphon, welches nach einem Gefecht mit den Parthern
erstürmt wurde; die Stadt wurde geplündert, die Männer umgebracht und
Weiber und Kinder (100,000 an Zahl) gefangen. Eine Krankheit im römischen
Heere nöthigte zum Rückzug den Tigris entlang. Hatra, welches dem Trajan
widerstanden und welches den Gegner des Severus unterstützt hatte, sollte
im Vorbeigehen gezüchtigt werden. Aber die Hatrener schlugen die Römer
zurück und warfen brennendes Nafta in die Belagerungsmaschinen; Severus,
auch durch Unruhen unter den Soldaten bedroht, mußte abziehen; auch ein
zweiter Versuch mißglückte gänzlich. Gleichwohl erreichte Severus durch diesen
zweiten Zug den festeren Besitz des oberen Mesopotamiens und Abiabenes.
Das parthische Reich eilte seinem Ende entgegen. Der König war von Ktesi=
phon entflohen und machte keine Anstalten, die Römer anzugreifen oder auf
ihrem Rückweg zu verfolgen, obwohl dieselben mit großen Schwierigkeiten zu
kämpfen hatten, welche ihnen das Klima, die Spärlichkeit der Lebensmittel
und die mißglückte Belagerung von Hatra bereiteten.

Arsakes XXX. Vologases V.
und Arsakes XXXI. Artaban IV. 209—226.

Zu allem Unglück kam nach Vologases' IV. Tode auch noch ein Streit um den Thron: Wir besitzen von seinen beiden Söhnen, Vologases und Artaban, Münzen, welche vom Todesjahr ihres Vaters bis zum Sturz der Dynastie reichen: Der jüngere scheint die nördlichen und westlichen Theile des Reiches beherrscht zu haben, da die römischen Geschichtschreiber mit Ausnahme eines einzigen Falles ihn allein nennen, und auch der Aufstand der Perser sich zunächst gegen ihn richtete. Wahrscheinlich gelang es ihm sogar, seinen Bruder schon zehn Jahre vor dem Ende der parthischen Herrschaft in die Lage eines bloßen Prätendenten zu bringen.

Caracalla machte das edessenische Reich zur römischen Provinz, indem er Abgar X. heimlich fangen ließ und seiner Herrschaft verlustig erklärte. Ebenso erging es dem armenischen Fürsten Vologases. Sodann hielt Caracalla um die Hand der Tochter Artabans an. Sie wurde verweigert, weil man seine tückischen Pläne durchschaute. Dies bot einen willkommenen Anlaß zum Krieg. Der Kaiser, welcher als zweiter Alexander über die Perser triumphiren wollte, verwüstete Assyrien, ließ die Gräber der Arsakiden in Arbela aufbrechen und die Gebeine umherwerfen, worauf er sich in die Winterquartiere zurückzog. Als er mit den Vorbereitungen eines zweiten Zuges beschäftigt war, wurde er am 8. April 217 auf dem Weg von Edessa nach Carrhä (wo er die Mysterien des Mondfestes kennen lernen wollte) auf Anstiften des Befehlshabers der Prätorianer, Macrinus, ermordet. Der Zorn des Artaban war durch den Tod des Tyrannen nicht beschwichtigt. Er verlangte von Macrinus Genugthuung, Schadenersatz und die Räumung von Mesopotamien. Macrinus hoffte den Antritt der Kaiserwürde mit frischem Lorbeer zu schmücken, schlug das Verlangen des Parthers ab und ließ sich in eine Schlacht ein. Das parthische Heer erschien noch einmal in großem Glanze, auch mit einer neuen Truppengattung vermehrt, nämlich Kameelreitern in voller Rüstung und mit langen Speeren bewaffnet. Die Römer wurden zweimal in blutigem Kampf bei Nisibin besiegt, und der Friede mit 50 Millionen Drachmen erkauft. In Armenien, wo nach der feigen Entthronung des Vologases durch Caracalla ein für die Römer unglücklicher Krieg geführt wurde, mußte Macrinus den Sohn desselben, Tiribat, einsetzen und auch nach dessen Ableben (222) geschehen lassen, daß Artaban den Arsakes Chosroes, den Bruder des Verstorbenen, zum König machte. Die Arsakiden herrschten von da an noch mehrere Jahrhunderte in Armenien. Ebenso brachte Artaban spätere Theile von Mesopotamien wieder an das Partherreich. Hier hatten sich bereits arabische Fürsten festgesetzt und Hira zum Sitz ihrer Herrschaft gemacht. Erst Ardeschir I. machte sie zu Vasallen.

So viel Blut und Thränen, Menschenmorden, Feuersbrünste, Plünderungen, Seuchen und andere Geschenke der Kriegsfurie hatte die Rivalität

zweier Reiche oder vielmehr der Ehrgeiz Roms über blühende Länder ge=
bracht, und es war nichts erreicht, als daß nach dreihundertjährigem Kampfe
der streitbare Parther als Sieger auf der Wahlstatt stand. Bald nachdem
Artaban jene siegreichen Schlachten geschlagen hatte, sank der Stern der
Arsakiden.

Herrschaft der Sasaniden.

Stammtafel der Sasaniden.

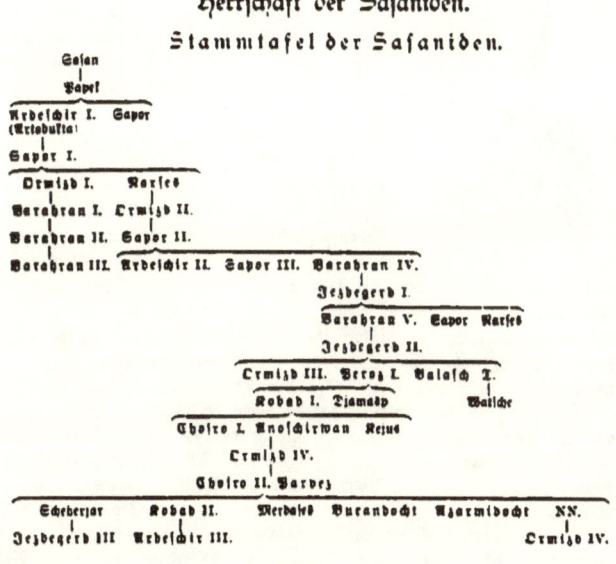

Ardeschir I. 226—240.

Bei den Persern dauerte die Erinnerung an die Zeiten ihrer Weltherr=
schaft fort. Die Zerrissenheit des Reiches in der letzten Zeit, die langen
Streitigkeiten der Brüder Vologases und Artaban, zu denen sich noch Kämpfe
im Osten des Reiches gesellt zu haben scheinen, brachten einen tapfern per=
sischen Fürsten, Artaxerxes oder Ardeschir, zum Entschluß, das Großkönig=
thum seinem Stamme wieder zu erringen. Er war der Sohn Papeks (daher
sein Beiname Babegan), des Sohnes Sasan; er war geboren in einem
Orte des Districtes Chaber bei Schiraz. In der Hauptstadt der Persis, Istachr,

herrschte als parthischer Vasall ein Fürst aus dem Hause Bazerandjan, aus welchem auch Papels Mutter stammte. Ardeschir erhielt die Statthalter‐ schaft von Darabgird. Er begann die Ausführung seines Planes damit, daß er seinen Vater veranlaßte, den Unterkönig in Istachr zu tödten und sich selbst die Krone zu nehmen. Papek vererbte diese jedoch nicht, wie Ardeschir er‐ wartet hatte, auf ihn, sondern auf einen seiner Brüder Sapor. Alsbald brach der Bruderkrieg aus, worin Ardeschir die Oberhand behielt und seine feindlichen

Brüder umbrachte. Gewöhnlicher Verlauf! So‐ dann besiegte er den Bruder des Partherkönigs, Volagases (Balasch), der in Kerman herrschte. Artaban ließ dies alles geschehen, erst als auch einige medische Districte abfielen, kam es zum Kampf. Drei Schlachten wurden geschlagen, in der dritten bei Hormuz zwischen Bebbehan und Schusch‐ ter (Sosirate) wurden die Parther geschlagen und Artaban verlor das Leben. Man sagte, Ardeschir selbst habe ihm mit dem Streitkolben den Schädel eingeschlagen (Winter 226).

Arbeschir I.

In Nakschi Rustam bei Persepolis sind zwei sich entgegenstehende Reiter abgebildet; der eine zeigt den nebenan abgebildeten Kopf; er legt die linke Hand an sein Gesicht, mit der rechten ergreift er einen Ring, welchen ihm der andere mit der rechten reicht. Er hat über dem weit herabhängenden Kleid einen Mantel, der hinter ihm auf dem Rücken des Rosses sich aus‐ breitet. Hinter dem Thier steht ein Perser mit dem Fliegenwedel. Der andere Reiter ist Ormazd; er trägt eine Krone, deren Zacken aus Staffel‐ zinnen bestehn; in der linken führt er einen keulenartigen Stab (man sehe das Bild Seite 69). Im übrigen gleicht er dem Könige, auch die Rosse sind gleich gebildet. Unter jedem der beiden Thiere liegt langgestreckt ein Mann, den Kopf unter den Vorderbeinen derselben. Der unter dem Könige hat einen Helm auf dem Haupte, welcher an die Perlenkrone der Arsaliden erinnert; der andere Mann hat ein Diadem, aus welchem zwei Schlangen entspringen. Man kann beide Männer für Artaban und seinen Bruder Volagases halten, vielleicht könnte der unter Ormazd liegende Ahriman sein, so daß der Sinn der Darstellung der wäre, daß der König den Parther gestürzt hat, wie Ormazd über Ahriman triumphirt. Die Inschrift in Pehlewi und Griechisch lautet unter dem Könige: „Bild des mazdajasnischen, göttlichen Artachschatr des Königs der Könige von Iran, von himmlischem Geschlechte, Sohn des göttlichen Königs Papak"; unter dem Gott: „Bild des Gottes Ahurmazd". Eine ähnliche Darstellung findet sich in Firuzabad und in Nakschi Rabjab bei Persepolis, wo König und Gott sowohl reitend als auch zu Fuß mit umgebenden Figuren in den Fels gemeißelt sind. Nebenan steht eine noch nicht entzifferte Inschrift von 31 Zeilen, welche aber nicht zu dem Bilde gehört, sondern später eingegraben ist, da sie den Namen Varahran's enthält. Etwas abweichend ist die Darstellung am Taki Bostan (Bogen oder Halle des Gartens). Diese Oertlichkeit befindet sich an der westlichen Seite des Berges Bisutun; seitwärts von zwei großen Grotten, von welchen später die Rede sein wird, sieht man am Fels über einem Quell vier Figuren; unten liegt der getödtete Artaban, auf seinem Haupte steht Ormazd und reicht Ardeschir den Ring, von welchem zwei Bänder herab= hangen; hinter Ardeschir steht auf einer Lotos= oder Sonnenblume Mithra, mit einem breiten Scepter oder Keule, welche im Opfergebet des Mithra im Avesta erwähnt wird, um das Haupt erscheint ein großer Nimbus von Strahlen (Mithra ist als Sonnengott gedacht).

Ardeschir war Beherrscher des persischen Reiches, wenn auch noch von dem Anhang der Parther Anstrengungen zur Erhaltung der arsakidischen Herrschaft gemacht wurden. Der Fürst von Hatra blieb auf Seiten der Parther; Chosroes von Armenien (225—258) nahm die Söhne des Artaban auf, deren einer, Artavazd, noch im Jahre 227 Münzen mit seinem Namen geschlagen hat; Chosroes bot alles auf, die arsakidischen Fürsten, welche noch im Besitz von Satrapien waren, zu einmüthigem Handeln zu bewegen, aber, wie überhaupt im Orient Patriotismus ein ziemlich unbekann= tes Wort ist, so war jeder nur darauf bedacht, seinen augenblicklichen Besitz zu erhalten, der ihm gefährdet war, wenn die Waffen Ardeschirs siegreich blieben. Veh=sabuan, Fürst von Kuschan (Baktrien), der aus dem arsakidischen Hause des Karen Pahlav stammte, rückte im Einverständniß mit Chosroes nach Persien, zog sich aber zurück, als er die Sache der Arsakiden als hoff= nungslos erkannt hatte. Indessen wurde Chosroes aus dem Wege geräumt: Anak, ein Arsakide aus dem Hause des Suren, übernahm es, für die Ueber= lassung der Stadt Bahl (Baktra, Balch) den armenischen König, von dem er als Arsakide verwandtschaftlich aufgenommen wurde, auf der Jagd zu tödten. Er wurde aber nach vollbrachter That gefangen und mit seiner Familie hingerichtet. Nur sein jüngster Sohn entkam, wurde in Cäsarea er= zogen und bekehrte später als Gregor der Erleuchter die Armenier zum Christenthum; seine Nachkommen waren bis zur Mitte des 5. Jahrh. arme= nische Patriarchen und Feinde der Sasaniden. Die Unterwerfung Armeniens ist in einem Reliefbilde in Salmas (nordwestlich vom Urmiasee) verewigt; man sieht hier neben einander Ardeschir und seinen Sohn Sapor beritten, und zwei Armenier in reich frisirtem Lockenhaar stehen vor den Rossen und überreichen den Siegern einen Ring, das Zeichen der Herrschaft. Uebrigens wird von Ardeschir berichtet, daß er Armenien vortrefflich verwaltet, auch den Arsakiden ihre Besitzungen als Apanage zurückgegeben habe; er habe die Tempel beschenkt und das ewige Feuer auf dem Altar zu Bagaran zu unter= halten befohlen; die von Valarschak errichteten Statuen der arsakidischen Könige und die Bilder des Sonnen= und Mondgottes habe er umstürzen, aber die Grenzsteine, welche Arbasches vor länger als einem Jahrhundert errichtet

12*

hatte, erneuern und mit seinem eignen Namen versehen lassen. Einige arsa=
kidische Dynastien überbauerten in außerpersischen Ländern die parthische; so
herrschten Arsakiden außer in Armenien auch in Baktrien und Kabul
(Kuschan und Thetal), in Albanien, in Georgien, bei den Massageten
und Lëphinen (Lepones) im Norden des Kaukasus.

Ardeschir suchte sein Anrecht auf den Thron durch die Verbindung mit
der arsakidischen Fürstin Artabukta (welche die persischen Schriftsteller Gul=
nare nennen) zu bekräftigen, und man knüpfte seinen Stammbaum an den
letzten Achämeniden an. Seine Nachfolger suchten ihre Vorbilder unter jenen
Königen aus dem Stamme des Achämenes und betonten mit Nachdruck das
urpersische von ausländischen Einflüssen nicht berührte Wesen, infolge dessen
neben persischer Sitte auch besonders die Zoroastrische Religion, unter den
Parthern durch Toleranz und Gleichgültigkeit verkommen, in ihrer früheren
Strenge hergestellt wurde. Diese Restauration des persischen Wesens zeigt sich
auch in der Kunst. Während die Münzen der Parther, fast die einzigen
künstlerischen Denkmale dieser Dynastie, mit wenigen Ausnahmen Embleme
griechischen Ursprungs zeigen, ist auf den sasanischen Münzen nichts von diesen
zu merken. Der Avers derselben zeigt das Porträt des Königs, und der
Revers den Feueraltar, neben welchem seit Sapor I. zwei Feuerhüter er=
scheinen. Auch die Schrift ist nicht mehr die griechische wie unter den Par=
thern, sondern die einheimische Pehlewischrift. Die ältesten sasanischen Münzen
zeigen den König noch mit der parthischen Perlentiara, die später durch die
Sasanidenkrone ersetzt wird. Man besitzt Provinzialmünzen aus der par=

Pforte des Palastes
in Firuzabad.

thischen Zeit, welche bereits ebenfalls ohne griechische
Embleme und mit einheimischen Legenden geprägt
sind und den Vasallenkönig der Persis in dem=
selben Kopfputz zeigen, wie ihn die Perser auf dem
pompejanischen Mosaikbild tragen. Auch auf den Siegel=
steinen der sasanischen Epoche erscheint die Pehlewischrift.
Aus der Zeit der Parther stammt wahrscheinlich der
bereits erwähnte Tempel von Konkobar, der abend=
ländischen Stil zeigt; unter den Sasaniden wird nun
die griechisch-römische Baukunst nicht verdrängt, aber
sie wird mit echt persischen Elementen verbunden,
wie dies am deutlichsten an den Ruinen des Palastes
von Firuzabad zu sehen ist. In dieser Stadt,
welche früher Gur (Djur) hieß, wurde von Arde=
schir ein Palast (Tirbal) erbaut und eine große
Wasserleitung angelegt. Die Ruinen des Tirbal zeigen
nun einen Thorbogen, welcher ganz genau dem perse=
politanischen gleicht, aber die viereckige Oeffnung ist durch einen Rundbogen ersetzt.
Die Stadt erhielt von Ardeschir eine Mauer von Ziegeln mit vier Thoren,
welche nach Göttern und nach ihm selbst benannt waren: Thor des Mithra,

Bahram, Ormazd und Ardeschir. Nicht weit von der Stadt findet man noch Baureste, welche sich etwa 4 Kilometer weit auf der etwa 400 Meter hohen Felswand hinziehen, jeder Vorsprung mit einer Warte gekrönt, in der Mitte eine starke Citadelle, Kalahi Dochter (das Mädchenschloß) genannt; im Thal liegen Trümmer von drei Brückenpfeilern, weiterhin verwitterte Felsreliefs mit Inschriften, die Investitur des Königs durch die Gottheit darstellend. Noch weiter, etwa 1½ Stunden von Firuzabad liegt ein Feuertempel von 100 Meter Länge und 50 Meter Breite; er besteht aus sechzehn gewölbten, theilweise sehr hohen Räumen, noch hie und da mit Stuccoverkleidung in altpersischen Ornamentstil versehen. Zu den eigenthümlich persischen Elementen gehören ferner die Anfänge der Flächendecoration durch geometrische Figuren, welche die Araber später zur reichsten Entfaltung brachten. Man findet bereits aus parthischer Zeit solche Ornamentik und zwar in der alten Stadt Erech (Warka). Auch die Kunsttöpferei wurde im Mittelalter von den Persern sehr hoch ausgebildet; man bediente sich der Majolikamalerei auf Gefäßen und Thonfliesen, mit welchen man die Fußböden und Wände verzierte. Schon die Assyrer haben diese Schmelzmalerei gekannt, und durch die Perser kam sie zu den Arabern und Spaniern, welche sie Azulejos nennen. Ein wichtiges structives Element bildet der Bogen, der in Persien eigenthüm-lich ausgebildet wurde. Neben dem römischen Rundbogen findet man nemlich den Eibogen, der dem Bestreben seine Entstehung verdankt, den Druck der Wölbung auf die seitlichen Stützen der Mauern abzulenken. Einen solchen Eibogen bildet die Kuppellinie von Firuzabad und Sarwistan, sowie auch die der Kirche von Dighur in Armenien (wahrscheinlich erst aus dem 7. Jahrh.);

Palast von Firuzabad.

ebenso ist das Thor in Sarwistan im Eibogen gewölbt, und die Brücke über den Zab bei Altun Köpri zeigt neben ihm den Spitzbogen, der aus dem Ei-bogen entstanden ist. Auch der in der arabischen Kunst so beliebte Hufeisen-bogen erscheint bereits in sasanischer Zeit in Firuzabad und Sarwistan und am Tali Girrah auf dem Zagrospaß. Der Aus-gangspunkt jener glänzenden arabischen Kunstentwicklung ist demnach in Persien zu suchen.

Es gab nach den armenischen Ge-schichtschreibern vier Hauptlinien der Ar-saliden, welche von den Kindern des

Façade von Sarwistan.

Arschavir abstammten; da dieser König zur Zeit von Christi Geburt geherrscht haben soll, so muß Phraates IV. gemeint sein, wahrscheinlich ist es ein früherer

Herrscher gewesen. Der älteste Sohn Ardasches wurde Thronfolger und Gründer der königlichen Linie, die drei anderen, Karen-Pahlav, Suren-Pahlav und die Tochter Koschm, welche den Aspahapet-Pahlav heirathete waren die Ahnen der drei anderen Linien, welche oft mit der königlichen in Zwist geriethen. Die Linie Karen wurde von Ardeschir aufgerieben, und es entkam nur ein Knabe Perozamat, der in der Folge der Ahnherr des armenischen Fürstenhauses Kamsarakan wurde. Die beiden übrigen schlossen sich Ardeschir an, und Sprossen derselben bekleideten oft wichtige Aemter. Auch ein Zweig der Linie Aspahapet, die Familie Mihr (Mithra), gab dem Sasanidenreich hohe Würdenträger. Die Aspahapet hatten in Tabaristan ihre Besitzungen, wo sie sich als selbständige Fürsten lange Zeit gegen die Araber behaupteten.

Sobald Ardeschir seine Herschaft als befestigt erachtete, erklärte er den Römern den Krieg, um die alten Grenzen des persischen Reiches herzustellen. Alexander Severus ließ die Gesandtschaft, welche die Kriegserklärung brachte und aus 400 riesigen Reitern bestand, gefangen nehmen und nach Phrygien bringen, und besetzte sodann Mesopotamien; erst als er wieder abgezogen war, bemächtigte sich Ardeschir dieses Landes.

In dem Alterthumscabinet zu Wiesbaden befindet sich eine mit Schmelz gezierte Gürtelschnalle, auf deren Rückseite der Name Artachschatr (Ardeschir) in Pehlewischrift steht.

Sapor I. 240—271.

Sapor I. wurde von Gordianus zurückgeworfen, aber sein Mörder und Nachfolger, Philipp (244—249), schloß Frieden, und die Perser erhielten Armenien und Mesopotamien zurück. Hier wurde das von Trajan und Severus vergeblich belagerte Hatra durch List erobert. Die Orientalen erzählen, daß Nadhira, die Tochter des Königs Thaizan von Hatra, die Lösung des Zaubers gekannt habe, welcher die Mauern unersteigbar machte; sie habe den schönen König der Perser von der Mauer aus erblickt, sich in ihn verliebt und den Zauber gelöst, worauf Sapor ihr Gatte geworden sei, aber in Hatra ein furchtbares Blutbad angerichtet habe. Arabische Lieder besangen das traurige Geschick der Stadt, deren Ruinen heute die Umwohnenden aus Angst vor bösen Geistern nicht zu betreten wagen. Die Perser setzten ihre Kriegszüge gegen die Römer trotz des Friedens fort und belagerten Edessa; der Kaiser Valerianus gerieth in die Gefangenschaft Sapors, und die Römer wurden mit großen Verlusten zurückgeschlagen, die Perser plünderten Syrien, Kilikien und Kappadocien. In der Folge erlitten die Perser eine Niederlage durch Odenat, den Gemahl der Zenobia (Bat-Zebina), von Palmyra; diese Stadt, seit dem höchsten Alterthum ein wichtiger Handelsort, trat jetzt auch in die politischen Kämpfe ein, welche in ihrer Nähe gefochten wurden. Das Begegnen der alten mesopotamischen und griechischen Bildung mit den noch jugendlichen Elementen der arabischen Bevölkerung reiste hier eine wunderbare

Der Triumphbogen in den Ruinen von Palmyra; im Hintergrunde der Baalstempel.

Ruinen von Palmyra, von der großen Colonnade aus gesehen; im Hintergrunde die Burg

Grabthürme der rechts stehende 80 Fuß hoch) in den Ruinen von Palmyra.

Blüthe des Wohlstandes und Ruhmes. Die eigenartige Cultur dieser Oase reicht bis ins Jahr 272; bis zu diesem Zeitpunkt gehen die daselbst entdeckten Inschriften, welche in einem eigenthümlichen Alphabet geschrieben sind. Später wurde die Stadt von Justinian restaurirt, und es erfolgte alsdann das Vordringen südarabischer Stämme, sodaß wir Palmyra in der Mitte des 6. Jahrhunderts im Besitz der Könige von Gassan finden. Zenobia setzte, als ihr Gemahl gefallen war, den Krieg fort, sie wurde aber durch Aurelian zur Vertheidigung ihres eigenen Gebietes genöthigt und schließlich gefangen nach Tibur geführt.

Valerianus wurde nach harter Gefangenschaft getödtet. Sapor hatte sich seiner und der übrigen römischen Gefangenen bei der Anlage eines berühmten Wasserwerkes in Schuschter bedient. Dieses Werk, Schadrawan genannt, war bestimmt, die Stadt mit Wasser zu versorgen. Da sie etwas höher als die Flußufer liegt, mußte man das Niveau des Wassers erhöhen, was dadurch geschah, daß man oberhalb der Stadt den Fluß in ein großes Bassin verwandelte. Es wurde der Schuschter östlich umfließende aus dem Strom abgeleitete Canal durch einen Damm von Granit, und ebenso der Fluß selbst durch einen zweiten Damm, 600 Schritt lang, 14 Schritt breit, oben mit einer Brücke von 44 Bogen, gesperrt; durch beide strömte das Wasser nur vermittelst enger Oeffnungen und staute sich daher oberhalb der Deiche. Oberhalb des Flußdammes mündete dann in gehöriger Höhe ein Tunnel, der das Wasser unter der Burg weg in die Stadt und die angrenzenden Felder führte, so daß also dieses Wasser im Tunnel höher stand als das Wasser des Flusses und des Canales unterhalb der Deiche. Sapor erbaute mehrere Städte, welche ihrer Zeit berühmt waren, Schapur, Gondischapur und andere. In Schapur findet man reiche Sculpturen, welche mehrmals die Gefangennahme Valerians darstellen; Sapor ist beritten, und unter den Husen des Rosses liegt ein Römer, vor ihm kniet der Kaiser, um sein Leben bittend. Die Nebenfelder sind angefüllt mit weit über 100 Figuren, theils zu Roß, theils zu Fuß, Waffen, Kränze und Trinkgeräthe tragend. In einer Grotte befindet sich die fast 7 Meter hohe, aus Einem Block gearbeitete Statue Sapors, in anliegender faltiger Kleidung, mit der linken Hand auf dem Schwertgriff, die rechte in die Seite gestützt, auf dem Haupt eine Krone mit zinnenförmigen Zacken. Der Triumph des Sapor über Valerian ist auch in Nakschi Rustam, unter einem der achämenischen Felsgräber in Relief dargestellt: Valerian kniet mit ausgestreckten Armen, einer seiner Mitgefangnen, Cyriades erhebt stehend die Hände zu Sapor, welcher auf einem Rosse sitzt; er trägt eine Krone, deren Zacken wie Staffelzinnen gebildet sind und über welcher sich ein hoher ballonartiger Aufsatz wie oben bei dem Bilde des Ardeschir erhebt. Nach hinten flattern Bänder. Er trägt einen Bart und wallende Locken, eine Kette von Kugeln um den Hals, die linke Hand am Schwert. Zu beiden Seiten dieses Triumphbildes sind Reliefs eines Turniers oder eines Kampfs zweier Reiter, ohne Inschrift, vielleicht (der Helm des Reiters auf

dem einen Bild iſt derſelbe wie ihn Arbeſchir trägt) Arbeſchir darſtellend
als Sieger in einem Gefecht. Beide Reitergruppen ſind mit größter Lebendig=
keit ausgeführt. Eine Strede weit von dem einen dieſer Bilder, am Fuß
der äußerſten Felsgruft, welche in der vorſpringenden Wand liegt und ihre
Façade nach Weſten kehrt (man ſehe oben Seite 110), iſt wie es ſcheint —
eine Inſchrift iſt nicht vorhanden — Sapor abgebildet; er trägt als Krone
einen hohen Reif, deſſen oberer Rand weit ausläbt und welcher mit neben
einander geſtellten Lotosblättern ornamentirt iſt. Die Krone unterſcheidet ſich
von der achämeniſchen nur durch den ballonsförmigen Aufſatz, der anſcheinend
aus Seidenzeug beſtand. Hinter dem Könige ſteht ein Diener, und er ſelbſt
nimmt das Emblem der Herrſchaft von einer Gottheit, diesmal einer weib=
lichen, ohne Zweifel Anahita; dieſelbe hat eine Krone mit zinnenförmigen
Zacken, über welchen eine Menge von Zöpfen in Rollen über und neben
einander liegend hervorquellen, während unter der Tiara lange Ringel auf
ihre Schultern fallen. Auch in Darabgird iſt Valerian und Sapor darge=
ſtellt. Ein anderes Relief des Sapor findet ſich in Natſchi Rabjab; hier
reitet der König an der Spitze einer zu Fuß befindlichen Schaar von Perſern,
welche die Hände auf das Gehilz des Schwertes gelegt haben. Die In=
ſchrift, in Pehlewi und Griechiſch, ſagt: „Bild des mazbajasniſchen, göttlichen
Schahpuhr (Sapor), Königs der Könige von Iran und Aniran, von himm=
liſchem Geſchlecht, des Sohnes des mazbajasniſchen, göttlichen Artachſchatr
(Arbeſchir) des Königs der Könige von Iran, von himmliſchem Geſchlecht,
des Sohnes des göttlichen Königs Papal.“ Die Stadt Gondi Schapur,
zwiſchen Schuſchter und Dizful, wurde mit römiſchen Gefangenen bevölkert.
Dieſe groß= wohlbefeſtigte Stadt, einſt Sitz einer berühmten mediciniſchen
Schule, iſt gänzlich vom Erdboden verſchwunden.

Gemalgemme Sapors.

Eine prachtvolle Gemme Sapors befindet ſich in der
herzoglichen Sammlung zu Gotha.

Nach der kurzen Regierung des Ormizd I. folgte
Varahran (Bahram) I. (272—275) und Varahran II.
(275—292). Unter der Regierung des erſteren wurde der
Religionsſtifter Mani hingerichtet. Dieſer merkwürdige
Mann, deſſen religiöſe Ideen nicht bloß Perſien, ſon=
dern auch Indien und die chriſtliche Welt bis nach Gallien
hin in Bewegung ſetzten, war 214 in Kteſiphon geboren, ſein
Vater ſtammte aber aus Hamadan, und ſeine Mutter
war eine vornehme Frau aus parthiſchem Geſchlecht.
Mani hatte die Abſicht, eine allgemeine auf einer
Vereinigung der beſten Glaubenslehren verſchiedener Syſteme begründete Reli=
gion zu ſtiften, und der Manichäismus hat das religiöſe Bedürfniß in hohem
Grade befriedigt und in Aſien und Europa Anhänger gefunden. Der
Leſer möge dem Verfaſſer geſtatten, daß ſtatt ſeiner Herr Dr. Keßler
über Mani's Religion das Wort ergreife; derſelbe war uneigennützig genug,

Sapor's Triumph über Valerian. Relief von Nakschi Ruftam.

dem Verfasser die Resultate seiner eingehenden, auf neue und nur wenigen
Fachkennern zugängliche Quellen begründeten Untersuchungen, womit er in
Kürze das gelehrte Publikum beschenken wird, in folgender Fassung zur Ver=
fügung zu stellen. „Die Religion des Mani (d. i. der beredte) kann in
mehrfacher Hinsicht mit der des Muhammed verglichen werden. Sie ist wie
der Islam eine selbständige Religionsbildung, keine bloße christliche oder
persische Häresie, und übertrifft den Islam, dem sie durch ihr fast tausend=
jähriges Bestehen und die Ausdehnung über den Raum von drei Welttheilen
wohl an die Seite treten kann, denn sie ist auf die ältesten und für den
Orientalen ansprechendsten Elemente der mesopotamischen Volksreligion be=
gründet, die der Manichäismus nicht zurückdrängte wie der Islam, sondern
zu seiner directen Grundlage machte und, wenn auch stellenweise mehrfach
verändert, zu einem geschlossnen harmonischen Ganzen zusammenfügte.

„Diese Volksreligion ist nun aber nicht der Zoroastrismus, trotzdem
beide Religionen dualistisch genannt werden können; der manichäische Dua=
lismus ist ein schroffer, absoluter, der persische nicht, denn Ahriman ist nur
ebenso der Feind des Ormazd, wie der Teufel im Christenthum der Feind
Gottes. Der Zoroastrismus der Sasaniden erscheint nur als ein älterer
Zeitgenosse der Lehre Mani's, denn der erstere hatte sich eben erst durch eine
mit der politischen zusammenhängende religiöse Restauration des alten Glaubens
Zarathustra's als ein Werk der Priester wieder zu staatbeherrschendem Leben
erhoben, als Mani auftrat. Mani ging in letzter Linie auf eine Quelle
zurück, aus der schon Zarathustra geschöpft hatte, auf die altchaldäische
Religion, die ausgebildete Musterform des heidnischen Semitismus, freilich
nicht direct, sondern er schöpfte aus der Religionsform, die ein directer
Sprößling jener, und damals noch nicht so entartet war, wie sie uns jetzt
in dem Sidra rabba und andern Büchern vorliegt, der Religion der Mandäer
am untern Euphrat, in welcher ihn sein Vater Futtak (d. i. Buddha) er=
zogen hatte.

„Ein interessantes Dunkel ruht über den Anfängen des Manichäismus,
insofern die freilich sehr entartete abendländische Ueberlieferung dem Mani
zwei Vorgänger, den Scythianus und Terebinthus gibt, von welchen die
morgenländischen Berichterstatter, besonders der Verfasser des Fihrist und der
Geschichtschreiber der Religionen, Schahrastani nichts wissen. Irren wir nicht,
so ergibt eine richtige auf der Prüfung beider Ueberlieferungen beruhende
Lösung des Knotens die zwiefache bemerkenswerthe Thatsache, einmal daß
schon Mani's Vater Futtak, mit einer Scythianus identisch ist, eine Art refor=
matorischer Thätigkeit in umfassendem Sinne unter Religionsverwandten,
namentlich auch nach Westen zu, im nördlichen Arabien — daher Saracene
genannt — ausgeübt hat, wobei zuletzt noch sein eigner Sohn Mani sein
terbintha d. i. Zögling, Schüler, dann sein Nachfolger wurde — und weiter
die noch bemerkenswerthere allgemeine Thatsache, daß damals als Mani auf=
trat (238) bereits längere Zeit, jedenfalls schon seit Beginn der christlichen

Aera, ein lebhafter religiöser Ideenaustausch zwischen Südbabylonien und Nordarabien einschließlich Ostpalästina, Moab u. s. w. bestand, durch welchen die verwandten kanaanitischen, arabischen und babylonischen Volksreligionen speculativ-ascetisch vergeistigt wurden, ein Verkehr, welchen die handeltreiben= den Nabatäer von Petra und Bostra vermittelten und der zur Entstehung der Secten der Essener und später der Elkesaiten (d. i. Gnostiker) führte; diese haben zu Trajan's Zeit einen Missionsboten nach Rom gesandt, und bereits vor unsrer Zeitrechnung war jener Verkehr ein Hauptfaktor bei der Entstehung der vorderasiatischen Religionsphilosophie, der sogenannten Gnosis. Mani und Muhammed schöpften demnach aus örtlich nahe beisammenliegenden Quellen. Entsprechend diesen Zusammenhängen trägt nun auch das Religions= system Mani's ganz den Charakter einer speculativ-ascetischen Popularphilo= sophie; und nur daraus, daß der Stifter tief in die eingewurzelten Lieblings= ideen seiner Volksgenossen sich zu versenken und nicht bloß der Hoffnung auf das Jenseits sondern auch dem auf das Uebersinnliche gerichteten Wissenstrieb reiche Nahrung zu geben wußte, erklärt sich die ungeheure Anziehungskraft, welche der Manichäismus so lange auf Orientalen und Occidentalen, um alle Verfolgungen unbekümmert, auszuüben vermochte.

„Mani gibt bei Benutzung vorgefundenen Lehrstoffs den mythologischen Personen andere und zwar einfache Gattungsnamen. So heißt der oberste Beherrscher des Lichtreichs bei ihm 'König der Paradiese des Lichtes', es ist aber der Mana rabba, d. i. der 'große Geist' der Mandäer, und der Götter= vater Ea der assyrisch-babylonischen Religion. Die Hauptperson bei der Weltschöpfung und bei der Erlösung des gefangnen Lichtes, der 'Urmensch' ist der Hibil ziwa, d. i. der glänzende, ruhmreiche, Abel der Mandäer und weiter zurück der Held des altbabylonischen Epos, Istubar. Hibil steigt in die Unterwelt wie der manichäische Urmensch in die Tiefe des Abgrundes steigt und wie die assyrische Islar (Astarte) in die Hölle fährt, alle drei mit derselben Gefahr ihrer Existenz. Die Stationen der manichäischen Erlösungs= mechanik, Sonne, Mond, Welt des Lobpreises, oberstes reines Licht, erinnern an die Stockwerke der Tempel und an die Etagen der mandäischen Unter= welt, in deren jeder ein besondrer Herrscher thront. So ist die Religions= forschung im Stande, fast alle Figuren und Sätze des manichäischen Systems einerseits als mandäisch, andrerseits als bereits altbabylonisch nachzuweisen."

Das was am meisten im Manichäismus, dieser persischen Gnosis, hervor= tritt, ist, wie schon angedeutet wurde, der consequente Dualismus, die Existenz zweier Urwesen, welche von Ewigkeit zu Ewigkeit sich bekämpfen werden. Im Kampfe sind einige Lichttheile von der Materie verschlungen worden, und diese bilden die Weltseele, welche nach Befreiung seufzt, und aus welcher später die Lehre vom leidenden Menschensohn entwickelt wurde. Das frei= gebliebne Licht dagegen ist Christus, der in einem Scheinleib zur Welt kam und die Erlösung der Seelen aus der Materie durch seine Lehre bewirkt. Mani gab sich für den verheißenen Propheten — die iranische Religion kennt

einen solchen — oder nach christlicher Anschauung für den Paraklet (Tröster)
aus, der die Erlösung fortsetzen und vollenden soll. Nach dem Tod wird
die Seele gereinigt, aber der Leib feiert keine Auferstehung; schließlich verzehrt sich das All in einem großen Brand — ebenfalls eine altchaldäische
Vorstellung — und es entstehn die beiden Urreiche des Lichts und Dunkels.

Mani wurde vor ein förmliches Ketzergericht gestellt, natürlich niederdisputirt
und zur Hinrichtung durch Schinden verdammt; seine Haut wurde ausgestopft
und in Gondi Schapur ausgestellt.

Der Manichäismus, von römischen Kaisern und persischen Königen verfolgt, hat sehr lange fortgelebt. Abgesehen vom Abendland zählte er weit
in die Zeit der Chalifen hinein zahlreiche Bekenner besonders im Nordosten
von Iran; ja das persische Christenthum scheint wesentlich manichäisch gewesen
zu sein, indem wenigstens die christlichen Gemeinden in Indien, welche von
Iran ausgingen, dieser Religion huldigten. Die Christen kamen zuerst aus
Mesopotamien, wohin sich das Christenthum von Edessa aus verbreitet hatte,
nach Iran, nach persischen Nachrichten sollen die Apostel Mari und Abbai
das Bisthum Seleukia gestiftet haben. Anfangs vom Patriarchen von Antiochien geweiht, löste der Bischof in der Folge, als die persischen Christen
(Ende des 5. Jahrh.) den Nestorianismus angenommen hatten, sein Verhältniß zur orthodoxen Kirche und wurde zum Patriarchen des Orients erhoben.
Bereits unter Sapor I. lernen wir einen Bischof in Susiana kennen; in der
Persis waren die Christen noch bis ums Jahr 800 von Seleukia unabhängig; sie bildeten hier noch im 10. Jahrh. einen beträchtlichen Bruchtheil
der Bevölkerung. Die Secte der Monophysiten, welche in Christus nur Eine
Natur, die Mensch gewordne göttliche annahmen, sich also der auf dem Concil
von Chalkedon (451) adoptirten Kirchenlehre, daß in Christo zwei Naturen
unvermischt und ungetrennt, zu Einer Person verbunden anzuerkennen seien,
widersetzten, war weniger begünstigt als die in Byzanz verfolgten Nestorianer,
denn jene hatten auch im römischen Reich viele Glaubensbrüder, mit denen
sie sympathisirten, in Armenien waren sie in der Mehrzahl; die Jakobiten,
eine der zahlreichen Abarten der Monophysiten, welche von dem Mönch Jakob
Baradai (starb 578) zu einer Secte vereinigt worden waren, hatten in Aegypten, wo die Kopten aus ihnen hervorgingen, und in Syrien ihre Sitze.
Sie vermehrten sich im persischen Reich besonders durch die von Chosrou I.
aus Syrien fortgeführten Gefangenen, und wohnten sehr zahlreich am mittleren
Tigris, wo das Matthäuskloster (Mar Mattei im Nordosten von Niniveh)
und die Stadt Tekrit ihre hauptsächlichsten Mittelpunkte waren. Hier residirte ihr Katholikos oder Mafrian, und unter den vielen kirchlichen Häuptern
der Jakobiten wurde besonders berühmt Gregor Abulfaradj Barhebräus, d. i.
Sohn des Hebräers (sein Vater war ein getaufter Jude), der außer vielen
Werken über Geschichte, Theologie, Philosophie und Medicin auch eine Geschichte der Jakobiten und Nestorianer schrieb und 1286 zu Maraga starb.
Der Geograph Istachri, welcher in der Mitte des 10. Jahrh. schrieb und

besonders einen wenig älteren Geographen aus Balch benutzte, berichtet, daß
die Christen auf einem Berg im Süden von Samarkand eine Kirche besäßen.
Wahrscheinlich waren dieß Manichäer, denn auch in der Tatarei wohnten im
10. Jahrh. viele dieser Secte, und die Buddhisten Chinas verehren Mani
als eine Manifestation eines ihrer Bodhisattvas. Das Christenthum hat sich
von Persien aus noch weiter nach Osten, nach Indien ausgebreitet. Auch
hier führte man die Gründung der christlichen Kirche auf einen Apostel,
Thomas zurück, in der That aber waren es persische Manichäer oder Gnostiker,
welche schon zu Ende des 3. Jahrh. vor den Verfolgungen, welche nach Mani's
Hinrichtung über seine Schüler hereinbrachen, nach Indien kamen. Selbst
schon vorher wird von einer manichäischen Mission in Indien berichtet, und
Mani hatte eine Epistel an die Indier geschrieben. Der Mittelpunkt der
Gemeinden von Kranganore war Manigrama (b. i. Dorf des Mani). Wir
besitzen noch Documente dieser alten christlichen Gemeinden der Küste Malabar
aus dem 9. Jahrh., bei Madras an der Ostküste wurde ebenfalls in dieser
Zeit eine Gemeinde gegründet. Erst im Mittelalter erschienen auch syrische
Christen, denn erst unter den Chalifen kam die nestorianische Kirche von
Babylonien zu großer Verbreitung, nachdem die persischen Christen, namentlich
aber die Manichäer, dauernd verfolgt worden waren. Merkwürdiger Weise
sind uns mehrere Denkmäler der alten indischen Christen, auch Kreuze mit
Pehlewizeichen, aufbewahrt worden, und die Fundorte dieser Alterthümer
zeigen, wie weit sich christlich-persische Ansiedelungen ausgebreitet haben. Die
Kreuze, meist aus Gneis gearbeitet, sind in Relief unter einem Bogen angebracht, auf dessen Rundung die Inschrift steht; über dem Kreuz schwebt
der heilige Geist als Taube herab. Unter den sonstigen Reliquien der Christen
sind sechs Kupferplatten mit alttamulischer Schrift zu nennen, auf welchen
den christlichen Ansiedlern gewisse Privilegien garantirt werden, womit später
die Kirche ausgestattet wird. Die letzte Platte enthält elf arabische, 10 persische,
4 jüdische Namen von Zeugen; arabische Kolonien kamen Anfangs des 9. Jahrh.
an jene südliche Westküste, weshalb die Platten nicht älter als diese Zeit
sein können.

Der Kaiser Probus bewilligte, nachdem der Kaiser Tacitus und sein
Bruder Florianus in Kleinasien besiegt und umgekommen waren (276),
Varahran II. zuerst einen Frieden, sah sich aber dann genöthigt, die Waffen
zu ergreifen. Er wurde auf dem Marsch ermordet, auch sein Nachfolger Carus
starb bald (283), nachdem er schon bis Ktesiphon vorgedrungen war. Das
Erscheinen des Diocletianus in Armenien verhinderte weitere Kriegspläne.
Varahran unterwarf die von den Saken besetzte Landschaft Sakastan (Sistan)
und setzte seinen Sohn Varahran zum Fürsten derselben ein, weshalb dieser
den Beinamen Segan-saa (König der Saken) führte. Er überlebte seinen
Vater nur um 4 Monate (292).

Narses 292—301.

Narses, ein Sohn Sapors I., wurde von Galerius zweimal besiegt, schlug aber dann die Römer gänzlich aufs Haupt, worauf Galerius, durch eine zweite Armee unterstützt, wieder die Perser besiegte. Narses selbst wurde verwundet, seine Schätze, sein Harem und das Gepäck fielen den Römern in die Hände, und er erkaufte den Frieden durch Abtretung von fünf Provinzen, worauf er bald vor Kummer starb. Narses ist auf einem Relief in Schapur abgebildet, in der Weise wie seine Vorgänger Ardeschir und Sapor das Abzeichen der Herrschaft erhaltend. Die Inschrift lautet: „Bild des mazdajasnischen göttlichen Narsahi, Königs der Könige von Iran und Aniran, von himmlischem Geschlecht, Sohn des göttlichen Schahpuhr, des Königs der Könige von Iran und Aniran, von himmlischem Geschlecht, Enkel des göttlichen Artachschatr, des Königs der Könige."

Ormizd II. 301—309.

Der letzte dieser wenig ruhmreichen ältern Sasaniden war der kränkliche Ormizd, der den König von Gassan besiegte, aber von den Arabern aus Rache auf der Jagd verwundet wurde. Als sein Tod nahte, setzten die Großen des Reiches die Krone auf die Brust seiner Gemahlin, welche ein Kind erwartete. Der junge Sprößling war wirklich ein Knabe, dessen Herrschaft nach dieser frühen Verleihung der Königswürde 70 Jahre dauerte.

Sapor II. 309—380.

Sapors Regierung ging darauf aus, das persische Reich in seiner Integrität herzustellen und im Innern zu befestigen. Er züchtigte die arabischen Stämme, welche aus Bahrein Einfälle in persisches Gebiet machten und drang weit ins innere Arabien vor.

Er benutzte die Wirren, welche durch den Tod des Constantin (22. Mai 337) entstanden, zur Besetzung der an die Römer abgetretenen Provinzen. Constantius rückte gegen die Perser ins Feld, und es wurde mit wechselndem Glücke gekämpft. Doch mußte Sapor

Silberdrachme Sapors II.

die Belagerung von Nisibin aufgeben (338). Auf den Rath des Antoninus, eines römischen Offiziers, der sich gekränkt fühlte und zu den Persern desertirte, zogen diese gegen Syrien, wurden jedoch am Euphrat durch die Römer zurückgehalten. Sapor belagerte nochmals Nisibin (346), nahm sodann aber Singara ein (348) und rückte zum dritten Male gegen Nisibin heran (April 350). Die Römer hatten zur Verhinderung seines Vordringens das

Land verwüstet, Saaten und Weinberge zerstört, Bäume gefällt, ja in ihren
eigenen Territorien, welche sie schützen wollten, Räubereien begangen. Sapor
umgab die Stadt mit einem Belagerungswall von Pfählen, Faschinen und
Erde, und leitete den bei der Stadt fließenden Mygdonius (Tjachdjacha)
zwischen den Wall und die Stadtmauern; die Belagerungsmaschinen und
die Soldaten ließ er auf Schiffen gegen die Mauern führen, während vom
Wall aus geschossen wurde. Die Belagerten richteten durch Geschosse, Steine
und feurige Pfeile so viel Schaden an, daß Leichen und Schiffstrümmer im
Wasser schwammen. „Die Fluth," singt der heil. Ephraem, „wagt auf unsere
Mauern sich zu wälzen, aber sie werden von der Allmacht aufrecht erhalten,
welche alles aufrecht erhält. Sieh, meine Söhne sind gesetzt zwischen die
Zornigen (Ketzer) und die Schrecklichen (Perser), verleih mir Frieden, o Herr,
mit den innern Feinden, und demüthige die äußeren, und mache zwiefältig
meinen Sieg! Dreimal drang zu mir der wüthende Mörder, aber Christus
wird dreifach seine Gnade walten lassen! Höre meine Lämmer, welche die
Wölfe erblickten und zu dir schreien. Wenn die Herde die Wölfe erblickt,
flüchtet sie zu dem Hirten und sucht Schutz unter seinem Stabe, der die
gefräßigen forttreibt. Sieh die Angst der Herde — dein Kreuz sei der Stab,
der die Bürger forttreibt." Obwohl eine Bresche in die Mauer gelegt
wurde und das Wasser zerstörend wirkte, vermochte man doch nicht in die
Stadt zu dringen, weil Elephanten und Rosse in dem aufgeweichten Boden
nicht fortkamen. Nach fast viermonatlicher Belagerung zog Sapor ab, nicht
bloß weil er an der Einnahme der Stadt verzweifelte, sondern auch weil in
andern Theilen des Reiches Empörungen seine Gegenwart erheischten. Constantius suchte vergeblich Frieden zu stiften; 359 begann der Krieg aufs
neue. Da der Euphrat ausgetreten war, zog Sapor nordwärts vor Amida
(Diarbekir), welches er im October nach 73tägiger Belagerung erstürmte;
nachdem er mehrere feste Orte, worunter Anzit (am Subeneh-Su, wo einst
Tiglatpileser sein Bild aufgestellt hatte), eingenommen, zog er zurück über
den Tigris und eroberte Singara zum zweiten Male (360) und Bezabde,
welches mit einer Besatzung belegt und gegen Constantius erfolgreich vertheidigt wurde; jedoch wurde er vor der Stadt Virta (nördlich von Nisibin)
zurückgeschlagen. Constantius' Nachfolger Julian hatte Anfangs mehr Glück;
er zog 363 den Tigris herab bis vor Ktesiphon. Die Perser brachten das
römische Heer durch Verwüstung der Ländereien in Proviantmangel, und
Julian zog sich nach Cordnene zurück. In der Nähe von Samarra stieß er
auf ein persisches Heer unter dem Arsakiden Meren (d. i. Mihran) und
zwei Söhnen des Sapor. In der Schlacht wurde Julian erschossen, und
Jovian, von den Persern bedrängt, mußte in die Rückgabe der fünf Provinzen
und der römischen Hauptstadt Nisibin willigen. Die Bewohner dieser Stadt
wurden genöthigt, nach Amida überzusiedeln. Der hierbei geschlossene Friede
wurde von Sapor gebrochen, indem er in Armenien eindrang. Ein Kind
Chosroes des Großen († 258), Tiribates, wurde vor den Verfolgungen

Ardeschirs geflüchtet und in Rom erzogen. Nach längerem Interregnum kam dieser Tiridates durch römischen Einfluß auf den armenischen Thron (286). Gregor der Erleuchter trat unter ihm auf, wurde zunächst 14 Jahre gefangen gehalten, worauf er den König und einen großen Theil der Nation zum Christenthum bekehrte und Patriarch von Armenien wurde. Im Jahre 319 unternahm der König in Gesellschaft des Heiligen eine Reise nach Rom, wo er ein Bündniß mit Constantin, der damals noch neben Licinius regierte, abschloß. So war Armenien wieder an die einheimische Dynastie gekommen, welche erst 428 gestürzt und durch persische Statthalter oder Marzpane ersetzt wurde. Der Sohn des Tiridates, Chosroes II. der Kleine, kam nach zweijähriger Anarchie auf den Thron und schloß mit Persien Frieden. Mose von Chorene berichtet von ihm, daß er ein leidenschaftlicher Jäger gewesen sei und am Flusse Azad (dem Eleuthercs der Alten, einem Nebenfluß des Aras) einen großen Park angelegt habe, der nach ihm Chosrovakert hieß; auf einer Anhöhe habe er einen Palast errichtet, der Dovin genannt wurde. Aus dieser Anlage entwickelte sich durch Zuzug aus dem benachbarten Arba= schad eine Stadt, welche die arabischen Geographen Dabil nennen und wo in der ältern Zeit des Islam der Sitz der Regierung war. Chosroes brach mit Sapor, bevor es jedoch zum Kampf kam, starb er und wurde in der Königsgruft von Ani bestattet. Man wünschte seinen Sohn Tiran als Nachfolger, aber Sapor beabsichtigte, seinen Bruder Narses zum König zu machen. Das Unternehmen mißglückte, und Constantius brachte Tiran auf den Thron, der an beide Staaten, Byzanz und Persien, Tribut zahlte, aber thatsächlich, namentlich durch die Intrigen der Geistlichkeit auf Seite des ersteren stand. In der Folge lockte ihn Sapor in seine Gewalt, ließ ihn blenden und setzte den Sohn desselben, Arschak III. (Arsakes) auf den Thron. Später erregte auch dieser die Unzufriedenheit Sapors, und er ließ ihn durch den Arsakiden Alanaiozan gefangen nehmen und in dem Schloß der Ver= gessenheit, Anjusch oder Andmesch, einkerkern. Es war bei Todesstrafe ver= boten, selbst den Namen eines Gefangenen von Andmesch zu nennen. Ein treuer Diener des Unglücklichen erlangte jedoch von Sapor die Erlaubniß, seinen Herrn nur einmal besuchen und ihm ein Mahl bereiten zu dürfen. Arschak ergriff ein Tischmesser und brachte sich um, ebenso gab sich der Diener den Tod, um seinen Herrn nicht zu überleben.

Sapor verlegte den Sitz der Könige aus der Persis nach Ktesiphon, der Hauptstadt der Parther. Die armenischen Geschichtschreiber erzählen noch von siegreichen Kämpfen Sapors gegen die Chazaren und den Fürsten von Sinnit, der zuerst bis Ktesiphon vorgedrungen sein soll. Sapor hat zweimal die Christen verfolgt, weil sie mit Byzanz Beziehungen unterhielten; unter andern starb der Bischof von Seleukia und Ktesiphon, Simeon, den Märtyrertod. Ein christlicher Geschichtschreiber Armeniens spricht ausdrücklich aus, daß die Christen von den Persern wegen politischer Umtriebe bestraft wurden, wie denn mit dem Aufkommen des Nestorianismus, der im römischen

Reich als Ketzerei galt, die Verfolgungen aufhörten. Man erbaute Feuertempel in Armenien, ließ aber von der Bekehrung der Christen zum Zoroastrismus ab, als man bemerkte, daß dieselbe nur zwangsweise geschehen konnte,
denn, sagt Elische, nach Ansicht der Perser zürnen die Götter denen, welche
die Religion nicht von Herzen bekennen. Wenn aber die Christen selbst die
heiligen Stätten der Zoroastrier mit Wuth und Hohn zerstörten und die
Feuerpriester mit Stöcken prügelten, wie denn überhaupt die armenischen
Christen ihren Zoroastrischen Feinden an Grausamkeit nicht nachstehen, ja sie
überbieten (wie man aus den Erzählungen eines Elische ersehen kann), so
müßten die Perser Engel gewesen sein, um nicht Repressalien zu üben; ein
persischer Großer Denschapuh wurde von Jezdegerd II. beauftragt, den
armenischen Bischof Sahak zu vernehmen über die von ihm vorgenommene
Zerstörung eines Feuertempels, und er tödtete ihn, nachdem dieser folgendes
mit anscheinender Märtyrerfreiheit, in der That aber mit nur wenig ver-
hülltem Hohn vorgetragene Geständniß abgelegt hatte: „Ich ging in den
Feuertempel, wo Magier vor dem brennenden Feuer standen. Ich fragte sie,
was sie von diesem Cultus dächten. Sie antworteten, sie wüßten nichts,
als daß ihre Ahnen diese Sitte gehabt und daß es der König befohlen
habe. Was wißt ihr von der Natur des Feuers? haltet ihr es für den
Schöpfer oder für ein Geschöpf? Sie sagten: wir halten es nicht für den
Schöpfer, es gibt den Arbeitern nicht einmal Ruhe, unsere Hände sind hart
von der Axt, unser Rücken schwielig von den Holzlasten, unsere Augen krank
durch das Thränen vor dem Feuer, unsere Gesichter geschwärzt. Wenn man
ihm wenig Nahrung gibt, wird es hungrig, wenn gar keine, so stirbt es;
wenn wir an dasselbe treten und anbeten, so brennt es uns, wenn wir fortgehen, wird es zu Asche. Ich fragte: wisset ihr, wer euch so gelehrt hat?
Sie antworteten: unsere Gesetzgeber sind blind in ihrem Geist, während
unser König am Leib einäugig (Jezdegerd hatte ein Auge verloren) und im
Geist blind ist. Ich quälte sie darauf etwas mit einem Prügel, ließ sie das
Feuer ins Wasser werfen und jagte sie hinaus."

Ardeschir II. 380—384.

Der Sohn Sapors, Ardeschir, wurde nach 4 Jahren abgesetzt und es
folgte ein andrer Sohn, Sapor III. (381—386). Er kam in einer Meuterei
der Soldaten um. An der schon erwähnten Oertlichkeit Taki Bostan bemerkt man
zwei in den Fels gehauene Gewölbe, deren Eingänge verzierte Bogen bilden.
Der größere Bogen ist 25 Fuß breit; in den Eden über dem Bogen schweben ge-
flügelte weibliche Gestalten, ganz ähnlich den Victorien der römischen Triumphbogen. In dem 20 Fuß tiefen, 50 Fuß hohen Gewölbe findet sich zu unterst
zwischen zwei korinthischen Säulen der oben (Seite 159) abgebildete Reiter,
welchen das Volk Rustam nennt. Ueber ihm läuft ein Fries her, und in
dem oberen Theile des Bildwerks befinden sich drei Figuren, in der Mitte

Sapor II. mit einem geflügelten Helm mit Halbmond und ballonartigem
Aufsatz. Dem König zur Rechten steht Anahita mit Zinnenkrone, Mantel
und Halbmond, ihr Kleid reicht über die Füße hinab. Sie hält mit der
rechten Hand den Ring der Herrschaft, mit der linken gießt sie ein Gefäß
aus. Zur Linken des Königs steht ein Mann mit einer Krone ähnlich der
des Sapor. Die Seitenwände der Grotte zeigen Jagdscenen; auf der einen
wird eine große Menge Wildschweine gejagt, welche das Gebüsch eines großen
Parks durchbrechen, und die ganze Wildbahn ist von Tüchern (Lappen) um=
geben. Die Jäger sitzen auf Elephanten, und in der Mitte schwimmen auf
einem Wasser zwei Barken mit einem bogenführenden Jäger, der die andern
Figuren, Ruderer und harfenspielende Frau, überragt. Hinter jeder Barke
schwimmt eine kleinere mit mehreren Harfenspielerinnen und einem Ruderer;
in einer weiter entfernten Barke sitzen singende oder musicirende Männer.
An der gegenüberliegenden Wand ist eine Hirschjagd dargestellt; der König
sitzt zu Roß (fast ganz von vorn abgebildet), den Bogen um den Hals ge=
hängt, hinter ihm ein Schirmträger; ein galoppirender Reiter (wohl Sapor III.)
schießt einen Pfeil ab; zahlreiche Jäger zu Pferd, Hirsche von Hunden ver=
folgt, Musikanten mit Harfen und Jagdtrompeten, sowie Kameele, welche
das erlegte Wild tragen, beleben die sehr kunstvolle Darstellung. Das zweite
Gewölbe ist nur 12 Fuß breit und 19 Fuß tief, und zeigt zwei Figuren
in natürlicher Größe. Inschriften in Pehlewi zu beiden Seiten lauten:
„Bild des mazdajasnischen Königs Schahpuhri, Königs der Könige von Iran
und Aniran, von himmlischem Geschlecht von den Göttern (Izeds), Sohn
des mazdajasnischen Königs Auharmazd (Ormizd II.), des Königs der Könige
von Iran und Aniran, von himmlischem Geschlecht von den Göttern (Izeds),
Enkels des Königs Narsahi des Königs der Könige". Die andere lautet:
„Bild des mazdajasnischen Königs Schahpuhri (Sapor III.) des Königs der
Könige von Iran und Aniran, von himmlischem Geschlecht von den Göttern,
Sohn des mazdajasnischen Königs Schahpuhri des Königs der Könige von
Iran und Aniran, von himmlischem Geschlecht von den Göttern, Enkels des
Königs Auharmazd des Königs der Könige". Der Bruder Sapors, Barahran
(Bahram) IV. war Statthalter von Kerman und hieß daher Kerman=Schah;
auch er wurde 397 in einem Aufstand der Soldaten getödtet. Im Besitze
des Herzogs von Devonshire befindet sich das Siegel dieses Fürsten, ein
Amethyst mit seinem Bildniß und einer Inschrift, welche lautet: „Barahran,
König von Kerman, Sohn des mazdajasnischen göttlichen Schahpuhri, des
Königs der Könige von Iran und Aniran himmlischen Geschlechtes von den
Göttern (Izeds)".

Jezdegerd I. 397—417.

Sein Sohn Jezdegerd wurde „der Böse" genannt. Der König Chosrov III.
von Armenien war von Ardeschir II. gefangen genommen, und es war Bahram
Sapor auf den Throu gesetzt worden; nach dessen Tod ersuchten die Ar=

menier den Jezdegerd, ihnen den noch lebenden gefangenen Chosrov zum
König zu geben. Dem Wunsch wurde willfahrt, aber der bereits hochbetagte
Fürst regierte nur acht Monate (413), worauf Jezdegerd vorzog, seinen eignen
Sohn Sapor als König von Armenien zu inthronisiren. Als Jezdegerd starb,
begab sich Sapor nach Ktesiphon, um seine Ansprüche als Nachfolger seines
Vaters geltend zu machen, wurde aber ermordet, worauf in Armenien eine
Anarchie ausbrach, die erst aufhörte, als Varahran V. nach dem Vorschlag
des Katholikos Sahak den Sohn des Bahram Sapor, Arbasches IV., als
König einsetzte.

　　Jezdegerd lebte mit dem Kaiser von Byzanz auf freundschaftlichem Fuße.
Man erzählt, er sei von Arkadios testamentarisch zum Vormund seines
jungen Sohnes Theodosios eingesetzt worden und habe dies Vertrauen durch
kräftige Vertheidigung des Friedens beider Reiche gerechtfertigt. Allerdings
kam es zu keinem Kriege zwischen Rom und Persien, allein die angebliche
Vormundschaft reducirt sich darauf, daß Jezdegerd einen gelehrten Perser,
welcher bisher in der Nähe des Vezirs Narses gelebt hatte, nach Byzanz
sendete, damit der junge Theodosios von ihm unterrichtet werde. Auch ist
gewiß, daß Jezdegerd den Christen nicht feindlich gesinnt war; er verkehrte
oft mit dem mesopotamischen Bischof Maruthas, welcher wiederholt als Gesandter des Kaisers an den persischen Hof ging. Trotzdem kam es 414 zu
einer Christenverfolgung, zu welcher die Magier den König reizten, deren
nächste Veranlassung aber die Unvorsichtigkeit der Christen selbst war. Ein
Bischof Abbas hatte einen Feuertempel in der Persis verbrennen lassen; die
Magier erhoben Klage bei Jezdegerd, und dieser befahl den Tempel wieder-
aufzubauen. Trotz der Drohung des Königs, im Fall des Ungehorsams die
christlichen Kirchen zu zerstören, wurde dem Befehl nicht Folge gegeben, und
die Verfolgung wurde ins Werk gesetzt und dauerte fünf Jahre, nach einigen
Nachrichten noch ungleich länger. Sie dehnte sich auch auf Armenien aus,
wo viele Christen ins römische Reich auswanderten.

　　Jezdegerd war übrigens mißtrauisch und grausam; sein plötzlicher Tod
verursachte daher wenig Trauer: er weilte in Tus, um dort an der Heil-
quelle Sav Linderung eines Leidens zu finden; ein unbändiges Roß, welches
er selbst zu satteln versuchte, versetzte ihm einen Tritt ins Gesicht, wodurch
er augenblicklich starb.

Varahran V. 417—438.

　　Da die Kinder Jezdegerds nicht lebensfähig waren, so wurde auf Varahran besondere Sorgfalt verwendet; er wurde als Säugling von einer persischen Amme begleitet nach Hira zu dem befreundeten arabischen Vasallenkönig Noman, Sohn des Imru 'l Kais, gebracht, weil jene Stadt sich durch
eine vortreffliche Luft auszeichnete. Das Reich von Hira umfaßte zur Zeit
seiner Blüthe die Länder zwischen Syrien und Bahrein, und erstreckte sich

in Mesopotamien bis in die Gegend von Mosul. In Hira erhielt der kleine
Barahran noch zwei arabische Ammen, wie die persische aus vornehmem Ge=
schlecht, und um das Kind recht reine Luft genießen zu lassen, ließ ihm der
König von Hira durch einen byzantinischen Architekten Sinimmar ein thurm=
ähnliches Schloß erbauen, dessen Höhe und Pracht sprüchwörtlich wurden.
Es bestand aus zwei Theilen, von denen der eine, Chawarna der Speise=
saal, der andere Sedir die drei Gewölbe hieß. Man übersah auf der
einen Seite die ungeheure Fläche der Wüste, aus welcher eine gesunde Luft
heranwehte, auf der andern die wohl angebauten Lande, welche der Euphrat
bewässert. Hier blieb Barahran bis zum zehnten Jahre, zugleich mit Noman,
einem Sohn des Mundsir, des Sohnes Noman. Seine Erziehung wurde
von griechischen und arabischen Lehrern geleitet. Er wurde ein sehr starker
und gewandter Mann. Er erschoß auf der Jagd mit einem Pfeil einen
Löwen zugleich mit einem Wildesel, auf den sich jener gestürzt hatte, und
diese That ward in einem Gemälde im Chawarna verewigt, Barahran aber
erhielt den Beinamen Gor (Wildesel).

Ein Einfall der Türken wurde von Barahran über den Oxos zurück=
geschlagen; die Krone des Chakans, welche mit vielen Edelsteinen und Perlen
erbeutet worden war, stiftete man in den Feuertempel von Aderbeidjan, die
gefangene Frau des Türkenfürsten wurde zur Tempeldienerin gemacht. Ba=
rahran ordnete eine Verfolgung der Christen an, welche ihn dadurch in Colli=
sion mit dem oströmischen Reich brachte, daß Theodosius sich weigerte, die
über die Grenze entflohenen Christen auszuliefern. Es kam zum Krieg, und
der Feldherr der Perser, Narses, ein Bruder des Königs, wurde geschlagen
und zog sich nach Nisibin zurück, wo er zwar von Barahran entsetzt wurde,
doch erlitten die Perser noch verschiedene Niederlagen, die sie zu einem Friedens=
schluß zwangen. Es wurde freie Religionsübung im persischen Reich stipulirt;
freilich begannen doch alsbald wieder die Verfolgungen, aber minder heftig
als vorher, und sie würden gänzlich aufgehört haben, wenn Barahran gegen
den Fanatismus der unter den Sasaniden zu großer Macht gelangten Priester=
schaft stark genug gewesen wäre. Namentlich machte auf ihn großen Ein=
druck, daß Acacius, Bischof von Amida, 7000 von den Römern in Gefangen=
schaft geschleppte und übel behandelte Leute aus Arzanene (wo die erste
Schlacht gegen Narses stattfand) durch Veräußerung der Paramente und Ge=
fäße seiner Kirche aus der Gefangenschaft erlöste und mit Kleidern und Geld
ausgestattet nach Persien ziehen ließ. Barahran und diesen edlen Mann an
seinen Hof und bewilligte den Christen verschiedene Privilegien. In Arme=
nien beraubte Barahran den Ardasches IV., über welchen die armenischen
Großen Klage führten, des Thrones und setzte an Stelle des Königs einen
persischen Statthalter, den Marzpan oder Markgrafen Weh Mihr Schapur,
einen Arsakiden (428). Auch hatte er den Patriarchen Sahak, genannt 'der Parther',
ab=, und zwei Syrer nach einander eingesetzt; jedoch kam Sahak wieder zu seiner
Stellung und wurde in ihr besonders durch Mesrop unterstützt, welcher auch nach

13*

dessen Tod (440) das Patriarchat ein Jahr lang verwaltete, bis er selbst starb. Dieser Mesrop ist der Erfinder des armenischen Alphabets. Neue Alphabete treten bei entscheidenden Wendungen der Geschichte auf, und man sieht nicht nur in ihnen ein Schiboleth, woran man die Nationalität oder die Religion zu erkennen vermag, sondern es trennt auch für immer Völker verschiedener Religionen, welche vielleicht sonst durch den gleichen Grad ihrer Bildung ihre Eigenthümlichkeiten verwischt hätten. Als Ulfilas die Bibel übersetzte, vermied er die mit heidnischer Zauberei in Verbindung stehenden Runen und erfand das gothische Alphabet; die Perser verließen das Pehlewi= alphabet der Feueranbeter und adoptirten das arabische ihres neuen Religions= buches, des Koran. So hatten die Armenier sich anfangs (abgesehen von den Keilschriftzeichen des höchsten Alterthums) sogenannter Neschau (Zeichen), anscheinend Abkürzungen von Wörtern, sodann aber, bei ausführlicherem Schreiben, des griechischen, syrischen und pehlewi Alphabet bedient; es mußte aber bei Ausbreitung des neuen Glaubens eine Schrift für die in der Landessprache geschriebenen heiligen Bücher erfunden werden, welche selbst, als Instrument der Verbreitung göttlicher Wahrheiten, den Charakter der Heiligkeit gewann. Anfangs war das neue Alphabet, einem syrischen Bischof Daniel zugeschrieben, nicht ausreichend, die Laute der armenischen Sprache, welche sehr zahlreich und eigenthümlich sind, zu bezeichnen, bis Mesrop ihm seine jetzige Gestalt gab (397). Das sogenannte Alphabet des Daniel war dem syrischen nachgebildet, hatte aber von den 22 Buchstaben desselben 5 weggelassen, weil diese in der armenischen Sprache sich nicht fanden, so daß das Alphabet aus nur 17 Zeichen bestand. Mesrop fügte 19 hinzu, so daß sein Alphabet 36 Zeichen enthält. Der Mönch Rufinus, welchen Mesrop in Samosata (beide Schriftsteller, welche von dieser Erfindung reden, Mose von Chorene und Koriun, schreiben Samos) aufsuchte, war geübt in der griechischen Kalligraphie, und es scheint, daß besonders durch dessen Beihülfe das armenische Alphabet zu Stand kam, welches auf Grundlage der syrischen Consonantenschrift zu einer echten Buchstabenschrift nach griechischem Muster umgebildet wurde. Die Erfindung kam auch den Iberern und Albanern zu gut, deren Alphabete von dem armenischen abgeleitet wurden; das alba= nische ist uns unbekannt, das iberische (georgische) hat zwei Gattungen, die heilige Uncialschrift oder Chuzuri und die später daraus entwickelte Cursiv= schrift Mkedruli.

Jezdegerd II. 438—457.

Jezdegerd erneuerte den Frieden mit den Römern und behielt den Theil von Armenien, welcher von da an Persarmenien hieß, während Byzanz das übrige Land unter seine Oberhoheit brachte. Theodosius erbaute die Festung Theodosiopolis (Erzerum) und bewog den Perserkönig, eine Christenverfolgung, welche in großer Heftigkeit ausgebrochen war, einzustellen. Jezdegerd hatte viele Kämpfe zu führen gegen die Hunnen oder Hephthaliten, welche sich in

Kuſchan (dem alten Baktriana) feſtgeſetzt hatten. Eine zweite Chriſten-
verfolgung richtete ſich gegen die inzwiſchen chriſtianiſirten Armenier,
und über dieſen merkwürdigen Religionskrieg haben wir einen genauen Bericht von dem armeniſchen Geſchichtſchreiber Eliſche, welcher nach einer
Nachricht als Secretär des Feldherrn Wardan den Krieg mitmachte, ſich
ſpäter, betrübt über das Schickſal ſeines Vaterlandes, in die Einſamkeit
zurückzog und 480 ſtarb. Man verſuchte zuerſt die Armenier durch Ver-
waltungsmaßregeln, durch Stiften von Zwietracht in den vornehmen Familien
und durch Beſteurung der Kirchen zum Aufgeben der chriſtlichen Religion,
womit ein engerer Anſchluß an Perſien und Entfremdung von Byzanz bewirkt worden wäre, zu nöthigen; als dieß nichts fruchtete, ließ der König
durch die Prieſterſchaft ein Manifeſt ausarbeiten, welches der perſiſche Wezir
Mihr Nerſeh (ein Arſalide, der ſeinen Stammbaum auf den alten Helden
Zöſenbiar zurückführte) in Armenien bekannt machen ließ. Dieſes merkwürdige Document iſt uns von Eliſche aufbewahrt; auch der Geſchichtſchreiber
Lazarus von Pharp überliefert den Wortlaut eines Manifeſtes, welcher aber von
dem des Eliſche abweicht; gewiß iſt der letzere zuverläſſiger; das Manifeſt lautet
folgendermaßen: „Ihr ſollt wiſſen, daß Jedermann, welcher unter dem Himmel
wohnt und nicht die Geſetze der Mazdajasnareligion hält, taub und blind
und von den Divs des Haraman getäuſcht iſt; denn ehe Himmel und Erde
waren, opferte Zrovan die große Gottheit 1000 Jahre lang und ſprach:
'Wenn vielleicht mir werden wird ein Sohn, Ormizd mit Namen, ſo wird
er ſchaffen Himmel und Erde'; und ſie empfing zwei im Mutterſchooße, den
einen, weil ſie geopfert, den andern, weil ſie 'vielleicht' geſprochen hatte.
Als ſie merkte, daß zwei in ihrem Schooße waren, ſagte ſie: 'Welcher zuerſt
herauskommt, dem gebe ich das Königreich'. Aber der, welcher in Ungläubig-
keit empfangen war, durchbrach den Leib und kam heraus; es ſprach zu ihm
Zrovan: 'Wer biſt du?' er ſprach: 'Dein Sohn bin ich, Ormizd'. Zrovan
ſprach: 'Mein Sohn iſt leuchtend und wohlduftend, du biſt finſter und Böſes
liebend', und als er ſehr bitter klagte, gab ſie ihm das Königreich tauſend
Jahre. Als ſie gebar den anderen Sohn, nannte ſie ihn Ormizd; ſie nahm
das Reich von Arhmen, gab es dem Ormizd und ſprach zu ihm: 'Bis jetzt
brachte ich dir Opfer, jetzt bring du ſie mir', und Ormizd ſchuf den Himmel
und die Erde. Aber Arhmen wirkte Uebles entgegen; und ſo ſcheiden ſich
die Schöpfungen, die Engel ſind von Ormizd, die Divs von Arhmen, und
alles Gute, was im Himmel und hier geſchieht, iſt von Ormizd, und alle
Sünden, welche dort und hier gethan werden, die ſchuf Arhmen. Ebenſo
was auf Erden ſchön iſt, das ſchuf Ormizd, und was nicht ſchön iſt, das
ſchuf Arhmen, wie auch Ormizd den Menſchen ſchuf, und Leiden, Krankheiten
und Tod Arhmen ſchuf; alles Ungemach und Unglück, was vorhanden iſt,
und Kriege der Erbitterung ſind die Werke des übeln Theiles; aber Glücksfülle
und Herrſchaften, Ehren und Würden, Geſundheit des Leibes, Schönheit des
Geſichts, Kunſt der Rede und Langlebigkeit an Jahren, dieſe nehmen vom

Guten den Bestand; und alles was nicht auf diese Weise ist, in das ist ge=
mischt die Schöpfung des Bösen. — Alle Menschen sind wahnsinnig, welche
sagen, daß Gott den Tod geschaffen habe und daß Bös und Gut von ihm
seien; vornehmlich wie die Christen sagen, daß Gott neidisch sei wegen einer
von dem Baume gegessenen Feige, den Tod geschaffen und den Menschen in
jene Strafe geworfen habe; einen solchen Neid hat nicht einmal ein Mensch
gegen einen Menschen, geschweige denn Gott gegen einen Menschen. Wer
dies sagt, ist taub und blind und von den Tiws des Haraman getäuscht.
Wiederum sagen die Christen noch eine andere Thorheit: Gott, welcher Himmel
und Erde schuf, kam und ward aus einem Weibe geboren, welches Mariam
hieß, und ihr Mann war Joseph. Und einem solchen Menschen nachfolgend
sind viele bethört; wenn das Reich der Römer von so großer Thorheit un=
wissender Weise bethört ist und ausgeschlossen von unserer vollendeten Reli=
gion, so erfahren sie an sich selbst den Schaden (so ist das ihre Sache). Ihr
dagegen, warum raset ihr und folget ihren Thorheiten? Welche Religion
euer Herr hat, die habet auch ihr, besonders weil auch wir vor Gott für
euch Rechenschaft geben müssen. Glaubet nicht euern Priestern, welche ihr
Nazarener nennt, denn sie sind sehr trügerisch; was sie mit Worten lehren,
können sie mit Werken nicht auf sich nehmen: Fleisch essen nennen sie nicht
Sünde, aber sie selbst wollen es nicht essen; Heirathen ist verdienstlich, aber
selbst ein Weib nur ansehen wollen sie nicht. Wenn einer Reichthum sammelt,
sagen sie, so ist das sehr sündlich, und die Armuth loben sie gar zu sehr;
sie ehren die Unglücksfälle und tadeln das Glück; sie verlachen den Namen
Glück, und verspotten den Ruhm sehr. Sie lieben die Unschönheit der Tracht
und ehren die Ungeehrten mehr als die Würdevollen; sie loben den Tod und
tadeln das Leben, sie vernnehren die Geburt des Menschen und loben die
Kinderlosigkeit; und wenn Jemand auf sie hörte und sich mit Weibern nicht
verbinden wollte, so würde der Welt Ende schnell kommen. Aber ich wollte
nicht alles vollständig aufzählen für euch, denn schon dies ist genug von dem
Ansagen eurer Priester. Was aber noch schlechter ist als das eben Geschrie=
bene: sie predigen, daß Gott sei gekreuzigt worden von den Menschen, und
daß er gestorben und begraben und nachher auferstanden sei und sich in den
Himmel erhoben habe. War es denn eurer nicht würdig, sofort Urtheil zu
üben über solch unwürdige Lehren? Die Tiws, welche böse sind, werden
nicht gefangen und gequält von den Menschen, wie viel weniger Gott, der
Schöpfer aller Geschöpfe? welches euch Schande ist zu sagen und uns gar
sehr unglaubliche Worte. — Jetzt liegen zwei Dinge vor euch: entweder machet
Wort für Wort auf diesen Brief eine Entgegnung, kommt lieber euch, kommt
heraus und stellet euch zu dem großen (Gottes=)Gericht (des Krieges)."

Die Bischöfe Armeniens, den Katholikos Joseph (441—452) an der
Spitze, beantworteten das Manifest, wiesen in würdiger Sprache die Zumuthung,
dem Christenthum untreu zu werden, zurück und widerlegten die Vorwürfe
des Schriftstücks ausführlich; auch dieses Dokument ist von Elische, und in

abgekürzter Fassung auch von Lazarus von Pharp aufbewahrt worden. In=
dessen ließ der König zehn armenische Satrapen, unter ihnen den designirten
Generalissimus Wardan und den Wasak von Siunik, der später verrätherisch
gegen die Christen handelte, sowie iberische und albanische Adelige vor sich
fordern und verlangte von ihnen die Anbetung der Sonne. Als ̧sie sich
dessen weigerten und sich auf ihre bisherige Treue gegen ihn beriefen, hielt
er ihnen eine Rede, welche nach Elische etwa folgendes besagte: „Ich halte
es für ein Uebel den Tribut eures Landes in den königlichen Schatz auf=
zunehmen, und eure glänzende Tapferkeit für eine unnütze Sache, weil ihr
euch aus Unwissenheit von unsern unfehlbaren Gesetzen entfernt, die Götter
verachtet, das Feuer tödtet (auslöscht), das Wasser verunreinigt, die Erde
durch Vergraben von Leichnamen befleckt, und durch eure Irreligiosität dem
Ahriman zum Sieg verhelft. Was noch wichtiger als dieß ist, ihr nähert
euch nicht euern Frauen, und wenn ihr euch nicht bessert und die Lehre der
Magier annehmt, erfreut ihr die Devs (Teufel). Ich betrachte euch wie
verstreute Schafe, die in der Wüste herumirren, und ich fürchte, die Götter
werden im Zorn über euch uns die Strafe schicken. Wenn ihr also leben
und eure Seele wieder aufleben lassen, und wieder in Ehren aufgenommen
sein wollt, so habt ihr morgen unverzüglich zu thun, was ich befehle". Auf
die ablehnende Antwort der Satrapen erwiderte er, er werde die Ungehor=
samen in Ketten durch unwegsame Gegenden nach Sakastan schicken, und
viele würden während der Reise von der Hitze sterben, die übrigen würden
umkommen in der Festung und in Kerkern, aus denen kein Ausgang sei;
„ich werde große Armeen mit Elephanten in euer Land schicken, und Frauen
und Kinder nach Chudjastan (Susiana) transportiren, und Kirchen und
Heiligencapellen zerstören". Die Satrapen blieben standhaft und suchten
Leute am Hof zu bestechen, um den König von seinem Vorhaben abzubringen.
Während dieser Verhandlungen kam die Nachricht von einem Einfall der
Kuschan an, und der König zog eilig mit seinem Heer ihnen entgegen. Die
Gefangnen sandten nun einen Höfling, welcher heimlich getauft war, zum
König, um ihm ihre angebliche Verleugnung des Christenthums zu hinter=
bringen. Zum Schein erklärten sie in einem Feuertempel ihren Uebertritt
und richteten folgende Worte an den König: „Alle deine königlichen Vor=
fahren, welche vor dir auf dem Thron gesessen haben, hatten Anhänglichkeit
für uns und trugen Sorge für unser Glück und zeitliches Wohlergehen.
Aber du hast uns noch größere Zuneigung bewiesen, da du dich um unser
ewiges Heil bekümmertest, uns dasselbe anzeigtest, ja es uns gewährtest. Wenn
wir daher, o König, willig und gern deinen Vorfahren in allem was sie
befahlen gehorcht haben, so muß gerade gegen dich jeder von uns die Pflicht
dir zu dienen über sich nehmen, nicht als eine einzelne Person, sondern wie
mehrere zu einer verbunden, und Tag und Nacht ohne Unterlaß wachen für
diese unser bestes wollende Majestät, da du gedacht hast an das Heil unsrer
verirrten Seelen". Der König war mißtrauisch und behielt die Söhne des

Wasak, den Fürst von Iberien Aschuscha und andere als Geiseln zurück. Dieser Aschuscha, ein sogenannter Bĕdĕschŏch oder Fürst von Gogarene (Gugark) in Iberien, war mit Wardan verschwägert, indem der Bruder Wardan's eine Schwester der Frau Aschuscha's zum Weibe hatte, und ein kluger Fürst, welcher den Mesrop einst eingeladen hatte, seine Unterthanen christlich unterweisen zu lassen, an dessen Sitz auch der Geschichtschreiber Lazarus erzogen worden war und welcher in der verzweifelten Lage am Hof des Königs besonders den Wardan bestimmte nachzugeben. Später rettete er zwei Kindern seines Schwagers, des Bruders des Wardan, welche der Verräther Wasak geraubt und nach Persien vergeiselt hatte, das Leben, welches sie als Nachkommen eines Majestätsverbrechers (Rebellen) verwirkt hatten. Von diesem Fürsten besitzt das Pariser Münzcabinet ein zuerst von E. Q. Visconti bekannt gemachtes Siegel in Onyx mit dem Porträt desselben, welches eine gebogne Nase und sorgfältig gelocktes Haupt= und Barthaar zeigt; die Umschrift in griechischer Sprache lautet: „Usas pitiaxes Iberon Karchedon, d. i. (As)usa Bĕdĕschŏch der Karchedischen Iberer." Es wurden nunmehr Magier nach Armenien geschickt, um hier der persischen Religion Geltung zu verschaffen. Sie bemächtigten sich (nach Elische's Bericht) der Kirchengüter und entwickelten alle zusammen einen unbesieglichen Eifer. Sie verlangten, daß während eines Jahres in allen dem König untergebnen Orten alle kirchlichen Gebräuche abgeschafft, die Thüren der heiligen Gebäude versiegelt, die heiligen Geräthe schriftlich inventarisirt abgeliefert würden, das Singen von Psalmen nicht mehr gehört werden dürfe; man solle die Bücher der Propheten nicht mehr lesen, die Kinder nicht mehr von Priestern unter= richten lassen, Mönche und Nonnen sollten ihre geistlichen Kleider ab=, und weltliches Gewand anlegen. Dagegen sollten die Frauen der Satrapen, die Kinder der Vornehmen den Unterricht der Magier genießen, die christliche Ehe abgeschafft und Polygamie erlaubt werden, damit die armenische Nation sich mehre, Blutsverwandte sollten sich verheirathen dürfen; die Thiere sollte man nicht ohne vorheriges Opfer schlachten (man sehe oben Seite 81 unten), und zwar selbst Lämmer, Ziegen, Ochsen, Hühner und Schweine; man solle keinen Mehlteig bereiten ohne den Phandam (im Avesta Patidana, ein Tuch, welches vor den Mund gebunden wird, um eine Sache oder Person nicht mit dem Athem zu berühren oder mit Speichel zu bespritzen), keinen ge= trockneten Mist als Brennmaterial verwenden; man solle die Hände mit Urin einer Kuh waschen (nicht mit Wasser, welches dadurch unrein wird), nicht die Biber, Füchse und Hasen tödten, wohl aber Schlangen, Eidechsen, Frösche, Ameisen und alle Arten Gewürm vertilgen, sie einliefern und nach dem könig= lichen Maaße messen (eine große Quantität dieser Thiere zu tödten, ist ver= dienstlich und wiegt Sünden auf), überhaupt sollten alle Festdienste, Opfer und Schlachtopfer nach dem Ritus und in bestimmten Zeitpunkten und mit Rücksicht auf das Maaß der Asche (jedes Haus mußte ein bestimmtes Quantum Asche zum Beweis, daß die Vorschriften über die verschiednen Feuer richtig

beobachtet seien, vorzeigen können) vorgenommen werden. Während nun die
Perser einen Krieg zu vermeiden suchten, der persische Marzpan durch Zu=
vorkommenheiten, Veranstaltung von Banketen und Festen den Adel an sich
zu fesseln strebte, hatten die Geistlichen den Religionskrieg organisirt, wobei
auch viele Weiber bewaffnet wurden. Auf einer Versammlung, welche die
Geistlichkeit berief, wurde Wardan zum Oberbefehlshaber erwählt; ein Armenier,
welcher die Beschlüsse der Versammlung widerrieth, wurde in der Aufregung
gesteinigt. Man begann mit der Umzingelung der persischen Soldaten,
welche mit den Magiern gekommen waren, und eroberte die in persischem
Besitz befindlichen festen Plätze, wobei die Bewohner in Gefangenschaft ge=
schleppt, Häuser zerstört, die Feuertempel ausgeplündert und verbrannt wurden.
Der Kaiser Theodosios wurde, als nun ein feindliches Heer nahte, um Hülfe
gebeten; er starb aber schon am 28. April 450, und sein Nachfolger Marcian
versicherte die Perser, Armenien nicht unterstützen zu wollen. Dennoch er=
rangen die Armenier einen Sieg bei Chalchal an der Kura, der Winterresidenz
des albanischen Königs in der Provinz Uti. Die Albaner brachen jetzt aus
ihren Festungen im Kaukasus hervor und vereinigten sich mit den Armeniern,
worauf das Land kräftig verwüstet und viele Städte zerstört wurden. Jez=
degerd fühlte sich durch diese Mißerfolge bewogen, ein Toleranzedict für die
Christen zu erlassen, doch die Armenier trauten seiner Aufrichtigkeit nicht,
und Mihr Nerseh rückte im Frühjahr 451 nach Phaitakaran vor, während
der Verräther Wasak nach und nach viele Adelige und selbst christliche Priester
auf seine und auf Seite der Perser zu ziehen wußte. Den Armeniern unter
Arantzar glückte es, die Perser unter dem General Muschkan in einem Treffen
zu besiegen im Gau Artaz in Waspurakan (östlich vom Wan=See). Jedoch
fiel die zweite Schlacht, am 2. Juni 451, dem Vorabend des Pfingstfestes,
in der Ebene Avarair (in demselben Gau, in der Nähe von Maku) für
die Armenier unglücklich aus. Mihr Nerseh ließ die Elephanten vorangehen,
jeden umgeben von 3000 Geharnischten, und ordnete die Garde der Unsterb=
lichen 'wie ein uneinnehmbares Schloß'. Obwohl diese letzte Truppe von
den Armeniern in die Flucht getrieben wurde, so verloren sie doch die Schlacht
und ihren Feldherrn Wardan. Der neu eingesetzte Marzpan Adarormizd,
ein Arsakide, ließ die Häupter der Empörung vor sich fordern, den Bischof
des Gaues Reschtuni (an den südlichen Ufern des Wan=Sees) Sahak, der
ein Feuerhaus zerstört und die Feuerpriester gequält hatte, den Priester
Musche von Arbzruni (Waspurakan), desselben Verbrechens schuldig, und die
Priester Samuel und Abraham, welche in Artashat einen Tempel zerstört
hatten. Sie wurden über Einzelheiten des Kriegs befragt und nach Persien
geschickt. Inzwischen gab man den christlichen Gottesdienst wieder frei und
schenkte den Armeniern ihre confiscirten Besitzungen wieder; nur Wasak, von
welchem Briefe vorgefunden wurden, die ihn compromittirten und sein zwei=
deutiges Benehmen bloßstellten, wurde an den Hof eingeladen, und nichts
ahnend, vielmehr auf eine Ehrenbezeigung rechnend erschien er in einem

ihm vom König geſchenkten Staatskleid, mit der Stirnbinde und der gold=
geſtickten Tiara, mit dem Gürtel, der aus maſſivem Gold gearbeitet und mit
Perlen und Steinen incruſtirt war, mit dem Halsband und dem Ohrſchmuck
und mit dem Marderpelz auf den Schultern. Er begab ſich in den Saal,
welcher der Hof der Großen war. Der Herold hielt ihm hier ſeine Sünden
vor, das Ehrenkleid und ſonſtige Würdenzeichen wurden entfernt, er erhielt
ein Kleid wie ein verurtheilter Verbrecher und wurde auf einer Stute in
den Kerker abgeführt. Er erlag einer Krankheit, welche Eliſche mit ſicht=
licher Genugthuung ausmalt. Man könnte dieſen Fürſten, deſſen hauptſächliches
Verbrechen es war, daß er andere armeniſche Fürſten, beſonders den Wardan,
zu verdrängen und alsdann durch die Perſer zu höchſten Ehren zu gelangen
ſuchte, ohne große Mühe von dem Brandmal befreien, welches ihm ſeine
chriſtlichen Landsleute aufgedrückt haben.

Jezdegerd zog nochmals gegen die Hephthaliten (455). Ein Chriſt
verrieth dem Feinde die Stellung der Perſer, und ein Theil derſelben wurde
ſo geſchlagen, daß Jezdegerd den Feldzug aufgab. Erbittert über die Chriſten
ließ er den gefangnen armeniſchen Prieſtern, welche den Verräther aufgemuntert
hatten, durch Denſchapuhr den Proceß machen. Der Oberprieſter von Abar
(Niſchapur), der gelehrteſte unter den perſiſchen Prieſtern, welcher den Titel
Hamalben (d. i. die ganze Religion kennend) führte und den Anpartgaſch
und Bozpait und alle Pehlewibücher kannte, hatte bereits ein Verhör vor=
genommen. Eliſche läßt jetzt den heiligen Männern zu Gefallen einige
Wunder geſchehen, in deren Folge der Hamalben belehrt wird. Der König
forderte vergeblich Widerruf, worauf er verbannt wurde. Die armeniſchen
Geiſtlichen wurden zum Tod verurtheilt. In einem Verhör wurde ihnen
vorgeſtellt, daß ſie durch den Uebertritt zur perſiſchen Religion ſich und ihre
Mitgefangnen retten würden. Movan, welcher dem Denſchapuhr beigeordnet
war, ſagte: „Die Götter ſind gütig und behandeln die Menſchen großmüthig,
damit dieſe erkennen und bekennen ihre Kleinheit und die Größe jener, da=
mit ſie die Gaben der Erde wahrnehmen, welche dem Könige als Eigenthum
in die Hände gegeben ſind; aus ſeinem Munde kommen Befehle über Leben
und Tod. Ihr habt nicht die Macht euch ſeinem Willen zu widerſetzen,
noch euch der Anbetung der Sonne zu entziehn, welche das Weltall erleuchtet,
durch ihre Wärme die Nahrung für Menſchen und Thiere reift, und welche
wegen ihrer unparteilichen Milde und gleichmäßigen Freigebigkeit Gott Mihr
(Mithra) heißt, denn ſie hat weder Argliſt noch Unwiſſenheit. Wir haben
deßhalb Mitleid mit eurer Unwiſſenheit, weil wir gegen Menſchen nicht Haß
hegen, wie wilde Thiere, die nach Fleiſch hungert und nach Blut dürſtet.
Macht ein Ende eurm frühern Vergehen und eurm jetzigen Benehmen, da=
mit den andern die Barmherzigkeit des Königs zu gut kommt.‟ Denſchapuh
fragte den Biſchof Sahak: ‘Haſt du wirklich das Feuerhaus in Röſchtuni
zerſtört? Haſt du das Feuer getödtet? Auch habe ich vernommen, daß du die
Magier gepeinigt und die Cultusgeräthe entführt haſt. Wenn du dieß ge=

than, berichte mir'. Sahak antwortete: „Du wünschest es von mir zu wissen und weißt es schon". Denschapuh: 'Ein Bericht ist etwas anderes als der Sachverhalt'. Der Bischof: „Nenne mir freimüthig die Thatsachen". 'Ich vernahm, daß alle in Röschtuni angerichteten Beschädigungen dein Werk seien.' „Da man dir dergleichen erzählt hat, warum forderst du noch neue Berichte?" 'Ich will die Wahrheit von dir selbst hören'; „du willst nichts von mir hören zu deinem Besten, sondern dich gelüstet innerlich nach meinem Blut." Denschapuh: 'ich bin kein wildes, blutgieriges Thier, sondern ein Rächer der verhöhnten Götter'. Die weitere Rede des Bischofs ist bereits oben (Seite 192) angeführt worden. Denschapuh, erzürnt über die Beleidigung seines Königs, sprang auf und verwundete den Bischof mit dem Schwert an der Schulter, worauf er starb; die andern Priester wurden enthauptet. Mehr als dreißig vornehme Armenier wurden in der Nähe des Königs gefangen gehalten, doch gewährte man ihnen mit seltner Milde — da sie doch als Hochverräther verhaftet waren — ein ihrem Stand angemessenes Leben und erlaubte ihnen sogar in das Heer einzutreten, ja der Sohn Jezdegerds ließ sie auf ihre Besitzungen zurückführen, nachdem sie zwölf Jahre im Gebiet von Herat verweilt hatten.

Von den Frauen der Satrapen erzählt Elische: „Die Frauen der Satrapen und andere vornehme Frauen waren in Abwesenheit ihrer Gatten in tiefster Trauer. Sie schliefen mit ihren Dienerinnen auf der Erde, auf brauner Matte und schwarzen Kopfkissen, sie hatten keine besondere Speisen und Köche, wie es bei Edlen Sitte ist. Es war keine, welche (vor dem Essen) Wasser über die Hand der andern gegossen hätte, noch reichten Frauen feine Servietten (zum Abtrocknen); sie brauchten keine Seife oder (parfümirtes) Oel als Zeichen der Fröhlichkeit; es standen nicht vor ihnen kostbare Schalen oder Festbecken, man hatte keine Einführer der Gäste vor der Pforte und lud keine vornehmen Personen in die Häuser ein; die Baldachine und Betten der jungen Gattinnen waren staubig, ihre reizenden Gärten trocken und welk, die Weinreben ausgerissen; ihr Schmuck und Besitz war confiscirt, so daß sie nicht einmal mehr ein Juwel für die Stirn hatten."

Ormizd III. 457—459.

Der Sohn des Jezdegerd, Ormizd, zeigte sich so grausam, daß es seinem Bruder Peroz, der vom Könige der Hunnen (Hephthaliten) unterstützt wurde, nicht schwer fiel, ihn schon nach 1½ Jahren zu stürzen.

Peroz (Firuz) 459—486.

Während dieser Wirren machte sich Watsche, ein Sohn der Schwester beider Brüder, bisher Vasallenkönig von Albanien, zum selbständigen Herrscher dieses Landes (458), er wurde jedoch von Peroz in einem blutigen Kriege wieder unterworfen.

Peroz herrschte Anfangs gerecht und weise. Es wird berichtet, daß im
7. Jahre seiner Regierung eine Hungersnoth ausbrach, welche mehrere Jahre
dauerte; Peroz habe die Reichen für den Unterhalt der Armen verantwortlich
gemacht und auf seine eignen Einkünfte verzichtet, den Zehnten aufgehoben,
Lebensmittel aus dem Ausland eingeführt, wodurch erreicht worden sei, daß
nur Ein Mensch den Hungertod starb. Peroz änderte indessen seine Regierungs-
weise; er wurde hart und eigenwillig. Die Unbarmherzigkeit seiner Statthalter in Armenien führte einen Aufstand herbei, und er mußte seine Zu-
stimmung geben, die Provinz einem einheimischen Fürsten Wahan aus dem
Hause der Mamikonier zu übertragen. In den spätern Jahren seiner Regierung drang Peroz in das Gebiet der Hephthaliten ein; beim Antritt des
Marsches durch die Wüste jenseits Marw bot sich ein Führer an, der sich
für einen vom König Kuschnewaz Mißhandelten ausgab; dieser Mensch führte
die Perser auf wasserlosen Pfaden umher, so daß fast die ganze Armee um-
kam und Peroz sich auf Gnade und Ungnade ergeben mußte. Der König
Kuschnewaz ließ eine Grenzsäule von Stein mit Kupfer übergossen errichten
und den Peroz schwören, niemals wieder einen Krieg zu beginnen. Auch
zwang man ihn, vor dem Sieger niederzufallen, was er auf Rath der Magier
mit der Reservatio mentalis ausführte, daß er nicht vor dem König, sondern
vor der Sonne anbete. Es dauerte nur 4 Jahre, bis Peroz seinen Eid
brach und abermals gegen die Hunnen rückte. Als er an die Grenzsäule
kam, ließ er diese umstürzen und durch Elephanten vor sich herführen, weil
er echt sophistisch sagen wollte, er sei nicht über die Säule hinausgetreten.
Die Hephthaliten hatten ihr Lager durch einen breiten tiefen Graben geschützt, welchen sie mit Reisig und Erde leicht überdeckten; Peroz und seine
Soldaten brachen in den Graben ein, und in der Verwirrung wurde der
König sammt einer Anzahl seiner Söhne getödtet.

Balasch (Valarsch) 486—490.

Ein Sohn des Peroz hatte an dem Zug nicht Theil genommen; der
Statthalter des Reichs, Suferai, der mit den Hunnen einen Frieden abschloß, bewirkte aber die Uebertragung der Krone an den Bruder des Peroz,
Balasch, der bei seinen geringen militärischen Talenten nicht hindern konnte,
daß die Hephthaliten ihrerseits ins Reich einfielen und Contributionen erhoben.
Als er vor Kummer gestorben war, wurde der Sohn des Peroz, Kobad, auf
den Thron erhoben.

Kobad 490—531.

Kobad besiegte und unterwarf die Hephthaliten. Er bekannte sich zu der
Lehre des Mazdak, eines Sectirers aus Istachr, welcher die gesellschaftlichen
Schäden dadurch zu heilen trachtete, daß er ihre Ursachen, den Haß und
Streit, unmöglich machte. Da nun diese Laster hauptsächlich aus dem Streben

nach Lust und Besitz hervorgehen, so lehrte er die Gemeinschaft aller Güter,
auch der Frauen, und hierdurch wirkte seine Lehre sehr verderblich, um so
mehr als der König sich ihr anschloß und die Vorrechte des Adels abstellte
und Weibergemeinschaft gestattete. Aehnliche Ideen hatten schon früherhin
Verbreitung gefunden, und zwar in Medien, und den Anhängern des Mazdak
verwandte Secten machten noch zur Zeit des Islam den Chalifen zu schaffen.
Die exorbitanten Maßregeln Kobads führten seine Verhaftung und die Procla=
mation seines Bruders Zamaspes (Djamasp) zum König herbei (497).
Der General der Truppen, welche an der Grenze der Hephthaliten standen,
und welchen Procopius Gusanastades, Chanaranges nennt, rieth, den Kobad
hinzurichten, doch waren die meisten Großen der Ansicht, es sei besser, ihn
in das Schloß der Vergessenheit zu verbringen. Die Schwester und Frau
des Entthronten wußte sich durch ihre große Schönheit, welche in dem Be=
fehlshaber des Schlosses eine mächtige Leidenschaft entzündete, Zutritt in den
Kerker zu verschaffen, und Kobad entkam in den Kleidern seiner Frau und
entfloh auf einem von seinem Freunde Seoses bereit gehaltenen Rosse zu den
Hephthaliten. Hier verband er sich mit der Tochter des Königs, und mit
Hülfe hephthalitischer Truppen entthronte er den Djamasp, der in den Kerker
geworfen wurde (501); später wurde er begnadigt und erhielt die Herrschaft
über Rai, Armenien und Derbend. Gusanastades wurde hingerichtet und
an seine Stelle trat Abergubunbad; Seoses wurde zum Haupt des Civil=
und Militärwesens ernannt, ein Amt, welches in der Folge wieder einging,
nachdem Seoses, durch Verleumdungen in Ungnade gefallen, hingerichtet war,
ein gewöhnliches Loos der Männer, welchen die Könige Alles zu danken haben.

Kobad war von der Durchführung der socialen Lehre Mazdaks ab=
gekommen, obwohl er im Geheimen noch dessen Anhänger war. Er fand
sich außer Stand, den Aufwand des Königs der Hephthaliten für seine Resti=
tution zu vergüten und ging den Kaiser Anastasius um eine Anleihe an; als
dieser ein solches Ansinnen zurückwies, fiel Kobad in den Byzanz unter=
worfenen Theil Armeniens und in Mesopotamien ein, eroberte Theodosiopolis
und Amida, und besetzte letzteres mit Truppen unter Glone. Ein byzan=
tinisches Heer kam herbei, als Kobad Nisibin belagerte, und eine Abtheilung
desselben wurde von den Persern geschlagen. Indessen waren die Hephtha=
liten in Iran eingebrungen, und Kobad, dieser Gefahr zu begegnen, mußte
einen Frieden mit Byzanz schließen. Amida wurde wieder genommen, nach=
dem Glone durch Hinterlist getödtet war und dessen Sohn die Stadt so tapfer
vertheidigt hatte, daß ihm freier Abzug mit Waffen und Gepäck gewährt
wurde (503). Bald nachher erfuhren die Perser noch mehr Unglück. Belisar,
der Feldherr des Justinianus, schlug eine Armee in Mesopotamien, und in
Armenien wurde der persische General Mermeroes zweimal besiegt; sodann aber
wurde Belisar von überlegenen Streitkräften unter Azarethes zurückgeworfen. Der
Nachfolger Belisars, Sittas, fand die Perser unter Mermeroes bei der Be=
lagerung von Martyropolis (Nephr=kert, Mejafarekin) und aus Furcht vor

einer Niederlage sprengte er das Gerücht von einer Invasion der Massageten in Persien aus, wodurch er die Perser zum Abzug und Frieden veranlaßte. Mittlerweile war Kobad gestorben, nachdem er seinen Sohn Chosro zum Nachfolger designirt hatte. Kobad hat mehrere Städte angelegt, welche zum Theil noch heute vorhanden sind. Zu ihnen gehört Kobadian in Chotlan, Termed und Wazm (oder Zemm) am Oxus, auch Kazerun in Persis soll er erbaut haben, indessen beschränkt sich sein Verdienst hier nur auf die Er= weiterung der Stadt. Kazerun ist ein alter Ort, dessen Anlage einige dem Tachmuras zuschreiben, d. h. in das höchste Alterthum versetzen. Ursprünglich standen an der Stelle der Stadt drei Flecken, welche von Sapor I. mit der benachbarten Stadt Nischawer vereinigt wurden. Peroz machte den Ort zum Mittelpunkt eines Districtes, und Kobad vergrößerte ihn, so daß er durch ihn zu einer wichtigen Stadt wurde. Das Wasser fehlt und muß durch Wasser= leitungen zugeführt werden. Es gibt hier Südfrüchte aller Art und besonders eine feine Art Datteln, auch Baumwolle. Endlich hat Kobad wirklich ge= gründet die Stadt Argan (bei den arabischen Schriftstellern Arredjan) am Flusse Thab, eine Farsange von einer engen vom Fluß durchströmten Berg= schlucht entfernt; die Ruinen liegen östlich von der heutigen Stadt Behbehan. Argan war im 10. Jahrh. eine große, wahrscheinlich durch den Handel vom Meer (die Hafenstadt am Ausfluß des Thab war Mahruban) nach Ispahan aufgeblühte, in Palmen= und Oelbaumpflanzungen gelegene Stadt, das Klima war so günstig, daß gleichmäßig Südfrüchte und Producte kühler Himmels= striche gediehen. Man sagt, Kobad habe die von ihm erbaute Stadt mit Kriegsgefangnen aus Amida und Mejafarekin bevölkert. Die Ruinen von Argan nehmen eine große Fläche ein, doch sind nur die Gebäude in der Nähe beider Flußufer einigermaßen in ihrer Anlage erkennbar, namentlich bemerkt man die von den alten Geographen erwähnte Brücke Telan, dabei noch eine zweite Brücke; am linken Ufer ist noch ein riesiger Brückenkopf in zwei Stock= werken erhalten; die Brücke, welche hoch über dem Fluß mit einem einzigen Bogen die 80 Schritt von einander entfernten hohen Ufer verband, führte ins zweite Stockwerk. Nach Edrisi, Ibn Batuta u. a. wurde diese kühne Brücke erst zur Zeit der Chalifen, von el=Tailemi, dem Arzt des Hadjadj, Statthalters des östlichen Chalifats, Anfangs des 8. Jahrh. erbaut. Die Mumie, eine bituminöse Ausschwitzung der Felsen, von welcher gleichfalls schon die alten Geographen als einem wirksamen Heilmittel gegen Brüche, Wunden, Contusionen reden, kommt bei der erwähnten Schlucht Tangi Teto aus dem Ritz eines Felsens gequollen. Oestlich von Arredjan liegt Mansuri, ein Ort, welcher von den Ruinen einer wohl ebenfalls von Kobad erbauten und seinen Namen tragenden Stadt errichtet sein soll.

Außer der Gründung von Städten ließ sich Kobad die Einführung einer Grundsteuer angelegen sein. Er wurde durch den Tod an der Ausführung verhindert, die Vermessungen des Landes waren indessen bereits vorgenommen worden, als sein Sohn die Herrschaft antrat. Kinder, Frauen und Männer über 50 Jahren waren steuerfrei; es wurden große Steuerlisten angefertigt, in welche alle Provinzen, Städte und Dörfer mit der Anzahl der Frucht- bäume und Weinberge, sowie die Namen der Bevölkerung eingetragen wurden. Christen und Juden wurden mit einer Kopfsteuer belegt. In den Städten wurden Steuerbeamte angestellt, welche die Steuern in 3 Raten jährlich er- hoben. Auch wurde der Sold der Armee geregelt.

Chosro Anoschirwan 531—578.

Chosro schloß Frieden mit Byzanz, wie es scheint nur um Zeit zu ge- winnen, nach gehöriger Vorbereitung den Krieg wieder aufzunehmen. Er rückte in Syrien ein, eroberte Sura am Euphrat (heute Surie) und Antiochien, und die Römer schlossen einen für sie schmachvollen Frieden. Trotzdem brand- schatzte er die Stadt Dara auf seinem Rückmarsch. Für die Gefangenen wurde eine Tagereise von Ktesiphon entfernt nach dem Plane von Antiochien eine Stadt mit Circus und Bädern angelegt, welche Rumia oder (nach Chosros Name) Chosro-Antioche (Veh Anbzatol Chosrov) hieß; zur Ver- größerung der Kolonie erlaubte er, daß entflohene Sklaven, welche in der Stadt Verwandte fänden, nicht reclamirt werden könnten. Indessen ruhten die Waffen nicht, denn Byzanz mußte es dahin bringen, daß seine Grenzen nicht beständig den Incursionen der Perser ausgesetzt seien. Als Chosro sich bei den Lazen (in Kolchis) befand, welche er auf ihren Wunsch von Byzanz los- riß, plünderte Belisar das persische Gebiet. Chosro nahm und plünderte dafür Kallinikos (Nikephorion an der Mündung des Belich in den Euphrat) und verlangte von Byzanz eine Summe zur Erkaufung der Dauer des Friedens. Narses, der Feldherr Justinians, begann seinen Feldzug mit einem Angriff auf Anglon (Angel am oberen Tigris) in Persarmenien; er wurde aber vor dieser festen Stadt von den Persern unter Nabades ge- schlagen und getödtet. Im folgenden Jahre fand wiederum der Abschluß eines Friedens statt; das Land der Lazen kehrte wieder zur römischen Herr- schaft zurück. Einige Jahre später empörte sich der älteste Sohn des Chosro in Lapato (heute Ahwaz), er wurde aber besiegt, gefangen und mit einer glühenden Nadel der Augen beraubt (551). Chosro züchtigte die Hephtha- liten, nachdem er sich durch ein Bündniß mit dem Chakan der Türken dessen Mitwirkung gesichert hatte. Sein Einfluß erstreckte sich bis nach dem ent- fernten Jemen, wo er einem Prätendenten zum Thron verhalf, ein Ereigniß welches von arabischen Dichtern besungen wurde: „Bei Gott, eine tapfere Schar, wie du sie nicht mehr unter den Menschen finden wirst; stark, hochgemuth, glänzend, Häuptlinge, Löwen, erhabene, in ihrer Jugend, in den sumpfigen Wäldern. Wer ist gleich dem Kesra (Chosro), dem König der Könige, dem Könige unterworfen sind, oder gleich dem Wahraz (König von Jemen), stolz am Tage der Schlacht? Sie schießen Pfeile von den Bogen zahlreich wie Aehren, sie schießen mit furchtbarem Gellirr. Du hast entfesselt diese Löwen auf die

schwarzen Hunde und am Mittag bedeckten den Boden die Leichen der flüch=
tigen Feinde." Der persische Handel ging über Jemen hinaus bis nach Berbera
im Somalilande, wo man noch Grabstätten, Ruinen von befestigten Nieder=
lassungen, Wasserleitungen und großartige Cisternen findet, die den Persern zu=
geschrieben werden. Dieses Land befand sich damals unter der Herrschaft des
Königs von Saba, aber erst später bekamen die Araber auch den Handel in
ihre Hände, namentlich als sie seit Beginn des 9. Jahr. massenhaft einwanderten.

    Die Römer entschlossen sich jetzt zu einem entscheidenden Schritt gegen
die wiederholten Friedensbrüche der Perser. In Armenien hatte 591
Wardan II. den persischen Marzpan Suren getödtet, und die persische Armee
wurde am Berg Kalaman in Taron geschlagen. Chosro rückte 576 in
Armenien ein und kannte nicht die ausgezeichneten Streitkräfte der Römer,
welche unerwartet sich bei Malatija ihm gegenüber befanden. Ein Scythe
Namens Kurs griff rasch mit dem rechten Flügel an, trieb den linken Flügel
der Perser in die Flucht und eroberte das königliche Zelt mit dem Feuer=
altar; Chosro schlug zwar in der Nacht bei Fackelschein ein römisches Corps,
aber am Morgen eilte er zurück und schwamm auf einem Elephanten über
den Euphrat; viele seiner Soldaten ertranken im Strom. Die Römer
drangen siegreich über den Euphrat, den Tigris und bis ans kaspische Meer
vor, wo die persischen Schiffe zerstört wurden. Während nun Friedensverhand=
lungen stattfanden, hatte ein entschlossener Perser auf eigene Faust ein Heer ge=
sammelt und den römischen Feldherrn in Armenien aufs Haupt geschlagen (577);
jedoch zogen sich die Perser zurück, die Römer drangen in Mesopotamien vor
und überwinterten in Sindjar. Im Laufe neuer Friedenstractate starb Chosro.

    Chosro Anoschirwan ist der Erbauer der von den orientalischen Geo=
graphen und Geschichtschreibern oft genannten Mauer von Derbend; be=
reits sein Vater Kobad begann eine Festungslinie über den Paß zwischen
dieser Stadt und dem Kaukasus zu ziehen, um die Einfälle der Chazaren,
Türken und anderer Völker leichter abzuwehren. Die Stadt Derbend soll
ebenfalls von Kobad, nach einer Angabe von Narses, einem seiner Neffen,
welcher dort als Vasall herrschte, erbaut worden sein, es kann jedoch nur
von einer Erweiterung oder erneuten Anlage die Rede sein, denn die Stadt
bestand bereits in älterer Zeit. Die Mauer lief von Derbend 7 Farsangen
gegen die Berge und auf jeder Farsange lag eine persische Militärkolonie
zur Bewachung der eisernen Thore. Sie war aus Quadersteinen erbaut, die
mit Blei verklammert waren, die Dicke derselben erlaubte 20 Reitern neben
einander zu reiten; auch war sie bei Derbend mit Sculpturarbeiten, Menschen
und Löwen, geschmückt. Bei Derbend ging sie eine bedeutende Strecke weit
ins Meer; hier lief noch eine zweite neben ihr her, und beide konnten durch
eine eiserne Kette verbunden werden, so daß man das Aus= und Einlaufen
der Schiffe verhindern konnte. Die Menge der Festungen auf dieser Linie
gab ihr und der Stadt Derbend (dieser Name bedeutet ursprünglich Thor=
riegel, dann Schlucht, Engpaß) die arabische Benennung el Bab we 'l

Abwab das Thor und die Thore; die Armenier nennen sie Djor, die Griechen die albanischen Pforten, die Türken das Eiserne Thor. Die Nachkommen der persischen Kolonisten, welche noch in 7 Dörfern südlich von der Mauer wohnen, sprechen die persische Mundart Tat, doch wird diese mehr und mehr durch das aderbeidjanische Türkisch verdrängt.

Die Stadt Ktesiphon ist heut zu Tage kenntlich an dem von Chosro (nach andern Nachrichten bereits von seinem Vater) erbauten Palast, dessen Trümmer Tak Kesra (Bogen des Chosro) heißen. Sie wurde eine Strecke

Tak Kesra.

oberhalb Seleukias, am linken Tigrisufer, von Vardanes erbaut und von Pakorus zu Ende des 1. Jahrh. nach Chr. befestigt. Die Araber nennen den Ort al Madain (die Städte), weil man sieben Städte im Bereich Ktesiphons und Seleukias zählte. Wir sahen, daß eine dieser 7 Städte Rumia hieß und von Chosro erbaut wurde, eine andere hieß Weh-Ardeschir, weshalb auch Ardeschir I. für den Gründer von Ktesiphon, das allerdings von den Römern zerstört worden war, ausgegeben wird; eine dritte hieß Hambu-Schapur nach Sapor I. Der Name Madain blieb am längsten auf der Stadt des Ardeschir haften, schon im 12. Jahrh. war diese nur ein ärmliches Dorf (arabisch Bahurasir), die andern Städte waren bereits verschwunden. Von Seleukia am andern Tigrisufer an der Einmündung des Canals Nahar Malka, an dessen nördlichem Ufer die von Kaiser Carus eroberte Stadt Choche lag, ist nur noch ein Stück Mauer und eine Anzahl welliger Erhebungen von Schutt übrig geblieben. Eine Brücke von Backstein verband die Ufer des Tigris, welcher hier eine große Krümmung macht, so daß eine Art Halbinsel den Raum bildet, worauf Ktesiphon lag; sie ist landeinwärts durch eine Reihe von Ruinenhügeln abgeschlossen. Von der Citadelle, etwa 10 Kilometer ostwärts vom Tak, ist noch eine quadratische Mauer sichtbar, die von babylonischen Backsteinen erbaut ist und heute Bostan (der Garten) genannt wird.

Die Steine des von den Römern zerstörten Seleukia und Ktesiphons wurden zur Erbauung des neuen Bagdad (etwa 4 Stunden aufwärts am Tigris) vom Chalifen Almansur (754—775) benutzt. Er wollte auch an den Tak Hand anlegen, obwohl sein Wezir Chalid gegen die Zerstörung war; zum Glück scheiterte das Vorhaben an der Festigkeit des Mauerwerkes. Der Tak ist nur ein Theil des Palastes und besteht aus einer 82 Fuß breiten, 153 F. tiefen und 100 F. hohen Halle, deren Gewölblinie einen Eibogen bildet. Die Mauer dieser Halle ist 23 F. dick. Das Innere derselben öffnet sich beiderseits in die Flügel, deren Wände am Boden 18 F. dick, und außen durch Bogenstellungen ornamentirt sind. Die Anordnung, in ziemlich schlechtem Geschmack, erinnert an die Porta nigra in Trier. Die ganze Façade ist 284 F. lang und war einst mit Marmor bekleidet. Die unterste Arkadenreihe enthält 8 Thore, von denen aber nur je das zweite von der Mitte aus offen ist. Mitten am Gewölbe befand sich ein metallner Ring, der erst 1812 entfernt worden ist und an welchem die Königskrone mittelst einer goldenen Kette herabhing, so daß sie über dem thronenden König schwebte, wenn er Audienz gab. Im Garten des Palastes lag ein Stück Land, welches von den herrlichen Anlagen häßlich abstach. Einem römischen Gesandten erklärte auf sein Befragen Anoschirwan, das Stück gehöre einer armen Frau, die es ihm nicht habe überlassen wollen und er habe sich lieber die Aussicht verderben lassen als Gewalt brauchen wollen, worauf der Gesandte erklärte, der Blick auf dieses Stück sei der schönste Blick vom Palast. Die Trümmer der Stadtmauern zeigen dieselbe Bauart wie die altbabylonischen Gebäude (z. B. der Thurm von Akarkuf bei Bagdad), Ziegelsteine mit eingelagertem Schilfrohr, während die noch vorhandenen Mauern der Uferbrüstungen wie diejenigen in Babel mit Bitumen verbundene Backsteine zeigen.

Goldmünze des Cho'ro Anoschirwan.

Wir besitzen von Chosro eine Goldmünze, welche der Generallieutenant von Bartholomäi für 1200 Silberrubel erwarb.

Die Vergötterung, welche die persischen Geschichtschreiber dem Chosro zu Theil werden lassen, findet bei den Griechen (wie Procop) keinen Widerhall. Diese stellen ihn als einen ungerechten Heuchler dar. Wenn man bedenkt, daß im Orient Perfidie gegen den Feind nicht als moralischer Fehler angesehen wird, so wird man den Persern, mit welchen auch die armenischen Historiker übereinstimmen, zugeben müssen, daß Chosro zu den begabtesten ihrer Könige seit Kyros gehört; die persischen Waffen sind im Ganzen mit Ruhm bedeckt aus den zahlreichen Kämpfen hervorgegangen und die friedliche Arbeit an der Ausbildung der Verwaltung des Reiches zeigt, daß das Trachten Anoschirwans auf die Ehre und Wohlfahrt des von ihm beherrschten Reiches gerichtet war. Der Geschichtschreiber Tabari, welchen Zotenberg aus persischen Handschriften ins Französische übersetzt hat, berichtet von ihm: „Er sprach zu den Armen: arbeitet und bettelt nicht; den gut Gestell-

ten befahl er das Land zu bebauen; den Schwachen und Blinden gab er
aus seiner Tasche Unterstützung, indem er sagte: ich will nicht, daß in
meinem Land ein Armer wohne. Er schrieb den Landbauenden vor, keine
Stelle ohne Anbau zu lassen, und gab aus seinen Speichern Aussaat denen,
welche keine hatten. Er verschaffte allen Frauen, welche nicht verheirathet
waren und es doch sein sollten, einen Gatten, und den Armen unter ihnen
reichte er Unterstützung aus seiner Kasse. Auch Männer nöthigte er zu hei=
rathen und war ihnen bei der Gründung eines Hausstandes behülflich. Ano=
schirwan richtete seine Blicke auch auf das Heer, gab den Soldaten ihren
Sold und vertheilte die Provisionen unter sie. Er ließ die Feuertempel her=
stellen, spendete den Priestern und stellte weise und erfahrene Männer unter
ihnen an. Er förderte Tugend, Vertrauen, und die Angelegenheiten der
Religion und des Staates."

Chosro hat auch den Ruhm eines erleuchteten Mannes, indem er den
Wissenschaften seinen Schutz angedeihen ließ. Zu Ende des 5. Jahrhunderts
wurde die berühmte Schule zu Edessa durch kirchliche Streitigkeiten gelöst
und vom Kaiser Zeno geschlossen. Die vertriebenen Gelehrten flohen ins
persische Reich, fanden bei den Sasaniden glänzende Aufnahme und gaben
den Schulen von Nisibin und Gondi schapur ihre Entstehung, wo man
griechische Werke ins Syrische übersetzte. Aber auch den Persern wurde
der Geschmack an der Aneignung griechischer Geistesproducte durch Ueber=
tragungen in ihre Muttersprache beigebracht, und es entstanden persische Ueber=
setzungen der Werke griechischer Philosophen, Mathematiker und Astronomen.
Dadurch wurden in der Folge selbständige Werke angeregt, unter denen die
Geographen (Perser und Araber) sich griechischen Vorbildern, besonders dem
Ptolemäus (1. Hälfte des 2. Jahrh. nach Chr. Geb.) anschlossen. Die Geo=
graphen haben unschätzbare Werke hinterlassen, welche eine Fülle von geo=
graphischen, historischen, ethnographischen und naturgeschichtlich merkwürdigen
Nachrichten enthalten; sie sind zum Theil ähnlich wie die Erdbeschreibung
des Ptolemäus eingerichtet, indem sie die Grenzen der Länder, die in ihnen
befindlichen Städte, Berge, Flüsse, Seen aufzählen, außerdem aber die be=
rühmten Männer bei Gelegenheit der Nennung ihres Geburtsorts namhaft
machen und genaue Reiserouten (Itinerarien) mit Entfernungen in Farsangen
oder andern Wegmaßen angeben. Zum Theil sind es geographische Wörter=
bücher, in denen ein staunenswerther Schatz von Wissen niedergelegt ist.
Besonders berühmt als Reisender und Sammler geographischer Kenntnisse ist
Jakut (Hyalinthos), welcher von 1179 bis 1229 lebte, von griechischer Ab=
kunft war, aber bereits im zartesten Alter als Sklave nach Bagdad verkauft
und hier von einem Kaufmann erzogen wurde; auf den für letztern unter=
nommenen Geschäftsreisen wurde sein Hang zu den Studien angeregt, welchen
er seinen Ruhm zu danken hat. Wir besitzen von ihm ein Lexikon der Länder
(Mobjem el=buldan, 1224 verfaßt), die Gefilde der Beobachtung (Merasid
el=ittila, ein Auszug des andern) und eine Sammlung geographischer Syno=

uhme (Moschtarit). Er vereinigte in diesen Werken nicht nur die Forschungen
seiner Vorgänger, sondern auch seine eignen Reiseerfahrungen, denn er durch=
streifte Mesopotamien, Persien bis zum Oxus, Syrien, Armenien, Aegypten.
Die Stadt Bagdad hat er, wie sich denken läßt, sehr genau beschrieben, und
so interessant es für uns ist, uns die berühmte Chalifenresidenz zur Zeit
ihrer Blüthe vorstellen zu können, so betrübend ist es zugleich, daß fast nichts
mehr von aller Herrlichkeit unversehrt geblieben ist als das Mausoleum der
Zobeida, der Gemahlin des Harun al Raschid.　Die Wissenschaft wird noch
lange Zeit nöthig haben, um alle Namen von Städten, Schlössern, Flüssen,
Denkmalen wieder anzufinden und mit den heute noch vorhandenen zu identi=
ficiren.　Vieles ist untergegangen im Laufe der Jahrhunderte und durch die
unglücklichen Ereignisse, welche Persien betroffen haben, unter denen namentlich
der Mongolensturm grauenhafte Verwüstungen anrichtete.　Der Geograph
Abu Jshak Ibrahim, genannt el Jstachri (aus Jstachr) hat uns in seinem
'Buch der Wege der Länder', welches das ganze Gebiet des Islam beschreibt,
eine besonders detaillirte Schilderung seiner Heimath, der Landschaft Persis,
hinterlassen.　Nachdem er die Grenzen und die Eintheilung in 5 Gaue, den
von Jstachr, Arbeschir Churra (Firuzabad), Darabgird, Schapur und Argan,
sowie die in ihnen gelegnen Orte angegeben hat, bemerkt er, daß es außer=
dem fünf sogenannte Remm oder Kurdengebiete gebe mit bestimmten Flecken
und Dörfern; der Tribut eines jeden Gebietes werde von einem Häuptling
erhoben, welcher aus den Kurden selbst gewählt werde. Sie sind verpflichtet,
die Karawanen zu geleiten, über der Sicherheit der Straßen zu wachen und
dem König in Kriegszeiten Heerfolge zu leisten; dafür bilden sie unabhängige
Gemeinwesen.　Er nennt 36 Kurdenstämme, welche er den Tributlisten ent=
nommen hat. Sie sollen über eine halbe Million Zelte besitzen und können
je nach der Größe des Stammes 100 bis 1000 Reiter stellen, in ihrer
Lebensweise glichen sie den Beduinen.　Jstachri nennt dann die Festungen
der Persis, die Städte mit Festungswerken sowohl wie die mit Burgen in
ihrem Innern und die mit Citadellen bewehrten, und die mit abgesondert
gelegnen Bergcastellen; die isolirten Schlösser führt er noch besonders auf
und sagt, es gebe in der Persis über 5000 einzelne Schlösser, theils in den
Bergen, theils bei und in den Städten; dann folgen die Feuertempel, die
Flüsse (deren Lauf noch vielfach unbekannt ist), Seen; ferner werden die
großen Städte beschrieben, und hieran schließen sich 7 von Schiraz ausgehende
Itinerarien, welche für die Bestimmung der Lage einzelner Orte von großer
Wichtigkeit sind. Von den Stationen dieser Reiserouten lassen sich die meisten
auf dem Wege von Schiraz nach Jezd noch heute wiederfinden, die wenigsten
auf dem Wege nach Argan am Flusse Thab an der Grenze von Susiana
oder Chuzistan.　Der erstere Weg geht von Schiraz über folgende Orte, von
welchen die gesperrt gedruckten auf der großen Karte von Persien, welche der
englische Capitän O. B. C. St. John herausgegeben hat, zu finden sind:
Zirgan 6 Farsaugen, Jstachr 6 F., Pir (wohl der Paß Tangi Paru)

4 F., Kehmend (muß bei Murgab liegen) 8 F., Deh=bid 8 F., Aberkuh 12 F., Deh=schir 13 F., Deh=Chuwar (nach andrer Lesart Karje el=djus, das Nußdorf) 6 F., Kalaat el=Madjus (das Magierschloß) 6 F., Jezd 5 F. Die Beschreibung von Persis schließt mit einer Schilderung der klimatischen Verhältnisse, der Bewohner — die im heißen Theile der Landschaft, südlich von einer Linie von Argan nach Kazerun, Karazin (südöstlich von Firuzabad), Darabgird, Jorg und Tarom, seien mager, mit spärlichem Haarwuchs, bräunlicher Haut, die im kühlen Theile groß, mit starkem Haarwuchs, sehr weißer Haut —, der Merkwürdigkeiten und der Landesproducte, und der Münzen, Maße und Gewichte.

Man sagt, auch Homer sei ins Pehlewi übersetzt worden; hatten doch bereits die Parther griechische Tragödien aufführen lassen. Chosro zog die von Justinian verfolgten byzantinischen Philosophen, wie den Syrer Damaskios, den Kilikier Simplicius, den Phrygier Eulamios, den Lyder Priscus, die Phönizier Hermias und Diogenes, den Isidorus von Gaza in seine Nähe, und der Syrer Uranios, ein Bewunderer des Aristoteles, disputirte an der Tafel des Königs mit den Magiern. Chosro befahl Aristoteles und Platon zu übersetzen, und die medicinischen und logischen Werke wurden unter dem Chalifat aus dem Persischen ins Arabische übertragen. Es sind also persische Fürsten und Gelehrte, welche das kostbare Erbe der classischen Bildung bewahrten und dadurch nicht nur bei ihren Besiegern, den bis dahin uncultivirten Arabern, den Sinn für die Wissenschaften erweckten, sondern auch die Veranlassung gaben, daß durch die letztern zuerst in Spanien die Fackel der Bildung angezündet wurde, welche die Nacht der Barbarei Europas nach und nach zu erhellen bestimmt war. Die Unduldsamkeit in Sachen der Religion unterdrückte hin und wieder diese Bestrebungen, sie lebten jedoch immer wieder auf; unter einigen Chalifen bestanden förmliche Uebersetzungsgesellschaften. Durch die Beschäftigung mit griechischen Denkern konnte es nicht ausbleiben, daß sich eine freiere Religionsanschauung entwickelte, welche die Dogmen des Islam verwarf. Die vornehmsten Beamten, die Gelehrten und Schriftsteller bildeten eine Gesellschaft von Freidenkern, welche natürlich von Seiten der Araber grausam verfolgt wurden. Die Seele dieser Bewegung scheint der gelehrte, fein gebildete und zur Satire geneigte Perser Ruzbeh, Sohn des Dadujeh, nach seinem Uebertritt vom Zoroastrischen Glauben zum Islam bekannt unter dem Namen Abdallah Ibn (Sohn des) Mokaffa, gewesen zu sein, der berühmte Uebersetzer des indischen, unter Anoschirwan ins Pehlewi übertragenen Fabelbuchs Kalilah und Dimnah, des sasanidischen Königsbuches und vieler anderer Werke ins Arabische, von dem einige arabische Verse selbst in der Hamasa enthalten sind. Jenes indische Werk, ein Fürstenspiegel, welcher in buddhistischem Geiste mit größter Kunst der Composition und Erzählung in den Rahmen eines reizenden Unterhaltungswerkes gefaßt ist und mit dem Buddhismus nach Tibet, der Mongolei, China, verbreitet wurde, ist von Barzuje, dem Arzt Anoschirwan's, ins Pehlewi über-

setzt worden. Durch diese litterarische That ist der Welt ein Schatz erhalten
worden, aus welchem Jahrhunderte hindurch die Märchen=, Fabel= und No=
vellenbücher aller gebildeten Völker sich bereichert haben, der aber ohne
Barzuje's Arbeit vielleicht niemals aus Indien nach dem Abendlande gebracht
worden wäre. Nicht Alle wissen, daß ihre Kinder in ihren Märchen= und
Geschichtenbüchern Producte indischer Phantasie genießen oder daß dramatische
Fabeln Shakspere's und Goethe's ursprünglich unter indischen Palmen ge=
dichtet worden sind. Die ungeheure Verbreitung des Werkes, dessen litterar=
historische Stellung Benfey erörtert hat, übersieht man am besten in einer
Liste der Uebersetzungen. Aus dem für uns verloren gegangnen Pehlewi
des Barzuje wurde die erst genau 1300 Jahre nach ihrem Entstehen durch
eine Reihe von günstigen Umständen in Mardin entdeckte syrische Uebersetzung
von einem christlichen Priester Bud im Jahr 570 angefertigt, das treuste
Spiegelbild des indischen Originals, welches letztere später vielfach umgestaltet
worden ist; ebenso wurde die erwähnte arabische Uebersetzung aus dem
Pehlewi gemacht. Aus diesem Werk des Abdallah ibn el=Mokaffa flossen
fast alle übrigen Uebersetzungen mittel= oder unmittelbar, auch entstanden
zahlreiche Bearbeitungen, wie eine zweite syrische Uebersetzung, die persische
poetische Bearbeitung des Rudagi (starb 940), die prosaische des Nasrallah
(Mitte des 12. Jahrh.), des Watz, dessen Ende des 15. Jahrh. verfaßtes
Werk den Titel Anwari sohaili (Lichter des Kanopussternes) führt, des Abu=l
Fasl aus dem Ende des 16. Jahrh. Diese Bearbeitungen wurden wieder
übersetzt, wie die des Watz unter dem Titel Humajun=nameh (Kaiserbuch)
ins Türkische. Weiter wurde das arabische Werk übersetzt ins Hebräische
(in zwei Fassungen), woraus Johannes von Capua im 13. Jahrh. das Buch
lateinisch bearbeitete, und dies Werk wurde auf Veranstaltung des Grafen
Eberhard von Würtemberg ins Deutsche übertragen; eine andere lateinische
Uebersetzung, aus dem Anfang des 17. Jahrh., nebst einer italienischen (Ende
des 16.) wurde nach dem Griechischen gemacht, welches seinerseits zu Ende
des 11. Jahrh. aus dem Arabischen floß; eine dritte lateinische Bearbeitung
ging hervor aus der castilischen Uebersetzung, welche Alfonso der Weise 1251
nach dem Arabischen anfertigte. Die lateinischen Versionen liegen wieder
den Uebersetzungen in die modernen Sprachen Europas zu Grunde, Italienisch,
Spanisch, Französisch, Englisch, Holländisch, Dänisch, Schwedisch, Deutsch
(1802). Jener Abdallah, Sohn des Mokaffa, wurde in dem Streit des
Chalifen Mansur mit seinem Oheim Abdallah, der ihm den Thron streitig
machte, aber von ersterem besiegt wurde, mit der Abfassung eines Docu=
mentes beauftragt, welches dem Prätendenten von Seiten Mansurs Amnestie
zusicherte. Die Art, wie er sich dieser Aufgabe entledigte, wird sehr gelobt,
allein Mansur fand einige Ausdrücke verfänglich und beleidigend, und da er
die Absicht hatte, seinen Oheim zu opfern, so faßte er einen solchen Haß gegen
den Verfasser, daß er dem Statthalter von Basra, wo sich der Perser be=
fand, heimlich befahl, diesen zu ermorden. Dieser Mensch war bisher das

Object von Spottversen Ibn Mokaffas gewesen, und herzlich gern gehorchte er seinem Gebieter. Der Unglückliche wurde in einem Bad eingeschlossen und durch heiße Dämpfe erstickt.

Zur Zeit der Sasaniden war man eifrig bedacht auf Erhaltung der historischen Ueberlieferungen. Der älteste Geschichtschreiber von Tabaristan, Abdallah Muhammed ben el Hassan, verfaßte im Jahre 1216 die Geschichte seiner Heimath nach Pehlewibüchern in der Bibliothek der tabaristanischen Könige. Der Sinn für Geschichte beschränkte sich nicht auf die eigene Vergangenheit, wir haben auch die Nachricht, daß Sapor II. die armenische Geschichte des Agathangelos, des Secretärs des Tiridat von Armenien, ins Persische übersetzen ließ. Unter Anoschirwan begann die Bearbeitung des Königsbuches oder der persischen Geschichte vom Anfang der Welt bis damals. Da die Reichsannalen der Parther und Achämeniden in den Stürmen der Weltgeschichte zu Grunde gegangen waren, so ließ der König die volksmäßige Ueberlieferung sammeln und aufzeichnen, und dies war deshalb kein unsinniges Beginnen, weil mehrere Umstände zusammentrafen, welche diese Veranstaltung zweckmäßig erscheinen ließen, nämlich der historische Sinn der Perser im allgemeinen, das Festhalten an althergebrachter Sitte und an den Erinnerungen der Vergangenheit bei den Dihgan oder ländlichen Grundbesitzern, die ihr Geschlecht häufig auf alte Helden und Fürsten zurückführten, sowie ferner das zuweilen unglaublich starke, noch nicht durch Bücherlesen geschwächte Gedächtniß der Erzähler und Sänger, von denen manche noch heute ganze Gesänge des Firdusi zu recitiren vermögen. Zudem lieferten die heiligen Schriften des Avesta wenn schon nicht zusammenhängende Geschichte, so doch Andeutungen vieler Ereignisse und Namen vieler Personen, an welchen die Ueberlieferung sich lebendig zu erhalten vermochte. Der letzte Sasanide, Jezdegerd, setzte die Bemühungen seines Ahnherrn fort und ließ jene Erzählungen durch den Dihgan Danischwer ordnen und unter Beistand gelehrter Priester aus verschiedenen Theilen des Reiches vervollständigen. Dieses Werk, in Pehlewi geschrieben, umfaßte die Geschichte von Anfang der Welt bis auf Chosro II. und hieß Königsbuch. Es wurde, wie bemerkt, von Abdallah Sohn des Mokaffa ins Arabische übertragen; auch wurden noch andere Werke dieser Art von Gebern (Zoroastriern) verfaßt, wie das Kar-nameh, die Geschichte von Ardeschirs Erhebung (verfaßt unter Chosro Parvez), das Buch des Bahram, des Rustam und Isfendiar, des Parvez und Schahrizads, des Dara und des goldenen Bildes, die Geschichte Anoschirwans, die Geschichte des Jezdegerd von dem Hohenpriester Arbavad Morgan und anderes. Diese Werke benutzten die Araber zu Auszügen für ihre historischen Compilationen, verachteten sie aber schon deshalb, weil sie Bekenner des Zoroastrismus verherrlichten und Fabeln enthielten, die nur Anspruch auf Glauben erheben durften, wenn sie im Koran standen. Als das Chalifat schwächer wurde, errichteten entschlossene Perser in den östlichen Theilen Persiens kleine Reiche, welche in der Belebung des nationalen Geistes

eine Kräftigung suchten; und was konnte zu diesem Zwecke dienlicher sein, als
die Auffrischung des Andenkens so vieler machtvoller Herrscher und tapfrer
Feldherrn, welche das alte Perserreich an die Spitze Asiens erhoben hatten?
Im Jahre 873 ließ einer dieser Fürsten das Buch der Könige aus dem
Pehlewi in das moderne Persisch übertragen und die Geschichte bis auf Jezde=
gerd III. fortsetzen. Später, um das Jahr 970, wurde das Werk durch
Ahmed Dakiki, der nach Einigen aus Tus, nach Anderen aus Buchara stammte,
in Verse gebracht. Er wurde von einem Sklaven ermordet, als sein Gedicht
bis zur Geschichte des Zoroaster vorgeschritten war. Im Jahre 997 bestieg
der Mäcenas der Literatur und Dichtkunst, Mahmud, den Thron von Gazna.
Dieser war im Besitz der arabischen Uebersetzung des Königsbuches, und
noch andere Werke dieser Art wurden zusammengebracht und die Bearbeitung
dem Firdusi von Tus (geb. 937, gest. 1020) übertragen, welcher in seinem
Schahnameh das großartigste Werk persischer Dichtung schuf, eine Geschichte
Jrans in 60,000 Doppelversen, durchklungen von der Musik der wohl=
klingendsten Reime und in einer Sprache gedichtet, welche niemals zu der
platten Rede des gemeinen Lebens herabsteigt, sondern in feierlichen Worten
die Thaten der alten Könige und Helden vorführt, überall getragen von der
völligen Hingabe der Persönlichkeit des Dichters, der das menschliche Herz
wie kaum ein andrer orientalischer Poet durchforscht hat und dem es ver=
gönnt war, außergewöhnlich lange mit hellem Blick ausgerüstet auf Erden
zu pilgern.

Das Meiste, was unter Anoschirwan und den Sasaniden hervorgebracht
wurde, ist leider untergegangen, wir kennen nur die Namen vieler Werke und
Schriftsteller, welche Literarhistoriker, Geographen und Lexikographen auf=
bewahrt haben; besonders viele Titel von erzählenden Büchern sind überliefert,
aber auch von Werken über Medicin und Naturgeschichte (Anoschirwan ließ
4 Bücher über Gifte verfassen), Astronomie, Philosophie und Religion (z. B.
das Buch der ewigen Weisheit). Beträchtliche Ueberreste haben die Parsi,
die Bekenner der Zoroastrischen Religion bis auf unsere Tage gerettet, zu
denen besonders die Uebersetzung des Avesta ins Pehlewi gehört, sowie zahl=
reiche selbständige Bücher, deren Abfassungszeit zum Theil weit ins Mittel=
alter hinabreicht, so daß man annehmen muß, daß die Pehlewisprache von
den gelehrten Priestern der Parsi neben der gewöhnlichen Rede (Persisch oder
Indisch) künstlich erhalten wurde. Unter den Schriften, welche zu den Zo=
roastrischen Büchern gehören und sich direct auf das Avesta beziehen, ist be=
sonders merkwürdig wegen seines vielseitigen Inhalts der Bundehesch, eine
Kosmographie, worin religiöse, natur= und sagengeschichtliche Abschnitte sich
finden. Hier und in ähnlichen Werken sind wissenschaftliche Kenntnisse auf
eigenthümliche Weise mit der Religion vermischt. Die Schöpfung ist voll=
kommen mythisch dargestellt; die beiden Geister Ormazd und Ahriman existiren
in feindlichem Gegensatz neben einander, ersterer weiß aber, daß der andere
schließlich überwunden sein wird. Zur Stärkung des Reiches des Lichts und

des Guten schafft Ormazd Geschöpfe, Ahriman Gegengeschöpfe; zuerst ent-
stehen die Erzengel und ihr Gegensatz, die Teufel, dann der Himmel, das
Wasser, die Erde, die Pflanzen, die Thiere, das erste Menschenpaar. Der
Minochired kennt auch die Theorie vom Weltei, der wir in Phönizien, Indien und andern Ländern begegnen und welche von Aegypten ausgegangen
ist. Der Bundehesch zählt dann richtig die Planeten, Zodiakalbilder und
Mondhäuser auf, es folgt aber eine mythische Eintheilung der Sterne in
Heerschaaren des guten und bösen Geistes, in welcher wenig vernünftiger
Sinn enthalten ist; es scheint, daß in dieser Beziehung die Verfasser der
einschlagenden Stellen des Avesta, welche in der Zeit der Achämeniden lebten,
ebenso weit waren als der Compilator des Bundehesch, der nicht älter als
das 14. Jahrhundert ist. Die Berge auf Erden werden gedacht als aus
dem Hauptberg Alburz (Hara berezaiti), dem heiligen in den Himmel empor-
ragenden, welcher wie das Gebirge Kaf der arabischen Märchen die Erde
umgibt, hervorgewachsen gedacht, und die großen Gebirge, welche von ihm
auslaufen, entsenden wieder kleinere Ketten in die Länder. Aehnlich verhält
es sich mit den Seen, wobei anzuerkennen ist, daß man unter dem Schutt
mythischer Vorstellungen eine Theorie vom Kreislauf des Wassers entdeckt.
Wie der Tinkart zeigt, hatte man die Vorstellung, daß die Erde ebenso wie
der menschliche Körper von Winden oder Luftgängen durchzogen sei, und daß
Störungen dieser Winde im menschlichen Körper Krankheit und Tod, in der
Erde aber große Calamitäten verursachten. Es ist, sagt der Tinkart, in der
heiligen Schrift bemerkt, daß die Luft im Erdinnern stets durch Feuer er-
hitzt das Bestreben hat nach oben zu gehen, wodurch die Erdrinde verletzt
und gespalten wird; es entstehen Erdbeben und andere Unglücksfälle. Diese
Theorie wird auch in andern Büchern vorgetragen, wie in dem Zorepastan,
welches angeblich unter Anoschirwan entstand; sie stammt aber wohl von den
griechischen Philosophen, unter welchen Aristoteles die Erdbeben der Kraft-
äußerung unterirdischer Wetter zuschreibt. Die durch das Spiel der Anziehungskraft von Sonne und Mond bewirkte Erscheinung der Fluth und Ebbe
wird im Bundehesch dem Umstand zugeschrieben, daß vor dem Monde sich
ein Wind mit der Richtung nach oben, ein andrer mit einer solchen nach
unten befinde; je nachdem der eine oder andere weht, entsteht Fluth oder
Ebbe. Hierin sind also die Anschauungen des 14. Jahrhunderts bei den
Parsi kindlicher als bei den alten Phöniken, welche die Bewegung des
Meeres an der spanischen Küste vom Zenith- und Nadirstand des Mondes
abhängig sein ließen, noch weiter hinter den Anschauungen der griechischen
und selbst der gleichzeitigen persisch-arabischen Geographen zurückgeblieben.
Noch primitiver ist die Vorstellung von der Erde im allgemeinen. Ursprünglich ein großer compacter Körper, verlor sie durch eine vom Wasser verursachte Erweichung sechs Brocken, welche um den mittleren Haupttheil als ein
Kranz von Inseln herumliegen, eine Vorstellung, welche offenbar durch un-
genaue Berichte über ferne Welttheile oder Inseln sich gebildet hat. Der

mittlere Haupttheil, der so groß als die andern zusammen ist, wird von den
bekannten Ländern gebildet, und auf ihm spielt sich der Kampf des Ormazd
und Ahriman, der zoroastrischen Helden und ihrer turanischen Feinde ab, zugleich ist er so hoch, daß die Sonne nicht die westliche Insel bescheinen kann,
wenn sie aufgeht, nicht die beiden nördlichen, wenn sie im Mittag steht, eine
Vorstellung, welche man bei den christlichen Kirchenvätern bis auf den sogenannten Geographus Ravennas (7. Jahrh.) wiederfindet. Diese sieben
Weltstücke sind verschieden von den sieben Klimaten oder Breitengürteln der
Erde, welche zuerst der Vorgänger des Ptolemäus, Marinus von Tyrus
(lebte unter Nero) auf seinen Karten gezeichnet hatte, und welche sich bei
den muhammedanischen Geographen wiederfinden. Auch sie kennt der Bundehesch, sie sind aber nicht mehr Breitengürtel, sondern beliebige Länder des
mittleren Weltstücks. Die Religion oder vielmehr die alten mythischen Vorstellungen von der Gestalt der Erde, welche in den heiligen Büchern standen
oder gefunden wurden, sind die Ursache gewesen, daß sich vernünftige Be-
griffe keine Bahn zu brechen vermochten, um so weniger als die immer
kleiner werdende Gemeinde der Zoroastrier, von ihren muhammedanischen
Gegnern abgeschlossen, in ihren alten Anschauungen befangen blieb, während
bei den andern sich die Wissenschaft fortbildete und mythische Gestalten an
die Enden der Erde verbannte, wohin die empirischen Kenntnisse nicht reichten,
oder sie den Märchenbüchern überließ.

Ueber den Menschen enthält der Bundehesch wie auch andere Schriften
verständige Belehrung. Die Schilderung der ersten Menschen, wie sie zuerst
den Versuch des Gehens machen, dann essen und trinken und sich bellagen,
daß die Nahrung so rasch aufgezehrt ist, sich in Blätterkleider hüllen, später
das Feuer entdecken, womit sie Fleisch zubereiten, Felle zu Kleidern verarbeiten, Holzhütten bauen und nach 50 Jahren Kinder bekommen, geht von
der richtigen Vorstellung aus, daß sich der Mensch aus thierischer Wildheit
zum Herrn der Schöpfung emporarbeiten mußte. Der Gebieter über den
Körper ist die Seele. Diese enthält mehrere Vermögen, welche bereits das
Avesta unterscheidet. Das Bewußtsein ist für die Seele, was die Lampe
bei Nacht, oder die Sonne für den Menschen ist, welche diesen vor Schaden
warnen; es erleuchtet die Seele und gibt ihr Kenntniß in Betreff der Freiheit vom Leiden; der Verstand gibt die Fähigkeit das Unrechte zu erkennen, die in Furcht vor Sünde selbst zu prüfen, weltliche Güter zu er-
werben und sie zum Heil der Seele zu gebrauchen, den Pfad des Guten zu
wissen und nichts zu thun, dessen Ende man nicht absehen kann; das Gewissen öffnet den Pfad der Weisheit, Reinheit und Fröhlichkeit (im Bewußtsein der Schuldlosigkeit) zu den Gedanken, welche in die Nähe der Izeds
und vor den Anblick des Himmels treten dürfen. Die Seele im engern
Sinn ist das Vermögen zu denken und zu sprechen, zu wählen zwischen Gut
und Böse. An diese Seelenvermögen reihen sich die Sinne, welche vermöge
ihrer Organe, die wie Fenster am Körper angebracht sind, die Eindrücke von

außen annehmen und vermittelst der Nerven, welche wie die Straßen für
den Boten eingerichtet sind, dem Hausherrn (der Seele) die Nachrichten zu=
kommen lassen. Seinen Sitz hat der Verstand nebst dem Intellect im Ge=
hirn; ist dieses gesund, so nimmt Verstand und Intellect zu, wird es im
Alter gemindert, so nehmen sie ab und man sieht und weiß nicht mehr ge=
nug, um weise handeln zu können. Das Wissen ist zuerst mit dem Mark
der Finger vermischt (das Betasten vermittelt zuerst und ursprünglich die
Kenntniß der Objecte), später nimmt es seinen Platz im Herzen; die Woh=
nung der Seele aber ist der ganze Leib, wie die des Fußes der Schuh ist.
Dieser letztere Gedanke ist schon von Plato, ja von den alten Aegyptern aus=
gesprochen, welche ein System der Umhüllungen ausgesonnen haben: der In=
tellect könnte nicht allein in den irdischen Leib gelangen; er nimmt als Hülle
den Geist, und dieser, selbst göttlicher Natur, hüllt sich in die Seele ein, die
sich im Organismus ausbreitet. Die Seele im engern Sinne, welche zwi=
schen Gut und Böse wählen darf, ist daher nach ihrer Trennung vom Körper
verantwortlich für ihre Wahl, wie bei den Aegyptern der Geist (das Ba)
auf der Wage abgewogen wird, während der Intellect unmittelbar in eine
höhere Welt eintritt. Wir besitzen auch Nachrichten über die Erhaltung
der Religionsschriften, worin die Verdienste einiger Fürsten um dieselbe
hervorgehoben werden. Im Tinkart, einer Schrift meist moralischen Inhalts,
deren Handschriften man bis in die letzte Zeit der Sajaniden zurückverfolgen
kann, befindet sich eine Erklärung des Chosro Parvez, worin es heißt, Vistaspa
(der baltrische König) habe alle Werke des Avesta sammeln lassen, dann habe
Tara Sohn des Tara (d. i. Kodomannus, es ist aber wohl Darius I. ge=
meint) zwei Handschriften der heiligen Bücher in dem Schatzhaus Schaspigan
und in der Burg der Schriften (Dizi nipischt bei Persepolis) aufbewahren
lassen. Volagases (einer der Arsakiden) habe das Avesta auch neue zu=
sammenstellen lassen, und Ardeschir I. habe durch den gelehrten Tosar die
Texte sammeln und reinigen lassen; Sapor I. habe außerdem chronologische,
naturgeschichtliche und philosophische Werke nicht nur aus Iran, sondern auch
aus Indien und dem Abendlande zusammenbringen und in Schaspigan auf=
stellen lassen. Dieser Bericht des Tinkart ist historisch nicht sehr verläßig.
Mit größerer Wahrscheinlichkeit schreibt man dem Ardeschir I. eine unter
Beistand des Priesters Ardai Wiraf bewirkte Revision des Textes der hei=
ligen Bücher zu, und unter Sapor kam durch den gelehrten Priester Aber=
bad Mahrespand diejenige Redaction dieser Bücher zu Stande, welche die
Parsi als die kanonische Fassung ansehen. Damals scheint auch ein Theil
des jetzigen Avesta, das sogenannte kleine oder Chordeh=Avesta, in das Corpus
aufgenommen zu sein, welches zwar schon längst beim Volke populär war,
da es eine mehr polytheistische Form der Religion zeigt als das übrige
Avesta, aber niemals in demselben Ansehen wie dieses gestanden hat. Es
enthält eine Reihe von religions= und mythengeschichtlich sehr merkwürdigen
Opfergebeten an einzelne Gottheiten und andere Stücke, welche, vorzugsweise

für den Gebrauch der Laien bestimmt, nicht bei der Liturgie verlesen wurden. Dieses kleine Avesta unterscheidet sich äußerlich dadurch von den übrigen Büchern, daß es höchst selten von einer Pehlewiübersetzung begleitet ist. Damals mag auch die aus den syrischen Schulen entlehnte Art der Eintheilung der heiligen Schriften in Capitel und Verse (wie in unserer Bibel) aufgekommen und die Uebersetzung ins Pehlewi angefertigt worden sein, zu welcher später, wahrscheinlich unter Chosro Parvez, auch noch Glossen und Erläuterungen hinzukamen. Das Wichtigste in Bezug auf die Beschaffenheit des Textes des Avesta war bei dieser gelehrten Arbeit die Anwendung einer neuen Schrift. Die Bücher müssen lange Zeit in einer sehr unvollkommenen Schrift überliefert worden sein, denn da ihre Sprache weit älter ist als das Pehlewi, so können sie in älterer Zeit nicht in einer Schrift, welche erst aus der Pehlewischrift abgeleitet ist, existirt haben. Die in unsern Avesta-Handschriften erscheinende sogenannte Zendschrift ist aber ganz evident aus der andern erst aus Deutlichkeitsrücksichten fortgebildet. Die Aufgabe der Kritik des Avesta-Textes ist durch dieses Verhältniß vorgezeichnet: zunächst ist derjenige Text unter den Verderbnissen der Handschriften zu ermitteln, wie er durch Aderbad Mahrespand gereinigt und aufgestellt wurde; dies vermag die Kritik dadurch zu erreichen, daß sie erstens die Handschriften befragt, d. h. aus verschiedenen Lesarten diejenige auswählt, welche nach den Gesetzen der Kritik die richtige sein muß, und zweitens (was noch erfolgreicher ist) die Pehlewiübersetzung zu Rathe zieht, welche nach Art der alten Uebersetzungen, wie sie in Syrien gemacht wurden, Wort für Wort wiedergibt, jede Partikel durch ein Aequivalent ersetzt, weil eben jedes, auch das kleinste Wörtchen, als von Gott offenbart durchaus nicht unwichtig ist. Ist dieser nächste Zweck der Kritik erreicht, so beginnen die Vermuthungen über eine ältere Form des Textes, und auch hierfür gibt es Hülfsmittel, mit denen man in vielen Fällen die größte Wahrscheinlichkeit zu erreichen vermag. Die Tradition, wie sie von der Zeit der Sasaniden bis auf uns gelangt ist, erscheint an vielen Stellen verdunkelt; da das Baktrische, die Sprache des Avesta, damals bereits nicht mehr gesprochen, sondern künstlich in den Feuertempeln und Priesterschulen conservirt wurde, so entstand unter manchen Sprachformen, für welche die neuere Sprache keinen Ausdruck mehr besitzt, eine Verwirrung, welche Verderbnisse des Textes zur Folge hatte; die Gewohnheit, die Aussprache des zeitgenössischen Persisch auf die alte Sprache zu übertragen, brachte oft die sichere Bestimmung des Lautwerthes ins Schwanken, und alle diese und ähnliche Verderbnisse konnten sich bei der Unvollkommenheit einer ältern Schrift, welche bei der Recitation vieles dem Lesenden hinzuzufügen überließ, leicht einfinden. Wenn hier also durch die Art der schriftlichen Aufzeichnung Aufgaben für die Textkritik entstehen, welchen auch die sasanischen Priester nicht vollständig gerecht geworden sind, so ist noch ein anderer Weg für die Erforschung der ältesten Gestalt des Avesta eröffnet worden, der schon zu überraschenden Resultaten geführt

Jasna 4, Vers 53. [Wir melden die bereitliegenden Gegenstände des Opfers

1. [na]bānazdistanāṃ fravašināṃ jašnāič-

oder der heil. Handlung an]

den Fravaschis der nächsten Anverwandten zum Preise

2. a (vad suāk). (varmanšān nivēdinim i ahrūbān fravūhr-i čīrān

n. s. w. (folgt die Pehlewiübersetzung des Verses).

3. u aparvēčūn pörjötkešān fravāhr u nabvānazdistūn fravūhr pavan jačašn

4. u njājašn u šnājinltāriū fnūč-ūfrīkūniū).āaḍ dīs

Vers 54. Dann

5. āvaḉōajamahi vīšpaḉeibjō aša-

melden wir sie an allen

6. hḕ ratubjō jašnūiča (vad suāk). (varmanšān

Herren der Reinheit zum Preise u. s. w. (folgt das Pehlewi).

7. nivēdinim harvisp zak ahrūiū rat pavan jačašn u njājašn u šnājin-

8. ltāriū fnūč-ūfrīkūniū).āaḍ dīs āvaḉō-

Vers 55. Dann melden

9. ajamahi vīšpaḉeibjō vaṅhuōābjō

wir sie an allen wohlthätigen

10. jazataḉeibjō mainjaoibjašča gaḉ-

Jazatas (Genien), himmlischen

11. Ojaḉeibjašča jōi heñti jašnjū-

und irdischen, welche sind würdig des Preises,

12. iča vahmjūiča ašāḍ hača j-

der Anbetung, wegen der Reinheit

13. aḍ vahistāḍ. (varmanšān nivēdinim harvisp zaki

der besten (folgt das Pehlewi sammt einer Glosse).

14. šapīriū-dāt-i mīnōi u mūn zi gētii mūn hūmend jačašnōmand

15. u njājašn[ōmand] min ahrūiū-i pāhrum āiy pavan frūrūniū yan

16. apāijand jezbahūnatan afšān ʒvast u frēt yan kunašn).ameš-

Vers 56. Die Amscha-

17. ā špeñtā huʒšaθrā hudūṅhō jaza[maidē].

spands, die wohlherrschenden, die wohlthätigen preisen wir.

*) In ¼ der Originalgröße. Veranstaltet mit Genehmigung des vor kurzem verstorbenen Staatsraths Prof. N. L. Westergaard.
**) Vergl. im Werk, Seite 220, Zeile 8.

hat. Man hat nemlich in den zahlreichen metrischen Stücken des Avesta ein Schema des Versbaues entdeckt, welches die Möglichkeit an die Hand gibt, ein Verderbniß, wenn es einen Verstoß gegen das Metrum herbei= geführt hat, sofort zu erkennen. Dieses Verfahren ist selbst an Stellen, die offenbar bereits in sasanischer Zeit ihre bisherige Beschaffenheit besaßen, er= folgreich angewendet worden, um ihnen eine Fassung zu geben, wie sie ihnen die ursprünglichen Verfasser verliehen haben müssen. Die sasanische Zeit begnügte sich indessen nicht damit, die heiligen Urkunden aufzubewahren und durch Abschriften zu verbreiten, es wurden im Gefolge dieser Arbeiten auch selbständige Bücher über die Religion verfaßt, von denen wir noch viele besitzen, zum Theil bereits durch den Druck zugänglich gemacht, zum Theil noch in den Bibliotheken der Parsi verborgen. Ihr Inhalt fesselt in der Regel wenig, die Dogmatik ist spitzfindig und abstrus, aber sehr hoch steht die Sittenlehre. Freunde und Feinde müssen den heute in Indien lebenden Parsi, welche an ihrer Religion festhalten, nachsagen, daß bei ihnen die praktische Moral eines tadellosen Lebenswandels und der Ausübung von Werken der Menschenliebe in weit höherem Grade mit den betreffenden Vor= schriften der heiligen Bücher in Einklang steht, als bei irgend einer reli= giösen Gemeinschaft der Welt. Der Leser wird vielleicht einige ethische Sätze, Lebensregeln und Maximen der alten Feueranbeter nicht ungern kennen lernen.

Die Pehlewibücher enthalten eine vernünftige Moral, welche, weit ent= fernt, unmögliche Forderungen zu stellen oder die Weltflucht als einziges Mittel der Befreiung des Geistes von der Materie und den Leiden des Welt= kreislaufs, die Ascese und verzückte Meditation über mystische Geheimnisse als Bekämpfung der fleischlichen Begierden zu predigen, vielmehr die Stel= lung des Menschen inmitten des Welttreibens und der bürgerlichen Wirk= samkeit ins Auge faßt und Dinge, welche in der Sittenlehre anderer Reli= gionen als bedenklich oder zur Sünde verleitend erscheinen, durch verständige Benutzung des in ihnen enthaltenen ethischen Gehalts gerade als Veran= lassung zu edler That und frommer Gesinnung verwerthet. Dies wird die folgende Auswahl moralischer Sätze aus verschiedenen Büchern, deren Ent= stehung in die Zeiten der späteren Sasaniden gesetzt wird, bestätigen.

Das bürgerliche Leben, sagt der Dinkart, besteht in der Regierung in Verbindung mit der Religion und umgekehrt. Wenn eine Regierung der Religion dienlich ist und die Religion die Regierung zu verbessern strebt, so soll man in Uebereinstimmung mit beiden leben, denn eine solche öffentliche Gewalt fördert offenbar die guten Werke der Religion befestigt in der Ver= ehrung des Ormazd und trägt zur Würde der Religion bei, beruht ja doch alles — daß einer den andern nicht schädigt, daß man den Staat Gehorsam leistet und sein Ansehen fördert — auf dem Beharren bei den Vorschriften der Religion. Das höchste Ansehen kommt der Religion von der Regierung. Eine wahrhafte Regierung handelt in Gemeinschaft mit der Religion, die Regierung ist verwandt mit der Religion, dank ihrer vollkommnen Ver=

binbung mit derselben, daher darf man sagen, daß die Regierung mit der
Religion identisch, daß Religion die Regierung des Volkes sei. Die hohe
Stellung eines Bewohners des Iranischen Reiches (Airan schatr) verdankt
dieser der mazdajasnischen Religion und seinem Gehorsam gegen ihre Ge=
setze. Die Wege der Iranier sind die Wege der mazdajasnischen Religion,
deshalb ist jeder Mensch iranischer Abkunft ein Gegner grausamer Sitten,
das Böse wird von ihm beständig angegriffen; durch gut bereitete, mäßige
und regelmäßige Nahrung bleibt er gesund, in gutem Stand, gebessert,
glücklich, rein, schön, duftend und lieblich. Andere religiöse Gesellschaften
verdanken den hohen Stand ihrer Einrichtungen und ihrer Macht dem Un=
gehorsam gegen Ormazd und dem Hasten am Bösen und der Religion des
Ahriman. Das Gute wird daher von ihnen beeinträchtigt, ihre schlecht zu=
gemessene, verdorbne und einförmige Nahrung macht ihre Angehörigen böse,
übelthäterisch, verderbt, stinkig, mißgestalt und ungläubig.

Ueber die Stellung des Priesters sagt der Dinkart: Wenn die Seele
durch Sünde befleckt ist und sich auf dem Weg zur Hölle befindet, kommt
das Mittel zum Erlaß der Sünde und zur Wiedergewinnung der Reinheit
von dem Destur (Priester), welcher die gute Religion kennt, die Arzenei
für die Seele weiß und sie von der Sünde zu reinigen vermag; denn wie bei
der Kunst des Arztes Arzenei und andere Dinge wirksam sind gegen jede
Krankheit und der Arzt des Körpers ihre Entstehung erklären kann, der
schmerzvolle Körper erneut und gestärkt aus der Behandlung des Arztes und
Chirurgen hervorgeht, so wird die durch Sünde entheiligte und befleckte Seele
nach den Vorschriften des Priesters der guten Religion, sobald herzliche Reue,
Suchen nach Vergebung und thatsächliche Besserung vorhanden sind, Erlaß
der begangenen Sünde finden durch den Arzt der Seele, den Destur der
guten Religion, welcher sie reinigt von der Unheiligkeit und Befleckung und
den Weg zur Hölle versperrt. Der Priesterstand ist erhabner als der Stand
des Kriegers und Aderbauers; denn erstens sind die Eigenschaften der beiden
letztern im erstern inbegriffen, weil der Kriegerstand des Priesters in der
Bekämpfung der unsichtbaren Dämonen, seine Eigenschaft als Aderbauer
aber darin besteht, daß er durch seine Thätigkeit geistige Speise darbietet;
zweitens weil Jedermann die Kenntniß seiner Pflichten durch den Priester
erhält und in allen Handlungen, welche seine Seele angehen, in den vom
Priester vorgeschriebnen Grenzen sich halten muß; drittens weil der Priester
religiöse Stellen mittheilt, über sie verfügt und diese selbst schon erhaben
sind; viertens weil die Würde eines Hauptes des menschlichen Körpers
dem Beruf des Priesters zugetheilt ist, die der Hand dem Beruf des Kriegers,
des Bauches dem des Aderbauers, der Füße dem des Gewerbtreibenden;
in dieser Symbolik wird der priesterliche Beruf an Rang und Würde
als das Haupt der Welt ꝛc. hingestellt; fünftens weil er den Werken,
welche die Seele der Menschen anderer Stände betreffen, vorsteht, denn jeder
Priester von Beruf ist immerdar im Stand unbegrenztes Wissen bezüglich

der Seelen mitzutheilen. Der Priesterstand wird in der heiligen Schrift als der beste Anordner der Wohnungen des Ormazd bezeichnet. Alles was von den Darudj (weiblichen Dämonen) befreit und die Welt von Befleckung reinigt, ist enthalten in den Beschäftigungen der vier Stände; unter ihnen ist der Priesterstand der höchste an Rang, denn er leitet den Gottesdienst und unterrichtet darin das Volk, erklärt die Vorschriften der Religion, entscheidet religiöse Fragen und verrichtet andere priesterliche Handlungen. Im Kriegerstand sind Thätigkeiten von hoher Geltung Heldenmuth, Gesandtschaften und andere politische Verrichtungen; im Stand des Ackerbauers die Ernährung der lebenden Wesen und die Erzeugung von Nahrungsmitteln; im Stand des Gewerbtreibenden der Erwerb geweihten Brotes durch ehrenvollen Fleiß und das Verfertigen kunstvoller Dinge nebst andern Beschäftigungen ehrenvollen Fleißes. Wie niedrig und gering nun aber auch ein Werk im Beruf des Priesters sein mag, so sind doch alle Verrichtungen der andern Stände im Vergleich damit von geringerem Rang. Die Thätigkeit des Kaufmanns aber ist die allerniedrigste (man sehe Seite 25, Zeile 30). Es sollte daher ein sehr reicher Mann seinen Ueberfluß zur Unterstützung andrer verwenden; und wenn irgendwo mehr Vieh und Menschen sind als da leben können, sollte er geeignetes Land ankaufen, um diese Menschen und Thiere dasselbe benutzen zu lassen.

Ueber die Pflichten des Herrschers sagt der Dinkart: Wie es persönliche Pflicht der Herrscher ist, von der Religion diejenige Kenntniß zu haben, wodurch sie ihre ungehorsamen Feinde von ihren reichen Unterthanen abzuwehren vermögen, so sollen sie auch Bedrückung, Elend, Noth, Mangel, Krankheit und Pest fern halten und so viel wie möglich Maßnahmen erfinden zur Erhaltung der Tüchtigkeit in der Welt. Wenn die Herrscher jedoch ohne Kenntniß der Religion und ihrer Vorschriften nur der Thorheit verderblicher Gedanken und deren Ausführung in Unzufriedenheit erweckenden Beschäftigungen nachgehen, so vermehren sie die Ursachen von Krankheiten (des Staatskörpers); wenn daher einer ihrer Unterthanen nicht im Stande sein sollte, seine Beschäftigung aus Mangel an dem dazu nöthigen fortzusetzen, wenn etwa ein Landwirth ohne Ochsen und andres was er zum Bestellen des Landes benöthigt sein sollte, so sollen sie solche Personen mit den fehlenden Hülfsmitteln ihres Erwerbs versehen; sie sollen hülflose Weiber und Kinder schützen, die nicht im Stand sind sich gegen solche zu wehren, welche sie ihrer Habe berauben wollen. Um Krankheit und Seuchen abzuwenden, soll man in den Städten und Dörfern Krankenhäuser unter Aufsicht eines Arztes einrichten; Feuer, Wasser und Erde soll wohlriechend und die Luft rein von allen schädlichen Stoffen und zerstörenden Dingen gehalten werden, damit die Menschen nicht von Krankheiten ergriffen werden. Wenn der König unfähig, ein Unglück vom Land abzuwenden, oder unbekümmert darum, oder nicht im Stand, ein Heilmittel aufzufinden sein sollte, so ist er ungeschickt irgendwie Gerechtigkeit zu schaffen und andere Herrscher sollen ihn bekriegen zum Nutzen der Gerechtigkeit. Bei einem guten Regiment kommt Weisheit, Wahrheit und Güte über das Volk, und es sind die Zeiten der Jzeds. Gerechtigkeit breitet sich aus, Glück und Förderung. Weise, aufrichtige und mit sonstigen Tugenden gezierte Männer kommen zu hohen Würden, Männer, welche für geringere Dinge geeignet sind, nehmen geringeren Rang ein, der König überträgt Autorität auf weise Männer. Dann gewinnen viele Menschen Wohlsein und Glück, und die Welt wird würdig des heiligen Geistes (Gottes), eine solche Herrschaft ist der Anfang des Reiches des Ormazd.

Jeder Stand bringt Gelegenheit zu Vergehen oder Lastern mit sich; so sagt der Minochired (ein Dialog des Weisen mit der himmlischen Weisheit oder dem Geist der Weisheit): die Laster der Priester sind Heuchelei, Habsucht, Vergeßlichkeit, Trägheit, Achten auf Kleinliches und Unglaube; die Laster der Krieger sind Bedrückung, Gewaltthätigkeit, Wortbrüchigkeit, Reizung zum Bösen, Stolz und Anmaßung; der Landbauern: Unwissenheit, Scheelsucht, Böswilligkeit und Rachsucht; der Gewerbtreibenden: Unglaube, Undankbarkeit, unanständiges Reden, mürrisches Wesen und üble Nachrede.

Das Böse wird dem Ahriman zugeschrieben, da es nicht von Gott kommen kann. Ursprünglich war der Mensch so weise geschaffen, daß er den Lohn der guten und die Strafe böser Handlungen vorauszusehen vermochte, so daß keine Sünden begangen wurden. Später bewirkte Ahriman, daß der Lohn und die Strafe verborgen blieb, weshalb es in der heiligen Schrift heißt: diese vier Dinge sind schlimmer und nachtheiliger als alles Uebel was der Böse an den Geschöpfen des Ormazd vollbracht hat, nemlich daß er Lohn und Strafe für gute und gottlose Handlungen, die Gedanken der Menschen und das Ende der Handlungen zu verbergen gewußt hat. Daher hat er auch viele Religionen und Aberglauben in Gang gebracht; da der Mensch Pflichten und gute Werke nicht kennt, glaubt jeder und betrachtet das als gut, was er in seiner Religion gelehrt wurde und hält besonders die Religion für die reinste, welche die seiner Regierung ist. Keine Religion ist, wie die im Worte des Ormazd enthaltene von Zarathustra gebrachte Religion fähig, das was der Welt und dem Geiste zur Wohlfahrt gereicht, bündig und deutlich mitzutheilen, sondern es finden sich dort in Folge der Uneinigkeit Mangel an Zusammenhang und Verwirrung, so daß die Worte zu Anfang nicht mit denen in der Mitte, und diese nicht mit denen am Ende übereinstimmen.

In der bürgerlichen Gesellschaft ist das wichtigste Institut die Ehe. Der Dinkart erklärt, warum es gut ist, nicht mit Fremden eine Ehe zu schließen, sondern mit Stammesangehörigen: wer durch die Vorschriften der Religion sich gebunden fühlt, muß zur Vermeidung von Sünde und Hader eine Ehe mit Religionsgenossen schließen, damit hierdurch eine gegenseitige Bekräftigung und die Befreiung von der Hölle durch beiderseitiges Gebet und Gottesverehrung entstehe. Das Glück der Nachkommenschaft wird durch solche Heirathen gesichert, durch welche in dieser Beziehung gegenseitige Hülfleistung möglich ist. Diese mit Gliedern desselben Stammes geschlossenen

Ehen nennt man Chwaitwabatha (Chetobath, Verwandtenheirath). Wer daher im Hinblick auf Stärkung und Verkettung für die Zeit der Wiederherstellung aller Dinge (im Jenseits) als Mann und Frau sich verbinden will, soll dies Band der Verwandtschaft so knüpfen, daß es für lange Zeit dauert, und zwar mit Verwandten und den nächsten Bekannten der Gemeinde. Folgende drei Arten der Verwandtschaft sind es: Vater und Tochter, Sohn und Mutter, Bruder und Schwester. Die Erklärung dieses verborgnen Aus- spruchs haben gelehrte Desturs folgendermaßen gegeben: Alles von Gott geschaffue ist männlich oder weiblich; jenes ist der Sohn, dies die Tochter, und Gott selbst ist der Vater. Nun wird die Erde, aus welcher (dem Stoffe nach) alles gemacht ist, als die Mutter von allem angesehen, und aus ihr schuf er den männlichen Gajomard (das Urwesen). Alle Menschen stammen von ihm ab; Gajomard war lebendig, sprachbegabt und sterblich, und diese drei Eigenschaften vererbten sich auf seine Nachkommen, die beiden ersten stammen von seinem Vater, dem Schöpfer, die letzte von dem bösen Feinde, der die Oberhand über ihn gewann. Die Entstehung eines männlichen Wesens (Gajomard) in der Tochter (Erde) durch Beihülfe des Vaters (Ormazd) nennt man das Chetobath von Vater und Tochter. Nun heißt es in der Schrift, daß Gajomard durch seinen Tod die Erde befruchtete, welche seine Mutter war; dieß nennt man Chetobath von Sohn und Mutter; und dadurch seien Maschia und Maschiana (Adam und Eva) entstanden als Sohn und Tochter des Urwesens und der Erde. Beide aber lebten mit einander und wurden Urheber des Menschengeschlechts, und dies nennt man Chetobath von Bruder und Schwester. Auch stammten von diesen ersten Menschen Zwillingspaare ab, welche dann als Mann und Weib lebten. Der Verfasser des Dinkart führt dann noch aus, daß die Erkenntniß des höchsten Wesens in der Reihe der Nachkommen Maschias und Maschianas sich fort- geerbt habe, und da somit diese Erkenntniß in demselben Maße zunehme, als Heirathen geschlossen würden (natürlich unter Zoroastrischen Religions- genossen), so sei die Heirath unter Mitgliedern des Stammes das beste Mittel, der Tiws Abbruch zu thun. In den Akten der persischen Märtyrer findet man zahlreiche Stellen, welche einen besondern Tadel gegen das bei den Christen als heiliger Stand betrachtete Cölibat aussprechen. Die dem menschlichen Gefühl höchst anstößige Vorschrift der Verbindung der nächsten Blutsverwandten sucht demnach der Verfasser des Dinkart als einen symbolischen Ausdruck darzustellen und die Sphäre des Chetubath auf Verwandte und Stammgenossen im allgemeinen zu beschränken, und er spricht wohl damit aus, daß die Verwandtenheirath zu seiner Zeit, also bereits unter den Sasaniden, wie heute erst zwischen Geschwisterkindern, nicht schon zwischen engern Graden gestattet war. Indessen so erfreulich dieses Zurückkommen von einer abscheulichen Sitte ist und so energisch der Dinkart dagegen protestirt, so hat dieselbe doch bei den Persern bestanden so gut wie bei den Aegyptern (z. B. im Haus der Ptolemäer und schon lange vorher bei den Königen der

18. Dynastie), Hebräern (Abrahams Weib Sarai war seine Stiefschwester),
Karern (Mausolus heirathete seine Schwester), Griechen (in Athen durfte
man die Stiefschwester von Vatersseite heirathen); nach Herodot heirathete
Kambyses seine Schwester Atossa, nach Plutarch Artaxerxes seine Tochter
Atossa, der armenische Bischof Narses (310—374) mußte den Satrapen die
Verwandtenheirath verbieten, dieselbe wird von Kirchenvätern erwähnt, welche
ihr Vorkommen in Medien, Aegypten, Galatien und Phrygien einer Aus=
breitung der Magier nach diesen Ländern zuzuschreiben geneigt sind; noch
Firdusi sagt, Humai habe ihren Vater geheirathet, wie die Pehlewireligion
erlaubte.   Der Herausgeber des Tinkart, der gelehrte Testur Peschotan
Behrambji Sandjana scheint geneigt, jene Berichte der Alten als durchaus
nicht mit der persischen Religion übereinstimmend (doch versichern jene aus=
drücklich das Gegentheil), demnach jene Heirathen als verabscheuenswürdigen
Frevel hinzustellen und macht dabei auf die niemals anerkannte persische Secte
des Priesters Achschi aufmerksam, welche allerdings derartige Ehen zuließ.
Der Zweck des Instituts der Verwandtenheirath war ursprünglich die Rein=
haltung des Bluts, das Fernhalten fremder Elemente, welche bei der aner=
kannten Vorzüglichkeit der iranischen Race und ihrer Erhabenheit über die
beherrschten Fremden nur eine Verschlechterung der körperlichen und geistigen
Beschaffenheit bewirken konnten.   Dies spricht der Tinkart ganz naturwissen=
schaftlich aus: Kinder gleichen im allgemeinen ihren Eltern in Gesichtszügen,
Körperbildung, Wuchs, guten Eigenschaften, Verstand, Charakter, Dankbar=
keit, Zuneigung und ähnlichem.   Ferner bietet sich uns in dieser Beziehung
die Beobachtung, daß der Stand der Priester sich auszeichnet durch Reinheit,
Glauben an das Jenseits, Dankbarkeit, Großmuth gegen den Schwachen und
Gottesfurcht, der Krieger durch Geschick mit der Streitaxt (Keule), durch
Aufrechthalten des Gesetzes in der Welt, Größe des Körpers, Kraft, Stark=
herzigkeit und Tapferkeit, durch lebenslängliche Ausdauer in Kampf und Wag=
niß, und wie ein Hund oder Wolf durch Nichtachtung des Lebens; wiederum
ist zahmes Kleinvieh nicht (tapfer) wie ein Wolf, der Wolf nicht so stark wie
ein Hund, und ohne den Hund wäre das Leben (von Mensch und Vieh)
schutzlos.   Ferner können Pferde, welche schnellen arabischen Hengsten und
einheimischen Stuten entstammen, nicht so schnell laufen wie rein arabische,
noch gleichen die Badawi (Patai) den einheimischen; ein Maulthier von Roß
und Eselin erzeugt gleicht weder dem Roß noch dem Esel.   So gleicht keines
dieser Thiere dem andern, sondern die Race ist verschlechtert und die Brut
gedeiht nicht.   Deshalb soll man das eigne Geschlecht in reinem Stand halten.
Die Heirath zwischen zwei Personen verschiedner Nationalität, welche auch
verschiedne Anschauungen und Sitten mitbringen, wird treffend vom Tinkart
als schädlich charakterisirt: manche Weiber nöthigen trotz des Unvermögens
ihrer Männer, auf den Mangel an Muth bei ihnen bauend, dieselben, ihnen
mehr als nöthig zu kaufen, und wenn sie es nicht bekommen, dominiren sie
über die Männer und zeigen ihnen ihre Ueberlegenheit; wie denn viele fremde

Weiber Schmuck, schöne Kleider, Sklavinnen, Schminke, Wohlgerüche und ähnliche Dinge verlangen, die der Mann nicht versprechen kann; und wenn er doch genöthigt wird, sie zu versprechen, so erfolgt Zank, Schimpfen und böse Rede, schließlich Scheidung oder ein Leben, welches beiden Verdruß und Unglück bringt.

Der Umgang mit Schlechten ist schädlich, denn die Anhänger einer schlechten Religion denken nur an Halsstarrigkeit, Raub und Trug. Die Ausbreiter schlechter Religionen verursachen eben solchen Schaden wie die Falschmünzer, welche Blei statt Gold oder mit Blei versetztes Gold unter die Leute bringen. Am sorgfältigsten zu hüten hat man ein kleines Kind, ein Weib, ein Lastthier und das Feuer. Und von den Kleidern, welche die Menschen tragen, sind die seidnen gut für den Körper, die baumwollnen für die Seele, denn die Seide kommt von einem schädlichen Thier, aber die Baumwolle nährt sich vom Wasser und wächst von der Erde. Was den Wein betrifft, so offenbaren sich, sagt der Minochired, durch ihn gute und schlechte Anlagen (Temperamente). Die Güte eines Menschen zeigt sich bei Zorn, die Weisheit bei unregelmäßiger Begierde, denn der, welchen der Zorn übernimmt, vermag sich selbst zu beherrschen durch Güte, und der durch Begierde gereizte durch Weisheit, und wer durch Wein erregt ist, durch seine Anlage. Denn ein Mann von guter Anlage gleicht beim Weintrinken dem goldnen Becher, welcher, jemehr man ihn brennt (polirt), desto reiner und glänzender wird; er denkt, spricht und handelt passender, wird freundlich und der Frau, den Kindern und Freunden angenehmer, ist thatkräftiger in der Ausübung seiner Pflichten und guter Werke. Wer aber von schlechter Anlage ist und Wein trinkt, hält sich für mehr (als er ist), erregt Streit, wird unverschämt, verhöhnt seine Gefährten, wird anmaßend gegen Gute, betrübt sein Weib, Kind und Diener, verdirbt das Glück der Guten, stört den Frieden und stiftet Zwietracht. Durch mäßigen Weingenuß wird man einsichtig und erlangt viel Vortheil: er trägt zur Verdauung bei, erhöht die Körperwärme, befördert den Verstand, die Vernunft, Säfte und Blut, entfernt Kummer, erhöht die Farbe, bringt vergessne Dinge ins Gedächtniß, Güte nimmt ihren Platz im Gemüth ein, er vermehrt die Sehkraft, das Gehör, und löst die Zunge, die Hantirung geht rascher von Statten, und er bringt guten Schlaf und leichtes Erwachen, und aus diesen Gründen kommt Behagen für den Körper und Reinheit der Seele vom Wein über den Menschen. Wer über Gebühr Wein trinkt, erleidet Schaden; denn seine Weisheit, sein Verstand, seine Vernunft, Säfte, Blut nehmen ab, eine Krankheit tritt heftiger auf, das Aussehn verändert, Stärke und Kraft mindert sich, das Gebet und Lob Gottes wird vergessen, Gesicht, Gehör und Sprache wird schwach, er betrübt Chordad und Amerdad (die Genien des Wassers und der Pflanzen, der Gesundheit und des langen Lebens), bekommt Verlangen nach trägem Schlaf, was er zu sagen und zu thun hat, bleibt unterlassen, er schläft unruhig und wacht unbehaglich auf; durch alle diese Verhältnisse wird er selbst sammt Weib, Kind, Freund

und Verwandten gramvoll und unglücklich, sein Feind wird froh, und Gott
hat kein Gefallen an ihm, Schmach kommt über seinen Körper und Ruch-
losigkeit über seine Seele.

Die höchsten Güter bezeichnet der Minochired folgendermaßen: Gott ist
der sicherste Schutz, ein trefflicher Bruder ist der beste Freund, ein schönes
frommes Kind erhält am besten den guten Namen der Familie, ein schönes,
wohlgesittetes und gutes Weib ist eine wonnebringende Gefährtin, und das
Besitzthum ist das beste und angenehmste, welches auf ehrenhafte Weise erworben ist und welches man genießt und erhält mit guten Thaten, und die
höchste Freude von allen ist Gesundheit des Leibes und Furchtlosigkeit, guter
Ruf und reiner Sinn. Reich ist, wer vollkommen weise, wer gesund ist und
furchtlos lebt, wer zufrieden mit seinem Loos, wer geehrt ist in den Augen
Gottes und in den Reden der Menschen, wessen Zuversicht steht auf der
reinen, guten mazdajasnischen Religion, und wer begütert ist durch Redlich-
keit. Der Mann ist der beste, welcher weise, standhaft in der Religion,
dankbar und wahrhaftig ist; die Frau ist die beste, welche beredt, gesund
beanlagt, geschickt, von gutem Ruf und guter Sitte ist, das Haus erheitert,
schamhaft und schüchtern ist und freundlich gegen Vater, Oheim, Gatten und
Erzieher, und liebreizend ist; die Kuh ist die beste, welche glänzend, laug-
ohrig und fruchtbar ist; von den Vögeln ist Tschehrav der beste (der heilige Sperber, welcher in Zima's Garten das Avesta in der Vogelsprache
verkündigte); das weiße Roß ist das Haupt der Rosse, der Hase das beste
der wilden Thiere; der Weizen das beste Getreide. Diese Meisterschaft einzelner Wesen unter ihresgleichen führt der Bundehesch weiter aus und bezeichnet folgende Thiere und Dinge als Meister, welche die ihnen verwandten Wesen wie Kriegsobere gegen die Scharen des Ahriman anführen: der
weiße Charbez, welcher den Kopf gesenkt trägt unter den Ziegenarten, der
schwarze Widder mit weißen Kinnbacken, das weiße Kameel mit zwei Höckern,
der schwarzhaarige gelbe (gelbgefleckte) Stier, das gelbohrige, rothhaarige,
mit Bläße gezierte Roß, der weiße Esel, der gelbhaarige Hund, der braune
Hase, der Vogel Greif (Simurg) ist Meister der Vögel, der Karsipta (heilige Sperber) weilt im Himmel; das Hervelin, der Nashornfisch, der Fluß
Tatja ist der Meister alles Fließenden, der Darabja aller großen Flüsse,
weil Zarathustra's Stammhaus an ihm lag; der Wald Spaitita (der weiße)
ist der Wälder Meister rc. Die beste Handlung ist nach dem Minochired
Freigebigkeit, dann folgt Wahrhaftigkeit, die Verwandtenheirath, das Feiern
der Jahreszeitfeste, das Beten des ganzen Rituals, die Verehrung Gottes
und das Errichten von Karawanserais für die Kaufleute, Gutes allen Menschen zu wünschen, Freundlichkeit gegen die Guten.

Der Leib wird am besten ohne Schaden der Seele erhalten und die
Seele befreit ohne Schaden des Leibes, wenn man diese vom Geist der Weisheit vorgeschriebenen Sätze im Auge behält: behandle einen unter dir stehenden wie deinesgleichen, einen deinesgleichen wie einen höher stehenden, einen

höher stehenden wie einen Gebieter, diesen wie einen Fürsten, und bei Fürsten
sei ruhig, gehorsam und wahrheitredend, gegen Gefährten achtungsvoll, ge=
fällig und gütig. Verleumde nicht, damit dir nicht Schande daraus erwachse,
denn es heißt: Verleumdung ist schlimmer als Zauberei, und in der Hölle
stürzt die Darudj (ein weiblicher Teufel) von vorn gegen dich, und die
Darudj der Verleumdung von hinten, wegen der schweren Sünde. Sei nicht
habgierig, damit der Teufel der Gier dich nicht betrügt, das Gute in der
Welt dir nicht gleichgültig wird und das Gute des Geistes nicht verborgen
bleibt. Sei nicht zornig, denn im Zorn vergißt der Mensch Pflichten, gute
Werke, Gebet und Gottesdienst, Sünde und Verruchtheit nehmen den Sinn
ein, bis der Zorn sich gelegt hat. Ergib dich nicht trägem Schlaf, damit
Pflichten und gute Werke, welche du thun mußt, nicht ungethan bleiben.
Verführe nicht unzeitiges Geschwätz, damit durch dich nicht Chordad und
Amerdad und Marespand (das heilige Wort) betrübt werden. Lauf nicht
mit offenen Kleidern, damit nicht Anstoß gegeben wird den zwei= und vier=
beinigen Wesen des Hauses und Schade deinen Kindern. Geh nicht mit
Einem Schuh, damit deine Seele keine Kränkung erleide. Plündere nicht
das Gut anderer, denn wer nicht isset vom eigenen Verdienst, sondern vom
fremden, der gleicht dem, der das Haupt eines Menschen in der Hand hält
und dessen Hirn verzehrt. Mit einem Boshaften laß dich nicht in Zank
ein, mit einem Verleumder geh nicht zu der Pforte des Königs, mit einem
Dummen schließe keinen Bund, mit einem Narren streite dich nicht herum,
mit einem Betrunkenen geh nicht auf der Straße, bei einem Bösen borge
nicht. Verlaß dich nicht auf Schätze und Güter, denn am Ende mußt du
sie alle verlassen; verlaß dich nicht auf den Padischah, denn am Ende mußt
du ohne ihn sein. Verlaß dich nicht auf Ehren, denn sie helfen dir nichts
im Himmel, nicht auf Verwandtschaft und Ahnen, denn am Ende hängt
alles von den eigenen Thaten ab, nicht auf das Leben, denn zuletzt kommt
der Tod, und Hunde und Vögel fressen deinen Leichnam, und die Gebeine
fallen in die Grube, und während dreier Tage und Nächte sitzt deine Seele
oben an deinem Kopfe und geht am Morgen des vierten Tages mit den
reinen Genien und andrerseits mit Teufeln zu der hohen und grausigen
Brücke Tschinwad, wohin jeder, sei er fromm oder gottlos, kommen muß.
Hier erheben sich die Feinde: Chaschm, der Teufel des Zorns, der greulich
daherlaufende Astwahad, der Zerstörer der Gebeine, der alle Geschöpfe ver=
schlingt und nicht satt wird, in der Mitte aber Mithra, Serosch und Raschnu,
welcher nach keiner Seite unrichtig abwägt die Seelen der Reinen und
Bösen, der Könige und Fürsten, nicht um eines Haares Breite, und keine
Gunst kennt und den König und Fürsten gleich dem geringsten Mann mit
Gerechtigkeit abwägt; die Seele des Reinen geht über die Brücke, welche
eine Farsange breit wird, in das Paradies, die Seele des Bösen ergreift der
Teufel Wizaresch und schlägt und peinigt sie zornig und erbarmungslos;
und die Seele schreit laut und fleht kläglich und kämpft ums Leben frucht=

los, und wenn ihr Kämpfen und Flehen nichts hilft, und keiner ihr zu Hilfe
kommt, so schleppt Wizarescha sie ohne Hoffnung in die tiefe Hölle.

Der Mann ist der höchste, welcher von sich abzuwehren vermag die
Tarubj (Geiz, Zorn, Wollust, Schmähung und Unzufriedenheit; der Weg,
welcher über die Brücke Tschinwad führt, ist der angstvollste, die Abwägung
der Seelen (wobei das verborgene Böse an den Tag kommt) ist das wunder-
barste, das Band der Kinder (und Eltern) ist das schönste und engste, und
die Handlung ist am meisten zu bedauern, welche für Undankbare gethan ist,
die Gabe ist die wenigst lohnende, welche man den Undankbaren und Un-
würdigen gibt.

Wenn du Ormazd den Herrn, die Amschaspand (Erzengel) und den
duftenden lieblichen Himmel für dich gewinnen, aber den Ahriman, den
bösen, und die Diws außer Fassung bringen und der finstern, stinkenden
Hölle entgehen willst, dann nimm den Geist der Weisheit als Pfeiler, und
mit dem Geist der Zufriedenheit rüste dich wie mit Sattel, Harnisch und
Tartsche, mit dem Geiste der Wahrheit wie mit einem Schild, mit dem Geiste
der Dankbarkeit wie mit einer Keule, mit dem Geist der Demuth wie mit
dem Bogen, mit dem Geist der Freigebigkeit wie mit einem Pfeil, mit dem
Geist der Mäßigung wie mit einer Lanze, mit dem Geist der Standhaftig-
keit wie mit einem Handschuh, und der Geist des Schicksals (in dessen Fügung
du dich ergibst) sei dir wie eine vorgehaltene Schutzwehr gegen Ahriman,
den bösen, und die übelriechende Hölle.

Wenn der reine Mann irgendwo die Wahrheit zu reden lästig oder
schädlich findet, so soll er doch die Wahrheit sagen. Daß ein Mensch nicht
beachtet folgende vier Dinge, welche er doch als Warnzeichen beachten sollte:
die Veränderlichkeit aller Dinge in der Welt, den Tod, die Rechenschaft
welche die Seele abzulegen hat und die Furcht der Hölle, kommt von der
Verwüstung, welche der Teufel des Geizes und der Unzufriedenheit anrichtet.
Eines hat Ormazd geschaffen, auf welches Ahriman keine Gegenschöpfung
zu bringen vermag: den weisen und zufriedenen Menschen. Die am höchsten stehende Beschäftigung ist das Ueberliefern der Wissenschaft an würdige
Schüler.

Die zoroastrischen Priester ließen es nicht bewenden bei Lehre und Er-
mahnung; sie haben außer den gottesdienstlichen Handlungen Gebete ver-
ordnet, durch welche der Fromme in geistigen Verkehr mit Gott tritt, und
Beichtformeln, durch deren Bekennen in Gegenwart des Priesters sein be-
ladenes Gemüth Erleichterung vom Druck des Gewissens erlangen kann.
So heißt es in einer Beichtformel (Patet): „ich beharre in der Rechtschaffenheit
und reinem Wandel, ich verbleibe in der reinen mazdajasnischen Religion,
in jener Religion verbleibe ich, welche Ormazd der Herr und die Amschaspand
dem Zarathustra mit gepriesener Seele, dem Nachkommen des Spitama, gelehrt haben, Zarathustra aber dem König Wistaspa gelehrt hat, Wistaspa
dem Fraschaostra und Djamaspa und Isfendiar, diese aber allen Gläubigen

der Welt gelehrt haben, welche (Religion) in der Geschlechtsfolge zu Aber-
bad dem Sohne des Mahrespand, dem Zurechtrichter der Reinheit kam, der
sie zurechtrichtete und reinigte. Ich beharre in diesem Glauben und wende
mich nicht von ihm ab, weder eines guten Lebens willen oder eines längeren
Lebens willen, noch um Herrschaft, noch um Reichthum, aus Liebe zur Reinheit. Wenn ich etwa meinen Leib der Seele wegen dahin geben muß, so
gebe ich ihn mit Zufriedenheit" (nach Spiegels Uebersetzung). Der Patet
zählt nun alle Sünden, welche gebeichtet werden, in der Reihenfolge auf,
daß er zuerst diejenigen namhaft macht, welche eine Beleidigung der Amschaspand enthalten, z. B. Sünden gegen die Menschen, wodurch Ormazd,
gegen die Thiere, wodurch Bohumano, gegen die Feuer, wodurch Arbabihist
beleidigt wird 2c., sodann die Todsünden, die Sünden gegen Einrichtungen
des Staates und der Gesellschaft, gegen die gute Sitte, gegen Verwandte,
Gottesdienst, gegen alles was in Gedanken, Worten und Werken gefehlt
ist, und schließt mit dem Glaubensbekenntniß und Recitation von Stellen
des Avesta.

Es fehlt auch nicht an der in allen Religionen bewährten Verheißung
himmlischer Belohnung für gute und Androhung höllischer Strafen für böse
Thaten. Wir besitzen ein merkwürdiges Buch, worin der weise Ardai Wiraf
über Himmel und Hölle berichtet; die Enthüllungen sind eingekleidet in die
Erzählung, daß der Weise während einer Versammlung vieler Desturs und
des Königs Ardeschir I. in eine Verzückung gerathen sei, während welcher
seine Seele den Leib verließ und von Genien durch Himmel und Hölle geführt wurde, eine Einkleidung, welche zuerst bei christlichen Apokalyptikern
und mehr oder weniger variirt bei vielen ähnlichen Schriften vorkommt.
Das Werk ist nicht ohne schöne und großartige Stellen, und der Leser wird
einige derselben vorzuführen gestatten.

Bereits an der Brücke Tschinwad sieht Ardai Wiraf eine große Menge
Seelen, welche nicht zur Ueberschreitung derselben gelangen können; es sind
die, deren gute und böse Werke sich die Wage halten, also dieselben, welche
auch Dante zuerst erblickt. Es sind, wie Ardai Wiraf hört, die unglücklichen,
welche den Wechsel von Hitze und Kälte und das Ungewisse ihrer Lage höchst
empfindlich wahrnehmen. Im vierten Himmel erhält der Weise von dem
Ized Serosch, seinem Begleiter, ein kleines Brot, welches die Seelen der
Verstorbenen gleichfalls erst an dieser Stelle erlangen; der Genuß dieses
Brotes begräbt alle Erinnerung an das in der irdischen Welt erlebte und
gibt zugleich die Kraft, den Glanz der Himmel ohne Furcht anzuschauen.
Im sechsten Himmel sieht er einen Raum mit herrlichem Grün bewachsen;
hier wuchs Basilienkraut mit lieblichstem Duft, die Linde und Orange ver-
breiteten ihren Wohlgeruch, und unter dem Schatten hoher Bäume saßen
viele Seelen, welchen die schönsten Frauen dienten, in kostbaren Gold- und
Silberkleidern, Kronen auf dem Haupt; Scharen von Musikern spielten auf
ihren Instrumenten, und alles ringsum war Freude. Serosch bezeichnet diese

Seelen als die Seelen derer welche einst arm und gering, Landleute, die
den rechten Weg wandelten, waren, die ihren Pflichten betriebsam und eifrig
nachkamen; ihnen steht die Spenta Armaiti (der weibliche Amschaspand
welcher über der Erde und dem Ackerbau wacht) mit den ihr gehorchenden
weiblichen Engeln vor. Eine andere Schaar zeigt sich auf Thronen von
Gold und Silber wie Könige sitzend, mit Dienern und Gefolge in reicher
Kleidung; neben ihnen stehen Rosse mit goldenen Zügeln und Steigbügeln
und anderm herrlichen Geschirr. Dies sind, sagt Serosch, Schäfer, Hirten
und andere, welche auf Erden die Hausthiere zu besorgen hatten und sie gut
versorgten, auch sie in ihrem Alter oder in Krankheiten nicht verließen, sondern sie vor Raubthieren, vor Sturm und vor der Sonnengluth schützten,
und welche von dem Ertrag ihrer Viehzucht den Ueberfluß an Arme ver-
schenkten. Das siebente Paradies, der Ort des ewigen Lichtes, zeigt sich als
ein Garten mit Wegen von polirtem Gold, mit Blumen und Bäumen, deren
entzündender Duft fast sinnenraubend ist, wo Rose, Tulpe, Hyacinthe, Jasmin,
Veilchen, Narcisse, Centifolie und andre schöne und duftende Blumen blühen;
alle Arten von Früchten waren in großer Fülle vorhanden, die kühlende
Orange, die süße Traube, die Dattel und Granate; die Bäume waren bevölkert von den schönsten Vögeln mit unvergleichlichem Gefieder, mit wohl-
klingenden Stimmen, so daß die Seele voll von Bewunderung, das Herz
voll von Dankbarkeit wurde. Ein Gebäude im Garten schien gleich der Sonne
in vollem Glanze, es war besetzt mit Diamanten, Perlen, Smaragden und
allen Arten Edelsteinen. In der Mitte desselben stand ein goldner Thron,
umgeben von Stühlen; hier saß der Prophet Zarathustra in der Umgebung
der Helden und Könige der Vorzeit. Während Ardai Wiraf mit Serosch
einherwandelt, belehrt ihn dieser über Sachen der Religion. Das Leben des
Menschen ist von kurzer Dauer, und viel Angst und Kummer ist ihm beschert;
ein Mann von 50 Jahren kann nach so langer Zeit voll Freude und Glück
unerwartet von Krankheit und Armuth befallen werden. Vielen wird eine
solche Prüfung auferlegt, aber wenige bewähren sich. Nach 50 Jahren Freude
auch nur einen Tag Qual zu dulden ist ihm zu viel, und er beklagt sich
voll Bitterkeit bei dem Schöpfer alles Guten über dessen Ungerechtigkeit und
Grausamkeit, ohne sich zu erinnern an das so lange genossene Gute.

An einem andern Ort sieht der Weise eine Menge Seelen in wallen-
den weißen Gewändern mit gold- und silbergestickten Säumen, in der Gesellschaft der Genien des Wassers, des Feuers und der Pflanzen. Alle saßen
auf Thronen mit Kissen, und der Ort duftete von Ambra und Moschus.
Es sind die Seelen der Statthalter und Beamten, welche nicht nachgelassen
haben Gutes zu thun, welche Brunnen und Canäle gegraben, Wasserleitungen
gebaut, Karawanserais und Ruheplätze für müde Wanderer errichtet, Gärten
zum Vergnügen der Armen angelegt und nicht frevelhaft Bäume und Pflanzen
abgehauen haben; welche das heilige Feuer unterhalten und die Vorschriften
der zoroastrischen Religion befolgt haben.

Beim Eintritt in die Hölle gewahrte Ardai Wiraf einen Strom von stinkendem Wasser, aus welchem pestilentialische Dünste aufstiegen (sein Begleiter sagt ihm, er sei neun Lanzen tief); und in ihm schwammen viele Seelen, dem Ertrinken nahe, manche untergehend, alle in der größten Aufregung nach Gott rufend und über ihr Loos sich beklagend; aber alles verflog im Wind, Niemand hörte sie oder merkte auf ihr Klagen, Niemand kam zu Hülfe und ihr Schreien war umsonst. Alle Arten schädliche Reptilien, von denen der Strom angefüllt war, ließen ihnen keinen Augenblick Ruhe, der Strom riß sie mit fort trotz Schreien und Heulen. Serosch belehrt ihn Weisen, daß dieser Strom von den Thränen gebildet werde, welche gegen das Gebot des Allmächtigen über die Verstorbnen vergossen werden. Das Gebet für die Seelen der Abgeschiedenen, sagt Serosch, ist eine Pflicht und Gott gefällig, aber zu jammern ist sündhaft in seinen Augen; Hoffnung ist den Menschenkindern nicht versagt, und der Glaube an die Gerechtigkeit des Allmächtigen muß die Betrübniß überwinden. Ardai Wiraf erblickt am Fuß der Brücke Tchinwad eine Seele, welche soeben ihren Leib verlassen hatte und am Kopf des Leichnams saß. Sie klagte jammervoll über die Angst, welche sie ergriffen hatte, als sich ein Wind erhob, auf dessen Fittichen der greulichste Gestank wie von den Grenzen der Hölle getragen ward, und vor welchem alle Seelen mit größter Eile entflohen. In dem Winde erschien eine Gestalt von teuflischem Ansehen, mit Zähnen wie eines Elephanten, mit Nägeln an Hand und Fuß wie Adlerfänge, die Augen wie Blut, aus ihrem Rachen stieg ein stinkender Qualm. Als die Seele vor diesem Anblick entfliehen wollte, ertönte eine Stimme wie Donner: wage nicht mir zu entlaufen, denn ich habe dich in meinen Klauen. Die Seele ruft: wer bist du, welche furchtbare Gestalt? Niemals sah ich ein Ding so schrecklich auf Erden. Der Teufel erwidert: ich bin dein eignes Selbst (Spiegelbild), und bin so mißgestalt worden durch deine Verbrechen; wenn andere auf dem Weg der Wahrheit wandelten, so hast du nicht eingesammelt für diese lange Reise; du warst reich, aber thatest nicht gutes mit deinem Reichthum, unterstütztest nicht die Armen, schütztest nicht Wittwen und Waisen, ja durch dein Beispiel verführtest du andere, die zum Guten geneigt waren, zum Bösen, denn du sagtest zu dir selbst: 'wann ist der Tag des Gerichts? an mich kommt er nicht'. Jetzt bist du in meiner Gewalt. Darauf faßte er sie beim Nacken und brachte sie an die Brücke, welche · jetzt nicht breit, sondern scharf wie ein Schwert wurde. Die Seele zauderte sie zu betreten, wurde aber von dem Teufel fortgestoßen, wankte einige Schritte vorwärts und stürzte in den Abgrund.

Die Strafen der Gottlosen sind mit schauerlicher Abwechslung geschildert; der Feind der Religion hängt mit Einem Fuß an einem Baum und wird von Teufeln geschunden; der hartherzige Reiche jammert nach Wasser und Speise und zerfleischt im Hunger seine eignen Arme, das zänkische Weib hängt mit dem Kopf nach unten an den Beinen, die Zunge nach hinten aus

dem Nacken gereckt, der betrügerische Kaufmann muß ein abscheuliches Ge=
tränk schlürfen, der Tyrann ist an Hand und Fuß gefesselt und siebzig Teufel
quälen ihn mit Schlangen, der Lügner und Verleumder hat seine ausgestreckte
Zunge mit beißendem Gewürm bedeckt oder zwischen Steinen zerdrückt, der
Verführer leidet an einer Krankheit, welche das Fleisch vom Gebein schält
und Würmer erzeugt, der Thierquäler wird von Hunden zerrissen, das Weib,
welches das Feuer mit Haar und andern Unreinigkeiten befleckte, wird von
Teufeln durch Schnee und Eis gezerrt, der Ehebrecher muß einen Fels
durch Schluchten voll Schnee unter Stößen und Schlägen der Dämonen
schleppen; ein Mann wird von Reptilien gepeinigt und steckt mit dem ganzen
Körper in der Hölle, mit Ausnahme eines Fußes; er war sein Lebenlang
ein großer Sünder, nur einmal verrichtete er eine gute That: ein Lamm
hörte er kläglich schreien und sah, daß es angebunden war und sein Futter
nicht erreichen konnte; da schob er das Futter dem Thier mit dem Fuße hin.

Ormizd IV. 578—590.

Ormizd (Hormisdas) brach sogleich den Frieden mit Byzanz. Die persi=
schen Truppen unter Adaarmanes wurden aus Mesopotamien vertrieben, ge=
wannen später ihrerseits eine Schlacht; nach einer Pause von einigen Jahren
wurde ein ausgewähltes Perserheer gänzlich besiegt, und in einer zweiten
Schlacht, bei Martyropolis, verloren die Perser ihren Feldherrn Mebodes;
jedoch hielten sie die Stadt. Zuletzt siegten die Römer bei Sisarbau, einem
Schloß zwischen Nisibin und Djezira. Alle diese Niederlagen, zu denen auch
Einfälle der Araber in die Persis kamen, konnte Ormizd seinen Heeren er=
sparen, wenn er die Friedensverhandlungen nicht abgebrochen hätte; sie sollten
jedoch noch weitere Folgen haben. Ein Feldherr des Ormizd und Statthalter
von Rai, Bahram (Bahram) Tschubin aus der arsakidischen Familie
Mihran, ein Mann von ansehnlichem Aeußern und äußerst beliebt bei den
Soldaten, hatte die Hephthaliten an der Nordgrenze des Reiches bekriegt; in
einer Schlacht waren 200 Elephanten und 100 Löwen, die man vor der
feindlichen Armee aufführte, von den Persern durch Geschosse mit brennendem
Nafta verwundet und zurückgetrieben worden, so daß sie die Hephthaliten in
großer Menge verbrannt und niedergeworfen hatten. Nach Besiegung der
Armee hatte Bahram Balch erobert und war über den Wehrot (Oxus) vor=
gedrungen. Als er nur einen Theil der Beute an Ormizd abgeliefert hatte,
und letzterer vollständige Auslieferung derselben befahl und Bahram durch
ein übermüthiges Schreiben kränkte, erhob dieser die Fahne des Aufruhrs,
und als Ormizd einem Heer unter Führung seines Sohnes Chosro gegen
Bahram zu ziehen befahl, beschloß Bahram Vater und Sohn zu veruneinigen:
er ließ einen Menschen auftreten, welcher als angeblicher Gesandter des Chosro
das Heer zum Abfall von Ormizd auffordern mußte, zugleich prägte er in
Rai Münzen mit Chosros Bild und Namen und brachte sie in Ktesiphon in

Umlauf, so daß Ormizd wirklich an eine heimliche Empörung seines Sohnes
glaubte. Obwohl Chosro den Bahram durchschaute und auch sein Vater
zugab, daß eine Intrigue vorliege, so fürchtete doch Chosro für seine Person,
und entfloh in den Feuertempel von Aderbeidjan, was wiederum den Verdacht des Vaters belebte. Bahrams List war also gelungen; er hatte gefürchtet, seine Soldaten möchten sich weigern, gegen den Königssohn die Waffen
zu ergreifen, jetzt hatte er es nur mit Ormizd zu thun, der namentlich beim
persischen Adel verhaßt war, weil er sich auf das Volk stützte und das Recht
auf Kosten der Standesvorrechte übte. Bahram ließ sich zum König aus-
rufen und rückte von Rai gegen Ktesiphon. Er zog die von den Römern
besiegten Truppen an sich, so daß ein übermächtiges Heer die Hauptstadt bedrohte. Ein Heer des Ormizd wurde zurückgeworfen. Ormizd ließ in seiner
Angst die Hofhaltung und den Schatz von Ktesiphon nach Weh-Kavat (in
der Nähe von Hira) überführen. Auch der Hof und die Garden wurden
untreu und beschlossen, den Chosro auf den Thron zu heben. Sie befreiten
denselben mit Bindoes aus dem Staatsgefängniß Grēvandakan in Ktesiphon.
Bindoes war ein Sohn des Asparapet (Generalissimus der Armee), der von
arsakidischer Abkunst und dessen Tochter die Gemahlin des Königs war. Dieser
parthische Große war von Ormizd umgebracht, und seine Söhne Bindoes
(Bendujeh) und Bestam aus Furcht vor der Blutrache gefangen gesetzt worden.
Ein verwandter Arsakide, Mihran, war mit 30,000 Familien nach Albanien
entflohen, wo er nach und nach mehrere Provinzen unterwarf und die Dynastie
der Mihrakan von Albanien gründete. Man drang nun in den Palast, und
Bindoes entriß dem Ormizd die Tiara und führte ihn in Haft. Obwohl er
sich in einer Rede vertheidigte und auf den Thron verzichtete, indem er einen
seiner Söhne zum Nachfolger empfahl, wurde er doch geblendet und im Gefängniß behalten.

Chosro Parvez 590—628.

Chosro behandelte seinen Vater anfangs rücksichtsvoll, glaubte aber in
der Folge sich seiner entledigen zu müssen und ließ ihn durch Bindoes und
Bestam (Bestam) erdrosseln. Der Aufruhr des Bahram Tschubin wuchs indessen, und trotz demüthigender Versprechungen war Chosroes genöthigt, die
Waffen zu ergreifen. Als die Heere sich bereits diesseits Holwan gegenüberstanden, wußte Bahram die Soldaten des Parvez auf seine Seite zu ziehen,
und der verlassene König floh nach Circesium, wo ihn Probus ehrenvoll auf-
nahm. Bahram fing auch den Bindoes, der obwohl Arsakide, doch durch
persönliche Bande — Chosro war sein Neffe — an das Königshaus gebunden war. Der Kaiser Mauritius hatte die Genugthuung, daß Gesandte der
beiden Gegenkönige in Byzanz erschienen und seine Hülfe ansprachen (593).
Der Kaiser ergriff die Partei des Chosro, was auch den persischen Großen,
die von Anfang dem Bahram nicht geneigt waren, das Zeichen zum Abfall
von dem Usurpator gab. Bahram erstickte zwar eine Empörung augenblick-

ſich, allein Bindoes, welchen man befreit hatte, ſammelte in Medien ein Heer, und von den Römern unter Narſes, ſowie von den Armeniern unter Muſchel unterſtützt gingen die Städte Meſopotamiens zu Choſro über, unter ihnen Dara, welches er ſogleich an Mauritius abtrat. Bahram wurde immer mehr in die Enge getrieben und endlich am Balaroth (bei den Armeniern Bararat) unweit Ganzak beſiegt, worauf er nach Balch entkam und in der Folge auf Anſtiften des Choſro ermordet wurde. Nachdem der König glücklich rehabili- tirt war, wüthete er gegen die Partei des Bahram; eine Menge Menſchen wurde hingerichtet, und auch Bindoes, dem er nächſt den Römern am meiſten zu Dank verpflichtet war, wurde das Opfer der Gewohnheit der Thrannen, ſich des unbehaglichen Gefühls, einem Anderen verpflichtet zu ſein, durch deſſen Beſeitigung zu entledigen. Bindoes wurde im Tigris erſäuft. Sein Bruder Beſtam entkam nach Parthien, empörte ſich gegen ſeinen Neffen, fiel aber durch die Hand eines hephthalitiſchen Meuchelmörders.

Armenien, welches von jeher der Zankapfel der Römer und Perſer ge- weſen war, ſollte nach dem Anſchlag des Mauritius politiſch vernichtet werden; durch Uebereinkunft des letzteren und Choſros wurde ein armeniſches Heer unter Sembat Bagratuni mit der Bewältigung eines Aufſtandes der Amaz- rhoien (in der Gegend von Ruijan in Choraſan), der Zredjan (Tjordjan, Hyrkanien) und Tapuren beauftragt. Ein anderes Heer marſchirte im Auf- trag des Mauritius gegen türkiſche und ſlaviſche Stämme in Thrakien. So ſollte die militäriſche Kraft aus Armenien entfernt und die Möglichkeit eines nachhaltigen Aufſtandes beſeitigt werden. Sembat entledigte ſich glänzend ſeiner Aufgabe, ja er errang noch einen großen Triumph über die Hephthaliten und Türken, indem er Herat, Badgis und Tochariſtan eroberte. Nach dem Tode Sembats ſtellten ſich ſeine Truppen unter den Befehl des Chakans der Türken (Chazaren) und in der Folge zogen ſie durch das Thor von Derbeud dem Heraclius gegen Choſro zu Hülfe.

Wie er dem Bindoes gelohnt hatte, ſo gedachte Choſro auch die Römer, denen er die Krone verdankte, zu vernichten, nur von keinem verbindlichen Gefühle gegen ſeine Wohlthäter beengt zu ſein. Die Ermordung des Mauritius durch Pholas (27. November 602) gab ihm den Vorwand, gegen dieſen Uſurpator Feindſeligkeiten zu eröffnen und die Grenzen des Reichs zu er- weitern. Er gab damit das Zeichen zum Ausbruch eines ſchaudervollen Krieges, der faſt ein Menſchenalter hindurch blühende Länder mit Mord und Brand erfüllte. Im erſten Jahre wurde die ſchwache römiſche Truppenmacht in Meſopotamien vernichtet und Dara und Edeſſa erobert; die Gefangenen wurden unter den Augen und auf Befehl des Choſro ſämmtlich erwürgt. In Ar- menien wurden die Byzantiner von drei perſiſchen Generalen geſchlagen, Satala, Karin (Erzerum) und Cäſarea von Aſchtat Jezdajar erobert (609). Der Feldherr Sars (Schahen) belagerte ſogar Chalkedon, ſuchte aber, von Heraclius beſtochen, Frieden zu vermitteln und ging, während die Stadt cernirt blieb, mit oſtrömiſchen Geſandten zu Choſro. Dieſer erfuhr was geſchehen, ließ Sars

schinden, die Gesandten einkerkern und als einer entfloh, die übrigen zu Tode
prügeln. Ein anderer General, Schahrbaraz (auch Ramiozan genannt) fiel
in Mesopotamien und Palästina ein, nahm das unvertheidigte Jerusalem (615)
und entführte u. A. das heilige Kreuz, nachdem er das heilige Grab und
die Kirche zerstört hatte; eine große Zahl christlicher Gefangener überließ er
den Juden, welche seinen Wunsch errathend ihre Henkerdienste pünktlich ver-
richteten. Sodann zog er vor Chalkedon und eroberte und plünderte diese
Stadt. Endlich wendete sich das Blättchen: Heraclius rückte mit wohl dis-
ciplinirten Truppen, unterstützt von den Chazaren, welche jenseits des Kaukasus nordwärts vom Terek nach der Wolga hin ein mächtiges Reich hatten,
in Armenien ein und drängte, allerdings anfangs ohne Erfolg, den Schahrbaraz zurück. Bei Ganzal trieb er den Parvez in die Flucht und zerstörte
den alten Feuertempel sammt der Statue des Königs, die im Palast unter
der Kuppel stand, und die durch eine Mechanik regnen und donnern konnte.
Auch Thebarma (Urmia) wurde mit seinem Feuertempel zerstört. Es erfolgten noch mehrere beträchtliche Niederlagen der Perser, darunter eine am
Sarus, eine andere am oberen Zab. Bei seinem weiteren Vordringen fiel
u. a. Desterch (Discarthas oder Dastagerd, das heutige Eski-Bagdad oder
Altbagdad), eine von Ormizd I. 270 erbaute Residenz, wo der Ketzer Mani
gefangen gehalten wurde. Die beträchtlichen Ruinen dieser Stadt gleichen
sehr denjenigen von Ktesiphon. Man bemerkt noch einen 1600 Fuß langen
und 46 Fuß breiten Raum, umgeben von einer Mauer mit 12 Thürmen
oder runden Bastionen auf der Ostseite und mit spitzbogigen Nischen und
Doppelfenstern. Die Bestimmung dieses sehr festen Backsteinbaues ist unbekannt, die Umwohnenden nennen ihn Zendan (Gefängniß). Nachdem die
persischen Generale unterlegen waren, kam die Reihe an Chosro. Er hatte
sich nach Gedeser (d. i. Beh Ardeschir, Seleukia) zurückgezogen. Briefe, in
welchen er den Schahrbaraz zu Hülfe rief, wurden aufgefangen, und so von
allen Vertheidigungsmitteln entblößt schlug er gleichwohl die Friedensanträge
des Heraclius aus. Mittlerweile erkrankte er, und da er einen jüngeren
Sohn, Merdases, den er von einer Christin aus Susiana Namens Sira
oder Schirin hatte, zum Nachfolger designirte, empörte sich der älteste Sohn
Kobad Schiruje (Siroes) und warf seinen Vater in den Kerker; seine
Brüder, deren er habhaft werden konnte, brachte er um, den Merdases vor
den Augen seines Vaters. Dieser wurde zum Hungertod verurtheilt, man
gab ihm aber nach 5 Tagen den Rest: der Sohn eines Statthalters von
Sistan, den Chosro wegen eines unbegründeten Verdachtes hingerichtet hatte,
erschlug ihn mit der Streitart (Februar 628).

Chosro Parvez und seine Geliebte Schirin werden in der persischen
Dichtung gefeiert; ein Schloß in der Nähe von Holwan heißt nach ihr
Kasri Schirin. Dieses Jagdschloß ist ein quadratisches Gebäude von Kiesel-
stein in Mörtel gebettet, aber mit Backstein verkleidet, wie auch die Bogen
aus Backsteinen gewölbt sind. Zahlreiche Zimmer und Gänge, zum Theil

noch gewölbt, bilden einen Haufen von Ruinen. Auch ist Chosro berühmt durch seine Reichthümer; er besaß einen Schatz, der vom Kaiser von Byzanz in Kriegsnoth nach Abyssinien geflüchtet worden sein soll; ein Sturm habe die damit beladenen Schiffe an die persische Küste getrieben und Chosro habe ihn deßhalb Bad=awarb (vom Wind herbeigeführt) genannt. Die Schiffe waren mit Kleidern, Edelsteinen, Perlen, Gold und Silber angefüllt. Chosro hatte 50,000 Pferde, Kameele und Esel, unter ihnen 1000 in seinem besonderen Marstall. Er besaß 1000 Elephanten, unzählige Frauen und Sklavinnen, 12,000 weiße oder türkische Kameele. Unter den Seltenheiten befand sich dehnbares Gold und eine Serviette von Asbest, welche in Feuer gereinigt wurde; die berühmten Musiker Barbud und Sergius lebten an seinem Hofe.

Kobad Schiruje 628.

Der Vater= und Brudermörder Kobad II. schloß Frieden und gab Meso= potamien an Rom. Zu seinem Vezir ernannte er Barmek, den Ahnherrn des unter den Chalifen berühmten Hauses der Barmekiden. Siroes starb schon nach 4 Monaten an der Pest.

Ardeschir III. 628—629.

Sein Sohn Ardeschir war noch ein Kind und wurde gegen das Ende des Jahres 629 von Schahrbaraz im Einverständniß mit Heraclius be= seitigt. Auch Schahrbaraz wurde nach zwei Monaten (630) getödtet, und man übertrug die Krone auf eine Tochter des Chosro, Borane (Buran= docht), die 7 Monate das Reich regierte, welches in größter Gefahr schwebte, da die Araber bereits begonnen hatten, mit streitbarer Hand und von der neuen Religion ihres Propheten begeistert Asien zu unterwerfen. Es wird erzählt, daß Burandocht das heilige Kreuz an den Kaiser zurücksendete. Außer Burandocht werden noch mehrere Namen genannt, ein Chosro, dessen Verwandtschaft nicht bezeichnet ist; sodann ihre Schwester Azarmidocht und das Kind Ormizd, ein Enkel Chosros Parvez, welches die Truppen des Chorheam in Nisibin ausriefen. Von Azarmidocht wird erzählt, daß ihr Großvezir Choroch=ormizd (Farruch=Hormuzd) sich in sie verliebte; sie er= widerte seine Werbung mit dem Anspruch, daß es einer Königin nicht zieme, einen Mann zu nehmen; gleichwohl wolle sie, da seine Gefühle in ihrer Brust ein Echo fänden, ein Stelldichein gestatten. Der glückliche Mann eilte gebadet und gesalbt bei Nacht in den Palast, wurde aber hier von den Wachen angehalten und auf Befehl der Königin enthauptet. Sein Sohn Rustam eilte herbei, schändete die Königin und tödtete sie. Es werden noch einige Fürsten genannt, welche man auf den Thron erhob, die sich aber als unfähig erwiesen und wieder abgesetzt wurden. „Es war,“ sagt der Ge= schichtschreiber Tabari, „der Wille Gottes, daß die Herrschaft den Persern genommen werde und daß der Islam sich ausbreite; darum ließ Gott sie in diese Verwirrung kommen." Zwischen dem Tod der Burandocht und der Thronbesteigung des letzten Sasaniden (16. Juni 632) verfloß wenig über ein Jahr, wonach man auf die Wirren schließen kann, welche die Fortschritte der Araber begünstigten.

Jezdegerd III. 632—651.

Chosros Enkel Jezdegerd, der Sohn Scheherjars, bestieg nach diesen Thronwechseln zwischen Frauen und Kindern, selbst erst 21 Jahre alt, den Thron der Chosroen, und schon nahten die Feldherrn der Araber, welche zu den Fürsten zu sagen pflegten: „Nimm unsere Religion an oder zahle Tribut oder bereite dich zum Kampf; die Männer, welche ich befehlige, lieben den Krieg und den Tod, wie du die Lust und das Leben liebst." Der arabische Vasallenkönig von Hira war der erste im weiteren Umfang des persischen Reiches, welcher dem Feldherrn Abu-Bekrs, Chalid, Tribut erlegte. Die Stadt Obolla (zwischen Basra und Kufa an einem Canal Forat Meisan gegenüber), einen Stapelplatz der indischen Waaren, vertheidigte der Perser Hormuz, der den Chalid zum Zweikampf forderte. Letzterer war ein unscheinbarer Mann, es gelang ihm aber, einem Hieb des Hormuz auszuweichen und ihm ein Bein zu stellen; als er den Dolch nach ihm zückte, liefen die Perser herbei, wurden aber von den Arabern zurückgeworfen, und Chalid schnitt dem Hormuz den Kopf ab. Die kostbare rothe mit Edelsteinen gezierte Tiara des Getödteten wurde dem Chalid von Abu-Bekr geschenkt. Die Schlacht bei Obollah wird „der Tag der Ketten" genannt, weil die Perser Ketten mit sich führten, um die eingefangenen Araber zu fesseln, oder, wie auch berichtet wird, weil sie sich mit Ketten aneinander gebunden hatten, um eher zusammen zu sterben als Einen fliehen zu sehen. Eine persische Armee unter dem Arjaliben Karen wurde zu Hülfe gesandt: sie begegnete den Flüchtigen. Wieder brachte ein Zweikampf der Feldherrn bei Madzar den Arabern Sieg. Ein weiterer Erfolg über die Perser überlieferte dem Chalid Basra. In der folgenden großen Schlacht standen im persischen Heere auch Krieger arabischer Abkunft aus Susiana, welche zudem Christen waren. Der persische Anführer, ein Dihgan oder Landedelmann, lagerte bei Ullais, dem alten Vologesia (etwa da wo heute Kefil liegt), und hatte die Absicht, den Angriff bis zur Ankunft einer größeren persischen Streitmacht zu verschieben. Chalid, hiervon unterrichtet, rückte sofort vor und besiegte die Perser nach heißem Kampfe; die Gefangenen ließ er an den nahen Euphratcanal führen und abschlachten; von dieser Blutarbeit, welche einen Tag und eine Nacht dauerte, erhielt der Canal den Namen „Fluß des Blutes". Auch Hira, welches seinen früher eingegangenen Vertrag gebrochen hatte, wurde erobert. Sodann fiel der große Proviantplatz der Perser, Ambar, sowie eine Reihe von Festungen, und alle Siege der Araber waren mit furchtbarem Blutbad verbunden, indem sie die Gefangenen oder ereilten Flüchtlinge sämmtlich tödteten. Während Chalid und dann sein Nachfolger Abu Obaida die Er= oberung Syriens bewerkstelligte, wurden die Kämpfe in Mesopotamien fort= gesetzt. Bei Babel wurden die Perser abermals in die Flucht getrieben; ihre Elephanten, welche von den Arabern in die Augen geschossen sich um= wandten, brachten das Perserheer in große Verwirrung.

Die Königin Burandocht sandte Rustam, den Sohn des Farruch=Hor= mazd, nach Mesopotamien, und die Städte erhoben sich in der Hoffnung, die Herrschaft der Araber abzuschütteln, und letztere sahen sich auf Hira beschränkt. In einer blutigen Schlacht bei Namarik errangen jedoch die Moslem den Sieg. Burandocht rüstete noch ein Hülfscorps unter Führung des Peroz Bahman Tjabui aus; es führte 30 Elephanten mit, unter ihnen Chosros weißen Schlachtelephanten, der das Palladium des Reichsheeres, das lederne Banner des Schmides Kawe trug. Eine zwei Tage tobende Schlacht bei Merwaha kostete den Arabern das Leben von sieben Feldherrn; der erste der= selben wurde von dem weißen Elephanten mit dem Rüssel ergriffen und mit den Füßen zerstampft. Die Moslem wurden in den Euphrat getrieben und flohen. Jedoch waren die Perser am Verfolgen ihres Sieges verhindert, weil in Ktesiphon ein Aufstand gegen die Königin ausgebrochen war, und der Feldherr nach Ktesiphon berufen wurde. Obgleich die Araber nun einen mit Plünderung verbundenen Raubzug nach Bagdad unternehmen konnten, um zur Zeit des Jahrmarktes das hier aufgestapelte Kaufmannsgut auf 1000 Kameelen zu entführen, auch nochmals einen Erfolg über die Perser errangen, so sehen wir diese doch wieder im Besitz des Landes bis über den Euphrat hinaus. Mit der Thronbesteigung Jezdegerds nahmen die Perser einen neuen An=

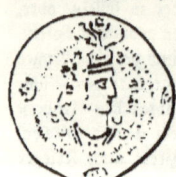

lauf; umfassende Maßregeln zur Vertheidigung wurden getroffen, die mesopotamische Bevölkerung schlug sich wieder auf die Seite der Perser, und der arabische Feldherr Mothanna zog sich in die Defensive zurück; eine Armee, welche an Zahl die arabische weit übertraf, rückte über den Euphrat in die Nähe von Kadesia. Dieser Ort, heute Kad= der, liegt einen Tagesritt südlich von Kerbela; ausgedehnte Ruinen, Hallen und Bogen mit Masken=Ornamenten sasa= nischen Stils bezeichnen die Stätte, wo um die Geschicke eines

Silberdrachme Jezde= gerds III.

Weltreiches gestritten wurde. Nachdem Mothanna an einer Wunde, welche er bei der Niederlage von Merwaha davongetragen hatte, gestorben war, trat Saad, Sohn des Abu Wakkas, an die Spitze der Moslem. Sein Vorgänger hatte ihm auf dem Todbette den Rath gegeben, den Feind durch wiederholte Einfälle zu beunruhigen und bevor es im persischen Reich zu neuen Verwir= rungen kommen würde, nicht in das Innere desselben vorzurücken, eine Haupt= schlacht nur an der Grenze der Wüste anzunehmen, wo man vor der Ver= folgung durch die Perser im Fall einer Niederlage sicher sein dürfte; auch bat Mothanna den Saad, sich seiner Gattin, der schönen Selma, anzunehmen,

welche denn auch nach dem Tode ihres Gatten die Gemahlin Saads wurde.
Saad war indessen zur Zeit der Schlacht von Kadesia krank und konnte sie
nur vom Walle der Burg aus, zur Seite seines Weibes, betrachten. Die
Schlacht begann mit zahlreichen Zweikämpfen, welche bald in den Massen=
kampf übergingen. Die arabischen und persischen Rosse steigerten die Wild=
heit des Kampfes dadurch, daß jene vor den persischen Elephanten, diese vor
den mit flatternden Decken behangenen arabischen Kameelen scheu wurden.
Die beiden ersten Tage der Schlacht waren für die Perser günstig, am dritten
wankte aber ihre Linie; die Elephanten ergriffen die Flucht, die Nacht zog
herauf, aber Rustam setzte den Kampf fort. Man nannte dieses Gefecht die
Nacht des Gebelles; Araber und Perser kämpften Mann gegen Mann, die
Hiebe dröhnten wie von Hämmern in der Schmiede; das Tagesgrauen fand
die Kämpfer noch bei ihrer blutigen Arbeit. 6000 Moslem lagen todt
auf der Wahlstatt. Da erhob sich von Westen ein Sturmwind, der den
Persern Wolken von Sand entgegentrieb. Die Araber warfen ihre ganze
Kraft auf das Centrum und brachten es zum Weichen. Hier befand sich
auch Rustam, der die Schlacht von einem Sessel aus leitete, aber weil der
Sturm das Zeltdach entführt hatte, sich vor der Sonne in den Schatten eines
Kameels geflüchtet hatte. Ein Araber, vor der Staubwolke von Rustam nicht
bemerkt, traf das Kameel und schnitt ihm einen Strick durch, welcher einen
Sack mit Geld festhielt; dieser fiel dem Rustam aufs Haupt, er sprang auf
und suchte durch Schwimmen zu entkommen, aber er verstauchte sich den Fuß
und fiel in die Hand des Arabers, der ihm den Kopf abschnitt und auf seine
Lanze steckte. Dies war das Zeichen der Flucht für die Perser, von denen
eine ungeheure Zahl auf dem Schlachtfeld todt blieb. Die Beute war sehr
groß, besonders viel prachtvolle Waffen und Kostbarkeiten geriethen in die
Hände der Araber, denen der Luxus der Perser etwas ganz Unbekanntes
war. Auch auf der Flucht erfolgte noch ein blutiges Treffen, in welchem
mehrere persische Generale den Tod fanden. Diese große Schlacht brachte
Persien in die Gewalt der Araber (März 635); die zahlreichen Schlachten,
welche den Untergang des Reiches noch hinzogen, waren nur letzte ver=
zweifelte Versuche, die iranische Selbständigkeit und mit ihr die aus dem
Alterthum ererbte Bildung und Religion vor der Zerstörung durch die rohen
Söhne der Wüste zu vertheidigen.

Die Araber erbauten auf dem neu eroberten Gebiete zwei nachmals be=
rühmt gewordene Städte, Kufa und Basra. Die letzte, an der Stelle
mehrerer unter einem Dihgan stehenden Dörfer angelegt, sollte ein Bollwerk
sein gegen etwa von Oman her den Persern zu Hülfe kommende Streitkräfte;
sie wurde und ist noch heute ein wichtiger Platz für den indischen Handel.

Jezdegerd besaß keine fähigen Feldherrn mehr. Saad zog mit 60,000
Mann gegen Ktesiphon, und als er noch einen Tagesmarsch von der Stadt
entfernt war, entfloh der König mit Zurücklassung seiner Schätze, ihm folgten
die Bewohner, die in ihrer Angst Alles im Stich ließen. Als der arabische

Feldherr im März 637 in die leere Stadt einzog, recitirte er eine Stelle aus der 44. Sure des Koran: „Wieviel Gärten und Wasserquellen stehn verlassen, wieviel Felder und reiche und angenehme Wohnstätten, wo sie Freude genossen haben! und wir haben den Genuß alles dessen einem andern Volke gegeben, und weder Himmel noch Erde weint um sie." Saad zog in den Palast (Aiwan) des Kobad (Tak Kesra), einen 120 F. breiten und 300 F. langen Marmorbau mit einem Säulenporticus, warf sich unter Recitirung der Eingangs-Sure des Koran achtmal zu Boden und betete das Siegesgebet, welches Muhammed bei der Einnahme von Mekka gebetet hatte. Er ritt sodann in die Stadt und trat in das Schloß des Chosro, in dessen Räumen — ihre Zahl kennt nur Gott der allwissende — Gold, Silber, Edelsteine, Prachtkleider, Teppiche, Waffen gehäuft lagen. Die Einzelheiten welche die Geschichtschreiber bei Beschreibung der Beute aufbewahrt haben, zeigen, wie weit die Perser in Luxus und Verfeinerung der Sitten vorgeschritten waren; und wie mächtig der Eindruck war, welchen die große Stadt mit allen ihren Anstalten für die Ausbildung des Wohllebens auf die Araber machen mußte, kann man sich vorstellen, wenn man bei Tabari*) liest, daß Jezdegerd zu der Gesandtschaft, welche ihn zur Unterwerfung aufforderte, sagte: 'Ich habe viele Völker gesehen, Türken, Deilemiten, Slaven, Inder und andere, aber niemals habe ich armseligere als euch gefunden, Mäuse und Schlangen sind eure Nahrung, und eure Kleider bestehn aus Fellen der Kameele und Schaafe, wie vermögt ihr mein Reich zu erobern?' und daß die Gesandtschaft erwiderte: „Du hast Recht; Hunger und Blöße war vordem unser Loos, aber Gott hat uns einen Propheten gegeben, dessen Religion unsere Stärke ist." Es wird berichtet, daß bei der Vertheilung der Beute auf jeden der 60,000 Soldaten 12,000 Dirhem (etwa 6800 Mark) entfielen. Vieles Erbeutete ließ sich nicht theilen, vieles wußte man gar nicht zu schätzen. Man fand ein Kameel mit einer Kiste beladen, worin das Kleid Chosros sich befand; auf den Borten lagen Rubine zwischen Perlen aufgenäht; die Kiste enthielt außerdem Kleider von Goldgewebe, die Krone, das Siegel des Chosro und zehn Brokate. In welchem Grade derartige Costümstücke die Bewunderung der Araber erregen mußten, wird man beurtheilen können, wenn man weiß, daß sie nur gewebte Stoffe kannten, und die Schneiderei erst von den besiegten Persern lernten. Die Rüstung des Chosro bestand aus einem goldenen Harnisch, einem Helm, Arm- und Beinschienen ebenfalls von Gold. Im Schatzhaus fand man ein goldenes Roß mit einem von Edelsteinen besetzten silbernen Sattel, sowie ein silbernes Kameel mit einem goldenen Füllen. Ein kostbares Stück war ein weißer Brokatteppich von 60 Ellen im Geviert; den Rand desselben bildete ein grünes Blumengewebe, dessen Blüthen aus Smaragden, Beryllen, Rubinen, Türkisen und Topasen bestanden. Die Könige bedienten sich des Teppichs im Winter, um an die Blumen des Lenzes erinnert zu werden. Der Teppich wurde zer-

*) Uebersetzt von Zotenberg III, 387.

schnitten und für ein Stück desselben wurden nicht mehr als 8000 Dirhem bezahlt. Ein Magazin enthielt die ausgesuchtesten Wohlgerüche in Glas= gefäßen, Kampher, Ambra, Moschus. Alles wanderte nach Mekka, wo es verschleudert wurde. Im Hafen lag eine Schiffsladung Kampher aus Indien, welchen die Perser in ihre Wachskerzen zu thun pflegten. Die arabischen Soldaten sollen ihn als Würze aufs Brot gelegt haben. Selbst die Haus= thüren in Ktesiphon wurden ausgehoben und in die neuen Häuser in Kufa eingesetzt.

In der Ebene von Djalula stellten sich die Perser unter dem Arsa= liden Mihran den Arabern; die Gefechte dauerten 6 Monate lang, endlich wurden die Perser geschlagen (Dezember 637). Der König befand sich in Holwan; hier steht ein Schloß östlich von Zohab, welches noch heute Kalahi Jezdidjird heißt. Die Ruine liegt auf einem Bergvorsprung, der an der Seite, wo er mit dem Gebirge zusammenhängt, durch eine 20 Fuß dicke Mauer, die noch heute vertheidigungsfähig, und einen Graben von bedeu= tenden Dimensionen geschützt ist. Ein einziger Pfad, mit Mauern und Thürmen bewehrt, führt auf das Schloß. Jezbegerd floh von hier nach Rai, als er die Kunde von der Niederlage erhielt. Eine Schlacht beim Schloß der Schirin lieferte das nahe gelegene Holwan den Arabern aus. Fast zu der= selben Zeit spielten die Christen die Stadt Tekrit am Tigris, den Sitz des nestorianischen Katholikos oder Mafrian, den Arabern in die Hände, und Mosul ergab sich später ebenfalls den Moslem. Noch in demselben Jahre (Januar 638) fielen die Städte Masabadan und Sirwan an den Vor= höhen des Zagros nach einer dreitägigen Schlacht.

Im Jahre 639 rüsteten sich die Araber zur Eroberung von Susiana. Das Land stand, wie noch sechs andere des Reiches, unter der erblichen Herrschaft einer mit der königlichen verwandten Familie. Diese sieben Fürsten waren berechtigt, eine Krone zu tragen, welche nur etwas kleiner war als die Tiara des Königs. Der tapfre Hormuzan, der bereits bei Kadesia mitgekämpft hatte, wurde von zwei arabischen Armeen auf Sul al Ahwaz zurückgeworfen. Eine blutige Schlacht unter dessen Mauern ging verloren, und Hormuzan zog sich auf Ram Hormuz zurück und schloß Frieden. Nach einiger Zeit zog der Statthalter der Persis, Schehrek, dem Hormuzan zu Hülfe, und beide vereinigten sich in Toster (Schuschter), welches besser be= festigt war als Ram Hormuz. Die Stadt wurde ein halbes Jahr lang be= lagert, und es wurden achtzig Gefechte geliefert. Darauf verrieth ein Perser den Arabern den Tunnel, welcher unter der Burg das Wasser des Kercha in die Stadt führte, und es drangen 100 Araber in die Burg ein, während die Armee vor den Stadtthoren stand. In der Burg lag die von Sapor I. erbaute Citadelle, welche Hormuzan mit 1000 Schützen besetzte. Er stellte dem arabischen Feldherrn vor, daß seine 1000 Schützen niemals ihr Ziel verfehlten, und daß die Citadelle nicht einzunehmen sei; es wurde ihm be= willigt, daß er mit freiem Geleit abziehe und sich persönlich dem Chalifen stelle. Hormuzan reiste daher nach Medina und erregte durch die Pracht seiner Erscheinung das Erstaunen der Bewohner. Er fand Omar in der Moschee, in einer Ecke schlafend, in einem geflickten Rock. Hormuzan sagte, ein solches Kleid sei das eines Propheten, nicht eines Fürsten. Hormuzan wurde seiner Kleider beraubt und in einen leinenen Kittel gehüllt. Sodann befahl ihm Omar, zu reden. „Soll ich reden als Todter oder Lebendiger?" „als ein Lebendiger." „So gieb mir die Versicherung, daß Du mich nicht tödten willst." Omar entgegnete, diesen Sinn habe sein Wort nicht haben sollen: „Wer einen Moslem getödtet hat, soll nicht lebendig bleiben." „So laß mich so lange am Leben, bis ich einen Becher Wasser getrunken habe." Omar ließ einen Krug bringen. Der Perser goß den Krug aus und die Erde sog das Wasser auf. So blieb er am Leben.

Jezdegerd sammelte neue Streitkräfte, als er hörte, daß der Sieger von Kadesia von Omar abberufen war. Eine Armee von 150,000 Mann wurde bei Nehawend zusammengezogen, wohl in der Absicht, auf der Straße von Kermanschah und Holwan wieder nach dem Tigris vorzudringen. Gerade diese Straße schlugen die Araber unter Noman, Sohn des Mokarren, ein und kamen über Mardj und Tazar vor Nehawend an, welches sie mit Palissaden befestigt fanden. Als die Blokade zwei Monate gedauert hatte, zogen die Araber zwei Tagemärsche zurück, um die Perser aufs freie Feld zu locken. Diese, in der Meinung, der Feind sei flüchtig, verließen ihre Stellung und wurden alsbald von den Arabern angegriffen und in die Flucht geschlagen; der persische General Perozan wurde auf der Flucht ergriffen und getödtet. Zwei Drittel der Perser sollen in der Schlacht gefallen sein (640). Jezdegerd floh über Jspahan, Kerman und Nischapur nach Chora= san, und die Eroberungen der Moslem erstreckten sich bald über ganz Medien und Atropatene bis nach Derbend, das Gebiet von Jspahan und Rai (welches geplündert und theilweise zerstört wurde), Parthien und Gorgan (Hyrkanien), 643. Die Persis fiel dadurch, daß die Araber einzelne Corps die verschiedenen Städte rücken ließen, während der persische Statthalter alle Streitkräfte bei Tawadj versammelt hatte; die Armee mußte sich nun in kleine Abtheilungen trennen, welche nach einander überwältigt wurden. Schehrek fiel in einer großen Schlacht bei Nischehr. Doch dauerte die Belagerung von Darabgird drei Monate, und ein Ausfall trieb die Araber gegen die Berge, dann aber errangen sie angeblich durch ein Wunder den Sieg.

Im Jahre 642 eroberten die Araber Armenien. Ihr Feldherr Habib ibn Maslama rückte von Mesopotamien aus ins Land mit einem ge= ringen Heere, welches aber durch Nachschub verstärkt wurde, als man erfahren hatte, daß die armenische Streitmacht durch Alanen, Abchazen und Chazaren unterstützt wurde. Da Habib und der Befehlshaber der Hülfstruppen sich veruneinigten, wurde letzterer, Selman, zur Eroberung von Arran abgeordnet, während Habib die Umgebung des See's von Wan eroberte und nach Ueber= schreitung des Aras die damalige Hauptstadt Dovin am Medzamor angriff

und sie an vier Ecken anzünden, die Bewohner niedermachen und die Häuser
plündern ließ. Der Sieger verfolgte seinen Weg ohne große Schwierig=
keiten bis Tiflis. Byzanz gab seine Ansprüche auf Armenien nicht auf, und
so wurde das Land, von den beiderseitigen Statthaltern verwaltet, der Schau=
platz langer verheerender Kriege. In der Folge kam noch einmal unter dem
alten Geschlechte der Bagratuni ein armenisches Reich auf (859), allerdings von
den Chalifen abhängig, aber doch in gewissem Grade selbständig; es dauerte
aber nur bis gegen Ende des 11. Jahrhunderts, wo es Byzantiner und
Türken an sich rissen. Zu derselben Zeit jedoch kam eine verwandte Fürsten=
linie, die des Rhupen (Ruben), zur Herrschaft über ein armenisches Reich,
welches seinen Schwerpunkt in Kilikien und Kappadokien hatte, aber auch
schon im Anfang des 13. Jahrhunderts fremden Herrschern unterlag.

Nichts widerstand den begeisterten Schaaren Omars, deren Feldherren
mit dem Rufe: „Gott, zeige heute die Herrlichkeit des Islam, vernichte die
Ungläubigen und schenke mir den Märtyrertod!" mit der Fahne in der Hand
in die feindlichen Reihen stürmten; und es dürfte weniger unser Erstaunen
wach rufen, daß die tapfern Söhne Arabiens, von dem neuen Glauben be=
seelt und von den unbekannten Reichthümern der Länder angelockt, ein zer=
fallendes und durch dauernden Kriegszustand erschöpftes Reich über den Haufen
warfen, als die Wahrnehmung, daß die Perser immer neue Heeresmassen
aufbrachten, welche oft in mehrtägigen Schlachten das Land vertheidigten.
Nach und nach begannen die Fürsten der Provinzen an Jezdegerds Sache
zu verzweifeln und um Frieden zu bitten. Am längsten bewahrten ihre Frei=
heit die kaspischen Küstenländer, in denen, wie wir gesehen haben, auch
die ältesten sagenhaften Kunden der iranischen Vorzeit sich erhalten haben.
Leider weiß man sehr wenig von ihrer Geschichte, da sie von zuver=
lässigen Geschichtschreibern nur gelegentlich erwähnt werden und eine zu=
sammenhängende Geschichtserzählung erst mit der Zeit des Islam beginnt.
Kyros hatte einst seinen Sohn Tanaozares zum Statthalter von Medien,
Armenien und der Kadusier (Gilek) ernannt; die Achämeniden hatten wieder=
holt mit der Unterwerfung der gilanischen Stämme zu schaffen, und Alexander
bestätigte den Fürsten von Tabaristan in seiner Herrschaft, wahrscheinlich nach=
dem derselbe ihm die Anerkennung als König der Könige gezollt hatte, womit
nicht viel mehr als eine neutrale Stellung bezeichnet war. Die Parther
standen meist in freundschaftlicher Beziehung mit Tabaristan, da die Jspehbeds
aus einer Nebenlinie des königlichen Hauses abstammten; auch Ardeschir I.
bestätigte die einheimische Dynastie, welche jedoch von
einem Sohn Kobads I., Kejus, gestürzt wurde. Dieser verfeindete sich mit
seinem Bruder Chosro Anoschirwan, der ihn 537 besiegte und Karen, einen
Sohn Suchras, zum Jspehbed einsetzte. Der fünfte Nachfolger Suchras
wurde zur Zeit Jezdegerds III. durch Gil Gaubare, Sohn Gilan=schahs,
welcher der Sohn eines Sasaniden Peroz und der Königstochter von Gilan
war, besiegt, und von diesem stammten die tabaristanischen Dynastien ab; er

hatte zwei Söhne, Dabuje und Badusepan, von welchen zwei Fürsten=
häuser ausgingen, das eine herrschte bis zum Jahre 761, wo die Scharen
der Araber unter Omar ben el Ala die Stadt Amol eroberten. Der letzte
Ispehbed dieser Dynastie flüchtete mit seiner Familie und Habe in eine
Höhle, worin er 2½ Jahr zugebracht hatte, als eine Seuche ausbrach und
er sich aus Verzweiflung vergiftete. Die Dynastie des Badusepan erlebte
mehr Glück; obwohl zeitweise von den Chalifen und ihren Nachfolgern be=
drängt, behauptete sie ihre Unabhängigkeit während 35 Regierungen bis zum
Jahre 1453, worauf sie sich in zwei Linien trennte, die erst von den Sefe=
viden unterworfen wurden. Trotz der politischen Unabhängigkeit gewann doch
die arabische Religion Eingang; unter einem dieser Fürsten, Scheherjar II.
(908—923) trat eine große Anzahl Feueranbeter in Dailem zum Islam
über. Von jenem Karen stammten die Herrscher ab, welche bis zum Ende
des 9. Jahrhunderts im Gebirge von Tabaristan schalteten. Unter Chosro
Parvez wurde ein Mann Namens Bauja zum Statthalter von Istachr,
Aberbeidjan, Irak und Tabaristan ernannt. Diese Würde bekleidete er bis
zur Regierung der Azarmidocht, welche ihn zu sich entbieten ließ; er zog sich
jedoch in einen Feuertempel zurück, und erst nach Jezdegerds Tode erwählten
ihn die Tabaristaner zum Fürsten, und seine Nachkommen beherrschten das
Land, obwohl das Küstenland Mazenderan zuweilen abspenstig wurde, wes=
halb man die Dynastie auch die Könige der Berge nannte. Bauja war von
einem gewissen Walasch ermordet worden, jedoch kam sein Sohn Surchab
nach Tödtung des Usurpators wieder auf den Thron. Die Dynastie dauerte
bis 1006, wo der Fürst von Gorgan ihr ein Ende machte. Die zweite
Linie der Bergkönige herrschte von 1073—1209, wo der letzte Fürst von
einem alybischen Statthalter gestürzt und getödtet wurde. Beide Dynastien
führten sich auf Bauja zurück, ebenso eine dritte, welche 1237—1349 in
Amol residirte.

Die Araber hatten auch in Chorasmien, dem heutigen Chiwa, einen
schweren Stand. Nach mehreren vergeblichen Versuchen gelang es erst 712
dem Kutaiba bin Muslim, Statthalter von Chorasan, mit Benutzung eines
zwischen dem Schah und seinem Bruder ausgebrochenen Zwistes, die arabische
Herrschaft in der Weise geltend zu machen, daß der Schah in seiner Würde
verblieb, aber einen arabischen Wali (Statthalter) neben sich dulden mußte.

Jezdegerd war zu tadeln, daß er vorzog, in einem von Maulthieren ge=
tragenen Tachtirawan als vorderster der Fliehenden zu entweichen, anstatt wie
der letzte Achämenide und der letzte Parther inmitten seiner Garden zu fechten.
Er fand zuletzt Ruhe von seiner Flucht in Marw; hier erbaute er einen
Feuertempel und setzte in denselben das heilige Feuer, welches er von Rai
mitgenommen hatte, und welches das älteste Feuer Irans gewesen sein soll.
Rings um den Tempel legte er Gärten an, und er residirte dort mit 4000
Personen, unter welchen sich aber kein Krieger befand. Dieser Hofstaat von
Sklaven, Köchen, Kammerdienern, Marställern, Weibern, Greisen und Kindern

zehrte bald seine Mittel auf. Kaum ein Jahr dauerte es, daß die Araber auch
nach Marw kamen. Die Berichte der Geschichtschreiber lassen den Jezdegerd nach
dem anderen Marw (Marwrud), nach Balch und über den Oxus fliehen.
Der Chakan der Türken habe ihm Hülfe gebracht, sodaß zum letzten Male
die Waffen für den König von Iran klirrten. Zwei Monate hindurch sei
fast täglich gekämpft worden, bis die Tapferkeit Ahnafs, des arabischen Feld=
herrn, den Ausschlag gegeben habe. Er habe die drei riesigsten Söhne Turkestans
zum Zweikampf gefordert, und als er alle drei erlegt, hätten die Türken be=
schlossen, sich nicht weiter für einen Fremden die Köpfe blutig schlagen zu
lassen und seien abgezogen. Jezdegerd sei nach Marw zurückgeirrt, wo ihn
die Perser hätten zwingen wollen, sich den Arabern zu unterwerfen. Indessen
scheint der wirkliche Hergang der gewesen zu sein, daß der Vasall des Jez=
degerd, welcher in Marw residirte, sich mittelst eines Bündnisses mit dem
türkischen Fürsten von Transoxiana der Araber zu erwehren und nach Be=
seitigung des Königs ein eigenes Reich zu stiften beabsichtigte. Erst nach
Jezdegerds Tode unterwarf Ahnaf Chorasan und nöthigte jenen Vasall zur
Flucht. Geschichtlich ist, daß der Palast von Marw umstellt wurde, und daß
Jezdegerd, um sein Leben zu retten, sich an einem Strick die Mauer hinab=
ließ; er floh und kam in eine Mühle am Flusse Razik, der bei Marw
vorbeifließt, und sank zum letzten Mal in Schlaf. Beim Tagesgrauen er=
weckte das goldschimmernde Gewand des Königs die Gier des Müllers „und
mit einem sichern Schlage auf das Haupt des schönen blassen todesmüden
Königsjünglings, ohn' ihn aus dem tiefen Schlafe zu erwecken, in des Todes
tieferen versenkt' er ihn" (Rückert). Dies geschah im Sommer des Jahres 651.

Der Chalif Omar wurde am 4. November 644 ermordet, und unter
seinem Nachfolger Osman unterwarfen die arabischen Feldherrn das Land
Iran bis nach Indien und bis zum Oxus.

Es endet hier die eigenthümliche persische Geschichte, aber auch persischer
Ruhm und persische Herrlichkeit für immer. Mag nun der Contact der
Perser und der semitischen Araber von übler Wirkung gewesen sein, mag die
Unfähigkeit der Araber für umsichtige Regierung und Verwaltung eroberter
Länder und das System der um die Zukunft unbesorgten Ausnutzung ihrer
Hülfsquellen der materiellen Wohlfahrt den tödtlichen Stoß versetzt, mag auch
die Kraft der Nation sich abgenutzt haben in den Leistungen früherer Zeiten
— das Persien seit der arabischen Eroberung bietet ein unerquickliches Bild.
Eine Zeit lang geht es noch glänzend weiter, die Litteratur entfaltet eine
herrliche Blüthe, und es ist als ob der Geist der Perser auf ihre Besieger
sich niedergelassen und die glänzenden Gaben, welche in der Seele der neuen
herrschenden Nation schlummerten, erweckt hätte; ja selbst in der Politik er=
heben talentvolle Fürsten noch dann und wann das Banner Irans, aber es
sind Meteore, welche einen Moment das Auge blenden, um alsbald wieder
in Nacht zu verschwinden. Der furchtbarste Schlag war die Eroberung
Irans durch die Mongolen, in Folge deren Wohlstand, Bildung und Menschen=

leben in nie dagewesener Fruchtbarkeit zertrümmert und vernichtet wurden. Seitdem ist überall Stagnation und Rückgang; der Handel hat andere Wege eingeschlagen, die Politik ist ein trauriges Balanciren zwischen englischen und russischen Einflüssen, der finstere Fanatismus des Islam vereitelt die wiederholten Anstrengungen, sich durch Anschluß an die abendländische Bildung emporzuarbeiten, eine Mißregierung, deren Beamte ihre Unterthanen als Schwämme betrachten, welche man auszupressen hat, das Gespenst des Hungers, welches bei der mangelhaften Communication nicht aufhört zu drohen, die Feinde an den Landesgrenzen und andere Calamitäten sind wenig geeignet, Vertrauen auf die Zukunft des Reiches des Königs der Könige einzuflößen. Selbst die Thätigkeit der Perser im Gebiet der Litteratur und schönen Wissenschaften, welche auch heute noch von Fürsten beschützt, in allen Ständen eifrig gepflegt werden, erhebt sich kaum über eine litterarische Liebhaberei; die aus classischer Zeit überlieferten großen Vorbilder werden nachgeahmt, denn sie sind in Aller Mund, und jeder Mensch von Erziehung vermag seine Rede oder Schrift mit Geistesblüthen des Saadi und Hafis zu zieren; neu ist nur ein bedenklicher Zusatz von Behagen an Dingen, wovon man bei uns in guter Gesellschaft nicht spricht. Wenn sich hier eine erfreuliche Thätigkeit in einer idealen Richtung zeigt, so ist dagegen der Zustand der exacten Wissenschaften, auf deren allseitigem Ausbau ein großer Theil des europäischen Fortschrittes beruht, ein trostloser, denn dieselben sind wenig über das bereits im frühen Mittelalter geleistete hinausgegangen; der Aberglaube bildet eine Schranke gegen die Einführung nützlicher Kenntnisse, welche erst durch jahrhundertlangen Unterricht beseitigt werden könnte. Bei alledem sind die Geistesgaben der Perser höchst bedeutend und vielfältig. Ein gelehrter Orientalist, welcher zugleich Naturforscher ist, hat den Satz ausgesprochen, daß die Häufigkeit der Geisteskrankheiten in dem Grade zunehme, als eine übertriebene Kultur das Maß der körperlichen und geistigen Kräfte eines Volkes übersteige; er sieht in dem endemischen Irrsinn unserer Zeit eine Folge dieses Mißverhältnisses, in dem höchst selten Vorkommen von Geistesstörungen bei den Persern und Arabern ein glückliches Verhältniß ihrer Geisteskräfte und ihrer Kultur, welche doch ihrerzeit die höchste des Erdkreises war. Ein Perser, welcher das Glück hat, alle seine Gaben durch einen guten Unterricht geweckt und gebildet zu sehn, wird durchaus nicht gegen irgend einen Europäer zurückstehn. Der einzelne Mensch kann seiner Länge keine Elle zusetzen, und kein Unterricht vermag den Mangel an Geistesgaben zu ersetzen, wohl aber kann auch der begabteste durch Vernachlässigung zurückbleiben oder durch Zerrüttung seines Körpers um den Verstand kommen. Die Wiederherstellung in letzterm Falle wird ebenso schwer eintreten, wie die Wiedererhebung eines seiner höchsten Güter verlustig gegangenen und materiell gesunkenen Volkes; unmöglich ist sie nicht, aber unter der Regierung Nasreddins und seiner türkischen Dynastie ist nicht viel Aussicht auf sie vorhanden.

Verzeichniß der Illustrationen und Quellen-Angabe derselben.

Justi, Persien.   16**

Verzeichniß der Illustrationen.

Im Cert.

Inhalts-Verzeichniß.

www.ingramcontent.com/pod-product-compliance
Lightning Source LLC
Chambersburg PA
CBHW060605030726
47498CB00005B/1552